범우비평판 한국문학 47 — ①

채만식 편

# 정자나무 있는 삽화(외)

책임편집 이도연

종합출판 범우

**국립중앙도서관 출판시도서목록(CIP)**

정자나무 있는 삽화(외) / 지은이: 채만식 ; 책임편집: 이도연. – 파주 : 범우, 2008
  p. ;  cm. – (범우비평판한국문학 ; 47-1 - 채만식 편)

"작가 연보" 와 "작품 연보" 수록
ISBN  978-89-91167-37-7 04810 : ₩18000
ISBN  978-89-954861-0-8(세트)

한국 문학[韓國文學]
비평[批評]

810.81-KDC4
895.708-DDC21              CIP2008003578

# 한민족 정신사의 복원
## —범우비평판 한국문학을 펴내며

한국 근현대 문학은 100여 년에 걸쳐 시간의 지층을 두껍게 쌓아왔다. 이 퇴적층은 '역사'라는 이름으로 과거화 되면서도, '현재'라는 이름으로 끊임없이 재해석되고 있다. 세기가 바뀌면서 우리는 이제 과거에 대한 성찰을 통해 현재를 보다 냉철하게 평가하며 미래의 전망을 수립해야 될 전환기를 맞고 있다. 20세기 한국 근현대 문학을 총체적으로 정리하는 작업은 바로 21세기의 문학적 진로 모색을 위한 텃밭 고르기일 뿐 결코 과거로의 문학적 회귀를 위함은 아니다.

20세기 한국 근현대 문학은 '근대성의 충격'에 대응했던 '민족정신의 힘'을 증언하고 있다. 한민족 반만년의 역사에서 20세기는 광학적인 속도감으로 전통사회가 해체되었던 시기였다. 이러한 문화적 격변과 전통적 가치체계의 변동양상을 20세기 한국 근현대 문학은 고스란히 증언하고 있다.

'범우비평판 한국문학'은 '민족 정신사의 복원'이라는 측면에서 망각된 것들을 애써 소환하는 힘겨운 작업을 자청하면서 출발했다. 따라서 '범우비평판 한국문학'은 그간 서구적 가치의 잣대로 외면당한 채 매몰된 문인들과 작품들을 광범위하게 다시 복원시켰다. 이를 통해 언어 예술로서 문

학이 민족 정신의 응결체이며, '정신의 위기'로 일컬어지는 민족사의 왜곡
상을 성찰할 수 있는 전망대임을 확인하고자 한다.
　'범우비평판 한국문학'은 이러한 취지를 잘 살릴 수 있도록 다음과 같은
편집 방향으로 기획되었다.

　첫째, 문학의 개념을 민족 정신사의 총체적 반영으로 확대하였다. 지난
1세기 동안 한국 근현대 문학은 서구 기교주의와 출판상업주의의 영향으
로 그 개념이 점점 왜소화되어 왔다. '범우비평판 한국문학'은 기존의 협의
의 문학 개념에 따른 접근법을 과감히 탈피하여 정치·경제·사상까지 포
괄함으로써 '20세기 문학·사상선집'의 형태로 기획되었다. 이를 위해 시·
소설·희곡·평론뿐만 아니라, 수필·사상·기행문·실록 수기, 역사·담
론·정치평론·아동문학·시나리오·가요·유행가까지 포함시켰다.

　둘째, 소설·시 등 특정 장르 중심으로 편찬해 왔던 기존의 '문학전집'
편찬 관성을 과감히 탈피하여 작가 중심의 편집형태를 취했다. 작가별 고
유 번호를 부여하여 해당 작가가 쓴 모든 장르의 글을 게재하며, 한 권 분
량의 출판에 그치는 것이 아니라 작가별 시리즈 출판이 가능케 하였다. 특
히 자료적 가치를 살려 그간 문학사에서 누락된 작품 및 최신 발굴작 등을
대폭 포함시킬 수 있도록 고려했다. 기획 과정에서 그간 한번도 다뤄지지
않은 문인들을 다수 포함시켰으며, 지금까지 배제되어 왔던 문인들에 대
해서는 전집발간을 계속 추진할 것이다. 이를 통해 20세기 모든 문학을 포
괄하는 총 자료집이 될 수 있도록 기획했다.

　셋째, 학계의 대표적인 문학 연구자들을 책임 편집자로 위촉하여 이들
책임편집자가 작가·작품론을 집필함으로써 비평판 문학선집의 신뢰성을
확보했다. 전문 문학연구자의 작가·작품론에는 개별 작가의 정신세계를

보다 구체적으로 살펴볼 수 있는 한국 문학연구의 성과가 집약돼 있다. 세심하게 집필된 비평문은 작가의 생애·작품세계·문학사적 의의를 포함하고 있으며, 부록으로 검증된 작가연보·작품연구·기존 연구 목록까지 포함하고 있다.

넷째, 한국 문학연구에 혼선을 초래했던 판본 미확정 문제를 해결하기 위해 최선의 노력을 기울였다. 특히 일제 강점기 작품의 경우 현대어로 출판되는 과정에서 작품의 원형이 훼손된 경우가 너무나 많았다. 이번 기획은 작품의 원본에 입각한 판본 확정에 특별한 노력을 기울여 근현대 문학 정본으로서의 역할을 다했다.

신뢰성 있는 선집 출간을 위해 작품 선정 및 판본 확정은 해당 작가에 대한 연구 실적이 풍부한 권위있는 책임편집자가 맡고, 원본 입력 및 교열은 박사 과정급 이상의 전문연구자가 맡아 전문성과 책임성을 강화하였다. 또한 원문의 맛을 최대한 살리기 위해 엄밀한 대조 교열작업에서 맞춤법 이외에는 고치지 않는 것을 원칙으로 했다. 이번 한국문학 출판으로 일반 독자들과 연구자들은 정확한 판본에 입각한 텍스트를 읽을 수 있게 되리라고 확신한다.

'범우비평판 한국문학'은 근대 개화기부터 현대까지 전체를 망라하는 명실상부한 한국의 대표문학 전집 출간을 목표로 한다. 따라서 권수의 제한 없이 장기적이면서도 지속적으로 출간될 것이며, 이러한 출판 취지에 걸맞는 문인들이 새롭게 발굴되면 계속적으로 출판에 반영할 것이다. 작고 문인들의 유족과 문학 연구자들의 도움과 제보가 지속되기를 희망한다.

2004년 4월<br>범우비평판 한국문학 편집위원회  임헌영·오창은

이 책은 채만식의 작품을 모은 선집이다.

이 책의 작업 과정과 편집의 원칙을 밝히면 다음과 같다.

1. 먼저 작품의 최초 발표지면을 찾아 원문을 확보하였다. 일차적인 판본의 확정은, 따로 단행본으로 묶이지 않은 작품의 경우 최초 발표된 원문을 판본으로 선택하였고, 작가 생전에 단행본으로 출간된 경우에는 단행본에 재수록된 텍스트를 판본으로 선택하였다.

2. 최초 발표 원문의 조사와 확보, 원문의 입력, 원문의 교정과 교열은 고려대학교 대학원 국어국문학과 박사과정 김희진씨가 맡아서 수고해주었다. 최종적인 원문과의 대조와 확인, 현대어 표기문제, 작품의 주석 작업은 편자가 맡았다. 오래된 자료여서 원문 복사가 불가능한 경우 디지털파일을 확보하여 입력·교정 작업을 하였고, 이 과정에서 원문을 일일이 확인하여 기존 판본들의 오류를 바로잡았다.

3. 맞춤법과 띄어쓰기는 현대어 표기에 맞게 하는 것을 원칙으로 하였다. 채만식 특유의 표현이나 사투리 등, 텍스트의 질감과 현장감을 충분히 살릴 필요가 있다고 판단되는 경우, 최대한 원문의 표기를 존중하였다. 특히 대화 부분의 경우는 현대어 표기에 어긋나더라도 가능한 원문 그대로 복원

하였다. 작품은 장르별로 구분하여 발표 시기 순으로 배열하였고, 모든 작품의 말미에는 원문으로 삼은 판본을 밝혀두었다.

4. 작품 속 낱말의 뜻풀이에는 국립국어원 편, 《표준국어대사전》(두산동아, 1999)과 임무출 편, 《채만식 어휘사전》(토담, 1997)을 참고하였고, 연보 작성에는 이어령 편, 《한국문학연구사전》(우석, 1990), 《채만식전집》(창작과비평사, 1989)과 국어문학회 편, 《채만식 문학연구》(한국문화사, 1997)를 참고하였음을 밝혀둔다. 선배 연구자들의 열정과 노고에 감사의 말을 전한다.

# I 단편소설

# 산동山童이[1]


## 1


······인공화산······아우성······ 비명······ 아우성······ 돌덩이······ 돌가루······ 도망질····· 혼잡 혼잡····· 피피피피····· 초산냄새····· 신음소리····· 말굽소리····· 구보····· 철그럭철그럭····· 처벅처벅····· 줄 내린 모자······ 누런 각반······

의사······ 들것····· 호외····· 수배手配 ····· 수색 수색····· 호외····· 검거····· 긴장 긴장 긴장 긴장

—셋?

—넷······ 허구 부상이 일곱.

—묘허지?

—이虱잡듯 헌다지?

긴장 긴장 긴장 긴장······

탕 탕······ 안동 아방궁安東阿房宮······ 피······ 포위, 일대 사백一對四百······

---

1) 이 작품은 염상섭, 김기진, 함일돈 등과의 논쟁을 불러일으킨 소설이다. 그 논쟁의 과정과 이에 대한 채만식의 입장은 〈작자의 변〉(《조선일보》, 1930. 5. 31~6. 5)과 〈평론가에 대한 작자로서의 불복〉(《동아일보》, 1931. 2. 14~21)을 참고할 수 있다.

탕탕탕탕탕탕탕탕
  ……탕탕탕탕탕탕탕탕탕탕…… 피피피…… 호령…… 탕…… 피……
—아깝다.
—장쾌하다.
—도보로?
—하르빈에서.

호외
  ××××과 ××××××의 통일제휴…… 주소 씨명 원적 직업 전연 불명…… 연령 이십사오 세…… 소지품 전무…… 시체 화장…….


2


  사 년 전.
  웬만큼 깊어가는 가을 어느 날이었었다. 아침부터 구죽죽하게 내리는 비는 가을날의 싸늘한 기운을 한층 더 도와 추레하고 음산한 기분이 사람 사람의 마음을 무단히 심란하고 궁금하게 하였다.
  백 년을 살아도 철을 모르는 말초신경 시인들은 구슬픈 리듬을, 외로운 어머니는 멀리 간 아들을, 젊은 과부는 오지 못하는 남편을, 세상살이에 어려운 사람은 살림살이를, 그리고 돈이 있고 일이 없는 늙은 호색한好色漢은 젊은 계집의 부드럽고 다스한 살을…… 생각나게 하고 그립게 하는 날씨였었다.
  김상준—전날에 순천부사를 살아먹었대서 순천 영감—은 위에 말한 맨 끝에 속한 사람이었었다.
  수병풍을 둘러친 아랫목에 새빨간 모본단 보료를 펴고 장침에 비스듬히

기대어 발이 넘는 담뱃대를 문 순간 영감은 아직도 옛날 순천부사 시절의
면모가 남아 있다.

칠십에 가까워 머리와 수염은 허옇지만 소위 동안 백발童顔白髮이란 격으
로 그의 얼굴은 불그레하고 혈기가 싱싱하였다.

그는 무심히 담배를 빨고 누워서 속으로는 계집 생각을 간절히 하였다.

아침부터 비가 와서 그런지 바둑 친구도 한 사람 아니 오고 늙은이가 혼
자 누웠노라면 맛있는 음식과 계집 생각밖에는 더 나는 것이 없을 터인데
순천 영감쯤 해서야 맛있는 음식은 싫어서 아니 먹을 만큼 유족한 터이니
까 말할 것도 없고 계집도 얼마든지 마음대로 데리고 놀고 자고 할 수가
있는 것은 아니었으나 마침 기회가 공교하게 되어 말하자면 팔자에 없는
번민을 하는 터이었었다.

그는 소위 '팔자 좋은 사람' 이라는 인종 중에도 가장 윗길에 가는 사람
이었었다.

그는 예전에 순천부사를 지냈다. 백성의 것을 갈퀴질하고 나라로 올라
가는 세미를 입을 대어 많은 재물을 숱하게 장만하였다.

일한합병이 된 지 얼마 아니하여  면직을 당하고는 그의 고향인 전라도
정읍井邑에 가서 땅을 사고 집을 새로 짓고 살다가 기미년 이후에는 양복
청년이 무서워서 서울로 올라왔다.

물론 가족 전부가 이사를 한 것이 아니고 한 개밖에 없는 자식—반편에
가까운 구두쇠—과 본처는 그대로 두어 농장을 관리하게 하고 자기 혼자
만이 서울로 올라왔다.

안국동에다 '안동 아방궁' 이라는 별명을 듣는 크고 화려한 집을 지어놓
고 첩을 얻어 살림살이를 하였다.

첩은 대개가 기생이었으나 남의 집 숫처녀도 있었고 여학생 찌꺼기도
있었고 여배우붙이도 있었다.

그저 얻어들여서는 한 달쯤 기껏 오래야 두어 달쯤 살고는 다른 놈—아

니―그처럼 갈아 세우고 세우고 하다가 그때의 최근에 들어온 것이 평양집이라는 기생이었었다. 다른 년으로 갈아 세웠다.

그 평양집만은 순천 영감의 혼백을 통째로 점령하여 버렸다. 좀처럼해서 계집에게 애착을 깊이 두지 아니하는 그로는 전례에 없는 일이었었다.

그러므로 삼 년이나 가까이 데리고 살되 싫증이 나지 아니하였는데 이번에는 전과 아주 반대로 계집인 평양집이 그를 버리고 달아나 버렸다.

평양집이 달아나 버리니까 정이 그만큼이나 깊었던 만큼 얼른 다른 계집을 들여세우기가 섭섭하여서 하루 이틀 미루고 오던 터인데 그러느라니까 계집에 그런 꼴을 당해 보지 못하던 그로서는 약간한 고생이 아니었었다.

그렁저렁 밤이 들었다.

날을 더욱이 구죽죽하고 음산하여졌다.

순천 영감은 저녁을 마치고 나서 역시 낮과 같이 궁금히 누워 말 못하는 담배만 피웠다. 방에 불을 조금 때기는 하였으나 방안의 공기는 싸늘하였다.

밖에서 보슬보슬 내리는 빗소리와 도드락거리는 낙수물 소리가 초초히 들리고 방안에도 전등불이 잠자는 듯 고요히 비쳤다. 매력을 가진 유혹의 밤이었었다.

그는 말없는 전등만을 바라보고 있다가 벌떡 일어나서 발치에 있는 문갑 위에 놓인 평양집 사진판을 집어 들고 다시 누웠다.

방금 울듯한 오목한 입과 오이씨와 같이 갸름한 얼굴에 샐쭉한 눈, 날씬한 코가 모두 다 귀엽고 어여뻐만 보였다. 그처럼 귀엽고 어여쁘니만큼 옆에 없는 것이 못견디게 섭섭하고 안타까웠다.

마침 때를 맞춰 그와 같이 산산한 밤에 전골남비나 보글보글 지지고 시골서 올라온 쩍쩍 들러붙는 전내기 약주를 평양집이 부어주는 대로 대여섯 잔 먹고는 그의 보드라운 알몸을 안고 푸근이 누웠을 맛을 생각하니 금시에 침이 꿀꺽꿀꺽 넘어가고 온몸이 비비 꼬이는 듯하였다.

생각은 욕망으로 변하고 욕망이 다시 방편을 가르쳐 준다.

평양집은 이미 옆에 없고 그러면 아무리 하여도 궁금하고 적적한 회포를 풀어버려야 하겠는데 그러면 평양집 대신은 누구?

순천 영감의 머리에 떠오르는 것은 계집 하인으로 부리는 옥섬이의 얼굴이었었다.

평양집이 달아난 후에는 물론 말할 것도 없지만 그 전에도 호색하는 그는 옥섬을 속으로 욕심내지 아니한 것이 아니었었다.

그러나 그를 산동이와 베필을 지어주겠다고 말을 하였고 따라서 저희끼리도 멀지 아니한 장래에 그렇게 되리라고 믿고 있었기 때문에 그래도 조금 남은 양심과 체면이라는 것에 거리끼어 차마 손을 대지 못하여 왔었다.

그러하던 터에 평양집이 나가 버린 후로는 거무스름한 생각이 슬며시 대가리를 쳐들던 차이었었다.

그는 옥섬의 두릿한 얼굴에 방금 무슨 말을 할 듯이 유혹적으로 생긴 어글어글한 눈과 또 토실한 게 설면자 방석에 누운 듯한 그의 알몸뚱이를 생각하니 다시 더 체면이나 위신 같은 것을 돌아볼 겨를이 생기지 아니하였다.

마침 산동이가 약을 짜서 알맞게 식혀가지고 들어왔다. 그는 원래의 정력도 좋았으나 그래도 삼과 용을 장복하였다.

그가 약을 마시는 동안에 산동이는 이부자리를 보았다.

이부자리를 펴놓고 산동이는 윗목에 물러서서 무슨 영이 내리기를 기다리고 영감은 자리옷을 갈아입고 나서 이불을 노작거려 보았다.

무슨 구실로 옥섬이를 불러올까 하다가 마침 이불이 겹이불인 것을 보고 그야말로 묘안이 머리에 떠올랐다. 말은 서울말 시골말 반 섞어.

"저…… 안에 들어가서 옥섬이더러…… 응…… 이불장에 들은 솜이불…… 좀 얇은 놈으로…… 하나 내갖구 나오라고 해라…… 갖구 나오라구……."

　그래도 좀 무엇해서 산동이를 바라보지 아니하고 말을 도막도막 끊어서 그러나 끝에 가서는 옥섬이더러 가지고 오라는 말을 다져 일렀다.

　산동이는 허리를 굽신하며

　"예―" 대답을 하고 밖으로 나갔다. 영감은 혼자 싱긋 웃었다.

　산동이는 가슴이 더럭 내려앉았다.

　날이 아직은 그다지 춥지 아니한 터이니까 그대로 불이나 좀더 때라고 할 것이고 또 이불을 가져오라고 하더라도 하필 옥섬이더러 가지고 나오라고 하는 것이 아무리 하여도 무슨 일이 저질러지는 것 같았다.

　그러나 한편으로는 설마 저와 짝을 지어주겠노라고 하여 둔 옥섬이를 손을 대지야 아니하리라는 안심도 하였다. 더구나 전에도 종종 밤은 아니지만 낮으로 영감이 옥섬이를 불러다가 심부름도 시키고 다리도 치게 한 적이 없었던 것도 아니었기 때문에.

　언제나 흉갓집같이 휑하니 찬바람이 도는 집안이 우수수한 가을비를 맞아 한층 더 음습하고 무시무시하였다.

　안잠자기와 옥섬이가 자고 있는 건넌방에는 전등불만이 환히 켜져 있고 인기척은 고요하게 그쳐졌다.

　큰방은 평양집이 달아난 뒤에 겉문을 굳이 닫아 두었기 때문에 밤이면 우중충하니 무서운 기운이 스며나는 듯하였다.

　산동이는 섬돌 위에 올라서서 잠깐 벼르다가 건넌방을 향하여

　"옥섬아." 하고 불렀다.

　목소리는 이상하게 떨렸다. 대답이 없다.

　그대로 나아가서 옥섬이가 자느라고 일어나지 아니한다고 핑계를 할까 생각도 나기는 하였으나 어쩐지 그렇게 하기가 죄송스러웠다.

　다시 서너 번 거푸 옥섬이를 불렀다.

　"응응." 하는 옥섬의 대답 반 잠꼬대 반 소리가 들렸다.

“옥섬아.” 하고 재차 불렀다.

“응?” 하는 분명한 대답이 들렸다.

“좀 일어나거라.”

“왜?”

잠깐 동안 부스럭거리는 소리가 들리다가 열리는 문으로 옥섬이가 눈을 비비며 불빛에 싸여 마루로 나왔다.

“왜 그러우? 잠이 와서 죽겠구만.”

옥섬의 하는 말은 불평을 말하나 그 말소리는 결코 불평이 없고 다정스러웠다.

옥섬이의 다정하고 어여쁜 얼굴을 보니 산동이의 마음은 또다시 불안스러워졌다.

“솜이불 한 채만 내오라고 하시더라…… 너더러 갖구 나오라고.”

“왜 나더러?”

“모른다 나두.”

“참 별일두 많네.”

“어서 가서 내갖구 가자.”

옥섬이는 정말로 불평스럽게 퉁퉁 걸어가서 닫아 둔 안방문을 활활 열어젖히고 전등불을 켰다.

으리으리한 방 안 짐이 불빛을 받아 무긋한 반사가 방 안에 넘쳐흘렀다.

옥섬이는 문갑 속에 든 열쇠를 찾아서 이불장을 열고 새파란 제병이불 한 채를 꺼내어 마루로 안아다 놓았다. 안아다 놓고는 산동이더러 가지고 나가라는 듯이 눈으로 말을 하고 다시 들어가서 방안과 방문을 전과 같이 단속하여 놓아두었다. 옥섬이는 산동이가 박힌 듯이 근심겨운 얼굴로 서서 있는 것을 보고 갑갑증이 났다.

“어서 갖구 나가우.”

“너더러 갖구 나오라신단다.”

“왜 글쎄 나더러…….”

“나두 몰라.”

옥섬이는 산동이의 추럿한 태도에 처녀의 본능으로 불길한 예감을 받아 더럭 겁이 난 소리로

“왜 그러실까!” 하고 긴하게 물었다.

“글쎄…… 멀…… 내일 아침에 멀 시킬라구 그러실 테지.” 옥섬이가 놀래는 것을 보니 억지로라도 안심을 시켜 주고 싶었다.

“참말?”

“그러찮으면 하필 너더러 나오라실라구?”

옥섬이는 잠깐 생각하다가 원정을 하듯이

“내 대신 제발 좀 갖구 나가우. 나는 정말 무서워.”

하고 산동의 얼굴만 바라보았다.

산동이는 어찌할 줄을 몰랐다. 그렇다고 의심스러운 눈치를 보일 수는 없었다.

“뭔 아무 염려 말구 가지구 나가 봐라.”

“참말? 갠찮어?”

“그럼…….”

“그럼 나는 몰라.”

옥섬은 당부하듯 안기어 떠밀듯 턱 마음을 놓고 선선하게 일어서서 이불을 안아들었다.

산동이가 앞을 서서 사랑으로 나아갔다.


3


옥섬이는 이태 전 그가 열다섯 살 때에 서울로 올라왔다.

순천 영감의 산지기(山奴)의 딸로서 침전과 모든 범절을 잘 가르쳐서 얌전한 베필을 골라 출가를 시켜주기로 하고 데려온 것이었다.

만일 옥섬이가 얼굴이 어여쁘지 못하였다 하면 그러한 선택에도 들지 못하였을 것이다. 하옇든 순천 영감은 안잠자기 하나를 고르더라도 제일 조건을 얼굴을 어여쁜 것으로 하였다. (물론 꼭 필요의 필요로만 그렇다는 것은 아니지만.)

옥섬이는 흔히 시골 처녀에게 보는 바와 같이 아주 순탄하고 말수 없는 계집애였었다.

그 까다롭고 요사스러운 평양집에게도 질투의 미움밖에는 다른 곳에는 험을 잡히지 아니하였다. 그의 생김생김이나 말썽 많은 집에서 배운 침선이며 다정스러운 천성을 가지면 남의 집 마누랏감으로는 샐 틈 없는 마감이었었다.

어려서부터 거친 일을 하여왔기 때문에 수족은 험하게 굵었으나 얼굴은 풍더분한 것이 누구나 한번 보면 두 번째 돌아보고 싶고 세 번째는 욕심이 날 만큼 복성스럽게 생겼다.

더구나 그가 해쭉이 웃을 때에 보이는 덧니 하나가 아주 썩 운치 있게 교태가 있었다.

이러한 옥섬이를 두었으므로 만일 평양집이 아니었었으면(산동이와 옥섬이를 짝을 지어주기로 한 것도 평양집의 계책이었지만) 벌써 옥섬이는 순천 영감의 개밥이 되었었을 것이다.

말하자면 평양집은 옥섬에게 대하여 보호자의 격으로 있었던 것이었다.

옥섬이가 그의 생활권 내에 들어오면서부터 산동이의 생활은 이십 세라는 생전에 맛보지 못하던 고운 실로 행복의 수를 놓았다.

산동이는 아홉 살 적에 정읍에서 순천 영감의 부인이 거지로 돌아다니는 것을 우연히 거두어 길렀다.

그러므로 그는 그의 아홉 살의 과거를 알지 못하였다. 성도 모르고 이름도 없고 부모도 없고 부모도 알지도 못하고 따라서 어디서 어떻게 생겨나 어떻게 되었는지도 알지 못하였다.

그의 나이가 그때에 아홉 살이라는 것도 다른 사람의 짐작이었지 산동이 자신은 알지 못하였다.

처음에는 영감의 부인의 손에서 길리다가 열두어 살 때부터 순천 영감의 차인꾼으로 이래 아홉 해 동안 서울까지 따라와서 충실한 하인 노릇을 하여왔다.

그의 생활(?)이라는 것은 직선같이 변화가 없고 단순하였다.

약을 달이라면 약을 달이고 다리를 치라면 다리를 치고 그저 무엇이고 시키면 시키는 대로 밥을 주면 먹고 잘 때가 되면 자고 일어나야 할 때면 일어나고—마치 손에 들고 짚고 가면 따라오는 순천 영감의 지팡이와 같이 담배를 넣고 불을 붙여 빨아들이면 연기가 나오는 순천 영감의 담뱃대와 같이 걸림성 없고 말수 없이 쓰고 싶은 대로 쓰이는 한 개의 도구道具로서 십 년 동안을 살아왔다.

그는 외부의 사회와 아무 간섭이 없이 살았다. 따라서 세상이라는 것을 알지 못하였다.

안다고 하면 다만 다른 사람들도 그저 밥을 먹고 일을 하고 심부름을 시키면 심부름을 하고 살아간다고만 생각할 뿐이었었다.

그러므로 그는 장래라는 것도 생각하여 본 적이 없었다.

그저 은혜로운(그는 순천 영감의 부처에게 깊은 은혜를 느끼고 있었다) 순천 영감에게 한평생 시중을 들고 시키는 일을 어김없이 복종하면서 살아갈 터이었었다.

그처럼 살아가자니 세상에 별로이 어렵거나 고생스러운 것도 없거니와 그 반면에는 재미스럽고 행복을 느낄 만한 아무것도 없었다.

남에게 다정히 굴어본 적도 없거니와 남의 정을 받아본 적도 없었다.

그러나 원래의 저능아는 아니었었다. 환경이 바뀌고 또한 생리적으로 변화가 생김에 따라 그의 마음에서도 정의情意의 싹이 돋아오르기 시작하였다. 그것이 옥섬이가 그의 생활권 내에 들어온 때부터였었다.

옥섬이가 올라오던 날부터 그의 마음은 공연히 기쁜 것 같았다.

아직 철이 훨씬 들지도 아니하였으나 그렇다고 어린애도 아니요 토실토실하니 어여쁘게도 생기고 아담스럽게도 생긴 옥섬이가 말할 수 없이 귀여웠다.

그 심리는 마치 좋은 인형을 가져보지 못하던 소녀가 상점의 진열장에 놓인 인형을 가지고 놀고 싶어하는 것과 흡사하였다.

같이 앉아서 나이도 물어보고 저의 집안 이야기도 들어보고 손도 좀 만져보고 얼굴도 좀 자세히 들여다보고 싶었다.

옥섬이가 무슨 일을 좀 잘못(?)하다가 평양집한테 꾸지람을 듣거나 또는 침모나 안잠자기 마누라에게는 시골뜨기라고 조소를 받는 것을 볼 때에는 성이 버럭 나고 옥섬이를 곧 그저 어디로 데려다가 숨겨 두고는 잘 어루만져 주고도 싶었다.

반 년 가량이 지나 둘 사이에 제법 낯이 익어지고 또 주인의 심부름 때문에 오며가며 말마디씩이나 하게 된 때의 일이었었다.

영감과 평양집은 저녁을 먹은 뒤에 극장으로 구경을 가고 침모와 안잠자기도 어디인지 다니러 나가고 사랑에는 산동이가 안에는 옥섬이가 집을 지키고 있었다.

산동이는 빨아 말린 양말이 구멍이 뚫어져서 그것을 꿰매려고 하였으나 마침 실이 없었다.

에라 겸두겸두해서 조용한 틈에 옥섬이와 이야기 좀 하여보리라……고 그는 안으로 들어갔다.

안에는 방방이 모두 불만 환하게 켜져 있고 인기척은 고요하였다.

산동이는 섬돌 위에 올라서서 컴 하고 밭은기침을 하였다.

옥섬이가 벌써 자는가 하고 도로 나오려다가 시험삼아 건넌방을 향하여

“옥섬아.” 하고 조용히 불렀다.

대답 대신 문이 열리며 옥섬이가 얼굴을 내보였다. 그의 얼굴에는 반가와는 하면서 그래도 좀 의외로워하는 눈치가 보이는 듯하였다.

산동이도 공연한 짓을 하였다 싶어 후회를 하였으나 그대로 우물우물할 수도 없었다.

“저…… 검은 실…… 조꼼만 다구.”

옥섬이는 해쭉이 웃으며 마침 옆에 놓고 쓰던 바느질 광주리에서 검정 실패를 찾아 가지고는

“검정실은 무엇하게?” 하고 물었다.

산동이는 대답하기가 퍽 거북하였다. 할 수 없으니까 제 손으로 양말구멍을 꿰매어 신는 것이지만 그것을 옥섬이에게 말하기는 어쩐지 계면쩍은 생각이 났다.

“저…… 좀 쓸라구.”

“글시 무엇에다 써?” 하고 옥섬이는 손에 든 실패를 등 뒤로 감추었다.

“무엇이다 쓰던지…….”

“일러주야 주지…….”

“꼭 알고 싶으냐?”

“응.”

“저 양말 좀 꾸매 신을라구.”

옥섬이는 하하 하고 웃었다. 산동이는 더욱 무렴하였다.

“그 말 허기가 그렇게 어려워서?”

“누가 어려워서 그러냐?”

“그럼?”

“그럼 뭣…….”

“이리 주…… 내가 꾸매 주께.” 그 말에 산동이는 날개가 돋칠 듯이 기뻤다. 옥섬이가 퍽 자기에게 고맙게 구는구나 생각하고 눈에서 방금 눈물이

쏟아질 듯이 가슴이 벅찼다.

"니가 꾸매 줄니?"

"응."

"내가 신던 양말인디?"

"신던 양말은 못 꾸매는 법인가?"

"그래 그럼 가서 갖구 오마."

산동이는 발이 땅에서 떠오르는 것같이 가분가분하였다. 얼른 그러나 그중에도 좀 덜 꿰진 놈 한 켤레를 골라가지고 다시 안으로 들어갔다.

옥섬이는 마침 바늘에 실을 꿰어가지고 기다리고 있었다.

그는 산동이가 말없이 주는 양말을 말없이 받아가지고 문턱 안에 쪽 흩뜨리고 앉아 바느질을 시작하였다.

산동이는 그의 얼굴을 바라보고 앉았다.

"옥섬아." 하고 불렀다.

"응?"

산동이는 불러는 놓고 별로 할 말이 나오지 아니하였다. 평소에 하여보고 싶은 말이 많이 있었지만 웬일인지 꽉 막히고 나오지를 아니하였다.

옥섬이는 불러놓고 왜 말이 없느냐는 듯이 고개를 돌려 산동이를 바라보았다.

산동이는 할 수 없이 아무 말이나 꺼냈다.

"일하기 고되잖데?"

"아 아니."

"시골 늬 집에 있을 때하고 어떻던?"

"몰라."

옥섬이는 고개를 쌀쌀 내둘렀다.

"어디가 존지를 몰라?"

"몰라."

"집 생각 안 나데?"

"몰라?"

"오래비(오빠) 있냐?"

"없어."

"동생은?"

"없어."

"너 혼자뿐이구나?"

"응."

옥섬이는 바느질을 하고 산동이는 하늘하게 불에 환히 비치는 옥섬이의 얼굴과 얌전스럽게 움직이는 손끝을 번갈아 바라보며 잠깐 동안 말이 없었다.

"바느질은 언제 그렇게 잘허냐?"

옥섬이는 수줍은 생각에 고개를 숙여버렸다.

"내가 뭘 잘한다구……."

"침모가 칭찬이 아주 놀랍더라."

"피……."

옥섬이는 꿰진 양말을 잘 접어 도닥도닥 하여가지고 산동에게 내주었다.

산동이는 그것을 받아들고 감격에 넘쳐 잠깐 동안 말이 나오지 아니하였다.

"고맙다."

"누가 그런 소리 하라고 하나?"

"나는 정말 고마워서 그러는디 그래?"

"고맙기는 무엇이 고마워?"

"너 같으면 안 고맙다겄나?"

"그럼."

"허허허허."

“후제도 내가 꾸매주께 무엇이던지 갖다주우 응?”

“뭘…….”

“무어 뭘…… 그리고 속옷이랑 내가 잘 빨아주께.”

이때부터 산동의 생활은 새로워졌다.

그의 마음은 즐겁고 가벼워지고 그의 옷과 먹는 것은 산뜻하고 다스워졌다.

그리고 그는 무엇보다도 새로운 희망이 생겼다. 국문을 혼자 공부하고 사랑에 놀러오는 영감들에게 글 이야기를 듣고 그리하다가 신문을 읽고 잡지 조각 같은 것을 읽었다.

그는 무어나 알고 싶었다.

그리하여 그는 신문의 사회면 기사쯤은 띄엄띄엄 읽을 수가 있게 되었다.

그것을 읽는 동안에 그는 전에 벼르던 것을 많이 알게 되었었다. 따라서 옥섬이에게 이야기할 거리도 장만하였다.

그것은 물론 한심한 지식이었었다. 모든 것이 의문투성이요, 안개 둘린 풍경을 바라보는 것 같은 것이었었다.

또한 그가 그러한 적은 지식을 얻었다 하더라도 그것을 가지고 자기라는 인생을 연구할 만한 것도 못되었었다.

그의 마음만은 더 알고 잘 알아서 옥섬이에게 변변한 사람이 되어 보이고 싶은 생각이 언제나 간절하였고 또 한심하게나마 노력만은 계속하였다.

그러는 동안에 옥섬이를 귀여워하는 즐거운 이태가 지나고 그것이 한 겹 더하여 옥섬이를 아주 자기의 아내로 삼게 된다는 것을 알게 된 때에 그의 행복은 하늘 끝까지 올라간 듯하였다.

옥섬이를 아내로 삼아 아무도 없고 옥섬이가 주인이요 자기가 주인인 자기네 집에서 옥섬이와 한가지로 살아갈 것이 그에게는 꿈인 듯싶게 즐거운 희망이었었다.

바스스하는 빗소리, 똑똑 듣는 낙숫물 소리, 그리고 가끔 가다가 늦은 전차, 자동차의 부르짖는 소리가 처량히 울려오고 건너 큰방에서는 영감에게 붙잡혀 앉은 옥섬이가 다리 치는 소리가 한시경을 잊은 듯이 토닥토닥 들려왔다.

산동이의 긴장된 신경은 조금 누그러지고 종시 일이 없으려나보다 싶어 무겁던 가슴도 적이 가벼워졌다.

얼마 후엔지 영감의 말소리가 들려왔다.

산동이는 가슴이 다시 더럭 내려앉으며 귀는 저절로 기울어졌다.

"좀 쉬었다가 쳐라." 다시 얼마 동안 침묵이 계속되다가

"옥섬아." 하고 영감의 부르는 소리가 들려왔다.

옥섬이가 대답을 하였는지 아니하였는지는 모르나 말소리는 들려오지 아니하였다.

"네가 지금 멧 살이지?"

"……."

"응…… 열여달…… 인제는 시집갈 나이가 되었구나."

"이리 가까이 온." (가까이 오너라.)

"……."

"허, 그년이……."

영감의 목소리는 약간 거칠어졌다. 잠깐 만에 옥섬의 소리가 명백히 들려왔다.

"놓아주세요."

"네가 요년 산동이를 생각하고 그러는가 부다마는 산동이쯤은 아무것도 아니다."

"놓아주세요."

“요년!”

영감의 호통 소리가 들리며 무엇인지 옷이 찢어지는 소리가 날카롭게 들렸다. 영감은 준절히 꾸짖었다.

“요년이 원 철을 몰라서 이러지…… 네가 요년 이렇게 고집을 부리면 내가 그만둘 줄 아니? 위선 네 어미 네 아비가 어떻게 될지를 몰라?”

“…….”

영감의 목소리는 다시 나직하고 타이르듯이 순순하여졌다.

“그러구저러구 간에 내가 한번 하구 싶은 것이면 그만두진 않는다…… 그러지 말구 이리와…… 네 신세가 오죽이나 잘 되겠니?”

산동이는 끝까지 옥섬이가 반항하는 말을 듣고 싶어 침을 삼키고 등에 땀을 흘리며 귀를 기울였다. 그의 눈은 장지문을 뚫고 다시 벽을 뚫고 건넌방을 투시할 듯이 열이 번득였다.

한참 동안 고요히 아무 말이 없다가 문득 옥섬이의 흑흑 느껴 우는 소리가 들렸다.

또 조금 있다가는

“아이구아얏!” 하는 옥섬의 비명이 들렸다. 그것은 아픔을 참지 못하여 무의식중에 부르짖는(얄고도 모진 품이) 창자가 끊기는 듯한 비명이었었다.

그 소리와 아울러

“가만 있어…… 괜찮다.” 하는 영감의 허덕거리는 소리도 들려왔다.

산동이는 주먹을 불끈 쥐고 벌떡 일어서서 눈이 찢어지도록 건너 큰방을 향하여 흘겼다.

그의 입술은 새파랗게 질리고 이는 보드득 갈렸다. 그는 문을 확 잡아 열듯이 몸을 앞으로 내어밀다가 무슨 큰 힘에게 잡아끌리는 듯이 뒤로 물러섰다.

또 한번 옥섬의 비명이 들렸다. 그 소리를 따라 산동이는 “으악” 소리를 치며 두 손으로 귀를 막고 그 자리에 쓰러져 정신을 잃어버렸다.

산동이는 옛이야기에서 들은 염라대왕의 사자처럼 흉하고 무섭게 생긴 순천 영감이 한손으로 옥섬이를 움켜쥐고 또 한손으로 자기를 잡으려고 덤벼드는 것을 옥섬이를 구하여 낼 겸 자기 몸을 피할 겸 죽을 힘을 다하여 싸우다가 문득 잠이 깨었다. 잠이 깨었다는 것보다도 정신을 차렸다.

그는 꿈과 생시를 확실히 구별치 못하여 아직도 그 무서운 귀신이 옆에 가까이 덤벼드나 하고 사방을 둘러보았으나 아무것도 보이는 것은 없었다.

때는 이른 아침이었었다. 전기불이 켜져 있는 채 창문은 훤하게 밝았다.

밤새에 비가 개고 밖에서는 아무런 소리도 들려오지 아니하고 듣다 남은 낙숫물 방울이 잊을 만하여서 한 방울씩 툭툭 내려졌다.

산동이는 차츰차츰 정신을 가다듬어 지난밤의 일을 처음부터 조금씩 생각하여 보았다.

그의 기억이 점점 이 사건의 절정으로 가까워가다가 맨 나중에는 그의 귀에는 옥섬의 부르짖던 비명과 영감이(보지 아니하여도 입으로 침을 질질 흘리며) "가만 있거라 가만 있어" 하던 소리가 눈에 보이는 것같이 완연히 들려오는 듯하였다.

그는 두 손으로 귀를 막으며 몸서리를 쳤다.

그는 지난밤에 옥섬이의 일이 되어가는 것을 엿듣느라고 그저 흘려들은 영감의 한마디 말을 문득 생각하여 냈다.

"네가 요년 산동이를 생각하고 그러는가 부다마는 산동이쯤 아무것도 아니다……."

이 말의 뜻을 되풀이하며 그 뜻을 새겨보고는 그는 이를 보드득 갈았다.

옥섬이로 인한 분과 자기로 인한 분이 한데 뭉쳐 당장 분풀이를 하고 싶었으나 그러나 그에게는 순천 영감이 감히 침노하지 못할 무서운 사람이었다.

그렇다고 그는 그 분함을 잊을 수는 없었다.

그의 눈에서는 눈물이 사뭇 걷잡을 수 없이 흘러내리기 시작하였다. 분한 눈물, 원통한 눈물, 그리고 옥섬을 생각하는 눈물, 여러 가지 눈물이 합쳐 흘러내리는 것이었었다.

실컷 눈물을 흘려 울고 나니 이상하게도 그의 마음은 가뿐하여진 것 같았다.

그리고 한 가지 생각이 그의 머리에 번쩍 떠올랐다.

"에랏!"

그는 자기 스스로가 놀랄 만큼 소리를 치고 덮었던 이불을 걷어차고 자리에서 일어났다.

"분하다. 분하다. 이놈의 세상……."

그는 이부자리를 걷어 치워놓고 벽에 걸린 당목 두루마기와 모자를 내려쓰고 밖으로 나왔다.

비가 갠 가을날의 아침 하늘에는 가벼운 안개가 자욱이 끼고 산뜻한 바람 끝이 사람의 정신을 쑤시어 깨는 듯하였다. 날은 아주 환하게 밝아졌다.

뜰 앞 화초밭에서 참새가 두어 마리 재재거릴 뿐 사람의 기척도 보이지 아니하였다.

산동이는 잠깐 아무것도 다 잊어버리고 타성적으로 영감의 시중을 들으러 갈 듯이 몇 걸음 방으로 향하여 걸어가다가 다시 정신을 차려가지고 대문간으로 향하고 나아갔다.

그는 영감의 집에서 영영 나가는 길이었었다. 나가느라고 마지막 발길이 대문 밖으로 나서질 때 그는 옥섬이를 다시 한번 보고 싶었다.

차마 그는 그대로 가버릴 수는 없었다. 그는 발부리를 돌려 안으로 들어갔다.

안 부엌에서는 안잠자기가 아침 설거지를 하고 있었다. 산동이가 의관을 차리고 들어오는 것을 보고

"어디를 이렇게 일찍 갖다 오우?" 하고 물었다.

"갔다 오는 게 아니라 가는 길이우."

산동의 마음은 아주 평탄하고 침착하였다.

그는 옥섬이가 눈에 보이지 않는 것을 응당 그러리라고 생각은 하였으나 그래도 물어보았다.

"옥섬이는 어디 갔수?"

"응…… 참 그애가 웬일이우? 자다가 깨어보니까 자꾸만 울고 있겠지, 왜 그러냐고 물어야 대답두 않구…… 웬일이라우?"

이렇게 지껄이다가 그는 산동이의 눈이 역시 팅팅 부은 것을 보고 더구나 이상히 여겨

"이잉 저것 보게, 산동이도 울었구만? 아이구 이게 웬일들이라우?"
하고 무슨 큰일이나 난 듯이 걱정을 하였다.

"내야 왜 울었겠소만…… 그래 옥섬이는…… 인제는 자우?"

"자는 게 무어야, 지금도 울고 있지…… 좀 들어가 보구려, 나는 웬 셈인지를 모르겠어."

산동이는 장성한 뒤로는 별로이 들어가 본 적이 없는 안방 건넌방으로 들어갔다.

산동이가 들어오는 것을 알았던지 옥섬이는 이불을 무릅쓰고 얼굴을 가렸다.

산동이는 한참이나 그 꼴을 물끄러미 바라보고 섰다가 옥섬의 옆에 가 앉았다.

"옥섬아."

부르는 산동이의 음성은 전과 같이 다정하면서도 비통하였다.

옥섬이는 대답이 없고 느껴 흑흑거리는 소리만 가늘게 들렸다.

"옥섬아, 나는 간다."

이 말에는 옥섬이가 이불을 걷어차고 벌떡 일어나 앉아서 놀라운 눈으

로 산동이의 얼굴을 바라보았다.

치마 주름이 뜯어지고 머리는 쑥대같이 흐트러졌다. 밤 사이에 홀쭉하게 야위고 두 눈두덩만이 팅팅 부어서 눈을 잘 뜨지 못하였다.

옥섬이는 다시 고개를 숙이고 말이 없이 새로운 눈물만 떨어뜨렸다.

산동이는 모든 인연을 단념하는 듯이 한숨을 후 내어 쉬며

"잘 있거라." 하고 옥섬의 손을 잡았다.

"가면 어디로 가우?"

"글쎄……." 하고 산동이는 생각하다가 문득 신문에서 자주 보던 만주라는 곳이 생각이 났다.

"만주라는 데가 있다는데……."

옥섬이는 고개를 들었다. 그의 눈에는 눈물이 그치었다.

"먼가?"

"멀구말구."

"나도 갈 테여."

"너는 못 간다."

"왜?"

"멀기도 멀지만 나 혼자 몸뚱이도 어찌될지 모르는디 니가 어떻게……."

"그럼 나는?"

이 말에 산동이는 저절로 고개가 수그러졌다. 둘 사이에 든 정도 정이려니와 귀신같은 순천 영감에게 차마 어떻게 불쌍한 옥섬이를—자나깨나 저렇게 부대껴 울고 지내다가 필경 가서는 전에 다른 첩들이 쫓겨나듯이 쫓겨나버릴 옥섬이를 차마 두고 혼자 갈 수가 없었다.

그러나 또 한편으로 앞일을 생각하니 데리고 갈 수도 없는 일이었었다. 더구나 지난밤 일을 생각하니 옥섬이를 보아도 몸서리가 나는 듯하였다.

그는 옥섬이에게 대고 '왜 어젯밤에 죽도록 발악을 못하고 영감의 위협하는 소리에 넘어갔느냐'고 족쳐주고 싶었으나 지금 와서 그 말을 하였다

도리어 갈리는 터에 섭섭만 할 것이고 또 자기 역시 어젯밤 그 자리에서 눈을 끔벅끔벅 뜨고 바라보고만 있던 일이 옥섬이더러만 큰소리를 할 기운이 나지 아니하였다.

그리하여 그는 다만 고개를 흔들면서

"못 간다 너는…… 내가 이렇게 나가는 것이 너를 띠어놓고 가서 나 혼자만 잘 되어볼라구 그러는 것이 아니다. 이 분을 품구 사람이 그대루 살어가면 무얼 하니?"

이 말은 산동이가 문득 생각이 나서 한 말이었었다. 그러나 그는 앞으로 두고두고 그 말을 지킬 결심을 하였다.

옥섬이는 고개를 숙이고 묵묵히 있다가 다시 고개를 들었다. 그 얼굴에는 처참하고도 숭엄한 결심의 빛이 완연히 나타났으나 산동이로서는 그것을 알아보지 못하였다.

"그러면 잘 가우."

"오냐." 하고 산동이는 대답은 하였으나 나오는 말이 목안으로 끌려 들어가고 눈에는 눈물이 줄기로 쏟아졌다.

옥섬이도 고개를 숙이고 눈물을 흘리다가 견디다 못하여 와락 산동의 목을 끌어안고 소리를 내어 울었다.

산동이도 옥섬이를 마구 끌어안고 울었다.

서로 붙어안고 울고 또 울고 실컷 맘껏 울었으나 솟아오르는 설움은 그치지 아니하였다.

"잘 있거라."

"응…… 날 잊지 마우."

"오냐 죽는 날까지 안 잊고 있으마."

"나두 안 잊으께."

"오냐 너두 잊지 말어라."

"나두 대문간까지 갈 티여."

“그래라. 같이 나가자.”

두 남녀는 앞서고 뒤서고 마루로 나왔다.

안잠자기는 보고도 못 본 체 부엌에서 일만 하였다.

옥섬이는 산동이를 따라 마당까지 내려갔다가 다시 방으로 들어가서 한참이나 있다가 무엇인지 종이에 싼 것을 주먹에 쥐고 나왔다.

해는 벌써 길이 넘게 솟아오르고 찬 안개는 고요히 벗어져가기 시작하였다,

문 앞 길거리에서는 오고가는 두부장수들의 외치는 소리가 요란히 들렸다.

옥섬이는 산동이와 나란히 서서 걸어가다가 안중문 옆에 있는 우물가에 발을 멈추었다.

“그러면 잘 가우.”

“오냐 잘 있거라.”

눈물은 다시 쏟어져내렸다.

“날 잊지 말구…….”

“오냐 잊어버리다니 될 말이냐.”

옥섬이는 손에 쥐었던 것을 산동이의 손에 쥐어주었다.

“이건 두었다가 시장한 때 요기나 하우.”

“그건 무어냐?”

“돈…… 아버지가 내려갈 때 주신 것 하구 또 마나님(평양집)이 나갈 때 준 건디…….”

“오냐 고맙다.”

“그러구 이건” 하고 옥섬이는 제 손에서 은반지를 뽑아 산동이에게 끼워주며

“날 잊어버리지 말라는 표루…….”

“오냐 이것이 없다구 잊어버리겠냐만…….”

"옷이 저렇게 검어서 인제 누가 빨아주?"

"옷 같은 것이야 걱정 없다만……."

그들은 두 손을 서로 잡고 마지막으로 얼굴을 서로 바라보았다.

"잘 있거라."

"잘 가우…… 그러구 잊지 마우."

"오냐."

산동이는 발을 돌이켰다. 두어 걸음 걸어갔을 때에 옥섬이의 "잘 가라"는 소리가 들렸다.

그가 몸을 돌이켜 대답을 하려고 보니 옥섬이는 보이지 아니하고 다만 우물 속에서 쏟쳐 내려가는 소리로 "잘 가라"는 옥섬의 목소리만 감감히 들리고는 뒤미쳐 철부덩 하는 물소리가 울려나왔다.

그는 그 자리에 박힌 듯이 꾸욱 서서 한참이나 생각을 하다가 주먹을 가슴이 터져라고 불끈 쥐고 눈이 찢어지도록 사랑방을 향하여 흘겼다.

솟는 해는 여전히 빛나고 참새도 무심히 지껄이고 문밖 길거리에서는 두부장수 소리가 역시 무관심하게 들렸다.

산동이는 발길을 돌려 기운차게 대문 밖으로 걸어나갔다.

《新小說》(1930. 5)

# 두 순정純情

## 1

산중이라 그렇기도 하겠지만 절간의 밤은 초저녁이 벌써 삼경인 듯 깊다.

윗목 한편 구석으로 꼬부리고 누워 자는 상좌의 조용하고 사이 고른 숨소리가 마침 더 밤의 조촐함을 돕는다.

바깥은 산비탈의 참나무 숲, 쇠—때때로 이는 바람이 한참 제철 진 낙엽을 우수수 날려 흐트린다.

바람이 자니가고 나면 이어 어디선지 모르게 싸—늘한 찬기운이 방안으로 스며들어 등잔의 들기름불을 위태로이 흔들어놓는다.

가느다란 등잔불이 흔들릴 때마다 아랫목 벽에는 노장의 검은 그림자가 커—다랗게 얼씬거린다.

이야기를 시초만 내다가 말고서 합장을 하고 눈을 감고 앉았는 노장은 언제까지고 움직일 줄을 모른다.

머리는 곱게 밀어 맨살같이 연하다. 수굿이 숙인 그 머릿길 없는 머리와 이마 위로는 무엇인지 모를 슬픔이 흐르는 듯 드리워 있다.

하얗게 센 눈썹이 갖다 붙인 것 같다. 길기도 길어 한 치는 넉넉 되는 성부르다.

은실을 심은 듯 고운 수염이 그리 터북하지 않아서 더욱 해맑다.

얼굴은 가는 주름살이 골고루 덮이고 티끌 하나 없이 몹시도 청아하다. 그 청아한 품이 지나치게 잘 그린 그림같아 방금 숨을 쉬는 산 사람의 얼굴인가 싶질 않다.

그렇거니 하고 보느라면 어쩌면 숨도 하마 쉬지 않느니라 싶어진다. 숙인 이마, 감은 눈, 합장한 손, 모두 저—오랜 옛적부터 이렇게, 그리고 앞으로 영겁永劫까지 이렇게 이마를 숙이고 눈을 감고 손을 합장하고 앉았을 한 폭의 슬픈 그림이 아니던가 하는 환각幻覺을 일으킬 듯 정적靜寂 한동안이 계속되고 있다. 나는 혼자 어떤 내력 모를 비극의 전설을 눈으로 보는 것 같은 이 노승의 그렇듯 비애가 흐르는 정적의 풍모에만 온갖 정신이 쏠려, 그가 꺼내다가 만 이야기 끝을 기다리기도 잊어버렸다.

얼마를 그러고 있었는지 모른다.

이윽고 노장의 입술이 가느다랗게 움직이면서 소리도 들릴락말락

"나—무아미타—불, 관세음보살!"

말은 염불이나 음성은 탄식하듯 하염없다.

"어서 지무실걸!"

노장은 합장했던 손을 내리고 조용히 눈을 뜨다가 나를 보고 혼잣말하듯 중얼거린다. 주인 된 인사상이겠지, 눈초리와 입가로 미소가 드러난다.

"네, 아직 졸리지두 않구, 그리구……."

나는 아닌 변명을 하면서 아주 웃는 걸로 무료함을 껐다.

"……또, 하시던 이애기두 마저 듣구 싶어서……."

"허허, 그만 이애기가 무어 그리 들음직한 게 있다구……."

"아—니, 재미있습니다. 어디 그 다음을 마저 좀……."

"허허, 재미가 무슨……. 저엉 듣고자 하시면 하기는 하리다마는, 나두 원 들은 지가 하—두 오래서……."

노장은 아까 맨 처음에 하던 변명을 또 하고 있다. 이야기가 자기의 소경사가 아닌 양으로 하자 함이다.

실상 오늘 우연히 유산遊山을 나왔던 길인데, 다른 일행은 아랫절에서 유하고 있고, 나는 전부터 이곳에 이상한 노승이 있다는 말을 들었던 터라, 위정 혼자만 이 암자를 찾아 올라와서 시방 그로 더불어 하룻밤을 지내게 된 것이다.

"게, 그래서…… 가만 있자, 내가 어디까지 이애기를 했던가? 아, 오옳지, 응 응……."

노장은 잊었던 이야기 끝을 찾아냈대서, 머리 없는 머리를 끄덕끄덕한다.

"게, 그래서……, 색시는 밤이 이스윽하두룩 졸린 것을 참고 앉어서 바누질을 하다가……, 그러자니 촌 농가집 며누리로 새벽 어둑어둑하면 일어나서 소물을 쑨다, 세 때 끼니를 해 치룬다, 빨래질 다듬질을 한다하느라고, 겨울이라 다른 일은 없다지만 온종일 오죽이나 몸이 고디며, 그러니 밤이면 오죽이나 졸립겠소?…… 그런 걸 눈을 쥐어뜯고 참어가면서 꾸벅꾸벅 졸아가면서……."

이렇게 이야기를 하고 앉았는 노장은 눈앞에 그 이야기의 환영을 보는 듯, 고개를 들어 우두커니 한눈을 팔면서 하는 말소리는 꿈같이 고요하다.

이어서 이야기는 다음같이 풀려나간다.


2


색시가 그렇게 밤이 깊도록 기다리고 있노라면 이슥해서야 겨우겨우 이웃집 글방에서 글 읽는 소리가 그친다.

색시는 얼른 방문 소리 기침 소리를 연달아 내면서 사립문께로 나간다.

그때면 벌써 사립문 밖으로 쿵쿵쿵 어린 새서방 봉수가 급하게 뛰어오다가 "어머니—" 하고 외쳐 부른다.

언제고 이렇게 부르는 것이지만 실상 모친이나 부친을 찾는 것이 아니요, 거기에 제네 색시가 기다리고 있는 줄 알면서 부를 수 없는 색시 대신 어머니라고 부르던 것이다.

부르는 소리에 대답하듯 색시가 기침을 하면서 지친 사립문을 열라치면, 봉수는 반갑다고 한걸음에 뛰어들어 색시 앞에 가 우뚝, 어둠 속에서도 배슥이 웃는다. 색시도 웃는다.

색시가 사립문을 잠글 동안 봉수는 기다리고 섰다가, 둘이 같이서 앞서거니 뒤서거니 제네들 방으로 들어온다.

이렇게 비둘기 한 자웅처럼 쌍지어 노는 색시와 새서방이라고는 하지만 색시는 스물한 살, 새서방은 열두 살, 그러니 모자간이라면 좀 무엇하겠고 그저 헴든 누이와 어린 오랍동생 같은 사이다.

색시는 새서방 봉수를 꼬옥 오랍동생한테 하듯 귀애하고, 새서방 봉수는 어머니를 제쳐놓고 어머니한테 따르듯 색시를 따른다. 봉수는 밖에 나갔다가 돌아와서 모친은 눈에 안 띄어도 그만이지만 색시가 없든지 하면 단박 시무룩해 가지고 찾는다.

이렇게 둘이는 부부간의 정이 들기 전에 그것을 건너뛰어 의좋은 동무, 정다운 오뉘가 되었던 것이다.

방으로 들어서기가 바쁘게 봉수는 노오랑 초립初笠과 빨강 두루마기를 훌러덩훌러덩 벗어 내던진다.

색시는 그것을 일일이 집어서 갓집과 횃대에다가 넣고 걸고 한다.

"망건은 안 벗구?"

색시는 벌써 눈에 졸음이 가득한 새서방을 까웃이 들여다보면서 웃는다.

"응……. 참, 아이 졸려!"

새서방은 눈을 시일실 감으면서 커다란 상투가 올라앉았는 머리로 조그마한 손이 올라간다.

"내가 벳겨주어?"

"응."

좋아라고 새서방은 색시의 무릎에 엎드린다. 색시는 망건을 사알살 벗기기 시작한다.

"이애기…… 응?"

새서방은 색시의 무릎에 엎드려 망건을 벗기우면서 고담을 조른다.

"아이! 졸려서 곤드레만드레 허믄서 이애기를 해 달래."

"그래두……. 이애기 해주어예지 머……."

"가만 있어 그럼, 내 망건 갖다가 걸구, 잘 누어서 이애기 해주께, 응?"

"응."

색시는 벗긴 망건을 걸고 와서 새서방을 아랫목으로 뉘고 이불을 덮어주고, 저도 한 가닥으로 허리를 가리고 그 옆에 가 드러눕는다.

새서방은 모로 돌아누워 이야기를 기다린다.

"저어, 옛날에—에, 저어……."

"응."

"아이! 하두 해싸서 인전 할 이애기가 있어예지, 어떻거나?"

"호랭이 이애기…….."

"호랭이 이애기는 백 번두 더 한걸!"

"그래두…….."

"가만 있어, 그럼 내 호랭이 이애기는 아니라두, 재미있는 이애기 하나 허께, 응?"

"저어 옛날에 쬐꼬만한 새서방하구 커—다란 색시허구……."

"이잉 싫다, 이잉…….."

새서방은 저를 빗대놓고 무슨 이야기를 지어서 하려는 줄 알고 지레 방색을 한다.

"하하하, 아이 참, 쬐꼬만한 새서방이라믄 왜 그렇게 질색을 허꼬!"

"해해……."

"하하."

"아, 가만 있어! 요게 무어야?"

새서방은 색시가 웃는 볼로 옴폭하니 패는 보조개를 손가락으로 꼭 누른다. 오늘밤 처음 본 것은 아니지만 오늘밤에야말로 그것이 퍽 좋아보였던 것이다.

"인전 그만 불 끄구 자, 응?"

"이애기는?"

"내일 저녁에 해주께."

"시방……."

"어쩌나!……, 그럼 저어 옛날에……."

색시는 아무 거나 되는 대로 둘러대서 호랑이 이야기를 한다.

새서방은 동화를 들으면서 미처 다 듣지도 않고 스르르 잠이 든다.

색시는 이불을 여며주고 다독거려주고 하면서 무심코 새서방의 자는 얼굴을 들여다본다.

눈에 익은 나무 같아, 안 자라는 성불러도 이태지간에 퍽 자라기는 자란 셈이다. 키도 자랐거니와 헴도 들고…….

재작년 섣달에 시집을 왔으니까 꼬박 이태다. 그때는 새서방의 나이 열 살, 정말로 애기여서 밤이면 자다가 엄마를 부르고 울기도 가끔 했고 언젠 가는 오줌도 쌌었다.

조금만 제 비위를 맞추어 주지 않으면 울고 안방으로 달려가서 일러바치고, 그 끝에는 으례껀 시어머니한테 걱정을 듣게 하고…….

그러던 것이 시방은 따르는 것도 따르는 것이거니와 도리어 제네 어머니를 가지고 색시한테 일르게 쯤 되었으니 그만해도 철이 났다고 할는지.

3

역시 그해 그겨울, 섣달 대목이 임박해서다.

시부모는 겨울이라 농사일도 별반 바쁠 게 없고 하니, 봄이 되기 전에 며느리를 친가로 보내기로 했다.

재작년에 혼인을 했으니 햇수로는 삼 년이요, 삼 년이면 근친도 보낼 때다. 그러니 기왕 보낼 바이면 명절도 제네 친가에 가서 쇠게 할 겸 그믐 전으로 보내는 게 좋겠다고, 그래 모레 글피로 아주 날을 받고 부랴부랴 서두르기를 시작했다.

새며느리의 첫 근친이라면 하기야 혼인잔치 못지않게 이바지를 차려야 하는 것이지만, 가난한 촌 농가에서 어디 그런 격식을 갖게 차릴 수는 없는 노릇, 그저 흰떡이나 한 말 하고 인절미나 한 말 하고 도야지 다리에 닭이나 한 마리 하고 엿이나 좀 고고 술이나 한 병 하고, 이것이다.

이래서 집안이 갑자기 바짝 바빴는데 새서방 봉수는 대목이니까 설 차림인 줄 심상히 알았다, 바로 그날 저녁.

여느 때처럼 글방에서 늦게 돌아와 자리에 눈 새서방 봉수는, 역시 여느 날 밤처럼 옆에 나란히 눈 색시더러 이야기를 조른다.

색시는 요새로는 저녁마다 그 이야기를 대기에 밑천이 달려, 적잖은 걱정거리다.

"저어, 옛날에―에……."

색시는 이렇게 시초만 내놓고 까막까막 생각하다가 언뜻 좋은 이야깃거리가 생각이 났다.

"아이 참, 나 말이여, 응?"

"응?"

"저어 모레 글피, 응? 저어 우리 집에 갔다 오께, 응?"

"우리 집? 저어기 재 너머 쇠꼴?…… 이잉 싫다, 잉."

"호호호, 어쩌나!…… 그래두 꼭 가야 하는 법인걸? 어머니 아버지가 갔다 오라구 해서 가는걸?"

"그래도 난 몰라…… 머."

"그리지 말구, 응! 내 가서 꼬옥 한 달만 있다가 오께…… 이애기두 많이 배워 가지구 오구……."

"싫다 잉…… 한 달, 머 서른 밤이나 머 자구 와?"

색시는 아닌게아니라 속으로 딱하기는 했다.

시집을 왔으면 이태고 삼년 만에 내남없이 으례껀 한 번씩은 근친을 가는 법, 그래서 시부모도 시키는 노릇이고, 시키는 노릇이어서 마지못해 하는 게 아니라, 시켜주기를 까맣게 기다리던 즐거운 한때다.

그러니까 즐거운 마음으로 가기는 가는 것이지만, 그대도록 따르던 새서방을 비록 한두 달일망정 떼어놓고 혼자 가서 있자니 두루 안된 게 한두 가지가 아니다. 밤으로 글방에서 돌아올 때면 누가 나서서 맞아주며 그밖에 아침저녁의 잔시중은 누가 들어준단 말이냐.

어머니가 없는 것이 아니나 암만해야 그새처럼 색시 제가 해주듯이 마음에 들도록 살뜰히 해줄까 싶질 않다.

이렇게 생각을 하면 근친이고 무엇이고 다 그만두었으면 싶기도 하다.

그러나 맘대로 그만둘 수도 없는 일이거니와 가령 저 혼자는 그만두자고 한다더라도 시부모한테 뻐젓이 내세울 말이 없다.

그렁저렁 색시는 마음이 민망하여 속을 질정하지 못한 채, 새서방 봉수는 그날 밤부터 이짐이 나 가지고 뿌루퉁한 채 근친 떠나는 날이 되었다.

새서방은 필경 고집이 터져, 글방에도 안 가고 울어대다가 저의 부친한테 매를 맞았다.

매는 맞았어도 속에 맺힌 노염이야 풀릴 이치가 없어 종시 시무룩하고 한편 구석으로 비켜서서 색시가 떠나는 눈치만 본다.

색시는 마음에 걸려 몇 번이고 뒤를 돌아다보면서 내키지 않는 길을 떠났다. 떠나기 전에 아무도 안 보는 조용한 틈을 타서, 인제 글방이 파접하거든 설에 어머니 아버지더러 말씀하고 꼬마동이나 앞세우고서 오라고 달래기는 했으나, 새서방은 울먹울먹 대답도 안했다.

색시의 뒷그림자가 멀어지자, 새서방은 사립문 밖으로 나서서 손가락을 입에 물고 바라다본다. 이바지 고리짝을 진 꼬마동이가 앞을 서고, 뒤에는 색시와 또 하나 안동해 보내는 동리의 일가집 아주머니가 나란히 들판을 건너가고 있다. 분홍 저고리에 갈매옥색 치마를 입고 시방 저리로 까─맣게 멀리 가는 색시, 얼굴이 눈앞에 어른어른한다.

해죽이 웃고, 웃으니까 볼에 옴폭 보조개가 팬다.

방금 떠나갔는데 자꾸만 보고 싶다. 보고 싶은데 자꾸만 멀어간다. 멀어가는 그것이 어쩌면 색시가 영영 가버리는 것이나 아닌가 싶어진다.

그 생각을 하니 그만 안타까와 몸부림이라도 치고 울었으면 시원할 것 같다.

저 들판을 다 건너 다시 그 앞을 막고 섰는 산을 넘어서 또 조금만 가면 처갓집인 줄은 안다.

그러나 그것은 제가 장가를 갈 때와 또 그 뒤에 한 번 가 본, 제 기억이 아니라 색시가 노상 손을 들어 가리켜 주던 말일 따름이다. 그러니까 색시가 한 그 말대로 그렇거니 하기만 했지 어디로 어떻게 가는 게 그 길인 줄은 모른다.

가든 안 가든, 가는 길도 모르는 것이 봉수는 더욱 안타까왔다.

시방이면 아직은 보이니까 쫓아가면 갈 것도 같다.

부르면서…… 무어라고?…… 어머니라고 부르면 알아들을걸…… 어머니 어머니 부르면서 쫓아가면 거기 서서 기다려 줄걸…….

곧 뛰어가고 싶다. 다리가 움칫거린다. 저어기 시방 가고 있는, 분홍 저고리에 갈매옥색 치마를 입은 색시가 돌아서서 웃고 기다리고, 그럴라치면 얼른 집으로 가자고 데리고 오고…….

어느 결에 눈물이 흐르는 것도 몰랐다.


4


사흘 뒤에 봉수의 부모는 할 수 없이 봉수를 아내가 가서 있는 처가로 보내기로 했다.

울고 이짐을 부리고 할 때에는 매질을 해서 다스렸지만 그저 시무룩하니 풀이 죽어가지고 있는 것은 애처로워 볼 수가 없다. 그러나마 자식이라고는 그것 하나밖에 없는 외아들.

외아들이기 때문에 농투성이의 터수에 그래도, 장차 생일이야 해먹을 값에, 제 성명 석 자나마 알아보고 쓰고 하라고 글방에도 보내어 통감通鑑 권이라도 읽히던 것이고.

그러나 그렇기 때문에 글방이 내일 모레면 파접이 될 것도 상관 않고 (하루 이틀, 덜 다닌다고 무슨 그리 우난 공부래서 밑질 게 있을까보냐)고 생각난 길에 그날로 보내기로 한 것이다.

봉수는 처가에—처가가 무엇인지는 몰라도 색시한테를 가라는 말만 듣고도 기운이 나서 날뛰었다.

사실 그는 색시가 없고 나니 아무 재미도 없고 모두 불편하기만 했다.

밤에 글방에서 돌아오면서 두 번 세 번 어머니를 불러야만 겨우 대답하고 그거나마 사립문께까지 나온 것도 아니요 겨우 방에서 그런다.

이래저래 짜증이 나서, 소리소리 어머니를 쳐부르면 아버지가, 저놈은 다 자란 놈이 장가를 가서 남 같으면 아이를 낳을 놈이 생얼뚱애기로 응석만 한다고 나무람을 한다.[2]

---

2) 원문에는 '나무차을한다'로 되어 있으나 오식이나 오기인 듯하다.

마지못해 어머니 옆으로 가야, 옷도 받아서 걸어주지 않고, 이야기는 물론 해주지도 않는다.

자다가 요강을 찾아야 얼른 대주지도 않는다. 그래서 자다가 깼을 때는 옆에 색시가 없는 것이 한결 더 섭섭하고 방금 울고 싶다.

잠도 재미있게 자지질 않고 밥도 먹히지 않는다. 그리고서 자꾸만 색시가 옆에 있으면 하는 그 생각만 난다.

사흘 낮 사흘 밤을 이렇게 풀 죽어 지내다가 인제는 어쩌면 영영 색시를 만나지 못하는 것이 아닌가 하는 낙망까지 하던 끝에, 갑자기 처가에를 가라는 말이 나오니 신이 나지 않을 수가 없던 것이다.

하기야 기왕이면 색시가 집으로 오니만은 못했다. 그래서 속으로, 가거든 단박에 색시를 데리고 같이 집으로 오려니 하는 엉뚱한 꾀를 내었다.

색시가 설빔으로 해서 농속에 차곡차곡 넣어둔 새옷을 갈아입었다. 부모는 간 길에 아주 설까지 쇠고 있다가 제네 아내와 같이 오라는 뜻으로 이렇게 차려 보내는 것이다.

처가에 설 세찬으로 달걀 세 꾸러미와 장닭 한 마리를 꼬마동이가 지게에 얹어 지고, 길라잡이삼아 앞을 섰다. 봉수는 노랑 초립에 빨강 두루마기에 인제 갈아 신을 새 버선을 보따리에 싸 짊어지고 뒤를 따라섰다— 우쭐거리면서……. 촌집의 이른 조반을 먹고 나섰어도 이십 리 들판을 건너, 오르기 오 리, 내리기 오 리의 소잡한 재를 넘어, 다시 십 리를 걸어, 겨우 쇠말의 처가에 당도했을 때는 쪼작거리는 어린애 걸음이라 오때가 겨웠었다.

새서방이 찰락거리고 들어서는 걸 본 색시는 고꾸라질 듯이 마당으로 뛰어내려온다. 꼬마동이며 또 뒤미쳐 나서는 친정 어머니며 동생이 보는 데가 아니면 반가움에 겨워 그대로 얼싸안을 듯한다. 새서방은 배슥이 웃고 섰다.

장모도 반겨하고, 마침 앓고 누웠는 장인도 방문으로 고개를 내민다.

“어서 방으로 들어가세…… 잘 오기는 왔네마는 치운데 오느라구 고생했네.”

장모가 이런 소리를 하면서 방으로 인도하재도 새서방은 그대로 서서 있다.

“어서 방으로 들어가요, 응?”

색시가 들여다보면서 애기 어르듯 하니까 새서방은 차차로 볼때기가 나오더니

“집에 가—” 한다.

여섯 살 박이의 처제까지 모두 웃는다. 색시도 웃기는 웃으나 그의 고집을 알기 때문에 단단히 속으로는 걱정이 된다.

“어쩌나!…… 그러지 말구, 자아 어서 방으로 들어가요! 치워서 말두 잘 못허믄서…….”

“집에 가—”

“호호호—, 아 나두 오래 오래간만에 우리 어머니 아버지한테 왔으니깐 좀 편안히 있다가 가예지! 응? 그렇잖어?”

“집에 가!”

“글쎄, 가던 안 가던…….”

장모가 보기에 하도 답답해서 달래는 말이다.

“방으루나 들어가서 이애기를 해야지 원 우리 착한 새서방님이 이럴 디가 있더람! 자아 어서.”

“어서 일러루 들어오느라!…… 그 자식이 고집두 유난하구나! 칩다. 어서 들어오느라.”

장인도 내다보고 있다 못해 말을 거든다.

그래도 꼼짝 않는 것을 색시가 할 수 없이, 아무튼 그러면 가기는 갈테니 위선 방으로 들어가자고 짐짓 조르니까사 겨우 마음이 조금 풀리는지 비실비실 방으로 따라 들어온다.

이튿날 오때가 훨씬 겨우고 거진 새때나 됨직해서 색시는 새서방을 앞세우고 친정집을 나섰다.

도무지 장인이고 장모고 색시고 천하없어도 그의 고집을 당해낼 수가 없었다. 어제 당도하던 길로 그렇게 고집을 부리면서 점심을 주어야 먹지도 않고 저녁도 안 먹고 엉파듯이 앉아 조르기만 했었다.

졸리다가 못해 되는 대로, 그러면 오늘은 날이 기왕 저물었으니 내일 아침에 일찍 가자고 졸랐다. 그 말에 또 한 번 솔깃해서 저녁밥을 먹는 시늉, 그 밤을 지냈다.

날이 훤히 밝자 일어나 앉아서 가자고 졸라댄다.

조반도 안 먹고, 점심때가 되니까는 필경 울음을 내놓는다.

인제는 아무렇게도 도리는 없고 다만 한 가지, 색시가 같이서 시집으로 오는 것뿐이다. 사맥이 이렇게 다급했던 것이다. 색시는 참말 딱했다.

새서방이 이쯤 따르고 하는 걸 여겨, 가령 근친을 와서 오래 편안히 있지 못하고 닷새 만에 도로 가는 것이야 글로 메꿀 수도 없는 것은 아니다.

실상 말이지 근친이라고 왔대야, 생각하더니보다는 그다지 즐거움도 모르겠고 흡사히 남의 집에 온 것 같아 하루바삐 시집으로 돌아가고 싶은 생각이, 오던 그 이튿날부터 나지 않은 것도 아니었었다. 더욱이 저를 잃어버리고 풀죽어 있을 새서방의 양자가 눈에 암암 밟히어, 밤으로도 편안한 잠을 이룰 수도 없었다. 하니 어떻게 생각하면 무지금코³⁾ 일찌감치 돌아가는 것이 일변 좋지 않은 것도 아니다.

그러나 시집에 대한 인사를 못 차려서 일이 아니다. 명색 근친이라고 왔던 길이니, 시부모의 버선 한 켤레 주머니 염낭 하나씩이라도 해 가지고

---

3) 아무 생각 말고 무턱대고.

돌아가야 할 것이고, 다만 인절미 한 고리짝이라도 지워가지고 갔어야 할 것이다. 그런데 이처럼 맨손이다. 민망하여 어떻게 얼굴을 들고 시부모를 보랴 싶다.

겨우 술 한 병에 마침 동리 사람이 꿩 사냥을 해다 둔 게 있어서 그놈 한 자웅을 구해 가지고 나서는 수밖에 없었다.

꿩은 새서방이 보따리에 꾸려 짊어지고 술은 색시가 손에 들었다.

부친은 앓고 누워 기동을 못하고 그렇다고 누구 마음맞게 배웅해 줄 사람도 없어, 모친이 겨우 오 리 가량 따라나와 주었다.

이럴 줄 알았으면 어저께 데리고 온 꼬마동이라도 잡아 두었을 것을 하고 후회도 했으나 역시 후회될 따름이다.

그러나 해는 좀 기울었다지만, 아는 길이니 저물기 전에 재만 넘어서면 그 다음에는 평탄한 들판인즉 좀 저물더라도 그리 상관은 없으리라는 안심으로 그것도 묻뜨리고[4] 나선 것이다.

아침부터 잔뜩 흐렸던 하늘에서는 금시로 눈이 쏟아질 것 같다. 바람이 또한 여간만 차고 거세게 불지를 않는다. 오 리 바탕이나 바래주려 따라 나왔던 모친이, 딸이 근친이라고 왔다가 느닷없이 이렇게 쫓겨 가듯 가고 있는 양이 새삼스럽게 어이가 없어, 뻐언히 보고 섰을 무렵부터 눈발이 하나씩 둘씩 포올폴 날리기 시작했다. 바람도 차차로 더 거칠어, 걸음 걷는 앞으로 채어든다. 그러던 것이 필경 재 밑에까지 당도했을 때는 이미 사나운 눈보라로 변하고 말았다.

바람은 사정없이 앞을 채이는데 눈발이 미친 듯 휘날리어 걸음도 걸을 수가 없거니와 가는 길이 어떻게 되었는지 분간할 수가 없다.

색시는 겁이 더럭 나고, 어쩐지 마음이 내키질 않았다. 새서방은 보니 입술이 새파랗게 얼어가지고 달래달래 떤다. 어떻게도 애처로운지 차마

---

4) '묻다'의 힘줌말, 묻어버리다. 사리를 따져 생각 않고 때려치우다.

볼 수가 없다. 그럴수록 자꾸만 더 뒤가 돌아뵌다. 시방이면 한 십 리 길밖에 오지 않았으니 친정집으로 돌아가도 그리 어려울 것은 없을 듯싶다. 그래 새서방더러, 그렇게 했다가 내일 날이 들거든 오자고 달래니까, 그건 죽어라고 도리질을 한다. 색시는 할 수 없이 새서방이 짊어진 보따리를 벗겨 제가 한편 어깨에 걸치고, 한 손으로 새서방의 손을 잡아 이끌면서 재를 오르기 시작했다.

비탈은 험한데 길이래야 겨우 발이나 붙임직한 소로다. 그 위에다가 눈이 벌써 허—옇게 덮였으니 어느 것이 길이고 아닌지 알아보기가 어렵다. 우환 중에 바람이 앞을 채이고 자욱한 눈발이 시야를 가로막으니, 짐작삼아 더듬고 간다는 것도 대중을 할 수가 없다.

드디어 길을 잃고 말았다.

하마 마루턱까지는 다아 올라왔으려니 싶은데 그대로 올라가는 길이다. 그런가 하고 한참 올라가노라면 갑자기 내려쏠리는 비탈이 앞으로 기울어졌다. 비탈을 겨우겨우 내려가면 도로 또 올라가는 언덕바지다.

색시는 옳게 겁이 나고 마음이 다뿍 급해서 허둥지둥한다. 새서방은 손목을 잡혀, 매달려오면서 세 걸음에 한 번씩 고꾸라진다. 와들와들 떨면서 얼굴이 사색이다. 참다 못해 새서방을 들쳐업었다. 업고 나서니 새서방은 편할지 몰라도 색시는 더 어렵다. 꿩을 싼 보따리는 띠삼아 동쳐맸다지만 손에 든 술병이 여간만 주체스럽질 않다.

새서방을 들쳐업고 다시 얼마를 헤매는 동안에 길은 종시 찾지 못했는데 날이 깜박 저물었다. 눈보라는 더욱 사나와 세 걸음 앞이 보이질 않고, 바람은 앞뒤로 치어 퍽퍽 꼬꾸라뜨린다.

등에 엎힌 새서방은 어엉 영 울어댄다. 춥고 배가 고프다는 것이다. 그도 그럴 것이 어제부터 고집을 쓰느라고 끼니를 변변히 먹지 않았으니 묻지 않아도 배는 고플 것이다, 속이 비었으니 춥기도 한결 더할 것이고.

그러나 춥고 배가 고프기는 새서방만이 아니다. 색시도 새서방이 밥을 안 먹고 하는 운덤[5]에 어제 점심부터 오늘 점심까지 줄곧 설쳤기 때문에, 시방 여간만 속이 허한 게 아니요 따라서 추위도 더 심하다.

등에 업힌 새서방의 우는 소리에 애가 녹다 못해, 색시는 치마를 벗어서 덤쑥 무릅씌운다[6]. 그러나 그것 한 껍데기 벗어버린 색시는 갑절이나 더 추웠어도 새서방이 그만큼 갑절 따스운 것은 아니다. 다시 얼마를 헤맸는지 모른다. 눈보라도 눈보라려니와 인제는 날이 아주 어두워서 지척을 분간할 수가 없다. 앞으로 옆으로 허방을 딛고는 쓰러진다.

그렇게 쓰러지기까지 하느라고 더욱 기운이 빠져 아주 기진맥진 한 걸음도 옮겨 놓기가 어렵게 되었다. 기운이 없을 뿐만 아니라 정신도 아드윽하니 횡총망총해진다.

그러한 중에도 한 가지, 등에서 우는 새서방을 생각하여, 이래서는 안 되겠다고 정신을 가다듬고 기운을 차려가면서 구르듯 기어가듯 하는 참인데, 그럴 무렵에 어쩌다가 한 번 앞으로 푹 꼬꾸라지는 손에 잡혀지는 것이 있었다.

어떻게도 반가운지.

그것은 논바닥의 벼포기였었다.

벼포긴 줄 알자, 인제는 산중을 벗어져 나왔구나 하는 안심에 그대로 펄씬 주저앉아 버렸다.

다시 일어날 기력이 없기도 하려니와 그는 시진한 정신에 시방 좀 쉬어 가자는 생각이 든 것이다. 이 눈보라 속에서 쉬어가자고 주저앉아 있는 것이 벌써 정신을 차리지 못한 것인 것은 말할 것도 없다. 그러나 그러한 중에도 등에 업었던 새서방을 내려서 제 품안에 담쑥 안고 치마로 싸주고 하기를 잊지 않았다.

---

5) 운이 좋아 덤으로 생기는 소득. 예) 첩을 얻어 들이는 소임으로, 몇 해 단골 된 곰보딱지 방물장수가, 그 운덤에 허파에서 바람이 날 지경이지요.《태평천하》
6) 몸 위로 뒤집어씌우다.

하는 동안에 정신이 차차로 더 오리소리하고[7], 그러자 새서방의 우는 울음
소리가 차차로 차차로 멀어감을 알았다.

"혼자 먼점 가나보다. 그렇다면 다행이지!"

여기까지 생각하다가 깜빡 정신을 놓아버렸다. 새서방은 그대로 울고
있고…….


6


그날 밤, 그리 깊진 않아선데, 동리 사람 몇이 마침 재를 넘어오다가 길
옆 논바닥에서 사람 우는 소리를 들었다. 그들은 처음 귀신 우는 소린 줄
알고 모두 머리끝이 쭈뼛했으나, 일행이 여럿이기 때문에, 대체 그놈의 귀
신이 어떻게 생긴 것인지 좀 본다고, 쫓아와서 횃불을 비추어 보니 봉수네
내외였었다.

꽁꽁 얼어서 오그라붙은 색시와 다 죽어가는 새서방을 동리 사람들이
업어오기는 했으나, 색시는 영영 소생하지 못했고, 새서방만 무사히 살아
났다.


7


봉수는 죽은 색시를 잊지 못했다. 언제고 분홍 저고리에 갈매옥색 치마
를 입고 해죽 웃는 얼굴에 이쁜 보조개가 옴폭하니 패는 색시가 눈에 밟혔
다. 봉수는 이렇게 색시의 얼굴을 생각해보는 것이 슬프면서 그게 기쁨이

---

7) 뜻밖의 일이나 복잡한 일들로 정신을 가다듬지 못하다. 얼떨떨하다.

었었다. 그러는 동안에 그의 나이 열셋, 열넷, 열일곱, 스물 더해가고 사람
도 자라 철이 들어갔다. 그러나 분홍 저고리에 갈매옥색 치마를 입고 보조
개가 옴폭 패게 웃는 색시의 환영은 그대로 가슴속에서 사라지지 않았다.
도리어 점점 더 뚜렷해갔다.

　스무 살 때에 그의 부모가 다시 장가를 들이려고 했으나 봉수는 막무가
내로 듣지를 않았다.

　스물다섯 살까지에 양친이 다 돌아가자, 봉수는 집과 살림과 밭뙈기와
논 몇 마지기를 모조리 팔아가지고 동리를 떠났다. 누구의 말에는 어느 산
중에 들어가서 중이 되었다고도 한다.


8


　"누구의 말에는 산중에 들어가서 중이 되었다고 한답디다."

　이 말로 노장의 이야기는 끝이 났다. 나는 비로소 이 노장의—아주 속세
의 인정사와 인연이 없는 성불러도, 기실 지극히 슬픈 인정비화의 주인공
인—이 노장의 내력을 안 것 같아서 혼자 고개를 끄덕거렸다.

　"그래 노장, 올해 연치가 어떻게 되셧나요?"

　"내 나이요? 허! 여든둘이랍니다."

　"여든둘……, 그러니 칠십 년이군! 칠십 년, 칠십 년, 일 세기 가까운
순정!"

　나는 혼잣말로 이렇게 중얼거리다가 다시 물어보았다.

　"그래 시방두 그 분홍 저고리에 갈매옥색 치마를 입고 볼에 보조개가 옴
폭 패는 색시가, 늘 보입니까?"

　"실없는 말씀을!"

　노장은 나를 나무라면서, 눈을 감고 고개를 숙이고 합장을 한다.

머리 없는 머리와 숙인 이마로 흔적 없이 드리운 비애, 흰 눈썹에 은실 같은 수염, 그림같이 청아한 얼굴, 숨도 쉬지 않는 듯한 정적…… 이런 것이 모두 아까와 같았으나 대하는 나에게는 새로이 인상이 핍절했다.

윗목에서는 상좌가 여전히 꼬부리고 누워 숨소리 고르게 자고 있다. 잊었다가 생각이 난 듯, 쇠—하니 밖에서 바람이 일어 낙엽을 흐트린다.

찬 기운이 방 안으로 스며들면서 등잔의 들기름불이 가느다랗게 춤을 춘다. 아랫목 벽에 어린 노장의 꼼짝도 않는 그림자가 호올로 얼씬거린다.

《농업조선農業朝鮮》(1938. 6)

# 용동댁龍洞宅

  열어젖힌 건넌방 앞문 안으로 소곳이 고개를 숙이고 앉아, 용동댁은 한참 바느질이 자지러졌다.

  마당에는 중복中伏의 한낮 겨운 불볕이 기승으로 내려쪼이고 있다. 폭양에 너울 쓴 호박덩굴이 얼기설기 섶 울타리를 덮은 울타리 너머로 중동 가린 앞산이 윗도리만 멀찍이 넘겨다보인다.

  바른편으로 마당 귀퉁이에 늙은 살구나무가 한 그루 벌써 잎에는 누른 기운이 돈다. 바람이 깜박 자고 그 숱한 잎사귀가 하나도 까딱도 않는다.

  집은 안팎이 텅하니 비어 어디서 바스락 소리도 들리지 않는다. 집 뒤의 골목길이고, 집 앞의 행길이고, 사람 하나 지나가는 기척도 없다. 이웃도 모두 빈집같이 조용만 하다.

  보기에도 답답하고, 마치 세상이 가다가 말고서 끄윽 잠겨 움직이지 않는 성싶게 하품이 절로 나오는 여름날 오후의 정적이다.

  그 정적이 너무 지나치게 과해서 도리어 신경이 절로 놀랐음이리라, 용동댁은 골몰했던 바느질손을 문득 멈추고, 소스라쳐 한숨을 몰아쉬면서 고개를 든다.

  이런 때에 모친이라도 옆에 있다가 보든지 하면, 젊은 홀어미의 청승맞은 한숨이라고, 그 끝에 자기 딴은 딸의 신세를 여겨 눈물을 질끔질끔하곤 하지만 사실이 또 청상과수로서 한숨이 없는 바 아니기는 하지만, 그러나 그렇다고 용동댁인들 무슨 주야장천 과부 한탄이요, 숨길마다 그 한숨으로 세월을 보내는 것은 아니다.

사람이란 건 일에 잠착하던 끝이면 무심중에 한숨이 나와지기도 하는 것, 그와 마찬가지로 시방 용동댁도 한숨을 내쉬기는 했어도, 오히려 아무 생각하는 것이 없이 방심한 채로 우두커니 한눈을 팔고 있는 것이다.

단조하고 동요가 없는 주위의 풍물이나 무섭게 조용한 침정 그 속으로 녹아 들어가는 듯 용동댁은 아무 생각도 없이 소리도 안 내고 그린듯 언제까지고 그렇게 앉아 있었을는지 모른다. 그런 것을, 돌연한 한 개의 음향이, 음향이라지만 그리 대단한 것도 아니요,

"뜸 뜸 뜸."

앞 논에서 코머거리 소리로 우는 뜸부기의 소린데, 그놈이 여지껏 끄윽 잠기어 움칫도 않던 주위와 사람을 한꺼번에 갖다가 하잘것없이 잡아 흔들어놓는다.

뜸부기 소리에 퍼뜩 정신이 들었을 뿐 아니라, 긴히 생각하는 게 있어, 용동댁은 고개를 훨씬 쳐들고, 이리저리 마당을 둘러본다. 둘러보아도 찾는 것이 눈에 뜨이지를 않으니까, 이번에는 바느질을 내려놓고, 부리나케 마루로 해서 마당으로 내려선다.

"고오오 고고, 고고오 고고오."

근처에 어디 있었으면 고고오 한마디 부르기가 무섭게

"꼭 꼭 꼭."

대답을 하면서 쪼르르 달려왔을 닭—닭이라야 달랑 한 마리밖에 없는 흰 암탉이 아무데도 보이지도 않고 나오지도 않는다.

"고오오 고고, 고고오 고고."

처음보다 좀더 크게, 그리고 완구히 초조스럽게 닭을 부른다. 그러나 종시 반응은 없다.

　용동댁은 제일에 따가운 햇볕을 견뎌내지 못해, 토방으로 올라와서 마룻전에 퍼근히 걸터 앉는다.

　두 번째에 부르는 목소리도 그러했지만, 얼굴에도 분명한 역정스러움이 드러난다. 닭이 이웃집의 장닭을 따라간 줄 이내 짐작했고, 그것을 자기도 모르게 괘씸해하는 속상이던 것이다.

　이 암탉이 이웃집의 장닭을 따라 난질[8]을 간 것을 미워하는 자기의 마음을 용동댁이 만약 의식했다면, 그는 스스로 얼굴이 붉었을 것이지만, 그러나 아직 거기까지에 주의가 미치진 못했었다.

　자웅 찌지 않은 암탉 한 마리, 그것은 무던히 희한스런 속절이 있는 생명이었었다.

　이 정생원네 집, 그러니까 용동댁의 친정은 선비의 집안이기는 하지만, 또 농사라야 밭 몇 뙈기와 논 열 마지기를 고지 주어 지어서 그 소출로 근근 일년 계량이나 하는 터라, 여느 농사하는 집과 좀 다르기야 하지만, 그래도 촌살림이요 아깝게 버리는 쌀뜨물이며 겨하며 솥글겡이[9]며 흘린 곡식 하며가 노상 없는 바 아니니, 개돼지와 닭 같은 것을 응당히 쳤어야 오히려 촌가답게 섭섭지 않았을 것이다.

　그런 것을 이 집안은 언제부터 난 말인지는 몰라도 집 터전이 세다든가 무어라든가 해서 개돼지며 닭이며 하는 짐승을 쳐도 잘 되지 않는다는 것이다. 가령 돼지는 먹이면 앙가발이[10]가 지거나 병이 들어 죽고, 개는 기르면 비루를 먹거나 미쳐버리고, 또 닭은 치면 삵이나 도둑고양이가 물어다 먹거나 콧병이 나서 죽어버리고…….

　아닌게아니라 그 전자의 몇 차례 소경사로 보면, 그러한 일이 통히 없던

---

8) 여자가 정을 통한 남자와 도망하는 짓.

9) 솥글겡이, 눌은밥.

10) 다리가 짧고 굽은 사람

것도 아니어서, 개돼지며 닭을 치는족족 재미를 보지 못한 게 사실이다.

그래서 사오 년 이짝은 강아지새끼 한 마리도 얻어다가 기르지를 않는 참인데, 허나 집터가 세네, 상극이 졌네 하는 것은 결국 우연을 당연으로 여겨버리려는 한낱 구실이요, 실상인즉 이 집안 식구가(식구라야 많지도 않지만) 누구 없이 그러한 것에는 정성과 마음을 들일 경황들이 없기 때문이라고 해야 옳은 말이이라.

첫째 이 집의 대주大主 정생원인데, 그가 요새 세상에서는 거진 다아 없어지고 구경하기도 힘드는 옛 선비여서, 닭이 알로 깨는 것인지 새끼로 낳는 것인지조차 모르는 사람이요, 게다가 중년 이후로는, 올해 나이 근 육십이니 이십 년 가까이, 남의 집 훈장질을 하느라고 시방도 삼십여리 상거의 인읍에 나가 학장 노릇을 하고 있으면서, 집에는 한 달에 한 번이나 다니러 올까말까, 월량(月糧 : 月給) 푼이나 생기면 잔 가용에 보태 쓰라고 얼마간 집에　떼어보내고는 나머지를 가지고 글장하는 친구들과 어울려 술이나 마시고 풍월風月이나 하기로 온갖 낙을 삼는 터, 또 그러한데다가 최근 사오 년 이짝은 자식이라야 둘도 없던 딸—용동댁—이 상부喪夫를 한 것으로 가뜩이나 마음이 울적하여 집안의 살림은커녕 세상만사에 도무지 흥을 잊은 사람이 되고 말았다.

그렇기 때문에 가령 한 달에 한 번이고 혹은 두 달에 한 번이고 집에를 다니러 오더라도, 모를 심었느냐 김을 매었느냐 금년 소출이 얼마나 되느냐 하는 등, 살림 형편은 통히 알은체할 줄을 모르고, 또 외손자 태진이를 몹시 귀애하기는 하면서도, 아 저놈이 밥반찬이 어설플 텐데, 거 닭이라도 몇 마리 놓아서 알을 받아 끼니때에 쪄주질 않느냐고 등속의 농갓집 가장다운 신칙을 할 주변성이 없는 영감이다.

그 다음 용동댁의 모친인데, 바깥 대주 정생원이 그 지경으로 범연해서 살림 알은체를 안 하니까, 자기가 안팎을 겸한 집안의 주장이 돼가지고, 할 수 없이 농사일이며 기타 범절을 대강대강 처리해나가기는 하지만, 그

저 마지못해 하는 노릇이지, 하나도 정성은 들이는 게 없고, 더구나 자작
소름한 일에는 생각조차 하고 싶어하질 않는다.

젊어서부터도 촌살림에는 능란치 못한 여인이었는데, 딸이 홀몸이 되어
버리자, 마치 하늘이라도 무너진 듯 넋이 나가서 만사에 뜻이 없고 한 탓
이기도 하지만, 역시 천품의 소치도 없지 않아, 가령 딸이 젊은 과수의 몸
으로 와서 있곤 하여, 밤저녁으로 집안이 유난히 허전한 것 같아 하기는
하면서도, 번연히 거기 어디 동네 집에 푹 쌨는 강아지새끼나마 한 마리
얻어다가 길러서, 짖는 소리라도 들리게 하려고(누룽지가 아까운 것은 둘째
로 치고서 말이다) 그만 것을 섬뻑 엄두를 내려고 하질 않는 솜씨다.

그리고서는 어쩌면 자기가 과부나 된 이상으로, 그저 자나깨나 그렇지
않아도 안질로 육장 질척질척한 눈에 눈물이 질끔질끔 딸의 신세 탄식, 그
러다가 지치면 동네로 비잉 마을 다니기…….

그 다음이 또 하나 셈든 어른이라는 게 용동댁인데, 열일곱 나던 이월에
이웃 솔메라는 동네의 같은 선비네 집 같은 동갑한테로 시집을 갔었다.

시집을 가자, 바로 얼마 안 되어서 태기가 있어가지고, 이듬해 여름에
시방 데리고 있는 아들 태진이를 낳았다.

그저 애기 둘이서 애기 하나를 낳아놓은 것이지만, 오히려 손자며 외손
자가 늦다고 걱정까지 하던 암사돈 수사돈 두 사돈집에서는 다같이 경사
로워했었다.

용동댁은 그래서 시집의 귀염을 받았을 뿐 아니라, 본시 인심이 각박하
지를 않았고, 또 새서방과는 비둘기 한쌍처럼 금실이 있어, 말하자면 어느
모로 보든지 팔자가 좋은 편이라고 할 수 있었다.

하나 그것은 잠깐 몇해요, 스물세살 때에 남편을 달칵 여의고 말았다.
문자 그대로 청상과수, 그러니 시집의 인심이 너그럽다든가, 일찌감치 옥
동자를 낳아서 시부모의 더한 귀염을 받았다든가, 더욱이나 남편과 의초
가 좋았다든가 하는 것은 아무것도 남은 게 없고, 일장의 꿈이 아니면 아

득한 전설의 사실로서 단지 기억에나 처져 있을 뿐이요, 눈앞의 현실은 마음 붙일 곳도 마땅히 몸 담아둘 곳도 없는 아이 데린 새파란 과부로 나가 떨어졌을 따름이었었다.

이래 사 년이 지났다.

그동안 용동댁은 친정에도 와서 있다가 시집에도 가서 있다가, 작년 늦은 여름부터는 이곳 친정집에서 이내 일년 짝이나 비교적 오래 한 군데 붙어 있는 참이다.

그러나 그렇다고 아주 시집과는 인연을 끊고서 영영 친정집에 몸을 담가두자는 생각이더냐 하면, 그도 아니요, 부지중 그만큼 오래게 된 것인데…….

여자란 건 어려서는 부모에게 매어 살고 자라서는 남편에게 매어 살고 늙어서는 자식에게 매어 살고 하는 것이라고 한다.

독립해서 세상을 살아갈 능력이 없는 낡은 가정의 여자에게 꽤 맞는 소리요, 용동댁도 하릴없이 그러할 여인인데, 하나 이미 장성은 해서 부모에게 매어 살 시절은 지났고, 그런데 몸과 마음을 맡기고 거기 붙이어 살아갈 남편은 죽어 없고, 또 그런데 자식은 아직 어리기도 하거니와, 내 자신도 너무 젊어, 늙은이들처럼 자식한테 의지해 여생을 보낼 경우도 되지를 못하고…….

그러니 용동댁 같은 여자에게는, 어려서는 부모에게 장성해서는 남편에게 늙어서는 자식에게, 의지를 해서 살도록 그것이 생활의 진리요 인생 된 운명이었다고 하면, 시방 청춘에 어린 자식을 데리고서 과부가 된 그는 한 일 없이 인생을 잃어버렸고, 생활로부터 두웅둥 떴다고 볼 수밖에 없는 처지이었었다, 볼 수밖에 없는 것이 아니라, 사실이 그러하다.

남편을 여의고 나서 한 일년 짝은 그새와 다름없이 착실한 새댁 노릇을 했었다. 침선 같은 것을 직책으로 맡아 해낸다든가, 시부모를 받든다든가, 손아래의 시아재와 어린 아들 태진의 뒤치다꺼리를 한다든가, 조금치도 내색을 안 내고 말치 없고 소리 없는 시집살이를 곧잘 했었다.

그러나 그것은 겉으로만 그렇게 전과 다름이 없었지, 마음은 하나도 내키지 않는 노릇이요, 신명도 물론 나지 않고 재미도 붙지 않았다.

한말로 말하자면 마음이 떴던 것이다.

물론 과부가 마음이 떴다고 하면 첩경 남편 그리움을 의미하는 것이겠는데, 실상 용동댁은 무슨 그다지 몸부림이나 오두가 나게끔 남편을 아쉬워하진 않는다.

허기야 정다웠던 애정이며, 가고 없는 남편의 환영이 추억되고 안타깝게 그립지 않다는 것은 도리어 빈말이겠지만, 그러나 이것과 저것과는 생리적으로 계통이 다른 물건이라, 즉 용동댁은 삼십과부가 아니었고 이십과부이었기 때문에, 그야말로 바람이 날 지경은 아니고, 어느 편이냐 하면 차라리 담담한 편이라고 할 수가 있었다, 적어도 아직은 그러했다.

간혹 가다가 몸은 젊은데, 자식은 어리고 해서, 그것이 더러 생각하면 딱하기도 하고, 막막하기도 하기는 했지만, 그 역 일시일시 그러다가 말지, 눈썹이 타들어오도록 다급하게 걱정이 되지는 않았고, 따라서 그로 인해 마음이 뜨는 것은 아니었었다.

그렇지만 분명 마음이 뜨기는 떴고, 그게 정체가 매우 막연해서 자기 자신이나 혹은 주위의 근친이 바로 알아내지 못하는 것인데, 생활의 중심, 이 생활의 중심을 갖지 못한 게 진실로 갖은 조화를 다아 부리던 것이다.

생활의 중심을 갖지 못한 젊은 과부는, 물 위에서 떠도는 기름방울 같아 마음도 몸도 질정해 어디다가 건사할 바를 모르는 게 정수定數란다.

일년 동안 남편 없는 시집살이를 그처럼 마음 없이 해오다가, 영영 신산하기만 하니까, 이래 보았으면 좀 나을까 하고서, 친정에를 와서 몇 달 지간 지냈다.

그러나 친정 역시, 시집 식구들이 죄다 남 같아 내 몸이 거기에 함께 섭쓸리지 않듯이, 친정 부모가 또한 남처럼 데면데면한 것만 같고, 일을 해도 시집에서와 일반으로 마지못해 손에 잡기는 하나, 마음은 건성이고 해서, 바라고 왔던 친정살이도 재미라고는 꼬투리도 얻어보질 못했다.

다시 시집으로나 가서 있으면 나을까 하고, 석 달 만에 돌아갔고, 갔으나 도로 일반이고……, 그래 또 얼마 만에는 친정으로 와보고……, 이렇게, 하기를 그새 몇 번 되풀이하느라 사 년 동안의 과부살이를 아무튼지 넘기기는 무사히―진실로 무사히―넘긴 셈이다.

그동안에 한가지 특별한 일이 있었다고 한다면, 재작년 봄에 아들 태진이가 보통학교에 입학을 한 것이겠고, 그러나 그것 역시 학교가 마침 좋게, 친정집과 시집의 중간쯤에 있었기 때문에 아들을 데리고 친정과 시집으로 오며가며 지내는 데, 별반 구애가 되지는 않았었다.

그처럼 마음이 뜨고 몸조차 뜬 용동댁이라, 더구나 친정에서고 시집에서고 마지못할 침선이나 집안 식구네의 뒷시중 이외에는 알뜰살뜰히 살림에 맛을 붙일 정성이 날 수가 없는 처지이니, 하물며 개돼지를 친다든가 닭을 놓는다든가 등사에 재미를 들일 흥이 없을 게야, 물론 말할 것도 없었다.

이렇듯 마음 없고 경황 없는 사람들만이 억지로 끌려가듯 생활에 부지해 사는 이 집에 암탉이 달랑 한 마리 식구로 참예를 해서, 어느 편으로 보면 극진한 대접과 동정을 받고 지난다는 것이 일종의 기적이 아닐 수 없는데, 거기에 실상 재미스런 곡절이 얽혀져 있는 것이다.

지난해 초가을, 그러니까 용동댁이 시집에서 이곳 친정집으로 맨 나중번에 와서 있은 지 얼마 되지 않은 어느날 오후였었다.

용동댁이 마루에 앉아서, 풋콩 꺾어온 것을 저녁밥에 두어 먹으려고 모친과 더불어 까고 있노라니까, 학교에 갔던 태진이가 사립문 밖에서부터 어머니이 할머니이 불러 외치고, 씨근버근 달려들더니, 불룩한 책가방 한쪽 고비에서 난데없는 병아리를, 그나마 한 마리도 아니요 둘 셋 넷 다섯, 다섯 마리나 주르르 털어내놓던 것이다.

　모두 계란만큼씩밖에 않고, 하늘하늘한 노오란 털이며 토실토실 이쁜 게 바로 엊그제 깬 한배엣치들이요, 마침 제철이 당한 서릿병아리다.

　갑갑하게 갇혀 있다가 내놓아 주니까, 제각기 삐약삐약 울면서, 제각기 그 간드러진 다리로 이리저리 뿔뿔이 흩어져 달아나는 병아리를 이놈 잡아올라 저놈 못 가게 할라, 태진이는 미처 이야기를 할 겨를도 없이 바빴고, 용동댁과 그 모친은 뜻밖이라 콩 까던 손을 멈추고 앉아 잠깐 동안은 무어라고 말 낼 바를 몰랐다.

　"너 그건 어디서 났늬? 응? 태진아!"

　이윽고 용동댁이 나무라는 말조로 다잡아 묻는다. 아이가 지나다가 길 옆에 나와서 노는 것을 보고 재롱스러우니까, 장난삼아 잡아가지고 온 것이나 아닌가, 그렇더라도 한 마리나 두 마리 같으면 모르지만, 다섯 마리씩이나 잡아오다께, 이렇게 지레 짐작과 의혹이 들었던 것이다.

　"이거? 응……."

　태진이는 얼핏 돌려다보고는, 도로 병아리들을 '통제'시키느라고,

　"……저어 내버린 것 얻어왔어 저어……."

하면서 대답은 건성이다.

　"내버린 걸 얻어 오다께? 어디서 얻어?"

　"아, 군청 옆에서 말이우!" 태진이는 성가시다고 내쏘는데, 그만하면 짐작할 수가 있고 마음이 놓였다.

　군에서는 인공부화기人工孵化機를 설비해두고서 춘추로 계통 좋은 알을 깨어서 농회원들에게 나누어주는데, 깬 병아리 가운데 병이 들었다든지 발가락 같은 것이 상했다든지 한 놈은 죄다 추어 내버리곤 해서, 그놈을 아이들이 얻어오는 수가 더러 있었다.

　미상불 태진이가 시방 얻어 온 다섯 마리도 네 마리는 저마다 발가락이 오그라붙었거나 부러진 놈이요, 한 마리는 쪼속쪼속 조는 게 병이 들어 보였다.

만사에 뜻이 없는 노인과 생활을 잃어버린 젊은 과부와 철없고 무료한 소년과 이 세 식구밖에 없던, 흥 없는 집안에 내력이야 어찌 됐든지 또 미물이기는 할 값에 아무려나 다섯 개의 새로운 권솔이 갑자기 참예를 했으니, 우선 주의와 재미의 대상이 되기에 족했다.

병아리들은 방에서 사람들과 같이 놀고 자고, 밥상에서 흘리는 밥알을 쪼아먹곤 했다. 소년 태진이가 병아리들을 끔찍이 위하는 것은 말할 것도 없고 용동댁이며 그 모친도 고놈들이 방 아무데나 똥을 싸고 밥상에를 뛰어오르고 하는 것을 싫어하지 않았다.

그것은 태진이의 소중한 노리개요 동무라는 때문이기만은 아니다.

집터가 새니 상극이 졌느니 하는 구실로 개돼지며 닭 같은 것을 칠 마음의 여유가 없기는 했었지만, 막상 어떻게 되었거나 병아리가 몇 마리 생겨 몸 가까이 두고서 길러보니까는, 삐약삐약 우는 소리 하며 뛰어다니고, 눈에 알찐거리는 형상 하며가 적지 않은 심심파적일뿐더러, 겸하여 태진이가 학교로부터 돌아와 오후와 밤으로 병아리로 더불어 놀곤 하면, 가끔가끔 생각지 않은 웃음과 이야기거리를 빚어주곤 해서 더욱이나 좋았던 것이다.

병아리는 얻어온 지 이레 만엔가, 그중 병이 들어 원기가 없던 놈이 마침내 죽었고, 다시 열흘쯤 돼서는 태진이가 잘못, 한 마리를 밟아 죽였고, 또 며칠 있다가는 쥐가 한 마리 물어갔고 해서, 다섯 마리를 얻어온 것이 두 마리가 남고 말았다.

한 마리 한 마리 없어질 적마다 태진이와 또 용동댁이며 그 모친의 섭섭함은 대단했었다. 그러나 수의 많고 적은 데, 낙의 대소가 달릴 성질의 것이 아닌지라, 두 마리만 남았어도 위안과 재미거리에 부족함은 없었다.

그 가을이 가고 겨울도 섣달 정월로 깊자, 병아리는 완구히 자라 제법 중닭 푼수나 되었고, 헌데 더욱 희한한 것은 단 두 마리뿐인 병아리가 같은 암놈이나 같은 수놈이 아니고, 한 마리는 수놈, 한 마리는 암놈, 이렇게 자웅이 맞은 한쌍이던 것이다.

빛깔은 자웅이 다 같이 하얗고 '레구혼'인데, 수놈은 바른편 뒷발톱이 암놈은 왼편 가운데 발톱 한 토막이 각기 병신이나, 물론 그만 것이 그리 험될 것은 없었다.

이듬해 그러니까 바로 올 오월에는 암탉이 첫 알을 낳았다. 당자들인 닭 내외가 얼마큼이나 기뻐했는지 그것은 모르겠으되, 오히려 놀랐기가 십상이요, 태진이가 신기해서 알을 쥐고 날뛰며 좋아한 것은 말할 것도 없거니와, 용동댁과 그 모친은 마치 아들이나 시집간 딸이 첫아이를 난 것처럼 신통해하고 반가워했었다.

이때는 닭의 내외가 그전에 벌써 집 모퉁이에 얽은 저희네 둥우리로 분가를 했을 때였지만, 첫 알을 난 그날 저녁밥은 특별히 방으로 불려들어와서, 미역국 대신 새하얀 입쌀의 대접을 배불리 받았다. 하기야 분가를 했어도 그들은 어린 적의 흉허물 없던 그 버릇 그대로 아무때고 방이며 마루에 올라와서, 밥상의 밥을 쪼아먹고 함부로 똥을 누고, 어른 아이 할 것 없이 품에 안기고 어깨에 올라가고, 하기를 조금도 꺼려하지 않았으니까, 첫 알을 낳았다고 방으로 불려들어왔다거나, 하얀 입쌀을 대접받은 그것이 새삼스런 것은 아니다.

그 뒤로부터 태진이의 '벤또'에는 달걀을 삶아서 저며 둔 반찬이 별반 끊이지 않았고, 닭의 내외에게는 전과 다름없이 호강과 평화가 계속되었다.

그러던 것이, 행복과 평화가 영원한 저의 것은 아니었든지 뜻하지 못한 비극이 마침내 빚어지고 말았다.

여름이 한참 성해오는 칠월 초생의 어느날 밤이었었다.

이슥해서 식구들이 모두 곤히 잠이 들었을 땐데, 별안간 꼬꼬댁 꼬꼬댁 닭의 놀라 외치는 소리가 고요하던 밤을 요란히 들렸다.

세 식구가 일제히 놀라 깨어, 그러나 삵인 줄을 짐작하고 와락 닭의 둥우리께로 달려가지는 못하고서 소리소리 고함만 치느라니까, 그때는 벌써 사나운 짐승에게 물려가느라고 '꼬옥 꼬옥' 주검의 비명이 뒷산으로 향해 차차로 멀어갔었다.

비로소 불을 해 잡고 닭의 둥우리를 살펴보니, 물려간 것은 장닭이요, 암탉은 한편 구석에 가서 숨도 쉬지 못하는 양 떨고(?) 있었다.

암탉을 방으로 안고 들어와서 태진이는 어엉엉 울었다. 마치 초상난 집처럼 노인도 추렷해 혀를 차싸면서 가엾다고 눈물을 질끔질끔했다.

그리고 그중에 아무 말도 않고 울지도 않는 용동댁의 가슴 아파함은 아들이나 모친의 슬퍼함에 비길 바가 아니었었다.

그는 참혹히 삵의 밥이 된 장닭을 불쌍해하지 않음은 아니나, 그 가엾은 암탉—홀어미가 된 암탉—에서 지극한 슬픔을 느꼈던 것이다.

"어서들 자거라. 그리 된 걸 생각하니, 소용 있느냐!……."

노인이 위로 겸 단념하듯 중얼거리면서 맨 먼저 자리에 누웠다.

"……이 집 터전이 그렇대두! 닭을 노면은 병들어 죽거나 짐승 입이 닿구……, 개돼지를 치면은 미치거나 앙금발이가 지구……, 원 무슨 짝의 집터가 그렇게두 센지!"

그러나 노인의 뒤삐어진 집 터전에 대한 불평쯤 쓸데없는 구느름[11]이요, 태진이에게나 용동댁에게나 조금도 위로거리가 되지를 못했다.

그 뒤에 곧 읍내의 장에 들어가는 동네 인편에라도 부탁을 해서 장닭을 사다가 다시 자웅을 맞춰 주었어야만 그동안 그대로록 닭을 사랑하던 정의 도리였을 것이다.

그러나 노인으로 말하면 애초에 닭 같은 것은 놓을 경황이 없었던 것을 이왕 생겨서 심심치 않으니까, 그런 대로 마음을 한 가닥 거기 붙였던 것이나 암탉이 혼자면 혼자요 혼자 내놓았다가 잃어버리면 잃어버렸지 와락 서둘러 없는 돈을 마련한다 장닭을 사온다 하게까지는 까맣게 내키지 않

---

11) 못마땅하여 혼자서 하는 군소리.

는 노릇이었었다.

태진이는 물론 이웃이나 동네의 장닭에게 닭을 빼앗길까봐 하루바삐 장닭을 사놓고 싶어서 저의 모친을 조르곤 하지만, 제 재주로 닭을 사올 수는 없었다.

용동댁도 암탉을―사람 하나 목만큼이나 소중하고 정이 도타운 그를―잃어버린다는 것은 생각만 해도 앞이 아찔한 노릇일 뿐 아니라, 닭의 외로운 신세가 가슴 아프게 측은하고 해서, 부디 장닭을 사놓아주고 싶었고, 또 그렇게 하기는 할 요량이었었다.

그러나 그는, 이제 쉬이 그렇게 하기는 할 터로되, 다만 그동안 조금만 더 닭을 과부인 채로 두어두고서 그것을 불쌍해하고 살뜰히 귀애를 하고, 이걸 하고가 싶었다.

장닭을 사다가 새로 자웅을 맞춰주어, 그래서 암탉의 외로움과 불행이 씻은 듯이 스러져…… 이렇게 되기 전에 단 며칠만이라도 좋으니, 그를 가엾고 불쌍한 그대로 두어두고서 그의 불쌍함을 맘껏 불쌍해 해주고, 그의 고적함을 실컷 위로해 주고가 싶은 용동댁의 간절한 심정…….

용동댁은 장닭 사오기를 미룸미룸 미뤄나갔다.

노인은 그것저것 아로새기기를 않았지만, 태진이는 매일같이 조르는 것을 돈이 없다는 핑계로 한 장 두 장 자꾸만 미뤄나갔다.


돈만 있으면 장닭을 한 마리 사오기만 하면, 닭은 과부가 되었어도 곧 짝이 채워진다는 것, 이 평범하고도 알기 쉬운 사실에 퍼뜩 자극을 받아, 용동댁은 과부가 된 지 사년 만에야 비로소 자기 자신이 장차 팔자를 고치느냐 수절을 하느냐 하는 것을 가지고 골똘히 생각을 해보았다.

그러나 닭의 일처럼 만만한 게 아니고, 용동댁의 소견을 가지고는 암만 생각을 해보아야 시원한 대답을 얻을 수가 없었다.

가령 개가改嫁를 간다고 하면, 제일 첫째 아들 태진이를 대체 어떻게 하느냐? 두고 가자니 정을 차마 어찌 끊으며, 그렇다고 데리고 간다면 의붓자식일지니, 더욱 못할 노릇이다.

또 가면 대체 누구한테로 가느냐.

이미 헌 몸뚱이니, 남의 조강지처는 바랄 수 없고, 다직해야 막지기 아니면 첩인걸, 그게 또한 못 당할 일이요, 항차 막지기나 첩이란 건 자칫 잘못하면 (남을 두고 보아도) 이 손 저 손으로 넘어가기가 쉬운데, 영영 신세를 망치기 십상이 아니냐.

그리고 또 시집이며 친척—모친은 모른 체할 테지만, 부친은 해괴하다고 부녀지간의 의를 끊을 테니, 그 말림을 부등부등 어기고서 갈 수도 없는 것이 아니냐?

그러나 그것이고 저것이고 죄다 뜻대로 되고 말썽이 없고 해서 개가를 할 수가 있다고 하더라도 그 마당에 이르러 섬뻑 나서겠다는 담보가 우선 시방 있느냐?

있을 성부르지도 않고, 되레 죽으면 죽었지 어떻게 시집을 갈꼬? 하는 공포가 앞을 서곤 한다.

이렇게 두루 생각하면 도저히 팔자를 고칠 수는 없을 것만 같다. 더구나 여읜 남편의 면영이며 그의 알뜰하던 정을 돌이켜 생각하면, 어떤 깨끗한 자랑을 더럽히는 노릇 같아, 차마 딴 남자를 맞이하는 게 심히 옳지 않은 짓이거니 싶어진다.

허니 그러면 이대로 수절을 하고 늙겠느냔데, 그것을 생각할 때는 또한 무거운 짐을 지고서 높은 고개 밑에 다다른 것처럼 아득하니 위가 올려다보여 그것 역시 겁이 더럭 나곤 한다.

그래, 생각만 골똘히 했었지 좌우 양단간에, 가령 행동은 이제 종차의 일이라고 하더라도, 마음에나마 결단을 지은 게 있어야 할 텐데, 그대로 아무 요정이 없고 말았다.

실상인즉 그 결단은 아무려나 서서 있어야 할 것이었었다.

가령 팔자를 고친다고 작정을 했으면 생활의 방향을 모두 그리로 틀어 놓고 나아갈 것이고.

또 수절을 하기로 작정을 했으면 늙밭에 걱정이 없을 염량을 차려야 할 것이고.

친정집이 비록 가난은 하다지만 밭뙈기와 논이 열 마지기는 있겠다, 헌데 그만 가산일망정 장차 다른 데로 갈 바 없으니, 여자에게는 한 밑천이 되지 않진 않는다.

또 시집은 친정집보다도 좀더 유족하니까, 비빌 언덕이 넉넉하다.

그러니까 친정이면 친정, 시집이면 시집, 어디든지 가서 마음과 몸을 가라앉혀가지고 치산을 해야만 할 것이다.

한푼껏 없는 과부도 손수 적지 않은 가산을 장만한 예가 허구 많다.

허니 그만큼 기댈 거리가 있으면야 그다지 어려울 것은 없을 테다.

가령 큰 돈을 모으지는 못한다고 하더라도 거기에 마음 잠착을 할 수 있으니 그게 어디며, 또 수절을 할 바이면 오직 하나 믿을 것은 아들 태진이니, 그를 충실히 교육시킬 준비를 하는 게 무엇보다도 긴한 일이다.

이렇게 해서 무엇에서고 생활을 발견하거드면 그새까지 떴던 마음은 절로 안정이 될 수가 있을 것이었었다.

그러한 것을, 좀처럼 강단을 내지 못하는 소치는, 거기 어디 많이 볼 수 있는 구태의 젊은 여인들과 일반으로 용동댁도 독립할 줄을 모르는 영원한 아기—어려서는 부모에게, 장성해서는 남편에게, 늙어서는 자식에게, 그때마다 매여서만 살도록 마련된 때문이지 별다른 게 아닐 것이다.


과부가 된 암탉은 과부만 되었을 뿐이지 식구들의 전과 다름없는 가축과 또 용동댁의 한결 더 은근해진 동정이며 사랑을 받으면서 그날그날을 보냈다.

알도 여전히 낳았고 또 식구들이 걱정하던 바와는 달리 이웃집의 장닭이 미처 몰라서 그랬던지 아직은 후려가지를 않았었다.

헌데 불행은 언제고 대기를 하고 있는 것인지, 첫 번의 비극이 있은 지한 달이 채 못 되어서 두 번째의 불행이 생겼다.

장맛비가 축축히 오는 낮인데, 방이 눅눅해서 용동댁이 건넌방 아궁에다가 보릿대로 불을 지피고 있노라니까,

"꼬옥 꼬옥."

가느다랗게 닭의 신음소리가 바로 앞에서 들려왔다. 닭이 아궁 속으로들어간 줄을 대번 알아차린 용동댁은 가슴이 더럭 내려앉고 수각이 황망하여 허둥지둥 불을 긁어내고 두드려 끄고, 통째로 아궁 속으로 기어들어갈 듯 엎드려 굽어다보면서 고고오 고고 닭을 불러댔다.

분명 거기서 여전히 꼬옥 꼬옥 하기는 하는데, 형체는 보이지 않는다.긴 고무래를 찾아가지고 와서 구들 속을 긁어보았다.

그다지 깊어서 나는 소리도 아니거니와, 긁어 내보내야 닭은 긁혀 나오지도 않는다.

닭의 신음소리는 점점 더 졸아들고 마음이 다뿍 급한 용동댁은 가슴이울렁거리고 정신이 없어 어쩔 줄을 몰라하다가, 어느덧 이편의 흙으로 봉창을 한 구들에 눈이 띄었다.

그리로 주의가 가자마자 용동댁은 횡허케 달려가서 괭이를 들고 뛰어와서는, 봉창한 구들을 파기 시작했다.

건넌방 아궁은 전에 솥을 걸었던 것을, 부뚜막을 헐어 임시로 함실을 만드느라고 구들 세 골 중에 가운데 한 골만 남겨놓고 양편의 두 골은 흙으로 봉창을 해두었었다.

닭은 알자리가 없던 게 아니지만, 어쩌다가 고양이가 얼찐거리든지 하면 건넌방 아궁이에다가 알을 낳곤 하는데, 그래 오늘도 알을 낳으려고 아궁으로 들어가 앉은 것을 불을 지피니까, 그걸 피해 속 깊이 들어갔었고그 다음에는 연기에 쫓겨 뚫린 대로 몰려나간 것이 썰골로 돌아 이편 봉창

한 골 앞까지 나와서는 앞이 막히니까, 그런데 그동안 벌써 연기는 실컷 들이켰겠다, 그만 쓰러져서 죽어가느라고 신음을 했던 것이다.

구들 막은 것을 파헤지고 꺼내놓은 닭의 꼴은 매우 참담했다. 그 하야니 곱던 털이 연통장이가 돼버렸고 모가지와 죽지와 두 다리는 힘없이 추욱 처지고, 그래도 아직 숨은 붙어 있어 꼬로록꼬로록, 사람으로 치면 마지막 담 끓는 소리와 같았다.

용동댁은 눈물이 뚜욱뚜욱, 어머니를 부르며 찾으며, 그러나 모친은 없었고, 물을 떠다가 닭의 입으로 흘려넣는다, 부채질을 해준다 사뭇 납뛰면서 온갖 정성을 다아 들였다.

용동댁의 정성도 보람이 없던 것은 아니지만, 요행 연기를 그다지 오래도록 쏘이진 않았기 때문에, 한 십분 지나니깐 펼쳐 누웠던 마루에서 발딱 일어서서 비틀거리고 걷기까지 했다.

아마 죽은 남편이 다시 살아났다고 하더라도 용동댁은 이보다 더는 반가워할 반가움은 없었을 것이다.

무사히 살아난 닭은 더 한층 용동댁의 동정과 사랑 속에서, 그러나 아직도 과부로 며칠 더 지내왔고, 그런데 역시 인간의 사랑만으로는 만족할 수가 없었든지 엊그제부터는 이웃집 장닭과 연애가 얼렸고, 오늘은 필경 그를 따라가기까지 했던 것이다.

이렇듯 그는 사람으로도 그다지 흔치 않을 곡절 많은 생애를 겪어온 한 마리의 흰 암탉인 것이다.


용동댁은 더 불러야 오지도 않을 것이고, 또 온다고 하더라도 밉살스럽기나 할 테라, 얼굴이 새침해서 그대로 마룻전에 가 걸터앉았는데, 마침 태진이가 쨍이채를 둘러메고 얼굴이 빨갛게 익어서 사립문으로 들어섰다.

"어머니 어머니."

태진이는 휘휘 둘러보면서 마당을 달려 토방으로 올라선다.

"……닭 어디 갔수?"

"모른다!"

용동댁의 대답 소리는 새침한 안색대로 뾰로통하다.

"이잉! 어디 갔어?…… 구구―구구."

태진이는 돌아서서 마당으로 대고 닭을 부른다.

그때다. 마치 그 소리에 응하기나 하는 듯이 이웃에서, 이웃도 바로 옆집이 아니고, 한 집 더 건너, 엊그제부터 몽니 사납게 생긴 장닭이 지붕을 타고 넘어와서는 암탉을 얼러대곤 하던 그 장닭이 있는 집인데, 무엇에 쫓기는지 닭이 화닥닥 풍기면서 질겁해 다급히 우짖는 소리가 들렸다.

태진이는 눈이 둥그래가지고 저의 모친을 본다. 용동댁도 놀란다.

모자는 꼭같이 같은 무엇을 직각했던 것이다. 우리 닭이나 아닌가? 하는 불길스런 예감이다.

닭은 우짖던 소리에 뒤이어 꼬옥꼬옥 두어 마디 비명을 지르더니, 도로 조용해진다. 그때에 태진이는 벌써 사립문께로 달려나가고 있었다.

용동댁은 아직도 아까부터 토라진 속이 가시진 않았으면서도 그러나 설레는 가슴으로 초조해 기다리노라니까, 미구에 태진이가 한 손으로 닭을 안고 한 손으로는 주먹으로 눈물을 씻으면서 사립문 안으로 들어섰다.

닭은 멀리서 보아도 왼편 다리가 너벅다리께서 피가 시뻘겋게 흰 터럭 위로 흐르고, 힘없이 축 처진 게, 보나 안 보나 개한테 물린 속이다.

"어머니! 이잉 이잉."

태진이는 저의 모친을 보더니, 놓아워라고 소리를 내어 울면서 뒤를 힐끔힐끔 돌려다본다.

"……하준네 개가, 이잉 이잉, 이것 봐, 어머니 어머니."

용동댁은 하준네라는 이웃집의 개를 분해해야 할지 그대로 닭을 미워해야 할지 모르겠고, 눈만 더 샐룩해졌으나, 필경 닭이 노엽고 말았다. 미운 것이 아니고 저렇듯 피투성이가 된 것이 원망스러워, 그래 노엽던 것이다.

"잘했다! 그 망할 닭이…….”

쏘아붙이는 음성은 한결 더 쌀쌀하면서도, 그러나 어디라 없이 풀기가 없다.

"이잉, 난 병원에 갈 테야, 가서 약 발르구 붕대루 매구 해주어예지! 어머니, 이잉, 어떻게 해! 이 피 봐, 어머니 어머니, 어머니랑 병원에 가아.”

"별소리를 다 듣겠구나! 닭이새끼 좀 상했다구 병원에 가는 놈두 있다더냐? 방정맞게 싸아 다니다가 잘꾸사니지, 머…….”

용동댁은 재우쳐 쏘아붙이고서 못 본 체 방으로 들어가버린다.

태진이는 어찌할 줄을 몰라, 닭을 안고 앉아 어엉영 울다가, 문득 울음을 그치더니, 토방 바닥의 가루 흙을 쥐어다가 닭의 다리 상한 자리에 발라주고 발라주고 한다.

손을 베든지 해서 피가 나면 흙가루를 쥐어 바르면서,

"흙하고 피하고 바꾸자, 흙하고 피하고 바꾸자.”

하던 것이 생각났던 것이다.

닭의 다리에 흙을 발라주느라고 자지러져 있는 아들을 가만히 내다보면서 용동댁은 제발 닭이 다리가 병신도 되지 말고 물론 죽지도 말고 무사히 나았으면 하는 속으로 축원을 해 마지않는다.

그는 아까 태진이가 병원 소리를 내기 전에 자기도 병원 생각을 하기까지 했고, 시방도 마음 같아서는 단걸음에 병원으로 안겨가지고 가고 싶은 생각이 간절했다.

그러나 자기 말대로 닭이 좀 상했다고 병원으로 안고 간대서야 남한테라도 욕을 먹을 짓일뿐더러, 태진이를 것질러 나무란 끝이니, 열적어서도 차마 못한다.

아무튼지 낫기만 낫거드면, 이제 오는 장에는 부디 장닭을 사다가 자웅을 맞춰주려니, 그러자면 이따가라도 이웃에 나가서 돈을 한 오십 전이고 우선 취해다가 두려니, 이런 염량까지 하면서 용동댁은 자주 토방의 동정을 살핀다.

흙가루를 발라주어서 피가 멎었는지, 소년은 닭을 두 손으로 안고 볼비빔을 하면서 무어라고 쏭알쏭알 닭과 이야기를 쏭알거린다.

용동댁은 어디 보자고 이리로 안고 오라고 부르고 싶은 것을 겨우 참느라 내키지 않는 바느질을 집어든다.

주위는 방금 일어난 조그마한 풍파는 알지도 못한 듯 부레풀같이 찐더분한 침정이 도로 그득히 잠겨든다. (戊寅 七, 七, 松都에서)

《채만식단편집蔡萬植短篇集》(1939)

# 정자나무 있는 삽화插畵

　앞과 좌우로는 변두리가 까마아득하게 퍼져나간 넓은 들이, 이편짝 한 귀퉁이가 나지막한 두 자리의 야산野山 틈사구니로 해서 동네를 바라보고 홀쭉하니 졸아 들어온다. 들어오다가 뾰족한 끝이 일변 빗밋한 구릉丘陵을 타고 내려 앉은 동네— '쇠멀'이라고 백 호 남짓한 농막들이 옴닥옴닥 박힌 촌 동네와 맞닿기 전에 두어 마장쯤서 논 가운데로 정자나무가 오뚝 한 그루.

　먼빛으로는 조그마하니, 마치 들 복판에다가 박쥐우산을 펴서 거꾸로 꽂아놓은 것처럼 동글 다북한 게 그림 같아 아담해보이기도 하지만, 정작 은 두 아름이 넘는 늙은 팽나무다.

　멍석을 서너 잎은 폄직하게 두릿 평평한 봉분이 사람의 정강이 하나 폭 은 논바닥에서 솟았고, 저편 가로다가 울퉁울퉁 닳아빠진 웃뿌렁구를 드 러내놓고서, 정자나무는 비스듬히 박혀 있다.

　봉분에서 이리저리 뻗어나간 논틀길이 서너 갈래, 그중 동네로 난 놈이 유독 넓기도 하고, 꽤 길이 난 것은, 동네와 이 정자나무 밑과의 왕래가 빈 번하다는 표적을 드러냄이다.

　봉분 둘레로는 나무에서 떨어져내린 잎이야 부러져내린 삭정개비야, 봉 분에서 쓸려 내려간 검부작이야 흙 부스러기야 또 어른 아이 없이 무심코 빗디딘 발자죽이야, 그런데다가 육장 그늘까지 덮이고 해서, 도통 치면 한 마지기는 실히 되게시리 논의 벼농사를 잡쳐놓았다.

나무가 생김새가 운치도 없고, 또 있다손치더라도 그것을 요긴해할 한량도 없고 한데, 더구나 그렇듯 농사를 잡쳐놓기까지 하니, 벼 한 포기라도 행여 치일세라 세뤄하는 촌사람들에게야(가령 그 논 그 농사가 제가끔 제 것이 아니라도) 이 정자나무가 그다지 귀인성 있는 영감은 아닐 것이다.

그런 것을 한술 더 떠, 영감이 성미가 유난하게시리 도섭스러서, 동네 사람들의 폐로워함이 또한 이만저만찮다.

정자나무에는 '지킴'(守護神)이 붙어 있다고 옛적부터 일러 내려온다. 그 '지킴'이 퍽은 영검스러, 누구든지 이 정자나무를 건드리기만 하는 날이면 단박 동티가 나서 그 당장에 병이 들어 죽는다는 것이다. 해서 혹여 다칠세라 무서무서하고, 뗄나무가 귀한 이곳이건만, 봄 가을로 삭정개비야 낙엽이야가 그렇게도 숱해 많이 떨어지는 것을 누구 한 사람 감히 긁어가질 못한다. 그렇기 때문에 산 이팔 한 잎이나 산 가장귀 한 가지는커녕, 그놈을 장작으로 빠개노면 한 마차는 실히 됨직한 커다란 가장귀 하나가 죽어가지고 볼성없이 뻗어있는 지가 벌써 몇 해로되, 본체만체하지, 아무도 선뜻 도끼로 꿍꿍 찍어가자고는 여태 생심 내는 사람도 없다.

그리고서 기껏해야 아직 이 정자나무의 위협이 머리에 배지 않은 철없는 아이들이, 늦은 여름 열매가 열어 새파란 팽이 대래대래 붙곤 할라치면 팽총 감으로 그놈을 따느라고 얕은 가장귀에 가 매달리기, 또 단풍 무렵이면 볼그레하니 익어 맛이 달크은한 팽을 따먹느라고 역시 아이들이, 엉켜지르기 하다가 어른들한테 혼땜이 나곤 하는 게 고작이다.

동네서는 누가 골치만 띠잉 아파도 이 응큼한 고목나무는 '외약 산내끼'(왼 새끼)로 허리띠를 얼어 두르고, 좀 심한 병이면, 영감이 도섭이 단단히 났나 보다고, 쪄다가 바치는 떡시루를 얻어먹는다. 역력스럽게도, 누구는 보니까 허어연 영감이 시루의 떡을 넙죽넙죽 집어먹고 있더라든지…….

이 떡을 넙죽넙죽 집어먹는 험상궂은 영감 말고도 또 하나, 천년 묵은 끝이 몽당하고 크기가 전봇대만한 구렁이가 이 정자나무 속에서 살고 있다고 한다.

나무가 세 길쯤 올라가다가 게서부터 세 가장귀로 벌어지고 그 가장귀 벌어지는 샅에 가서 어른의 주먹으로 두 개 폭은 들락날락할 만한 구멍 하나가 시꺼멓게 뚫려 있는데, 천년 묵은, 끝이 몽당하고 전봇대만한 구렁이는 그 속에서 살고 있다는 것이다. 살고 있으면서 누가 정자나무를 건드리거나 혹 무슨 일로 심술이 나거나 할라치면 그놈이 그 구멍으로 해서 쫓아나와 내립다 사람을 물어 죽인다든지 잡아먹는다든지 하고…….

경이원지敬而遠之라더냐는 이곳 쇠멀 동네 사람의 이 정자나무에 대한 조심을 곧잘 알아맞히는 말일 것이다.

그러나 그러는 해도 노상 그렇게 등을 지고 지내기만 하냐 하면, 여름 한철만은 이 정자나무가 봄, 가을, 겨울 세 철을 두고 사람을 압기를 시키던 대갚음이라고 할까, 치하라고 할까, 아무튼 수월찮이 고마운 노릇을 해주어, 제법 친숙함이 없는 바도 아니다.

본시 나무가 팽나무가 돼서 잔가지가 뵈게 돋고, 게다가 잎이 칙칙하여 오뉴월로 육칠월 한참 디리 무성할 무렵이면 그늘이 여간만 좋은 게 아니다.

웬만한 비는 그 밑에 들어서면 넉넉 바워낼 수가 있고, 그늘이 그만큼 짙을 뿐 아니라, 들 복판이고 보매 사방 막힌 데가 없어 줄창 바람이 자질 않는다. 덕에 근처의 논에서 일을 하다가 참참이 쉴 때라든지 점심이며 새참을 먹을 때든지 또 병자랄지, 일 못하는 대신 손자나 보아주는 영감들이 앉아 쉬고 더위를 디리고 놀고 하기에 천하 십상이다.

모기며 빈대 벼룩이 없으니, 한뎃잠자리로 또한 마침이기도 하나, 그건 어둠과 무섬은 서로 따르는 법이라, 밤이면 허연 영감이 혹시 나오든지 해서 사람을 떡으로 알고 넙죽넙죽 집어먹을 위험도 없지 않거니와, 그보다도 그놈 천년 묵은 끝이 몽땅하고 전봇대만한 구렁이가 아예 마음에 섬찍해서 차마 잠들은 자러 가지를 못하고, 낮에, 낮에만은 온 여름을 두고 휴전조약이라도 맺은 듯이 내내 사람이 그 밑에서 그칠 겨를이 없다.

칠월이라 오때가 지나 새참이 되어오니, 넓은 들로 불볕이 하나 가득 내리쬔다. 바람도 깜박 자고 더위를 모르는 이 정자나무 밑도 그늘만 답답히 덮였을 뿐, 이따금씩 생각난 듯이 시르르 울다가 그치는 실매미 소리가 한결 더 더위를 돕는다.

벼는 며칠 않아서 목이 밸 무렵이라, 잎이 탐지게 뽑혀 오른 포기포기가 보기에도 싱싱하고 소담스럽다. 바람이라도 스르르 일면 방금 쉬이— 소리가 요란할 듯, 기운차다.

눈에 보이는껏 한빛으로 검푸른 벼만 들어찬 들판이 퍼져나가다 퍼져나가다 못해 암암한 먼 산을, 불룩한 배로 가지고 오히려 싸고 넘으려 한다.

퍼져나간 들이 도로 좁아들면서, 가까이 봇둑이 한 줄, 띠처럼 좌우로 건너갔다. 봇둑에 드문드문 지우산이 꽂혀서 있는 것은 읍내 한량들이 낚시질을 하고 있는 정물靜物…….

밭이라고는 별로 없는 이 들판에, 봇둑 이편짝으로 원두막이 한 채, 유난히 키가 커보인다.

논에서는 군데군데 가끔 가다가 사람의 윗도리가 보이곤 하는 게 '피사리'12) 아니면 '만도리'13)다. 백중이 며칠 안 남았으니 논일도 이제는 거진 치른 때다.

정자나무에서 바로 논 한 배미를 건너, 그 다음 논에서도 일꾼이 하나 둘 셋, 셋이 들어서서 '만도리'를 하고 있다. 갑쇠가 홀로, 정자나무 밑 그늘에 밀짚 기직을 펴고 앉아 우두커니 한눈을 팔고 있다.

---

12) 농작물에 섞여 자란 피를 뽑아내는 일.
13) 벼를 심은 논에 마지막으로 하는 김매기.

볕에 탄 얼굴이지만, 병색이 완구하게 질렸다.

왼편 너벅다리 안쪽으로 모기가 문 자리가 시원찮게 덧이 나더니, 살앓이[14]가 돼가지고 십여 일이나 고생을 했고, 그저께야 침으로 파종을 하기는 했으나, 아직도 합창될 날은 멀었다. 해서 오늘도 품앗이꾼 셋을 대어 저의 논의 만도리를 시켜놓고도 저는 할 수 없이 나와서 앉아 보고나 있는 참이다.

한눈은 팔고 앉았어도 갑쇠의 온갖 정신과 염량은 시방 제 앞에 보이는 논과 농사에 잦아졌다.

언제라고 촌사람 농사꾼이 그해 농사에 정성이 안씨이며, 꿈에라도 범연할까마는, 시방 갑쇠한테 대해서는 올 농사가 여간만 알뜰한 게 아니다. 물론 땅이 제 땅이 아니니, 아무리 애를 써도 반은 남의 일을 해주는 것이기는 하지만, 그야 새삼스러운 말이요, 어찌할 수는 당장 없는 것, 갑쇠는 이 농사가 인제 가을에 가서 장가를 들 밑천인 것이다.

장가! 나이 스물일곱에 장근 삼십이니, 비로소 장가를 든다는 것이 결코 당자로 앉아서 무심할 수는 없는 일이다.

작년 가을부터 뒤엄(堆肥)을 많이 장만해서 마음 먹고 거름을 듬씬 한 보람이 없지 않아, 암모니아를 준 다른 논보다 벼가 된 품이 나으면 나았지 빠지진 않는다.

이대로 앞에 다른 재앙만 없거드면 줄잡더라도 스물너댓 섬은 실히 날 것을, 갑쇠는 그새 여러 해 두고 이 논을 붙여보아 논의 성깔을 아는 만큼, 그만한 가늠은 잡아두어도 실수는 없을 줄 안다.

스물넉 섬만 잡더라도……, 갑쇠는 살앓이 자죽이 따암땀 쑤시는 것도 잊고 흐뭇해서 입가로 절로 웃음이 흘러내린다.

여덟 섬은 도조를 물고, 장릿벼가 닷 섬이라, 그놈까지 갚고 나면 나머

---

지가 열한 섬, 열한 섬에서 석 섬만 양식으로 남겨두고, 가을에 혼인을 해야 할 테니까 석 섬을 가지고 내년 보리때까지 대기가 어렵겠지만, 그야 장리라도 다시 얻어 댈 셈 치고…….

그러면 여덟 섬이 떨어지는데, 올 가을에도 벼 값이 좋아 이십 원은 잡힐 테라니 일백육십 원이라, 농채가 그럭저럭 한 오십 원 되니, 그놈을 쓸어 갚고 나면 백 원 하고 머리가 좀 붙어서 남을 테였다……. 백 원……, 그리고 집에 돼지가 큰놈과 중톨 해서 두 마리니 중톨은 혼인 때에 잡아 쓸 요량하고 큰놈은 팔면 사십 원은 받을 터, 허면 도로 일백오십 원 돈이 들어서고…… 그놈 일백오십 원을 가지고서 오십 원쯤 납채로 보내고, 백 원으로는 처억 혼사를 치르고…….

혼사, 장가를 간다! 말을 타고 어어 구부 허어, 권마성 소리, 초례청, 곱게 단장을 하고 곱게 입은 신부, 첫날밤, 신부……, 그게 을녜乙女! 을녜렷다! 고놈 빠꼼한 눈, 도도록한 볼때기, 야불야불한 입……. 으흐흐! 첫날밤의 신부, 그리고 그게 바로 을녜라?

마침 쇠파리 한 마리가 너벅다리를 따끔 무는 바람에 정신이 번쩍 들어 손바닥으로 무심결에 찰칵 때린다는 것이 파리는 날아가고 애먼 살앓이 근처를 건드려 놓아서 질색하게 아팠다.

“빌어먹을 놈의 파리!”

갑쇠는 혼자서 두런거리면서 아직도 커다랗게 고약을 붙인 가장자리로 불그레하니 발이 선 너벅다리의 살앓이 자리를 내려다본다.

이것은 괜한 횡액이거니 하면, 금새 좋던 나머지 속이 찝찌일하다.

아무리 속내 아는 사이들이라고 하더라도 주인이 같이 들어서서 하는 일과 남만 시켜서 하는 일과는 영락없이 일 됨새가 다른 법인데, 어쩌다가 병이 나가지고는 나는 멀뚱멀뚱 앉아 보고만 있고, 벌써 세벌김을 맬 때부터 남의 손만 대오니……. 허기야, 인제 가을에 좋자는 신수땜이란다면 오히려 해롭지 않지만, 그러나…….

벌커덕 철부덕, 끙 끙 소리가 바투 들리고, 논배미에서 일꾼들이 이리로 머리를 두르고 매어 들어온다.

"이크! 이놈 봐라……."

곰보 최서방이 허겁을 떨면서 응쥐 한 마리를 움켜쥐고 윗도리를 쳐든다.

"……아, 요 잡것은 뭣 헐라구 세상에 생겨나설랑, 남 농사짓는 것 심술만 부리고 댕기는고!……."

최서방은 건들건들 우스개를 하면서, 손에 움키어 몸을 뒤틀고 용을 쓰는 응쥐를 들여다보다가, 갑쇠가 앉았는 봉분으로 휘익 내던진다.

"……너, 살어서 존 일 많이 힜으니 천당이나 가거라, 잡것!"

최서방은 땀이 샘물로 솟는 시꺼먼 얼굴을 팔로 쓱 씻고는 도로 허리를 꾸부린다. 봉분의 보송보송한 흙바닥에 가 나동그라진 응쥐는 온몸에 흙고물 칠을 해가지고 이리 틀고 저리 틀고 발광을 한다.

갑쇠는 꼴 좋다고 물끄러미 치어다보다가, 논으로 고개를 돌린다.

"몹시 짓지나 안 힜넝그라우? 최생원?"

"응, 한 사흘 손이 늦기는 힜지만……."

최서방은 허리를 꾸부린 채, 끙 끙, 벼포기 속에서 대답이다.

"……뭐 갠찮다. 그러구 아무튼지, 끙 끙, 농사는 이 두레서 갑쇠가 장원이다."

"글시라우, 원……."

"글시구 편지구, 야야, 설흔 섬은 먹어두었다."

"설흔 섬까장은 몰라두, 내 짐작에두 스물댓 섬은……."

"이 미련한 자식아!……."

최서방 옆에서 오복이가 손에 김 뜯은 것을 한 움큼 쥐고 땀으로 맥을 감은 윗도리를 기다랗게 일으켜 세운다.

"……그레, 이 논 이 농사에서 나락이 스물닷 섬만 나겄냐? 너, 그리서 스물닷 섬만 차지허구 그 남저지는 죄다 날 줄래?"

"다아라두 주마. 애비가 자식 그것 못 주겄냐?"

"아, 저놈이 내가 애비 도리를 못 히서……끙……."

오복이는 손에 쥐었던 김을 논바닥에 놓고 발로 밟으면서 일변 지껄이면서 도로 허리를 꾸부린다.

"……아, 그리서 장개를 여태 못 들여 줬더니, 끙 끙, 아 저놈이 생판 제가 애비를 낼라구 허너만! 헤! 참!"

"까불지 마라, 죽여 놀티닝개루."

"너, 늬이 어머니더러 물어봐라. 내 배꼽 밑에 사마구 있는 것까장 다아 일러줄티닝개루, 끙……."

"엑, 그놈의 자식, 주둥이허구는!……."

갑쇠가 힘은 좀 세어도 입담으로는 오복이를 못 당한다.

"야덜아, 그럴라 말구서 짱껜뽕을 히여라."

최서방의 시침 뚜욱 떼고 하는 소리에, 갑쇠와 오복이는 뱃살을 잡고 웃는다.

남은 그래서 웃는 참인데, 귀머거리 오서방이, 에에헤 논 참 거름 자알 되었다, 흙이 어찌두 곱게 풀렸는지 한 주먹 움켜먹구 싶구나, 끙……. 이런 딴청을 하면서 허리를 펴다가 그제서야 웃는 입을 보고 덩달아 히죽히죽한다.

"오생원 수구허시느만이라우!"

갑쇠가 치하를 하는 것을 오서방은 알아듣지를 못하고, 에? 하면서 입을 가래발리고 턱을 쑥 내민다.

"오―생―원, 수―구―허세―라―우."

"으응, 스무 섬 나구말구! 서른 섬이나 나겄다, 끙끙."

이번에는 최서방까지 같이서, 어허허 흐흐흐, 웃어젖힌다.

갑쇠가 한참 웃다가, 언뜻 고개를 쳐드는데, 들 가운데 논틀길로 을녜가 머리에 광우리를 이고 부산나케 이리로 오고 있다.

들 복판에 섰는 원두막이 을녜네 것이니, 참외 딴 것을 이고 오는 게 분명하다.

멀리서 보아도 걸음걸이가 갈팡질팡, 그다지 찬찬스런 맵시는 아니다. 나이 열여덟 살에 그만하면 계집애가 차분하니 좀 얌전스런 구석이 없고서, 이건 가도록 왜장녀가 돼간다고(행실머리가 궂은 것은 차치하고라도) 동네서는 달가워하질 않는다. 그러나 갑쇠는 그런 것이 숭으로 보이지 않고, 좀 까부는 것이 되레 선들선들해서 차라리 더 마음이 당기고 귀염성스럽다.

올 봄부터 그렇잖아도 이편이 먼저 서둘러, 벌써 몇 차례 혼담이 오락가락했고, 아직 확실히 정혼이 된 것은 아니라도 십상 틀림없으려니 하고 있다.

장가! 가을에 농사를 거두어 장가를 들고, 그런데 신부는 저기 오는 을녜고.

장가가 기쁜데, 신부가 또한 을녜니, 갑쇠는 더욱 즐겁다. 을녜는 확실히 갑쇠의 즐거움이다.

그러나 그러는 해도 그 즐거움의 한편짝에는 어두운 그늘이 없지를 않다.

작년에는 을녜가 오복이, 시방 바로 저 논에서 일을 하고 있는 오복이와 눈이 맞아, 둘이서 보리밭으로 기어들어가는 것을 보았네, 벼낟가리 틈에서 나오는 것을 보았네 하는 소문이 퍼졌고, 그래 한때는 저의 부모도 그 기미를 채고서 이왕 저지른 노릇이니, 오복이와 혼인을 해버리느니 어쩌느니 한다고까지 말이 떠돌았다.

그러던 것이 그대로 흐지부지하더니(흐지부지하고 만 것을 보면, 그게 괜한 헛소문이 난 것이겠지야고, 갑쇠는 짐짓 안심을 해도 보았고) 헌데 금년 첫여름부터는 또, 관수라는 총각과 배가 맞았느니 등이 붙었느니 하는 소리가 왁자하니 돌기 시작했다.

허니, 가령 내 뜻대로 가을에 을녜와 혼인을 한다손치더라도 저 오복이

하며(오복이만은 어쩐지 그대도록잖은데) 더욱이나 말도 못할 관수 녀석 하며 그것들의 찌꺼기를 천신하는 것이라고 생각하면, 아무래도 마음에 께름칙하고 심청이 상할 뿐만 일변 아니라, 남 보기에도 치사스런 노릇이다. 게다가 또 당자 을녜가 어떠하냐 하면, 전과는 아주 딴판으로, 맵살스럽게 생뚱거린다. 전에는 갑쇠를 보기만 하면 제가 좋아라고 해롱해롱 까불고 괜히 말을 붙여보고 싶어하고, 해서 실상인즉 동네서는 누구보다도 맨 먼저 갑쇠와 사이가 수상타고 소문이 나기까지 했었다.

갑쇠는 을녜가 열댓 살, 계집애 꼴이 박히기 시작할 적부터 탐탁히 여겼고 저것이 조금만 저 자라거든 부디 장가를 들려니 단단히 요량을 대던 참이라, 을녜가 그렇듯 좋아하는 것이 마음에 흡족하지 않을 이치가 없었다.

그러나 그는 본이 수가 좁을 뿐 아니라, 을녜를 장차 안해로 맞이할 딴 배포를 지녔기 때문에 짐짓 얌전하느라고, 더러 농지거리라도 마주 해보고 싶은 것을 참아가면서까지 아주 의젓하게 점잔을 빼곤 했었다. (그런 일을 생각하면, 그리고 오복이니 관수가 을녜를 주물러버린 게 정말이란다면, 차라리 갑쇠 제가 진작 손을 대서 제 것을 만들어두지 못한 것이 후회가 난다.)

아무튼, 그 을녜가 작년부터는 사람이 알아보게 달라져가지골랑, 더러 호젓한 길목에서 단둘이 만나든지 해도 웃는 낯 한번 보여주는 일이 없고 새침하니 외면을 하고 지나가버리곤 한다. 어떤 때는 자세 보면 입을 삐쭉하기도 한다.

을녜가 그처럼 쌀쌀해지니까, 갑쇠는 그제서야 마음이 달아서 어디 내가 자청 말이라도 좀 붙여보아보려니 하고, 간혹 별러보곤 하지만, 그제는 오갈까지 다뿍 든데다가 갑쇠의 비위와 주변으로는 그게 섬뻑 해지질 않고, 번번이 제가 제 무렴에 지쳐 얼굴만 혼자서 붉힐 따름이었다.

그러자 을녜가 오복이와 어쩌구저쩌구, 또 혼인까지 한다는 소문이 들려, 갑쇠는 아뿔싸! 무릎을 쳐, 하다가 한동안 그 소문이 너끔하니까는 올봄에는 큰맘을 먹고서, 그리 내켜하지 않는 모친을 졸라대서, 을녜네 집으로 통혼을 해, 그게 요행 얼려가는 듯해서 조금 안심을 했던 판인데, 끝끝내 을네를 차지할 복이 아니든지(그도 두고는 보아야 할 일이지만) 이번에는 긴치도 않은 관수 녀석이 어디서 툭 튀어나와 가지골랑 또다시 중간치기를 당한 꼴이 되고 만 것이다.

참외 광주리를 이고 마침 그 논틀을 지나는 을네를, 오복이가 빈들빈들 웃으면서 제 옆에까지 오도록 기다린다.

을네는 (알고도) 못 본 체 눈을 내리깔고 종종걸음으로 을씨년스럽게 그 옆을 지나간다. 흥! 네까짓 애녀석! 하는 태도요, 하니 일이 좀 모양 창피하게는 되었으나, 내친 걸음이라, 또 참외도 하나 집어주면 얻어먹을 겸, 오복이는 두어 걸음 다가가면서, 참외 하나 다구— 하면서, 위정 놀리는 체 소리를 지른다.

을네는, 꼴두 같잖은 게 왜 요 모양이냐는 듯이, 얼굴을 빼뚝, 멸시하는 낯놀림 하나로 족한데…….

"속 못 채리네!"

"야아, 하나 먹자! 목말라 죽었다!"

을네는 뒤에서 무어라거나 다시는 알은체를 않는다. 오복이는 헤헤 속없는 헛웃음을 치다가, 제 무렴 제가 푸느라, 그만 뒤라 손자 밥을 뺏어 먹구 천장을 치어다보지! 끙, 하면서 도로 허리를 꾸부린다.

본이 사람이 염장이 빠져나서, 계집애와 붙어 지낼 적에도 속을 달칵 앗기어 노상 구박에 지천을 먹었고, 시방은 상관이 없어지고 나서도, 쓸데없이 지분거리다가는 눈에 넘치는 멸시를 받는 것이건만, 그러나 오복이는 조금도 그걸 창피해하거나 괘념을 하지 않는다.

않고, 방금도 그랬지만, 을네를 길에서라도 만나든지 하면, 저게 내 손에다가 쥐고 주무르면서 가지고 놀던 계집애거니, 재미있던 그적을 여겨 만족과 자긍을 느끼곤 한다.

오복이가 을네를 곧잘 놀려먹는 것이 일변 부럽기도 하려니와, 어디 내한테는 어떻게 하나 보자고, 갑쇠도 잔뜩 벼르고 기다린다.

을녜는 봉분으로 올라와서 갑쇠가 안 보거니만 하고, 살끔 고개를 돌려보다가, 짐짓 건너다보고 있던 갑쇠와 눈이 마주치자 얼핏 외면을 해버린다.

“참외 하나 주렴?”

갑쇠는 못해보던 짓이라, 차마 얼굴이 마주쳤을 제는 말을 못하고서 을녜가 외면을 하니까야 겨우 한마디, 그거나마 가만히 소곤거리듯 한다.

뜻밖이라, 을녜는 주춤 발길을 멈추더니, 잠깐 만에 고개를 들려 몹시도 영롱한 눈으로 무엇을 찾는 듯 갑쇠의 얼굴을—히죽이 웃는 것까지도 우둔은 해보이나, 두릿하니 사내다운 얼굴을 말끄러미 내려다본다. 그러나 그것도 잠깐이요, 눈에는 시뻐하는 빛이 갈아들면서 고개를 돌리고 가던 발길을 다시 띄어놓는다.

“사람 됐네! 동네 지집애 구실릴 줄을 다아 알구……. 못난이!”

저 혼자서 구누름하듯 하는 말이요, 맨끝에 못난이란 소리는 낮고 분명찮아서 갑쇠는 알아듣지는 못했다.

……그리면서 한 세 걸음이나 걸어갔을까. 주춤 다시 멈춰 서더니, 머리에 인 광주리를 한 손으로 더듬어 집히는 대로 참외 한 개를 집어 내가지고 오금을 꾸부려 땅바닥에다가 살며시 놓는다. 그래놓고는 도로 일어서면서, 해뜩 갑쇠를 돌려다보는 것이다.

“살앓이 허니라구 위너니 먹고 싶은 것두 많얼 테지!”

그의 얼굴은, 입이 뱅긋이 웃으려고 하는 것을, 눈이 자꾸만 새침하느라고 필경 웃지 못하고 만다.

이 미묘한 계집의 동정을, 더구나 을녜가 어찌해서 제풀로 오복이게로 갔으며, 제게는 쌀쌀해졌는지를 짐작 못하는 갑쇠는, 저게 그래두 날과 혼인이 되게 되니까, 오복이한테보다는 좀 달리 하는구나 하고, 등이 근질근질해서, 속으로 이히! 그놈의 계집애가 사람 간을 마구 녹이네! 하면서 듬씬 흡족해한다.

그렇지만? 하고, 갑쇠는 고개를 깨우뚱하면서 엉금엉금 참외를 집으러 기어온다. 그렇지만(저편이 조금 동정이 다르니까는 헷배가 불러가지고) 을녜게로 장가를 가는 것이 아무래도 께름칙하다는 것이다.

참외를 집어가지고 도로 자리로 기어와서 손바닥으로 쓱쓱 문질러 한 입 뭉떵 베어 물다가, 또 고개를 깨우뚱, 그렇지만! 한다.

이번은, 그렇지만 을녜가(동정이 다르니 더더구나) 좋기는 좋은데 어떡하느냐 말이다.

참외를 중동께까지 먹다가 또, 그렇지만…… 하면서 그제는 고개를 끄덕끄덕한다.

그렇지만 뭐, 농사는 잘 지어 장가들 밑천은 됐겠다, 을녜도 좋고, 또 동네에 과년 찬 계집애가 수두룩하니까, 아무려나 올 가을에 장가를 들게는 되겠지, 이 뜻이다.

잘 익지도 않아, 단맛도 없는 참외를 어떻게 먹었는지 다아 먹고 꼬투리를 논으로 마악 내던지는데, 등 뒤의 인기척에 돌려다보니까, 세상 징그러운, 관수다. 갑쇠는 언제고 그렇지만, 단박 압기가 되고 벗은 발등으로 뱀이 지나가는 것처럼 서늘하니 몸서리가 치이는 것을 어찌하지 못했다.

계집 샘으로 해서 갑쇠로 보면 관수라는 인간이 달갑지 않은 것도 의당한 노릇이겠지만, (그러니 또, 다 같은 계집 샘이라도 맨 처음 오복이가 을녜와 어쩌구저쩌구 한달 제는, 흥, 병신이 지랄한다더니, 그거 원 참, 이쯤 아니꼽고 시쁘듬했을 뿐, 그때나 지금이나 오복이를, 시방 관수에게 대한 십분지 일만큼도 미워를 안하니, 그것부터도 편벽이려니와) 아무렇든 그런 계집 샘 말고서도 관수는 하필 갑쇠뿐만 아니라, 동네가 거지반 다 그렇게 섬찍해하는 사람이다.

그 연유가 (그런데) 이러하다.


관수는 열여섯 살 적에, 이 동네서는 드문 일로 읍내 보통학교를 육학년까지나 다니던 중, 월사금이 여러 달 치가 밀린 것을 못 내어 (제라서) 학교를 그만두게 되니까, 그 길로 종적도 없이 집을 나가버렸다.

농투성이 자식으로 노상 재주가 없는 것은 아니지만, 천하 망나니가 돼서 공부보다는 싸움이 첫째라, 제 동무들이며 선생에게 실인심을 해, 그래 학교도 다닐 맛이 덜할 판인데, 계제에 월사금 밀린 것으로 창피를 당하곤 하니까, 이첨저첨 그 거조를 냈던 것이다.

그렇게 집을 나가서는 이내 죽었는지 살았는지 일자 소식이 없더니, 꼭 열한 해 만인 금년 첫여름에 아주 완구한 장정이 돼가지고는 땅에서 솟아나오듯 퍼뜩 고향에를 돌아왔다. 변한 것은 외양뿐만 아니라, 그다지 까불고 술심 망나니고 하던 (실상은 명랑했던) 대신 사람이 몹시 뒷그늘이 져 보이고 입도 무거워졌고 해서, 우선 남과 붙일성이 없었다. 어쩐지 촌사람들이 보기에는 그게 몹시 불길한 것 같아서 수군수군들 했다.

헌데, 그 열한 해 동안을 어디 가서 무엇을 했느냐고 물어도, 그저 서울도 있었고 부산도 있었고 대판도 있었고 '오까야마' 촌에서 농사일도 더러 하고, 했다고 대답할 뿐이지, 더는 이야기하기를 꺼려하고, 하는 놈에 그만 과거가 무엇인가 살이 끼어 보여서 동네 사람들은 더욱이나 그와 섭쓸리고 속을 주고 하기를 사리곤 했다.

아니나다를까 하루는 읍내 주재소의 순사가 나오더니, 고향에 돌아온 뒤로 관수의 일상거지가 어떤가를 조사했고, 그 끝에 우연히 미끄러져 나온 말로 '나쁜 짓'을 하다가 삼 년이나 전중이를 살았다는 것이 그만 드러나고 말았다.

옳거니! 하고 동네 사람들은 궁금하던 속이 후련해서 무릎을 쳤다. 그래서 그놈이 그렇게 두억신같이 음험해 돌아온 줄은 몰랐지야고, 저마다 고개를 끄덕거렸다.

동네 사람들은 속을, 놀랜 조개처럼 잔뜩 아물리고 관수를 경계했다.

경계를 하느라니까 자꾸만 더 무서워나고, 무서우니까 그에게 이상한

압기를 느끼게 되고, 그것은 영락없이 저 '지킴'이 있고 천년 묵은 구렁이
가 그 속에서 살고 있다는 정자나무를 무서워하고, 그에게서 압기를 느끼
는 것과 꼬옥 같은 것이었었다.

처음 그들은 그 '나쁜 짓'이라는 게 무엇인지 적실히 알지 못했다. 누구
는 노름을 한 것이라고 했다. 또 누구는 도둑질을 한 것이라고 했다. 또 누
구는 그놈이 말을 안 해서 그렇지 하기로 들면 청산유순데 아마 그 언변으
로다가 누구를 속여 재물을 뺏어먹은 것이라고도 했다.

이렇게 그의 '나쁜 짓'의 해석이 구구한 판인데, 바로 월여 전이다.

동네 앞으로 지나간 전봇대를 갈아세우느라고 소위 '도까다'들이 한패
몰려들어, 낮에 일을 하고서 그날 밤을 주막에서 묵는데, 술들이 취해가지
고는 몹시 행패를 하니까, 그래도 동네 사람들은 말 한마디 못하는 것을,
관수가 보다못해 시비를 걸었으나, 동네 사람들은 역연 비실비실 구경만
하고 있지 말도 거들어주질 않고, 관수 혼자서 꼼짝없이 여럿에게 몰매를
맞게만 켯속이 되고 말았다.

관수는 영 다급하니까 쭈르르 부엌으로 달려들어가더니 창끝 같은 식칼
을 집어들고 나와서 냅다 엄포를 하는 바람에 '도까다'패가 기가 질렸고 그
래 겨우 액경을 면했었다.

동네 사람들은 다시 무릎을 치고 고개를 끄덕거렸다.

오옳지! 그놈이 사람을 궂히고서 전중이를 산 거로다. 이걸로 관수의 그
'나쁜 짓'의 정체는 아주 선명해진 셈이 되고 말았다.

누구는, 제가 듣자니 대판서 계집 샘에 칼로 사람을 죽였다더라고까지
언해를 달았다. 그러자 마침맞게 그 뒤 며칠 않아서 관수와 을녜가 배가
맞았다는 소문이 좌악 퍼졌으니…….

그러한 관수가 무슨 짓을 하느냐 하면, 동네 사람들은 밤이면 근처에 얼
찐도 하지 못하는 정자나무 밑에를 아무렇지도 않아하고 저 혼자 가설랑
은 모기야 빈대 벼룩 안 뜯기고 편안한 잠자리를 한다. 드디어 큰 물의가

일어나고, 동네 사람들은 영 아주 혀를 홰애홰 내저으면서, 그놈 말 못할 놈이라고 지긋지긋하게 흉한 놈이라고, 정자나무의 '지킴'이나 천년 묵은 구렁이도 사람 궂힌 놈은 알아보는 것이라고, 절절히 관수가 천하 무서운 놈인 것으로 치지를 해버렸다.

그러나 이상한 것은, 관수가 그렇듯 흉하고 말 못할 '무서운 놈'이거드면 응당히 흉하고 말도 못할 무서운 행악을 했을 것이요 따라서 동네와 동네 사람은 그 해를 입었어야 할 것이었었다. 헌데 관수는, 저 정자나무가 실상은 한번도 동티를 내어 동네 누구를 병을 주어서 죽게 하거나, 천년 묵은 구렁이가 쫓아 나와서 사람을 물어 죽이거나 한 적이 통히 없듯이 관수도 여태까지 조그마한 행패도 부리는 법이 없었다. 하건만 그 기수를 채어, 거 참 모를 일이라, 고 고개라도 한번 깨웃해 보는 사람은 생겨나지도 않았고, 언제까지고 관수는 그대로 흉한 놈이고 무서운 놈일 따름이었었다.

한두 번이 아니요 하루 이틀이 아니니 동네에서 온통 그렇게 저를 기하고 흉한 놈으로 돌려놓는 줄을 관순들 눈치채지 못했을 이치가 없지만, 그는 이이상이다.

다만 그의 부모가, 아무려나 소중한 자식이요 죽었다가 살아온 걸로 여기는 터인데, 막상 그렇듯 모진 처접과 괄시를 받는 것이 싫고 애가 쓰여 그러지 말고 동네 사람들과 잘 좀 얼려 지내라고 타이르곤 한다.

그럴라치면 관수는 으레껏 콧방귀를 뀌면서 돼지와 개를 빗대놓고 동네 사람들을 빈정거려 준다.

돼지는 평생 꿀꿀 소리밖에는 못 지르는데, 그게 고작, 배가 고프니 밥을 달란 소리요, 그나마 밥은 왜 먹느냐 하면 살이 져서 사람의 고깃감이 되자는 것이지 아무것도 아니요…….

개는 컹컹 짖을 줄밖에 모르는데, 그건 사람의 턱찌꺼기를 얻어먹는 값으로 도둑을 지켜주자는 밥값이요……, 헌데 그놈이 더러는 멀쩡한 사람을 도둑놈이라고 짖는 수도 있고…….

그런 것을 사람이, 아아니 여봐라 나는 도둑놈이 아니라고 개와 마주 짖어서야 애멈을 면하려다가 이번에는 개가 되어버릴 것이 아니냐!

촌 농투성이들이란 하릴없이 죽어 바치기 위해서 먹는 밥밖에 모르는 돼지가 아니면 성한 사람을 도둑이라고 짖는 개요 별수가 없는 것, 그걸 입 아프게 탄할 게 없는 것이다.

이것이 관수가 열한 해 만에 동네 사람들한테 가져다 준 선사다.

개돼지의 처접을 탔다는 소문이 퍼지자, 동네 사람들은 투울툴 하면서 발칙한 놈이라고 분개를 했다. 그러나 아무도 그 '무서운 놈'의 무서운 짓이 무서워서, 일변 그의 언변을 능히 당해낼 장사가 없을 것 같아서, 제네들끼리만, 그놈 사람 궂히고 전중이 산 놈이 무슨 소리는 못할라더냐고, 똥이 무서워서 피하는 게 아니라, 더러우니까 피하는 체, 맞대고는 시비를 하려고 하지 않고, 속으로만 저마다 갈고리를 잔뜩 찼다.


갑쇠는 섬뻑 달라졌던 기색을 고쳐 흔연한 낯으로 관수를 올려다보면서 고기 잡으러 가느냐고, 인사삼아 묻는다. 동네 사람 그들은 속은 다아 그러해서 상극이면서도, 마치 동티가 날까 봐 정자나무를 흔연 대접하듯이, 관수한테도 딱 마주치면 할 수 없이 흔감스럽게 하기를 잊지 않는다.

관수는, 그렇다고 심상하게 대답하면서 함지박을 넣어 어깨에 걸멘 구럭과 또 한 손에 들고 온 괭이를 놓고 휘이 더워한다.

"……하두 보리꽁퉁이허구 된장덩이만 먹으닝개루 솟징이 나서 원……작은 갯바닥에 물이 어떤지…….”

"요새 붕어, 그놈 잡아다가 잘 쬘여서 먹으면 괜찮지.”

"너는 거 참, 오래 고생허는구나!”

관수는 밀짚기직 한옆으로 주저앉으면서 갑쇠의 살앓이 않는 너벅다리를 돌려다본다.

"응, 괜시리 그놈의 것 때민에!……, 재수가 없을라닝개루……."

둘이는 말거리가 없어 잠잠하다. 정자나무에서 실매미 소리가 새삼스럽다.

갑쇠는 보는 데 없이 앞을 내다보고 관수도 불볕 내려쬐는 들판을 건너 봇둑을 바라다보고 있다.

풍년의 징조로 탐스럽게 벼가 자란 이 들판도 관수에게는 아무 흥도 나지 않는다. 다른 농군들처럼, 제 것은 벼 한 톨 없어도 잘된 곡식이며 풍년 든 들을 보면 어떤 싱싱한 생명이 뛰노는 것만 같아 내력 없는 만족이 솟아오르는 그것을, 관수는 조금도 느끼지 못한다.

그는 차라리 이 들판이 졸립게시리 단조롭고 싫증이 날 따름이다.

그리고…….

생각하면서 관수는 무심결에 갑쇠의 얼굴을 힐끔 돌려다본다.

그리고, 이 살아 있되 살아 있는 것 같지가 않은 우둔한 얼굴, 저기 시방 논 가운데 들어서서 끙끙 김을 매고 있는 농군, 김가 이가, 계집 사내, 늙은이 젊은이, 모두 저 들판같이 단조하여 생명의 탄력과 긴장이 없고, 색채가 없고 이 정자나무같이 십 년 백 년을 가야 낡아빠진 채 태고太古의 꿈 속에서 어릿거리고 있고, 그러면서 쓰잘데없이 음충스럽기나 하고…….

관수는 가래침을 태액 뱉으면서, 모두 보기가 싫고 싫증이 나니, 어서 하루바삐 이 고장을 떠나야 하겠다고 생각을 맺는다.

나란히 앉아 있는 갑쇠는 갑쇠대로 생각이 다르다.

그는 심상한 체 이야기도 하고 낯꽃도 천연덕스럽기는 하지만, 관수와 이렇게 단둘이서 호젓이 앉아 있기가, (이러한 계제가 실상은 별반 없었고 오늘 비로소 처음인데) 마음이 편안하지를 않고 자꾸만 거북해 견딜 수가 없다.

벌써 세 번째나 힐끔힐끔 관수의 옆얼굴을 돌려다본다. 보지 않고 있느라면 부쩍부쩍 제게로 덮어누르고, 덤벼드는 것만 같고, 그래 이놈의 자식을 어디가 아스라지게 한번 각 질러주고서, 벌떡 일어설까 보다고, 다뿍 벼르면서 돌려다보는 것인데, 보면 관수는 아무렇지도 않게 앉아만 있다.

왜 내가 제까짓 자식을 무서워한단 말이냐고 짜증스럽게 이맛살을 찌푸리면서 연신 저를 탓을 해도 종시 소용이 없다.

아무리 해도 이놈의 자식을 뼈가 노골노골하도록 실컷 두들겨주어야 마음이 후련할 것 같다.

근력은 내가 세니까 다리 아픈 것만 낫거들랑, 이놈의 자식을 어쨌든지 동동 들어서 굳은 땅바닥에다가 태질을 쳐주고 칵칵 제겨주고 다리팔을 냅다 배틀어주고, 그래 ×를 질질 싸면서 그저 살려줍시사 제발 살려줍시사고, 개개 빌어……, 옳지, 을녜도 다시는 그저 손을 안 대겠습니다고 항복을 하렸다. 그러거들라면 잼쳐 한바탕, 을녜 모가치로 늑신 두들겨주고 그리고 나서 발길로 콱 차던져, 엉금엉금 기어 달아나, 뒤통수에다가 침을 태액 뱉어주어…….

……하기만 했으면 삼년 묵은 체증 내리듯이 께름한 속이 쑥 내려가겠는데, 기운은 나보다 못 세어도 놈이 사람을 궂히고 전중이까지 산 놈이라, 악지가 여간이 아닐걸?……. 잘못 섣불리 싸움을 걸다가 괜히 칼이라도 들고 달려들어서 푹푹 찌르는 날이면, 이히! 큰일이지……. 에잇 흉한 놈! 에잇 사뭇 희광이 같은 놈! 능구렁이 같은 놈!…….

그래……, 제까짓 자식을 탄해서는 무얼 하나? 내버려 두면 고만이지. 제까짓 자식이 암만 그래야 타관으로 떠돌아다니던 놈, 사람 궂히고서 전중이나 살고 나온 놈…….

나는 농사가 저렇게 쏟아지도록 잘 됐으니까 그게 제일이지. 이 싱싱한 들판이 우리 세상이요 우리가 주인인걸, 제 따위 자식이 천하 뿔을 빼는 놈이면 어때? 백년 가야 우리 같은 재미는 얻어 천신도 못할 놈인걸.

"휘유우 날도 극성으로 더웁기도 허다!"

소리에 놀래어, 둘이 한꺼번에 돌려다보니, 갑쇠 모친이 한되들이 유리병에다가 부우연 막걸리를 한 병, 또 한손에다가는 주발 두 개를 포개들고 봉분으로 올라선다. 일꾼들한테 내오는 새참이다.

안녕허세요? 오오냐, 관수냐? 이런 지낼 인사를 서로가람 하는데, 갑쇠는 논으로 대고, 일꾼들더러, 나와서 목이나 좀 축이라고 소리를 친다.

대답 대신, 모포기 속에서 일꾼들이 우뚝우뚝 윗도리를 펴면서, 날쌔게 벌써 논물에다가 흔들어 씻은 손을 해 가지고 논두덕으로 처억척, 나온다. 시늉만 낸 등거리와 세코잠방이가 방금 물에서 건진 양 땀에 젖어 몸뚱이에 착 달라붙었다.

다리가 정강이까지 모두 개흙에 빠져, 그놈이, 위께는 부우옇게 말라, 딱지가 일고 아래께는 잘라 신은 고무장화 모양이다.

"에—헤, 날두 원……. 쏘나기 한줄금 히였으면 곡식한티두 좋구 사람한티도 조련만……."

귀머거리 오서방이 혼잣말하듯 중얼거리면서, 앞장을 서고 뒤에 오복이와 곰보 최서방이 따라 봉분으로 올라온다.

일꾼들과 갑쇠 모친 및 관수 사이에 안녕하냐는 둥, 수고한다는 둥, 농사가 잘 돼서 기쁘겠다는 둥, 얼기설기 수인사가 오락가락하면서 술 한병에 보리고추장에다가 날마늘을 곁들인 안주를 중심으로 비잉 둘러앉는다. 갑쇠 모친은 여편네라서 짐짓 뒤 곁으로, 그리고 관수는 객군이라서 한옆으로 비껴 앉고.

관수는 이런, 들에서 먹는 음식머리의 인심이 후해, 옆에 있던 객군은 말고 지나가는 행인이라도 불러서 먹이고 자청해서도 얻어먹고 하는 법이라, 시방 저한테도 막걸리를 한 사발 권할 줄을 안다.

그러나 그것이 흔연한 마음이 아니고, 인심과 풍도만 아니더라면 모른 체 저희끼리만 먹고 말 것을 마지못해 (그러니까) 눈치엣 음식으로 한 사발 주는 게 빠안한 속이다.

그런 것을 멀거니 앉아 얻어먹다니, 구역질이 지레 날 노릇이지만, 그러나 관수는 술을 통히 먹지 못하기 때문에, 행여라도 얻어먹고 싶어서 우두커니 앉아 있는 게 아닌 것이 스스로 마음 편안했다.

아니나다를까, 오복이는 위정 숙이고 있던 얼굴을 관수가 안 보게시리 들고서, 갑쇠더러 연신 눈짓을 하는 것이, 저 자식은 왜 썩 없어지진 않골랑 흥! 한잔 얻어 든질르고 싶어서……, 이런 눈치가 완구하다. 최서방과 오서방은 그래도 나이깨나 든 값으로 속이 푸욱 삭은 내기들이라, 아무리 마땅찮은 관수겔망정 이왕 주는 음식에 야속스럽게 눈치를 할 머리가 있을까 보냐고, 그래서 안색이 아무렇지도 않다.

갑쇠 모친은 일꾼 셋에 한 사람 앞에 꼭 두 주발씩 요량을 해 내온 것인데 객군이, 하나 있으니 일꾼 몫이 축이 나겠어서 걱정.

갑쇠는 × 누워서 개 좋은 일 시킨다는 푼수로, 미운 녀석이니, 내 것을 척, 막걸리 한 사발일 값에 먹이는 게 되레 놈을 기를 꺾는 것이라서, 시방 마음이 흐뭇하고. 그러한 표적이 얼굴에 은근히 나타나기까지 하면서, 갑쇠는 주발에다가 넘싯넘싯 술을 따르고 있다.

첫잔은 나이 차례로 최서방이. 최서방은 막걸리 주발을 받아, 이놈이 질름질름 흘릴까봐, 턱을 쑤욱 빼어다가 입을 대고는 벌컥벌컥, 한동안 벌컥벌컥, 숨도 안 쉬고 주욱 들이마신다. 마시고는 막걸리가 부우옇게 묻은 수염과 입술을 손등으로 쓱 씻고서, 마늘 한 개를 고추장에 꾹 찍어 워석워석, 거 술맛 해롭지 않다고, 갑쇠 모친을 돌려다본다. 노상 받아오는 그 집 술이지야고, 갑쇠 모친은 돌아앉은 채 대껄을 한다.

다음은 오서방이 술을 받아 역시 최서방 본으로 벌컥벌컥 들이마시고는 안주를 씹고……, 씹는데 다른 것은 광대뼈가 불끈불끈 비어지고.

그 다음은 오복이가 술잔을 받아가지고, 연상들 앞이라서 고개를 돌리는 체하면서 주욱 들이마신다.

한 주발씩의 막걸리거니 하면 그저 그만이겠지만, 제마다 한 주발씩 그놈을 들이켜고 나서는 그 입맛이 회회 감격하는 것이며 전신에서 솟아나는, 든든해하는 얼굴이며가, 세상에는 이(그다지 상품도 실상 못되는) 한 주발의 막걸리의 미각을 덮어먹을 자가 없을 성부르다.

오복이가 갑쇠를 부어 주려고, 마시고 난 주발을 손에 든 채 술병을 집으러 오는 것을 갑쇠가 가만 있으라면서 다시 한 사발을 부어 들고 관수를 청한다.

"나?……."

관수는 웃는 얼굴로 고개를 흔든다,

"……나 술 못 먹어."

"그리두 목 마른디 한잔 히여!"

"입에도 못 댄다닝개루……."

"새양 말구 한잔 허지 그러냐?"

최서방도 권을 한다. 그러나 관수는 종시 못 먹는다면서 마늘이나 하나 먹지, 하고 한 개 집어 고추장에 찍어다가 씹어 먹는다.

"요새 젊은 사람 치구는 신통두 허다!"

갑쇠 모친이 관수를 칭찬하는 말이다. 그러나 그건 술 안 먹는 칭찬이 아니라, 술도 안 먹는 사람이 어쩌면 그렇게도 다아 그렇단 말이냐! 는 뜻으로 말한 데 지나지 못하는 말이다. 그러니까, 여자답게, 애석해하는 말로 좋게 해석할 수도 있는 것이고…….

갑쇠는 다시금 씨름에 넘어박힌 것 같아 속으로 앙앙하나 할 수 없고, 부은 술을 최서방에게로 돌린다. 그러나 오복이는 한 모금이라도 제 몫이 축나지 않아서 좋아한다.

오복이가 술병을 차지하고 우선 한 주발 부어서 갑쇠 모친더러 먹으라고 하니까, 자아(저애)는 잡성스런 소리도 다 한다고 눈을 흘긴다. 그놈을 갑쇠를 주니까는 당기는 하면서도 손을 내젓고, 갑쇠 모친은, 살앓이 앓은 데, 큰일 난다고 사뭇 방색이다.

오서방이 한 사발을 더 먹고 마지막 오복이에게서 술이 마침맞게 끝이 났다.

갑쇠 모친은 병과 주발들을 걷어가지고 돌아가고, 일꾼들은 제가끔 곰방대에 담배를 피워 문다. 셋이 다 천하에 아무것도 더 부러운 것도 생각도 없다는 듯 만족한 기운이다.

최서방이 앉았던 자리에 버얼떡 드러눕는데, 오서방은 무릎을 깍지끼고 앉았다가 문득, 아 요새, 싸움은 어떻게 됐다냐고 들띄어놓고 묻는다.

"청국 군사가 수우수만 명 죽었대요."

오복이의 대꾸다.

"청국 군사는 앞에서 총소리가 난다치면 ×이 빠지게 도망간다면서? 그런디 죽어?"

이건 최서방의 우스개 섞은 반박이다. 그러다가 그는, 오옳지, 총알은 뒤로 맞아두 죽으니까, 하고 제 말에 제가 토를 단다.

이렇게 이야기 시초가 잡혀가지고는, 아무튼지 순사가 들으면 유언비어로 취재를 하려다가 허리를 잡을 만큼 별별 괴상한 소리가 다 나온다.

그런대 참 장개석이가 조선 사람이라지? 하니까, 응 바로 연전까지도 서울 종로서 대장간을 하던 장張서방이라는 둥, 그리고…….

관수는 듣고 앉았다 못해 일어서서 이리저리 서성거린다.

이왕 나온 길이니 품개질이나 해서 저녁반찬거리라도 좀 장만할까, 그러나 사정없이 내려쬐는 불볕을 내다보면 기가 딱 질린다.

어쩔까 하고 망설이는데, 마침 천년 묵은 구렁이가 나온다는 정자나무의 그 구멍이 눈에 뜨인다.

그새 두고 보아야 구렁이는커녕 지렁이 새끼 한 마리도 나온 적이 없고, 또 나올 리도 없는 것이라고는 하지만, 하도 귀에 전 소리라, 밤저녁으로 그 밑에서 호젓이 잘 때면 노상 섬찍하지 않은 것은 아니요, 개구리가 뛰는 것을 어렴풋이 들었던 잠결에 퍼뜩 놀란 적도 한두 번 있기는 있었다.

예라, 기왕 생각이 난 길이니, 빌어먹을 것, 올라가서 저놈의 구멍을 뚜드려 막아버릴까 보다고, 봉분 바닥 여기저기 굴러 있는 돌멩이를 물색해본다.

마침 그러자, 나무 꼭대기에서 갑자기, 끼약깍 끼약깍, 형체는 잎에 가려 안 보여도, 까치 떼가 요란스럽게 우짖어대기 시작한다.

신판 삼국지新版三國誌에 정신이 팔렸던 일꾼들이 경풍을 하게 놀라서 일제히 정자나무의 그 구멍으로 눈이 쏠린다. 여름 까치가 흔히 구렁이를 만날라치면 새끼 샘에 여러 마리가, 한데 모여들어 사납게 우짖는 수가 있는데, 일꾼들이 놀람도 그러니까 근리하기는 하다.

"시방두 저 구멍에서 그 구렁이가 나오구 허는가?"

관수는 그들의 그런 속을 얼른 알아채고는 짐짓 빈들빈들 웃으면서, 뉘게라 없이 대고 묻는다.

"아, 자아는(저애는)!……."

최서방이, 관수의 말이 미처 떨어지기도 전에 버럭 지천이다. 여느때 이기죽거리고 농담 잘하던, 그와는 딴 사람이 되어가지고서…….

"……그건 무슨 소리라구 지망지망!"

"원, 구렁이가 그렇게 겁이 나서 어떻게 살아요!"

"점점!"

최서방은 골을 내가지고 혀를 끌끌 차면서 외면을 한다.

오서방은 까치 지저귀는 데만 놀라서, 이내 그대로 놀라가지고 있지, 무슨 소린지 뚜렛뚜렛하고, 오복이가 부쩍, 아아니 그래서, 시방두 나온단다, 나오는데 네가 어쩔 테냐고 성구고 나선다.

"그렇다면 저 구먹을 틀어막지? 못 나오게시니……."

"흥! 누구는 그런 꾀가 없어서 못 막었까디?"

갑쇠가 밉살스러라고, 저희끼리 하는 말처럼 빈정거린다.

"아, 야아덜아! 왜 늬이덜까장 나서서 시방 이러냐? 응?"

최서방이 다시 성화를 낸다. 그 소리가 요란히 커서, 그제서야 오서방은 무어 말썽이 생기는 줄 알고 어째서? 왜? 하면서 파고든다.

“어디, 내가 동투(동티)를 만날 셈 치구서, 올라가서 틀어막으까?”

관수는 혼잣말 하듯 중얼거리면서, 구멍 겨냥을 눈짐작하느라고 연신 올려다보고 내려다보고 한다.

“야아, 그 까치 뱃바닥 같은 소리 그만 히라, 액색헌 꼴 보기 싫다.”

오복이가 제딴에 충동이를 노는 속이다.

“동투를 마질 테닝개 말이지……? 음…….”

관수는 종시 혼자 중얼거리면서 구멍을 올려다보고 섰다가, 이윽고 오복이게로 고개만 돌린다.

“만약…… 동투를 안 맞으면? 구먹은 시방 내가 쳐막을 테니…….”

“용허다고, 할아버지! 허구, 절을 백 번만 허마.”

“옳아! 음……. 그러구…… 그러구 또, 동투를 맞으면?”

“말헐 것 없지, 너는 벌써 공동묘지共同墓地루 이사를 가버렸을 테닝개…… 설마 죽은 사람더러 내기 시행을 허라구 졸를라더냐?”

“따―는!…….”

관수는 한 번 더 구멍을 올려다, 보다가 함지를 담았던 구럭을 비어가지고 와서, 미리 안표를 해둔 갸름한 돌을 집어넣고 또 한 개 큼직한 놈을 집어넣어 어깨에 가사 메듯 걸메고는, 정자나무 밑으로 척척 걸어가더니 밑에서부터 꼬느듯 쓰윽 구멍께까지 천천히 올려다본다.

최서방은, 인제는 보기도 싫다는 듯이 돌아앉아서 담배만 뻑뻑 빨아 푸우 푸우 연기를 내뿜는다. 오서방은 관수가 돌을 구럭에 담아 메고 정자나무 밑에 가 딱 버티고 설 때에야 비로소 내평을 알아차리고서는 사뭇 눈이 휘둥그래, 잡히는 대로 옆에 있는 오복이의 팔을 잡아 흔들면서 저 애가 어쩌자고 저런다냐? 응, 응, 어쩌자고 응, 응, 목안엣 소리로 디리 황망해한다.

갑쇠와 오복이는 인제는 비웃는 낯꽃이 아니라, 차츰 두려움과 호기심으로 해서 기색이 달라간다.

그러면서 그들은, 최서방이나 오서방도 다같이, 나는 아무 죄는 없거니 또 여차직하면 후덕덕 뛰어 달아나려니 하고, 마음과 몸뚱이를 다뿍 긴장시켜 되사려두기를 잊지 않는다.

참개구리가 나뭇가지에 붙듯이, 관수는 두 팔을 벌려 나무를 안고 오그린 다리로 발바닥에 힘을 주어 차악 달라붙어서는 촐싹촐싹 올라가기 시작한다. 나무가 저편짝으로 약간 비스듬히 누웠기 때문에 오르기에 수나로운 편이다.

관수는 실상 어른이 애들을 데리고 내기를 하는 것 같아 좀 쑥스런 무엇이 없진 않지만, 그 애들을 놀려주기가 실없이 재미도 나고, 일변 동네 사람들이 제한테서 받는 그 무형의 압기를 한 꺼풀 더 씌워, 좀더 무서워 하라는 짓궂은 심술도 부려주고 싶고 했던 것이다.

두 다리와 발바닥에 힘을 주어 조촘 몸을 올리고서는 두 팔로 차악 안고, 이어 또 다리와 발바닥에 힘을 주어 조촘 몸을 올리고는 두 팔로 차악 안고, 몇번 그러는 동안에 중동께까지 올라갔다.

오복이며 갑쇠는 방금 관수가 사지를 바르르 떨고 굴러 떨어지려니, 금새 구멍에서 그 천년 묵은 끝이 몽땅하고 전봇대만한 구렁이가 푹 솟아 늘럼늘럼, 관수의 목줄띠를 물고 친친 감으려니만 하고, 잔뜩 시방 목을 늘이어, 아슬아슬하게 올려다보고 있다. 오서방은 차마 못 보아 눈을 감으려다가는 궁금해서 도로 떠보고 도로 떠보고 한다. 어느결에 최서방도 고개를 돌려, 담배 빨기도 잊고 입을 벌린 채 올려다보다가 침을 흘려버린다.

관수는 중동에서 잠깐 쉬더니, 땀이 듬씬 밴 등어리가 다시 움직인다.

동네 앞으로 여편네들이 중긋중긋 나서고 어린애들이 달려온다.

관수는 마침내 다 올라가서, 세 가장귀 틈에 처억 박혀 앉더니, 후우 한숨을 한번 내쉬고는 구멍을 바싹 대고 들여다본다.

밑에서, 오서방은 (오복이의 팔을 여태 쥐고 있는) 손이 바르르 떨리고 최서방은 차마 고개를 돌려버린다.

까치 떼는 벌써 날아갔고, 조용한 채 정자나무에서는 실매미도 울지 않는다.

꼴깍 소리는 눈에 겁이 질린 오복이가 침을 삼킨 것이고, 관수는 입술이 해쓱하다. 둘이는 다급하다 못해 시방 저도 모르게 관수가 제발 무사하기를 바란다.

“아, 저게 어떤 놈이냐, 으응?……”

동네서 들리는 고함 소리에 모두들 고개를 돌린다. 박첨지가 굽은 허리를 꺼업죽껍죽 지팡이를 짚으면서 소리소리 외치고 쫓아오던 것이다.

“너 이놈! 어떤 놈이냐 이놈……. 아 이놈 썩 내려오지 못허느냐? 이놈.” 관수는 피쓱 웃고는, 이어 본숭만숭 어깨에 걸멘 구럭에서 작은 돌을 꺼내가지고 구멍에다가 칵 처박는다. 돌은 한편 끝만 물리고 오똑 서고, 그놈을 이번에는 큰 돌을 꺼내어 두 손으로 쾅쾅 두드려 박는다.

치는 대로 돌가루가 푸슬푸슬 떨어져 내리면서 돌은 빠듯이 박혀 들어간다.

아이들이 연달아 모여들어, 제마다 눈이 휘둥그래가지고, 그러나, 천하 신기한 이 구경을 재미있어 한다.

박첨지는 연신 고함을 치면서 거진거진 당도해오고, 관수는 돌이 반이나 박히자 손에 돌을 아래로 내려뜨리고서 올라갈 때처럼 나무를 안고 내려온다.

갑쇠 이하 모두 한숨을 몰아 내쉰다.

술술 미끄러져 내려오니까, 올라가기보다는 훨씬 수월하고, 다 내려와서 마악 돌아서려는 참인데, 겨우 씨근버근 달려든 박첨지가 짚고 온 지팡이로, 네 이놈! 하면서 관수의 볼기짝을 따악 갈긴다.

관수는, 아이구 아얏! 하면서 깡총 뛰어 돌려다보고 빈들빈들 웃다가 박첨지가 재차 지팡이를 둘러메니까, 저편으로 겅중겅중 뛰어 달아난다. 구경하던 아이들이 재그르르 웃는다.

박첨지는 죽자꾸나, 이놈 이 못된 놈 그 나무가 어떤 나무라구, 가지 하나만 손을 대어도 동티가 나는데, 네놈은 뒤어져도 상관 없지만, 동네까지 그 앙화가 미치면 어떻게 하라느냐고, 욕에 꾸중에 왜장을 치면서 관수를 쫓아다닌다.

관수는 피하기가 성가시어, 구럭이야 함지야 괭이를 걷어 들고, 논틀로 해서 봇둑께로 도망질을 친다.

나무를 채 다 올라가지도 못해서 동티를 맞아 사지가 오그라져 가지고 굴러 떨어지든지, 천년 묵은 구렁이한테 물려 직사를 하든지 하려니만 했던 관수가, 터럭 한낱 까딱도 않고 저렇게 멀쩡해서 뛰어가는 것을, 넋이 나간 듯 벙벙해 바라보고 앉았던 갑쇠며 일꾼들은, 그가 무사했을 순간 안도의 한숨을 내쉰 것은 어디로 가고 빗나간 기대에 실망을 느끼는 한편 인제 생각하니 매우 소중한 것인데, 제네들의 '지킴'이야 동티야 천년 묵은 구렁이야 하는 정자나무에 대하여 지녔던 자랑스런 믿음 (그것은 적실히 믿음이다) 그 믿음이 하루아침에 침노를 받자, 그만 저기 어디 썩은 울타리 쓰러지듯 아무것도 아닌 게 뻐언하니 드러나고 만 것이 허망하기 이를 데가 없고, 나아가서는 그것이 원통하고 분하기까지 했다. 그리하여 그들은 마침내, 뭘, 사람을 궂히고서 삼 년이나 전중이를 산 흉한한 놈이니, 그렇기도 할 테지야고, 그새까지보다도 관수를 더 지독한 놈으로 모는 것으로써, 앙갚음과 위로를 삼았다.

박첨지는 분이 풀리지 않아 여지껏 발을 구르면서, 저 어디 가서 뒤져먹던 놈의 자식이, 동네 계집애 탈이나 내주기, 번들번들 처먹고 놀면서 할 일이 없으니까 시키잖는 지랄이나 하고, 아 저놈의 자식을 당장 지경 밖으로 쫓아내든지 다리뼈를 부질러 앉히든지 해야지, 저놈을 그대로 두었다가는 동네가 온통 소가 되고 말 테니, 이 노릇을 어찌한단 말이냐, 고 고래고래 악을 쓰고 섰다.

그 말에 갑쇠는 퍼뜩 무슨 생각 하나가 돌면서 오복이게로 눈짓을 한다.

오복이도 꼭 같은 생각을 하고 있다는 얼굴로, 마주 눈짓을 한다. 둘이는 연신 고개를 끄덕거린다.

(개가 여러 마리면 호랑이도 잡는다) 이런 생각이 그 끝에 연달아 우러나면서 갑쇠는 다시금 고개를 혼자 끄덕거린다.


바로 그날 저녁이다.

관수는 시원하고 모기며 물것이 없어 십상인 정자나무 밑을 독차지하고 밀짚기직을 자리삼아, 베개는 돌멩이라도 이따가 이슬이 맞지 않게시리 덮을 좁쌀부대의 덮개까지 옆에 놓고서 번듯이 누워 있다.

밤은 초저녁은 지났어도 깊자면 아직은 멀었다. 백중 가까운 초열흘달이 진작 중천에 뜨기는 했지만, 오락가락하는 구름 사이를 들고 나고 하느라고 들판이 어두웠다 밝았다 한다.

동네서는 달이 비칠 때면 아렷이 모깃불 지핀 연기만 오를 뿐, 잠들이 들어 교교하다.

관수는 어둔 속이라 보이지는 않으나, 아까 낮에 구멍을 틀어막은 돌이 그대로 박혀 있으려니 하여, 거기께를 올려다보면서, 그러자 박첨지의 성화하던 일이 생각나서 혼자 싱그레 웃는다.

바람이 지나가노라, 쏴아 벼잎 갈리는 소리가 제법 요란하다. 멀리서 서툰 통소 소리가 들판을 건너 들려온다.

분명 을녜네 원두막에서 불거니 하고 생각하니, 오늘 저녁에 정녕코 그가 찾아올 듯싶다.

어제 낮에 잠깐 만났을 때 저녁에 저 혼자서 원두막에 있을께시니, 부디 오라고 두 번 세 번 당부를 했고, 꼭 가마, 고 대답까지 하고서도 가지를 않았었다. 그래 아까 석양 때 우물 옆을 지나느라니까 여럿이 있는 데라 말은 못하고, 남몰래 눈만 흘기는 양이 어디 이따가 보자는 그 뜻인 게 역력했었다. 그랬으니까 누가 잡어서 묶어라도 놓기 전에는(하루만 못 만나도 애가 잦아 안달이 나는 그애겠다) 보나 안 보나 오지 않고는 못 배길 것이다.

아니나다를까, 구름에 가렸던 달이 훤해지면서 동네께를 내다보자니까, 이리로 향해 걸어오는 검은 그림자가 갈데없는 을녜다.

정이라는 게 무엇인지, 저렇게도 계집아이가, 남의 구설 어려운 줄 모르고 밤을 낮 도와, 제 그린 사람을 만나보려 허덕지덕 애가 받아 찾아다니고 하는가 하면, 관수는 다시금 을녜가 딱하고 불쌍했다.

일이 애당초에, 관수는 생각도 의사도 없는 것을 을녜 제가, 마치 이 꽃에서 저 꽃으로 나풋 옮아앉듯, 오복이에게서 저게로 날아들어 온 것이니 누가 무어라고 하더라도 꼬이다니 괜한 말이요, 떳떳이 발명할 거리가 없는 것은 아니다. 그러나, 그러고저러고 간에 남의 시비가 걸리는 게 아니라 저편은 그다지도 정이 있어 하고 따르고 하는 것을 이편은 저쪽이 흡족해할 만큼은 정이 가지를 않으니, 첫째 그것이 민망한 노릇이다.

그러나마 두 사람의 정이 층은 질값에 그런 대로 뒤끝이 맺혀진다면, 가령 을녜가 맨 처음 갑쇠에게 마음이 있었다가 그의 둔하고도 알심 없는 주변머리에 암상이 나서 폴짝 오복이에게로 뛰어가듯이, 또 막상 다들리고 보니 소갈머리 없고 싱거운 오복이가 질증이 났는데, 마침 독하다 하리만치 속 빛깔이 진해 보이는 관수가 나타나니까 뒤도 안 돌아다보고 달려를 오고 하듯이, 그리 하듯이 이번에는 관수의 그렇듯 좀처럼 끊지 않는 정이 그만 준이라도 나가지고, 제풀에 달리 색다른 꽃으로 날아가기를 한다든지, 혹은 둘이서 귀영머리를 마주 풀고 아무렇게나 가시버시가 되어, 자식새끼나 낳고 농사나 지어가면서 그럭저럭 살아를 버린다든지 좌우간 어떻게든지 뒷갈무리가 된다며는 관수는 오히려 마음의 짐이 덜릴 수가 있을 성싶었다.

그런 것을 관수는, 을녜 제가 흡족해하도록 정도 주지 못했으면서 그거나마 중동을 무질러버리고서 며칠 사이로 이 고장을 훌쩍 떠나게 되었으니, 생각하면 그런 박절한 도리라고는 없다.

관수는 그래 요새로 들어, 을녜를 만나는 것이, 처음 아무것도 전후사 헤아림 없이 만나 놀곤 하던 적만큼이나마도 그거나마 흥이 일지가 않고, 해서 간밤에도 서로 정했던 언약을 지키지 못했던 것이다.

가빠하는 숨소리라도 들릴 듯 허둥지둥, 게다가 치마폭에 무엇인지 묵직하게 꾸려잡고서 봉분으로 올라선 을녜는 잠깐 만에 어둠 속에 눈이 익자, 주르르 조금도 서슴지 않고 관수가 누웠는 옆에 와서 펄씬 주저앉는다.

치마폭에서 익은 냄새가 물큰 풍기는 참외가 데굴데굴 굴러나온다.

"아이, 숨 가뻐라! 어떻게 마꾸 두달음질을 쳤는지……."

어둠 속으로 희엿한 을녜의 얼굴을, 역시 탐탁은 해서 보고 누웠던 관수는 푸시시 일어나 앉아, 참외를 한 개 집어든다.

"아까 밭에서 갖구 와서, 이놈 세 개, 제일 잘 익은 놈으루만 골라뒀지, 해."

"으응, 고맙다!"

관수는 참외를 무뜩 베어 물고 워석워석 씹는다.

"달어?"

"응, 아아주……."

잠깐 말이 그치고, 관수의 참외 씹는 소리만 서걱서걱 유난히 높다. 을녜는 어둠침침은 해도 윤곽만이나마 관수의 맛있게 먹는 양을, 흡족해서 말끄러미 들여다본다.

"동네에서는 글씨, 인제 그 녀석이 동투가 나서 급살을 맞어 죽을 것이라고 야아단이 났구만!"

을녜는 정자나무께를 올려다본다.

"으응!"

"그리두 나는 좋아. 그새는 금방 무엇이 나오는 상부르구 무섭더니……."

“너는 하나 안 먹냐?”

“나는 실컷 먹었어. 아까 막에 가서두 먹구, 아이 참!……”

말을 하다가 비로소 간밤의 노염이 생각이 나서 관수의 너벅다리를 와락 (꼬집어 주려고 손을 뻗치기는 했으나, 그냥 누르고) 흔들기만 한다.

“어제 저녁에 밤새두룩 지대리게 허구서 안 오구!”

“응, 참! 깜박 잊었어! 집에서 저녁 숟갈을 띠던 멀루 쓰러진 것이, 그만……”

을녜는 추렷하고 더 푸념을 하지 않는다. 관수는 두 개째 참외를 집는다.

“그리서, 혼자 무서워서 혼났겠구나?”

“무선 건 두째루, 괜시리 사람……”

목소리가 가무러지면서 고개를 떨어뜨린다. 자지러진 한숨, 그리고 이윽고 있다가 다시 혼잣말로 뇌사리듯…….

“며칠 안 있으면 타관으루 떠난다면서 그새 동안이라두, 좀…….”

관수는 발명할 말도 다독거릴 말도 없고, 달던 참외가 맛이 없어진다.

벼잎이 바람에 쇄아 흔들린다. 한동안 그쳤던 퉁소 소리가 다시 들려온다.

관수는 문득 생각이다. 세상 말괄량이요, 잘 웃고 잘 놀고 동네 덜머리진 총각이라도 비위만 틀리면 상관없이 대들어 싸움을 하고 콧대 세고 그래서, 나이 열여덟 살이나 먹었건만, 저의 부모가 하루 걸러큼씩 매질을 하고, 그래도 종시 일반으로 기승스럽고 당돌하고 한 이 계집애가 어쩌면 정이라는 것에 얽혀 매어서는 이다지도 지기를 펴지 못하고 품이 죽는고?

세상에 정이라는 것같이 무서운 고삐는 없는 것이구나 했다.

“을녜야?”

관수는 두 개째 참외 먹던 것을 마치고서 몸을 바로 앉는다.

을녜는 대답 대신 고개만 쳐든다.

“인제는 그러지 말구서 맘 잡어갖구, 뭣이냐, 시집이나 가렴? 응?……

갑쇠가 마침 늬이 집으루 혼인을 허자구 허구 그렀다니…….”

“싫어! 나는 죽어두 다른 디루 시집은 안 갈 티여!”

을녜는 이 말이 시방 당장 털끝만치도 거짓이 없는, 그리고 아주 절박한 실토정이기는 하면서도, 그러나 제라서 듣기에도 가슴이 아플 만치 공허하게 울려든다.

작년까지도 그는 갑쇠한테로만 시집을 가려니 했었고, 그것이 진정이었었다.

또 오복이가, 우리 내외가 되어가지고 같이 살자고 했을 적에는, 아무리 부모가 딴 데로 시집을 가라고 해도, 오복이하고만 살지, 천하 없어도 싫다고 대답을 했었고, 그것 또한 곱다시 진정이었었다.

그런데 오늘밤 이 자리에서도 역시 다름없고 속임 아닌 진정으로 관수 너와 못 살게 된 다음에야 다른 사람한테로 시집을 갈 마음은 없노라고 말이 하여지지를 않느냔 말이다. 웬 일일꼬? 해야 알 수는 없어도, 미흡한 게 관수와 갈리는 만큼이나 마음이 허전해진다.

“나는 차라리 저어기 전주全써루 비단 짜는 공장에나 갈까 봐…….”

“글쎄? 원…….”

“거기 사람들이 직공이라든가 그걸 뽑으러 와서 시방 주막에서 묵는다구.”

“것두 그리 신통찮너니라……. 고생만 죽두룩 허구 생기는 건 없구, 그러구 자칫 잘못 허다가는 못된 구렁으로 빠지기가 쉽구…….”

“뒷일을 누가 알어! 그까짓 것 되는 대루……, 우선 시방 이렇게 막막허닝개루 바람이나 쐴 겸…….”

관수는 창녀娼女의 거리에 선 을녜의 환상이 눈에 어릿거려 마음이 가뜩이나 어두워짐을 어찌하지 못했다.

잠깐 말이 그치자, 때마침 들리는 인기척에 둘이는 깜짝 놀라 고개를 돌린다.

달은 구름에 가렸으나, 시꺼먼 그림자가 동네로 난 길로 해서 하나 둘 셋, 연달아 넷 다섯, 다섯이나 우뚝우뚝 봉분으로 올라선다.

관수는 선뜻 일을 짐작했다. 을녜도 같은 짐작이 들었던지, 사뭇 관수의 뒤로 가서 숨어 앉는다. 물론 어마두지, 달리는 어찌할 수 없으니까, 손바닥으로라도 얼굴이나 가리는 셈밖에 안 되는 것이고,

그림자들은 (쿵쿵 땅을 짚는 소리가 아니라도 제각기 작대기를 든 것은 어둠 속일망정 알아볼 수가 있고) 다섯이 주욱 관수의 앞으로 바투 늘어선다. 아직껏 말은 없으나, 그중 바른편으로 맨 끝엣 그림자는 다리를 저는 것이 갑쇠임을 분명히 알겠다.

그들이 앞으로 다가올 사이에 관수도 일어나서 딱 버티고 서면서 (무심코) 고의춤을 추킨다. 을녜는 등 뒤에서 관수의 팔을 잡았던 손을 (그 손이 떨리는 것을 관수는 제 팔에서 느꼈다) 놓고 저도 일어섰다.

을녜는 그러나 무서워서 떨리지는 않았다. 이 살기에 마음과 사지가 긴장이 되어, 손이 제풀로 떨린 것이요, 여차하면 저도 내달아 한몫을 볼 다구진 마음으로다가 시방 입술을 다뿍 깨물고 있는 참이다.

“너, 이 자식 관수야?”

맨 처음 개두를 하는 게 키가 기다란 것도 그럴 듯하거니와 음성이 오복이다. 관수는 아주 천연스럽게

“오복이냐? 난 누구라구!······ 왜애?”

“흥! 이 자식, 능글능글허게······. 너 이 자식 어떻게 죽으면 못 죽어서 이러냐?”

저어 북쪽으로 들어가거나 또 저어 남쪽으로 내려가거나 하면 우선, 이 쌍! 혹은 이 네게에미! 한마디로 와지끈 따악, 갈겨놓고서 그 다음에 원, 아이새끼가 민하다든지, 문딩이 같응기 지랄로 한다든지, 비로소 시비를 가리는데, 산세가 다르고 물맛이 달라 그런지, 중토막 사람들은 콩이야 팥이야 시비 먼저 따지려 들고 그러다가 아가리 힘센 놈한테 언변으로 지고

서 만다.

"야덜아? 여러 말 허기두 싫다…….."

관수는 처음 시치미 떼는 태도를 벌이고서 저도 따잡고 나선다.

"……보아 허니 싸움을 청허러 온 모양이루구나?"

"그리서? 어찌여 이것!"

오복이의 기다란 키 밑에서 동 짤막하니 딱 벌어진 순성이가(이백 근들이 벼 두 섬을 포개진다는 총각이) 한 걸음 앞으로 나선다.

"너는 개×에 덩덕개비여! 아직 가만 있다가 싸움이 얼리거든 날 때리기나 히여!"

관수는 씹어뱉듯 순성이를 머쓰려놓고서 다시…….

"헐 수 있냐? 늬이는 다섯이나 되구, 나는 혼자구, 그나마 느이는 작대기들을 가졌지? 나는 맨손이구. 헐 수 없이 내가 맞어는 두었다. 두었더마는, 자아 늬이 중에서 한 놈은 그렇지만, 내 손에 죽을 줄 알어라? 어떤 놈이든지 한 놈 내 손에 잡히기만 허머는 내 목숨이 끊어져두 안 놓치구서 그놈 하나는 죽여놀 테닝개루, 응?"

말하는 조가 서슬이 시퍼런 것이 사뭇 독이 뚝뚝 듣는데, 마지막 이를 뽀도독 가는 데는 다섯 장정이 모조리 머리끝이 쭈뼛하지 않지 못했다.

사람을 궂히고서 전중이까지 산 놈, 요전에도 '도까다'패들한테 칼을 들고 나서지 않더냐! 정자나무의 '지킴'이나 천년 묵은 구렁이도 그를 무서워하는 놈인걸, 시방 제 말대로 손에 잡히는 놈 하나를 족히 죽여놓구말구! 하나라니? 다아라도 죽이려 들 걸…….

이리 겁들이 난 중에도 더 겁이 나기는, 다리가 아파 다급한 때 뛰지도 못하고 잡힐 갑쇠다.

"아아니, 야 관수야!……."

갑쇠가, 관수의 을러메는 말이 뚝 떨어지자, 황망히 절름거리면서 관수 앞으로 나온다.

“……이럴 게 아니라, 다아 좋게 이야기를 허자구나?”

“누가 좋게 허지 말재서?”

“그런 것이 아니라, 저어 뭣이냐…… 네가 동네루 도루 들어오면서는 말이지……, 두루 재미 적은 일두 많구 또 맘이 들 불안히서……, 그러닝개루 박절헌 일이지만…….”

“나 하나 돌아왔다구 재미 없을 일두 불안헌 일두 있을 머리가 없지만……, 그래, 그리서?”

“그러닝개루 너는 저어, 기왕 타관에 나가서두 잘 지내던 사람이구 허닝개루…….”

“나를 쫓아내잔 말이지.”

“아아니, 쫓아낸다면사 야숙헌 짓이지만, 그저 피차에 좋두룩 허자면 네가 짐짓…….”

“내가 안 나가 주면은?……. 흥! 늬이들이 이렇게 개떼처럼 우우허니 달려들어서 쫓아낸다구 머 내가 나가기 싫여두?”

“아, 요년의 자식이! 하룻강아지! 하룻강아지…….”

그래도 제 힘을 믿는, 또 그뿐 아니라, 약속을 솔직히 행하자고, 순성이가 와락 관수께로 덤벼든다. 하나 여럿에게 붙잡혀, 후두둑거리기만 한다.

구누를 하기를, 매앤 기운 센 순성이가 맨 처음으로 달려들고 그러거들랑 오복이, 째보 태식이, 모두 와아 하니 덤비기로 했던 것이다. 해서 실컷 두들겨주고, 동네서 떠나겠다는 다짐을 받고…….

이랬던 것인데, 순성이가 덤비는 것을, 같이 달려들기는커녕, 되레 그를 붙잡고 말리니, 밥도 죽도 아니고 을축 갑자乙丑甲子가 되고 말았다.

“아, 저걸 당장……, 당장 그저……. 저년의 것이 하룻강아지 범 무선 줄 모르구! 이잉!”

순성이는 뒤에서 옆에서 모두 말리는 대로 끌려 물러서면서도 연신 얼러멘다.

"내가 강아지가 아니라, 개는 늬이가 개여! 개떼……."

"그리라, 그럼 네가 호랑이라구, 아따 그놈의 호랑이 좀 잡어서 껍질 좀 벗겨 먹자! 이년의 자식!"

"자아, 내 말 들어라. 여러 말 허기 싫구……. 내가 날새 떠나기는 떠난다. 그러니 인제는 가서 두 발 뻗구 잠이나 자거라……. 그렇지만 행여 늬이들한테 쫓겨서 나가는 줄은 알지 말아라, 괜시리…… 흥!"

닷새가 지나서…….

관수는 제가 말한 대로, 그러나 의외로 빨리, 그저께 저녁때 동네를 떠났다.

조그마한 보퉁이 하나를 들고, 들 가운데 행길로 감감하니 멀어가는 뒷그림자를 홀로 그의 모친이 정자나무 밑에 서서 배웅을 했다. 을녜가 저의 집 울타리 안에서 괴발디딤을 하고 바라다보았을지도 모른다. 십상 그랬을 것이다.

그리고 시방 오늘은 을녜가 제 동무 둘과 같이 전주 방적공장의 여직공으로 뽑혀 길을 떠나느라고, 관수가 떠난 그 행길을 이편짝으로, 공장에서 온 사람이 둘 앞을 서고, 가운데로 을녜와 두 처녀아이가 서고 뒤에는 배웅 나가는 부모네가 서고, 방금 이십 리 상거의 정거장으로 나가고 있다.

갑쇠네 논에서는 요전 그날처럼 최서방 오서방 오복이가 오늘은 피사리(拔稗)를 하고 있다. 때도 그날 그만때 참은 되었다.

갑쇠는 여전히, 아직도 다 합창이 안된 다리를 정자나무 밑 밀짚기직에 내던지고 퍼근히 앉아서 떠나가는 을녜의 뒷그림자를 바라다본다.

오복이가 일행을 알아보고서 흥! 저 잡것이 저러다가 갈보가 되지야고 혀를 찬다.

"갈보? 갈보 좋지! 적선 많이 허구, 끙 끙, 천당두 올라가구……끙."

최서방이 꾸부린 채 피 한 포기를 힘들여 뽑으면서 거드는 소리다.

갑쇠는, 을녜가 이왕 관수도 떠나고 없으니, 제한테로 시집이나 와주면,

그런 허물 저런 숭 다 씻어 덮어줄 텐데!…… 하면서 한숨을 몰아쉬다가
언뜻 정자나무를 올려다본다. 관수가 처박은 돌이 유난히 또렷하게 박혀
있어, 이러니저러니 해도 무척 다구진 사람이었느니라 싶고 시방은 없는
관수까지도 섭섭한 생각이 새삼스러워진다.

　실매미가 시르르 울다가 끝을 바람결에 흘려보낸다. 한량없이 넓어 나
가는 들에서 불볕에 살져가는 벼……, 벼잎이 우시시 기운차게 흔들린다.
풍년은 완구하다. 풍년 든 논의 그 벼 잎들이, 부지없는 갑쇠의 마음을 추
슬러 주느라고 위정 흔들거리는 성불러 갑쇠는 그리로 정신이 한가닥 끌
리지 않질 못한다. 풍년도 좋지만! 갑쇠는 무심코 중얼거리다가, 다시금,
훨씬 더 멀어진 을녜의 뒷그림자로 눈이 따른다. (戊寅 十一月 松都에서)

《채만식단편집蔡萬植短篇集》(1939)

# 상경반절기 上京半折記[15]

　정거장의 잡담이 우선 가량도 없었다.

　신문에도 종종 나고, 들음들음이 들으면 차가 늘 만원이 되어서 누구든 서울까지 두 시간을 꼬바기 서서 갔었네, 어느 날인가는 오십 명이라더냐 칠십 명이라더냐가 표는 사고서도 차에 다 오르지를 못해서 역엣 사람들과 시비가 났었더라네 하여, 막연히 그저 그런가 보다고는 짐작을 했어도 설마 이대도록이야 대단한 줄은 딱히 몰랐었다.

　백 명이라니, 훨씬 이백 명도 더 되면 더 되었지 못되질 않아 보인다. 하여간 이십 평은 실한 대합실 안이 꽉 들어차고서도 넘쳐서 개찰구의 목책 앞으로, 드나드는 정문 바깥으로 온통 빡빡하다.

　철크덩철크덩, 차표 찍어내는 소리를 까아맣게 멀리 들으면서 맨 꽁무니에 가 섰었는데 순식간에 수십 명이 뒤로 와서 붙는다. 그러고도 연해 헐떡거리면서 달려드느니 차 탈 사람들이다.

　전에야 개성역이 어디 평일이면서 이렇게까지 붐비는 법은 없었다. 송도로 와서 산 지 사오 년이로되 처음이다. 군대의 환송영이 있을 적 말고

---

15) 이 작품은 1939년경 송도에서 쓴 것으로 1962년 《新思潮》 11월호에 유고로 발표되었다. 일제말기 채만
　식이 허무주의와 친일로 경사되는 정신적 궤적을 살피는 데 단초가 되는 작품으로, 이광수의 '민족개
　조론'과 더불어 채만식의 '민족개조론'이라 할 만하다.

는, 작년 구월 그 무렵만 해도 이다지 심하진 않았던 성싶다.

　망연히 서서 생각했다.

　'세상은 정녕코 바빠진 거다! 그도 오직 반 년지간에……'


　반 년 만에 세상과 대면이다.

　어제 오후, 일석一石의 전보를 받고서 불가불 올라가 주어야 할까보다고 앉아서 그런 염량을 하다가 문득 비로소 깨우쳤던 것이지만 넌지시 반 년 만의 시방 서울 출입이던 것이다.

　작년 구월이든가, 그때에 한 행보를 한 것이 이내 마지막이었고 그 뒤로 눌러 가을을 보내고 삼동을 지나서 해가 바뀌고 다시 이제 봄소식이 들리고 하도록, 세 철에 걸쳐 꼼짝을 않다가 지금 오늘이 삼월이요 열이틀이니 햇수로는 이 년에 옹근 여섯 달이다.

　'여섯 달!'

　'반 년!'

　참으로 오래간만이다. 그러나마 바로 지척지간에서. 십 리만 걸어나오면, 두 시간이면 가고 두 시간이면 오고 하는 것을.

　반드시 무슨 촌구석에만 처박혀 있자고 작정을 댔던 것도 아니요, 한갓 그저 우난 볼일도 없으면서 흥떵거리며 번다히 오르내리잘 며리가 없는 노릇이라 아무려나 그런 대로 들어앉아 있은 것이 어언간 반 년토록을 내내 두문불출로 지나왔던 모양이다.

　그러나 곰곰 생각하면, 언제라서 꼭이 볼일이 있어서만 서울을 다닌 바도 아닌 것. 역시 전과 달라 마음이 어느덧 서울이라는 것을 갖다가 은근히 꺼려하고 내켜를 않고 했던 것이요, 그 탓이었을 것이다.

　'마음이 차차로 서울을 기피하고 그리하여 서울을 마침내 저버리게 되고!'

　그렇기론들 지금 당해서야 하상 그리 지극한 미망일까마는, 무릇 이 조락한 생애로부터 또 한가지 하찮으나마 애착과 동경을 영영 잃는다는 것은 작히 슬픔이 아닐 수가 없는 것이다.

등 뒤에서 무어라고 볼먹은 소리가 들리어 퍼뜩 정신이 들었다.

돌려다보니 중씱 스름한 영감 하나가 바로 내 뒤에 섰는 젊은 양복친구의 앞을 비집고 들어오려다가 들키고는 지청구를 먹던 것이다.

"허! 거 젊은 양반이 온 표독두스럽다!"

무렴해서라도 암말도 못하고 슬슬 저리로 가버렸을 테지만 영감은 도리어 노염이 나가지고 전접스런 말조로 책을 잡잔다.

"경올 알아요? 경올?"

양복친구는 성이 더쳐서, 대고 이렇게 거듭 공박이고.

"경오고 무엇이고……."

"연성 그래두 잘했대!"

"게, 늙은 사람이 또 좀 잘못했기루서니!"

"늙었으면 남 위해 늙었나! 날 언제 업어줬어요?"

"게, 댁은 부모두 없소?"

"우리 부몬 그 따위로 얌체빠진 짓을 하구 다니질 안해요!"

"허, 흉악한 일이로군!"

"해두들 너무 한단 말야!"

제마다 당연한 시비거리일는지는 모른다. 그러나 옆에서 보맨, 젊은 친구가 분수 이상으로 매몰스럽게 구는 품이나, 주접을 피웠으면 피웠지, 아닌 트집까지 하려 드는 영감이나 둘이가 다같이 딱한 사람들이다.

또 그러나 결국은 이것이 모두가, 하나는 인정에 여유가 없고 박절만스런, 하나는 저만 좋자고 남의 사폐 몰라주는, 일반으로 이 땅 백성들의 심히 그 자랑스럽지 못한 성습인 탓이거니 하면, 사소한 사실事實일망정 그의 배후에 있는 실재實在의 후광을 받아 훨씬 감정感情 하는 가치價値가 확대가 되지 않질 못한다.

'막된 근성!'

필경 이렇게 속으로 혀를 챘다.

그러고 나니, 연하여 주의는 제풀에 그런 데로만 끌린다. 새삼스런 노릇도 아닌 것을 가지고, 아마도 기분의 소치리라. 부질없이 오늘 하루의 심정이, 마침내는 편안치 못하고 말 것만 같다.

웬 점잖스레 보이는 중년의 양복신사 하나가 열을 짓고 섰는 면면을 주욱 물색하여 지나가다가 내게서 셋을 건너간 앞에 사람 청년단 단복짜리와 알은체를 한다.

"서울 가우?"

"네에!…… 서울 출입하싱야?"

별반 친숙치는 못한 사인지, 이쯤 간단한 인사를 주고받고 하더니 이내

"경성 왕복 석 장만……."

하면서 손에 쥐고 있던 돈을 내맡긴다.

왜 아니, 벌컥 화가 치밀어오른다.

비단 이 양복신사 한 사람뿐인 게 아니라 내가 열에 붙어선 그새 십분 남짓한 동안만 해도 오륙 명은 더 되는 성부르다.

"나, 저어기……."

돌아서다가 말고 양복신사가 팔을 들어 한편 구석께를 가리키면서 청년단 단복짜리더러 이르던 것이다.

"……제서 기대리우우?"

비로소 아까의 상아빨주리 신사인 것까지 생각이 났다. 진작 차표를 팔기 전부터 매점 옆 벤치에 가 삼사 인이 모여 앉고 혹은 서서 요즘 인삼판매권의 갈등 문제를 가지고 자못 한담이 늘어졌던 어슷비슷한 일행 가운데 한 사람, 몽둥이만한 상아빨주리를 문 것이 유독 눈에 뜨이더니 그가 바로 이 신사다.

먼저의 그 영감은 딱이 늙어서나 그런다고. 또는 대체가 무지한 사람들은 무지해서나 그런다고.

그러나 늙지도 않고 어엿하니 교양이며 지체도 있음직한, 그래서 가히 제로랄 이 신사는? 역시 별수가 없나보다.

남은 일찌감치 서둘러 이십 분 삼십 분씩 다리 아픈 걸 참아가며 곱다시 열을 뻗치고 서서 지리하게 기둘러. 제네는 그동안 편안히 앉아서 유유하게 한담이나 하고 놀아. 그러다간 넌지시 하나가 돈을 걷어 모아가지고 출찰구 가까운 곳에 아는 사람을 찾아서 표를 부탁해. 매우 편리하고 수월해서 좋아. 그 대신 뒤에 사람들은 열이면 열, 스물이면 스물, 제가끔 그만한 가외의 수고를 부담해야 해.

저 한 사람만, 그리고 목전에만, 좋고 이利 되고 하면 선善이요, 이 다음이거나 남이야(아닐말로) 죽어도 고만, 아무래도 상관없어 하는 그 막된 성습의 단적인 반영이지 다른 것이 아닐 것이다.

천 년 이천 년을 두고서, 전반적으로 반도 백성들의 살과 피와 뼛속 깊이까지 배어들어 생활화하고 정신화하고 마침내는 본능에까지 순화된(진실로 순화된!) 소위 종족 근성이라고 하는 것 말이다.

물이 흐르듯 극히 자연스럽게, 그들의 생활 행동 위에 가서 언제든지 그것이 유로가 되어 마지않는 것이다. 비판과 반성의 피안에서 실재實在는 안전히 군림을 하고 있는 것이다. 항용, 상식적인 교양이나 시정市井 신사의 지체쯤으로 능히 그것을 인식하고 극복하고 하지를 못했음이, 한편 생각하면 오히려 지당한 말일 것이다.

전자에, 소설가로 유명한 이李××씨가 ××개조론이라는 글을 쓴 것이 큰 물의가 생겨 죽일 놈 살릴 놈 아주 대단했더라고.

그 글을 대할 기회가 여지껏 없었으나 혹여 시방 여기서 내가 느끼고 있는 바와 같은 내용이었다고 하면 이씨는 매우 억울한 시비와 박해를 당한 것이라 할 것이다.

약점과 단처를 고치자고 하는 도창에 대하여 들고 일어나서 돌을 던진다는 것이 당시의 정세상 일종의 정열이었을는지도 모른다. 그러나 객기와 과장벽이 다분히 가미되었었음을 상상키 어렵지 않은데 그 객기와 과장벽이 실상은 중대한 병폐의 하나요, 따라서 '개조해야 할' 항목일지니 겸하여 딱한 딜레마가 아니었을 수 없는 것이다.

그러고저러고 어째서 이렇게 부지를 못하게 짜증이 나는지를 알 수가 없다.

요새로 바싹 불면증이 더 도져 연일 잠을 잘 자지 못했고 더욱이 간밤에는 한눈도 붙여보지 못한 채 누워서 밝힌 터라, 신경이야 많이 까스라워졌겠지만 그렇기로니 무슨 그다지 뼈아플 까닭은 있으며, 어제 오늘 비로소 눈 거슬린 꼴이라고, 신경인들 또한 어제 오늘 비롯한 병이라고.

분명코 오랫동안 자극 없이 한적하던 칩거생활로부터 별안간 이 소란하고도 정갈치 못한 분위기 속엘 들어온 탓이 아닌지 모르겠다.

아무튼 이대로 더 심해 가다가는 죄 없이 일을 저지르고야 말지 싶다.

시방이라도 누구 톱톱한 상대나 있던지 하여 한바탕 실컷 좀 몰아 대주고 구박을 주고 했으면 속이 후련할 것 같으니.

그러나 그도 실상은 마음뿐이지, 공연한 기염이다. 그러한 경우를 당해 놓으면, 첫마디부터 흥분을 해가지고 침착을 잃는다. 자연 말을 함부로 하고서 되잡혀서는 뒷감당을 못한다. 결과는 망신만 번연하다.

이번 걸음일랑 차라리 작파하고 집으로 돌아가기만 같지 못할까 보다.

집에는 아내가 있다. 언제고 화풀이를 잘 받아준다. 아내면은 경우와 조리가 빠져도 위격으로 해넘길 수가 있어서 더욱 좋다.

마침 트집거리가 없는 것도 아니다.

나는 겨울 외투를 그대로 입겠다는데 저는 어제 아침에도 부중엘 들어갔더니 여럿이들 입었더라면서 우겨서 스프링을 입혀 보냈다. 정거장에 와서 본즉 스프링을 입은 사람이라곤 설렁하니 나 하나뿐이다.

추워서 도로 왔다고, 그리고 무얼 다 아는 체를 하더니 생으로 촌 쟁퉁이 구실을 시키느냐고 얼마든지 잡도리를 하는 것이다.

또 있다.

사립문 밖으로 배웅을 나와서는 신칙을 한단 소리가

"찌증내지 마시우!"

하더니 요망스럽게 올바로 적중이 되지를 않았느냔 말이다.

제딴에는 한참 내 신경상태를 두고 가늠하는 속이 있어서 걱정을 하던 것이요, 조심하란 뜻은 뜻이었을 테나(지금이야 생각이지만) 아무래도 그 소리가 매정스러웠던 것만 같다.

'어디 보자!'

재료를 만족히 추어놓고는 이렇게 우선 벼르기만 해도 한결 속이 풀리는 성하다.


겨우겨우 죄다 빠져나가고서 촌 농군으로 생긴 한 사람이 앞에 남더니 다시 또 조그마한 사건이 빚어진다.

일원짜리 두 장을 들이밀고

"남대문 한 장이요!"

하기가 무섭게 홱 도로 튕겨져 나오면서 볼 부은 머퉁이다.

"잔동 오부소!"

흔히 대할 수 있는 하급관원의 괘씸한 버르장머리다.

대체, 원수가 아닌 바에야 어쩌면 그다지도 사람이 남 볼썽사납게 굴더란 말인지.

양복때기나 걸치고서

"게이죠오 이찌마이."

하는 자리는 가사 십원짜리를 내더라도 잔돈이 없으면 고이 없다고 하지, 어디가 그렇도록이 불손한 법은 없다.

가슴이 물큰 치밀고 돈을 탁 채어서 내라도 차표를 사주자는 판인데 친구는 잠깐 어리뚱하더니 휑나게 매점께로 뛰어간다.

'못난 것!'

젊은 놈의 혈기겠다, 어째 그

"잔동 오부소!"

하고 퇴박을 하거들랑 되짚어 칵 밀쳐주면서

"우수린 고만둬!"

이렇게 마주 쏘아붙아지를 못하는고.

조옴이나 퀄퀄해서 좋으며 그 잔망하게 생긴 철망 안의 여드름쟁이가 코허리에 걸린 안경이 경풍해 떨어질 만큼 가슴이 사뭇 뜨끔 않았으리.

두말 못하고 차표와 우수리를 내주지 않았으리.

물러나서서 짐짓 하는 양을 보느라니 마코 한 곽을 사서 쥐고 허둥지둥 달려든다.

노상 유순하게 생긴 인물도 아니다. 눈방울이 부리부리 몽리깨나 있고 힘꼴이나 써보인다. 저희 동네에서는 제법 우락부락한다는 축인 게다. 보나 안 보나 인제 저희끼리 만나서는 두고두고

"하, 그 식을! 그 식을, 냅다 한바탕 메에꼰자 줄 영으루 하는데 마침 차가 오겠지!"

이렇게 장담을 하면서 분해할 것이다.

아니나다를까, 저희 동네까지 갈 것도 없이 이내 그 당장이다.

"잔돈이유! 남대문 한 장이유!"

처음 번보다도 더 비굴하게 사정하듯이 차표를 얻어가지고 돌아서더니 단박 눈쌀은 꼬옷꼿 입술이 뚜우 나오면서 연신 혼자서 두덜두덜 게두덜거리는 것이다.

"망할 식 같으니라고! 우라 주리땔 앵길 식 같으니라고! 끅지쌔끼 같으니라고!"

오죽하면 서울서 빰맞고 과천 와서 눈 흘긴다는 속담까지 생길 지경이

었을까마는 애당초에 뺨을 맞지 않도록 잔돈 마련을 해가지고 있게끔 둔 하지나 말든지, 기위 뺨맞은 것을 억울해할 바엔 선 자리에서 그 값을 뽑든지 하는 게 아닐까.

설마, 정거장의 버릇 사나운 계원 하나 혼땜을 좀 시켰기로서니 목이야 달아날까.

이 한가지만 미루어보아도 소처럼 그저 부려먹기나 할 감이지 아무짝에도 달리는 소용이 닿지 않는 백성들일까 보다.

세상은 적실코 알아보게 바빠졌다. 세상이 변하여 일이 많아진 때문인 것이다.

세상의 변화는 그러나 질적質的인 변화다. 이 질質의 변화가 양量의 변화를 일으켜 그 결과로 일이 많아지고 따라서 세상은 그만큼 바빠진 것이다.

이 땅 백성들도 바빠지기는 바빠졌다. 일이 많아진 덕분에 그들도 한몫을 보는 것이다. 조그마한 개성역이 반년지간에 이만큼이나 잡답해진 것이 바로 그 표적이다. 이 농군도 그 축에 넣어도 좋을 것이다.

바빠진 결과 자연 수입이 늘 것이다. 는 수입으로 하여 어느 정도까지 그들은 생활이 넉넉해졌을 것이다. 전체적으로 자못 수준이 놓았으리라.

그러나 그들의 변화는 단지 그뿐이다. 차 타는 사람이 붇고 다니는 범위가 넓어지고 생활수준이 약간 높았고, 이것뿐이다. 양적量的 표면적表面的 변화일 따름이다.

질적質的으로 변한(向上한) 흔적은 전혀 없다. 여전한 그 근성의 백성들이다.


어떻게 하자는 작정을 못한 채 아무려나 개찰을 기다리는 열 끝에 가서 다시 붙어섰다.

골치가 지끈지끈 현훈증이 나고 금방 쓰러질 듯 휘휘 몸이 휘둘린다. 인제는 생리마저가 '현대적인 것'에 견디어낼 기력이 빠져버린 게 아닌지 모르겠다. 전에는 아무리 신경이 피로했더라도 몸을 지탱할 수 없이까지 기운이 부친 적은 없었다.

이윽고 손에 펀치를 쥔 역수가 한 사람 개찰구 편의 문 앞으로 들어서더니 뜻밖에도 일반을 향하여 모자를 벗고 깍듯이 일읍

"미나사마, 오마찌도오사마데시다. 구다리게이죠유끼데 아리마쓰."(여러분, 오래 기다리셨습니다, 경성행 하행열차입니다.)

이렇게 개찰을 통고하는 것이다.

제도의 친절함도 친절함이려니와 역수 그 사람의 태도하며 말씨가 어떻게도 공손하고 상냥한지 가슴속이 그만 뿌듯해 오르면서 안두가 뜨거웠다.

한 이십 남짓했을까말까, 배어린 사람이다. 먼저의 출찰계원에 비하여 어쩌면 저다지도 사람이 얌전한지 가서 등을 뚝뚜욱 두드려 주고 싶게 정답고 사랑스럽다. 고마웠다.

이 너절한 백성들이건만 저리도 친절하고 공손히 굴다니 참으로 고마워 못하겠다.

너절한 백성들…… 과연 얼마나 너절한가를 볼 것이다.

개찰의 통고를 듣자마자 저마다 일제히 와아 하고 열과 개찰구 앞으로 몰려든다. 물밀듯 몰려든다.

두 줄이었던 열이 네 줄인지 다섯 여섯 줄인지 또 어느 게 정통인지 어느 게 서족庶足인지 통 분간을 할 수가 없다.

연방들 중동치기를 한다. 당연한 노릇인 양 미안하다거나 조금 비껴달란 소리 한마딘들 하는 법 없이 툭툭 치고 밀치고 하면서 남이 짓고 섰는 앞을 비벼 뚫고 들어온다.

중동치기는 오히려 그러나마 선량한 편이다.

개찰구의 목책 앞으로부터 대합실 안의 일부분에까지 승객의 거진 전부랄 만큼 숱한 한패의 군중이 꽉 들어차 가지고는 그들이 연방 앞장치기를

한다. 그 통에 짜장 열은 한 걸음도 나아가지를 못한다. 펀치질은 바쁘게 하는 것이나 풀려나가느니 객꾼들이다. 처음부터 고즈너기 열을 짓고 기다리던 사람들은 하릴없이 맨 꼴찌 차례를 하게 되는 판이다.

난잡하다거나 무질서하다는 형용쯤으로는 안될 말이요, 완연 수라장이다.

혹시 시간이라도 촉박하다면 또 모른다. 그러나 차가 오재도 아직 십분이 남았고 와서는 십오 분을 정거하니 도합 이십오 분이다. 이십오 분이면, 그리고 점잖스런 백성들이면 이백 명은 고사하고 이천 명이라도 풀려나가기에 족한 시간이다.

죽자쿠나 납뛰며 난장판을 이루잘 까닭이 없는 것이다. 너절하지 않고서 훌륭한 백성들일진댄 이 모양으로 침착하지도 못하고 질서도 안 지켜주고 하는 법이 없다.

이렇듯이 너절한 백성들인 바엔 문득 생각하자매 그와 같은 젊은 개찰계원의 친절하고 공손한 대접이란 도무지 그들한테는 당치가 않고 어울리지도 않는 성싶다.

가령 시방 혼잡을 정리하기 위하여 계원이 누가 나와서

"여러분! 차례로 늘어서십시요! 이럭허시면 더 더딥니다! 자아, 저 뒤로 가 섰다가 차례로 들어오십시요! 자아……."

이렇듯 좋은 말로 말만 순순히 타이른댔자 그는 아무런 효과도 얻지를 못할 것이다.

반대로(늘 보는 바와 같이) 잔뜩 버티고 지켜 서서 성난 얼굴을 해가지고는

"저리 가! 고랏! 안됏! 저어 뒤루 가!"

하고 소리를 꽥꽥 눈망울을 부라리면서 일변 떠다밀친다 붙잡아낸다 한다 치면 하여커나 정리가 되곤 하기는 하는 것이다.

도저히 그 젊은 개찰계원의 깍듯이 모자를 벗고 읍을 공손히 하고 나서

"여러분, 너무 기대리셨읍니다! 지금부터 경성행 차표를 끊어드리겠읍

니다.”

하고 친절하게 안내를 해주는 태도가(혹시 나 같은 센티멘탈리스트에게 순간의 감격을 주었을는지 몰라도) 전혀 이 박절한 군중한테는 어색하기 다시없는 풍경일 따름이다.

역시 돈 거스름을 시킨대서

“잔동 오부소!”

하고 시퍼렇게 타박을 주며 차표를 거절하는 박대야말로 차라리 제격이었던 것이다.

참으로 호통과 박대, 이것만이 그들에게는 약일까 보다. 체질에 맞나 보다.

‘체질? 옳아! 체질!’

과연 체질인 것이다.

무릇 이 땅 백성들이란 천 년 이천 년을 진실로 호통과 박대와 그리고 몽둥이와 이 세 가지 것 밑에서만 살아온 종족이다. 머리 위에 쓴 하늘과 발로 디딘 땅과 비바람과 추위와 흉년과 이러한 자연현상의 하나와도 진배없이 그들에게는 필연적으로 호통과 박대와 몽둥이와가 따랐었다.

하늘과 땅과 비바람과 추위와 흉년과의 자연현상에 순응하기 위하여 집을 세우고 옷을 입고 개울을 파고 방축을 쌓고 하듯이, 그들은 호통과 박대와 몽둥이와의 위협으로부터 저라는 것을 도모하기 위하여 마음과 행동을 거기에 순응하도록 포즈하지 않을 수가 없었다.

홍두깨로 치는데 담 안 넘을 놈 없고 사흘 굶고서 ××질 않을 놈 없고 하다는 속담은 속담 이상의 깊은 의의를 머금는다.

호통을 하고 몽둥이로 치고 짐승인 양 박대를 하는 그 앞에서니 거짓말을 안 하고는 배길 수가 없는 것이다. 비겁하고 의심 많고 음험해야만 화를 면하는 것이다. 시기하고 아첨해야만 겨우 기회가 돌아오는 것이다. 어느 해가에 남과 명일을 생각할 겨를이 없고, 저 한 사람과 오늘 당장만 편하고 무사하면 그만이요 안심인 것이다. 승하는 놈을 꺾고 없애야 저한테 유리하겠으니 달리 강한 놈에게 빌붙어야 하고 그것이 사대사상의 근원인 것이다.

천 년 이천 년을 그들은 이렇게만 맘씨를 가지며 행동을 하며 살아 내려 온 것이다. 오는 동안 그러한 맘씨와 행동은 살과 피와 뼛속 깊이까지 스며들어 가지고 오늘날 보는 바 소위 종족근성을 이루어놓도록 마침내 본 능으로 순화가 되어버린 것이다.

신라新羅 전성시절 그 무렵까지만 했어도 매우 고정하고 명랑하고 정서 적이고 관대하고 의리있고 용맹하고 하던 것이 이 지경으로 갖추갖추 박 절스런 백성이 되고 만 죄의 열 간의 일곱 간은 진실로 그 호통과 박대와 몽둥이와가 끼친 허물인 것이다.

이러한 의미에서 그들은 세상에도 드물게 불행한 백성일 것이다. 호통 과 박대와 몽둥이와의 위협 밑에서 항상 떨며 살아온 과거가 그러하거니 와 이미 그 호통과 박대와 몽둥이와에 적응한 체질이 생기기까지 했다는 것은 더욱이나 불행이 아닐 수가 없는 것이다.

그리하여 아무튼지 체질은 체질인 것이다. 호통과 박대와 몽둥이와에 알맞은 체질.

그러나 이 불행한 백성들에게 그것이 체질에 맞는다 하여 다시금 호통 과 박대 등을 가지고 임한다는 것은 인정도 물론 인정이지만 내력과 형편 이 그러할진댄 효과도 또한 참된 효과는 거두기가 어려울 것이다. 아까의 그 촌 농군이 임시 아쉰 대로는 순종을 하는 듯 꿈쩍도 못하고 얼른 잔돈 을 바꾸어 오기는 오고서도 속으로는 오히려 불복이요 앙심을 먹던 사실 로 미루어보아서 말이다.

그러니 그렇다고서 순리로 달래고 정답게 굴었자 남의 친절이나 점잖은 대접은 받아들일 신경이 죄다 말라붙고 말았고.

대체 이 백성들은 그렇다면 무얼 가지고 어떻게 다루어야 하는 것인지 모르겠다.

'쯧! 가이사의 것은 가이사에게 돌려보내란 푼수로, 그야 미나미상이 훨씬 다 요량이 있겠지!'

이런 엉뚱한 생각에서 퍼뜩 정신이 들었다.

보니, 나 혼자다. 널따란 대합실 안에는 다음의 북행차를 기다림인지 몇 사람 오다가다 하나씩 한가로이 벤치에 가 걸터앉았을 뿐 그 야단스럽던 군중은 어느덧 말끔 풀려나가고서 텅하니 비어 있다.

그리고는 비로로 눈에 뜨이느니 시멘바닥 위에 가서 일면 무수히 얼룩져 있는 침 자욱이다.

오늘 따라 비위가 왈칵 거슬리면서 속이 뒤집힌다.

생리학자의 말을 들으면 조선 사람은 짜고 매운 것을 많이 먹어서 남달리 타액이 더 나온다고 한다. 그렇든 저렇든 생리적인 일종의 분비현상일지니 그야 억지로 막진 못할 것이다. 그러나 구석구석에 타기가 놓여 있지를 않느냔 말이다.

나오는 타액이 죄가 아니다. 타기가 놓인 곳까지 찾아가기가 힘이 드는 노릇도 아니다. 한 것을 이러한 조그마한 일에조차 주의와 정성을 쓰고자 하지 않는 것이다.

다른 것과 달라서 추하고 불쾌한 줄도 모르는 것이 아니다. 지금 저기 포옴으로 나간 여러 사람들 가운데 아무나 한 사람, 신사며 젊은이는 그만두고라도 영감이건 촌맹이건 여인네건 되는 대로 하나를 데려다가 이 풍습을 보여 주면서 소감이 어떠하냐고 물어볼 것이다. 서슴지 않고 그는 더럽다면서 상을 찡그릴지니.

함부로 아무데나 침과 가래를 뱉는 것도 그런 것까지도 호통과 박대와 몽둥이와가 시킨 허물이라고 감히 우길 담보를 가진 장정은 없을 것이다.

차표를 어떡할까 하고 망설이다가 손에 쥔 채 그대로, 마악 정문을 나서려고 하는데 촌사람 하나가 턱까지 숨이 차서 뛰어든다.

"차 타러 오우?"

앞을 가로막으면서 묻는데, 저는 저대로

"차 안직 안 떠났으니까?"

하고 묻는다.

"아직 넉넉허우…… 서울 가우?"

"내애! 아뇨, 참! 저어……."

넉넉하다는데도 급해만 하면서, 두루마기 앞섶을 헤치고 쪼끼단추 구멍에다가 비끄러맨 돈주머니를 찾지 못해 쩔쩔 맬라, 개찰구와 출찰구를 연방 번갈아 볼라, 그런 중에도 말대답을 할라, 그런 중에도 웬 수상스런 양복쟁이가 나서가지고 수작을 붙이는가 싶어 경계를 할라, 보기에도 민망할 만큼 서두는 것이다.

"……저어 거시키, 난 저어, 수, 수색 가요! 우리 딸아이가 저어……."

"그렇거들랑, 이 차표 가지구 가우."

"내애? 차표요?"

코앞에다가 내미는 차표를 받으려고는 않고 얼굴과 번갈아 보기만 한다.

"서울 가는 차표니, 난 소용없으니깐 노형 준다는 거야!"

"전 서울 안 가요! 수색꺼정 가요!"

"서울 차표니깐 수색은 가구두 남아요!…… 그래두 싫여?

"글쎄요!……."

겨우 차표를 받아가지고 무엇 못 만질 것이나 만지는 듯이 조심해 들여다보다가, 그 포즈 그 표정인 채 묻는 것이다.

"이게 서울 차표니까?"

"그렇단밖으!"

"갠찮으니까?"

“괜찮지, 그럼?”

“내애!…… 못쓰잖으니까?”

“쓴대는데두!”

“아니, 저어, 날짜가 지낸 거믄…… 괜히 못쓸 걸 샀다가…….”

“뭣이?…….”

버럭 것지르면서 차표를 채뜨려 뺏었다.

“……누가 판댔어?……못쓰는 걸 절 줬을까 바서?”

몰아대면서 그새 벌써 박박 잡아 찢은 차표 조각을, 뼈언하고 섰는 친구의 앞에다가 홱 내뿌려 버리고는, 포우치로 나섰다.

“도야지 같은, 어디서!”

이렇게 씹어뱉는 그 끝에, 제풀에 목안에서

“카악…….”

할 때까지도 몰랐다가, 뒤미처

“펫!”

하면서야 움칫 놀랐다. 침은 그러면서, 보기 좋게 시멘 바닥에 가 또박 떨어지고.

남의 안목이 아니었으면 펄씬 그대로 주저앉아 버렸을 것이다.

사뭇 몸부림이 날 듯 건사할 수 없는 짜증에, 포우치의 기둥에다가 등을 의지하고 서서, 오래도록 마음이 진정되기를 기다려야 했다.

얼마만인지, 풀기 없이 역 앞 광장을 걸어나오면서 생각했다.

비단, 함부로 아무데나 침을 뱉는 버릇만이 실상은 아닌 것이다. 역시 내게도 여지껏 지지리 혼자서 비웃고 탓하고 빈척하고 하던 모든 그 향기롭지 못한 습성 또한 아까의 그 영감이나 양복신사나 촌농군이나 들과 다름이 없이 살과 피와 뼛속 깊이까지 하나의 순화된 본능으로서 뿌리박혀 있음이 사실이겠고 겸해서 그것이 부득불 당연한 노릇일 것이다. 엊그제 비로소 내지나 지나로부터 이주를 한 것이 아니요, 천 년 이천 년(적어도 몇

백 년을) 토박이로 살아온 이 땅 백성 가운데 한 사람의 자손일지며 자연 그 피가 내 속에도 흐르고 있을지니 말이다.

그러나마 내가 진작부터 그와 같은 근성을 자각하고서 적극적으로 그의 극복에 노력을 한 적도 없고, 또 노력을 했은들 거룩한 현인이 아니요 한낱 범부 된 이상, 상당한 위력과 유혹성을 가지는 그 습성을 하루아침 깨끗이 씻어버리기란 결코 용이한 일이 아닐지니 말이다.

방금 그 촌사람을 대하던 교만하고도 보풀스런 거조는 무릇 어디로부터 우러나는 행동이던가.

먼저의 그 영감이랄지 양복신사랄지 촌농군이랄지 또는 개찰구 앞에서 난장판을 이루던 군중이랄지 이들의 일동일정을 깡그리 쓸어넣고서 모두가 그 향기롭지 못한 근성으로만 보아버리던 나의 인식태도가 과연 공명정대한 마음의 반영이었던고, 더욱이 그것을 비웃고 탓하고 빈척하고 하던 맘씨가 과연 순수하고 관대한 태도이었던고.

비뚤어지고 박절하고 독선적이고 했던 것이 면할 수 없는 사실이다.

그러하되 그것이 단순한 개인적인 성격상의 결함이더냐 하면 그런 것만도 아니다. 물론 개인적인 성격상의 결함에도 원인이 없는 것은 아니겠으나 조종은 역시 허심탄회, 사물을 정당하게 관찰하고 인식하고 비판하고 하지를 못하는, 그야말로 유명한 종족적 편성, 이것인 것이다.

만일 내 과거를 모조리 토키로 촬영·녹음한 것이 있어서 그것을 지금 스크린 위에다가 영사를 한다고 하면 장면장면 허다한 그 습성과 행위가 나타나지 않는 대목이 없을 것이다. 편벽되고 불순하고 오만하고 독선적이고, 그리고 나만 우선만 좋자고 남이나 뒷일은 상관치 않고 등 가지각색의.

또 앞으로 내가 일 년을 더 산다면 일 년치를, 오 년이나 십 년을 더 산다면 오 년치 십 년치를, 즉 살대로 다 살고서 마지막 임종을 하는 그날까지치를 또한 여실히 촬영·녹음했다가 다시 그것을 스크린에 영사를 해본다고 하면 역시 거기서도 과거와 다름이 없이 장면마다 그 습성과 행위가 여전히 나타나지 않질 못할 것이다.

이것이 나의 의지와 탄식을 초월하고 무시하는 피의 운명인 것이다.

'혹!……'

그렇다 혹이다. 이마에 가서 커다랗게 돋힌 혹이다.

보기 숭어운 혹, 남부끄러운 혹이다. 그렇건만 떼어버릴 수도 없고 숨길 수도 없는 혹이다.

기왕 나온 길이라 저자에 들러서 담배와 수면제를 각각 많이씩 사가지고, 천천히 집으로 향했다.

용수산 서편 기슭으로 쉬엄쉬엄 고개를 올라 마루턱에 당도하자, 마침 남향한 움패기가 맑은 햇볕이 드리워 하도 좋아 보였다. 바람 끝도 아늑하고 잔디도 푹신하고.

퍼근히 가서 주저앉는 발부리 앞으로 할미꽃이 한 송이 거진 반이다 벌어졌다.

'벌써 봄이라고!'

무심코 손을 뻗혀서 끊어쥐려고 하는데 방긋하니 젖혀지는 자주빛 입술 속에서는 노오란 꽃술이 저도 깨꾸우하면서 내다본다. 얼른 도로 놓아준다.

절대의 단순이다. 이것이 생명의 가장 아름다움이리라. 그에게는 피의 탄식도 혹의 혐오도 수면제의 필요도 다 없는 것이다. 영원한 평화와 즐거움이 있을 뿐인 것이다. 완전한 무심, 즉 절대의 단순이 주는 행복인 것이다.

등 뒤의 솔푸덩에서 솨 바람이 인다. 골짜구니를 지나 건너편 산등성이의 칙칙한 솔숲에도 바람이 조용히 흔들린다. 솔숲 너머로는 말갛게 갠 하늘이 크막하니 아치를 숙이고 있고.

모두가 실하고 건강만 한 느낌이다. 그들 자연은 병드는 법도, 쇠하는 법도, 늙어 바스러지는 법도 없다.

'나처럼! 옳아, 나처럼……'

나처럼 이렇게 병들과 쇠하고 바스러지고 할 줄을 자연은 모른다.

과연 나에게는 병과 쇠한 건강과 기력 없는 마음이 남았을 따름이다. 생활과 생명이 탄력이 있고 즐겁던 것은 이미 오랜 옛날이다.

'그리고서도 부질없이!……'

생각하니 참, 부질없기란 다시없는 노릇이다.

내가 대체 피를 탄식해서 무얼 하자는 것인고.

젊고 건강하고, 마음 건전하고 그리고 기개는 팔팔스럽고, 두루 이렇다면야 가다가는 그런 것도 일편의 관심거리가 될는지 모른다.

참으로 나에게 만일 그러한 젊음과 건강한 기력과 그리고 발랄한 기개가 있기만 있다면 모든 기성관념을 죄다 버리고서 새로이 가장 옳고 가장 아름다운 생명을 발견하려, 아무런 주저도 유예도 없이 나는 뛰쳐일어설 것이다. 피 같은 것이 문제가 아닐 것이다.

그러나…….

나는 병들었다. 웬만한 분잡에도 이 조그마한 몸뚱이 하나를 지탱하지 못할 만큼 기력은 쇠했다.

나이는 사십도 채 못되었으면서 환갑이 지난 만큼이나 생리는 바스러졌다. 마음은 또 생리보다도 더 늙어서 한 칠십 살고 난 노인과 진배없다.

완전한 노후老朽요 폐물이요 패잔이다.

피를 탄식하다니 퍽도 부질없는 소리다. 가이사의 것은 가이사에게, 젊은이의 것은 젊은이에게, 다 각각 돌려보낼 것이다.

햇볕이 따스한 게 어쩌면 한잠 올 것도 같다. 이대로 여기서라도 조금 자기만 했으면 머리도 몸도 다같이 가벼워지련만.

오늘 여태까지가 안팎으로 모두 다 쇠약한 신경의 과민한 착각이었으면 싶어진다.

잠이 또 달아나버린다. 아다린은 있어도 물이 없다.

《新思潮》(1962. 11)

# 근일近日

1

　새벽 다섯시까지(어제, 밤 여덟시부터 꼬박이) 앉아서 쓴 것이 장수로 넉 장, 실 스물일곱 줄을 얻고 말았다.

　그 사이, 노싱을 한 봉 반씩 네 차례에 도합 여섯 봉을 먹었다.

　간밤에 새로 뜯어논 스무 개 들이 가가아끼 한 곽이 빈탕이 되었다. 재떨이가 손을 못 대게 낭자하다. 성냥 한 곽을 하마[16] 죄다 그었나 보다. 하루 평균 치면 네 개피나 다섯 개피가 배급 표준이라는데, 그러니 조선도 성냥 전표 제도가 생겼다가는 큰 야단이 나겠다.

　원고용지를 파지를 내기 백 매짜리로 거진 한 축. 픽픽하는 갱지가 되어서 더 해프기도 하지만, 둘러보니 완연 휴지 속에 파묻혀 있는 형용이다. 원고용지 구하기가 원고 쓰기보다 더 힘이 드는 이판에, 이대도록은 너무 심하다.

　골치가 멍멍, 언 살을 만지기 같다. 딱 시장은 하면서도 혀가 깔깔하고 밥 생각은 나지를 않는다.

---

16) '벌써'의 방언(강원, 경상, 충북).

이렇게 해서 얻은 그, 넉 장에 스물일곱 줄이나마 제대로 성할 테냐 하면, 이따가 저녁이면 십상 또 작대기를 북북 주고서 번연히 처음부터 다시 쓰기 시작할 것.

한숨이 휘유 나온다. 내가 생각을 해도 무슨 짓인지 알 수가 없다.

써야지건 말건, 일곱시 반의 전등이 꺼질 때까지는 붙잡고 느는 게 항용이지만, 부엌에서들 우세두세[17] 새벽밥을 짓느라고 설레는 소리가 나서 가뜩이나 정신이 헛갈려, 웬만큼 걷어치운다. 넷째 형이 요새로 매일같이 서울을 들러 광나루의 공사장 현장엘 통래하느라고 첫차를 타기 때문에, 늘 새벽조반을 먹어야 하던 것이다.

다섯시 반이 조금 지난 걸 보고 건넌방으로 올라갔다. 형은 불빛이 아직도 밤중인 듯 휘황한 전등 밑에서 벌써 입맛 없는 밥술을 뜨고 있었다.

얼굴이 부석부석한 게, 과로와 소화기관에 장해가 생긴 징조인 것이 분명했다. 지난해 겨울에도, 지질한 그 노심초사와 극도의 피로 끝에 필경 몸져 누워서는 삼동 내내 중병을 앓던 일이 생각히면서, 더럭 마음이 무거웠다.

"국물이 뜨듯하니 한술 놔서, 먹구 자렴?"

형은 밥상머리로 가 쪼글트리고 앉는 나를 건너다보며 권을 하다가, 그이면서 문득 얼굴이 어두워 오른다.

뜻을 아는 터라, 나는 짐짓 아무렇지도 않이

"천천히, 양치나 하구서……."

이렇게, 또렷한 음성을 지어서 대답을 한 후, 말머리를 돌렸다.

"셋째 형님은, 가시더니 대체 웬일인지 모르겠구먼요!"

"……."

형은 금시로 그 비썩 마른 얼굴에 가득 근심이 끼면서 이내는 대답이 없

---

다가, 훨씬 만에야 푸뜩, 탄식이다.

"암만해두 일이 꼬여가나 보다!"

풀기 없는 말소리가 목 안으로 깔앉는다.

흐느낌을 듣는 듯 가슴이 찌르르 아프고. 기왕 잠시나마 걱정을 잊은 채 밥이라도 마음 편히 먹게 할 걸 싶어, 불쑥 개두를 한 것이 후회스렀다.


2


벌써 여러 해 전부터, 넷째 형을 뒷받이를 해주는 사람이 있었다.

K라고, 별반 재산은 지닌 게 없어도 일에 대한 수완이 좋아서, 다년간 ××은행의 행원 생활을 거쳐, 시방은 어떤 유수한 국책회사의 중요한 과에서 한 계(係)의 주임으로, 가장 요긴한 일머리를 맡아보고 있는 사람이었다.

그는, 나도 몇 차례 만난 적이 있고 형이랄지 다른 사람들에게서 들음들음[18]이 들은 바를 미루어 그의 사람됨을 잘 아는 터인데, 도무지 그가 떠젊어지고 있는 간판허구는 얼리는 구석이 없어 보이는 인물이었다.

꼬옥 사람 용한 술친구 같아서, 협협하고 이해에 어둡고 남의 말 잘 곧이듣고 재물 아깐 줄 모르고. 해서 점잖게 이르자면 군자요, 실없는 말로 하자면 어리석달 만큼 호인이었다.

형 말고도 그는, 누구니 누구니 여러 사람을 밑천을 대주어서 장사도 시키고 금광도 하게 하고 했었다. 하되 그게 모두가 남의 빚이었었다.

그렇게 후원을 받은 사람들이란 그런데 태반이 허랑한 풍객들이어서 대개는 실패를 하고 나가자빠졌지만, 그중엔 그래도 몇몇, 한심 실히 잡은 축이 노상이 없는 건 아니었었다.

---

18) 가끔 조금씩 들음, 또는 그런 것.

그러나 성공을 한 패들도 제마다 입을 싹싹 씻고 돌아서 버렸고, 덕분에 K는 빚 속에 폭 파묻혀 허덕허덕 허덕거리기나 해야 했었다.

아무튼 그만큼이나 어리숙한 K나 하니까 세상에서는 단돈 서푼어치의 경제적인 신용도 하려 들지 않는 내 넷째 형쯤을, 친동기간같이 마음을 놓고 더검더검 돈을 주어 일을 시키고 했던 것이지, 될 뻔도 아닌 말이었었다.

'그럼, 그렇게 어떻게 해볼 도리를 합시다. 요행 한밑천 잡으면 고마운 노릇이고 쯧! 운덤에 나도 용돈이라도 좀 얻어 썼으면 좋겠소.'

최초에 이런, 부탁이랄까 이야기가 있었을 뿐, 말로라도 단단 무슨 언약이니 다짐이니 하는 등사가 없었고, 그리고는 백 원이 든다고 하면 백 원을, 천 원이 든다고 하면 천 원을, 부지런히 변통을 하여 척척 내놀 따름이지, 일체 경리 내용이건 일의 설계와 진행에 대해서건 전혀 간섭을 함이 없이 방임을 했었다. 좌우간 그래서 K같은 사람의 후원을 받게 된 것은 형을 위하여 매우 행운이라 할 것이었으나, 막상 일에 있어서는 번번이 시원칠 못했었다.

늘 생각잖은 마가 붙어서, 마악 일 착수를 하려다가는 탈이 나고, 시작을 하려다가는 파의가 되고. 전자는 그만두고서 작금 양년만 하더라도 거듭 낭패의 연속이었었다.

작년 일 년 동안을 두루두루 물색을 하고 주선을 하던 끝에 세모가 임박해서야 드디어, R이라는 사람의 소유로 영종도에 있는 사금광구의 채굴 작업 전부에 대한 청부의 도득이었었다. 원은 분광을 한 귀탱이 얻어 하려고 했었으나, 더 유리하게 공사 청부가 되었었다. 공사를 청부로 맡으면, 분광과 달라 금이야 많이 나건 말건 상관이 아니요, 이편의 몫으로 일정한 수익이 보장되기 때문에 안전해서 좋았었다.

도구 같은 것도 전부 광주 편에서 설비를 하고, 그러니 이편은 조그만치 처음 한바닥을 떼어낼 인부 공전으로 돈이나 한 천 원 가량 쥐고 가서 일을 붙여놓으면 그만이었었다. 공사 단도리(段取)라고, 작업에 대한 실제 기술이야 넷째 형도 어느 만큼 경력이 없는 건 아니지만 십여 년을 남의 공사장으로 다니며 덕대 노릇을 하던 셋째 형이 있어서, 아무 겁할 게 없었다.

넷째 형은 계획이랄지 경리랄지 광주와의 교섭 같은 걸 담당하고, 셋째 형은 현장을 담당하고, 그래서 아우형제서 오붓하니 해나갈 수가 있고, 사실 또 이편의 그러한 컨디션을 참작하여 애초부터 일을 꾸민 터이었었다.

날짜까지도 잊지 않았거니와, 작년 섣달 보름날. 두 형은 마침내, K에게서 나온 현금 천 원과 몇 축의 전표와 뽈때 한 개와 금침과 이렇게, 간단한 최후의 준비를 마쳐 가지고 아침 일찍, 개성역에서 영종도 현장을 향해 장도를(진실로 장도를!) 떠났었다.

그날 아침을 나는 고기와 생선을 사서 찬을 걸게 장만해 놓고 마치 누구의 생일이 돌아온 것처럼 삼형제의 전 가솔 열두 식구가 죄다 모여, 번화히 식사를 함께 하면서 그날을 축하함으로써 형들을 위로하며 기쁨을 나누었었다.

곰곰이 감개 없지 못한 아침이었었다.

경성서 삼 년까지 치면 도합 팔 년, 개성으로 내려가서만 오 년, 아는 원고료의 수입과 빚으로써, 육칠 인이나 되는 넷째 형의 가족을 부양했었다.

빠안한 계산이어서, 형이나 어린 조카들을 밥을 먹였다느니보다도 가까스로 입에 풀칠을 시켰던 것이고, 그러나 가까스로 그, 입에 풀칠을 시키는 노릇이건만 오직 붓대 하나를 가졌을 뿐 백면서생인 나로서는 그것이나마 도저히 무리한 감당이 아닐 수 없었다.

그러한데다가 우환이 늘 또 잦아서 생계를 가뜩이나 더 옹색케 했었다. 참혹한 꼴을 보지 않으려고 중병일 경우면 더욱 발을 벗고 서둘러댔고, 잘 그렇게 납뛰곤 한 보람으로 두엇은 꼭 죽을 생명을 요행 건지기도 했었지만, 서울서 한번과 개성서 한번과 갓난 것 둘은 어쩔 수 없이 그만 잃게 하고 말았었다. 그중에서도 개성서 삼칠일짜리 계집아이를 유아폐렴으로 죽이던 것은 두고두고 나를 마음을 어둡게 하는 기억이었었다.

달리 중병인이 있어서, 산모와 유아가 한가지로 감기 기운이 있는 줄은
알았어도 깊이 주의를 할 경황이 없었고, 실상 또, 산실을 거두지 않은 채
라 숙질간에 미처 상면도 못했었다.

그러자, 그날 밤에야 안해에게서 이야기를 듣고 미심결에 안방엘 비로
소 들어가 보았더니 뜻밖에도 증세는 절망이도록 기울어 있었다.

황망하여, 형을 탓을 하면서 일변 아이들을 시켜 의사를 청하러 보내고
하던 것이나 피부가 변색이 되고 마디숨을 쉬고 하는 것이 이미 때를 놓친
듯싶었다.

이불을 쓰고, 모른 체하고 누웠던 형은 그제서야 푸시시 일어나 앉으면
서 도리어 나를 탓하며 하는 말이었었다.

"뒤여지거나 말거나 내버려 두어라! 천석꾼이라두 못 당해내겠구나. 제
명이 있으면 살어나는 것이구, 그렇잖으면 뒤어지는 것이구, 쯧!"

그는 피를 토하지 못해 이런 매몰한 소리를 해야 했었다.

우리들 여섯 남매 가운데 제일 인정 있고 마음이 약한 그였었다. 남의
집 어린 것이라도 방금 옆에서 죽어가고 있다면 차마 못 보아할 그였었다.
항차 가지의 혈육인 것을, 세상이라고 나온 지 겨우 삼칠일, 그 눈 새까만
것이 말도 못하고 꽁꽁 부대끼며 숨이 넘어가는 양을, 모른 체하고 앉았다
니 실로 절대한 고통일 것이었었다.

그러나 그는 한편으로는 무섭게 마음이 독하고 모질기도 했었다. 수다
한 권솔을 거느리고서 수입이나마나 푸달진 아우에게 입을 들엊고 있음으
로써 아우를 고생을 시킨다는 것이 그로서는 다른 어떠한 것에도 비기지
못할 가장 애처로움이었었다.

결코 일편의 의리나 형식엣 말이 아니라, 진정으로 그는 아우의 고생이
액색했고, 그러하기 때문에 그는 극히 자연스럽게 자기 자신에 대하여는
모질고 독할 수가 있었다.

아무려나 그렇게, 나는 혼자서 괴로우면서도 형이 처음 한동안 약소한

수입을 바라고 직업을 붙들려고 하는 것을 완강히 만류했었다.

보나마나, 삼사십 원의 월급자린데 그걸 가지고는 일시 나의 괴로운 부담을 덜어는 줄지언정 따로이 독립을 해서 적지 않은 가족의 의식과 아이들의 교육비를 삼을 건지가 못 되었었다. 또 나이 사십이 넘었으니 오십이 며칠이라고, 족히 장구지책도 아니었었다.

오 년이고 십 년이고, 가족은 기왕 내가 맡고 형일랑은 단신으로 나서서, 미두를 하든지 금광을 하든지 무슨 짓을 하든지(이미 적수공권인 바에야 이상 더 밑질 건 없겠다) 요행수로 단돈 기천 원이라도 잡도록 하자는 것이 내 계획이요, 겸해서 도리요, 더욱이 그밖에는 방책이 없었다.

거기에 K의 그와 같은 적극적인 후원이 있고 해서, 형은 사년 전부터서 금광판으로 아주 투신을 했었다.

그 사년 동안이 나에게는 더욱 어려운 시기였었다. 절친한 친구 S를 권하여 출자를 시켰다가 초라한 재산에서 불소한 손을 보게 한 것도 그 무렵의 일로, 지금껏 가슴 아픈 가책이었었다.

이렇듯 가난과 방황 끝에 이윽고 확실한 일 그루턱을 잡은 것이 영종도의 공사 청부였었다.

시작이 반이더라고, 청부공사인즉 수익이야 번연한 것이어서 절반의 성공을 의심치 않아도 좋았었다.

오랜 적공이 이제야 보람이 나느니라고, 동기간을 위하여 도리를 다한 것을 만족해하면서, 나는 총총히 역을 향해 가고 있는 두 형을 언제까지고 바라보며 돌아설 줄을 몰랐었다.

이렇게 해서 길을 떠난 그들이 그런데, 사흘 만에는 죽지 부러진 새처럼 어깨가 축 늘어져 가지고 돌아왔었다. 광주 R의 말이, 산금회사로부터 융자를 받기로 한 교섭이 보증인 관계로 마새가 생겨서 당분간 공사를 시작할 수가 없다고 한다는 것이었었다.

멍하니 먼산만 바라다보일 뿐, 어떻단 말이 나오지 않았었다.

이편이 만일 구미(組)의 간판을 내세운 청부업자로, 자본이 넉넉히 있어 가지고 보증금이라도 걸고서 계약 같은 것을 맺었단다면 그렇게 광주의 일언으로 문문히 낭패를 보지 않았을 것이었었다. 그러나 K의 소개로 초면 인사를 하고서, 일을 좀 맡아 해다구, 그럼 맡아 해주마, 이러한 구두의 언약이 있었을 따름이니 광주 R이 아무리 배신을 하기로손 떳떳이 따잡을 말이 없었던 것이다.

비로소 우리는 허랑한 꿈을 깬 모양이었으나, 기실 꿈은 아니요 역력한 생시였었다.

넷째 형은 그래도 일루의 여망을 두고서 누차 R을 찾아다녔으나 종시 일은 시원치 못했고, 그러다가 병을 얻어 자리에 눕더니 한겨울을 죽도록 앓았었다.

해가 바뀌어 금년 봄이자, K가 그동안 주선을 해서 충주의 용원에 있는 광에서 분광을 얻어 하기로 되었었다.

물목이며 발동기며 그 밖에 도구를 말끔 장만해 가지고 두 형이 충주로 떠난 것이 유월 초생.

그 전에 나는 셋째 형의 가족만을 데리고 이리로 옮아앉았고, 여름 동안 한물을 만나 세 번이나 죽을 욕을 보았고.

그러자 칠월 그믐께는, 충주로 내려간 일행이 다시금 허탕을 치고 돌아왔었다.

평당 서 돈이 나네 너 돈이 나네 한 것은 산금회사의 융자를 받느라고 꾸며댄 농간인 듯, 아무리 물정을 두루 여살펴야 흉악한 빈광으로 한바닥 파보나마나 강목을 칠 게 번연한 노릇이어서 차라리 작파를 하고 말았다는 것이었었다.

어느 부질없는 친구가 K에게 광구 하나를 준 게 있었다.

등록까지 났고, 성적이 조금만 무엇하면 남의 광구에서 분광을 하느니보다 나을 터인즉, 그럼 그걸 개발하자는 데 K와 형의 의견이 일치. 구월

에는 영광 땅까지 내려가서 두어 구덩이나 시굴을 해보았었다. 결과는, 금
은커녕 새부스러기도 없었다.

그러느라니 깨지는 게 북장구로, 약삭빠른 밑천만 퍽퍽 축날밖에 없었
다. 뿐만 아니라 여러 차례를 두고 번번이 낭패만 당하고 당하고 하느라니
제일에 사람들이 낙명이 되어, 거기서 오는 정신적인 타격이 여간한 게 아
니었었다. 금광이란 어리숙하고 힘 안 드는 횡재 노름이라고 이르지만, 남
은 또 어떤지 몰라도, 막상 내가 앉아서 당해 보기엔 형들처럼 그렇게 애
가 쓰일래서야 종차에 돈이나 몇만 원 몇십만 원 드뿍 잡는다고 하더라도
그 벌충이 되지 않을 성싶었다.


3


그렇게 누누이 헛수고와 낭패를 거쳐 이번에 다시 또 일자리를 마련한
것이 광나루 저편짝에 있는 ××광산이었다. 그러하되 그새까지와는 달
라, 여러 가지로 착실한 구석이 없지 않은 반면, 자못 복잡하고도 미묘한
관계가 있어서, 이번이야말로 성패간 결단이 한바탕 나지 않고는 배기지
못할 만큼 일은 중대했었다.

인부를 한 몇백 명이고 이편의 힘과 알선으로 끌어대어 데모찌 인부로
거느리고서 시다우께(下請負)를 하든지 판띠기를 여러 패 붙이든지 한다.

가령 이편이 삼백 명 인부를 끌고 들어가서 일 년 동안 작업을 한다면
사만 평 내지 오만 평은 파줄 수가 있다. 광주 측에서는 그런데, 가뜩이나
이즈음 인부가 귀하기까지 하여 자기네로서는 작업능력이 변변치 못한 터
이라, 이편에서 그렇게 인부를 많이 대가지고 휘딱 일을 해치워 준다면 여
간한 그게 생색이 아닌 것이다.

그야 광주는, 한 발에 백 원이면 백 원의 상당한 단가를 내고서 일을 시

컸고, 이편은 또 이편대로 그 상당한 단가를 받고서 일을 해주었고 했은
즉 그로써 그만이지 따로이 무슨 고마움이니 생색이 하는 정실이 붙을 며
리가 없을 것이다. 그러나 어떤 덕대가 있어, 어떤 광의 시다우께를 맡아
가지고 한 달 동안에 삼천 평을 판다는 것과, 그리함으로써 일년 후엔 사
만 평이나 오만 평을 파냈다는 결과는 단지 무기적인 숫자적 누적에만 그
치질 않고서, 광을 갖다가 사오만 평이나 개발을 했다는 사실이 한 새로운
가치를 주장하게 된다. 즉 양으로부터 질에의 비약인 것이다.

　나라에서는 금이 자꾸자꾸 필요하고, 광주로도 어서어서 금을 캐고 싶
고 하건만, 도무지 손이 자라질 못해 좋은 광이 모두 묵어자빠진 형편이
라, 비록 정당한 공사 단가는 공사 단가대로 받으면서 작업에 종사했다고
하더라도, 일 년 동안에 광구를 사오만 평이나 개발을 해주었다는 사실은
스스로 별개의 공로가 아닐 수 없는 것이다.

　이러한 공로에 대하여 그것이 실질적으로 나타나는 마당이면, 광주측은
그 보답으로써 광구 가운데 어느 자리고 금분 썩 좋은 곳을 한 삼사천 평
분광권을 이편에게 주겠다는 것이었었다.

　인부를 들여대서 공사를 맡아 하기야 이편의 전문이니, 땅 짚고 헴치기
나 다름없었다.

　거기에다가 다시, 종차 이편의 공로를 보아, 원은 아무한테도 주지 않기
로 했다는 방침을 굽혀, 좋은 자리를 떼어서 몇천 평 분광을 주겠다는 조
건이니, 이중으로 유리한 판이었었다.

　또, 이것은 훨씬 뒤에야 말이 났었지만, ××광은 새가 많고 묵어서 고
리가 매우 푸짐한 모양인데 그렇다면 광주측이 함지탕까지는 내놀 이치가
없겠으나, 가령 작살탕만 얻는다고 하더라도 꽤 무던할 테였었다.

　조건은 그래서, 갖추 이렇게 유리했었다.

　그러나, 반드시 이편이 광을 단시일에 많이 개발해 주었다는 공로에 대
해서만 따라오는 조건이었었다.

광을 단시일에 많이 개발하자면 공사를 대규모로 벌여야 하고, 공사를 크게 하자면 첫째 왈 인부가 많아야 했었다. 그런데 정작 이, 인부가 없었다.

시절이 시절이라, 또 마침 추수를 당해놓아서 한꺼번에 삼사백 명은 도저히 어렵고, 연말 안으로 백 명 하나는 먼 지방 인부를 대령시키마 했었다. 그리고 차차로 농한기라 근읍의 광주 등지에서 제풀로 모여드는 인부가 적지 않을 터인즉, 잘하면 이백 명은 그럭저럭 데모찌 인부를 부릴 수가 있는 줄로 장담을 했었다.

도대체 이, 백 명이니 이백 명이니의 인부를 확신한 것이 이편의 오산이었었다. 넷째 형이 월전에 한 바퀴 다녀왔고 그 뒤를 받아 셋째 형이 이번에 다시 내려가고 해서, 청주 홍성 삼례 옥구 그 등지에다가 인부 선하와 여비로 오백 원 돈을 깔아놓았으나, 그새 한 달 장간에 들어는 인부라곤 이십 명이 채 못 되었다.

종업원 고입제한령이 생긴 후라, 함부로 남의 공사장에 가서 인부를 뽑아오지도 못하거니와 농촌의 사슬 인부도 허락한 법규 안에서 데려와야 했었다. 그러나 세상은 그렇게 밝기만 하질 않아서 인부에도 야미가 굉장했다. 큰 구미들이 사방 각지로 알선꾼을 흩어보내 가지고

인부 한 사람 알선료가 십 원,

인부의 왕복 여비 부담,

인부의 가족에게 쌀 서 말씩 선대.

이런 흐뭇한 조건으로, 남의 공사장 인부고 농촌의 사슬 인부고 싹싹 긁어가는 참이었었다.

그러한데다가 농촌은 농촌대로 손이 모자라 입동이 지나도록 벼를 걷지 못해서 야단이고.

이러한 판국에서, 이편은 옛날 수하에 두고 부렸다는 하찮은 정실과 향토 관계만 의지삼아, 겨우 한쪽 여비만 부담하고서 떳떳이 인부를 모셔오자니(참으로 칙사처럼 모셔오자니!) 허파에서 바람은 날 대로 나고도 소득은 보

잘 게 없었다.

예상대로 인부가 들어서지 않으니 또 한가지 낭패가 있었다.

석혈은 몰라도 사금에 있어서 인부들에게 제일 곤란이 식사였었다.

항용 육두미六斗米라고, 쌀 엿 말을 받아가지고 한 달을 먹이는데, 그 밥쟁이의 밥이란 눈알만한 주발에다가 살살 퍼서 푼 게 꾹 누르면 반 주발도 못 된다. 그것을, 쓰디쓴 김치 줄거리과 그리 잘 보이는 시래깃국 단 두 가지를 해서 하루 세 때씩 얻어먹으니, 소 같은 장정들이 사뭇 허천이 난다. 그러나마 잡곡까지 섞는다면 그들은 더 죽어야 한다.

그러므로 어느 공사장이고 밥이 정 나쁘면 인부가 오래 붙지를 않고, 반대로 밥이 좋으면 그들 본래의 이동성을 누르고서 잘 흩어지지 않는다.

이 점을 고려하여, 인부고야를 이편에서 직접 경영하기로 했었다.

밥쟁이처럼 이문을 보지 않기도 하자면, 설혹 얼마간 찔러넣는다고 하더라도, 제일 밥을 좀 많이씩 주고, 국이니 김치 같은 것도 되도록 먹음직하게 해주고. 그런다치면 인부의 이동을 제법 막아낼 수도 있으려니와, 한편으로는 밥이 좋다는 소문을 듣고 바로 이웃의 딴 광구에서는 물론이요 멀리 타지에서도 차차로 모여 수효가 수월찮을 것이었었다.

육백여 원은 들여서 그릇을 장만한다, 김장을 담근다, 집을 빌려 수리를 한다, 넉넉 백 명 하나는 치를 준비를 말끔 해놓았었다. 했던 것이 지금 겨우 스무 명.

스무 명은 말고 단 둘이라도 그대로 놀릴 수는 없는 것이라, 십여일 전에 한 판띠기를 아무러나 우선 붙여, 앞으로 며칠 아니면 감이 올라오게까지 되었었다. 그러나 달랑 인부 스무 명을 데리고 그 짓을 하고 있다니 광주측에다가 탕탕 큰소리를 한 것을 무어라고 뒷갈망을 하며, 백 명을 먹여내자고 설비한 인부고야는 무슨 면목이겠느냔 말이다.

흡사 문틈에 손을 넣은 형용이라 하겠었다.

그새까지는 낭패를 했다고야 하지만 번번이 일을 시작하려다가 말고 말고 했을 뿐으로, 그러니 하나의 완전한 실패는 아니었었다. 또 실없으면 저편 사람네가 실없었지 이편이 면목이 없을 까닭은 없었다.

그러나 이번 일은 이미, 혼란스럽게 벌인 춤이었었다.

요행 계속하여 인부가 모여 주어서 연말 연초까지에 칠팔십 명 내지 백 명만 찬다고 하더라도 면무렴은 할 형편이나, 만일 이대로 영영 국면이 타개가 되지 않는다면, 손해는 손해대로 보아둔 것이고 사람은 사람대로 밀 져야 하고, 그리고서는 일껏 도득한 기회가 허사가 되니, 이후의 경륜이 아득하고.

이쯤, 두루 사정은 외나무다리를 건너가는 듯 절박했었다.

근자에 나는 정신이 태반은, 일 돌아가는 경과에 가 함빡 쏠려 있다. 좀 초연하다 해도 시시로 변동하는 정세가 신경을 와서 어지럽히는 것을 이 겨낼 수가 없다. 요새로 바싹 더, 작품이 써지지 않는 것도 원인의 한 부분 은 그 때문인 것이다.

다직해야 한낱 사사로운 집안일이다. 허되, 결국 이욕에 골몰함이요 재 물 까닭이다. 더욱이 천하 부왕한 투기사업 금광노름이다. 잡무하고도 그 러므로 가장 속스런(形而下的인) 잡무다.

세상은 문학하는 사람을 일러 선비라고 한다. 그리고 지금의 날 모양으 로 재물을 탐해 속스런 잡무에 팔림을 선비의 도리에 어그러지는 행실이 라 한다. 일면의 사실이요, 절절히 점잖은 말이다. 미상불 나 자신으로도 무뜩무뜩 스스로 혐오와 불쾌를 느끼고 부끄러워하고 한다.

그러나 그러면서도 어찌할 수 없이 형세가 당장 마음이 핍절하니 무가 내한 노릇이다.

동기간은 아무래도 정다운 것이다. 나는 그들이 불쌍해 못한다. 추레하 니 풀죽은 기상, 악식에서 오는 윤기 없는 얼굴, 그 얼굴에 가득 낀 근심, 그리고 방금 저 하고 가는 옷 주제와 초라한 행색. 남은 벌써 동복에 외투 까지 푸근히 떨쳐 입고 다니는 때다. 우리는 그런데, 삼형제 틈에 외투라

곧 내가 입던 것 하나밖에 없다. 그것을 셋째 형이 먼길을 가느라고 입고 떠났다. 나는 그래서 금족을 하고 들앉았고, 넷째 형은 외투가 없이 출입을 해야 했다.

빛깔은 허여멀겋게 옅고, 다 낡아빠진 스코치 춘추복을 훗훗하니 그것만 달랑 입고서 잔뜩 몸을 웅숭크리고 초작초작 서리가 눈처럼 내린 첫새벽의 자갈밭을 걸어가며 있는 양자를 무연히 바라다보고 섰던 나는 어느덧 안두가 뜨거워올라 강잉해서 고개를 돌렸다.

남남끼린들 불쌍한 정상이면 마음이 통치 않을 리 없는 것이지만, 제 동기간에 대한 연민의 정은 살이 아프다.

쿨룩쿨룩 기침 소리가 커서 돌려다보니, 하마 주저앉을 듯 자지러졌다. 오랜 해소병까지 있어서, 찬바람만 비치기 시작하면 한겨울을 두고 저렇게 고생을 하던 것이다.

결코 큰 부자를 바라며 턱없이 호강을 시키려 하고자 함이 아니었고, 시방도 아니다. 대부는 하늘이 낸다는 속언을 나는 짐짓 믿는다. 최소한도의 의식이 족할 정도면 그만이다.

그만 것을 위하여 나는 나대로 여러 해 동안 공력을 들였고, 그들로서 고생을 해왔다. 저기 하고 가는 모양이 바로 그들의 고생을 잘 발음한다.

그러고서 이제 바야흐로 나의 조그마한 적공과 그들의 지지리 치른 고생이 보람이 나느냐 혹은 허사가 되느냐 하는 고패를 당했다. 도저히 거기에, 초조와 불안으로 더불어 관심을 깊이 기울이지 않는다는 것은, 나로서는 거짓말이다. 않고는 간대로 배겨낼 수 있는 내가 아니다.

진리와 신념이어서가 아니다. 따라서, 순교적인 각오로서가 아니다. 한참 모내기가 바쁜 날, 남의 집 머슴이 손끝에 잔 가시가 든 걸 가지고 진종일 논두덕에 앉아서 애만 쓰는 형국이랄 것이다.

퍼뜩 붓을 멈추고, 나의 신경상태를 응시한다.

아무리 그렇더라도, 나 자신의 그와 같이 작고 속스런 인간을, 문학적으로 승화되지 못한 한낱 시정적인 사실이요 족히 진실과는 거리가 먼 나의 정신상 나체裸體 그대로를, 그대로 갖다가 이런 모양으로 문학 속에 담아서 어엿이 남의 면전에다 내놀 까닭이야 없는 게 아닌가?

정녕코, 이즈음 내가 문학의 내용세계에 있어서 이윽고 빠져가며 있는 슬럼프에 대한 무의식한 자포자기요, 그 악질한 악화가 아닐는가 싶다.

작품이 부질없이 신변답사로 기울고 있었다. 일찍이 돌려다본 적도 없고, 돌려다보려고도 않던, 소위 사소설에의 접근이었다.

이미 발표를 한 것으로 〈회懷〉가 벌써 그러한 경향이 자못 농후했다. 쓰다가 팽개쳐 둔 〈종씨宗氏〉가 그러했고 〈하중荷重〉이 그러했다. 방금 승강을 먹고 있는 〈집〉이 번연히 그러하다.

"집이라고 하는 것이 막상 이다지도 졸연찮이 마음을, 근심을 골몰케 하도록 정을 차지하는 것인 줄은 몰랐었다. 흡사 노인자제처럼 얼뚱스러웠다. 다직 까치둥우리 됨직한 한 채의 오두막집이. 재물로 치자면야 그러니 지극히 적은 재물이건만, 그의 화폐가격만으로는 능히 환산이 되지 않는 또 하나의 가치를, 직접 마음에 통하여 정을 지배하는 힘을, 그는 가지고 있었다. 집을 지녀보기도 처음이었다. 집을 잃어보기도 처음이었다. 그리고서 처음으로 집이라는 것을 안 셈이다. 다 늦게야 인생을 조그마한 또 한 과(再―課) 배웠다고 할는지."

이것이 〈집〉의 첫 머리 몇 줄째부터의 한 토막이다.

단순한 집타령이요, 울 안에서 나 혼자만의 진실이다.

〈하중荷重……〉은 옛 연애를 만나고 나서 지금의 안해가 짐스럽다는 것이고 〈종씨宗氏〉는 이웃의 우습게 생긴 종씨를 이야기하면서 역시 내 신변사를 늘어논 객담이다.

이렇게 나는, 와락 진리롭지도 못한, 겸해서 편협한 소견으로 남에게 인생을 감히 결론하려 드는 것이다.

마침내 그러다간 한 걸음 나가서, 지극히 비속한 시정잡사와 항다반의 인정미담인 표정을 해가지고 스스로 문학 가운데 등장을 하고 있는 것이다.

신변잡사의 사소설이 문학의 정도가 아니요 가히 삼가야 할 것이거늘, 본디 니힐한[19] 병폐가 있는 내가 또 한가지 사도에 탐혹을 하다니, 생각하면 한심한 노릇이다.

길이 막힌 것만은 사실이었다. 그러나 정상한 길을 찾도록까지 손을 멈출지언정 아쉰 대로 덮어놓고 사도를 나가다께, 절절이 불가한 짓이다.

항차, 그러한 건전치 못한 코―스를 밟으면서 이다지 상식에 벗도록까지 건강을 무리하며 생리를 학대한다는 것은, 결과가 막상 천하를 얻는 소업이라고 하더라도 족히 취할 일이 아닐 것이다. 그러나마, 그렇게 정력을 들여가며 노력하기를 내용의 미화를 위해서보다도 실상은 많이 문장의 정리와 말의 선택에 몰두하는 탓이고 보니, 완전히 무의미한 장난이다. 밤을 꼬박이 밝혀가면서, 몇날 며칠이고 그 모양으로, 말이다.

싸릿문 바깥에 나서서, 형을 배웅하고 있던 나다.

어느 겨를에 그런데

"퍼뜩 붓을 멈추고 나의 신경상태를 응시……."

하는 내가 풀쩍 뛰어들었다.

그 두 가지의 나는, 도저히 같은 시공時空에는 용납이 되지 않는, 실로 세계가 서로 다른[20] 나 들이다.

확실히 미신이요 과학은 아니다. 그리고 그것이야말로 유독 일인칭 사소설만이 부릴 수 있는 요술인가 보다.

4

---

19) 1989년 창작과비평사에서 출간된 《채만식전집》 8권, 24쪽에는 '너절한'으로 표기되어 있는데, 이는 분명한 잘못이다. 두 단어가 지닌 의미의 진폭이 크기에 여기에 밝혀둔다.
20) 원문에는 '닮은'으로 되어 있다.

방으로 들어와서, 밤새껏 펴둔 채 싸늘하게 식은 이부자리에 가 눕는다.

오목가슴이 쓰리고 시장기가 정히 심하다.

입맛은 있으나 없으나 조금 요기를 하고 잤으면 몸도 덜 축가고 좋겠지만, 삭힐 일이 걱정이다. 식곤증으로, 수저를 놓자 이내 졸리곤 해서 단 오 분도 견디지를 못한다. 밤에 자지 않는 잠을 비로소 자야 하니 졸리는 게 다행은 다행이나 밥이 내리지를 않은 채라 위장이 무리다. 요새로 바싹 더 체중이 심하기도, 줄곧 그렇게 위장을 무리했기 때문이다.

이런 때는 포도주가 그놈 꼭 두 잔이 약이다. 우선 위에서 그대로 흡수가 되니 소화에 염려가 없고, 영양은 그 분량으로 한 끼의 식사를 당하고, 그리고 알콜분이 적당해서 잠이 잘 오고.

작년 오월부터 시작하여 지나간 초가을까지 한 일 년 넘겨 ××××라는 포도주를 대놓고, 밤이고 새벽이고 자리에 눕기 전에 두 잔씩을 늘 그렇게 먹어본 것인데 효험이 꽤 무던했었다. 판판 약질인 내가 그와 같이 몸을 함부로 하면서도 용히 지탱을 하기는 혹시 그 덕이 아닌지도 모른다.

한 달에 네 병이면 족하고, 값으로는 오 원이 좀 넘는다. 오 원 각수로 그만큼 힘을 본다면 헐하다 할지언정 과할 것은 없었다.

그러나 이즈음 그렇도록 경황이 없고 일변 옹색한 가용에서, 나 한 몸만의 영양을 위하여 액수의 다과는 막론하고 그러한 명목의 지출을 시키기는 차마 염치가 아니다.

그럴 뿐만 아니라, 근자에는 도무지 물건을 구할 수가 없다. 한동안은 빈 병을 가지고 가야 겨우 얻어오고 하던 것이, 가을 이후론 통히 구경조차 할 길이 없다.

서울이면 다른 종류는 더러 있고, 두어 차례 무어라드냐 하는 걸 사다가 시험해 보았으나 값은 곱절 비싸면서 효력과 맛은 벼랑[21] 신통치가 않아

---

21) '별로(別—)'의 방언(경기).

서, 다시는 염도 내지 말았었다.

머리는 상혈이 된 채 안개 속같이 흐리멍덩하고 눈꺼풀만 무거우면서, 가뜩이 시장하기까지 해서 종시 잠은 오지 않는다.

문살에 해가 반짝 들면서 눈이 부시다. 벌떡 일어나서 소쇄라도 하고 싶으나 추워서 꼼짝도 하기가 싫다. 담배만 거듭 피운다.

안해가 살며시 문을 열더니 아직 잠이 들지 않은 걸 보고는, 조심조심 들어와서 머리맡으로 앉는다. 긴히 하고 싶은 이야기가 있는 낯꽃이다.

"날이 이렇게 드윽 치워서 어떡헌다우?"

혼잣말하듯 걱정을 하는 소리가, 다아 알아들을 소리다.

"철두 늦구 했으니 올일랑 김장은 그만두지?"

"……."

더 할 말이 없다는 듯이 피식 웃고는 이윽고 있다가,

"아직 늦일 건 없어두. 쯧! 진지상 으설푸다구, 거 동네 김치 좀 파는 집 없느냐 소릴랑 마시우?"

"……."

"그리구 차음……."

김장 걱정은 실상 지낼 이야기고, 지낼 이야기처럼 내는 지금이 정작인 눈치다.

"……저—어, 간밤에요오……."

"저 거시키, 여우 우는 소리 들으셨수?"

"……."

"앞산에서, 간밤에……."

"……."

"여우가아, 울어쌓드라우! 밤중에……."

"여우가 밤에 울지 낮에 울까?"

들다 못해 버럭 머쓰려버린다[22].

저는 간밤이라면서 놀라워하지만, 벌써 한 달 장간이나 저녁마다이다. 저녁마다, 고 방정맞은 짐승이 하필 또 건너편 공동묘지에서 한식경씩을 울어대곤 한다. 정밤중 두시나 세시에. 어떻게도 섬뜩하고 마음이 불길한지 모른다. 그래도 사위스런 여자들이라 또 어쩌니어쩌니 할까 봐서 통히 그런 말을 비추지 않았었다.

"저어, 형님이 그리시는데요……."

안해는 이윽고 무춤해 앉았다가, 무서 무서 하면서도 강단을 짜서, 그 뒤 치를 다시 잇는다.

"……하두우 하두, 일이 잘 되든 않구 해서, 걱정들만 하시니깐 꼭 민망해 못하겠다구요……."

"……."

"늘 그리구, 꿈자리두 사납구, 또오……."

"……."

"못된 짐승이 그렇게 발싸심[23]을 하구 하니깐 말이죠오……."

"……."

"그러니깐 저어, 형님이 그러시는데요오, 저어 고사래두 좀……."

"……."

진작에 무어라고든 것지르고 말았을 것이로되, 거듭 형님이 형님이 하여, 형수가 그 사이에 개재를 해놔서 차마 조심을 하는 줄은 모르고서, 위인은 마지막

"못 본 체하시구, 상관 마시우우?"

이렇게 뒤를 다아 누른다.

---

22) 머쓰리다: 말이나 행동을 아무렇게나 하고 싶은 대로 하다. 예) 서방님이 그렇게 마구 머쓰려 버리니 이 다음에라도 다시 더 입을 벌릴 기운은 나지 않는다.(《생명》)
23) 팔다리를 움직이고 몸을 비틀면서 비비적대는 짓.

“듣기 싫여!…….”

필경 소리가 컸다.

“……고살 지내서 일이 잘될 테 갔으면 세상에 가난한 사람이 왜 있어?…….”

“…….”

“산에서 사는 짐승이, 산에서 좀 울기루서니?”

“…….”

“어머닌 벌써 사십 년이나 두구서 저녁마다 치성을 들이서!…….”

“…….”

“뒤 울안에다가 단을 무어 노시구서. 저녁마다, 그 노인이, 손수 정화술 길어다 노시구서, 사십 년을 하루두 거르잖구 치성을 들이서!…….”

“…….”

“비선을 해서 복이 돌아오고 할 테 같으면 어머니가 드리신 정성 하나만 가지구두 우리 육남매가 그 복 다아 주첼 못해.”

불면 끝에 신경이 까스러운 탓인지, 말이 무단히 여세가 거칠었다.

안해는, 다시는 더 말을 붙여볼 길이 없어, 시치름하고 있다가 하릴없이 도로 나간다.

혼자 누웠느라니 문득 생각이 나면서 마음에 걸린다. 고사를 지냈으면 좋을 성싶다. 께름해 못하겠다. 그야말로, 상관을 말고서 못 들은 체할 것을, 두말도 못하게 윽박질러 버린 것이 후회가 난다. 본 체 만 체 할 테니, 주작대로들 지금이라도 설도를 했으면 은근히 고맙겠다.

그들은 그러나, 내가 한번 금한 것을 부득부득 우겨가면서 하려고 하기엔, 너무도 나를 어려워하는 사람들이다. 순종도 이런 때만은 긴치가 않다.

5

애당초에 내 동의를 얻잔 건 무어든고 하여, 의지와 신체가 한가지로 솜 뭉텅이 같은 안해란 위인이 미워 못하겠다.

이래저래, 짜증만 더 난다. 볼먹은 소리로 안해를 처불러, 배쌍화탕을 지어 오래서 달여들이라구 지청구를 한다. 그래저래, 고사 지내잔 말을 한 것이 동티가 난 줄만 알고서, 영 생심을 못할밖에.

신문을 가져와서, 어제 석간부터 밀린 여러 장을 뒤적인다. 대판신문의, 서원사공에 관한 다찌끼리는 그의 일대가 곧 일본제국의 정치상 자유주의 의 성쇠의 기록이어서, 읽기에 흥미가 있다.

일동방직日東紡織이 우수한 스프 생산기술을 동업자에게 공개한다는 기 사는, 개인적 이윤본위로부터 국가적 생산본위로 갈려드는 경제 신체제의 선성이어서, 큰 뉴스가 아닐 수 없다.

우편이 왔으나 셋째 형에게서는 아무 기별이 없다. 무슨 탈이 난 모양 이다.

종씨가 오더니, 요새 공판을 하러 왔다가 불을 맞고는 주체를 못해하는 벼가 더러 싼 게 있다면서, 두 집 얼려서 몇 섬씩 사두자고 권한다.

그 다음, 나무장사가 오더니, 나뭇갓을 한 이십 원짜리 하나만 사주면 사십 원어치 되게끔 장작을 대겠노란다.

금광에 가서 엄벙덤벙한다니까 돈냥이나 착실히 있는 줄 아는 눈치들이 다. 집 흥정을 부탁한 한서방은 오더니, 이백 오십 원이면 사고자 하는 사 람이 있다고 한다.

뒷집 주정뱅이 최서방은 오더니, 그 망나니가 죄다 어디로 가고는 두 무 릎 단정히 꿇고 앉아서, 새로 장가를 가겠는데 규수네 편에서 시방 같이 사는 막지기 여편네의 승낙서를 요구하니, 그걸 한 장 대필해 달란다.

병목안 산다는 웬 자는 오더니, 인부가 소용이 되느냐면서 사오 인 있기 는 있는데 선하를 돈 십 원씩 주어야 가겠단다. 이 너저분한 나그네들과 너저분한 교섭을 일일이 다아 치르고 나니 하마 오정이다.

전등이 켜져 있고 시간은 여섯시고 하여, 잠결이라, 아이들처럼 새벽이거니 하다가 겨우 석양인 줄을 안다.

대여섯 시간 잠을 잔 덕분에, 머리가 가뿐하고 제법 정신이 든다.

머리맡에는 전보가 한 장.

삼례에서 오늘 밤차로 열 명이 떠난다는, 셋째 형의 전보다. 그거나마 인부가 부는 것도 반가웠지만, 제일에 사고가 생기지 않은 소식이어서 안심이다.

아침에는 그렇게도 속이 쓰리고 시장하던 것이, 그때부터 반일이 지났건만 인제는 도리어 아무렇지도 않고 밥 생각이 없다. 병은 단단히 깊어가는가 보다.

넷째 형은 열두시 막차에야 돌아왔다. 언제나 마찬가지로, 그 사이 찻시간마다 아이를 정거장엘 내보내고 내보내고 하면서 연해 궁금히 기다리자니, 일이 손에 잡히질 않아서 잡지와 책을 뒤적이며 누워 있었다.

"전보, 무어라고 왔어?"

형은 아이한테 들었던지, 토방으로 올라서면서부터 바쁘게 묻는다. 무얼 여러 가지 산 것을 아이와 나눠 들고.

"삼례서 열이 오늘 밤차로 떠난다구요."

형은 알아보게 미우를 펴면서, 뒤미처 전보를 재삼 훑어 읽고는 그제서야 자리에 앉는다.

"한꺼번에 와짝 모이기는 바랄 수 없지만, 이렇게라도 어서어서 좀더 수효가 부웃기나 했으면!"

"현장은 별일 없어요?"

"한 놈 도망갔어!"

"……."

"어느 일판이구 도망가는 놈이야 있는 법이지만, 그 푸달진 속에서 벌써부터 축이 나니!"

“어디서 온……”

“홍성…… 여비 써준 것 허구, 선하 준 것까지 치면 십오 원이나 멕힌
걸!”

“……”

“……”

“시장하실 텐데?”

“저녁 먹었다.”

형은 사가지고 온 봉지 꾸러미를 풀어놓는다. 덩이 굵은 배, 빨간 사과
와 연시, 노싱, 담배, 영신환 이런 것들이다.

나는 어려서 어머니 아버지한테 항상 주전부리를 통하여 막내둥이다운,
막내둥이에게만 한한, 자깃한 사랑을 받던 적이 절로 생각이 났다. 사십
이 다 된 아우건만 아직도 어린아인 듯, 지금은 형들이, 옛날에 어머니 아
버지가 정성스러이 잔정을 써서 나를 거천하듯이, 꼬옥 그런 망상과 태도
로, 색다른 것이랄지 맛있는 음식이면 옴탁옴탁 먹이고 싶어하고 하던 것
이다.

배, 사과, 연시 모두가 보고 있을수록 식욕보다도 가슴 뿌듯하니 어리광
스런 행복이 솟고, 무엇인지 모르게 마음 든든했다.

“그리구, 이건 두어 두구서……”

형은 길쭉한 상자곽을 끌어다려, 맨 노나끈을 푼다. ××주라는 약술이
었다.

“……먹어본 사람 말이, 포도주만 못하쟎다드구나. 두어 두구서 두어 잔
씩 먹구 해라……”

형은 술병을 꺼내서 책상머리에 놓아 준다. 그리고는 훨씬 담배를 붙여
물고서 푸우 한 모금 길게 내뿜더니, 이윽고 혼잣말하듯 푸뜩푸뜩 하는 말
이다.

“무슨 그리 우난 노릇을 한다구! 얼굴이 저게 무어란 말이냐!”

무연히 한탄겨운 음성으로 잠깐 내 얼굴을 돌려다보고는 도로 외면을 하고 앉아 한눈을 팔면서 잊은 듯 동안이 뜬다.

나는 묵묵할 뿐이고, 안해가 나와서 배를 벗기는 칼소리만 사각사각 높다.

"인제는 없으면 없는 대루 살자꾸나! 인제래야 시방 같아서는 통히 막연하다마는……."

"……."

"푸달진 생화를 바라구서 몇몇 해를 피골이 밭두룩 저 지경이니!……."

"늦었는데 어서 올라가서 지무시요? 배나, 시언해 뵈느만, 좀 잡숫구서……."

"그러나마 너 혼자 생계를 도모하자는 노릇이라두, 동기간으루 앉어서 보기엔 피눈물이 날 텐데!……."

"……."

"항차, 알량하구 무능한 동기간을 돌보느라구!…… 요전에 큰형님이 오셔서, 네 신수 된 걸 보시구서 우시드라면서?"

끝은 목멘다.

나는 가슴에 차오르는 것을 누르고, 얼른

"낼 아침에두 첫차로 가서야지요?" 그리고는 안해더러, 시간을 잘 맞추어 조반을 지으라고 신칙을 했다.


6


"세번째 또다시 한물을 치렀다. 집은 역시 못쓰게 되고 말았다."

간밤엣치, 넉 장에 스물일곱 줄 그건 역시 작대기를 긋고서, 새로 쓴 첫머리 두 줄이다.

그렇게 쓴 원고지를 앞에 놓고는, 팔꿈치를 책상 복판에 세워 잔뜩 턱을 양편으로 치고이고서, 지금이 두 시 반인데 이내 다른 생각이다.

아까 형이 하던 말,

"무슨 그리 우난 노릇을 한다구!"

참으로 그렇다. 무슨 그리 우난 노릇을 한다고.

형은 물론 내 문학을 가리켜, 우난 노릇이 아니란 뜻으로 말을 한 게 아니고 '푸달진 생화' 즉 원고료를 의미함이었었다.

그렇다고서 그가 아우의 문학을, 아우의 예술을, 한갓 원고료 벌기 위한 수단으로만 여기던 것이냐 하면 결코 아니었었다.

일반적으로는 그는, 문학이니 예술이니 하는 것을 알지도 못하고 상관도 없는 사람이요, 또한 알려고도 상관하려고도 않으며, 할 필요도 없는 사람인 것이 사실이었었다.

그리고서 그는, 단지 그의 중난스런 아우가 하는 일(문학이나 예술이기 이전에 우선 단지 아우가 하는 일) 그것을 세상에 대하여 끔직 자랑스러하는 사람이요, 잘 되기를 바라는 사람이요, 겸해서 잘 되게 받들어 주고 싶어하는 사람이요 할 따름이었었다.

이의 객관적인 결과 가운데 하나로서 그는 내가 마땅히 속무과 재리관계와 생계와 집안 근심과 이런 것을 죄다 떠나 안심코 편안히 앉아서 소설을 써야만 한다는 사실을 인식했던 것이었었다. 따라서 그는, 내가 원고료를 벌기 위하여 소설을 쓴다는 것은 커다란 불행이요 고통이던 것이었었다.

그러나, 그러면서도 그는, 말뿐이 아니라 진정껏, 아우는 동기간의 생활을 돌보느라고 원고료를 벌기 위하여 다만 소설을 쓰거니 여기도록, 양심을 강제해야 했었다. 그것은 마치, 삼칠일짜리의 자기 혈육이 방금 죽어가며 부대끼는 것을 불쌍히 여기지 않으려 들었음과 매한가지로, 양심의 핍절한 강제였었다.

그다지 몸을 무리하며 노력을 함은, 주장이 소설을 잘 쓰자는 제 노릇이요, 원고료는 거기에 절로 따르는 여벌이거니, 이렇게 차지를 한다는 것은, 그로서는 도저히 죄스러 못할 노릇이었었다.

아무튼 그리하여, 형이 말한 바와 같아 나의 원고료의 수입이란 노력에 비해 심히 푸달진 것인 게 사실이다. 그러므로 나 자신 역시, 그러한 의미로서

"무슨 그리 우난 노릇을 한다고!"
할 수가 없는 것은 아니다.

그러나 나는 모름지기 나의 문학 그것을 두고서, 꼭 같은 말이나

"무슨 그리 우난 노릇을 한다구!"
하고 자성을 하지 않아서는 안 될 마당엘 다다른 것이다.

〈집〉이나 〈종씨宗氏〉나 〈하중荷重……〉이나, 그야 간혹 그런 것도 쓸 수가 전혀 없는 것은 아니다. 그러나 영영 그리로 향을 잡고 만다는 것은, 이처럼 상식도 아닌 노력을 들이기엔 답지도 않은 문학을 위해서야 너무도 아까운 정성이다.

꼬옥 한 가지 나아가고 싶은 길이 있기야 하지만, 넘지 못할 준령을 이미 누차 당해본 나머지다.

그러니 오직 남은 것은, 진작에 제명까지 붙여논 〈人負고야〉의 방향일밖에 없을 것이다.

마침 또, 기회도 좋고.

한 일년 붓을 쉬어도 그만이다. 붓을 쉬기가 정히 안 되었거들랑 〈집〉 등속을 그대로 얼마 동안 써도 무방하다. 좌우간 그리고, 저리로 가보는 것이다.

형이 자주 기침을 하는 소리가, 잠이 깬 듯해서 건넌방으로 올라갔다.

조옴 몸이 고단할까마는, 기침도 기침이려니와, 생각이 많아 깊은 밤에도 단잠을 이루지 못하는 것이다.

"집, 이것 팔어버립시다?"

머리맡으로 가서 앉으면서 우선 이렇게 허두를 냈다.

형은 누운 채 마악 담배를 붙이다가 말고,

"지금 어떻게?……"

그리고는 뒤미처 다시,

"……누구 작자가 있어?"

"이백오십 원이면 사겠단 사람이 있는데요."

"…….”

"…….”

"이 엄동에 이거나마 팔구서 어떡허자구!"

"셋째 형님 내외분은 아무래두 수히 절러루 가서야 안해요?"

"너는?"

"저두 근처다가 방이나 한간 얻어 가구요."

"이백오십 원에 판댔자 수중에 떨어질 거라군 단돈 몇십 원두 못 될 테지만, 촌으로 가서 방 한간이나 얻자면야……."

"그 흉악한 촌구석으루 가서, 어떻게 지내느냐?"

"못 지낼 것두 없으려니와, 저두 가서, 하다못해 인부들 전표 띠어 주는 심부림이라두 해야지요!"

"…….”

"…….”

"애야?"

"네에!"

"너두 다아 생각이 있구, 요량이 있어서 하는 말일 테지만, 글쎄에……."

"…….”

"나는 너마저 노가다판으로 데리구 들어가구 싶든 않다!……."

"…….”

“한번 투신을 하는 날이면 좀초롬 당꾸바지에 지까다빌 벗게 되질 않는 법인데, 말이루구나…….”

“…….”

“두구서, 잘 다시 좀 생각을 해보는 게 좋겠다?”

“제일에, 건강 때문에 그래요!”

형의 반대를 막자면, 달리 설명을 하느니보다도 이 한마디가 가장 효과적이던 것이다.

형은 과연 잠잠히 말이 없다. 그러나 얼굴은 실심한 빛으로 어둡다. 자기 말따나, 나마저 도까다판으로 끌어들이기도 못할 노릇, 그렇다고 번연히 보는 바 이렇듯 불건강한 생활을 그대로 계속케 할 수도 또한 없는 노릇, 이러나저러나 그로서는 상심사요 슬픔이었을 것이다.

민망했으나 이미 돌이킬 바이 없는 것, 이윽고 있다가 물러나왔다. 내일 아침 일찍이, 한서방을 청하여 집을 팔도록 하느니라고 생각을 하면서.

그리고, 막상 형이 저어하는 대로 도까다가 되어가지고 평생 발을 뽑지 못하는 한이 있을값이라도, 장차에 그리 되는 날 그리 되고 말값이라도, 시방껏은 그 길을 접어드는 게 득책이리라 생각을 하면서.

《춘추春秋》(1941. 2)

# 논 이야기

1

일인들이 토지와 그 밖에 온갖 재산을 죄다 그대로 내어놓고 보따리 하나에 몸만 쫓기어가게 되었다는 이야기를 듣는 한생원은 어깨가 우쭐하였다.

"거 보슈 송생원. 인전 들, 내 생각 나시지?"

한생원은 허연 탑삭부리에 묻힌 쪼글쪼글한 얼굴이, 위아래 다섯 대밖에 안 남은 누―런 이빨과 함께 흐물흐물 웃는다.

"그러면 그렇지, 글쎄 놈들이 제아무리 영악하기로소니 논에다 너귀탱이 말뚝 박구섬 인도깨비처럼, 어여차 어여차, 땅을 떠가지고 갈 재주야 있을 이치가 있나요?"

한생원은 참으로 일본이 항복을 하였고, 조선은 독립이 되었다는 그날―팔월 십오일 적보다도 신이 나는 소식이었다. 자기가 한 말(豫言)이 꿈결같이도 이렇게 와 들어맞다니……. 그리고 자기가 한 말(豫言)대로, 자기가 일인에게 팔아넘긴 땅이 꿈결같이도 도로 자기의 것이 되게 되었다니……. 이런 세상에 신기하고 희한할 도리라고는 없었다.

조선이 독립이 되었다는 팔월 십오일, 그때는 한생원은 섬뻑 만세를 부르고 싶은 생각이 나지 않았어도, 이번에는 저절로 만세 소리가 나와지려고 하였다.

팔월 십오일 적에 마을에서는 젊은 사람들이 설도를 하여 태극기를 만들고, 닭을 추렴하고, 술을 사고 하여놓고 조촐히 만세를 불렀다.

한생원은 그 자리에 참례를 하지 아니하였다. 남들이 가서 같이 만세를 부르자고 하였으나 한생원은 조선이 독립이 되었다는 것이 별양 반가운 줄을 모르겠었다. 그저 덤덤할 뿐이었었다.

물론 일본이 항복을 하였으니 전쟁은 끝이 난 것이요, 전쟁이 끝이 났으니 벼 공출을 비롯하여 솔뿌리 공출이야, 마초 공출이야, 채소 공출이야, 가지가지의 그 억울하고 성가신 공출이 없어지고 말 것이었다.

또, 열여덟 살배기 손자놈 용길이가 징용에 뽑혀나갈 염려가 없을 터이었다. 얼마나 한생원은, 일찍이 애비를 여의고, 늙은 손으로 여지껏 길러 온 외톨 손자놈 용길이가 징용에 뽑히지 말게 하려고, 구장과 면의 노무계 직원과, 부락 담당 직원에게 굽은 허리를 굽실거리며 건사를 물고 하였던고. 굶는 끼니를 더 굶어가면서 그들에게 쌀을 보내어 주기. 그들이 마을에 얼찐하면 부랴부랴 청해다 씨암탉 잡고 술대접하기. 한참 농사일이 몰릴 때라도, 내 농사는 손이 늦어도 용길이를 시켜 그들의 논에 모 심고 김 매어주고 하기. 이 노릇에 흰머리가 도로 검어질 지경이요, 빚(債)은 고패가 넘도록 지고 하였다.

하던 것이 인제는 전쟁이 끝이 났으니, 징용 이자는 싹 씻은 듯 없어질 것. 마음 턱 놓고 두 발 쭉 뻗고 잠을 자도 좋았다.

이런 일을 생각하면 한생원도 미상불 다행스럽지 아니한 것은 아니었다. 그러나 오직 그뿐이었다.

독립?

신통할 것이 없었다.

독립이 되기로서니, 가난뱅이 농투성이가 별안간 나으리 주사 될 리 만무하였다. 가난뱅이 농투성이가 남의 세토(貰土 : 小作) 얻어 비지땀 흘려가면서 일년 농사지어 절반도 넘는 도지(小作料) 물고, 나머지로 굶으며 먹으며 연명이나 하여가기는 독립이 되거나 말거나 매양 일반일 터이었다.

공출이야 징용이야 하여서 살기가 더럭 어려워지기는 전쟁이 나면서부터였었다. 전쟁이 나기 전에는 일년 농사지어 작정한 도지 실수 않고 물면 모자라나따나 아무 시비와 성가심 없이 내 것 삼아 놓고 먹을 수가 있었다.

징용도 전쟁이 나기 전에는 없던 풍도였었다. 마음놓고 일을 하였고, 그 것으로써 그만이었지, 달리는 근심 걱정될 것이 없었다.

전쟁 사품에 생겨난 공출이니 징용이니 하는 것이 전쟁이 끝이 남으로써 없어진 다음에야 독립이 되기 전 일본정치 밑에서도 남의 세토 얻어 도지 물고 나머지나 천신하는 가난뱅이 농투성이에서 벗어날 것이 없을진대, 한갓 전쟁이 끝이 나서 공출과 징용이 없어진 것이 다행일 따름이지, 독립이 되었다고 만세를 부르며 날뛰고 할 흥이 한생원으로는 나는 것이 없었다.

일인에게 빼앗겼던 나라를 도로 찾고, 그래서 우리도 다시 나라가 있게 되었다는 이 잔주도, 역시 한생원에게는 시뿌듬한 것이었다. 한생원은 나라를 도로 찾는다는 것은, 구한국 시절로 다시 돌아가는 것으로밖에는 달리는 생각할 수가 없었다.

한생원네는 한생원의 아버지의 부지런으로 장만한 열서 마지기와 일곱 마지기의 두 자리 논이 있었다. 선대의 유업도 아니요, 공문서(空文書 : 無登記) 땅을 거저 주운 것도 아니요, 버젓이 값을 내고 산 것이었다. 허되 그 돈은 체계나 돈놀이(高利貸金業)로 모은 돈이 아니요, 품삯 받아 푼푼이 모으고 악의악식하면서 모은 돈이었다. 피와 땀이 어린 땅이었다.

그 피땀 어린 논 두 자리에서, 열서 마지기를 한생원네는 산 지 겨우 오년 만에 고을 원(郡守)에게 빼앗겨버렸다.

지금으로부터 오십 년 전, 갑오 을미 병신 하는 병신년(丙申) 한생원의 나이 스물한 살 적이었다.

그 안 해 을미년 늦은 가을에 김 아무(金某)라는 원이 동학란에 도망뺀 원 대신으로 새로이 도임을 해와서, 동학의 잔당을 비질하듯 잡아죽였다.

피비린내 나는 살육이 이듬해 병신년 봄까지 계속되었고, 그러고 여름……. 인제는 다 지났거니 하여 겨우 안도를 한 참인데, 한태수(한생원의 아버지)가 원두막에서 동헌으로 붙잡혀가 옥에 갇히었다. 혐의는 동학에 가담하였다는 것이었다.

한태수는 전혀 동학에 가담한 일이 없었다. 그의 말대로 하면, 동학 근처에도 가보지 아니한 사람이었다.

옥에 가두어놓고는, 매일 끌어다가 실토를 하라고, 동류의 성명을 불라고 주리를 틀면서 문초를 하였다. 육십이 넘은 늙은 정강이가 살이 으깨려지고 뼈가 아스러졌다.

나중 가서야 어찌 될값에 당장의 아픔을 견디다 못하여 동학에 가담하였노라고 자복을 하였다. 입에서 나오는 대로 아는 사람의 이름을 불렀다.

불리운 일곱 사람이 잡혀 들어와 같은 문초를 받았다. 처음에는들 내뻗었으나 원체 아픔을 이기지 못하여 자복을 하였다.

남은 것은 처형을 하는 것뿐이었다.

하루는 이방이, 한태수의 안해와 아들(한생원)을 조용히 불렀다.

이방은 모자더러, 좌우간 살려낼 도리를 하여야 않느냐고 하였다.

모자는 엎드려 빌면서, 제발 이방님 덕택에 목숨만 살려지이다고 하였다.

"꼭 한 가지 묘책이 있기는 있는데……."

그럼 내가 시키는 대로 할 테냐?"

"불 속이라도 뛰어들어가겠습니다."

"논문서를 가져오느라. 사또께다 바쳐라."

“논문서를요?”

“아까우냐?”

“…….”

“가장이나 애비의 목숨보다 논이 더 소중하냐?”

“그 땅이 다른 땅과 달라서…….”

“정히 그렇게 아깝거던 고만두는 것이고.”

“논문서만 가져다 바치면, 정녕 모면을 할까요?”

“아니 될 노릇을 시킬까?”

“그럼 이 길로 나가서 가지고 오겠습니다.”

“밤에 조용히 내아(內衙 : 官舍)로 오도록 하여라. 나도 와서 있을 테니. 그
러고 네 논이 두 자리가 있겠다?”

“네.”

“열서 마지기와 일곱 마지기.”

“네.”

“그 열서 마지기를 가지고 오느라.”

“열서 마지기를요?”

“아까우냐?”

“…….”

“아깝거들랑 고만두려무나.”

“그걸 바치고 나면 소인네는 논 겨우 일곱 마지기를 가지고 수다한 권솔
에 살아갈 방도가…….”

“당장 가장이나 애비의 목숨은 어데로 갔던지?”

“…….”

“땅이야 다시 장만도 할 수가 있는 것이 아니냐?”

모자는 서로 돌아보면서 말하였다.

“바칩시다.”

"바치자."

사흘 만에 한태수는 놓여나왔다. 다른 일곱 명도 이방이 각기 사이에 들어, 각기 얼마씩의 땅을 바치고 놓여나왔다.

그 뒤 경술년(庚戌)에 일본이 조선을 합방하여 나라는 망하였다.

사람들이 나라 망한 것을 원통히 여길 때, 한생원은

"그깐 놈의 나라, 시언히 잘 망했지."

하였다. 한생원 같은 사람으로는 나라란 백성들에게 고통이지, 하나도 고마운 것이 아니었다. 또 꼭 있어야 할 요긴한 것도 아니었다.

그런 나라라는 것을 도로 찾았다고 하여 섬뻑 감격이 일지 아니한 것도 일변 의당한 노릇이라 할 것이었다.

논 스무 마지기에서 열서 마지기를 빼앗기고 나니, 원통한 것도 원통한 것이지만, 앞으로 일이 딱하였다. 논이나 겨우 일곱 마지기를 가지고는 어림도 없었다.

하릴없이 남의 세토를 얻어 그 보충을 하여야 하였다. 그러나 남의 세토는 도지를 물어야 하는 것이라, 힘은 내 논을 지을 때와 마찬가지로 들면서도 가을에 가서 차지를 하기는 절반이 못 되는 것이었었다. 그렇지만 그렇다고 남의 세토를 소작 아니 할 수는 없었다.

이리하여 한생원네는 나라 명색이 망하지 않고 내 나라로 있을 적부터 가난한 소작농이었다.

경술년 나라가 망하고, 삼십육 년 동안 일본의 다스림 밑에서도 같은 가난한 소작농이었다.

그리고 속담에 남의 불에 게 잡기로, 남의 덕에 나라를 도로 찾기는 하였다지만 한국 말년의 나라만을 여겨 그 나라가 오죽할 리 없고, 여전히 남의 세토나 지어먹는 가난한 소작농이기는 일반일 것이라고 한생원은 생각하던 것이었었다.

일본이 항복을 하던 바로 전의 삼사 년에, 공출이야 징용이야 하면서 별안간 군색함과 불안이 생겼던 것이지, 그 밖에는 나라가 망하여 없어지고서 일본의 속국 백성으로 사는 것이, 경술년 이전 나라가 있어 가지고 조선 백성으로 살 적보다 별양 못할 것이 한생원에게는 없었다. 여전히 남의 세토를 지어, 절반 이상이나 도지를 물고, 그 나머지를 천신하는 가난한 소작인이요, 순사나 일인이나 면서기들의 교만과 압박보다 못할 것도 없거니와 더할 것도 없었다.

독립이 된 이 앞으로도, 그것이 천지개벽이 아닌 이상, 가난한 농투성이가 느닷없이 부자장자 될 이치가 없는 것이요, 원·아전·토반이나 일본놈 대신에, 만만하고 가난한 농투성이를 핍박하는 '권세 있는 양반들'이 생겨날 것이요 할 것이매, 빼앗겼던 나라를 도로 찾아 다시금 조선 백성이 되었다는 것이 조금도 신통하거나 반가울 것이 없었다.

원과 토반과 아전이 있어, 토색질이나 하고 붙잡아다 때리기나 하고 교만이나 피우고, 허되 세미(稅米 : 納稅)는 국가의 이름으로 꼬박꼬박 받아가면서 백성은 죽어야 모른 체를 하고 하는 나라의 백성으로도 살아보았다.

천하 오랑캐, 애비와 자식이 맞담배질을 하고, 남매간에 혼인을 하고, 뱀을 먹고 하는 왜인들이, 저희가 주인이랍시고서 교만을 부리고, 순사와 헌병은 칼바람에 조선 사람을 개도야지 대접을 하고, 공출을 내어라 징용을 나가거라 야미를 하지 마라 하면서 볶아대고, 또 일본이 우리 나라다, 나는 일본 백성이다 이런 도무지 그럴 마음이 우러나지를 않는 억지춘향이 노릇을 시키고 하는 나라의 백성으로도 살아보았다.

결국 그러고 보니 나라라고 하는 것은 내 나라였건 남의 나라였건 있었댔자 백성에게 고통이나 주자는 것이지, 유익하고 고마울 것은 조금도 없는 물건이었다. 따라서 앞으로도 새나라는 말고 더한 것이라도, 있어서 요긴할 것도 없어서 아쉬울 일도 없을 것이었다.

　신해년(辛亥)…… 경술합방 바로 이듬해였다. 한생원은—때의 젊은 한덕문은—빼앗기고 남은 논 일곱 마지기를 불가불 팔아야 할 형편에 이르렀다.

　칠팔 명이나 되는 권솔인데, 내 논 일곱 마지기에다 남의 논이나 몇 마지기를 소작하여 가지고는 여간한 규모와 악의악식이 아니고서는 도저히 현상유지를 하기가 어려웠다.

　한덕문은 그 부친과는 달라 살림 규모가 없었다. 사람이 좀 허황하고 헤픈 편이었다.

　부친 한태수가 죽고, 대신 당가산當家産을 한 지 불과 오륙 년에 한덕문은 힘에 넘치는 빚을 졌다.

　이 빚은 단순히 살림에 보태느라고만 진 빚은 아니었다.

　한덕문은 허황하고 헤픈 값을 하느라고, 술과 노름을 쏠쏠히 좋아하였다.

　일년 농사를 지어야 일 년 가계가 번연히 모자라는데, 거기다 술을 먹고 노름을 하니, 늘어가느니 빚밖에는 있을 것이 없었다.

　빚은 갚아야 되었다.

　팔 것이라고는 논 일곱 마지기 그것뿐이었다.

　한덕문이 빚을 이리 틀어막고 저리 틀어막고, 오늘로 밀고 내일로 밀고 하여오던 끝에, 마침내는 더 꼼짝을 할 도리가 없어 논을 팔기로 작정을 대었을 무렵에, 그러자 용말(龍말) 사는 일인 길천吉川이가 요새로 바싹 땅을 많이 사들인다는 소문이 들리었다. 그리고 값으로 말하여도, 썩 좋은 상답이면 한 마지기(200평)에 스무 냥으로 스물닷 냥(20냥 이상 25냥 : 4원 이상 5원)까지 내고, 아주 박토라도 열 냥(2원) 안짝은 없다고 하였다.

　땅마지기나 가진 인근의 다른 농민들도 다들 그러하였지만, 한덕문은 그중에서도 귀가 반짝 뜨였다.

시세의 갑절이었다.

고래실논으로, 개똥배미 상지상답이라야 한 마지기에 열 냥으로 열두어 냥(2원~2원 4, 50전)이요, 땅 나쁜 것은 기지개 써야 닷 냥(1원)이었다.

'팔자!'

한덕문은 작정을 하였다.

일곱 마지기 논이 상지상답은 못 되어도 상답은 되니, 잘하면 열 냥(2원)은 받을 것. 열냥이면 이칠십사 일백마흔 냥(28원).

빚이 이럭저럭 한 오십 냥(10원) 되니, 그것을 갚고 나면 아흔 냥(18원)이 남아. 아흔 냥을 가지고 도로 논을 장만해. 판 일곱 마지기만한 토리의 논을 사더라도 아홉 마지기를 살 수가 있어.

결국 논 한번 팔고 사고 하는 노름에, 빚 오십 냥 거저 갚고도, 논은 두 마지기가 늘어 아홉 마지기가 생기는 판이 아니냐.

이런 어수룩한 노름을 아니하잘 머리가 없는 것이었었다.

양친은 이미 다 없은 때요, 한덕문 그가 대주(大主 : 戶主)였으므로, 혼자서 일을 결단하여도 간섭을 받을 일은 없었다.

곡우穀雨 머리의 어느 날 한덕문은 맨발짚신 풀상투에 삿갓 쓰고 곰방대 물고, 마을에서 십리 상거의 용말龍田 출입을 나갔다. 일인 길천이가 적실히 그렇게 후한 값으로 논을 사는지 진가를 알아보자 함이었다.

금강錦江 어귀의 항구 군산群山에서 시작되어, 동북간방東北間方으로 임피읍臨陂邑을 지나 용말로 나온 행길이, 용말 동쪽 변두리에서 솜리(裡里)로 가는 길과 황등장터(黃登市)로 가는 길의 두 갈랫길로 갈리는, 그 샅에가 전주全州집이라는 주모가 업을 하고 있는 주막이 오도카니 호올로 놓여 있었다.

한덕문은 전주집과는 생소치 아니한 사이였다.

마당이자 바로 행길인, 그 마당 앞에 섰는 한 그루의 실버들이 한창 푸르른 전주집네 주막, 살진 봄볕이 드리운 마루에 나란히 걸터앉아 세상 물

정 이야기, 피차간 살아가는 이야기, 훨씬 한담을 하던 끝에 한덕문이 지
날말처럼 넌지시 물었다.

"참, 저, 일인 길천이가 요새 땅을 많이 산다구?"

"많얼 게 아니라, 그 녀석이 아마, 이 근처 일판을, 땅이라구 생긴 건, 깡
그리 쓸어 사자는 배폰가 봅디다!"

"헷소문은 아니루구면?"

"달리 큰 배포가 있던지, 그렇잖으면 그 녀석이 상성(發狂)을 했던지."

"?……"

"한서방 으런두 속내 아는 배, 이 근처 논이 물 걱정 가뭄 걱정 없구, 한
마지기에 넉 섬은 먹는 논이라야 열 냥(2원)이 상값 아니우? 그런 걸 글쎄,
녀석은 스무 냥 스물댓 냥을 퍼주구 사는구랴. 제마석(一斗落에 一石)두 못 먹
는 자갈바탕의 박토라두, 논 명색이면 열 냥 안짝 잽히는 건 없구."

"허긴, 값이나 그렇게 월등히 많이 내야 일인한테 논을 팔지, 그렇잖구
서야 누가."

"제엔장, 나두 진작에 논이나 시늉만 생긴 거라두 몇 섬지기 장만해두었
드라면, 이런 판에 큰 횡잴 했지."

"그래, 많이들 와 파나?"

"대가릴 싸구 덤벼든답디다. 한서방 으런두 논 좀 파시구랴? 이런 때 안
팔구, 언제 팔우?"

"팔 논이 있나!"

이유와 조건의 어떠함을 물론하고 농민이 논을 판다는 것은 남의 앞에
심히 떳떳스럽지 못한 일이었다. 번연히 내일 모레면 다 알게 될 값에라
도, 되도록 그런 기색을 숨기려고 드는 것이 통정이었다.

뚜벅뚜벅 말굽 소리가 나더니, 말 탄 길천이가 주막 앞을 지난다. 언제
나 그러하듯이, 깜장 뎃박모자(中山帽子)에 깜장 복장(洋服 :쓰메에리)을 입고,
깜장 목 깊은 구두를 신고 허리에는 육혈포를 차고 하였다.

한덕문은 길에서 몇 차례 본 적이 있어 그가 길천인 줄을 안다.

"어디 갔다 와요?"

전주집이 웃으면서 알은체를 하는 것을, 길천은 웃지도 않으면서

"응, 조 —기. 우리, 나쁜 사레미 자바리 갔소 왔소."

길천의 차인꾼이요 통역꾼이요 한 백남술이가 밧줄로 결박을 지은 촌 젊은 사람 하나를 앞참세우고 뒤미처 나타났다.

죄수(?)는 상투가 풀어지고, 발기발기 찢긴 옷과 면상으로 피가 묻고 한 것으로 보아, 한바탕 늑신 두들겨 맞은 것이 역력하였다.

"어디 갔다 오시우?"

전주집이 이번에는 백남술더러 인사로 묻는다.

백남술은 분연히

"남의 돈 집어먹구 도망 댕기는 놈은 죽어 싸지."

하면서 죄수에게 잔뜩 눈을 흘긴다.

그리고 나서 전주집더러

"댕겨오께시니, 닭이나 한 마리 잡구 해놓게나. 놈을 붙잡느라구 한승강 했더니 목이 컬컬허이."

그러느라고 잠깐 한눈을 파는 순간이었다. 죄수가 밧줄 한끝 붙잡힌 것을 홱 뿌리치면서 몸을 날려 쏜살같이 오던 길로 내뺀다.

"엇!"

백남술이 병신처럼 놀라다 이내 죄수의 뒤를 쫓는다.

길천의 탄 말이 두 앞발을 번쩍 들어 머리를 돌리면서 땅을 차고 달린다. 그러면서 길천의 손에서 육혈포가 땅……. 풀씬 연기가 나면서 재우쳐 땅…….

죄수는 그러나 첫 한방에 그대로 길바닥에 가 동그라진다. 같은 순간 버선발로 뛰어내려간 전주집이 에구머니 비명을 지른다.

죄수는 백남술에게 박승 한끝을 다시 붙잡히어 일어난다. 길천은 피스

톨 사격의 명인名人은 아니었었다.

일인에게 빚을 쓰는 것을 왜채倭債라고 하고, 이 젊은 친구는 왜채를 쓰고서 갚지 아니하고, 몸을 피해 다니다가 붙잡힌 사람이었다.

길천은 백남술이가

'이 사람은 논이 몇 마지기가 있소.'

하고 조사보고를 하면, 서슴지 아니하고 왜채를 주곤 한다. 이자도 항용 체계나 장변보다 헐하였다.

빚을 주는 데는 무른 것 같아도, 받는 데는 무서웠다.

기한이 지나기를 기다려, 채무자를 제 집으로 데려다 감금을 하고, 사형私刑으로써 빚 채근을 하였다.

부형이나 처자가 돈을 가지고 와서 빚을 갚는 날까지 감금과 사형을 늦구지 아니하였다.

논문서를 가지고 오는 자리는 '우대'를 하였다. 이자를 탕감하고 본전만 쳐서 논으로 받는 것이었었다. 논이 있는 사람은, 돈을 두어두고도 질기어 논으로 갚고 하였다.

한덕문은 다시 끌려가고 있는 죄수의 뒷모양을 우두커니 바라다보면서

'제엔장, 양반 호랑이도 지질한데, 우환중에 왜놈 호랑이까지 들어와서 이 등쌀이니, 갈수록 죽어나는 건 만만한 백성뿐이로구나.'

'쯧, 번연히 알면서 왜채를 쓰는 사람이 잘못이지, 누구를 원망하나.'

'참새가 방앗간을 거저 지날까. 이왕 외상술이라도 한잔 먹고 일어설까. 어떡헐까?'

이런 생각을 하고 앉았는 차에, 생각잖이, 외가편으로 아저씨뻘 되는 윤첨지가 푸뚝 거기에 당도하였다. 윤첨지는 황등장터에서 제 논 석지기나 지니고 탁신히 사는 농민이었다.

아저씨 웬일이시냐고. 조카 잘 있었드냐고. 항용 하는 인사가 끝난 후에, 이 동네 사는 길천이라는 일인이 값을 후히 내고 땅을 사들인다는 소

문이 있으니 적실하냐고 아까 한덕문이 전주집더러 묻던 말을 윤첨지가
한덕문더러 물었다.

그렇단다는 한덕문의 대답에, 윤첨지는 이윽고 생각을 하고 있더니 혼
잣말같이

"그럼 나두 이왕 궐厥한테다 팔아야 하겠군."

하다가 한덕문더러

"황등이까지 가서두 살까? 예서 이십 리나 되는데."

하고 묻는다.

"글쎄요……. 건데 논은 어째 파실 영으루?"

"허. 그거 온 참……. 저어 공주 한밭大田서 무안 목포木浦루 철로(鐵道)가
새루 나는데, 그것이 계룡산鷄龍山 앞을 지나 연산連山 · 팥거리(豆溪)루 해서
논메(論山) · 강경江京으루 나와가지구, 황등장터를 지나게 된다네그려."

"그런데요?"

"그런데 철로가 난다 치면 그 십리 안짝은 논을 죄 버리게 된다는 거야."

"어째서요?"

"차가 댕기는 바람에 땅이 울려가지구 모를 심어두 뿌릴 제대루 잡지 못
하구 해서, 벼가 자라질 못한다네그려!"

"무슨 그럴 리가……."

"건 조카가 속을 몰라 하는 소리지. 속을 몰라 하는 소린 것이, 나두 작
년 정월에 공주 한밭엘 갔다, 그놈 차가 철로 위루 달리는 걸 구경했지만,
아 그 쇳덩이루 만든 집채더미 같은 시꺼먼 수레가 찻길 위루 벼락치듯 달
리는데, 땅바닥이 사뭇 움죽움죽하드라니깐! 여승 지동地震이야……. 그러
니, 땅이 그렇게 지동하듯 사철 들이 울리니, 근처 논이 모가 뿌리를 잡을
것이며, 자라기를 할 것인가?"

"……."

듣고 보니 미상불 근리한 말이었다.

"몰랐으면이거니와 알구두 그대루 있겠던가? 그래 좀 덜 받더래두 팔아 넘길 영으루 하구 있는데, 소문을 들으니 길천이라는 손이 요새 값을 시세보담 갑절씩이나 내구 논을 산다데나그려. 정녕 그렇다면 철로 조간이 아니라두 팔아 가지구 딴 데루 가서 판 논 갑절 되는 논을 장만함직두 한 노릇인데, 항차……."

"철로가 그렇게 난다는 건 아주 적실한가요?"

"말끔 다 칙량을 하구, 말뚝을 박아놓구 한걸……. 황등장터 그 일판은 그래, 논들을 못 팔아 난리가 났다니까."


3


일인 길천이에게 일곱 마지기 논을 일백마흔 냥(28원)에 판 것과, 그중 쉰 냥(10원)은 빚을 갚은 것, 이것까지는 한덕문의 예산대로 되었었다.

그러나 나머지 아흔 냥(18원)으로 판 논 일곱 마지기보다 토리가 못하지 아니한 논으로 두마지기 더한 아홉 마지기를 삼으로써 빚 쉰 냥은 공으로 갚고, 그러고도 논이 두 마지기가 붇게 된다던 것은 완전히 허사가 되고 말았다.

아무도 한덕문에게 상답 한마지기를 열 냥씩에 팔려는 사람은 없었다. 이왕 일인 길천에게 팔면 그 갑절 스무 냥씩을 받는 고로 말이었다.

필경 돈 아흔 냥은 한덕문의 수중에서 한 반 년 동안 구르는 동안, 스실사실 다 없어지고 말았다.

이리하여 한덕문은 논 일곱 마지기로 겨우 빚 쉰 냥을 갚고는, 아무것도 남은 것이 없이 손 싹싹 털고 나선 셈이었다.

친구가 있어 한덕문을 책하면서 물었다.

"어떡허자구 논을 판단 말인가?"

"인제 두구 보게나."

"무얼 두구 보아?"

"일인들이 다 쫓겨가면, 그 땅 도로 내 것 되지 갈 데 있던가?"

"쫓겨날 놈이 논을 사겠나?"

"저이놈들이 천지운수를 안다든가?"

"자네는 아나?"

"두구 보래두 그래."

한덕문은 혼자 속으로는 아뿔싸, 논이라야 단지 그것뿐인 것을 팔고서, 인제는 송곳 꽂을 땅도 없으니 이 노릇을 어찌한단 말이냐고, 심히 후회하며 마지아니하였다.

그러면서도 남더러는 그렇게 배포 있이 장담을 탕탕 하였다.

한덕문은 장차에 일인들이 쫓기어 가리라는 것을 확언할 아무런 근거도 가진 것이 없었다. 따라서 자신도 없었다. 오직 그는 논을 판 명예롭지 못함과 어리석음을 싸기 위하여, 그런 희떠운 소리를 한 것일 따름이었다.

한덕문이, 일인들이 다 쫓기어가면 그 논이 도로 제 것이 될 터이라서 논을 팔았다고 한다더라, 이 소문이 한 입 두 입 퍼지자, 듣는 사람마다 그의 희떠움을, 혹은 실없음을 웃었다.

하는 양을 보느라고 위정—

"자네 논 팔았다면서?"

한다 치면,

"팔았지."

"어째서?"

"돈이 좀 아쉬어서."

"돈이 아쉽다고 논을 팔구서 어떡허자구?"

"일인들이 다 쫓겨가면 그 논 도루 내 것 되지 갈 데 있나?"

"일인들이 쫓겨간다든가?"

"그럼 백 년 살까?"

또 누구는 수작을 바꾸어

"일인들이 쫓겨간다지?"

한다치면,

"그럼!"

"언제쯤 쫓겨가는구?"

"건 쫓겨가는 때 보아야 알지."

"에구 요 맹추야. 요 허풍선이야. 우리나라 상감님을 쫓어내구 저이가 왕 노릇을 하는데 쫓겨가?"

"자넨 그럼 일인들이 안 쫓겨가구, 영영 그대루 있으면 좋을 건 무언가?"

"좋기루 할 말이야 일러 무얼 하겠나만, 우리 좋구픈 대루 세상일이 돼 준다던가?"

"그래두 인제 내 말을 일를 때가 오너니."

"괜—히, 논 팔구섬 할 말 없거들랑, 구구루 잠자쿠 가만히나 있어요."

"체에. 내 논 내가 팔아먹는데, 죄될 일 있나?"

"걸 누가 죄라니?"

"길천이한테 논 팔아먹은 놈이 한덕문이 하나뿐인감?"

"누가 논 판걸 나무래? 희떤 장담을 하니깐 그리는 거지."

"희떤 장담인지 아닌지 두구 보잔 말야."

이로부터 한덕문은 그 말로 인하여 마을과 인근에서 아주 호가 났고, 어느 겨를인지 그것이 한 속담(俗談)까지 되었다.

가령 어떤 엉뚱한 계획을 세운다든지 허랑한 일을 시작하여 놓고서는, 천연스럽게 성공을 자신한다든지, 결과를 기다린다든지 하는 사람이 있은 다 치면

"흥, 한덕문이 길천이게다 논 팔아먹던 대 났구나."

하고 비웃곤 하는 것이었었다.

그 호, 그 속담은, 삼십오 년을 두고 전하여 내려왔다. 전하여 내려올 뿐만이 아니었다. 일본제국주의의 조선에 있어서의 지반이 해가 갈수록 완고한 것이 되어 감을 따라, 더욱이 만주사변 때부터 시작하여 중일전쟁을 거쳐 태평양전쟁으로 일이 거창하게 벌어진 결과, 전쟁수단으로서 조선의 가치는 안으로 밖으로, 적극적으로 소극적으로, 나날이 더 커감을 좇아, 일본이 조선에다 박은 뿌리는 더욱 깊이 뻗어 들어가고, 가지와 잎은 더욱 무성하여서, 일본이 조선으로부터 물러간다는 것은 독립과 한가지로 나날이 더 잠꼬대 같은 생각이던 것처럼 되어버려 감을 따라, 그래서 한덕문의 장담하던(일인들이 다 쫓겨가면……) 이 말이, 해가 가고 날이 갈수록 속절없이 무색하여 감을 따라, 그와 반비례하여 그 말의 속담으로서의 가치와 효과만이 멸하지 않고 찬란히 빛을 내었다.

바로 팔월 십사일까지도 그러하였다. 팔월 십사일까지도,

"흥 한덕문이 길천이한테 논 팔아먹던 대 났구나." 는 당당히 행세를 하였었다.

그랬던 것이, 팔월 십오일에 일본이 항복을 하고, 조선은 독립(실상은 우선 해방)이 되고 하였다. 그러고 며칠 아니하여

"일인들이 토지와 그 밖 온갖 재산을 죄다 그대로 내어놓고 보따리 하나에 몸만 쫓기어가게 되었다"는 데까지 이르렀다.

한생원(한덕문)의

'일인들이 다 쫓겨가면……'

은 이리하여 부득불 빛이 화안하여지고 반대로

'한덕문이 길천이한테 논 팔아먹던 대 났구나.'

는 그만 얼굴이 벌게서 납작하고 말 수밖에 없었다.

“여보슈 송생원?”

한생원이 허연 탑삭부리에 묻힌 쪼글쪼글한 얼굴이 위아래 다섯 대 밖에 안 남은 누—런 이빨과 함께 흐물흐물 자꾸만 웃어지는 웃음을 언제까지고 거두지 못하면서, 그러다 별안간 송생원의 팔을 잡아 흔들면서 아주 긴하게

“우리 독립만세 한번 부르실까?”

“남 다아 부르구 난 댐에, 건 불러 무얼 허우?”

송생원은 한생원과 달라 길천이한테 팔아먹은 논도 없으려니와, 따라서 일인들이 쫓기어 가더라도 도로 찾을 논도 없었다.

“송생원, 접때 마을에서 만세를 부를 제, 나가 부르셨던가?”

“난 그날, 허리가 아파 꼼짝 못하고 누웠었는걸.”

“나두 그날 고만 못 불렀어.”

“아따 못 불렀으면 못 불렀지, 늙은 것들이 만세 좀 아니 불렀기루 귀양살이 보내겠수?”

“난 그래두 좀 섭섭해 그랬지요……. 그럼 송생원 우리 술 한잔 자실까?”

“술이나 한잔 사 주신다면.”

“주막으루 나갑시다.”

두 늙은이가 지팡이를 짚고 마을에 단 한 집밖에 없는 주막으로 나갔다.

“에구머니, 독립두 되구 볼 거야. 영감님들이 술을 다 자시러 오시구.”

이십 년이나 여기서 주막을 하느라고, 인제는 중늙은이가 된 주모 판쇠네가, 손님을 환영이라기보다 다뿍 걱정스러한다.

“미리서 외상인 줄이나 알구, 술 좀 주게나.”

한생원이 그러면서 술청으로 들어가 앉는 것을, 송생원도 따라 들어가 앉으면서 주모더러

"외상 두둑히 드리게. 수가 나섰다네."

"독립되는 운덤에 어느 고을 원님이나 한 자리 해 가시는감?"

"원님을 걸 누가 성가시게, 흐흐……."

한생원은 그러다 다시

"거, 안주가 무어 좀 있나?"

"안주도 벤벤찮구 술두 막걸린 없구 소주뿐인 걸, 노인네들이 소주 잡숫구 어떡허시게."

"아따 오줌은 우리가 아니 싸리."

젊었을 적에는 동이술을 사양치 아니하던 영감들이었다. 그러나 둘이가 다 내일 모레가 칠십. 더구나 자주자주는 술을 입에 대지 않던 차에, 싱겁다고는 하지만 소주를 칠팔 잔씩이나 하였으니 과음일 수밖에 없었다.

송생원은 그대로 술청에 쓰러져 과연 소변을 저리기까지 하였다.

한생원은 송생원보다 아직 기운이 조금은 좋은 덕에, 정신을 놓거나 몸을 가누지 못할 지경은 아니었다.

"우리 논을 좀 보러 가야지, 우리 논을. 서른다섯 해 만에, 우리 논을 보러 간단 말야, 흐흐흐."

비틀거리면서 한생원은 술청으로부터 나온다.

주모 판쇠네가 성화가 나서

"방으루 들어가 누섰다, 술 깨심 댐에 가세요. 노인네들 술 드렸다구 날 또 욕허게 됐구면."

"논 보러 가, 논. 길천이게다 판 우리 논. 흐흐흐. 서른다섯 해 만에 도루 찾은, 우리 일곱 마지기 논, 흐흐흐."

"글쎄 논은 이 댐에 보러 가시면 어디루 가요?"

"날, 희떤 소리 한다구들 웃었지. 미친 놈이라구 웃었지, 들. 흐흐. 서른 다섯 해 만에 내 말이 들어맞일 줄을 누가 알았어? 흐흐흐."

말은 혀꼬부라진 소리로, 몸은 위태로이 비틀거리면서, 한생원은 지팡이를 휘젓고 밖으로 나간다. 나가다 동네 젊은 사람과 마주쳤다.

"아 한생원 웬일이세요?"

"논 보러 간다, 논. 흐흐흐. 너두 이 녀석, 한덕문이 길천이한테 논 팔아 먹던 대 났구나, 그런 소리 더러 했었지? 인제두 그런 소리가 나오까?"

"취하셨군요."

"나, 외상술 먹었지. 논 찾았은깐 또 팔아서 술값 갚으면 고만이지. 그럼 한 서른다섯 해 만에 또 내 것 되겠지, 흐흐흐. 그렇지만 인전 안 팔지, 안 팔아. 우리 용길이놈 물려줘여지, 우리 용길이놈."

"참, 용길이 요새 있죠?"

"있지. 길천이한테 팔아먹었을까?"

"저, 읍내 사는 영남이가 산판山坂 하날 사서 벌목伐木을 하는데, 이 동네 사람들더러 와 남구 비어주구, 그 대신 우죽(枝葉) 가져가라구 하니, 용길이 두 며칠 보내서 땔나무나 좀 장만하시죠."

"걸 누가…… 논을 도루 찾았는데."

"논만 찾으면 땔나문 없어두 사시나요?"

"논두 없어두 서른다섯 해나 살지 않었느냐?"

"허허 참. 그러지 마시구 며칠 보내세요. 어서서 다 비어버려야 할 텐데, 도무지 사람을 못 구해 그러니, 절더러 부디 그럭허두룩 서둘러 달라구, 영남이가 여간만 부탁을 해싸야죠. 아, 바루 동네서 가찹겠다, 져나르기 수얼허구…… 요 위 가잿골 있는 길천농장 멧갓이래요."

"무어?"

한생원은 별안간 정신이 번쩍 나면서 대어든다.

"가잿골 있는 길천농장 멧갓이라구?"

"네."

"네—라니? 그 멧갓이……가마안자, 아—니, 그 멧갓이 뉘 멧갓이길래?"

"길천농장 멧갓 아녜요? 걸, 영남이가 일인들이 이번에 거들이 나는 바람에 농장 산림 감독하던 강서방한테 샀대요."

"하, 이런 도적놈들. 이런 천하 불한당놈들. 그래, 지끔두 벌목을 하구 있더냐?"

"오늘버틈 시작했다나 봐요."

"하, 이런 천하 날불한당놈들이."

한생원은 천방지축으로 가잿골을 향하여 비틀걸음을 친다.

솔은 잘 자라지 않고 개간하여 밭을 만들자 하니 힘이 부치고 하여, 이름만 멧갓이지, 있으나마나 한 멧갓 한 자리가 있었다. 한 삼천 평 될까말까, 그다지 크지도 못한 것이었었다.

이 멧갓을 한생원은 길천이에게다 논을 팔던 이듬핸지 그 이듬핸지, 돈은 아쉽고 한판에 또한 어수룩이 비싼 값으로 팔아넘겼었다.

길천은 그 멧갓에다 낙엽송을 심어, 삼십여 년이 지난 지금 와서는 아주 헌다한 산림이 되었었다.

늙은이의 총기요, 논을 도로 찾게 되었다는 것에만 정신이 팔려, 깜빡 멧갓 생각은 미처 아직 못하였던 모양이었다.

마침 전신주감의 쪽쪽 곧은 낙엽송이 총총들이 섰다. 베기에 아까워 보이는 나무였다.

한 서넛이나가 한편에서부터 깡그리 베어 눕히고, 일변 우죽을 치고 한다.

"이놈, 이 불한당놈들. 이 멧갓 벌목한다는 놈이 어떤 놈이냐?"

비틀거리면서 고함을 치고 쫓아오는 한생원을, 사람들은 영문을 몰라 일하던 손을 멈추고 뻐언히 바라다보고 섰다.

"이놈 너루구나?"

한생원은 영남이라는 읍내 사람 벌목 주인 앞으로 달려들면서, 한 대 갈길 듯이 지팡이를 둘러멘다.

명색이 읍사람이라서, 촌 농투성이에게 무단히 해거를 당하면서 공수하거나 늙은이 대접을 하려고는 않는다.

"아―니, 이 늙은이가 환장을 했나? 왜 그러는 거야 왜."

"이놈, 네가 왜, 이 멧갓을 손을 대느냐?"

"무슨 상관여?"

"어째 이놈아 상관이 없느냐?"

"뉘 멧갓이길래?"

"내 멧갓이다. 한덕문이 멧갓이다, 이놈아."

"허허, 내 별꼴 다 보니. 괜시리 술잔 든질렀거들랑, 고히 삭히진 아녀구서, 나이깨 먹은 것이, 왜 남 일하는 데 와서 이 행악야 행악이. 늙은인 다리뼉다구 부러지지 말란 법 있나?"

"오―냐, 이놈, 날 죽여라. 너구 나구 죽자."

"대체 내력을 말을 해요. 무엇 때문에 이 야룐지, 내력을 말을 해요."

"이 멧갓이 그새까진 길천이 것이라두, 조선이 독립됐은깐 인젠 내 것이란 말야, 이놈아."

"조선이 독립이 됐는데, 어째 길천이 멧갓이 한덕문이 것이 되는구?"

"길천인, 일인들은, 땅을 죄다 내놓구 간깐, 그전 임자가 도루 차지하는 게 옳지, 무슨 말이냐?"

"오오, 이녁이 이 멧갓을 전에 길천이한테다 팔았다?"

"그래서."

"그랬으니깐, 일인들이 땅을 다 내놓구 가니깐, 이녁은 팔았던 땅을 공짜루 도루 차지하겠다?"

"그래서."

"그 개 뭣 같은 소리 인전 엔간치 해두구, 어서 없어져버려요. 난 뻐젓이 길천농장 산림관리인 강태식이한테 시퍼런 돈 이천 환 주구서 계약서 받구 샀어요. 강태식인 길천이가 해준 위임장 가지구 팔구. 돈 내구 산 사람이 임자지, 저―옛날 돈 받구 팔아먹은 사람이 임잘까?"

8·15 직후, 낡은 법이 없어지고 새로운 영이 서기 전, 혼란한 틈을 타서, 잇속에 눈이 밝은 무리들이 일본인 농장이나 회사의 관리자와 부동이 되어가지고, 일인의 재산을 부당 처분하여 배를 불린 일이 허다하였다. 이 산판 사건도 그런 것의 하나였다.


5


그 뒤 훨씬 지나서.

일인의 재산을 조선 사람에게 판다, 이런 소문이 들렸다.

사실이라고 한다면 한생원은 그 논 일곱 마지기를 돈을 내고 사지 않고서는 도로 차지할 수가 없을 판이었다. 물론 한생원에게는 그런 재력이 없거니와, 도대체 전의 임자가 있는데, 그것을 아무나에게 판다는 것이 한생원으로 보기에는 불합리한 처사였다.

한생원은 분이 나서 두 주먹을 쥐고 구장에게로 쫓아갔다.

"그래 일인들이 죄다 내놓구 가는 것을, 백성들더러 돈을 내구 사라구 마련을 했다면서?"

"아직 자세힌 모르겠어두, 아마 그렇게 되기가 쉬우리라구들 하드군요."

해방 후에 새로 난 구장의 대답이었다.

"그런 놈의 법이 어딨단 말인가? 그래, 누가 그렇게 마련을 했는구?"

"나라에서 그랬을 테죠."

"나라?"

"우리 조선나라요."

"나라가 다 무어 말라비틀어진 거야? 나라 명색이 내게 무얼 해준 게 있길래, 이번엔 일인이 내놓구 가는 내 땅을 저이가 팔아먹으려구 들어? 그게 나라야?"

"일인의 재산이 우리 조선나라 재산이 되는 거야 당연한 일이죠."

"당연?"

"그렇죠."

"흥, 가만 둬두면 저절루, 백성의 것이 될걸, 나라 명색은 가만히 앉었다, 어디서 툭 튀어나와 가지구, 걸 뺏어서 팔아먹어? 그 따위 행사가 어딨다든가?"

"한생원은, 그 논이랑 멧갓이랑 길천이한테 돈을 받구 파셨으니깐 임자로 말하면 길천이지 한생원인가요?"

"암만 팔았어두, 길천이가 내놓구 쫓겨갔은깐, 도루, 내 것이 돼야 옳지, 무슨 말야. 걸, 무슨 탁에 나라가 뺏을 영으루 들어?"

"한생원한테 뺏는 게 아니라 길천이한테 뺏는 거랍니다."

"흥, 둘러다대긴 잘들 허이. 공동묘지 가 보게나. 핑계 없는 무덤 있던가? 저— 병신년에 원놈(郡守) 김가가 우리 논 열두 마지기 뺏을 제두 핑곈 다 있었드라네."

"좌우간, 아직 그렇게 지레 염렬 하실 게 아니라, 기대리구 있느라면 나라에서 다 억울치 않두룩 처단을 하겠죠."

"일없네. 난 오늘버틈 도루 나라 없는 백성이네. 제—길 삼십육 년두 나라 없이 살아왔을려드냐. 아—니 글쎄, 나라가 있으면 백성한테 무얼 좀 고마운 노릇을 해주어야, 백성두 나라를 믿구, 나라에다 마음을 붙이구 살지. 독립이 됐다면서 고작 그래, 백성이 차지할 땅 뺏어서 팔아먹는 게 나라 명색야?"

그러고는 털고 일어서면서 혼잣말로

"독립됐다구 했을 제, 내, 만세 안 부르기, 잘했지." (1946. 4. 18)

《잘난 사람들》(1948)

# 아시아의 운명運命[24]

1

오늘은 자리가 바뀌었다.

할머니(총기 좋은 할머니)가, 한 동네에 있는, 둘쨋집에 온 것이었다.

할머니의 세 아들, 윤석允錫, 승석承錫, 중석重錫의 삼형제 가운데, 기미년己未年 삼일운동 적에 죽은, 그 둘째아들 승석의 집이었다.

승석의 집이라고 하지만, 물론 대주大主 승석은 이미 죽어 없고, 유족으로 그의 부인 강씨康氏가, 아들 원희元熙를 데리고, 따로이 한 집(戸口)을 이루고 사는 집이었다.

승석의 둘쨋집, 중석의 세쨋집과 더불어, 맏이 윤석, 멀리 경술년庚戌年 합방 후, 의병에 투신을 하였다가, 다시 해외로 나가 광복운동을 하다 노령露領으로 간 뒤로 이내 소식이 없어, 필연 죽은 것으로 여기고 있는, 그 윤석의 집도, 같이 이 동네에 있었다. 윤석의 부인 고씨高氏가, 그 몸에서는 소생이 없어, 셋째 중석에게서 난 성희成熙를 양자로 들여, 같은 한 동네에서, 역시 따로이 한 집(戸口)를 이루었던 것이었었다.

---

24) 1948년 말경 탈고되어 미발표 유고로 전해지다, 1955년 《野談》 10월호에, 〈歷史小說, 아시아의 運命, 巨篇全載〉라는 제하題下에 발표되었다.

큰집, 둘쨋집, 세쨋집이 그래서 다 이 동네, 한 동네에 있었다.

할머니는 늘, 둘쨋집에도 가서 며칠씩 있다, 큰집에도 가서 며칠씩 있다, 세쨋집으로 와서 한동안씩 있다 하면서, 어린 증손자들의 재롱도 보고, 장성한 손자들이 제각기 제 앞을 가려 가며 사는 양을 흡족하여 하기도 하고, 더러는, 어느덧 흰머리가 성성한 며느리들과 함께 파란 많고 한恨 많던 과거를 회상하며, 하염없어하기도 하고, 하는 것으로 낙과 소일을 삼았다.

날씨는, 한 이틀 춥는 체하더니, 오늘 아침부터 도로 풀리어, 해동머리의 봄날같이 푹하였다.

부엌에서는, 할머니한테 대접할 밤참으로, 시루떡을 찌느라고, 컴컴한 부엌에서 아궁이의 장작불이 황황 타고 있다.

이 집의 젊은 주부요, 원희의 아낙인 김씨金氏가, 떡시루의 소댕을 열고, 긴 창칼로 여기저기, 떡을 찔러본다. 부연 김이 솟아 부엌으로 가득 잠기고, 호박시루떡이 익는 냄새가 구수하게 풍긴다.

칼 끝에는 아직도 날가루가 묻어나와, 김씨는 소댕을 덮고, 불을 더 싸게 지핀다. 옥녀—원희 내외가 고아를 거두어 기르는 수양딸이, 옆에서 같이 일한다. 여기도 불은 매양 깡통으로 만든, 석유등잔불이다.

그 대추씨만한 등잔불을 등판에 받쳐놓고, 할머니와, 며느리와, 손자 원희가 둘러앉았다.

할머니는 어디 가서나 마찬가지로, 아랫목 벽에 기대어, 발 벗은 두 다리를 포개 뻗고, 편안히 앉았다.

아랫목 뒤 곁으로, 이불을 올려논 반닫이가 있고, 그 앞으로 며느리 강씨가 앉아, 긴 담뱃대에 담배를 피운다.

아무리 같이 늙어가는 고부姑婦끼리라고는 하여도, 며느리로 앉아, 시어머니 앞에서, 장죽에 담배를 피우다니, 속 모르는 사람이 보기에는 자못 어색하고, 체수 아닌 풍속이었다.

강씨가 나이, 적은 남편 승석보다 한 살 더한, 신묘생辛卯生 쉰여덟이요, 시어머니 되는 할머니가 일흔여덟이니, 같이 늙는다고도 할 수가 있었다. 그러나 아무리 그렇더라도, 며느리가 시어머니 앞에서, 긴 담뱃대 꼿꼿이 물고 앉았다는 것은, 예사 가풍家風은 아니었다.

일찍이 기미년에 둘째 아들 승석이 죽고, 그의 아낙 강씨가 스물아홉의 젊은 나이에 과부가 되자, 시어머니인 할머니는, 이 며느리에게 일부러 담배를 가르쳤다.

나도 갑오 을미년甲午乙未年에 너의 시아버지가 돌아가시고, 스물다섯 살의 새파란 나이에 과부가 되어, 이 날까지 살아왔다마는, 늙으나 젊으나 과부한테는 담배밖에 만만하고도 좋은 벗이 없느니라. 가슴 울적할 때, 마음 싱숭거릴 때, 외로울 때, 슬플 때, 밤잠 아니 올 때, 담배 한 대 피워 물고 앉았느라면, 저으기 그래도 마음이 가라앉는걸…….

너도 담배나 배워라. 그리고, 내 앞이라고 어려워하지 말고, 나 보는 데서 먹어라.

담배라는 것이, 본시부터 우리 조선에 있었던 것이 아니라, 말인즉은 임진왜란 적에 왜사람의 손으로 들어왔다고 하느니라. 그래서 담배를 가지고 상하를 가리는 것도, 중년에 도학샌님들이 마련해낸 노릇이지, 근본에 있던 예법은 아니더란다. 워너니, 듣자면 술 담배를 가지고 상하를 가리는 풍습은, 동양 삼국에서도 유독 조선뿐이라더구나. 서양 사람은 말할 것도 없거니와, 일본 사람이나 청국 사람들은 부자父子 대작對酌을 하고, 같이 앉아 맞담배질도 하고 한다더라. 술 담배도 음식일 바이면, 음식을 가지고, 어른의 앞에서는 먹지 못하게 한다는 것이, 애당초에 예법하고는 우스운 예법이지.

남이 무어라는 게 무슨 상관이냐. 코 벤 수치羞恥 아니고. 아무 걱정 말고서, 담배 먹어라.

이러면서, 마침 장만하여 두었던 곰방담뱃대에, 담배 서랍과, 담배까지

내주었다.

그 날부터 강씨는 담배를 배웠고, 시어머니인 할머니의 앞에서 담배를 먹고 하였다.

남편 윤석이 경술년에 해외로 나가고 없어, 그때부터 벌써 과부나 진배 없게 지내는 맏며느리 고씨가, 그것을 보고 부러워하다가, 동서同壻 강씨를 시켜, 시어머니한테 청을 넣은 것이, 그러다뿐이겠느냐고, 선뜻 허락이나 고씨가 또한 담배를 배워, 시어머니 앞에서 담배를 먹게 되었다.

손윗 두 동서가 그러는 바람에, 막내 중석의 아낙 윤씨는, 운덤에 담배를 배웠고, 어름어름하다, 보니, 어느 겨를에 시어머니 앞에서 담배를 먹고 앉았는 며느리가 되어버렸었다.

할머니는 삼사 년 후에 어지럽다고 담배를 폐하셨지만, 세 집이 분가를 하기 전, 같이 한 집에서 살고 있을 때는, 그래서 네 고부四姑婦가 어떡하다 한 방에 모이든지 하면, 제각기 , 길고 짧은 담뱃대를 물고 둘러앉았는 광경이란, 한바탕 기물스런 것이 있었다.

강씨는 일찌감치 스물아홉에 남편의 참변을 보았다는 것이었고, 여의치 못한 환경에서 여러 어린 자녀를 야육하기에 고초를 겪었고, 그리고, 이 집은 생업(生業 : 職業)이 주장 농업인지라, 사철 농사일에 몸이 고되고 하기 때문에, 세 동서 가운데 제일 고생이 많고, 따라서 늙기도 제일 일찍 늙고 하였다.

얼굴에는 굵고 잔주름이 가로 세로 패이고, 머리는 하마, 시어머니인 할머니만치나 세었다. 손이 북두갈고리 같다.

얼굴 바탕은 그러나, 늙고 바스러지기는 하였어도, 모질은 데가 없고 두릿하니 퍽 후덕하여 보이는 얼굴이다.

이, 모친 강씨의 얼굴을 그대로 그려논 것이, 문앞 바로, 중처럼 회색물들인 솜바지 저고리를 푸석하니 입고 앉았는, 맏아들 원희다.

사철, 햇볕과 비와 바람 속에서, 흙을 주무르며 사는 사람이라, 살결은 늙은 바위처럼 검고 거치나, 너부릇한 얼굴이며, 유순하디유순한 눈이, 지극히 마음씨 착하고 원만스러 보인다.

1932년 무렵에 전주 농업학교를 마치고, 한 삼 년, 농사시험장의 기수技手를 다니다가, 집으로 돌아와, 이래 십오 년, 착실한 농민으로서, 흙에 묻혀 지내고 있었다.

약간의 자작답自作畓과 소작답을 부치면서, 일변, 밭을 가지고 여러 가지로 채소농사를 하여, 시내에다 먹히고 하였고, 이 근년은 이 채소농사가 오히려 본업이 되다시피 하였다.

원희 아래로 동생 문희文熙와, 누이동생 숙희淑熙가 있으나, 문희는 의사로, 시내에서 병원을 내고 따로 나서 살고 있고, 숙희는 출가를 하였고 해서 그 둘은 시방은 이 집의 원식구는 아니었다.

방 안에는, 앉아서 이야기를 하고 있는 할머니와 강씨와 원희와, 이런 어른들 말고, 저의 어머니를 떨어져 저희 조모 강씨와 함께 이 큰방에서 자고 놀고 하는, 원희의 어린 놈 철수喆洙와 경수敬洙가, 이놈들 역시, 세쨋집처럼 초저녁부터 벌써, 여기저기 함부로 나가떨어져, 한잠이 들었다.

이 달(11월―1948년) 초생에 집을 나가, 한 달이 되어오도록 소식이 없는 세쨋집의 관희觀熙에 대하여, 두루 걱정을 하면서 이야기를 하던 끝이었다.

방 안은 잠깐 말이 끊기고, 묵묵한 가운데, 강씨와 원희가 피우는 담뱃대에서 수심인 양, 연기만 고요히 피어오른다.

푸뜩, 할머니가 입을 연다.

"다시 또, 내가 이 눈으루, 무슨 일을 본다면, 어떡헌단 말이냐!"

그러고는 자지러지게 한숨을 쉬고 나서,

"갑오년 동학란東學亂으루, 너이 할아버지가 이듬해 을미년에, 그런 참화를 당하시는 꼴을, 내가 이 눈으루 보구 그리구 나서 내가 스물다섯 살에 새파란 청상과부루, 위로는 칠십 노인 시어머니를 모시구, 여섯 살박이 너이 큰아범 윤석이, 네살박이 네 아범 승석이, 두살박이 너이 고모, 유복자루 그 이듬해 난 너이 셋째아범 중석이, 이 네 어린 것들을 데리구, 서울루 갔다, 시굴루 내려왔다 하면서, 겨우겨우 길러났더니……, 휘유……, 너이 큰아범은 경술년 합방 후에 그렇게 집을 나가, 어디 가 죽은지 모르는 죽엄을 하구……. 네 아범은 기미년에 왜사람의 총에 맞아, 피 흐르는 시체를 떠메 들여오구. 그래서 내 가슴에다 철천의 한을 못(釘)박아 주지를 않았느냐?"

할머니의 조용한 음성은 무어랄 수 없이 애절하였다.

강씨는 솟아오르는 심회를, 긴 한숨에다 맡기고 말이 없다.

원희도 곰곰이 담배만 피운다.

이윽고 다시 할머니가 입을 연다.

"그 씨가 퍼져, 너이들이 생겨나……. 너이만 해두, 남녀간 열이 넘구. 너이게서 생겨난 것들이 이십 명이 넘구. 한동안 너이들이 왜사람네한테 부대껴, 사지死地루 징용을 나가네, 병정을 나가네 해서, 내가 그만 또 가슴이 무너지더니, 요행, 하나두 죽지 않구, 다아 살아 돌아오구. …… 그래, 인제는 내가, 며칠 아니 남은 세상, 맘놓구 살다 맘놓구 죽는가보다." 하며 지난날에 애태우던 일들이 새삼스레 머리에 떠올랐음인지 잠시 말이 없다.

피. 혈통.

원희는 문득, 혼자 고개를 끄덕끄덕, 그러다가

"할머니."
하고 부른다.

부르는 음성이, 하도 긴절하여, 할머니도, 모친 강씨도 고개를 들고, 바라다본다.

"그, 우리 할아버지, 규자 천자(奎天), 그 어른의 피가 참 이상한 핀가 보지요?"

"그래 참!"

할머니도 거듭 고개를 끄덕이면서

"예사 핏줄이 아냐!"

마침 원희의 아낙이, 중시루나 되는 떡시루를, 예반에 받쳐 들고 방으로 들어왔다. 수양딸 옥녀가, 소반에 수저와 동치미와 빈 그릇을 놓아가지고, 그 뒤를 따라 들어온다.

단호박을, 무말랭이 썰 듯 썰어, 떡가루에다 듬뿍 많이 섞어서, 시루에 앉히고, 그 위에다 팥고물을 수북이 많이 얹고 하여, 푹신 찐, 그래서 호박범벅 비슷하되 호박범벅과는 또 다른, 이 호박시루떡은 귀한 진미珍味는 아니라도, 남방의 농촌에서 가장 푸짐하고 겨울 맛이 나고, 또 아무에게서나 환영을 받는 별식의 하나였다.

할머니도 한 대접, 강씨도 한 대접, 원희도 한 대접, 각기 한 대접씩을 차지하고, 한 상에 둘러앉아, 후 후, 불어가면서 먹는다.

"호박이 끔찍 달던가 보구나. 떡이 꿀맛으로 달다!"

할머니는 이빨 하나도 없는 잇몸으로 합죽합죽 먹으면서, 칭찬을 하다가

"올해는 공출인지 무언지가 조금 무르다더니, 그래, 이런 걸 해먹어도 맘을 놓고 해먹는구나."

"공출이야 와락 무를 것도 없지만, 아무려면 할머니 호박떡 한 때 못해 잡수실까요!" 원희의 대답이었다.

강씨가 그 말을 받아

"할머니가 이걸 무척 질겨하시더니라. 그래, 아까 오시는 걸 보구서, 불 시루 가루를 만들구, 호박을 썰구 해서……."

"할머니 설탕 드리렴?"

원희가 옥녀를 돌려다보면서 그러는 것을, 할머니는 손을 젓는다.

"나는 그, 설탕허구 애야 사귀지 못한 성미지만, 이런 단호박떡에 설탕이 다 무어냐?"

"허긴 그래요. 이런, 제풀에 단 음식은, 설탕을 해서 먹으면, 원 제 맛은

어디루 가버리구…….”

농부다운 미각味覺이었다.

“큰집이랑, 셋째집이랑, 뜻뜻해서 좀 보내 드려야지?”

원희가 그러면서, 아낙과 딸년을 돌려다본다.

원희의 아낙이 무어라고 대답을 하려고 하는데, 강씨가 먼저

“고동(싸이렌)을 분 지가 벌써 오란걸!”

“바루 이웃인걸, 어쩔랴구요.”

“대희 녀석은, 인제, 쫓아오리라 좀이 쑤셔서…….”

호랑이도 제 말을 하면 온다더니, 아니나다를까, 개가 짖고, 사립문 밀치는 소리가 나고, 할머니를 부르는 소리와 함께, 대희가 씨근버근 뛰어들었다.

“간대어머니 안녕하세요. 형님 진지 잡수셨어요.”

제법 이런 인사를 하고는 할머니의 옆으로 가, 펄썩 앉는다.

“잘 왔다. 떡 먹어라.”

강씨가 그러면서, 원희의 아낙이 한 대접 퍼들고 오는 떡을 받아, 상에 놓아 주면서, 권한다.

“어서 먹어라. …… 이애기 조르러 왔지?”

할머니의 하는 말.

대희는 해해 웃으면서 떡을 먹고.

“오기는 잘 왔다만서두, 아주머니가 혼자 집을 보아, 어떡허느냐?”

원희가 걱정 비슷이 하는 말이었다. 대희는 일변 먹으면서, 일변

“일 없어요! 순사가 뻗줄나게 댕기는걸.”

“넌 그래, 순사한테 안 걸렸듸?”

“걸렸다우.”

“그래 무어랬니?”

“우리 할머니가, 바루 저기, 우리 둘쨋집에 가셨는데, 노인이라 내가 모

시러 간다구 그랬지, 머."

방 안은 모두들 웃었다.

"할머니."

"오오냐."

"그 다음 총소린 또 무어지?"

"아따 그 녀석, 급하기도 하다!"

"난, 그 얘기, 다 끝장나기꺼진, 할머니만 쫓아댕길걸……난 그 얘기, 다 아 들어가지구, 소설 쓸래, 소설."

"소설? 이야기책?"

"응."

"온! 손자새끼가 여럿이 생겨나니깐, 이얘기책 꾸미겠다는 놈이 다 안 있나. ……쯧, 허기야, 악한 짓만 아니구, 바른 일이요, 재주가 시키는 노릇이라면 누가 막겠느냐."


2


"임오년 난리 담에는 갑신년 난리다. 김옥균金玉均이 홍영식洪英植이, 서광범徐光範, 박영효朴泳孝, 이런 개화당 패들이, 묵은 민씨네 파를 잡아 없애구서, 개화한 새 정부를 만들 영으루, 한바탕 난리를 꾸몄더란다. ……갑신년, 내가 열세 살, 먹던 해요, 시월 열이렛날이니깐, 이보담 조금 일러서지. 우정국郵局이라구, 시방 말루 하면 우편국이야. 그 우정국을 전동典洞다가 새루 짓구서, 낙성연을 하는데, 그 자리에다 민영익閔泳翊이 이하로 이조연李祖淵이니, 한규직韓圭稷이니, 조정에서 세도하는 묵은 파 대신들을 불러다놓구, 잔치를 하던 끝에, 한편으루 안동별궁安東別宮에 불을 지른다치면, 묵은 파 대신들이 그리로 몰려갈 테니깐, 미리서 그 안에다 장사壯士를 매복시켰다 깡그리 뚜들겨 잡자는, 계책였더란다……."

떡 먹던 자리를 말끔이 다 치우고서 원희의 아낙과 옥녀는 부엌으로 나가고, 강씨와 원희와 대희가 남아 앉아서, 할머니의 이야기를 들었다.

은침銀針같이 하얗게 머리가 센 할머니는, 발 벗은 다리를 포개 뻗고, 아랫목 벽에 기대어 앉아, 합죽합죽하는 입으로 좇아, 이야기는 명주꾸리처럼 면면히 풀리어 나왔다.


3


막지 못할 것은 대세大勢였다.

임오군란은, 일변으로는 새로운 풍조—개화라는 것에 대하여, 그것을 배척하는 보수적인 의사意思)의 표시와 행동이기도 하였으나, 결과는 도리어, 개화당의 세력과 활동을 자극시킨 것이 된 형편이었다.

일본은 임오군란에서 당한 피해를 문책問責하고, 그것을 구실삼아, 보다 더 유리한 조약을 맺으려고, 육해군 일천 명을 실은 네 척의 군함의 호위로, 화방의질花房義質이, 인천을 거쳐 서울로 왔다.

한국 조정에서는 할 수 없이, 이유원李裕元, 김홍집金弘集을 전권으로 인천에 보내어, 팔월 삼십일(陰曆 7월 17일—1882년), 일본 전권과의 사이에 제물포조약濟物浦條約이 체결되었다.

조약은, 앞으로 이십 일 안에 한국 정부는, 무리들을 체포하여, 그 수괴를 극형에 처할 것. 한국 정부는 살해당한 일본인을 후히 장사할 것. 한국 정부는 살해당한 일본인의 유족과 부상자에 대한 조위금弔慰金으로 오만 원을 물 것. 한국 정부는 반란 때에 일본 측이 받은 손해와 이번에 공사를 호위하느라고 든 군대의 파견비로 오십만 원을 물되, 매년 십만 원씩 오년 간에 나누어 치를 것. 일본 공사관의 호위를 하기 위하여 약간의 일본

군대를 서울에 주둔하게 할 것. 한국 정부는 대신을 파견하여 일본 정부에 사과할 것……. 따위의 여섯 조목이었다.

이 조약에 좇아, 한국 조정에서는, 이해 팔월(陰曆)에, 박영효朴泳孝를 정사正使로, 김만식金晩植을 부사로, 서광범徐光範을 종사관從事官으로, 김옥균金玉均, 민영익閔泳翊을 수원隨員으로 일본에 파견하여, 사과를 하게 하였다. 한국 정부로는 세 번째의 사절의 파견이요, 이때의 국기로 태극기를 처음 비로소 사용하였다.

개화당과, 일본에의 사신 파견과는, 피차에 떨어질 수 없는 유기적인 관계를 가졌었다. 개화당은 일본에의 사신 파견으로, 비로소 기회가 생기고, 힘을 잡고 한 것이라고 할 수가 있었다.

1876년(丙子年), 김기수金綺秀의 제일차 일본수신사日本修信使로, 이를테면 개화당이라는 것의 싹이 터가지고, 계속하여 1880년(庚辰年) 김홍집金弘集의 제이차 일본수신사와, 1881년(辛巳年) 홍영식洪英植, 박정양朴定陽 들의 일본 신사유람紳士遊覽을 거쳐, 다시 1882년(壬午年) 박영효, 김옥균 들의 제삼차 사절 파견에 이르는 동안, 개화당은 급속도로 성장을 하여, 마침내는 한국 말년의 정치계에 있어서 큰 '쿠데타'의 하나인, 갑신정변甲申政變이라는 사변을 일으키기까지에 이른 것이었었다.

일컬어 개화開化라고 하던 신풍조는 그러나, 비단 정치상으로만 새로운 사상과 행동을 펴쳐 온 것은 아니었다.

임오년(1882)으로부터 갑신년(1884)에 이르는 동안에, 무력하고 부패한 봉건적 궁정정치宮廷政治의 혁변을 목적으로, 때의 젊은 지식청년들에 의하여, 십이월 사일의 대 '쿠데타' 갑신정변으로 나타나 직접행동이 일어났었고 한편으로는 비록 유치하고 정상하지는 못하여 빈약하기는 할망정, 아무튼 문화적으로도 새싹이 트이기를 시작하였었다.

1883년(癸未年) 정월에, 인천항이 개항이 되면서는, 그동안보다 좀더 손쉽고 활발하게 일본을 거치는 구미歐米의 문물이 수입이 되었다.

화륜선(火輪船 : 汽船)이 처음으로, 조선사람의 사업으로써 연해를 운항하였다. 지방의 세미(稅貢米)를 빠른 화륜선으로 실어 올렸다.

일부 국부적이기는 하였으나, 우편제도가 생기었다.

양반계급이 상업에 종사하는 것을 허락하였다.

서민庶民에게 학교(經學院其他)의 입학을 허락하였다.

현대적인 인쇄 시설을 가진 박문국博文局을 정부의 기관으로 설시하고, 여러 가지의 신식 서적을 인쇄하여, 널리 민간에 퍼뜨리기를 꾀하였다. 일대의 명문名文 강추금(姜秋琴 : 瑋) 같은 사람이 이를 주간하였고, 1883년 가을에는 일본 사람 정상각오랑井上角五郎을 고문으로 초빙하여, 조선 최초의 신문 형식을 가진 한성순보漢城旬報를 발행하였다.

전환국典圜局을 설시하여, 새로운 화폐를 만들어내었다.

기기국機器局을 두고, 청국으로부터 기사를 초빙하여, 그 기술을 전습받는 한편, 신식 군기를 만들었다.

잠상공사蠶桑公司를 세워, 양잠을 장려하고, 그 밖에 광산과 임산업의 개발, 농업의 개량 같은 것을 장려하였다.

정치에, 산업에, 여러 사람의 일본인, 청국인, 구미인이 고문과 촉탁으로 초빙되어, 그 지도를 맡아 하였다.

일본 사람은 물론이거니와, 노오란 머리털이 곱슬거리고, 눈이 새파랗고, 코가 무섭게 크고, 상이 원숭이 같고 한 서양 사람들을 보고도, 장안 백성들은 신기해하거나 돌을 던지지 않을 만큼, 인식되었다.

미국, 영국, 불란서, 노서아, 독일, 이태리, 백이의 들의 구미 열강과 통상조약을 차례로 맺고, 그들 각국에서 공사와 영사가 파견이 되어 온 것도 바로 이 동안이었다.

그중에서도, 미국과의 통상조약과 및 사절의 교환은 외교상으로 뿐만이 아니라, 정치와 문화에 있어서도 한 가닥의 효과가 없지 못한 것이었었다.

한미수호통상조약韓美修好通商條約의 정식 비준이 되던 며칠 앞서, 1883년 오월 칠일(陰曆 癸未 4월 1일), 연미복을 입은 미국공사 푸트가 사인교에 높이 앉아, 서울 장안으로 들어왔다.

미국은 나라가 크고 강성하되, 남의 나라에 영토적 야심이 없는 나라라는 말이 있어, 위로는 고종을 비롯하여, 개화당의 인물들은 미국에 대한 기대가 자못 컸었다. 따라서 푸트 공사에 대한 상하의 환영도 매우 융숭하고 정중껏 한 것이었었다.

이 푸트 공사나, 또 그 뒤에 온 미국공사관의 해군무관이었으며, 나중 대리공사를 지낸 폴크 같은 사람은, 미상불 한국의 정치 개혁과 자주독립 문제에 대하여 적극적인 태도와 흥미를 가졌었다. 가령, 김옥균이 푸트 공사와 교제한 기록에, 푸트 공사가 한국에 주둔한 청국 군대의 철퇴에 관한 교섭을 서둘러 줄 의사를 보인 것이라든지, 또는 갑신의 '쿠테타'를 너무 시기가 이르다 하여, 김옥균더러 차라리 자기와 함께 여행이라도 하면서, 새로운 국내 사정과 국제 정세의 추이를 기다려, 그때 다시 일을 도모함이 옳겠다고, 권고를 한 것이라든지로 미루어, 이를 짐작할 수가 있는 것이었었다.

그러나 그들은 단순히 개인적인 자격으로서 그러한 것이지, 미국의 한국에 대한 국책 그것은 매우 흐리멍덩하였다. 더욱이 한국의 천연자원이나 상품시장으로서의 가치라는 것이, 차차로 알아본 결과 당시의 현재로는 그다지 신통한 무엇이 없다는 결론을 얻고 나서부터는, 미국의 국무성은 한국에 와 있는 자기네의 사절까지도 마치 의붓자식 대접하듯 하였다. 대리공사 폴크의 연봉이 겨우 오천불五千弗이요, 일천이백불의 교제비의 지출도 거절하고 하는 냉대를 하였다.

우선 도의적인 외교, 이것에 미국은 만족하려는 태도였었다.

조약이 성립되고, 미국에서 푸트 공사가 오고 하여, 한국 조정에서도 미국으로 사절을 파견하였다.

전권대신에 민영익, 부대신에 홍영식, 종사관에 서광범, 수원에 유길준,

변수, 고영철, 그리고 몇 사람의 배종으로 된 일행은, 일찍이 열두 해 전 신미양요辛未洋擾에 한국을 와서 치던 미국 군함 '모노케시'를 타고, 1883년 칠월 이십육일(陰曆 7월 12일) 인천을 떠나, 일본 횡빈을 거쳐 태평양을 건넜다.

상투 꽂고, 망건에 사모 쓰고, 도포 입고, 관대 띠고, 오화 신고 한, 정사 민영익 이하 일행은, 미국 상하의 두터운 대접도 받고, 약간 구경거리 노릇도 하고, 각 방면으로 눈부신 문물을 시찰하고 한 후에, 부사 홍영식은 단독으로 그 해 섣달에 먼저 돌아오고, 정사 민영익과 수원들은 부임하는 미국공사관 해군무관 폴크 소위의 안내를 받아, 대서양으로 돌아 영국, 불란서, 그 밖에 여러 나라를 잠깐잠깐 들러 유람을 하고서, 갑신년(1884년) 유월 초이튿날, 무사히 귀국을 하였다.

우편제도와, 신식 농장의 설시와, 신교(新敎 : 基督敎)의 전파는, 미국 사절이 가져온 문화상의 선물 가운데 유수한 것들이었다.

부사 홍영식이며, 서광범, 변수邊燧 이런 사람들은, 새로운 지식과 사상을 풍부히 얻어가지고 돌아와, 개혁운동에 잘 활약을 하였으나, 유독 정사 민영익은 반동을 하였다.

민영익은 민비의 조카로, 배경의 이용가치도 크려니와, 그래서 김옥균은 일찍이 일본의 수신사의 일원으로 천거하여 데리고 가기도 하였고, 특별히 이번의 미국을 다녀오는 데 대하여는, 그에게 얹히는 기대가 자못 무거웠었다.

그러나 민영익은 개화에는 조금도 흥미와 관심이 없고, 미국으로부터 돌아와 미구에 청국을 다녀온 뒤로는, 원세개와 결의형제를 하는 등, 청국 세력을 들쳐 업고 노골하게 반동을 하였다.

"흰 개꼬리 삼 년이라더니, 씨가 본시 그런 씨알머리라, 하는 수 없어!"

민영익의 배반과 반동을 보고, 개화당의 한 사람이 뱉은 조롱이요, 탄식의 말이었었다.

4

개화당을 영도하는 최고 인물은 김옥균이었다.

때의 개화당의 중추분자인 홍영식, 박영효, 서광범, 서재필 이런 사람들은 거개가 이십이 조금 넘은 새파란 청년들이었다. 이들에 비하여 김옥균은 나이 삼십이요, 나이로 우선 진득한 것이 있었다. 1881년 현재로 김옥균이 서른한 살이요, 서광범이 스물두 살이요, 박영효가 스물한 살이었다.

나이가 그렇게 진득한 것도 진득한 것이려니와, 김옥균은 해박한 식견으로 하든지 두뇌의 영민한 것으로 하든지, 외교수완(특히 일본의 조야에 대하여)의 능란한 것으로 하든지, 더욱 그의 불타는 정열로 하든지, 개화당을 거느리기에 무던한 것이 있는 사람이었다.

김옥균은, 갑신정변까지에, 전후 세 차례나 일본을 다녀왔다. 1881년 섣달에, 서재필 이하 일본 유학생 육십 명을 데리고 갔다. 이듬해 1882년 임오군란 직후에 돌아온 것이 첫걸음이었다.

그 해 바로 팔월에, 박영효 등의 사절이 수원으로 가서, 정계와 민간의 유력한 일본 사람들과 사귀는 한편, 기채운동起債運動을 하다가, 왕의 정식 위임장委任狀만 있으면 상당한 빚을 낼 수가 있다는 일본 조야의 내락을 얻고, 그 신임장을 받으러, 이듬해(1883년) 유월에 돌아온 것이 두 번째 걸음이다.

그리고, 고종의 위임장과 희망을 가슴에 품고, 그 해 섣달에 또다시 현해玄海를 건너갔다가, 일본측의 태도의 표변으로, 그만 낙망하여, 이듬해 1884년 삼월에, 초연히 돌아온 것이 세 번째 걸음이었다.

보수적인 묵은 것에 대한 혁명의 중추세력은, 새로운 의식을 흡수한 새로운 사상의 청년이어야 한다는 생각으로, 김옥균은 육십 명이나 되는, 기개 있고 지기 맞는 청년들을 일본으로 데리고 가, 학비의 주선까지 하여 주면서, 유학을 하게 하였다. 서재필徐載弼, 이규완李圭完 들이, 일본의 육군

소학교인 호산학교戶山學校며, 그밖에 여러 학교에 들어, 신식의 군사교육이며, 다른 교육을 받은 것도, 이 기회였었다. 그리고 그렇게 해서 양성된 청년들이, 과연, 갑신정변의 '쿠테타'에서 중심분자로서의 활약을 하였다.

김옥균은 그의 능란한 외교수완을 종횡으로 떨치어, 일본 조야의 유수한 인물들과 친분을 맺었다.

당시 일본은 한국에 대하여 커다란 관심을 가지지 아니치 못하였던 관계상, 한국에 사절—특히 김옥균에게는 자별한 호의를 보이면서 소홀치 아니한 대접을 하였다.

한국을 해외 발전의 디딤돌로 삼고 싶은 야망이 은근한 일본과, 일본의 유신을 본받고, 일본의 후원을 얻어 조선의 혁명을 달성하려는 계획을 품은 조선 개화당의 수령 김옥균과 사이에, 일맥의 의사가 통하고, 조화가 성립이 될 것은 자연한 이치였다.

일본은 한국이, 정치상 경제상, 개혁과 재건에 소용이 되는 돈을, 국채國債로 혹은 사채私債로 알선하여 줄 것을 약속하였다.

또, 한국이 밖으로는 청국의 간섭을 물리치고, 안으로는 보수세력을 숙청하고 혁신정치를 단행한다면, 일본은 직접 간접으로 그것을 후원하여 줄 결의가 있다는 것을 암시하였다.

일본은 그러나, 국제무대에 있어서는 아직도 초년병이어서, 조선문제를 가지고 막상 청국과 맞부딪쳐 단판씨름을 하고 나선다는 것은 도리어 경솔하고 무모한 것이라는 여론이, 그 뒤에, 일시적이나마 득세를 하였었다. 지금 우리의 실력으로, 저 큰 청국을 건드려, 후환이 없을까? 하는 겁이 슬며시 났던 것이었었다.

일변, 한국 말년의 한국 정계에서, 녹록치 아니한 춤을 추던 독일인 고문獨逸人顧問 묄렌도르프, 이 유명한 간물奸物이, 민씨네 보수파와 부동이 되어가지고, 가뜩이나 타락한 정치에다, 해롭고 부패한 시책과 행정을 함부로 하였고, 그것을 반대 공격하는 정적政敵 김옥균을, 일본측에다 대고 여러 가지로 모함과 중상을 하였다.

1883년(癸巳年) 섣달, 김옥균이 세 번째 일본으로 건너갔을 때에는, 뜻밖에 일본의 태도는 냉랭하였다.

단적으로, 이간의 경위를 짐작할 수 있는 재료 가운데, 다음과 같은 기록이 있다.

"……박(泳孝)군은 일을 마치고 곧 복명하였으나, 여余는 잠깐 일본에 체류해 있으면서, 다시 일본의 사정 및 천하의 형편을 탐색하라는 명으로, 몇 달 동안을 남아 있게 되었다. 당시 일본 정부에서는 술과 담배에 세금을 부과하고, 육해군 확장에 예의중銳意中이었었다. 하루, 여는 외무경外務卿을 찾아가, 시사를 이야기하는 중, 정상의 말이, 지금 아국我國에서는 군비軍備를 확장하고 있는 중인데, 이것은 비단 아국의 기본을 튼튼히 하기 위할 뿐 아니라, 귀국의 독립을 위하여서도 주의하고 있는 바이다, 하였다. 일본 정부의 취향이 대개 이러하고, 여 또한 일정의 당로한 여러 사람들과 동양의 사태에 대하여 논담하는 중, 우리 나라의 재정이 극히 곤핍하여, 진작시킬 방법이 없음을 말할 때에, 제군의 대답이, 만약 조선정부의 국채위임장만 가지고 오면 성사될 것이라는 말을 하였다. 여기에서 여는 귀국하기를 결심하였다. (癸未 五月)

여, 묵(묄렌도르프)과 함께, 외아문에 다니며, 그 말과 행동을 보며, 매우 의혹되는 바가 많았다. 하루는 당오전과 당십전을 만들어야 되겠다는 것을 청장 오장경吳長慶이 말을 내자, 민태호閔台鎬, 윤태준尹泰駿 같은 무리들이 중심이 되어, 임금을 기이고 그 계책을 진행시키고 있었다. 여는 제 민씨 급 윤태준 들과 여러 번 언쟁을 하였고, 또 건백서建白書를 올리기도 몇십 번이었다. 대신 이하 재보(宰甫 : 卽 諸閔)에 이르기까지, 입에 침이 마르도록, 혀가 닳도록 논쟁하였으나, 마침내 민영익閔泳翊이 아뢰기를, 묄렌도르프는 외국 사람이니 반드시 정치학문에 밝을 터이므로, 장차 화폐에 대하여 문의코자 한다 하였다. 그때 상께서는, 김옥균과 더불어 의론하고, 또

합모合謀하여서 다시 아뢰라는 분부가 계셨다.

그리하여 민영익이 여와 묄렌도르프를 함께 저희 집에 초청하여서, 화폐에 대한 의론이 있었던 바……, 묄렌도르프가 말하기를, 금은화폐金銀貨幣를 다 만들어야 하겠으되, 우선 급한 대로 당오전 당십전, 또는 당백전當百錢을 만들어, 목전의 급함을 구하자는 것이었다. 여, 이를 박駁하되, 그대는 구주 선진국 사람이니 재정상 응당히 소견과 소문이 있을 것이다. 그러나 지금 그대의 말에는 의혹되는 점이 많다. 즉, 그러한 구차스런 화폐정책으로서는 국정에 짐독酖毒이 매우 클 것쯤은, 배운 것이 없는 무식꾼이라도 넉넉히 알 바이다. 그대가 만약 그러한 폐해가 생길 것을 짐작하고도 이것을 주장한다면, 여는 그대의 심사를 의심하지 아니할 수 없다.

이렇듯 반날이나 변쟁辯爭하다가 돌아오는 길에 즉시 궐내에 들어가, 임금께 이 전후사를 아뢰었더니, 상께서 들으시고 여의 아뢴 바를 윤가允可하시고, 동시에 삼백만 원에 대한 국채위임장國債委任狀을 내리어 주셨다. 이와 같이 봉탁奉托이 지중하시나, 제민배諸閔輩와 묄렌도르프가 부동하여 가지고, 백방으로 방해하되 오직 상심上心은 견고하시므로, 그들은 틈을 타지 못하였다. 여는 다시 일본 갈 계획을 세웠다.

그 때 죽첨진일랑竹添進一郎이 일본공사로 서울에 와서 있었던 바, 여와는 교분이 두터운 편이었다. 그러던 것이, 묄렌도르프가 외아문外衙門에 출사出仕한 뒤로부터는, 죽첨竹添의 눈치가 점점 여를 멀리하고, 여를 의심하는 듯하였다. ……(여가 떠난 뒤에 제민들이 상심을 횡폐하게 하고, 마침내 당오전을 만들어 유통시킨 결과, 그 폐해가 날로 심하여, 백성은 거의 보전할 길이 없었다.)

처음 외무경外務卿 정상형井上馨을 만났더니, 그 말과 기색이 전일과는 아주 딴판이었다. 여의 의심도 점점 깊었다……(듣건대, 죽첨이 말하기를, 김모가 가지고 간 위임장은 위조僞造이니 믿을 수 없다고 말하였다고 한다.) 그러나 일본의 정황을 살펴보건대, 비단 죽첨의 반간反間뿐이 아니라, 서너 달 동안에 일본 정부의 조선에 대한 정략이 아주 변하고 말았다. 그러한 주의를 알고 난 뒤에야 이러니저러니 말할 필요조차 없으나, 내가 먼저 생각하던 일본에게 손을 빌고자 하던 계책이 전혀 허사로 돌아가니, 장차 귀국하여서 임금께 복명復命하며 정부에 고할 면목이 없다.

이에 여는 마침내 돌아왔다(甲申三月).

그때 시국을 개론槪論하면 민태호閔台鎬, 민영목閔泳穆, 민영익閔泳翊, 민응식閔應植 네 사람의 민성閔姓 권력자들이 시시로 서로 쟁권爭權하여 그 세가 상용相容하기 어려운 바가 있었고, 또 이조연李祖淵, 한규직韓圭稷, 윤태준尹泰駿 같은 무리들은 때를 따라서 권력이 많은 자에게 아부阿附하여, 스스로 살 도리를 도모하는 판이었다. 소위 당오전은 폐해가 백출百出하여 민정民情은 날로 시들고, 국세國勢는 날로 기울어져, 가히 지탱하기 어려운 판이었다. 상께서 심히 근심하시어서, 여 급余及 제민배諸閔輩에게 하문하시었다. 제민배, 더욱이, 당초에 그 길을 꾸민 자들은 스스로 그 실책을 부끄러이 생각하여, 사방에서 묄렌도르프에게 문책을 하였다. 여가 일본에서 귀국하자, 묄렌도르프와 같이 외아문에 서지 못할 형세였다.⋯⋯묄렌도르프는 세관稅關에 대한 일로 큰 실책이 있었기 때문에 여는 이를 면박面駁하였더니, 묄렌도르프는 부끄러워서 여를 미워하기 한이 없었다. 여기에서 묄렌도르프는 한 꾀를 생각하여 냈다. 즉 제민諸閔 사이를 중재하되 '조선을 위해서 해를 제거함에는 당오전에 있는 것이 아니요 마땅히 먼저 김옥균을 제거하는 데 있다. 김이 임금을 무황誣謊하여 제군을 해코자 함이니, 제군은 무슨 까닭으로 김을 없애버릴 생각을 못 하고 말엽末葉을 의론하자 하느냐⋯⋯' 여기에서 제민은 마침내 묄렌도르프의 말대로 합모合謀하게 된 것이다. 그리하여 민영익이 곧 청당(淸黨 : 事大黨)의 괴수가 되어 밖으로는 오당吾黨의 계획을 공척攻斥하고, 안으로는 민태호, 민영목이 오당을 무함할 계책을 쓰기로 하여서, 형세가 날로 심하여 가며, 양당兩黨은 서로 용납할 수 없게까지 되었다. 여, 하루는 상께 아뢰되, '국내의 정세를 살피건대 정령政令이란 한 가지도 실행되는 것이 없고, 점차 분당分黨의 세가 나

타나고 있사오니 근심되지 않을 수 없사오며, 신은 잠시 물러가서 당폐黨
弊의 해소를 기다려, 다시 후일의 필筆을 도모함만 같지 못할까 하오이다.'
하고 나는 잠시 동교東郊의 별사別舍에 물러가, 모든 정황情況을 살피려고
하였다"(민태원 저閔泰瑗 著 〈갑신정변甲申政變과 김옥균金玉均〉 중, 김옥균이 자초自抄하였다
는 〈갑신일기甲申日記〉에 의함) 그렇게 하여 우울한 심사를 품고, 동대문 밖 별장
으로 나가 누운 김옥균은, 그러나 그가 한성의 정계에서 물러났다는 것은
표면에 지나지 않았었다.

김옥균은, 그만한 실패나, 적의 공세에, 혁명을 포기할 생각은 없었다.

김옥균은, 안으로는 동지들과 긴밀히 연락을 지탱하고, 밖으로는 미국
과 영국, 그 중에서도 미국공사 푸트를 종종 만나, 기우는 조선의 국사를
개탄하고, 자기의 포부를 피력하면서, 넌지시 한편으로, 혁명을 단행하는
데 있어서, 이왕에 실패한 일본 대신에, 미국의 힘을 빌 가망이 있는가를,
타진도 하여보고 하였다.

김옥균이 동대문 밖 별장으로 나간 것이 그 해(1884년 甲申) 유월인데, 그
러자 얼마 안 있어, 일본의 태도가 다시 변하였다.

1884년 삼월, 안남安南 문제로 청국과 불란서 사이에 전쟁이 일었다.

전투는 처음부터 청군에게 불리하여, 산서山西, 북녕北寧, 흥안興安, 그리
고 필경 운남雲南이 불란서군에게 점령이 되자, 청국은 할 수 없이, 오월에
천진에서 강화조약을 맺었다. 그러나 그 뒤 칠월에 전투는 다시 벌어져,
불란서 함대는 복건성福建省의 민강閩江을 거슬러 올라가, 하구河口를 봉쇄
하고, 팔월에는 기륭基隆과 복주福州를 포격하고, 남양수사南洋水師에 소속
한 군함 스물두 척을 쳐 가라앉혔다. 그리고 이듬해(1885년) 이월에는 필경
양자강을 봉쇄하여, 남북의 통운通運을 끊어놓는 거조를 하였다.

청국이 그와 같이, 불란서의 많지도 못한 병력에 연전연패하는 것을 본
일본은, 청국의 실력이란 와락 대단할 것이 없는 것을 알았다.

그러한 것이 청국의 실력이라면 족히 두려울 바이 없을 뿐 아니라, 더욱

이 그 청국의 지금 동쪽을 돌려다볼 경황이 없는 이 계제를 타, 일본은 조선에서 적극적 정책을 쓴다면, 손쉽게 청국의 세력을 조선으로부터 몰아낼 수가 있을 것이라 하였다.

일본으로서 본다면, 조선에다 세력을 잡는 것은 풍신수길豊臣秀吉의 문록역(文祿役 : 壬辰倭亂) 이래, 삼백 년을 두고 내려오던 숙망이요, 앞으로 국가 천년의 대계大計인 것이었었다. 노리고 노리던 첫 기회는 그렇게 해서, 와 조선이라는 고깃덩이를 입에 물고, 이빨 빠진 잇몸으로 이기죽거리기만 하고 앉아 조는 늙은 사자 청국에 대하여, 식욕 왕성하고 사납기 다시없는 '어린 살쾡이' 일본은, 마침내, 날카로운 어금니를 벌리고 덤비어들기를 시험한 것이었었다.

잠시 귀국하였던 일본공사 죽첨진일랑竹添進一郎이, 조선에 대한 적극 행동의 비밀한 사명을 띠고, 시월(1884년, 甲申, 陰曆 9월) 삼십일 날, 인천으로 좇아 서울로 들어왔다.

죽첨은, 그 먼저와는 딴 사람처럼, 얼굴에 활기가 돌고, 몸 한번 놀리는 데도 민활한 거동이 보였다.

이 죽첨은, 저희 나라가 소극정책을 쓸 때는 풀이 죽어가지고 아무 소리도 않고 들어박혀 앉았고, 반대로, 공격적인 적극정책을 쓸 때는 얼굴에 활기가 돌고, 코가 우뚝하여서는 함부로 기광을 부리고 하는 인물이었다.

죽첨은 들어단짝, 마침, 외아문外衙門에서 독판 김홍집督辦 金弘集과 협판 김윤식協辦 金允植이 찾아간 것을, 대뜸 김홍집더러 한다는 소리가, 당신네 외아문에는 청국의 종노릇을 달게 받으려는 양반이 몇몇이 있는 모양인데, 나는 그런 위인들과는 만나 이야기하기도 창피하다고. 넌지시 그래놓고는 그 다음 김윤식더러, 직접, 당신은 본래 한학漢學이 넉넉하고, 청국에 심복하는 분인데, 이왕 그렇거들랑 청국으로 가서 벼슬도 하고 하는 것이 좋지 않으냐고 잔뜩 빈정거렸다. 김윤식은 보수파 사대당의 다른, 민씨네 패와는 달라, 추악하고 음험한 인물은 아니었으나, 그야말로 한학자요, 영

선사領選使로 천진에 가 오래 있으면서, 이홍장과도 교분이 두터운, 그리하여 청국에 심복하고 청국에 의존하려는 사대주의자임엔 틀림이 없었다.

죽첨은 또, 일본측의 동정을 염탐하려고 민파에서 찾아간 외무협판 윤태준尹泰駿더러도, 그대들은 속으로는 청국에 복종을 하면서 겉으로만 일본과 친한 체하는 더러운 심보라고, 거침없이 면박을 주었다.

죽첨은 조선 사람측의 보수파 사대당에게만 그러는 것이 아니라, 저희가 초대한 연회 자리에서, 청국 영사 진수당淸領使 陣樹棠을 무골해삼(뼈 없는 해삼)이라고 조롱을 하고 또, 일본 병정이 내외국 손님들 앞에서, 홍백紅白 두 편으로 갈리어 격검승부擊劍勝負를 하는데, 홍편이 이기고 백편이 진 것을, 일본이 이기고 청국이 졌다고, 노골하게 박수하며 좋아하고 하였다.

이렇게, 죽첨의 더럭 기광이 나서, 방약무인으로 구는 그 배후에는, 조선의 보수파와 청국에 대한, 일본의 적극적이요, 도전적인 정책이 가로놓여 있음을 엿보기에, 별로 힘들 것이 없었다.

김옥균과 죽첨 사이에는, 죽첨이 당도하던 이튿날 벌써 죽첨의 사과로, 화해가 되고, 동시에 개화당의 거사擧事에 대하여 일본은 적극적인 원조를 하여 줄 것으로, 밀약이 맺어졌다.

사사이로도 그랬을 뿐 아니라, 죽첨은 궁중에 들어가, 고종(高宗 : 李太王)에게 은밀히

1. 제물포조약濟物浦條約에 약정한 임오군란의 배상금 나머지 사십만 원은, 계속하여 일본에 치를 것이 없이, 한국 정부가 그 양병비養兵費에 보태어 쓰기를 희망한다는 것. 그러니 독립건설에 이용하고, 다른 비용으로 쓰지 말 것.

2. 방금 불청전쟁佛淸戰爭에 여지없이 패하여 가는 청국은, 미구에 망하고 말 것인즉, 한국은 청국을 믿거나, 의뢰하지 말 것.

3. 대원군을 붙들어다 감금한 것은 불법이니, 청국에 대하여, 빨리 돌려보내도록 요구할 것.

4. 한국은 시급히 내정을 개혁하고, 서양의 공법(公法)에 따라 자주독립의 대계를 세울 것.

이런 네 가지 조목의 권고적인 제안을 하였다.

이와 같이, 적극적이요 열심한 일본의 태도에, 안심하고 기운을 얻은 개화당에서는, 때를 놓칠세라, '쿠테타'의 계획이 비밀한 가운데, 활발하고도 급속히 익어가고 있었다.

죽첨을 통하여 일본의 태도가 그와 같이 공격적이요 적극화하였고, 일변 때를 같이 하여 개화당측의 동태에 수상스런 활기를 띤 것이 보이고 한 것으로 해서, 청국측과 보수파, 민씨네 편에서는, 정녕 졸연하지 아니한 사태가 벌어질 것을 자연 눈치 채지 않을 수가 없었다.

원세개(袁世凱)는 청군의 진중에 밀령을 내려, 병사들로 하여금 밤이라도 무장을 풀지 말고, 그 밖에 만반 전투태세(戰鬪態勢)를 갖춘 채, 경계 대기(警戒待機)하도록 하였다.

그와 동시에 한국측의 보수파에서도, 우영사(右營使) 민영익이 직접 동별영에 들어가 앉아, 동병의 태세를 갖추고, 전영사(前營使) 한규직과 좌영사(左營使) 이조연도 각기 배하의 군대를 단속하였다.

그러는 한편, 십일월 십칠일(陽曆), 민영익은 정밤중에 하도감(下都監)으로 원세개를 찾아가, 오랫동안 밀담을 하고, 두 사람은 그 길로 함께 민의 군영인 동별영으로 왔다가, 원세개는 혼자서 오조유(吳兆有)의 진영으로 가서, 비밀한 단속을 하였다. 그리고 십구일에는 얼마 전에 한국정부에서 사들여, 창덕궁의 연경당(延慶堂)에 두었던 대포 두 문을, 민영익이 수선을 핑계하고, 오조유의 진영으로 넌지시 보내었다.

이렇게 청군과 조선측의 보수파에서, 경계의 선을 넘어, 완연 시가전이라도 할 형세를 보여가고 있어 인심이 몹시 술렁거리는 참에, 별안간 십일월 십일일 밤중, 남산 밑 하도감 근처에서 일본군대가 불시의 야간 사격연습을 하였다.

때아닌 야반의 요란한 총소리에, 서울 장안은 상하가 한가지로 필경 난리가 난 것이라 하여, 몸을 떨었다.

연습인 줄을 알고, 당장만은 안심들은 하였으나, 장차에 올 풍운을 앞두고, 장안의 공기는 물 끓듯, 소연한 것이 있었다.

장안의 백성들은 둘만 모여도 수군덕거리고, 셋만 모여도 수군덕거렸다. 청국이 법국(法國 : 佛蘭西) 군대에게 연달아 패하여, 엊그제는 북경이 함락되었다는 사람도 있었다.

일본과 청국이 한 달 안에 접전을 한다는데, 그러는 날이면, 서울 장안은 맨 먼저 어육(魚肉)이 되고 마느니라고 걱정들을 하였다. 그래서 피난을 가는 사람도 있었다.

원세개가 한국 장정 십만 명을 병정으로 뽑아, 불청전쟁으로 내보내려고, 상감(王)과 시방 그 상의를 연일 하고 있다라는 풍설도 떠돌았다.

백성들은 너 나 없이, 얼굴에 공포와 불안과 수심을 띠고, 닥쳐올 난리를 걱정하였다.

아무리 걱정하여도 물론 모면할 도리는 있을 수가 없었다.

대답은 오직 두 가지뿐이었다.

"할 수 없는 노릇이지!"

"제엔장, 우리 백성들이 무슨 죄람?"


5


불안과, 긴박한 저운(低雲)에 싸인 채, 1884년이 미구하여 저물려는 십이월 사일(갑신 10월 17일) 오후 다섯시, 전동에다 설시하는 우정국 낙성의 초대 연회는, 드디어 열리었다.

우정국 총판(總辦)으로, 주인인 홍영식이 상좌에 앉고, 푸트 미국공사, 아스톤 영국영사, 진수당 청국영사, 도촌 일본공사관 (서기 竹添의 代理로 出席) 등의 외국 손님과, 김홍집, 이조연, 묄렌도르프, 민영익, 한규직, 박영효, 민병석, 김옥균 들의 정부 고관 이하, 열여덟 명이 모인 조촐한 연회는, 이윽고 술이 돌기 시작하였다. 후영사後領使 윤태준尹泰駿은 이날 마침 궁중의 당직이라, 참석치 못하였다.

개화당의 계획은 이러하였다.

우정국에서 연회를 하는 중, 안동별궁에 불을 지른다. 예로부터 궁성이 화재가 나면, 각 영문의 대장은 반드시 현장에 달려갈 책임이 있는지라, 민영익, 한규직, 이조연, 윤태준 들도 응당히 별궁으로 달려갈 것이니, 미리 장사를 매복하였다 그들을 조처한다.

다음, 창덕궁 금호문金虎門 밖에, 장사와 군대를 매복하였다, 화재를 듣고 문안하러 들어오는 민태호, 민영목, 조영하 등을, 그 자리에서 조처한다.

이 두 자리에 빠져서 입궐하는 지목인물指目人物은, 궁중을 경계하는 동지 군인으로 하여금, 최후로 조처하게 한다.

일본 사람 낭인(日本人浪人)을, 우정국 뒷방에다 매복시켜, 생각지 못한 방해가 생길 경우에, 임기응변으로 칼을 쓰게 한다.

안동 별궁의 화재를 신호로, 일본 군대 삼십 명이 우선 출동하여, 금호문과 계동桂洞의 경우궁景祐宮 사이, 즉 관현觀峴 일대를 경계한다.

개화당 수뇌 일행은, 우정국에서의 제일단의 공작을 마치고, 즉시 창덕궁으로 가, 왕을 경우궁으로 옮기고, 거기서 왕을 끼고 천하를 호령한다.

이 동안 죽첨공사는, 마침 대기를 하고 있다가 왕이 원조를 청하면, 즉시 일본 군대를 이끌고 달려온다.

일본 군대는 일중대(一中隊 : 150명)에 불과하지만, 만약 북악北岳을 점거한다면, 청병 일천 명을 상대로, 능히 두 주일을 싸워낼 수가 있으니, 염려하지 말라고, 죽첨과 그 장교들은 장담을 하였다.

처참한 살기를, 흔연한 담소와 접대로써 숨기면서, 휘황한 불빛 아래,

연회는 절반이나 진행이 되었다. 이때 김옥균은, 안동별궁에 불을 지르려던 것이 실패한 보고를 받았다. 불 지르기에 실패하였을 뿐만 아니라, 무리를 하던 중에 순포巡捕에게 들키어, 장사들과 일행 전부는 이미 우정국 주위로 모여, 연회석으로 뛰어들기라도 할 기세를 보였다.

김옥균은, 그도 무방하나, 그러다가 만약 외국 손님을 상하든지 하면, 뒷일이 복잡하겠으니, 차라리 이웃에 불을 지르라는 명령을 주었다.

김옥균이 자리로 돌아와 앉았기 미구하여, 별안간 밖에서, 불이야 하고 외치는 소리가 났다. 우정국 바로 지척에서 불길이 타올랐다.

좌중은 모두 놀라 서성거렸다.

한규직이 먼저, 나는 장임將任이라 화재 현장에 가보아야 한다면서 일어서는데, 민영익이 황망히 밖으로 나갔다. 근처가 민태호(閔台鎬 : 閔泳翊의 父)의 집이어서, 걱정이 되었던 것이었었다.

밖으로 나간 민영익이 조금 있다

"사람 살류!"

하고, 죽는 시늉을 하면서, 피 흐르는 귀를 잡고, 굴러들어왔다.

연회장은 그만 수라장이 되었다.

눈치를 챈 이조연, 한규직은 어느 겨를에 몸 빼쳐 달아났다.

민영익을 친 것은, 일본인 낭인이었고, 그가 너무 조급히 날뛰느라고 손질을 잘 못하였기 때문에, 민영익을 설잡았을 뿐만 아니라, 이조연과 한규직도 놓치고 만 것이었다.

제일단의 행동에 실패한 김옥균은, 즉시 서광범, 박영효와 함께 우정국을 나와, 중로의 교동에 있는 일본공사관에 잠깐 들러, 죽첨의 태도에 변함이 없음을 다시금 확인한 후에, 바로 창덕궁으로 달려갔다.

음력 시월 열이렛날 밤의 달빛은 차갑게 밝았다. 밤은 이미 이슥하였었다.

서재필의 지휘 아래, 신복모申福模가 거느린 사십여 명의 사관생도土官生

徒 장사패는, 금호문 일대를 에워싸고, 가득 당긴 활처럼 긴장하여 있었다.

밤은 괴괴하고, 궁궐은 달이 밝건만 칙칙하였다.

몇 개의 그림자와 함께, 급한 발자국 소리가 가까워왔다.

"하늘천."

이편에서, 미리 서로 정하였던 암호를 하는 소리에, 저편에서도

"하늘천."

하고 응한다.

김옥균, 서광범, 박영효가 금호문에 당도한 것이었었다.

금호문을 지키는 군졸에, 미리 내통한 동지가 있어, 문을 열어 주어서, 일행은 쉽사리 들어갈 수가 있었다.

왕은 이미 침전에서 잠이 들었고, 통지 변수邊燧가 세 사람을 맞이하면서, 궁중에서는 아직 우정국의 변을 모르고 있다고, 귓말을 하였다.

민비의 가장 총애를 받고, 그래서 그 세력이 영의정 이상 간다는, 유재현柳在賢이라는 환관(宦官 : 內侍)이 있었다. 숙청의 명부에 오른 인물이었다.

그런 것도 모르고 유재현은, 꼬챙이 같은 목소리로, 야밤에 입내하여 잠든 임금을 깨우라고 한다고 시비를 하다가, 김옥균이 호통을 하는 서슬에 그만 주춤하였다. 그리고 그 호통 소리에, 왕과 민비가 다 잠이 깨어, 김옥균을 불러들였다.

김옥균은 왕의 앞에 나아가, 방금 우정국에서 변이 났는데, 장차 대궐 안에까지 미칠 형세이니, 잠깐 정전正殿을 피하여야 하겠다고 하였다.

눈치 빠른 민비가 옆에 있다가, 그 난이 청병이 일으킨 난이냐, 일병이 일으킨 난이냐 하고 날카롭게 물었다.

김옥균이 졸지에 무어라고 대답을 못하고 주저하는 참인데, 그러자 침전으로부터 멀지 않은 곳(通明殿)에서, 별안간 꿍—하고, 굉장히 큰 폭음이 일었다.

이 폭발은, 변란이 방금 궁중에까지 미쳐 들어온 듯이 하기 위하여, 미

리 계획하였던 행동이었다.

민비를 가까이 모시는 궁녀로, 키가 크고 몸이 튼튼하여 남자라도 너덧은 한꺼번에 당해내는, 그래서 〈수호지水滸志〉의 고대수顧大嫂라는 별명을 듣는, 개화당의 여자 동지가 있었다.

이 고대수가, 미리 받은 지시에 좇아, 통명전에 묻은 다이나마이트를, 마침 폭발을 시킨 것이었었다.

과연 효과는 역력하여, 고종은 떨면서, 김옥균 들이 하자는 대로, 창덕궁을 피하여 경우궁으로 옮았다. 민비와 왕자와 대왕대비와 궁녀들까지 전부 그에 따랐음은 물론이었다.

왕은 경우궁으로 옮는 도중, 김옥균의 말에 따라, 마침으로 박영효가 올리는 종이에다, 김옥균이 올리는 연필로 "日本公使來護朕"(일본공사는 와서 짐을 호위하라)는 친서를 적었다.

지필의 준비까지도 다 계획하였던 것이고, 역시 계획대로 박영효가 그것을 가지고 일본공사관으로 가, 죽첨에게 전하였다.

왕 이하가 경우궁의 잠긴 뒷문의 자물쇠를 부수고 들어가, 정전 뜰에 이르렀을 때에, 박영효가, 일본군대를 거느린 죽첨 공사와 함께 당도하였다.

일본군대의 당도를 보고, 개화당은 비로소 안도를 하였다.

왕 이하 왕비, 왕세자, 대왕대비, 왕세자빈이 정전에 앉고, 김옥균, 박영효와 일본공사 죽첨이 그 좌우에 모여서고, 장사패의 총지휘 서재필이, 정난교鄭蘭敎, 이규완李圭完 등 열세 명의 사관생도와 장사패를 거느려, 정전 안에서 옹위하고, 정전 문 밖은 다시, 이인종李寅鍾 등 열 명의 사관생도와 장사패가 벌려서고 하였다.

정전 뜰 앞뒤에는, 후영 소대장 윤경완後營小隊長 尹京完이 검을 뽑아 들고, 당직병 오십 명을 거느려, 배열하고 서서 경계를 하였다. 윤경완은 개화당의 동지로, 이날 밤 침전(寢殿 : 王의 寢室)의 당직이었는데, 그 당직병 오십 명을 그대로 이끌어, 창덕궁에서부터 벌써 이 '쿠테타'에 참가를 하였었다.

마지막 그리고, 죽첨 공사가 거느리고 온 일백오십 명 일본군은 중촌中村 중대장의 지휘로, 경우궁의 각 문과 주위의 요소를 경비하였다.

이밖에, 무감武監 십여 명을 따로이 궁문에 파수 세워, 변을 듣고 입궐하는 대신이며 요인들을 일일이 사찰하게 하였다.

좁은 경우궁으로는, 이만하면 철통같은 단속이라고 할 수가 있었다.

피의 숙청이 시작되었다.

한규직, 윤태준, 이조연은, 전후에서 달려와, 내시 유재현과 더불어 연방 무어라고 수군덕거리고 하였었다. 청국 군대를 불러오려는 조바심인 것은 묻지 않아도 번연하였다.

박영효가 마침내, 밖으로 나와, 한규직, 윤태준, 이조연을 불러

"당장 변이 일어, 상관없는 남들 일본 공사까지도 군대를 이끌고 와서 경호를 하는데, 너희는 더구나, 임금의 신하요, 그런 중에도 영사營使라는 직접 책임이 있으면서, 한 명의 군사도 거느리고 오는 것이 없이, 단신으로 들어와 가지고, 구석구석이 밀담만 하고 있으니, 그런 태도가 어디 있느냐. 당장 직책을 이행하되, 태만하면 왕께 아뢰어 목을 벨 테다."

하고, 엄포로써 질책을 하였다.

지당한 책망인지라, 세 사람은 하릴없이 경우궁 뒷문으로 물러나가다가, 맨 먼저 윤태준이, 계속하여 한규직과 이조연이, 문을 나서기가 무섭게 차례로, 이규완 이하 장사들의 번쩍이는 칼날에 엎드러지고 말았다.

그 다음, 민영목이 경우궁 정문으로 들어오려고, 명함을 내었다.

장사들이 문 안으로 맞아들이면서, 일본 군대가 늘어선 앞에서 그대로 조처하였다.

이어서 조영하가 들어오다, 역시 같은 솜씨로 조처되었다.

마지막, 민파의 최대의 거물이요, 민비의 양오라비 되는 민태효가, 또한 한칼에 쓰러졌다.

광경은 흡사히 수양대군首陽大君과 한명회韓明澮 들이 사백칠십년 전, 계

유癸酉 시월 초열흘날 밤 단종端宗이 가 있는, 향교동鄕校洞 정종鄭悰의 대문 간에서, 김종서金宗瑞 들을 때려잡던 일을 방불하게 하는 것이 있었다.

정전에 있는 왕이며 민비들이나, 또는 궁녀며 내시들은, 피의 숙청을 보지도 못하였고, 따라서 아직은 알지도 못하였다.

궁녀와 내시들은, 정전의 협실에 가득히 모여 앉아, 태평으로 함부로 지껄이며 떠들어대었다. 이것은 민비가, 외부와 연락을 하여, 청군의 구원을 청할 기별을 내보낼 계책을 꾸미려고, 우정 그렇게 시끄럼을 피우게 한 노릇이었었다.

김옥균은 내시 유재현을 결박케 하여, 짐짓 궁녀와 내시들이 보는 앞에서, 그의 죄상을 말한 후에, 장사로 하여금 목을 베었다.

'피의 호령'을 보고서야 궁녀와 내시들은, 떨면서 조용하였다.

이미 동녘이 밝기 시작한 때였다.

이렇게 하여, 숙청까지 마침으로써, 개화당은 '쿠테타'에 성공을 한 것이요, 이로부터 왕을 끼고 천하를 호령하는 판이었었다.

새로운 정부가 조직이 되었다.

영의정領議政  이재선(李載先 :王의 從兄)

좌의정左議政  홍영식洪英植

전후영사前後領俟  박영효(朴泳孝 : 左捕將兼任)

좌우영사左右泳使  서광범(서광범 : 外務督辦代理兼右捕將兼任)

좌찬성左贊成  이재면(李載冕 : 左右參贊兼任 大院君의 嗣子)

이조판서吏曹判書  신기선(申箕善 : 弘文提學兼任)

병조판서兵曹判書  이재완(李載完 : 李載先의 弟)

예조판서禮曹判書  김윤식金允植

형조판서刑曹判書  윤웅렬尹雄烈

공조판서工曹判書  홍순형(洪淳馨 : 왕대비의 侄)

호조판서戶曹判書  김옥균金玉均

한성판서漢城判書  김홍집金弘集

판의금判義禁  조경하(趙敬夏 : 大王大妃의 侄)

병조참판兵曹參判  서재필(徐載弼 : 正領官 兼任)

세마洗馬  이준용(李埈鎔 : 대원군의 嗣孫)

이 밖에도 몇몇 종친宗親이 더 참례를 하였다.

그동안의 외척전단外戚專擅으로부터, 소위 대정大政을 왕실에 돌려바쳤다는 형식으로, 여러 종친을 끌어, 말썽 없을 전면에 내세운 것이나, 실권은 전부를 개화당이 차지한 것은 물론이었다.

이어서 신정부의 새 정령政令이 발표되었다.

1. 대원군을 며칠 안으로 돌아오게 할 것.

2. 청국에 조공朝貢의 예를 폐할 것.

3. 문벌을 폐하고, 인민의 자유권과 평등권을 제정하며, 인재본위로 관리를 임명하되, 관위官位에 좇아 사람을 쓰는 것을 폐할 것.

4. 지조(地租 : 稅制)의 법을 개혁하여, 관리의 농간과 협잡을 막고, 인민의 곤궁을 펴게 하며, 나라의 용을 윤택하게 할 것.

5. 내시부內侍府를 폐지하되, 그 중 유능한 자만 달리 등용할 것.

6. 간특하고 탐욕하여, 나라와 인민에게 많은 해독을 끼친 자를 처벌할 것.

7. 규장각奎章閣을 혁파할 것.

8. 순사(警察制度)를 급히 두어, 도둑을 막을 것.

9. 나라의 재정은 전부 호조에서 관할하고, 그 외의 기관은 전부 혁파할 것.

팔십여 종목 가운데, 중요한 것이 이러하였다.

신정부에서는, 이 새 정령을, 방을 써서 거리에 붙이게 하였다.

혹자는 말하기를, 갑신 '쿠테타'에 개화당이 실패를 하지 아니하였다면, 조선은, 그 뒤의 우리가 겪은 비참한 역사를 밟지 않았으리라고도 한다.

혹은 그렇다고 할는지 모른다.

그러나, 가령 일본측의 군사적 원조가 여의하여, 개화당이 잡은 바 정권을 그대로 지탱하고, 차차로 지반을 굳히면서, 안으로는 개혁을 추진시키고, 밖으로는 청국의 기반을 벗어나, 자주독립의 길을 밟아나가고 있었다고 하자.

그 다음, 일본은 조선을 어떻게 대하였을 것인가, 앞문으로 늙은 사자 청국을 내쫓고, 뒷문으로 들어온 어린 살쾡이 일본이 과연 고소한 고깃덩이 조선을 도로 뱉어놓고, 얌전히 물러나갔을 것일까.

무섭게 늘어가는 일본의 국력……, 이것을 대륙으로 대고 방산放散하기 위하여서는, 교두보橋頭堡로서 조선이 절대로 필요하지 아니하였을 것인지.

개화당이 천하를 호령한 지 사흘 만인 십이월 육일(陰曆 10월 19일) 오후 세 시가 조금 못되어서부터, 왕궁 창덕궁 안팎에서는 드디어 요란한 사격전의 총소리가 일고 말았다.

민비가 등 뒤에서 조종을 하고, 왕 스스로가 그에 화하여, 개화당에서 누누이 만류를 하였으나, 왕은 필경 고집을 써, 그 전날인 십이월 오일 오후에, 왕 이하가 경복궁으로부터 창덕궁으로 다시 돌아왔다.

적은 병력으로 방비에 유리한 경복궁을 버리고, 넓은 창덕궁으로 자리를 옮은 것이, 개화당에게는 우선 불리한 손실이었다.

왕의 태도에도, 개화당의 사람이나, 그 정책을 저으기 꺼려하는 기색이 보였다.

왕은 평일에는 정치개혁과 자주독립에 쏠쏠히 흥미를 가졌고, 그래서 김옥균이며 박영효, 홍영식 같은 사람을 자못 신뢰도 하고 총애도 하였었다. 그러나 막상 커다란 일이 눈앞에 저질러지고 나니, 마음 약하고, 중추 든든하지 못하고, 민비의 내주장에 사는 왕은 그만 슬며시 겁이 나기도 하였었다.

왕 고종은, 자신이 맡은 바 백성의 번영과 행복보다는, 일신의 구차한

안전과 무사를 위하여, 목전의 조그마한 곤란을 참거나 용기를 낼 강단이
없는, 용렬하고도 불신한 임금의 한 사람이던 것이었었다.

창덕궁으로 다시 옮아앉은 뒤에, 민비는 어떤 종친의 집에서 들어온 음
식 그릇이 나가는 기회를 이용하여, 교묘하게 원세개의 청진으로 원조를
청하는 통신을 하였다.

그런 것이 아니더라도, 우두커니 앉아 있을 원세개가 아닌지라, 사양할
이치가 없는 노릇이었다.

원세개는, 꼬마동이, 왜놈이, 이런 엉뚱하고 버르장머리가 없을까보냐
고, 분개하였다.

원세개가 거느리고 서울에 주둔한 청병은 이천 명이 넘었다.

거기에 비하여 창덕궁 안에 있는 개화당측의 병력은, 일본군 일백오십
명에, 서재필이 지휘하는 사관생도와 장사패 사십여 명으로, 도합 이백 명
미만이 주력이었다. 한국병이 약간 있기는 하나, 녹슨 무기를 그제서야 수
리하고 있는 형편이니, 더욱이나 힘이 될 것이 못되었었다.

그러니, 아무리 정예하다고 하지만, 이백 명과 이천 명은, 수효에서 오
는 강약의 차이가 너무 컸다.

그런데다, 일본공사 죽첨이, 슬그머니 불안과 겁을 먹고서, 연방 일본군
대를 거느리고 물러나갈 핑계를 만들기 시작하였다. 만일 일본군대가 철
퇴하는 마당이면, 더구나 만사는 그만이었다.

전투가 시작되자, 민비는 재빨리 왕세자, 왕세자빈, 대왕대비, 그리고
몇몇 궁녀를 데리고, 무감의 호위를 받으면서, 북묘北廟로 향하여 궁을 빠
져나갔다. 북묘는 청군의 세력범위 안에 있었다.

왕만 홀로, 김옥균 들에게 만류한 바 되어, 연경당에 주저앉았다.

이때 김옥균 들은, 왕더러 강화로 파천하기를 주장하였으나, 왕은 한사
코 이를 거절하고, 북묘로 갈 것을 고집하였다.

왕은 그러면서, 자리를 일어서서, 북묘를 바라고 걸었다.

전투는 더욱 치열하여 갔다. 그에 따라 형세는 차차로 불리하여, 잘못하다, 일본 군대를 중심한 개화당의 전군은 전멸을 당할지 모르게 되었다.

일본공사 죽첨은 속으로 간이 콩만 하였다.

청군측이 이렇게 우세할 줄도 몰랐고, 그렇게 적극적이요 강경하게 나올 줄도 몰랐었다.

청군에는 많은 한국군대가 합류를 하였었다.

쏘는 탄환이 거듭 왕의 주변에 떨어지고 하였다.

핑계를 못 잡아, 애를 태우던 죽첨은, 좋은 구실거리를 발견하였다.

죽첨은, 결정적으로 일본군대의 물러갈 것을 선언하였다.

일본군대가 왕을 호위하고 있기 때문에 한국 병정들은 일본군대가 왕을 사로잡기라도 한 줄로 알고서, 이렇게 청군과 합류하여 가지고 맹렬한 공격을 하는 것이다. 그러니 만일 왕의 신변에 무슨 일이 나든지 한다면 그 일을 장차 어찌할 것이냐. 책임은 누가 질 것이냐. 좌우간 일본군대는 일단 물러갔다가, 후일 다시 의론함만 같지 못하다……라는 것이었었다.

김옥균 이하, 아무리 사정을 하여도, 항의를 하여도, 죽첨은 들어주기 아니하였다.

일본군대는, 한마디 호령으로, 필경 물러가기 시작하고야 말았다.

개화당으로는 발을 구르며 안타까워하여도, 소용이 없었다.

왕은 홍영식과 박영교(朴泳敎 : 朴泳孝의 兄) 외에, 여섯 명의 사관생도의 옹위를 받아, 북묘로 갔다.

김옥균, 박영효, 서광범, 서재필 이하 몇몇 개화당의 동지들은 울며겨자먹기로, 퇴각하는 일본군대를 따라, 일본공사관으로 달리었다.

이미 날이 어둔 뒤였었다.

김옥균 들은 그렇게 일본공사관으로 달리어 숨었으나, 왕을 옹위하고 북묘로 갔던 홍영식, 박영교 그리고 여섯 명의 사관생도들은 모조리 청병에게 해를 입은 바 되었다.

이리하여, 왕은 원세개의 손을 거쳐 다시금 보수파 민씨네에게로 넘어가고, 김옥균들 개화당 잔당은, 쫓겨가는 일본공사를 따라, 일본으로 망명을 하고, 개화당의 삼일천하는 막을 내리고 말았다.


6


"그때, 대황제(大皇帝 : 高宗)께서 하마트라면 총알에 맞아 돌아가실 뻔했더란다……. 에이, 지겨운 난리!"

이런 말로써, 할머니는 긴 이야기를 마친다.

대희는 눈이 초랑초랑하여, 오도카니 듣고 앉아 있다.

강씨와 원희의 담뱃대에서는, 가느다란 연기만 조용히 피어오른다.

밤은 끝없이 깊고 있고.

기러기 소리가, 한 소리 두 소리, 들리다 만다.

할머니는 혼잣말로 그러고는, 이빨 하나도 없는 빨간 잇몸으로, 애기처럼 하품을 뱉는다.

《야담野談》(1955. 10)

# II 평론

# 현인 군玄人 君의 몽蒙을 계啓함
— 방랑적 작가로부터 조직적 예술진영을 배경으로 한 평가評家에게

## 1. 전언前言

잡지 《비판批判》의 신년호에 실린 〈문단촌침文壇寸針〉 중 '방랑적 프로문사군文士群'이라는 제목으로 동同 필자 현인 군은 나의 '방랑적' 태도를 공박하였다. 그 근거는 평론가 함일돈 군에 대한 나의 작품해설 (현인 군은 논전이라고 하였으나 실상은 계몽을 위한 작품해설에 불과한 것이다)과 〈문단소화文壇小話〉를 통하여 "과감하게도 자신이 프로문사연然한 수작을 농"(현인 군의 표현을 인용)하였음에 의한 것이요, 그리하여 현인 군은 나의 "무지에서 나온 선의의 실례를 단연 취소"(同上) 시키고 "예술적 인텔리겐차의 획득이라는 카프진영에 당면된 중요과제의 수행의 일조로써"(同上) 다시 말하면 나와 같은 "예술분자를 (카프진영으로) 유도하려고 한 의도에서 기초起草 한 것"(同上) 이라고 하였다.

그러나 현인 군의 의도가 그와 같이 장하였음에도 불구하고 거기에는 다소의 만족치 못한 점이 있기 때문에 나는 바로 논전을 하기보다 앞서 현인 군에게 대하여 '약간의 준비적 질문'을 발하였던 것이다. (中央日報 1월중)

이에 대하여 다시 현인 군의 전후 6회 연단수延段數 12단段 이상에 미치는 성력誠力 있는 대답이 있었다. (中央日報 2월 중 〈방랑적 작가에게〉라는 題로)

이 현인 군의 대답이 끝이 난 것이 3월 초생인데 그에 대하여 나는 바로 진짬의 논전을 시작하였어야 할 것이었다. 그러나 나는 부득이한 몇 가지의 사정으로 지금까지 침묵 중에 있어왔다.

그 제일의 이유는 나의 '전게前揭 준비적 질문'이 현인 군 이외에 카프에도 발發한 것이므로 그 대답을 기다리기 위함이었었다. 그러나 카프로부터는 수개월이 지난 이때까지 아무런 반응이 없다.

"카프는 그것을 결코 중대시하지 아니한다." 이 말은 카프의 일원에게서 사담적으로 들은 말이다. 그렇기 때문에 나에게 대한 대답도 하지 아니하는 것이라고 지금 와서는 나는 보는 수밖에 없다.

그리고 제이의 이유는 나의 '준비적 질문'에 대한 현인 군의 대답의 전문全文을 통하여 볼 때에 현인 군으로서 이 논전을 담당하고 있는 것은 마치 소년이 어른의 지게에다 무거운 짐을 짊어지고 그 짐에 눌리어 비틀거리고 애를 쓰는 것같이 보일 만큼 허함과 약함과 이론의 전후 모순됨이 완연히 보이어 결국은 논전은 되지도 아니하고 다만 욕질을 하는 데 그치게 될 기운이 보이는 때문이다.

또 한 가지 돌발적으로 생겨난 제삼의 이유는 직업문제에 관한 나 개인의 사정 외에 우리에게 지면을 빌려주던 중앙일보의 휴간이다.

물론 중앙일보가 아니라도 적어도 다른 잡지에서 지면을 빌지 아니할 수도 없는 것은 아니었으나 거기에다 위에 말한 나의 직업문제 때문의 개인적 사정 등이 가미하고 (또 처음보다 열도 더 한층 식었고) 해서 드디어 오늘날까지 '실례'인 줄은 알았지만 일을 시작치 못하고 있었던 것이다.

그렇다고 해서 어쨌거나 남에게 걸어놓은 시비를 그것이 객관적으로 보아 전연 불필요한 일이 아닌 이상 그대로 무언중에 흐지부지할 수도 없는 일이다.

그리하여 나는 여러 번 생각한 끝에 내가 전일 '준비적 질문'에서 언명한 바 "어디까지든지 싸우려한다"는 말을 철회하고 (물론 군의 이론에 굴복하기는 고사하고 군으로 인하여 카프의 무능을 더 깊이 알았을 따름이다) 다만 앞으로 현인 군의 몽蒙을 계啓하는 형식으로 군의 〈방랑적 작가에게〉란 일문을 간단히 검토하는 데 그치려 한다.

물론 현인 군은 상기의 나의 비유에 신경을 날카로이 하여 한번 더 '무지에서 나온 실례의 취소'를 주장할지 모르나 나는 그에 대응하기 전에 이 일문에서 충분히 할 바만을 다하여 두고 앞으로는 일체 불문에 붙이려 한다. (다만 이와 같이 '답례'가 늦은 것을 현인 군은 깊이 나무라지 아니할 도량이 있을 것쯤은 믿고 있다.)


## 2. 그릇된 '방랑작가'의 규정

현인 군은 뒷일을 미처 생각하지 못하고 〈문단촌침〉에서 나를 규정하는 데 '방랑적'이라는 세 글자를 사용하였다. 이 조그마한 실수(결코 큰 실수가 아니요 문자 사용상의 아주 조그마한 실수다)를 솔직하게 정정하려 아니하고 도리어 그것을 합리화하기 위하여 많은 정력과 잉크를 낭비하였다. ─트로츠키의 등 뒤에 서서 하리코프 회의보고서로 얼굴을 가리고─그러나 그러한 수고를 하기보다 손쉽게 이것을 살피어보았으면 좋았을 뻔하였다. 즉 "여기에 프롤레타리아 이데올로기를 가지고 프롤레타리아 작품을 쓰는 일인 혹은 일군의 작가가 있다. 그러나 그들은 일정한 계급적 기도企圖하에서 작품행동을 조직적으로 진전시키지 아니한다."

이 작가 혹은 작가군을 현인 군은 무슨 말로써 표현하였겠는가?

계급적 기도하에서 조직적 작품행동은 아니하되, 그 작품의 객관적 가치가 프롤레타리아 작품임에 충분한 그러한 작가가 방랑─룸펜 작가가 아닐 것인가?

여기에 대하여 현인군은 이렇게 반박할 것이다. 즉

"계급적 기도하에서 조직적으로 진전시킨 행동에서 제작되지 아니한 작품은 진정으로 프롤레타리아 작품이 될 수가 없다"고.

물론 그러하다. 그러나 그러할 때가 와야만 그러하게 되는 것이지 아무리 급하다 하더라도 역사를 앞당겨 쓰지는 못하는 것이다.

조선에 있어 프롤레타리아 문예의 제작이 결코 계급적 기도하에서 조직적으로 작품행동을 진전시킬 만큼 객관적 정세가 그렇지 못한 것은 현인 군 자신도 충분히 알고 있을 것이요, 후절에 가서 언급도 하겠지만 현 카프 작가의 작품이 그러한 방법으로써 제작되지 아니한 것을 현인 군도 은연중 고백을 하였다.

그러니까 현인 군이 아무리 카우츠키를 싣고 나오건 하리코프 회의보고서를 낭독하건 진정한 의미의 룸펜작가는 위에서 규정한 그러한 작정作定이어야만 할 것이다. (적어도 조선의 지금에 있어서는) 즉 작자 자신의 기술문제인 주관적 조건으로 보아서나 현 조선에 있어 아직 '계급적 예술진영'이 완전히 형성되지 못하였다는 그 문예운동의 객관적 정세로 보아서나 프롤레타리아 작품을 쓰기는 하되 그것이 계급적 진영을 배경으로 하지 못한 것이며, 따라서 조직적으로 진전되는 작품행동이 되지도 못하는 그러한 일인 혹은 일군의 프롤레타리아 작가가 필연적으로 존재하게 되는 것이며, 이것이 즉 룸펜작가가 아니면 아니 될 것이다. 따라서 이러한 의미의 룸펜작가임을 나는 도리어 자감自甘하고 있는 것이다. 그러니까 만일 현인 군이 룸펜작가의 정의를 끝까지 그와 같은 식으로 고집불통한다면 나는 군을 대단한 색맹으로밖에는 볼 수 없는 것이다.

그리고 현인 군이 나를 동반작가로 자처하는 사람으로 본 것은 역시 대단한 색맹이다. 현재 조선에 있어서 진정한 프롤레타리아 예술의 진영이 결성되어 있지 아니함을 특히 현인 군은 무의식중에 암시를 하여 놓고 그에 대한 동반작가의 존재를 말한 때문이다. 그것은 마치 장꾼은 하나도 없는데 (장날이 아니기 때문에) 장돌뱅이만 모여든 것과 같은 기현상일 것이니까.

그러면 현인 군은 다시 이렇게 말을 할지도 모른다. 즉

"네가 어디 프롤레타리아 이데올로기를 가졌으며, 따라서 어느 것이 프롤레타리아 작품으로서 충분한 가치를 가졌느냐? 너의 소설 〈화물자동차〉의 예를 들어 보여주지 아니하였느냐?"고

그러나 이 반박이 역시 자승자박밖에는 아니 되는 것이다. 첫째 현인 군의 〈화물자동차〉 평이라는 것은 "모든 프롤레타리아 작품은 노동자가 조직을 통하여 투쟁하는 것만을 써야 한다."는 공식公式 논리에서 나온 말이다. 또 그와 같은 역사적 성질을 가진 사회적 사실을 비변증법적 방법으로 비판하였다고 하였으나, 어찌하여 그러하다는 것은 그 작作을 내어놓고 재삼 읽어보아도 알 길이 없다. 그리고 피상적인 비근한 원인만을 파악하였다 하였으나 그것이 현인 군이야말로 그 작을 피상적으로만 읽은 데 있지 아니한가 한다.

물론 그 작품이 완전무결한 것이라고 내가 고집하는 것은 아니다. 내가 아직 완성된 작가가 아닌 만큼 내가 제작하는 작품의 모두가 완전한 것일 리는 없는 것이다. 그러니까 (둘째) 한 작가를 논할 때에는 그 작가의 여러 작품을 보고 나서 할 것이다. 그런데 현인 군은 1931년 중에 발표된 나의 작품 전부를 읽었으되 그중의 하나(화물자동차)만을 가지고 말하는 듯이 가장하였다.

그러나 현인 군이 지금이라도 계급적 양심이 눈을 떠 나의 작년 중 작품을 몇 편이라도 더 읽어보고 또 문제의 〈화물자동차〉를 다시 한 번 읽어본다면 남을 공격하기 위하여 양심을 속인 것으로 계급적 양심의 가책을 받아 괴사愧死 하고 말 것이다.

그러나 그러한 것보다도 여기에 결정적 조건 하나가 있으니 현인 군은 나를

"민족주의적 저널리즘의 일우一隅에서 그 룸펜적 소부르적 본질을 발휘하고 있다"하였다. 현인 군은 사전을 편찬하는 것도 아니겠는데 당치도 아

니한 민족주의니 저널리즘이니 하는 숙어를 나열한 것도 한 것이려니와, 가령 비록 군의 착각으로일망정 그와 같이 나를 규정하였다면 나는 한 개의 민족주의적 저널리즘의 룸펜 소부르이었지 방랑적 프로 작가라는 당치도 아니할 말이다. 이것을 가리켜 나는 현인 군이 자승자박을 할 것이라고 위에서 말한 것이다.

그런데 여기에서 근본문제로 들어가기 위하여 나는 한번 현인 군의 나에게 대한 규정을 시인하여 놓고 한 가지 할 말이 있다.—즉 내가 만일 "현재와 같은 방랑적 환경을 완전히 양양揚襄하고 의식적으로 우리들(카프)의 계급적 진영에로 전향하게 된다면" (현인 군의 표현대로) 받아주겠다는 의미의 말을 하였다. 그리고 현인 군 자신이 그때에 나에게 대한 태도는 "재언할 필요가 없이 명백하다"고 하였으니 쌍수를 들어 웰컴! 을 부르짖을 눈치인 모양이다.

매우 고마운 말이다. 그러나 나로서는 만일 그리하기로 든다면 그 "우리들의 계급적 진영"을 한번 알아볼 필요가 있다고 말하는 것을 무리라고 할 사람은 없을 것이다.

우리들이 계급적 진영—그것은 카프임에 틀림이 없을 것이다. 그러면 카프는 어떠한 것?


## 3. 현인 군이 보여준 카프의 정체

모든 성심誠心을 다 버리고 본다 하더라도 현인 군이 〈방랑적 작가에게〉라는 일문과 기타 《비판》지 신년호의 〈예술운동의 전망〉이라든가 문제의 〈문단촌침〉 등에서 캄플라지를 하려고 몹시 애를 썼으면서도 선연 나타내 보여준 카프의 자태는 퍽도 한심한 꼬락서니다.

〈방랑적 작가에게〉 (5)에서 현인군은 이러한 말을 하였다.

(1) "이상 이문二問은 카프에 대한 것이라고 하나 카프가 군(채만식)의 질문에 답할 필요가 있다 하더라도 현재와 같이 그 집회가 완전히 봉쇄된 이상 그에 대한 구체적 응답을 하기에는 조금 곤란한 형편이니"라고 하였고 계속하여

(2) "황차 필요 없는 응답을 하기 위하여 그 정력과 수고의 무용한 낭비를 가질 바 만무한 것이니, 군이여 카프의 일원으로서 필자의 답으로 만족하여 주기를 바란다"고 하였다.

편의상 순서를 바꾸어 (2)를 먼저 보자. "필요 없는 응답……." 운운은 즉 카프가 나의 질문에 대하여 응답할 필요가 없다는 말이다.

그러나 현인 군은 동문同文인 〈방랑적 작가에게〉의 제1회에서

"─채만식 군의 작가적 행동에 관한 소문小文이 필자玄人가 예술적 인텔리겐차의 획득이라는 카프진영에 당면한 중요과제의 수행의 일조로써 (채만식이를 카프로 끌어들이기 위하여) 기초한 것"이라고 하였다.

즉 소위 '방랑적 작가'를 카프진영으로 끌어들이는 것이 카프진영에 당면된 중요과제임을 말한 데 틀림이 없는 것이다.

만일 소위 방랑적 작가를 끌어들이는 것이 카프진영에 당면한 중요과제라는 이 말이 정말이라면 필요 없는 응답 운운의 말이 새빨간 거짓말이요, 이것이 거짓말이 아니라면 '중요과제' 운운의 말이 어쩔 수 없이 새빨간 거짓말이 되고 말 것이다.

물론 현인 군은 상용相容치 못하는 이 두 거짓말을 이렇게 합리화시키려고 애쓸 것이다.

"그렇다. 예술적 인텔리를 끌어들이는 것이 카프진영의 중요한 과제다. 그러나 그것을 가지고 카프가 나설 만큼 그렇게 중요하지는 아니하고 한 개인 논전에 맡겨도 충분하다"고

그러나 그러면 이것이 현인 군이 떠받고 나선 바 "일정한 계급적 기도하

에서 조직적(문예평론)행동을 구체적으로 진전시킨다”는 프롤레타리아 예술 진영인 카프의 본령과 얼마나 모순이 되는 말인가.

더욱이 현인 군은 카프의 집회가 완전히 봉쇄되었다고 말하였으니, 그러면 그동안의 나와의 논전도 비록 카프의 원칙적 전술이라고는 할지언정 카프와는 아무런 관계도 없이 즉 “계급적 기도하에서 조직적으로 진전시킨 행동이 아님”을 스스로 고백하는 것이며, 따라서 그것은 계급적 예술진영을 등에 지고도 그야말로 방랑적 자유행동이 아닐까?

여기에서 자연히 문제가 풀리어 나오는 것은 위에서 말하던 (1)의 “카프가……현재와 같이 집회가 완전히 봉쇄되었다”는 것이다.


대저 카프란 무엇인가?

예술적 방법에 의한 투쟁의 한 조직체가 아닌가?

그렇다면 그 집회가 봉쇄되었을 때에는 위선 그 자유만이라도 획득하기 위한 투쟁이 있어야 할 것이 아닌가? 그것은 없고 봉쇄 이자二字만 내걸으니 이 무슨 가엾은 비명인가. 카프의 집회가 봉쇄된 지 이미 오래다.

그러나 그동안 단 한번이라도 그러한 투쟁을 하여 본 적이 있어 보이지 아니한다. 투쟁이 없이 자유가 얻어질 줄 믿는가? 만일 대중의 지지가 없는 때문이라면 카프는 팔 개월 반 만에 모체에서 나온 조생아일 것이요, 대중의 지지가 있는데도 불구하고 투쟁의 전개가 없다면 그것은 카프의 무능이 아니면 그 간부의 타락을 말하는 것이다.

그러나 이러한 카프에 대한 공격은 본문의 사명이 아니니 그만두기로 하고 그러면 그와 같이 집회가 봉쇄된 때문에 생기는 것은 무엇일까?

그것은 두말할 것도 없이 현인 군이 말하는 바

“일정한 계급적 기도하에서 조직적 작품(혹은 평론)” 행동의 구체적 진전의 ‘무無’를 말하는 것이며, 따라서

“대중과 항상 유기적 관계를 가지고 조직적으로 활동함”이 ‘불가능’함을

말하는 것인 데 틀림이 없을 것이다.

그러니까 따라서 1931년 중에 카프 작가가 내놓은 바 문예작품이라는 것이 진정한 의미의 "일정한 계급적 기도하에서 조직적으로 진전시킨 구체적 작품행동"이 아닐 것이며, 더구나 그들의 작품으로써 대중과 유기적 관계를 맺어 조직적으로 활동을 하지 못한 것일 것이 분명한 사실일 것이다.

빈번한 회합, 활발한 토의에 의한 현실의 파악, 이데올로기의 통제—그리하여 제작된 바 작품을 통하여서의 대중과 유기적 관계를 맺는 조직적 활동……이러한 것이 있은 뒤에야 비로소 카프의 카프인 보람이 있을 것이요, 그렇지 못하다면 그것은 카프라는 간판을 공연히 붙여놓고 피차에 얼굴조차 알지 못하는 작가구락부 외에서 더 나갈 것이 무엇인가?

따라서 예술적 진영에다 이름만을 둔 카프 작가와 소위 아무런 조직적 배경을 가지지 못한 '방랑적 작가'의 작품 사이에 차이가 없을 것도 사실이 아닌가?

여기에 대하여 그러면 현인 군의 변辯은 어떠한가?


나는 현인 군에게 대한 준비적 질문 제3에서

"1931년 중 카프가 가진 바 작품 중에 엄격한 노력勞力 대중적 견지에서 관찰하여 그 테마나 표현기술의 모든 것이 노동자나 농민에게 주었으면 할 만한 작품이라고 현인 군이 말한 〈부역賦役〉〈이중국적자〉〈호신술〉 더욱이 최근에 얻어 보지 못할 만한 〈공장신문〉〈목화와 콩〉 등이 일정한 계급적 기도하에서 구체적으로 진전시킨 조직적 작품행동임에 틀림이 없는가? 그렇다면 그 물적 증거를 보일 것.

또 이상의 작품들로써 대중과 유기적 관계를 가지고 조직적 활동을 하여서 예술운동의 전체적 임무를 달성하였음에 틀림없을 것이니 그 물적 증거를 보일 것"이라고 하였다.

이에 대하여 현인 군은 답 왈曰

"그렇다"라고 하였다.

이 "그렇다"라는 말이 과연 얼굴이 붉어짐이 없이 현인 군의 붓끝으로 씌어졌을까?

그리고는 "물적 증거를 보이라"고 한 데 대한 대답인 모양의 수백 언(言)이 나열되었는데, 아무리 일독·재독·삼독을 하여도 나의 물은 바와는 동문서답의 요령부득이다.

만일 그 투쟁이 투쟁다운 투쟁이었더라면 당연히 물적 증거가 없지 못할 것이거늘 있다 없다는 말도 아니하였다. 그러고는 무슨 의사로 그랬는지

"당연히 가져야 할 근로하는 대중과의 유기적 관계—다시 말하면 그것을 가지지 아니하고는 그의 부여된 계급적 임무의 전체를 도저히 수행할 수 없는 확호(確乎) 한 대중적 기초를" 가지지 못하였다는 것을 고백하였다. 보기에도 애처로운 갈팡질팡이다.

대관절 대중적 기초를 가지지 못한 조직이 소일거리의 구락부와 무엇이 다를 것인가?


이밖에 현인 군의 자백이 있으니 그것은 《비판》 신년호의 〈예술운동의 전망〉에 "1931년 중에 카프가 가진 바 작품 중에 엄격한 노력 대중적 견지에서 관찰하여 그 테마나 표현기술의 모든 것이 노동자나 농민에게 주었으면 (방점—채) 할 만한 작품"이라는 말을 하였다.

"주었으면" 좋겠다는 작품이라고 하였으니 못 준 것만은 사실이 아닌가? 그러면 그 작품의 독자는 누구였었는가?

여기에서 잠시 본론이 중단되나 현인 군이 침이 마르도록 '걸작'이라는 칭호까지 붙여 자랑을 한 〈목화와 콩〉 〈공장신문〉의 두 개 작품을 구경하자.

겨울에 생선장사가 꽁꽁 언 동태 몇 뭇을 지고 골목쟁이에서 살 사람과

수작하는 말이다.

"이 동태가 상했어요? 원 천만에! 지금 이놈이 얼어서 그렇지 더운 물에다 담가노면 꼬리를 회회 치고 물을 뻐금뻐금 먹습니다."

현인 군의 전게 두 작품에 대한 자랑은 외수없이 이 생선장사의 동태에 대한 그것이다.

물론 그 두 작품이 나쁘다는 것은 아니다. 한 습작품으로 보아 장래성이 충분히 보이는 한 쓸쓸한 작作들이다.

그러나 결코 더운물에다 담가노면 꼬리를 회회 치고 물을 뻐끔뻐끔 먹을 그러한 '걸작'이라고 하기에는 너무나 결缺이 많다.

무엇보다도 자아를 냉정한 과학적 방법으로 비판하여 정당한 평론을 내림으로써 무기를 삼아야 할 것임에 불구하고 이것이 무슨 기만이요 편협인가?

그래도 현인 군이 그 평가를 고집한다면 그것은 카프 작품에 대한 수준을 너무도 얕잡은 것이 아니겠는가?

다시 본론으로 들어가서―

현인 군은 나의 준비적 질문 (6)인

"조선의 프로문예의 독자가 근본적 대상인 노력대중이 아니고 일부 문예에 취미를 가진 인텔리층으로 되어 있는 헐떡거리는 조선(프로) 예술운동의 기형적 현상을 카프 작가가 항상 의식적으로 그를 정당한 합리적 코스로 전환시킨 물적 증거를 보이라"고 한 것을 가지고 대단히 트집을 잡았다. (그것을 보여주지 아니한 대신)

그것은 현인 군 자신은

"전환시킬"이라는 미래사未來詞로 썼는데 내가 의식적으로 욕박辱駁을 하기 위하여 "시킨"이라는 과거사過去詞로 둘러 꾸몄다는 것이다.

그러나 나 역시 "시킬"로 보았다. 그 일부분을 여기에 인용하면

"―그러나 엄밀한 의미에 있어서의 프로문사는……(중략)……합리적 코

스에로 전향시킬려고(방점—채) 노력하여야 할 것"이라고 하였다.

여기에서 나는 생각하였다.

즉 현인 군의 말한 엄밀한 의미에 있어의 프로문사면 카프작가일 것이다. 그러면 그들은 그 기형적 현상을 합리적 코스에로 전환시킬려고 노력하였을 것이요, 따라서 그 노력의 결과가 있을 것이니 비록 과정적이나마 '전향시킨' 증거가 남아 있을 것이다.

나는 이것을 현인 군에게 물은 것이다.

말의 관계가 좀 델리케트하기는 하나 머리가 밝은 현인 군으로 그것을 알아채지 못하였다는 것은 좀 놀라운 일이다. 몹시 흥분이 되었던 모양이다.

그러나 여기에서 내가 문제삼으려 하는 것은 그러한 것이 아니라 현인 군의 '시킬'이라고 뻗는 것을 그대로 받아

"그러면 역시 '시킨' 것이 아니라 엄정한 의미의 프로문사인 카프작가들도 그 기형적 현상을 정당한 합리적 코스에로 전향시킬려고 하고만 있는 것이라"고 보아줄 수밖에는 없는 것이다.

그러면 여기에서도 또한 카프작가와 '방랑적 프로 작가'의 구별이 분명치 못하여진다. 혹 현인 군이 옛날 언청이 몽학蒙學처럼

"이놈아 나는 하늘 턴 해도 너는 한울 턴(천)이라고 읽어라"고 애들을 나무란 격이라면 차라리 유머 미味나 있겠다.


이상과 같이 현인 군은 나를 공격하기 위하여 갖추갖추 들고 나온 무기가 결국은 카프의 무능(사실로 무능 여하는 여기에서 말하지 아니한다)을 나에게 폭로시킴으로써 도리어 자기 자신에 화를 끼치게 되고 만 것이다.

즉 요약해서 말하면 "카프란 아무것도 하지 못하고 간판만 만들어 걸고 있는 유령적 존재요"라고.

그러면서도

“카프는 ××××× 아래 움직이는 프로예술의 진영임에 틀림이 없는가?”라고 물은 나의 준비적 질문 (4)에 대하여

“노” 혹은 “예스”라고 했으면 그만일 것인데, 무어라고 복자伏字 운운하면서 요령부득의 긴 설명을 늘어놓았다.

그러나 나는 단언한다.

“카프는 절대로 그렇지가 못하다”고

만일 그래도 고집을 세운다면 그것은 복자를 구실삼아 ×××을 팔아먹으려는 브로커다. 그러한 조직을 ‘체’하고 내세워 룸펜 작가를 공격함은 몰염치한 짓이다.


이 외에도 현인 군의 소론을 뒤지자면 여러 가지 할 말이 많으나 그러할 필요와 흥미가 다같이 없어 이만하고, 끝으로 결론에 들어가 나의 작가적 태도와 및 현인 군에게 일언一言의 충고를 보내려 한다.

나는 전회에서도 말한 바와 같이 습작기에 있음을 자감自甘한다.

내 작품에 이데올로기가 선명치 못한 것은 나의 표현기술이 부족한 데 큰 원인의 하나가 있다고 믿는다.

그러니까 현재의 카프가 어떠하건 나는 사실에 있어서 카프의 일원이 되기를 스스로 부족하여 한다. 현인 군이 이름지어준 대로 하면 방랑작가로서 당분 머물러 있을 것이다. 그것은 나의 작가적 기술이 좀 더 능숙하여질 때까지일 것이다.

그러니까 앞으로 누가 무어라건 나는 그를 박駁하기보다는 작품으로 완성에의 접근으로써 그에 대답할 터이다.

현인 군에게의 충고라는 것은 좀더 무게 있기를 바란다는 것이다. 언제인가 박영희朴英熙군이 “그럴 것 없이 버젓한 작품을 내놓아보아라”고 충고하는 것도 듣지 아니하고 기어이 현인 군과 논전을 시작한 것을 나는 진심으로 후회한다.

　현인 군도 앞으로 무게 있는 평론가가 되어 그때에 다시 만나기를 바
란다.

《제1선第一線》(1932. 7~8월호)



　현인 군도 앞으로 무게 있는 평론가가 되어 그때에 다시 만나기를 바
란다.

《제1선第一線》(1932. 7~8월호)

# 한 작가로서의 항변
—평론가에게

최근 조선의 문예평론가(라고 불려지는 사람)들의 대부분이 붓을 드는 이마다 문단의 부진과 저조를 말한다. 그들은 약속이나 한 것처럼 셰익스피어가 괴테가 똘스또이가 고리끼가 나오지 아니하는 것, 따라서 조선의 문학이 세계적 수준에 오르지 못하는 것을 통탄한다.

그리고 다시 나아가서 그들은 조선의 문단이 세계적 수준에 오르도록 셰익스피어나 괴테나 똘스또이나 고리끼가 나오지 못하고 부진 저조한 그 원인을 (발표기관의 부족이나 작가의 생활 불안에도 언급은 하나) 근본적으로는 개개인 작가의 역량부족에 돌린다.

이러한 평론가군의 규정에 일부 문학기호가들은 무조건하고 박수를 하고 특히 정신적 이권업자들인 ㈜ 브로커들은 마치 ㈜이나 만난 듯이 예의 고색이 창연한 영도 이하의 ××적 문구를 가지고 나와 (격려의 가면하에) 작가를 오매惡罵하며 민중에게 중상中傷 방송을 한다.

애꿎은 건 작가들이다. 그들은 이 억울한 이중삼중의 공격과 박해에 더러는 항의를 시도하기도 하지만 그러나 전면적으로는 눈물을 삼키고 인종을 하지 아니치 못한다.

미상불 현 조선의 문학은 세계적 수준에서 까마득히 떨어져 있는 것이 사실이다. 조선에는 《햄릿》이나 《파우스트》나 《부활》이나 《어머니》 같은 대작이 없었다. 셰익스피어나 괴테나 똘스또이나 고리끼 같은 대가의 역량을 가진 작가가 조선에는 없는 때문이다. 따라서 조선의 작가들은 그 일면적 책임을 개개인의 입장에서 달갑게 지기를 싫어하지 아니한다. 그러나 문제는 거기에서 그치지 아니한다. 왜 그러냐 하면 조선의 문학을 세계적 수준에 올리도록 대작을 내어놓을 만한 역량 있는 작가가 없는 것은 그 원인이 어느 곳에 있느냐 하는 중대한 근본 문제가 있는 때문이다.

한 사회나 민족의 문학은 (다른 예술도 그렇지만) 그 사회나 그 민족이 가진 과거의 문화적 전통과 현재의 문화수준과 및 양자간의 긴밀한 연관관계에 의거한다는 것은 더 설명을 요치 아니하는 사실이다. 현대의 영국문학이나 불란서문학이나 독일문학이나 소비에트문학이나가 모두 다 세계적 수준의 왕좌를 점하고 있는 것은 그들에게 과거에 값비싼 문학적 유산(전통)이 있고 현대의 문화정도가 세계적 수준에 있는 때문이다.

현대적 문화수준이 영국에 못하지 아니하면서도 미국의 문학이 영국문학의 방계적 부문에 처하여 세계적 수준에서는 제 이류에 속함은 미국자체의 고유한 문학적 전통이 크지 못한 때문이다.

또 중국이나 희랍이 역사 깊은 문학적 전통을 가졌으면서 그들의 현대문학이 세계적 수준에 이르지 못하는 것은 현대문화의 수준이 동떨어지게 낮은 때문이다. 물론 예외가 없는 것이 아니다. 인도의 타고르이라든가 파란의 센케비치라든가. 그러나 예외는 언제든 예외적 원인에서 발생하는 것이지 정상적 현상까지를 짓밟지는 못하는 것이다.

이상과 같은 외국의 문학적 전통과 문화의 수준, 문학과의 관계를 미루어 조선의 그것을 보기로 하자.

조선에는 과거에 큰 문학이 없었다. 제아무리 우김성이 센 '조선주의(?)자'라도 《춘향전》이나 한문으로 쓴 시조쯤 가지고 큰 문학이 있었다고 세우지는 못할 것이다.

따라서 현대의 조선의 작가들은 문학적 유산 즉 전통을 가지지 못한 것이 사실이다. 가령 있었다 하더라도 그것을 모르는 것은 현대의 작가의 잘못이 아니다. 그것을 학문적으로 연구해 내었어야 할 '문학자'와 평론가와 역사가에게 그 책임이 있는 것이다.

아무리 4천 년이니 5천 년이니 역사의 유구했음을 자랑하여도 후대에 물려줄 유산을 남기지 못한 역사는 아무런 가치도 없는 것이다.

우리의 조상이 만주벌판에서 동양천지를 호령한 것이, 그것이 후손인 우리와 연관적 관계가 없으니 무엇이 그다지 자랑이며, 고려 사람들이 청자기를 잘 만들었다지만 저 혼자만 만들다가 죽었으니 그것이 어떻게 후인에게 미술적 유산이 될 것이냐?

하물며 이조 이후 5백 년은 정치적 굴종과 문화적 모방 이외에는 아무것도 해놓은 것이 없는 역사임에랴. 이와 같이 전통이 없는 민족에게 현대문화가 또한 훨씬 떨어진 수준에서 방황하고 있음을 우리는 싫어도 현실이니 시인 아니 할 수가 없는 것이다. 따라서 문화의 일부문인 문학도 세계적 수준에 이르지 못하는 것은 도리어 당연의 사실이다. 조선에 고리끼가 나지 못하는 것은 ㉐인 가운데 이인직이가 나지 못하는 것과 그 이유가 동일하다.

동경에서 발행하는 잡지가 이틀이면 조선 사람의 손에 들어올 수가 있다. 소비에트나 구라파의 것을 번역하였다 하더라도 시간적으로 한 달 이내에 조선의 문예평론가들은 소비에트나 구라파의 문단에서 물의 되는 새로운 이론을 배울 수가 있다.

아, 고도로 발달된 문학이론을 배운 조선의 문학평론가들의 눈에 비치는 조선작가들의 작품은 미개인이 토템에 그려놓은 그림보다 나을 것 없이 비칠 것이다. 그러나 그들은 조선 문학의 부진 저조를 지적하고 세계문학의 예를 들어 조선의 작가를 폄은 하였을지언정 어찌하여 조선 문학이 부진 저조하며 어찌하여 조선의 작가가 세계적 수준에 오를 작품을 내어놓지 못하는가 하는 근본원인은 생각하여 보려고도 아니하고 또 생각하여

볼 만한 재능도 없었던 것이다.

조선의 평론가들은 조선의 작가가 얼마나한 문학적 유산을 가졌는가……만이라도 연구하여 본 적이 있으며, 또 조선의 현 문학수준이 조선의 현재 일반문화 수준과 차이가 있음을 연구해 보려고 한 사람이 있었는가? 만일 조선의 문예평론가(라고 불리어지는 사람)들이 그래도 문학적 양심이 있다면 99%는 나의 이 말에 졸도하고 말 것이다.

최후로 나는 몇 마디 단정적 선언을 한다.

조선의 현대문학은 조선 현대의 일반 문화수준보다는 도리어 앞선 기형畸型을 이루었을지언정 뒤지지는 아니하였다고.

또 조선에도 앞으로 50년 백 년 후에 셰익스피어도 괴테도 똘스또이도 고리끼도 생겨난다고.

《조선일보朝鮮日報》(1934. 10. 3)

# 소설小說 안 쓰는 변명辯明

K군.

잊지 아니하고 소식 전해주니 고맙소. 이것은 아무나 편지 서두書頭에 체면과 습관으로 인사삼아 쓰는 항투의 말이 아니라 진심으로 아슴찮아서 하는 치하요.

내가 왜 이런 새삼스런 소리를 할까마는, 그런 것이 아니라 얼마 전 내가 퍽 정다워하는 친구 한두 사람을 잃어버렸는데 거기에 생각하기조차 몹시 불쾌한 여운이 아예 스러지지 아니하는 때문이오. 도덕군자나 또는 장자長者)들이 설교하는 그러한 숭고(?)한 교우지명交友之銘 같은 것은 나는 모르오. 나는 다만 이렇게 생각하오.

벗의 단처短處를 알되 허물하지 아니하고 다직해서 일종의 애교를 보게 되어야 하고, 그 장처長處는 공리적功利的으로 이용하려 아니하고 일종의 심미적 만족감으로써 대하는 그러한 지경에까지 이르러야만 참된 우정이라고 할 수 있다……고.

이렇게 말하면 이상이나 주장 같지만 그것보다 앞서 사실이 그러하오.

부자 사람에게 참된 친구가 별로 없는 것, 시정市井의 평범한 사람들 사이에 흡사 남녀간의 연정과 같이 전부를 초월한 진실한 우정의 실례가 허다함이 그를 설명해 주고 있소.

이러한 어떻게 보면 패설<sub>稗說</sub> 같은 교우관을 가지고 있는 나인지라 이번에 나와 틈이 벌어진 그 한두 사람의 친구의 일에 대해서도 역시 그에 준한 해석을 하지 아니할 수가 없었소.

"이용할 수 있는 세간적<sub>世間的</sub> 공리가치가 없어지니까 인간적 단점을 구실삼아 나를 멀리하려는 것이 아닌가? 해서……."

그래서 나는 불쾌하단 말이오. 그러나 정에 약한 나는 그래도 그 친구들을 잊지 못하며 그러한 해석이 송구해서 제발 그것이 나의 오해이었으면 하고 마음에 바람을 가지오.

좌우간 그러하던 차인데 군이 이곳저곳 부탁해서 내 처소를 수소문해 가지고 알뜰히 편지를 해준 것이 가슴에 스미도록 고마웠소.

그래서 정작 하려던 말은 제쳐놓고 이렇게 기다란 탈선을 하게 된 것이오.


"왜 창작을 하지 아니하느냐?"

고. 그리고

"남은 훨훨 앞을 서서 줄달음질을 쳐가는데"라고 K군, 군은 말해 주었소.

군이 말해주지 아니해도 나는 퍽 초조하고 있소.

나와 동년대에 나왔던 작가들은 제가끔 그만한 활동을 하여서 그만한 지반을 쌓아놓고 있소.

그뿐 아니라 나보다 훨씬 뒤늦게 나온 작가들도 눈부시게 날뛰어서 모두 문단적 지위를 하루하루 높이고 있소.

그러한 것을 보면 야심은 없지도 아니한 나로서 차를 놓치고는 빈 정거장에 우두커니 서서 달아나는 차 꽁무니만 바라보고 있는 듯한 안타까움과 초조에 가뜩이나 가슬가슬해진 신경이 못견디게 자극이 되오.

그런 때에는 그러면 나도 어서 바삐 소설쓰기를 시작해야 하겠다. 자 시방부터 자 원고지를, 자 만년필을 하고 서둘러 보오.

그러나 그 다음에는 무슨 발작이 지나간 다음 순간처럼 맥이 풀리어 그대로 방바닥에 네 활개를 펴고 드러누워 버리오. 그러고는 머리끝이 그중에도 왼편 야관지가 끌로 파내는 것같이 들씬거리고 아파서 견딜 수가 없소.

이 머리 아픈 것 참 질색이오.

무엇을 골똘하게 생각한다든지 또는 수필이나 잡문 나부랭이라도 하룻밤 앉아서 몇 시간 쓴다든지 하고 나면 그냥 머리 아프기가 시작되어 가지고는 그날 밤은 말할 것도 없이 앞으로 3, 4일 씩은 그대로 계속해서 아프고 또 밤잠을 자지 못하오.

다른 건강도 건강이려니와 '신경쇠약'에는 꼼짝할 수가 없소.

그러나 이것은 한 조그마한 원인은 될지언정 결정적 중대 원인은 아니오.


2


K군.

소설이라는 것이 시대나 사회 즉 현실을 떠나 순전히 머릿속에서 장만한 이야기를 펜으로 그려놓는 것이라면야 퍽 쉽겠지요.

그러나 그러한 것이야 어디 참된 문학이 될 수 있소?

오늘날 리얼리즘의 소리가 높은 것은 그 때문이라오.

그런데 그 현실이라는 것이 나에게는 너무도 벅차오.

나—한개의 소시민—의 체험하는 현실은 도무지 보잘 것이 없소. 박봉의 신문기자 생활이 아니면 수입 전무의 룸펜.

그래서 나는 현실이라는 것은 나의 스케일이 좁고 깊이가 얕은 '생활'에서 오는 아주 빈약한 것에 지나지 못하오.

이 사회 이 시대에 있어서의 현실은 한개 소시민의 우울한 생활에 비하면 거기에는 실로 눈에서 불이 번쩍 나는 다이나믹한 열熱과 역力의 작용이 있는 커다란 역사적 현실이오.

고리끼의 이러한 말이 생각나오.

"요즘 그들 가운데 누구(부르조아 문학자)는 작가에게 이렇게 말했다. '작가인 것은 자네의 개인적 사업이지 내게는 관계없다'고……. 이것은 가장 유독有毒한 넌센스다. 문학은 결코 스탕달이나 레프 똘스또이의 개인 사업은 아니었었다. 그것은 언제든지 시대의 사업이었고 나라 계급의 사업이었었다. 고대 희랍·로마의 문학, 이태리 문예부흥, 엘리자베스시대의 문학, 데까당·상징파의 문학은 존재했었어도 누가 에스킬로스, 셰익스피어, 단테의 문학에 대해서는 말하지 아니한다. 19~20세기의 로서아 문학자의 형(型: 스타일)이 무섭게 여러 가지이지만 우리가 말하는 것은 시대의 드라마 희비극喜悲劇을 반영하는 예술로서의 문학이지 개인으로서의 푸쉬킨이나 고리끼나 레스코프나 체홉의 문학은 아니다."

이것은 나쯤으로 앉아서 옳다 그르다고 할 것도 없이 적절한 말이오.

물론 그렇다고 나도 그러한 위대한 문학을 나을 수 있다는 돈끼호떼식 자신을 고스란히 가지고 있음은 아니나 적어도 그러고 싶다는 열과 그러해야 한다는 양심만은 잃지 아니했소.

그것조차 과대망상증일는지 모르겠으나 나로서는 버릴 수 없는 집착이니 어찌할 수가 없소─혓바닥은 짧아도 침은 멀리 뱉는다고나 할는지.

그래 좌우간 이 거대한 파도와 같은 현실에 대한 미력하나마 사회학자다운 관찰과 연구…… 이것이 정말로 벅차오.

가령 시방 조선의 인심이 물 끓듯이 끓게 해놓은 '금金'에 대한 것만 가지고 봅시다. 나는 벌써 2, 3년 전에 그것을 한 개의 소설로 쓰려고 내 깐에는 몹시도 애를 썼소.

그러나 한 사람의 광업가鑛業家가 처음 산에서 석금石金이면 석금, 또 들에서 사금砂金이면 사금의 광鑛을 발견한 것으로부터 시작하여 맨 나중 현대공업의 한 호화판인 제련소나 그렇지 아니하고 사광부砂鑛夫의 '함지'에서 그 싯누런 황금이 비로소 나타나는 그동안까지의 모든 작업·수속·활동 등의 천 가지 만 가지의 '일'을 나는 도저히 5, 60원에 밤과 낮으로 목이 매어진 신문기자 생활로나 또는 밥값에 몰리는 무수입의 룸펜으로서는 알아내려도 알아낼 수 없는 어려운 '학문'이었소.

내게 만일 반 년 동안만 아무것도 생활에는 거리낌이 없이 '금'을 연구할 여유가 있었다면 나는 참으로 좋은 학문을 가졌음을 기뻐했을 것이오.

그러나 나는 오로지 생활의 채찍에 못 견디어 주둥이를 땅에 끌며 냄새를 찾아 헤매는 개와도 같이 우울한 그날그날을 실로 견딜 수 없는 권태 속에서 지내왔고 지금도 그러하오.

"아무것도 없는 오늘."

이 햄릿 같은 '오늘'이 그저 날마다 날마다 찾아오기만 하오. 만일 날이 밝지 아니하는 날이 하루라도 있어 준다면 나는 없는 소를 열 마리만 잡아서라도 하나님(!)께 감사하는 제사를 지내리다.

3

K군.

그래서 나는 아무리 생각하여도 월급쟁이로만 뱅뱅 돌다가는 소설은커녕 그 근처에 어른거리지도 못하겠다고 늘 궁리를 하던 끝에 불행 중에도 다행으로 신문기자란 직업을 내놓게 되었을 때 한 기쁜 희망을 가지게 되었었소.

"인제 문학에 죄 정력을 쓸 수 있겠다"고…….

그러나 거기에는 준비가 필요했소. 눈에다 넣어도 아프지 아니하게 주는 원고료만을 믿고는 마음대로 문학을 하기는커녕 그날그날 밥을 먹기도 부족하오. 그래서 아직 2, 3년이고 5, 6년이고 그리 늦지는 아니하니 무슨 짓을 해서든지 조금 돈을 벌자.(허허 웃지마오)

그래놓고 나서 그 놈을 먹어가면서 그때에 소설을 쓰기 시작하자.

이것은 어른의 동화이었소. 돈이라는 것은 돈을 모을 수 있는 사람에게만 모아지지 나 같은 사람에게는 모아지지 아니한다는 것을 내가 깨닫기에 나는 그다지 힘은 들지 아니했소.

상말로 '천냥만냥'을 하고 다니다가 허허 웃고는 이처럼 당세의 두문동杜門洞인 이 하숙에 들어 엎드린 지가 장근將近 두 달이 되어요.

그러니 지금 새삼스럽게 다만 몇 푼 안되는 원고료로 밥만 얻어먹자고 되지도 아니한 소설을 마구 대고 써내자니 그것은 죽어도 할 수가 없고 그리고 또 한 가지 중대한 조건이 있소.

현실이니 리얼리즘이니 하지만, 그러니 똑바른 현실을 현실대로 파악하여 가지고 그것으로 재료 삼는 것이 소설을 쓰는 데 큰 기초가 되는 것이요, 따라서 중대한 소인素因이야 되는 것이지만 그러나 현실을 현실대로 그려만 놓았자 그것은 한 개의 사진寫眞에 불과하오.

여기서 '무엇을?' 과 한가지로 '어떻게?'의 문제가 생기는 것인데, 이 '어떻게?'의 문제를 다른 사람들은 해결한 듯이 보이오.

그러나 나는 그것을 알지 못하오. 그래서 자꾸만 보고 생각하고 하지만 머리가 둔한 탓인지 아직도 알 수가 없소.

─유물변증법적 창작방법에서 ××××적 리얼리즘에서 ××적 로맨티즘에서…….

이렇게 문명한 문예평론가들은 예민하게 송구영신送舊迎新을 하건만, 작가 그중에도 머리가 둔한 야만인인 나는 글자를 아는 덕에 그것이 무슨 소리인지쯤은 알겠으나 높다고 여긴다든지 하물며 그대로 추종해서 그 법으로 창작을 할 수는 없고.

〈용감한 병정 슈베이크〉란 소설을 보면 슈베이크가 심문을 받는데

"나는 관허백치官許白痴랍니다"

고 하고 웃지도 아니하는 장면이 있고, 군도 거리낄 것 없이 나더러 바보라고 물으면

"응 나는 저능아야"

하고 대답하지요.


K군.

나는 아직도 문학을 버릴 생각은 없고 답답하다 못해 에잇 집어치울까 보다고 해던지는 때도 없지는 아니하지만, 마치 정든 사람을 허물도 없이 버리지 못하는 것처럼 버리지는 못하오.

이렇게 잡고 늘어져 나가면서 혹은 한평생 이 지경일는지는 그것도 또 모르겠고 마는 인제 쓰기는 쓰지요.

써보아서 그것이 되지 아니한 것이면 그때에는 정말 붓을 꺾어버리고 문학과 영결永訣을 하겠소.

그리한댔자 물론 아무 일도 없소.

군이 그야말로 마당 터지는데 솔뿌리 걱정을 하듯이 나 한 사람 소설을 쓰지 아니한다든가 또는 문학과 영결을 한다더라도 문단은 손損볼 것도 없고 더구나 '문단을 위해서'는 아무렇지도 아니하오. 문단에는 시방 큰 재주와 많은 공부를 쌓은 신인들이 나날이 나오고 있소.


4


앞으로 얼마 아니 가서 조선 문단은 단연 그들의 눈부신 무대가 되어 가

지고 좋은 꽃들이 환히 필 터이오.

끝으로 지금 내 처지에 있어가지고 남에게 참고될 권언勸言을 한다는 것은 퍽 외람한 일이요마는 군이 고전을 연구하는 데서부터 재출발하겠다는 것은 나도 찬성이라고 해두겠소.

그중에도 〈춘향전〉은 우리가 문학을 뜻하는 때에 반드시 한번은 속속들이 씹어 맛볼 무한한 가치가 있다고 나는 생각하오. 나도 전에 〈춘향전〉을 고본古本을 비롯해서 몇 종 어름어름 읽기는 했으나 다시 한 번 잘 읽으려 하는데 군이 수집해서 다 보고 난 끝이면 내게도 좀 보내주면 좋겠소.

영국의 셰익스피어의 여러 작품, 일본의 〈원씨물어源氏物語〉와 아울러 〈춘향전〉도 그것들에 겨눌만한 귀중한 고전이오.

이 말은 결코 완고스러운 어느 한편 사람들처럼 궁여窮餘에 들고 나서서 자랑을 하였다는 그런 수작이 아니라 참되게 평가해서 하는 말이오.

아마 〈춘향전〉 하나만 잘 연구하재도 한 사람의 문학자의 필생의 사업으로는 넉넉할 줄 아오.

이것은 조선의 젊은 영문학도들이 도서관에 들어박혀서 엘리자베스왕조의 문학을 연구하느라고 먼지를 먹고 있느니보다는 또한 훨씬 유익할 줄 아오. 누구 한 사람 〈춘향전〉의 진가를 충분하게 우리에게 연구해 보여준 사람은 없으면서, 비교적 인연도 멀거니와 또 세계적으로 이미 그 연구가 완성되어 있는 셰익스피어에만 열중이 되어 있는 젊은이가 더러 있는 것을 보았기에 하는 말이오.

좌우간 그렇게 해서 군의 손으로 〈춘향전〉이 더 좋은 극본이 되어 가지고 그야말로 금상첨화가 되어 세상에 나온다면 그보다 더 기쁜 일은 없겠소.

다만 부탁은 그것이 극히 어려운 것이라는 것을 말해두오.

전번에 극작가 유치진柳致眞씨가 조선일보에 〈춘향전〉을 각색 발표하였는데, 그것을 전부 보지 못하였으니까 시방 앉아서 어떻다고 말하기는 어려우나 〈춘향전〉은 다른 것과도 달라 그것 자신이 위에서 말한 대로 높은 문학적 가치를 가지고 있는 때문에 잘못하면 되레 좋은 고전을 망신시키기가 쉽소. 마치 금강산의 풍경을 붓으로 써내기가 매우 어렵듯이—.

다음

야담문학野談文學의 번성에 대한 나의 의견인데, 그 야담문학의 번성을 군은 마치 원수나 만난 것처럼 저주하지만 내 생각 같아서는 그렇게 흥분할 필요는 없을 듯하오.

야담문학이 문학일 수 있느냐 없느냐, 또 그것이 사회적으로 어떠한 파문을 일으키느냐 하는 것은 잠시 접어놓고 군도 보고 나도 보고 하는 대르 야담문학이 그처럼 작금 양년에 이르러 세차게 번성하는 것만은 싫어도 속일 수는 없는 한 엄연한 사실이오.

유명한 갈릴레오가

"그래도 지구는 도는걸!"

이라고 한 말은 역으로 이용해서

"아무리 그래도 야담문학이 지금 번성한 걸"

그냥 턱없이 욕이나 하고 흥분이나 해버린다면 그것은 그 법왕(이름은 잊었소마는) 같이 무지한 폭군이 되고 마오.

그러니까 우리는 무엇보다도 그것을 냉정하게 '실재實在'한 것으로 허許하고 그리고 그 조건을 캐보아야 하오.


5


야담문학은 그저 한말로 하면 민중이 좋아하는 데 그 발생과 성장의 근거가 있고, 민중은 격에 맞은 문학적 작품보다는 야담문학을 더 재미있어

하고, 그러니까 저널리즘은 그 성장을 자극시켜서 오늘의 번성을 보게 된 것이오.

그것은 일본문단의 강담講談이나 그보다 조금만 더 문학적 모습을 닮은 대중소설이 크게 번성한 것을 보면 알 수가 있소.

군은 값 헐한 센티의 유행가에 이마를 찌푸렸지요? 그러나 그것은 군뿐이오. 보통의 웬만한 친구나 시골 사람이나 중학생들은 그 유행가가 퍽 좋은 것이오.

이러한 유행가와 야담소설 이것이 없이는 민중은 퍽 심심하오. 그런 것을 듣고 읽고 하면 그들은 퍽 즐겁고 재미가 있소. 그러니까 유행가의 레코드는 잘 팔리고 야담잡지와 신문의 야담소설이 환영을 받으오. 이러한 것을 덮어놓고 무시해서야 되겠소?

그러나 그렇다고 나는 야담문학이나 유행가를 옹호 변명하는 것은 아니오. 다만 중간을 약하고 결론으로

"민중이 그러한 야담문학과 손을 끊고 이편으로 오도록 좋은 소설을 쓰라"

고 할 따름이오.

또 소위 본격소설을 쓰던 사람들이 그것을 버리고 보다 야담문학으로 도라웃하다고 군은 분개하지만 그것을 분개하는 군의 순심純心이 가여우나 매우 우습소.

무릇 소위 본격소설이라고 하는 기성사회의 문학의 길이란 두 가지밖에 없으니 하나는 신심리주의에로 나가는 것과 하나는 사실史實에서 재료를 얻어 느끼고 조금 붓끝을 고친 야담소설의 그것이오.

물론 두 가지가 다 문학의 정도는 아니나 그러한 한 개의 대세라는 데에서는 한 문학청년의 분개나 한탄이나 흥분이나 저주로는 막아낼 수 없는 일이오.

인제 두고 보오마는 군더러 보아란 듯이 야담문학은 앞으로 한동안은

더 잘 번성할 터이니—.

이렇게 길어져서 편집자가 싫어하겠으니 이만큼 하여두고 끊겠소.

서울도 시방 첫여름이 한창 무르녹아 가오. 가끔 하숙을 나가서 종묘 뒷 등으로 난 새 길을 거니노라면—나는 이 길을 걷기를 퍽 좋아 하오—하루 라도 고궁 안의 나뭇잎의 푸른 빛이 무게 있게 짙어가오. 그럴수록 고궁의 낡은 단청은 더욱 낡아 보이오.

그러한 것을 보면서 그 길을 거니노라면 역사를 발밑에 밟고 지나가는 것 같아서 퍽 유유하고 침착해지오.

군도 어서 바삐 그 솜씨가 늘어 역작의 선물을 가지고 문단에 데뷔하기 를 빌며 이만—.

《조선일보》(1936. 5. 26~30)

# 문예시평文藝時評

## 1. 장편長篇의 방향方向

바야흐로 장편소설에 대하여 한 새로운 이유 아래서 독자의 양量 문제라
는 것을 가지고 절박히 생각을 하게 되는 가을이 아닌가 한다. 그러나 나
부터도 아직껏 거기에 대한 완전한 결론은 얻은 것이 없다. 그러므로 문제
만을 제공하는 데 우선 그치게 되겠다.

전자에 나는 김남천 씨의 〈대하大河〉의 신간평을 쓰면서
"전작장편이 이만침이나 '재미도' 있을진댄 앞으로 우리는 신문 장편은
통속소설에게 자리를 양보하고서 전혀 전작으로만 나가도 좋을 것이라"
는 의미의 말을 한 적이 있었다.
그리고 사실에 있어서 〈대하〉는 신문의 연재소설보다 못지않게 '재미도'
있기도 했었고, 따라서 그것을 세상에다 대고 떳떳이 피력을 하여 꺼릴 바
이 없었던 것이다.
그러나 그렇다고 해서 즉 전작장편 〈대하〉가 신문의 연재소설보다 못지
않게 '재미도' 있다고 해서 그가 바로 신문의 연재소설보다 못지않게 '대량
의 독자도' 가질 수가 있다는 주장인 것은 아니었었다.

따라서 만일 그 신문장편은 통속소설에게 자리를 양보하고서 전혀 전작
全作으로만 나가도 좋으리라고 한 부분을 그것만을 따로이 독자의 양 문제
라는 것과 결합시켜 가지고 다시금 음미를 하기로 한다면, 그것은 결국 일
종의 이상론임을 면치 못하는 것이라 할 것이었었다.

가령 여기에 재미로든지 예술적인 가치로든지 조금도 우열이 없이 꼭
같은 두 개의 소설이 하나는 신문에 매일 연재가 되어가고 있고 다른 하나
는 전작으로서 간행이 되어 서점의 점두店頭에 나와서 있고 한 경우를 가
정을 하고서 그 어느 편이 독자에게 '손쉽고 편리하고' 하겠는가를 우선 살
펴보기로 한다.

신문소설은 신문기사의 일부분으로서 신문에 인쇄가 되어가지고 매일
매일 일정한 시각에 독자에게 배달이 된다. 독자는 배달된 신문을 펴들면
그 가운데 다른 신문기사로 더불어 소설도 그날치가 반드시 실려서 있다.
그대로 읽는다. 5분이면 족하다.

얼마나 '손쉽고 편리하고' 하냔 말이다.

한편 그런데 전작소설은 신문·잡지나 삐라며 포스터 같은 것의 광고랄
지 선전에 의하여 우선 간접으로 이러이러한 소설이 발행이 된 줄만을 안
다. 설혹 그 당장에 읽고 싶은 생각은 났더라도 또 하나의 순서를 거쳐서
서점엘 나가든지 원격한 지방이면 주문을 해야 한다. 몇 시간 내지 며칠
동안을 지나서야 책이 수중에 들어온다. 비로소 그제서야 읽는다. 얼마나
'더디고' '성가시고' '불편하고' 하냔 말이다. 도저히 신문소설의 그 '손쉽고
편리하고' 함을 따르지 못한다.

이 '손쉽고 편리하고' 한 것이 가장 이유가 되어 가지고 신문소설은 다
같은 소설이라고 하더라도 '더디고' '성가시고' '불편하고' 한 전작소설에 비
하여 왕청되게[25] 많은 독자를 가지는 것이다.

---

25) 왕청되다: 왕청같다. 차이가 엄청나다.

순수가 잘못되어 극단으로 독자의 질만 주장하던 나머지 하나도 독자는 없어도 좋다는 딜레마는 논외로 하고.

대체가 문학이 독자의 양 문제를 경시할 수가 없는 것인 이상 장편소설은 역시 신문에다가 그의 주된 발전기지를 두는 게 가장 유리하고 유효한 조건일 것이었었다. 좋으네 낮으네 타박은 하면서도 그새까지의 장편소설이란 온전히 신문을 의지하여 미미하나마 여기껏 그런 대로 울며불며 발전을 해왔다는 사실이 잘 그것을 입증하는 것이다.

일찍이 장편소설 문제가 활발하게 논의되고 그 논의가 되던 재료로서 예시한 바 모든 장편소설이 거의 전부가 신문에 연재되었던 장편인 것을 생각하면 더욱이 말할 것도 없는 것이다.

이러한 관계로 하여 전작장편이 '재미도' 있대서 신문장편은 통속소설에게 자리를 양보하고서 전혀 전작으로만 나가도 좋으리란 의견은 한갓 이상론이었음을 면할 수가 없었던 것이다.

그와 같이 한심스럽던 전작장편의 이상론을, 그런데 우리는 지금에 다시 들추어 내놓고 어떻게 해서든지 그에게 현실성을 부여하도록 해야 할 사정에 이르른 것이다. 즉 신문의 통제에 따른 장편소설의 발표수단으로서의 전작장편 문제가 그것인 것이다. 신문의 통제는 곧 국가의사의 발동인 것이다. 하되 그것은 전시하戰時下의 국가적 입장에서 대단히 절실한 이유와 필요로서 단행이 되었음에 틀림이 없는 것이다. 그러므로 일종 불급불요의 항목에 든다고도 할 수가 없지 못한 장편소설 문제쯤이 그러한 국가적 의사에 용훼容喙[26]를 할 바가 아니요, 어디까지고 그를 기성사실로 받아들여 그 사실에 입각해서 새로이 문제의 출발을 꾀함이 마땅할 것이다.

---

26) 간섭하여 말참견을 함.

## 2. 독자讀者의 양量 문제問題

그 동안까지는 일간신문에서 도합 여섯 편 내지 여덟 편의 장편소설을 일시에 끌고 나갔었다. 그것이 일 년 통계를 하면 15편 내지 20편이 되었었다. 즉 일간신문을 통하여 매년 15편으로부터 20편의 장편소설이 조선 문단에서 소화가 되었던 것이다.

결코 넉넉한 기관이요 풍족한 분량이랄 수는 없었다. 그러나 그런 대로 지탱은 해나가지 못할 것은 또한 없었다.

허나 지금은 3분지 1로 준 셈이다. 그리고 장편소설의 발표량은 4분지 1로 더 줄어들었다. (이상의 숫자는 전부가 講談流의 '이야기'를 제외하고 정통소설만을 추린 것이다)

장편소설은 그리하여 전과 같이 신문을 바라고는 도저히 생도生途가 막연한 형편에 이르르고 말았다.

일찍이 문학은 '어떻게 쓰느냐' 하는 문제를 가지고 고민을 한 적이 있었다. 또는 '무엇을 쓰느냐' 하는 문제를 가지고 고민을 한 적이 있었다.

시방은 그런데 장편소설은 '어떻게 살아야' 하느냐 하는 문제를 가지고 고민을 하게 되었다. 왈 발표문제다. 완연 문청시대文靑時代로 돌아간 느낌이 없지가 못하다.

잡지더러 전보다 좀 더 적극적으로 장편소설을 위해 용신容身할 처소를 마련해 달라고 하고는 싶으나 더 늘릴 수 없는 지면인데 그렇게 하자면 단편이 고만한 분량만큼 밀려나가야 하니 그도 못할 노릇이라 아닐 수 없다. 또 그렇게 한다고 하더라도 결국은 조족지혈이지 별반 그리 대단한 효과는 거두기가 어려울 것이다.

그리고 보니 오직 남은 길이라곤 전작全作이 있을 따름이다. 처음부터 끝까지 전편을 다 써가지고 즉시 한 권의 책자로서 인쇄 발행을 하는 것이다. 그의 발상지인 서구의 선례를 보더라도 기실 전작이야말로 로망長篇小

說의 본도이긴 한 것이다. 그리고 그렇게 함으로써만 비로소 장편소설의 장편소설다운 성격과 그 위력을 갖다가 충분히 발휘할 수가 있음이 사실인 것이다.

큰 장편소설 하나를 한 1백 50 조각으로 산산이 조각을 낸다. 그 한 조각을 4백자 원고용지 다섯 장 즉 글자 2천 자라는 분량을 가지고 그 속에다가 사건을 집어넣고 야마를 두고 해서 어쨌든지 아기자기하고 어쨌든지 아슬아슬하여 도무지 그 다음 치를 보지 않고는 배기지 못할 만큼 재미있는 걸 만든다. 이렇게 하기를 범 1백 50일을 두고서 매일매일 되풀이를 한다. 이것이 신문의 연재소설이다.

신문의 연재소설이란 그러므로 말이 장편이지 실상은 2천 자짜리 꽁뜨를 1백 50개 가량 한 개의 원 사건으로 통일시킨 복합장편複合掌篇이랄 수가 있는 것이다. 그리고 이러한 법식의 소설이야말로 가장 저널리즘이 요구하는 신문소설인 것이다. 그러하되 반문학적이거나 비예술적이거나 한 것은 상관없고 신문의 목적을 위하여 독자를 즐겁게 하면서 끌고만 나가는 것이면 고만인 것이다.

이와 같은 저널리즘의 요구를 어느 정도까지 들어주어 가면서 그래도 '로망'의 정신을 죽이지 않자니 거기에 불편과 병폐가 자연 따르지 않을 수가 없던 것이다.

따라서 장편소설이 저널리즘에의 기우寄寓생활로부터 떠나서 로망의 본도를 찾지 않아서는 안된다는 의미로 하더라도 언제든지 한번인가는 전작의 길이 적극적으로 개척이 되어야 할 방향이었었다. 그러므로 이번의 기회가 한편으로는 오히려 다행한 것이라고도 할 수가 없는 것이 아니다.

아무튼지 그리하여 장편소설이 몸을 용납할 곳이라곤 전작 한 가지가 있을 따름이다. 그리고 그것이 유일한 길일지니 불가불 그리로 비벼 뚫고 나가는 도리밖에는 없을 것이다. 그러나 여기에서 제일착으로 다들리게 되는 것이 독자의 양 문제다. 전작은 출판 측의 영업수단을 통하여 비로소 활자화가 되는 것이 거진 결정적 조건인데 전작이란 웬만해서는 수지상 채산이 맞기가 어렵다는 게 출판 측의 대개 일치한 결론이다.

이미 한두 곳의 출판사가 3, 4종의 전작장편을 간행한 실례가 있지만, 대체로 보아 아직껏은 큰 낭패는 당하지 않았으나 우선 성공이랄 것은 못 되는 모양이다. 결국은 전작장편이 많은 독자를 가지지 못하는 때문이요, 이것이 전작장편 자신으로 하여금 출판에게 오미트를 당하여 자멸을 하게 될지도 모르는 치명적 약점이 아닐 수가 없는 것이다.

유일한 길은 전작일 것이다. 그러니 장편소설은 그 어느 때보다도 더 핍 절하게 독자의 양의 확대라는 것을 꾀할 방침과 준비가 있어야 할 것이다.


## 3. 신인新人의 특색特色

"신인의 특색은?"
"한자를 많이 쓰는 것……."


원래가 창작 월평을 쓰라는 것이 편자의 명이었고, 마침 그런데 《문장文章》 9월호에 가서 통칭 신인으로 불리는 김동리金東里 · 현경준玄卿駿 · 박노갑朴魯甲 3씨의 작품 세 편이 한꺼번에 실려 있었다. 가벼운 일종의 흥미를 느끼면서 그 세 편을 나도 한꺼번에 읽어보았다. 그러나 작품인즉 세 편 다가 개개이 별반 그리 신통하달 것이 없었다.

항용 어떤 작품 세 개가 그저 신통치 않았기 때문이라느니보다도 신인이 세 사람씩이나 그렇듯 한가지로 신통치 않은 작품을 내놓았다는 데 약간 불만 비슷한 것이 없지 못했음이리라 해서 그 끝에 우연히 '신인의 특색은?' 하는 생각이 났었다.

부정적인 결론을 전제로 했던 터인만큼 대답은 번연한 것이었지만, 아무려나 다른 신인네의 작품도 일변 전자의 읽던 기억을 더듬어 두루두루 생각을 해보았었다. 정비석씨도 '특히 인상적이었었다.'

그러나 종시 무엇이 어떻다고 할 바를 모르겠고, 한갓 막연할 따름이었었다. 그리고는 그러다가 문득 '한자를 많이 쓰는 것……' 이라는 사실을 한 가지 겨우 발견했었다. 모두冒頭에다가 쓴 말이 바로 그 말이었었다.

"신인의 특색은?"

"한자를 많이 쓰는 것……."

이니라고.

피차간 섭섭한 노릇이 아닐 수가 없다.

물론 신인이라서 그 전부가 한자를 많이 쓰는 것은 아니다. 또 그중 몇몇이 유난히 남의 눈에 띄도록 한자를 많이 쓴다고 하더라도, 한자를 많이 쓰는 사실 자체가 노상 불가할 이유는 없을 것이다. 따라서 그것이 흉이라는 것도 아니다. 마땅히 있어야 할 특색이 있지를 않고서 없어도 그만일 특색, 힘도 들이지 않고 공도 나지 않는 특색으로 애먼 그 한자를 많이 쓰는 것이 특색 노릇을 하고 있는 터이어서 차마 딱하고 민망하다는 것이다.

무릇 신인에게는 반드시 문학상 근본적인 새로운 특색이 있어야만 비로소 신인으로서의 존재와 의의가 뚜렷이 주장이 되는 것이다. 그리고 그것이 없이는 명일의 큰 문학의 담당자라는 의미에서의 신인으로부터 그들은 한낱 기성의 순전한 추종자 즉 단순히 '뒤늦게 새로 나온 사람'에로 물러앉아 버리고 마는 것이다.

신인이 단순한 기성의 추종자로 그쳐도 무방할 문학이나 시대가 없는 것은 아니다. 그러나 시방의 조선문학은 그와 같은 '한가한' 신인을 필요하는 문학이 아니다. 시방의 조선문학은 그 동안까지에 그리고 그 동안까지의 사람이(불민하여서) 미처 다 이루지 못한 바를 능히 맡아서 이루어낼 만한 더 큰 조선문학의 건설자로서의 신인을 바라며 기다리는 문학이다.

최근 4, 5년 이래로 매우 유능한 (유능해 보이는) 신인들이 특별히 많이 나왔고, 나오는 그들에게 대하여 문단은 대접이 자못 융숭함이 없지 않았었다. 미쁜 명일의 건설적인 담당자들이거니 여겨 충심으로 반가웠기 때문이었었다.

결과는 그러나 마치 전답까지 팔아가며 아들을 대학공부를 보내놓고 즐거운 영광의 환향을 기다리게 하던 그 아들이 하루아침 단발 양장한 카페 퇴물의 '괴怪며느리'를 데리고 돌아온 그날의 촌부村父와도 방불한 환멸이라고나 할는지.

'무정신無精神의 정신'을 자랑하던 것이 하여커나 정신에로 승화하지는 못하고서 '정신 빠진 문학'이 되어 버리기, 그리고는 순수純粹 2자二字로 그것을 합리화시키려 들기.

정비석씨는 가장 신세대론의 체현자인 양 〈삼대三代〉를 씀으로써 도리어 신세대의 담당자의 '자격반상資格返上'을 해버리기, 그리고는 바야흐로 시방 〈거문고〉 이상으로 파탄을 보이면서 문학과 기회를 낭비하고 있고.

작가적인 역량의 완전을 보여준 최명익崔明翊씨는 〈심문心紋〉이 이미 가라앉은 지 오래건만 감감 소식이 없어 적극적인 활동을 해낼 수 있는 작가이기는 어렵지 않은가 하는 의심을 가지게 하고 기대가 어그러지는 실망에 '신인불가공新人不可恐'이라고 했대서 계용묵桂容黙씨는 노하여 '기성불가외旣成不可畏'라고 대對까지는 잘 맞추었으나 두렵지 않아하염직한 작품은 보여주지를 못하니 그것은 결국 발악일 뿐. 열이면 열 다 누구 하나게서도 명일의 큰 문학의 담당자다운 참다운 싹은 찾아 볼 길이 없다. 그리고는 몇몇이 유일한 특색이라는 게 한자를 많이 섞어 쓰는 것이다.


## 4. 무너진 기대期待

순서가 뒤바뀐 혐의가 없지 못하나 전절에서 말한 세 편의 작품을 잠깐 여기서 개별적으로 그 됨됨이를 살펴보기로 한다.

김동리씨의 〈다음 항구〉…… 이유가 없는 소설이다. 학벌이 그만한 교양, 그만한 총명, 그만한 환경의 인물일진댄 구태여 집을 나가서 바다로 문이 난 술집의 기집이 되어가지고 못 돌아올 그 사람을 기다려야만 할 이유는 없는 것이다. 작자가 억지로 둘러다 댄 고만 이유에는 독자는 속아 넘어가지 않는다. 즉 예술을 느끼지 못하는 것이다.

김동리씨라면 가령 〈잉여설剩餘說〉에서 보이던 바와 같이 내성적인 방향에로 깊이 파고 들어가는, 그러하되 주제와 맞달라 붙어서 피가 나도록 단판씨름을 하여 마지않는 작가의 한 사람이다. 그런 깐으로 하면 〈다음 항구〉는 전혀 정성을 들이지 않은 것이 번연히 보이고, 그뿐만 아니라 그러한 준시정적準市井的인 세계는 우선 체질이 맞지를 않는 성부르다.

현경준씨의 〈첫사랑〉…… 읽고서도 속을 몰랐다가 다시 제題를 보고서야 그 소년의 '첫사랑'임을 알았다. 사실 테마가 따로이 있기는 있었다.

김동리씨의 〈다음 항구〉와는 다른 의미에서 '거짓말'을 느끼겠었다. 원인은 정녕코 나이 겨우 14, 5세에 보통학교 6학년짜리 지능밖엔 안 되는 소년으로 하여금 훨씬 장성한 사람의 감각을 감각시키고, 말을 말시키고 한 데에 있을 것이다. 아무리 조숙하고 특이한 성격이라고 하더라도 역시 소년에게는 소년다운 감각과 말이 있는 것이다.

보통 서술에 있어서도 진부하고 반감적인 허겁스런 용어를 일관하여 썼다. 언뜻 이기영李箕永씨의 가장 나쁜 투를 본받은 형적이 보이는 것 같다. 〈유맹流氓〉에 비하여 어떤 모로 보든지 엉뚱하게 떨어지는 작품이다.

박노갑씨의 〈먼동이 트기 전에〉…… 세상에 소설이라는 것이 이다지도 표현방식이 즉 솜씨가 잔망스럽기만 한 것일진댄 독자에겐 소설을 읽는다는 것이 큰 악형惡刑이요 불행이 아닐 수가 없을 것이다.

대체 무슨 멋으로 그대도록이 말을 이기죽이기죽 씹고 깨물고 깎고 동글리고 매끌리고 해가지고서 뱉어놓으며 앉았는지를 알 수가 없다. 만일 웬만큼 성미 급한 사람이라면 첫 장을 다 읽지도 못하고서 잡지를 북 잡아 찢었을 것이다.

이 말을 가지고 이기죽거리는 투, 이것이 이분의 가장 둘 수 없는 병통이다. 그러한 투란 한두 번 시험에 그치고 말 것이지 도저히 붙잡고 늘어질 만한 가치가 없다는 것쯤 진작에 깨달았어야 할 것이다. 말이나 문장의 세련이란 그런 것이 아니다.

절대로 그와 같은 형식으로는 백 년을 가야 영영 보암직스런 문학은 되어 나오지를 못한다는 것을 나는 보증하겠다.

이상과 같이 그 세 편이 한가지로 가히 취할 것이라곤 전혀 없는 작품일 따름이다. 황차 신인다운 특색을 운위하다니 부질없는 노릇이다.


때가 사람을 내지 않은 허물로 허물을 돌리고서, 그러면 단순한 작가적 역량 한가지만이라도 빠질 곳 없이 전게의 3인을 비롯하여 지금의 신인들이 지니고 있느냐 하면, 그것 역시 수긍하기 어려운 형편이다.

적지 않은 그네들 신인 중에서 다만 한 사람이라도 가령 효석을 능히 따를 만한 작가적 역량을 갖추고 있는 사람이 있느냐 하면 한심하나마 없다. 그들의 실제적 역량이란 그동안 평가된 이하로 심히 치졸함을 면치 못하는 것이다.

그러고서도 벌써 경화의 징후가 보인다. 노력의 중지다.

기성한 사람으로는 감히 미치지 못할 새로운 특색, 명일의 큰 문학을 담당하염직한 그 신인으로서의 특색은 부득이 단념한다고 하자.

한갓 단순한 오늘의 추종자로서도 역량상 자못 여망이 엷은 그네들 일군의 신인들에게 문단은 막상 무엇을 기대해야 좋을 것인고.

현재의 중견들이 적어도 20년 내지 30년은 이 앞으로 문학적 활동을 계속해 나갈 것이다. 그리고 그걸로써 문단은 만족함이 옳지 않을는지.

신통치도 않은 명의상의 신인의 부득부득한 출현을 바랄 일도 아니요

반가와할 일도 아니다. 한때처럼 신인이여 나오느라 하고 고함을 칠 필요
도 없는 것이다. 신인 대망론待望論 대신에 신인 불망론不望論을 써야 할 것
이다.

　너무도 지나친 폭론暴論임을 나는 스스로 인정치 않는 바 아니다. 그러나
신인은 모름지기 이 폭론을 폭론이라 하여 야속히만 생각하는 데 그칠 것
이 아니고 한번은 자성自省을 가질 총명이 없어서는 안될 것이다.


## 5. 전통傳統의 생색生色과 제약制約


　임영빈任英彬씨라고 하면 지금으로부터 15,6년 전 이광수 · 방인근方仁根
씨들의 《조선문단》을 통하여 문단에 나온 당시의 신진이었었다.

　그 당시의 《조선문단》에서는 한때 신인의 작품을 추천 · 당선 · 가작의
세 가지 등급으로 골라 천거 발표를 한 적이 있었다. 요새 《문장》에서 하
는 방식과 비슷한 것이었었다.

　그 제1회 때에 겸하여 최고위인 추천으로 두 사람이 나왔는데, 그중의
하나가 전기 임영빈씨이었었다. 그리고 나머지 하나가 불초 필자이었고.

　이렇듯 조그마한(그러나 재미스런) 인연이 있기도 한 소치리라. 우리는 그
뒤로도 함께 한 1, 2년 동안 가끔가끔 작품을 발표해 왔었고, 그러다 임씨
는 문득 하루아침 문단으로부터 실종이 되어 버렸었다. 그리고는 감감 소
식이 없은 채 13, 4년이 지나갔다. 해서 영영 문학으로부터 떠난 것이거니
했었는데, 뜻밖에도 그가 이번에 다시 〈민씨閔氏와 토요 오후土曜午後〉를 가
지고 문단에 돌현突現을 했다. 참으로 감회무량이었었다.

　부랴부랴 작품을 읽어보았다. 읽으면서 일변 신기했다.

　작품은 별반 큰 작품은 아니었었다. 물론 빈틈없이 꼭 짜인 얌전스런 소
설임엔 갈데없으나 역작이라든지 혹은 대작이라든지 하는 성질의 것은 아

니었었다.

문제는 그의 '솜씨'와 더불어 작품 〈민씨와 토요 오후〉의 대對문단적 수준이었었다.

항용 거기 어디서 첩경 대할 수 있는 현 중견의 작품수준과 꼭 동등한 수준의 작품이었었다. 작품이 그럴 뿐만 아니라 언제든지 어떤 제재라도 가지고서 만져만 놓으면 역시 고만한 수준에서는 결코 떨어질 염려가 없을 작품을 만들어내기에 족한 썩 능란하고 터가 잡힌 그런 솜씨였었다.

일언이폐지하면 현 문단의 중견작가의 한 사람으로서 조금도 손색이 없을 작가적 역량을 지닌 것이었었다.

문학을 버린 것이 아니라 그동안 공부를 했구나 하는 생각을 했었다.

그러나 한편으로는 또 전통의 힘이란 지대함을 새삼스럽게 느끼지 않을 수 없었다.

14, 5년 전 그때의 신인이면 누구나 마찬가지로 임씨도 문학적 역량이란 심히 유치한 것이었었다. 지금의 신인들은 그때 당시의 신인에다 대면 한다하는 어른일 것이다. 더욱이 임씨가 이번의〈민씨와 토요 오후〉에 의하여 보이고 있는 현유現有 역량과 그의 초기를 비교한다면 천양지차이가 없지 못하다 할 것이다.

14, 5년 전에 있어서는 그렇듯 유치하던 실력밖엔 가지지 못했던 임씨가 그동안 현역으로 활동을 전혀 하지 않아 왔으면서도 오늘날 그와 같이 현 문단의 중견 수준을 따를 만한 작가적 역량을 체득하게 된 것이 대체가 어디로부터서 우러난 것일는지?

물론 작품을 발표하는 등 현역으로는 활동을 중단은 했어도 서재적書齋的으로는 부절히 노력을 하고 관심을 하고 즉 공부를 계속해온 공이 아닌 것은 아닐 것이다. 개인적인 재능의 도움이 아닌 것도 아닐 것이다. 그러나 그러한 공부랄지 재능이랄지의 수단에게 비타민을 공급하기는 진실로 조선문학의 짧으나마 전통의 힘이 아니지 못했을 것이다.

14, 5년을 두고서 여러 현 작가들의 손으로 하루 또 하루 한걸음 한걸음 꾸준히 쌓아올려 오늘의 수준에 도달을 한 조선문학의 실력, 즉 그 유산이 아니고서는 아무리 노력과 재능이라고 하더라도 그 노력 그 재능이 가서 섭취할 바 영양의 원천을 얻지 못했을 것이다. 전통의 고마움이란 이런 데서 그 면목이 잘 드러나는 것이라 할 것이었다.

전통이라면 그러나 그처럼 고마운 것이면서도 일변 우리에게 대하여 냉혹한 질곡이 또한 아닐 수가 없는 것이다.

가령 임영빈씨만 하더라도 14, 5년을 서재에 물러나가서 꾸준히 공부를 계속해 내려온 배후에는 한가지의 큰 야심이 없지 못했을 것이다. 크게 한번 떨칠 수 있는 작가적 역량과 작품 즉 조선문학의 최고수준을 넘어서 세계적인 문학에의 의욕 이것이 막연하나마 노상 없지는 못했을 것이다. 혹은 그와 같은 야심이야말로 임씨로 하여금 14, 5년이나 물러가서 공부를 쌓게 한 동기일는지 모르는 것이다.

그러나 막상 그가 오늘날에 예의〈민씨와 토요 오후〉에서 보인 바 작가적 역량과 작품적인 실가實價는 마침 현 중견의 수준까지엔 와서 찼을지언정 한걸음도 그 이상은 나아가지를 못하고 말지를 않았던고.

이 원인을 그런데 한갓 임씨 개인의 공부나 재능의 불비에 돌릴 것인가?

그보다는 역시 문화적으로 그 사회 안의 개체는 그 사회가 가진 바 수준에서 용이히 뛰쳐나지 못하도록 전통이 들어서 제약을 하는 때문이었지 다른 것이 아닐 것이다.

《매일신보每日新報》(1940. 9. 25~28, 30)

# 문학文學과 전체주의全體主義[27]
## ―우선 신체제新體制 공부工夫를―

　지나간 10월 20일의 대판조일신문大阪朝日新聞에는 '일본방적이 선편先鞭을 들어 스프[28] 제조의 기술을 공개한다'는 제목으로 다음과 같은 기사가 게재되었었다.

　'생산기술을 자유경제적인 영리주의의 속박으로부터 해방하여 그의 본연한 자주성을 회복시키고자 생산활동의 내부에 있어서 기술의 공개가 신경제 체제를 위한 끽긴喫緊한 명제로서 각 방면의 물의가 많은 중, 품질문제에 대해서 일반의 관심이 이윽고 높아가고 있는 스프제작 부문에서 금번 이 문제가 실현의 착수를 보게 되었다. 즉 스프 제조공조製造工組에서는 지난 9월 25일의 조합총회에서

　1. (약略)

　2. 불량회사의 기술을 향상시키기 위해서 우수회사가 솔선하여 기술을 공개, 지도를 하기로 한다는 결의를 했었으나 (약) 제2조목의 기술공개에 대하여는 각사가 모두 내부적 반대, 기타의 사정으로 좀처럼 현실을 보도

---

27) 일제 말기 채만식이 일본군국주의에 경도되는 정황과 그가 생각하는 '신체제新體制'의 실상을 이해하기 위해서는, 같은 해 발표된 〈時代를 背景하는 文學〉(《每日新報》, 1941. 1. 5, 10, 13~15.)을 이 글과 함께 읽어볼 필요가 있다.

28) 스테이플 파이버(staple fiber)의 준말. 인조섬유를 짧게 잘라 솜 모양으로 정제한 것, 또는 그 섬유로 짠 옷감.

록은 이르지 못했었다. 그런데 지난 4일 제국호텔에서 열린 스프공조 총회석상에서 이사회사인 일동방적日東紡績이 종래, 엄비嚴秘로 해오던 동사의 기술을 솔선 공개하여 업계의 참고에 도움을 삼겠다는 언약을 한 이후(약) 동사에서는 불원간(기술공개) 세목에 대한 구체적 방법을 정식으로 스프공조 가맹의 각사에 통달通達을 하기로 되었다. (약) 특히 재래 각 스프회사들이 가장 비밀秘密을 지켜오던 이욕공정二浴工程 기타의 주요 부문까지도 전부 공개를 한다는 점에 있어서 스프공조 가맹 각사의 기술 비공개주의에 대하여 커다란 파문을 일으키게 되었다. (약) 이리하여 스프 제조부문의 고급기술의 보편화와 기술수준이 향상되는 결과에 의한 스프 품질의 향상은 국민 일상생활의 문제로서도 크게 기대를 가지게 된 것이다.'(괄호 내와 방점은 필자)

이상의 2단 제목짜리 조그마한 다찌끼라가 나에게는 황군이 불인佛印에 평화진주를 했을 적의 뉴스에 못지않게 쇼크를 주는 보도였었다.

기사에는 한갓

'스프공조 가맹 각사의 기술비공개주의에 대하여 커다란 파문을 일으키게 되었다'

고 했지만 결코 그것은 일개 스프생산의 부문이나 그의 기술비공개주의라는 것에 그치지를 않고 널리 재래의 영리주의적인 자유경쟁에 의한 이윤본위 이윤지상의 생산태도에 대하여 나아가서는 그와 같은 생산태도의 개인주의적인 이데올로기에 대하여 실로 절대한 일석一石을 던졌음이라고 나는 보지 않을 수가 없었다.

비방을 저 혼자만 알아가지고 일절 남께 가르쳐 주지를 않고서 대대손손이 저 혼자만 해먹는 걸 우리는 청기와 장사라고 불러왔다. 봉건시대의 수공업적인 생산태도의 기술비밀주의에서 우러난 말이다.

이 기술비밀주의는 그대로 현대의 자유주의적인 생산태도를 지배했다.

그러한 의미에서 오늘날의 소위 내로라는 대공업회사들이(가령 상계의 일본방적 등) 그 모두가 모던 청기와 장사이었음에 갈데없었다.

개인의 사익을 위한 이윤본위의 생산태도는 현대 자유주의적인 산업에 있어서 한 지상선至上善의 윤리이었었다. 국법은 그것을 보호하고 장려했었다.

세상은 아무도 그 누구거나가 제품을 만들어 팔아서 이를 남기는 것을 불가해하지 않았다. 따라서 그것은 사회적인 선이었었다.

사람들은 그리하여 국법이 허하는 것 온갖 수단과 방법을 다해서 생산에 있어서 사익본위의 이윤의 확대를 꾀했었다. 이 이윤의 확대를 위한 온갖 수단과 방법 가운데 가장 중요한 것의 하나가 우수한 생산기술의 독점과 그 비밀주의이었었다. 허되 그것은 현대산업이 자유주의적인 만큼, 목적에 있어서는 사익본위의 이윤지상주의인 일방, 생리에 있어서는 운명적으로 자유경쟁의 형태를 갖추지 않지 못한다는 자체의 모순을 전제로 하지 않을 수가 없었다.

이가도 김가도 박가도 제멋대로, 가령 방직공장이면 방직공장을 내고서 제각기 꼭 같은 광목을 짜내는 자유를 시민은 가졌었다. 그러나 그들은 이미 꼭 같은 광목을 너도나도 여럿이서 짰는 이상, 다투어 동일한 노력을 들여 가지고 남보다도 보담 헐한 제품을 만들어내거나 혹은 남보다도 보담 적은 노력을 들여 가지고 남과 동일한 제품을 만들어 내거나 하지 않고서는 소지所志하는 이윤의 확대, 내지 확보를 얻을 수가 없었다. 그리고 그리하기 위하여는 고도의 합리적인 생산수단으로써 남보다도 보담 우수한 과학적인 기술의 소유와 동시에 그 독점적 비밀주의가 절대 필요했던 것이다.

대공업회사가 저마다 대규모의 실험실을 만들어 유능한 학자며 기술자를 안아들여 가지고 거대한 경비를 써가면서 연구를 조성함은 장차에 그것이 발견되는 날에 자사의 독점과 비공개를 전제로 우수한 기술을 도득圖

得하기 위함이지 다른 게 아닌 것이다. 지금 국책적 견지에서 크게 추앙을 받는 고주파 공업의 고주파 제철법이랄지 또는 전게 일동방적이 불원간 공개를 한다는 동사의 우수기술 특히 이목공정二沐工程이 문외한인 필자로는 무엇인지 알 길이 없으나 다같이 그러한 수단과 목적에 의했던 것임이 틀림없었을 것이다.

국법은 그리고 살뜰히 그러한 생산태도의 수단을 보호하였으니 전매특허랄지 신안특허 등도 다 그 유례에 속하는 것일 것이다.


우수한 생산기술의 독점적 비밀주의는 현대산업의 발전상 크나큰 공적을 남기었다.

누구나 우수한 기술에 의하여 보다 좋은 제품을 생산하게 되면 그만큼 개인의 사익적 이윤이 확대되는 것이므로 사람들은 다투어 그 우수한 기술을 발견하기에 노력을 했었다. 물론, 그것이 대부분은 실험실적인 학자들의 순수한 학문적 연구와 노력에 의한 것이야 하다지만 막상 생산의 실제에 그것을 응용하기는 역시, 경쟁을 이겨 이윤을 확대시키기 위한 사익본위의 생산태도가 결정을 했었다.

아무튼 그리하여 자유주의적인 생산태도에 있어서는 사익본위의 이윤확대라는 조건이 개인의 창의를 부절히 자극하여 우수한 생산기술은 나날이 비약적으로 향상과 진보를 밟아 왔고 결과는 오늘날과 같이 각 부문에 뻗혀 고도의 대산업기능의 발달을 재래齋來하게 되었던 것이다.

생산기술의 그와 같은 독점적 비밀주의는 현대산업 발달상 그렇듯이 공적이 큰 반면, 그러나 새로운 이 세대에 임하여선 자체를 부정하는 모순의 발전으로서의 심판을 받지 않을 수가 없이 되고야 말았다. 즉 신질서의 이데올로기에 의하면 산업상, 우수한 기술의 독점적 비밀주의, 갑은 사익을 위하여 간접적으로 을로 하여금 생산능력을 낭비케 함으로써 무단한 국력을 소모시키는 책임을 직접지지 않질 못한다.

시방 어떤 갑과 을의 두 공장이 동일한 품질에 동일한 분량의 원료를 들여서 꼭 같이 백 명씩의 직공을 매일 10시간씩 대가지고 생산에 종사를 하되 다만 갑은 A라는 기술에 의하는 것을 을은 A보다 한 등 떨어지는 B라는 기술에 의한다고 한다면 A와 B가 질적으로 우열한 것이라면 갑의 제품이 질에 있어서 또 A와 B가 양적으로 우열한 것이라면 갑의 제품이 양에 있어서 을의 제품에 비하여 그만큼 우수할 것은 번연한 노릇이다.

그런데 이것을 만일 재래 자유주의적 생산태도의 개인주의 이데올로기에 의하여 그 가치에 대한 사회적 판단을 내린다고 하면 갑은 사익적 이윤을 많이 획득하는 것이며 주관적으로 우선 선인 동시에 시민에게 우수한 제품을 내놓는 것이며 객관적으로도 또한 선일 수가 있는 것이다.

을은 그리고 사익적 이윤이 크질 못한 터이매 주관적으로는 악일 것이나, 그렇다고 열등한 제품을 시민에게 내놓는대서 객관적으로 선이 아니기야 하지만 동시에 악일 며리도 없는 것이다.

"내야 내 자본을 들여서 열등한 제품을 생산하거나 말거나 밑지면 나 밑졌지 네게 상관이 무슨 상관이냐? 제품이 나쁘면 그 제품 사지 않는 것이 네 자유인 것과 마찬가지로 어떠한 제품을 만들건 역시 내 자유가 아니냐?"

을의 이유는 이렇게 당당하여 객관적으로는 실로 선악간 비판의 피안에 속하는 것이라고까지 할 수가 있는 것이다.

개인주의 내지 자유주의에 있어서는 이른바 자유니 '나'니 하는 것이 이렇듯 무섭게 범람 · 횡행을 하면서 오만할 대로 오만했던 것이다.

그러나 그와 같은 자유며 그와 같은 '나'가 과연 진리로운 자유요 참스런 자태의 '나'일 수가 있을 것인가? 저 혼자만의 자유, 저 혼자만의 '나'가 과연 인류가 오래도록 동경 추구해오던 진리로운 자유요 참스런 자태의 '나'일 수가 있을 것인가? 도저히 아닐 것이다.

이윽고 우리가 가져야 할 새로운 자유며 새로운 '나'의 이념은 잠시 차치

하고서 우선 재래 일상적이요 보편적인 개념으로 하더라도 그와 같은 자유는 자유의 이름만을 빌린 기실 방종이요 그와 같은 '나'는 '나'의 이름만을[29] 빌린 기실 고집불통에 지나지 못하는 것이다. 제아무리 극단한 자유주의요 개인주의라고 하더라도 제가 속한 바의 집단의 이익을 무시하고서 그것을 파괴하는 자유나 '나'는 결코 진정한 자유, 진정한 '나'일 수가 없을 것이기 때문이다. 전기 갑을 두 공장의 예에서 쉽사리 그 사실이 발견이 된다.

갑과 을이 제각기 들이는 바 원료와 노동과 시간을 총합하여 N이라는 수량으로 표시를 한다. 갑과 을은 그런데 생산기술에 있어서 A와 B라는 우열의 차이가 있는 만큼 갑은 N+A=M이라는 생산을 얻는 반대로 을은 N+B=M—L이라는 생산밖에는 얻지를 못한다.

만일 그런데 이것을 갑이나 을의 개인적인 문제로부터 한걸음 나아가 전체 즉, 국가적인 입장에서 본다면 갑과 을이 다 같이 N이라는 사회적 노동에 의하면서도 을은 갑의 A보다 열등한 기술 B에 의하기 때문에 M—L이라는 생산밖에는 얻지 못함으로써 결국 국가는 L에 해당한 사회적 노동—국력의 손실을 하게 되는 것이다. 이유는 갑이 우수한 기술 A를 독점하고 공개치 않음으로써 저만 홀로 M을 생산하고 을로 하여금 M—L밖에는 생산치 못하게 하기 때문이다. 허되 동기는 단지 한가지 사익적인 이윤의 확대 내지 확보를 위함인 것이다.

개인주의적의 이 자유주의적인 생산태도에 있어서는 국력 내지 국가적인 손실이라는 것을 전혀 고려치 않는다.

그들은 마치 갑은 정액등定額燈을 켰대서 불은 끄고 자나 켜놓고 자나 매달 그 전등을 물기는 일반이래서 밤새도록 불을 켜놓고 자고 을은 정량등定量燈을 켰대서 메들이 올라가면 그만큼 요금만 더 내면 그만이래서 불을

---

[29] 이 부분이 원문에는 '그와같은 〈나〉는 〈의〉 이름만을'이라고 되어 있으나, 문맥에 맞추어 바로잡았다.

켜놓고 자고 그리하여 국가로 하여금 부당한 전력의 소모를 당하게 하는 행동과 방사彷似한 태도를 항상 갖는다.

그리고서도 이름하여 그것을 자유니 '나'니 하고 부르던 것인데 그러한 자유며 '나'란 것이 인류와 공서共棲하여 영세불망할 이치가 없는 것이다.

과연 인류는 바야흐로 새로운 역사를 창조하려 위대한 아침을 맞이했다. 그리고 방금 몰락하고 있는 구라파적인 자본주의와 더불어 탄생하여 더불어 성장하고 더불어 번영을 누려오던 자유주의나 개인주의도 그와 더불어 몰락 또한 같이할 운명을 짊어진 자이어서 지금에 그 종언을 고하게 된 것이다.


새로운 역사의 거대한 행진과 발을 맞추어 우리는 시방 동아의 전역에서 세계 신질서의 일환인 신동아 신질서 건설의 대업을 수행하고 있는 중이다.

이러한 새로운 역사의 추진력으로서 그리고 명일의 세대를 담당한 태세로서 우리는 내부적으로 신체제新體制를 이미 가지게 되었다. 소화유신昭和維新이라는 역사적인 국민운동이 외부의 그와 같은 객관적 정세와 호응하여 마침내 적극적인 실천운동으로 발전을 했던 것이다.

소화유신은 명치유신明治維新의 발전적 해소로 신체제에 있어서는 그러므로 재래의 모든 개인주의나 자유주의적인 행동과 이데올로기가 부정이된다. 상계한 일동방적이 비밀주의를 취해오던 우수 생산기술을 공개하는 것은 그 현실적인 동태의 일례일 것이다. 그러하되 그것은 대재벌이 드디어 사익적 이윤본위의 자유주의인 생산태도를 부정하는 첫소리인 데에 특히 중대한 의의가 머금겨 있는 것이다.

회사경리령 같은 것도 한갓 인플레 방지의 법령인 이외에 사익적 이윤의 제한운동으로 보아도 좋을 것이다.

과거에 있어서는 국민개인의 직업행위는 생활료의 획득이 목적이요 근

로는 그 수단이었으나 신체제에 있어서는 정반대로 생활료의 획득이 수단
이고 근로가 목적이 된다.

국민은 근로에 의하여 국가로 통한 유일한 길을 향해서 제각기 제 직능
껏 총력을 총발양시킨다. 직공이 쇠마치를 두드리는 것이나 국무대신이
결재서류에 도장을 찍는 것이나 목적은 한가지로 국가를 위함이다. 그리
고 직공이 그날치로 받는 공전工錢이나 대신의 연봉이나는 역시 한가지로
수단에 지나지 못한다.

그렇게 해서 국가에로 총집중이 되는 국민의 총력을 맡아가지고 국가는
국가 대목적의 달성으로 그것을 인도한다. 국가 대목적은 그러나 궁극에
가서는 총국민의 목적 즉, 국민 전체의 행복과 일치가 되는 것이어서 국가
에 의한 개체의 부정은 절대부정이 아니요 긍정을 전제로 한 상대적 부정
인 것이다. 마치 그것은 눈이 발견한 음식물을 손이 운반을 해다가 입이
저작을 해서 일단 위로 들여보내 가지고 위에서 비로소 몸 전체[30]에 배급
시킨다는 우화와 같다고 할 수가 있다.

(신체제를 그런데 개인주의와 자유주의의 부정이요 국민총력의 국가관리요 한대서 언뜻 공
산주의를 연상하는 사람이 혹간 없잖아 있다고 한다. 그러나 근위수상近衛首相도 그것을 해명
한 바가 있었지만 우리의 신체제는 결코 쏘베트·노서아처럼 국민의 일부분인 푸로레타리아만
으로 된, 집단체나 그의 기능과는 전연 달러 1억의 전국민이 무슨 주의나 이해, 그런 것으로가
아니라 황도적皇道的으로 한데 맺혀진 일심국가一心國家다.

개인주의와 자유주의의 그담에 올 기미가 있는 공산주의를 내외로 쳐물리치고 황도일본皇道
日本의 본연한 국체를 만전하며 빛내기 위한 소화유신의 방향이었던 것이다.)


문학이 신체제에 참여해야 할 것은 물론이다. 그러나 문학 그중에서도
소설문학은 많이 자유주의적인 분위기에서 자란만큼 작가에게는 저도 모

---

30) 원문에는 '公體'로 되어 있으나, 전후 문맥상 '全體'의 오식이나 오기인 듯하다.

를 그러한 낡은 이데올로기가 육체의 구석구석에 아직도 완전히 청소되지 않은 채 남아있는 것이 없달 수는 없을 것이다.

그러므로 우선 자유주의적인 이데올로기의 잔재殘滓의 완전한 숙청이 더 끽긴한 순서일 것이다.


며칠 전부터서야 나는 밤에 전등을 끄고 잠을 자기로 했다. 불을 켜고 자던 것이 영년永年의 습관이어서 별안간 캄캄해노니 가뜩이나 불면증이 있는 터라, 갑갑하기만 하고 곧잘 잠은 오지 않았다. 그리면서도 나는 20와트 일등燈을 여섯 시간만 덜 켜면 일년에 얼마치나 전력이 덜 소비되는고 하는 생각을 하면서 잠을 청하곤 한다.

이를테면 나는 이러한 법식으로 일상생활에 있어서 신체제를 살을 가지고 배워가는 참이다. 이것의 철저가 없이는 작품이 되어 나오지를 않는다고 믿기 때문이다.

나는 앞으로 이 노력을 꾸준히 계속할 생각이다.

《삼천리三千里》(1941. 1)

# Ⅲ 수필

# 문학인의 촉감觸感

 

문학인의 촉감이라고 한댔자 썩 신통한 것도 아무것도 아니다. 주로 창작 메모에서 그리고 그 밖에 요새 보고 듣고 생각난 것을 두서없이 적어놓는다.

### (1) 젖(乳)의 약탈

신문에 '유모를 구한다'는 광고가 가끔 난다.

대개 기사 중간을 비집거나 그렇잖으면 기사 꼬리에 네댓 줄 잡아서 나는 것인데 그런 것일수록 다른 큰 광고보다 눈에 잘 띈다.

나야 유모를 구할 일도 없고 또 유모를 지원할 자격도 없으니 그냥 무심히 보아버릴 일이로되 그렇지가 않고 번번이 이런 일이 생각힌다.

친구의 집을 찾아가 건넌방에 앉아서 이런 이야기 저런 이야기 하다가 잠깐 중동이 끊겨 묵묵히 있는 판인데 마루에서 친구의 어머니와 다른 여인의 이야기 소리가 들려온다.

다른 여인이라는 건 친구의 친척의 집 유모다. 내가 간혹 찾아갈 적이면 토실토실하니 탐스럽게 생긴 아이를 업고 와서 놀고 하는 것을 몇 번 보았기 때문에 나도 낯은 아는 여자—한 삼십이나 되었을까? 배 젊은—.

"그래 유모네 어린 것은? 좀 난가?"

친구의 어머니가 이렇게 묻는 말을 받아 유모가 대답을 한다. 우리는 귀를 기울였다.

"모르겠에유…… 아까 애아범이 와서 그러는데 뒤어지겠더라구 그래유…… 어제 시어머니가 저를 찾으러 문안에 들어왔다가 집을 못 찾고 애아범이 가서 있는 채석장으로 왔더라나유."

"거 원 안 되았구려 가보지도 못허구…… 어미 젖을 뺏기고 그 어린 것이 원……."

"바라는 집에는 손孫이 없고 바라지도 않는 가난뱅이한테 와서 생겨나서."

"거 제일 궁금해서 어쩌나! 저 무꾸리[31]래두 좀 해보지? 요 건너 아주 빠개고 보는 것처럼 들어맞히는 장님이 있다는 데 10전이면 돼 10전."

"어디쯤이래유?"

유모는 그 빠개고 본 듯이 알아맞히는 장님을 찾아가 각삭바른 수입에서 10전을 내던지고 자식의 생사를 점쳐보려고 골목을 자세히 들어가지고 돌아갔다.

친구와 나와는 눈이 마주쳤다.

"돈이 무엇인지!"

하고 친구는 유모에 대한 설명을 해준다.

"올 정월에 난 자식을 늙어빠진 시모한테 맡겨놓고 이월에 그 집으로 유모로 들어왔으니 그 어린 게 변변히 살 택이 있나!"

"대관절 무얼 먹여 기르노? 설마 연유를 멕일 바이면……."

"맘을 멕인다나 바, 애비라는 건 글방 서방님같이 약비하디—약비한 게

---

31) 무당이나 점쟁이 등에게 길흉을 점치는 일.

요새까지 번들번들 놀다가 며칠 전에 동대문 밖 채석장에 가서 얻어먹고 있고.”

“노파는?”

“어린 것을 데리고 동냥도 해먹고 며누리다 아들이 조금씩 보태도 주고.”

“그러면 결국 이렇군? 유모의 어린 것이 제 젖을 제공해서 그 어미가 먹고 살고 아비도 좀 얻어먹었고 할미도 좀 얻어먹고 있고 그리고 저는 맘을 얻어먹고 있고, 그러다가 병이 들어 죽게 되었고?…….”

“그렇지…… 그래서 그래도 죽겠나 아니 죽겠나 미리 알고 싶어서 10전 짜리 운명을 다가 알아볼 양으로 장님을 찾어가고……어머니—”

친구는 마루로 대고 어머니를 부른다. 심술궂게 싱글싱글 웃는 것이 구박을 주려는 것이다.

“왜 그러니.”

“어머니는 왜 또 그 유모한테 10전 손재를 시키시우?”

“무꾸리하러 가란 것 말이냐? 너이는 못 길러보아서 다 모른다. 글쎄 어미 된 맘에 오죽이나 궁금하고 답답하겠니? 자식을 나—가지고 호강스럽게 길르다가도 잃게 되면 섭섭하고 원통한 법인데 유모네는 돈벌이가 무어라고 제 젖은 남을 주고 눈 어둔 할미가 맘만 멕여 길르다가 인제 죽이게 되었으니 여간만 섭섭하고 원통하겠니? 그런 걸 또 가서 보지도 못하니 궁금하긴들 오죽하겠니? 그런 속은 다 자식을 길러보아야 아느니라. 너이도 인제 당해 보아라.”

언변이 본시 좋은 부인이라 이렇게 한바탕 강설講說을 늘어놓는 것이다.

나는 며칠 후에 그 친구의 집을 다시 찾아갔다가 또 그 유모를 만났다. 등에는 그가 젖을 먹이는 어린아이가 업혀 있었다.

난 지 일곱 달이라는데 마침 젖살이 올라가지고 솜뭉치같이 복슬복슬하였다.

내가 얼러주니까 벙싯벙싯 웃는데 아랫니가 두 개 하얗게 솟아올랐다.

유모는 젖 때문이겠지만 주인네가 잘 먹이는 터라 영양도 좋아보이고
또 옷도 깨끔하였다. 그리고 담배까지 피우고—.

“그래 유모네 어린 것은 어쨌수? 그 뒤에.”

나는 이렇게 물어보았다.

“뒤어졌세유.”

별 감동도 없이 그는 대답하는 것이다.


젖의 약탈

세상의 하고많은 약탈 가운데도 가장 잔인스러운 약탈일 것이다.

인간에 나온 지 한 달 된 놈이 약탈을 당하고 같은 두 달 된 놈이 약탈을
하는데 거기에 이미 가세를 해서 저도 한목숨 따먹고.

나는 그 뒤에도 그 유모를 만나면 그리고 그 등에 업혀서 벙싯벙싯 웃는
아이를 보면 물끄러미 한번은 치어다보곤 하였다.

그리고 신문에 유모 구하는 광고가 나면 그 일을 생각한다.


(2) 순사 와 이발사

저녁때.

이발소에를 들어서니까 순사 하나가 있다. 가죽행전을 치고 팔에 흰줄
박힌 푸른 바탕에 ‘교통’이라고 쓴 헝겊을 두른 것이 때마침 ‘교통안전대’라
서 거기 동원되었다가 해제된 판인 것이다.

그는 체경體鏡 앞에 가 서서 올백으로 넘긴 머리를 빗으면서 이발사와 무
슨 이야기를 하고 있었다.

“머리가 많이 자랐는데 아주 이발을 하시지요.”

주인 이발사가 이렇게 권고하는 것이다.

“지금 바뻐! 일곱시부터는 또 ‘다찌방’을 해야 해요. 몇 시야? 여섯시지?

한 시간에 될까?”

“되구말구요.”

“그럼 깎구 가까…….”

이래서 순사도 바로 내 옆자리에 앉아서 이발을 하기 시작했다.

“내 저 ××이발소 ××벌금 물릴 테야, 벌금.”

순사가 하는 말이다. 싹둑싹둑 가위소리를 내면서 이발사가

“왜요?”

하고 묻는다.

“그놈 건방져…… 나는 조선 사람은 눈감아주고파도 ××인은 막 걸리기만 하면 막 벌금 물려.”

“좀 건방지지요.”

“건방지고말고…… ‘센징’ 순사라고 ‘빠가니’ 할려구 들어.”

잠시 이야기가 끊겼다가 이번에는 이발사가 묻는다.

“순사를 다니시면 재미있는 일도 많지요?”

“뭘…… 고단해 죽겠어. 아주 고단해.”

“고단은 하시지요.”

“글쎄 하루 쉬고 하루 나오니깐 남 보기엔 편할 것 같애도 쉬는 날 가만히 들어앉아서 쉬나 누가? 술 먹어야지 색시집에 놀러다녀야지.”

“참 색시는 맘대로 데리고 노시지요?”

“그럼 그까짓년들 막…… 밤에도 ‘다찌방’을 서잖우? 그런 때 자동차를 타고 달리는 년이 있으면 ‘스도뿌’를 시킨단 말이야…… 그래 취조를 하면서 주소 성명을 적어 두었다가 그 이튿날이고 비번날 동무나 두엇하고 쓱 찾아가거든 응…… 그러면 아주 칙사 대접이야.”

“그러면 즈이가 술이랑 다 대접하지요?”

“그걸 누가 창피하게 얻어먹나? 돈이나 한 삼 원 주어서 무어나 좀 시켜 오래서 먹지…… 그러고는 그 담에는 밤 느직해서 나 혼자 쓱 찾어가서 한

번 ××세고 흐흐.”

“헤!”

나는 무리를 해서 고개를 돌려 이발사를 돌아다보았다. 분명 그의 입가에 거위침 같은 침이 흘러내렸으리라고 생각한 때문이다.

그러나 요행이 침은 흐르지 아니하였다.


(3) 金


이것은 작년 늦은 가을 광주光州에 갔던 이야기다.


최군은 자동차까지 세내어서 지금도 그곳에서 개업을 하고 있는 닥터 M과 나를 현장으로 안내하였다.

논 밭 산이 섞인 삼백만 평이나 되는 광구 중에서 방죽을 시굴을 하는 판이었었다. 방죽 바닥은 여름 동안 그 지독한 가뭄에 바싹 말라 잡초가 제멋대로 무성했다.

사방 육 척의 한 평 넓이를 팠다고 하나 속으로 내려가면서는 비스듬히 안으로 버드러졌기 때문에 ‘감’의 실면적은 사방 넉 자밖에는 아니 되었다.

파놓은 곳을 보니 깊이는 석 자 가량인데 이 석 자의 두께가 ‘벌흙’이라고 새까만 흙이다. 이 벌흙이 두텁고 엷고 한데 따라서 사금광砂金鑛의 성적이 나쁘고 좋은 것이 우선 결정이 되는 것이다.

그것은 이놈이 두터우면 파내기에 그만큼 힘이 더 들고 엷으면 그만큼 힘이 덜 드는 때문이다.

그런데 어느 사금광은 벌흙의 두께가 6, 7척이나 되는데 최군의 이것은 겨우 석 자밖에 아니 된다는 것이다.

벌흙을 다 들어낸 곳에는 사금판의 숙어로 ‘감’ 혹은 ‘감토’라는 것이 나와 있다. 지금까지 덮여 있는 찰지고 검은 벌흙과는 아주 딴판으로 세사細

砂와 제일 큰 놈이 주먹만큼씩한 잔 돌멩이가 섞인 누르스름한 흙이다. 이 속에 '금'이 들어 있는 것이다.

그러나 이 '감'은 무제한코 깊이 박힌 것은 아니다. 광이 좋은 놈이래야 두 자 깊이 그렇잖으면 한 자 혹은 그 이내다. '감'을 다 드러내면 그 밑에는 또다시 위에 덮여 있는 그런 벌흙이다.

그러니까 떡과 떡 사이에 박힌 팥고명같이 되어 있다고 보면 제일 근사하다.

닥터 M과 나는 저 누르스름하고 조잡한 흙 속에서 과연 '금'이 나올까 싶어 담뿍 정신이 쏟친 눈으로 작업하는 거동을 바라보았다.

우선 긁어모은 '감'을 조그마한 삼태기에 담아가지고 또 한 사람은 거기에 싯누런 황토물을 끼얹으면서 철썩철썩 얼추 일면서 굵은 돌을 대강 골라낸다. 늦은 가을이라 물 속이 차건만 광부는 벗은 채로 물 속에 들어서서 작업을 하는 것이다.

이것을 끈기있게 한동안 계속하더니 처진 '감'을 다시 다른 물 옆으로 퍼가지고 와서 그때에 정말 함지질을 하는 것이다.

그 작업은 시골여인들이 밥쌀을 이는 것과 흡사하다.

함지에다가 '감'을 담아가지고 물에 푹 잠가서 한들한들 요리조리 내두르면서 연신 모래들을 함지 밖으로 내보낸다. 함지에 삼분지 일이나 차게 담은 '감'을 다 물로 흘려버리고 밑바닥에 가느다란 세사가 약간 남은 둥 만둥 할 때에 그 위에 또 다른 '감'을 부어가지고 먼저처럼 모두 일어 내보낸다.

한 세 번 가량 그렇게 하더니 조심조심해서 함지 바닥에 남은 세사를 요리 흘리고 저리 흘리고 그래 급기야 보니까 아닌게아니라 누르스름한 가루가 앞에서 밀려가는 세사의 뒤를 따라 이리 밀리고 저리 밀리고 한다.

필경 모래를 알심있게 다 내쫓고는 함지 가를 손으로 톡톡 쳐가면서 금을 물이 약간 잠긴 채 조그마한 주발에 옮긴다.

그놈을 '덕대'가 받아서 마침 준비했던 헝겊에 조르르 부어가지고 발끈 쥐어짜서 펴보이는데 정말 '금' 가루다.

세사같이 가는 금가룬데 그중에는 싸라기만큼씩한 놈도 섞여 있다.

이렇게 몇 번을 일어서 다 모은 것이 굵은 콩알보다 좀 크다. 얼마나 되느냐니까 두 돈쭝(重)은 된다는 것이다.

두 돈쭝이면 그때 지금地金시세로 십칠 원어치다.

나는 그 '금'을 받아들고 바라보았다. 옆에서 보기에는 시원찮디시원찮게 마치 장난하듯 하던 것이 대번 십칠 원의 돈이 되었다는 것도 있으려니와 나에게는 '금' 그놈이 돈 십칠 원이라는 관념과는 떨어져서 일종 신기스러운 가치를 발산하는 것 같았다.


최군의 설명을 들으면 이 광의 함금량含金量은 평당 평균 칠분七分을 잡는다고 한다. 그러면 그놈이 5원 60전.

그런데 한 평을 파서 금을 일어내기까지에는 토지사용료, 노동자 임금, 광세鑛稅, 그 밖에 모든 비용이 삼 원이 넘어 사 원이나 가까이 든다고 한다.

그렇다고 하더라도 매 평에 1원 60전이 고스란히 남으니 "그러면 삼백만 평 광이니 오백만 원이나 이익을 보겠소그려?"

나는 이렇게 물었다. 최군은 웃으면서 고개를 흔들었다. 도저히 그것이 계산대로는 아니 된다는 것이다. 그것이 만일 석금石金이라면 그러한 계산 밑에서 그러한 채산이 되지만 사금은 아니 된다는 것이다.

그러면서 최군은 소위 '뜸쇠'니 '자욱쇠'니 '갈비쇠'니 하는 함금含金상태에 대한 것과 또 광구가 삼백만 평이라고 해도 그 백분지 일밖에는 채굴이 아니 된다고 설명을 해주었다.

그때 그렇게 설명을 들었건만 나는 지금도 그것이 고개가 내둘린다.

내가 아직도 속을 모르는 또 한 겹 속이 있는지 혹은 사금은 석금과 달라 과학적 방법으로 채굴을 못해서 그런 것인지.

최군의 이 광구 안에서 생긴 일인데 어느 농부가 자기 집 근처에서—흙 속에서—금이 쏟아져 나오고 하니까 자기 집 벽을 헐어서 그 놈을 함지에 다 일어보았다.

그랬더니 금이 서 돈쯍이 나왔더라고.

황금광 시대의 한 에피소드다.


‘금’ ‘금’ ‘금’ 금값이 한 돈쯍 5원에서 11원, 13원 이렇게 오른 때문에 ‘금’ 은 잔칫집같이 조선을 발끈 뒤집어놓았다.

그것은 확실히 한 획기적 사실이다.

물론 금광으로 해서 망한 사람이 수두룩하니 많다. 그러나 그것보다도 천만 원짜리 몇 백만 원짜리 몇 십만 원짜리 하다못해 몇 천 원짜리의 부 자가 수두룩하게 쏟아져나온 것이 더 잘 눈에 띈다.

또 그것으로 해서 소위 ‘경기’라는 것도 무척 좋아졌다.

“지금 한 괴물이 조선 천지를 횡행한다. ‘금’이라는 놈이다.”

이 ‘금’이란 놈은 그 자체가 발산하는 싯누런 광채와 한가지로 일종의 초 현실적인 그리고 아주 ‘우상’의 작용인 것같이 인심人心을 지배하고 있다— 금 나오느라 또드락 딱, 은 나오느라 또드락 딱 해서 금이 나오고 은이 나 오는 ‘부적 방망이’처럼—.

물론 개인 개인에게 대해서 보면 금광을 발견해냈다는 우연의 행운도 없는 것은 아니다. 또 오만분도五萬分圖에서 시작하여 싯누런 황금이 나오 게까지 하는 자본의 가세도 없는 것은 아니다.

그러나 사실에 있어서는 ‘법칙’을 초월하는 듯이 보이는 괴물 ‘금’의 발작 의 배후에는 진남포鎭南浦나 장항長項 등 제련소가 아니면 추운 날 다리를 걷어붙이고 물속에 들어서서 월급 칠팔십 전을 받고 일을 해주는 노동자 의 노동의 힘—노자勞資의 법칙이—엄연히 군림(?)해 있는 외에 아무것도 아니라는 것을 나는 최군의 광에 가서 눈으로 보았다—한 개의 펜이 그러

하고 한 개의 고속도윤전기가 그러하고 한 개의 중폭격기가 다 그러한 것
과 마찬가지로—.


　(4) 아관 국제풍경我觀國際風景


"연애하는 사람 사이의 약속은 국제조약과 같다"
고 나는 생각하는데, 그놈을 뒤집어서
"국제조약은 연애하는 사람 사이의 약속과 같다"
고 해도 된다.
　나는 사가史家가 아닌지라 잘 모르겠으되 내 상식 범위에서만 본다면 제
게 필요가 있을 때에 조약 때문에 할 일을 못한 열강은 별로 없는 것 같다.
　그런 중에도 그 모범생은 독일 그리고 요새의 이태리다. 이태리도 두 번
짼가 보다.


　몇 나라가 모여서 조약을 맺는다. 국제연맹인지 하는 것도 그런 것의 덩
치 큰 놈이다.
　침략을 하지 말고 무얼 어쩌고……이렇게 서로 조약을 맺는다.
　그러나 조약을 맺는 그 당장의 그들의 심중은 결코
"이 조약을 내가 꼭 지키리라"
는 것은 아니다.
"다른 나라더러나 지키라고 하고 나는 인제 다급하면 안 지키면 그만
이다."
　이런 엉뚱한 딴 배짱을 가지고들 도장을 꾹꾹 찍는다.
　그래놓고는 결국 눈치 빠르고 잘난 놈이 먼저 조약을 범犯해버린다.
"백이의白耳義? 중립국? 그런 것은 생각해서 무얼 하노? 얼핏 쳐부수고
들어가서 우선 불란서를 때려눠고 그 담에 영국과 노서아를 때려잡으면

그때는 내 천지인데. 그때에 어느 놈이 나더러 왜 중립국 백이의를 때려주었느냐? 고 시비할 당자 아들놈이 있을 텐가?

저거 봐, 글쎄 백이의가 철성을 쌓고 무장을 하지 아니했어? 중립국이 왜 그랬어?……그게 우리가 쳐들어올 줄 짐작하고 한 짓이 아니야?

그러니 중립국을 쳐서는 못쓴다는 국제공법國際公法을 우선 자기네 자신부터 믿지 아니하는 거가 아니야?"

철의 포효咆哮 앞에는 철의 대항이 있을 따름이지 국제조약이나 국제공법 같은 것은 발샅의 때만도 못 여기는 것이다.

혹或이 가로되

"그것은 네 편견이다. 다 보아라. 독일이 그렇게 잔인무도하게 국제공법을 무시했기 때문에 전후 베르사이유회의에서 그만큼 더 벌을 받지 아니했느냐"고.

그러나 나는 입때까지 베르사이유조약이 '전패배상금戰敗賠償金＋국제공법 무시벌금＝대독對獨 기타 제재' 라는 말은 듣지 못했다.

또 그뿐 아니라 독일이 도대체 베르사이유조약을 제법 지키지를 아니했다.

또 이태리는 만일 공정한 눈으로 본다면 배덕한背德漢이었었다. 삼국동맹三國同盟에 들어가지고도 독·오獨墺를 배반하고 연합국 측에 가담했으니까……그래서 그 배약背約의 덕으로 전후 전승품戰勝品의 일부분을 얻어 먹고.

이태리가 미아리나 수유리의 공동묘지에 수두룩하게 파묻혀 있는 '구실口實'보다도 더 엉터리없는 구실을 장만해 가지고 다만 한 개 아프리카에 있는 검둥이 독립국을 잡아먹었다.

나는 당연 이상의 당연이라고 본다.

이태리는 아무래도 땅이 좀 있어야 할 형편이다. 또 전쟁도 좀 해야 만 할 절박한 사정이 있다.

그런데 영국더러나 불란서더러나 땅을 좀 소작으로든지 자작농을 창정
創定해서든지 달라고 해야 주지 아니할 것이다.

영·불은 아프리카에 그 숱해 많은 땅을 차지하고 있으면서도 남이야
죽건 살건 모르쇠이다.

그러니 내용으로는 벌써 영·불 기타가 단꿀을 빨아먹고 있을망정 간판
만은 독립국이니 이놈 집어삼켜도

"왜 내 땅 먹느냐?"

고는 시비를 못 할 것이다. 되었다. 집어삼켜라. 그래서 삼켰다.


영·불이 허울만 남은 국제연맹을 떠받고 나와서 눈을 부라리며 귓속말
로는

"이 자식아, 너 왜 내가 먹던 건 채갔어?"

하고 겉으로는

"침략국 이태리에 제재를 주라"

고 호통을 한다.

그러니까 이태리는 역시 귓속말로

"그래 이 자식들아, 너희들만 먹고 살 테냐?"

하고 겉으로는

"그러한 불공평한 국제연맹에서는 탈퇴를 할테다"

고 버틴다. 그 바람에 영·불은 풀이 죽어서

"저게 왜 저렇게 악을 써? 실없이 야단나잖았나! 저걸 살살 달래야겠군.
그래야지 섣 건드렸다가는 큰코다치겠는데……."

라는 것이다. 과연 그들의 코는 크겠다.


도대체 영국이며 불란서며 그 밖에 미국이며 여러 나라 모두가 이태리
가 이디오피아를 잡아먹은 것을 정의에 어그러졌니 어쩌니 한다는 것이

얄미운 수작이다.

이솝 이야기에 나오는 당나귀 가죽을 쓴 이리가 즉 그들이다.

영국이나 불란서가 아프리카를 정복할 때에 영국이 인도를, 불란서가 안남安南을, 미국이 흑노黑奴를 정복하고 다스리고 할 때에 흘린 검둥이의 시뻘건 피는 아직도 세계 식민사植民史의 페이지 페이지에 선연히 젖어 있다. 아직도가 아니라 지구와 같이 남아 있을 것이다.

그렇게 해서 모두들 '검은 고기'를 먹고 살이 피둥피둥 쪘으면서 자기네 동무 이태리가 요새 와서 하나 남은 놈을 좀 요란스럽게 잡아먹었기로니 입이 광우리 구덕 같은들 말이 무슨 말이꼬?

세상은 아직도 기운 센 놈과 협잡꾼이 득세를 하는 판이다.

영국이요 불란서요 미국이요 이태리요 하는 게 그들이요, 간디요 장개석이요 케말파샤요 하는 게 그들이다.

인류는 그래서 아직도 눌리고 속아서 고민을 하고 있다. 그러나 이것은 인류가 밟고 넘어가야만 할 타고난 운명이다.

시간을 축지법縮地法한대도 그것은 면할 수 없는 운명의 한 고패다.


(5) 의회정치는?


이런 어마어마한 표제를 내놓으니까 무슨 굉장한 논진論陣이나 펴는가 해서 눈을 홉뜰 사람도 있겠지만 실은 태산명동泰山鳴動에 쥐 한 마리가 뛰어나올 동 말 동이다.

이월 스무엿샛날.

동경에서 한바탕 우당퉁탕 야단법석이가 나더니 정승판서들이 싹 갈리었다.

거기 새로 들어선 당세 영의정이 누군고 하니 전에 나는 새도 떨어트리던 큰 외교관이요 '붉은 노서아'에 대사로 가서 있었고 그러고 돌아와서 외무대신을 하더니 '공작 공작'하고 불온한 적색숙어赤色熟語를 냅다 내두르던 광전廣田대감이다.

그래 조금 있더니 계엄령이 그대로 있는 채 일비곡좌日比谷座라든가 하는 아호雅號가 붙은 제69특별의회가 열렸다.

나에게는 천하에 싱겁기로 의회 덮어먹을 것은 없다. 의회기사가 많이 실린 신문을 보면 원외단院外團이 유도로 누구를 메어꽂았다든가 뱀을 집어던졌다든가 하는 그런 것이나 있나 하고 찾을 뿐이지 그저 보통 거라면 하품이 나고 보기가 싫다.

"무산당無産當 대의사代議士가 열여덟이나 나왔다고?"

그래 다른 거야 흥미도 없고 알지도 못하는 터인데 이번 의회에서 주거니 받거니 한 것 가운데 '뱀 던진 사건'만큼이나 내 눈에 띈 것이 하나 있어 그것을 뇌살거리느라고[32] 이 덜씬 큰 표제를 장만한 것이다.

중의원에서.

어느 대의사가(이름은 잊어버렸다)

"왜 금년의 메이데이를 금지하였느냐?"
고 질문을 하니까 광전대감이 답변한 가운데

"그런 서양 흉내는 아니 내어도 좋다"
고 했다 한다.

요즘 비상시非常時 일본의 비상시 내각의 비상직非常職 총리대신다운 대답일 법하다. 그리고 퍽 재미스러운 대답이다.

그런데 이번 의회에는 한 독특한 제한이 있었으니 그새까지는 '하오리'에 '하까마'를 입은 그런 예복으로도 출석케 하던 것을 일절 금하고 반드시

---

32) 뇌살거리다 : 혼잣말처럼 되풀이하여 자꾸 말하다. 예) 김씨는 생각이 나면 태수를 붙잡고 불평삼아, 탄식삼아 가끔 이렇게 뇌살거린다.(《탁류》)

서양 예복을 입게 한 것이다.

그래서 무산당패의 대의사들은 여간만 쩔쩔맨 게 아니고 여간만 광전대감의 '서양흉내' 내기 좋아하는 것을 빈정댄 게 아니었다고 한다.

그런 판에 "메이데이는 서양 흉내"라고 답변을 했으니 재미가 있다는 것인데 그러나 내가 이야기하려는 것은 그것이 아니라 더 재미가 있는 수수께끼다.

무엇이냐 하면 광전대감이 그렇게 의젓이 서서 "메이데이 같은 그런 서양 흉내는 아니 내도 좋다"고 답변을 하는 것을 그 대의사나 혹은 다른 대의사가 얼핏

"우리가 시방 이러고 있는 의회는? 이것은 서양 흉내가 아니고 무엇이냐?"

이렇게 물었다면? 아주 재미있었을 것이다.

이 아주 재미있는 질문에 광전대감의 답변은 무엇이었을꼬? 이게 궁금해서 나는 생각을 해본다. 설마한들

"아이 똔 노!"

라고는 아니했을 것이고 혹 대감은 외교관에서 올라온 분이니까 척 외교사령을 써서

"그러니까 'キカイ'(의회)라고 하지 않는가?"

이렇게 답변을 했을까?

내 하숙이 바로 그 대감의 집 옆이라면 시방이라도 가서 물어 보겠는데 여기는 너무 멀어서 안 되었다.


(6) 한글 통일


한글통일안이 생기고 신문들이 그를 지지하고 그래서 귀동냥 눈동냥으로 나도 그 약간 까다로운 철자법을 조금은 터득하였다.

그런데 한글통일안이 생기기 전에는 아무데고 아무렇게 써도 그대로 말썽이 없어서 좋더니 요즈막은 아주 여간 성가신 게 아니다.

A신문은 A식으로 한다.

B신문은 B식으로 한다.

C신문은 C식으로 한다.

자— 그러고 보니 글 쓰는 사람은 A신문에 쓸 때는 A식 한글로 써야 하고 B신문에 쓸 때에는 B식 한글로 써야 하고 C신문에 쓸 때는 C식 한글로 써야 한다.

"잇으니"

"잇스니"

"있으니"

이놈 세 개가 그 예의 하나를 보이는 것이다.

이것이 보기에는 대수롭잖은 듯해도 당하는 사람은 여간만 까다롭지가 아니하다.

그것은 우리 글 쓰는 사람에게만 폐로운 것이 아니라 독자들에게도 응당 그러할 것이다.

이리해서 통일안이 나오지 아니한 옛날은 통일이 되었던 것이 통일안이 나온 시방은 도리어 흐트러졌다는 천하의 기현상을 보이고 있다.

이것이 물론 오래 두고 그 철자법의 통일에 고심한 연구가들의 허물이라고는 나는 보지 아니한다.

그런데 신문에서는 각기들 자기의 것이 옳다고 여기는 모양이다.

그러니 왜 이렇게 복잡하고 소삽하냐고 어디다 대고 트집을 잡을 곳조차 없다.

"생활이라는 것은 물질(모든 힘의 근원)의 진화과정으로서는 놀라울 만치 단순하고 사회적 제 관계의 발전과정으로서는 모든 허위와 비열한 것 때문에 복잡해졌다. 진리는 단순을 요구하고 허위는 복잡을 요구한다.”

이 말이 다시 한 번 머릿속에서 씹혀진다.


(7) 종우種牛와 거세마去勢馬


S라고 하는 친구를 길에서 쭈쩍[33] 만났다. 아마 한 일년 만인가보다.

서로 그럼직한 인사 끝에

“그래 요새는 홀애비나 면했나?”

S가 나더러 묻는 것이다. 원 세상에 이런 모욕이 있나!

“사람을 보고 말을 해! 누구더러 하는 소리야?”

나는 이렇게 꾸짖(?)었다.

“어? 거 참 실례했네! 그래 그새 장가를 들고도 그럼 시치미를 뗐네그려? 한턱 내게그려.”

S군은 내가 꾸짖는 말을 아주 정반대로 알아들은 모양이다. 나는 장가를 가느니 처를 얻느니 하는 것도 다 사람 나름이지 내가 어떻게 그것을 하느냐 사람을 보아가면서 그런 말을 해도 해라, 그래서

“사람을 보고 말을 해!”

한 것인데 S는 그 유머를 고정하게 해석을 해버리고는 장가턱을 내라는 것이다.

“아—니 이 사람이! 글쎄 사람을 보고 말을 하라니까 그리네!”

“아—그런가? 네끼 나쁜 친구……나는 하도 자네가 으젓하게 그리길래 깜박 속았지.”

S는 비로소 깨닫고 웃는 것이다. 이번에는 내가 S더러 물어보았다.

“그래 자네는 가정을 가졌으니 그동안 재미나 많이 보나?”

---

33) 뜻하지 않게 갑자기 마주치는 모양. 예) 영주는 대문 앞에서 집 세준 주인과 쭈쩍 만났다.(《명일》)

"이 사람 자네야말로 사람을 보고 말을 하게! 아이구! 글쎄 그새 또 한 개가 생겨났어요 또 한 개! 도합 몇인 줄 아나? 반타째 둘이 모자라 이 사람아!"

"아—니 여보게! 내가 자네더러 애를 많이 나라고를 했단 말인가? 자네 집 삼신님이란 말인가? 왜 이렇게 내게다 대고 부리대나?"

"허허 생각만 해도 속이 답답해서 하는 말이지……이대로 낳다가는 아마 일소대는 넉넉 편성시킬 것 같어!"

S는 웃지도 아니하고 아주 진정으로 일소대 편성을 예상하는 것이다.


S가 서른두 살에 삼남매를 둔 애아버지인 것은 알았지만 그새 또 하나를 나서 그래서 반타째 둘이 모자라게까지 된 것은 몰랐다.

"이 사람 거 좋잖은가? '낳아라 퍼쳐라' 몰라? 그래서 세계를 정복해라."

"흥! 이 사람이 백줴 사람을 놀리나? 글쎄 도야지 새끼처럼 우쿠루하게 수만 많아서 무엇에 쓰나? 무얼 먹이고 무얼 입히며 어떻게 가르키나?"

S는 아주 진심으로 대들면서 내게다 자기 걱정의 반쯤 떠맡기기라도 할 기세다.

"그대로 자네는 좋으니……다정한 마누라가 있어, 재롱질하는 아들딸이 있어……나가면 벌이요 들어오면 낙이요. 헌데 왜 그리 우나? 내가 아들이나 하나 양자로 달랄까봐서?"

"놀리지 말게. 제발 나는 독신 좀 되어보았으면 하늘이라도 올라가겠네."

"나는 제발 정다운 마누라가 있어서 가정 맛을 좀 보았으면 하늘이라도 올라가겠네."

"나 같은 것은 종우種牛나 그런 것이지 인간다운 인간은 못 돼……인간 씨나 받으려고 살아 있는 인간이야……씨 받는 인간 종우!"

"나는 나 같은 인간은 거세시킨 군마軍馬로 생각하는데?"

"나는 그놈 거세시킨 군마가 부러워이."

"나는 종우가 부러워이."

"거 참 과부 설움 과부가 안다는데 자네는 왜 그렇게 남의 답답한 속도 모르고 빈정거리기만 하나? 응 이 사람, 가난뱅이 설움 자네도 잘 알면서 그래? 먹고 살 것은 없는데 새끼는 자꾸만 생기고 그걸 어떻게 해?"

"나는 손자가 늦어가는데……."

"망할 것! 그럼 자네 처지하고 내 처지하고 바꾸어버리세."

"그래도 좋지."

"자네가 내가 된다면 어떻게 할 텐가?"

"아이를 뱄을 때부터 든 돈을 아이마다 따로따로 적어둔단 말이야."

이렇게 나는 설명을 하였다.

그래서 학교를 마쳐줄 때까지의 것을 합산해 가지고 그 놈이 취직을 해서 수입이 생기거든 그놈더러 그 전액을 매월 월급 중에서 얼마씩 월부로 갚아가게 한다.

그렇게 자녀 간에 셋이나 넷만 두고 지나면 노래老來의 걱정은 도무지 없어질 테다.

이렇게 설명을 해주니까 S가

"그러면 자네는 왜 어서어서 마누라도 얻고 아들도 낳고 해서 실행준비를 아니하나?"

하고 따잡아 묻는 것이다. 입때까지 내가 조롱받은 앙갚음을 한꺼번에 하자는 것이다.

"위선 그럴 자본이 있어야지."

나는 웃지도 않고 이렇게 대답을 하였다.

"망할 것! 괜히 말만 밑졌네. 모레가 새로 난 놈 돌이니 와서 떡이나 먹게."

나는 찾아가기로 약속을 하고 갈렸다가 가벼운 포켓을 털어 선사감을 사들고 S를 찾아갔다.

미상불 그날 제 돌잡이를 하는 맨 끝엣놈으로부터 시작하여 네 살 여섯 살 여덟 살 어쩌면 그렇게도 2, 4, 6, 8의 우수로 간격이 고른, 나는 우선 그것을 탄복하였다.

시외의 납작한 초가집에서 젊었을 때 그렇게도 복성스럽던 S의 부인은 그 초가집처럼 늙고 찌부러졌다—겨우 스물아홉 살인데—.

그 답답한 그리고 요란스러운 자가용 유치원에 두어 시간 들어앉았다가 나온 나는 정말로 '종우'를 생각지 아니할 수가 없었다.

혹 아이를 안고 문밖에 나서서 나의 돌아가는 뒤태를 바라보는 S부부는 거세한 군마를 생각했을는지도 모른다.

《조선일보朝鮮日報》(1936. 6. 5~7, 9~13)

# 밥이 사람을 먹다
### —유정裕貞의 궂김을 놓고—[34]


나는 문필의 요술을 부리잠이 아니다. 피사의 사탑이 확실한 과학이요 요술이 아니듯이 이것도 버젓한 '사실'이다.

폐결핵 제3기의 골골하던 우리 유정裕貞이 죽은 것이 바로 그것이다.[35] 유정이 병을 초기에 잡도리해서 나수지 못하고 더치는 대로 할 수 없이 내맡겨 3기에까지 이르게 한 것도 가난한 탓이거니와 다시 그를 불시로 죽게 한 것은 더구나 그렇다.

폐를 앓는 사람이 좋은 음식을 먹고 좋은 약을 먹으면서 좋은 곳에 누워 몸과 마음을 다같이 쉬어야 한다는 것은 상식으로 되어 있다.

우리 유정도 그랬어야 할 것이요 또 그리하고 싶었을 것이다.

그러나 그는 그와 아주 반대로 영양이 아니 되는 음식을 먹었고 약이라고는 아주 고약한 ××위산胃散을 무시로 푹푹 퍼먹었을 뿐이다. 성한 사람도 병이 날 일이다.

그러면서 그는 소설이라는 것을 썼다. 소설이라는 독약! 어떤 노력보다도 더 많이 몸이 지치는 소설쓰기! 폐결핵 3기를 앓는 사람이 소설을 쓰다

---

34) 《白光》, 1937년 5월호에 김유정 추모특집의 일부로 실린 글. 채만식은 〈유정과 나〉라는 또 다른 추모 글을 같은 해, 《朝光》 5월호에도 발표하였다.
35) 김유정은 1937년 3월 29일, 폐결핵과 늑막염으로 사망하였다.

니 의사가 알고 본다면 그 의사가 먼저 기색을 할 일이다.

유정도 그것이 얼마나 병에 해로운지야 잘 알고 있었다. 그러면서도 그는 소설을 쓰지 아니치 못했던 것이다.

그것은 창작욕도 아니요 자포자기도 아니었었다. 그는 창작욕쯤 일어나더라도 누를 수가 있었고 자포자기는커녕 생명에 대해서 굳센 애착을 자신과 한가지로 가지고 있었다.

유정은 단지 원고료의 수입 때문에 소설을 쓰고 수필을 쓰고 했던 것이다. 원고료! 4백 자 한 장에 대돈 오십전야五十錢也라를 받는 원고료를 바라고 그는 피섞인 침을 뱉어가면서도 아니 쓰지를 못했던 것이다. 이렇게 해서 쓴 원고의 원고료를 받아가지고 그는 밥을 먹었다. 그러다가 유정은 죽었다.

그러나 이것이 어디 사람이 밥을 먹은 것이냐? 버젓하게 밥이 사람을 잡아먹은 것이지!

도향稻香 · 서해曙海 · 대섭大燮 다 아깝고 슬픈 죽음들이다. 그러나 유정같이 불쌍하고 한 사무치는 죽음은 없었다. 유정이야말로 문단의 원통한 희생이다.

지금 조선은 가난하다. 그래서 누구 없이 고생들을 하고 비참히 궂기는 사람이 유로 셀 수 없이 많다.

그러나 다같이 문화의 일부분을 떠맡고 있는 가운데 문단인같이 고생하는 사람은 없다.

문단인은 '흥보興甫'가 아니다. 종족을 표현하는 것은 '나치스적으로 말고' 예술 그중에도 문학이다. 인류 진화사상 종족이 별립別立되어 있는 그날까지는 한 실재요 따라서 표현이 되어야 할 것이다. 완고한 종족지상주의자도 귀를 잠깐 빌려 다음 말을 몇 구절 들으라.

폴란드를 지탱한 자 코사크나 정치가가 아니다. 폴란드 말로 된 문학이요 작가들이다.

지금 조선에 문화적으로 종족적 특색을 가진 것이 있다면 문학밖에 더 있느냐?

그렇건만 작가는 가난하다 못해 피를 토하고 죽지 아니하느냐!

아무리 빈약하더라도 지금 조선의 작가들이 일조에 붓을 꺾고 문학을 버린다면 조선이 적막한 품이야 인구의 반이 준 것보다 더하리라는 것을 생각인들 하는 자가 있는가 싶지 아니하다.

제2의 유정은 누구며 제3의 유정은 누구뇨?

이름은 나서지 아니해도 시방 착착(?) 준비는 되어가리라! 밥이 사람을 먹으려고.

《일광白光》(1937. 5)

# 다듬이

때가 마침 가을이겠다 제하여 다듬이 소리라 했으니 혹이 서늘한 가을 밤 여기저기서 한참 들려오는 다듬이 소리에 무슨 운치라도 탐낼 요량인 줄 호의로운 곡해를 하기 십상이겠는데, 실상인즉 그와 정반대요 다듬이 소리 저주문을 초하는 참이다.

집안에 들어앉아 있을 때, 한데 그 집안에 들어앉아 있는 날이 한 달 이면 30일 이상이다. 애기 우는 소리와 다듬이 소리 이 두 가지는 나에게 천하 무서운 대적對敵, 아니 대적大賊이다.

울지 않는 애기와 다듬질 않는 여자가 있다면 나는 없는 포켓이나마 있는 대로 털어서 두 개의 송덕비를 종로 인경전 앞 한복판에다가 세워 주리라고 하늘에 맹세한 적도 있다.

머릿방이 우리에게는 소용되지 않는 채 비어 있길래, 식구가 내외와 젖먹이뿐이라길래, 그것도 도시는 내가 일금 2원의 방세나마 아쉬워해야 하겠그름 궁한 소치기는 하지만 아무렇든 세를 놓았더니 궁즉달窮則達이란 말도 내게는 통용이 되지 않는 것인지, 무척 순해서 당최 울기를 않는다던 애기가 이사해 오던 그날 그 시각부터 들이 울어댄단 말이다.

밤중에도 울고 새벽에도 울고 아침이고 낮이고 그저 육장 울음인데 울음이 울음이나마 여느 울음이 아니라 몹시 보채는 울음이다.

저 애기 저러다가 자라서 이동백李東伯이나 고 샬리아핀이 될 염려가 없지 않군! 쯤의 두런거리는 소리로는 나의 참상이 위로되지 않고, 애기가 울음을 우는 족족 나도 읽고 쓰던 것을 내던지거나 여리게 겨우 든 잠을 깨거나 추어올린 상想을 다 잊어버리거나 하고서 애기 못지않게 보채야만 한다. 명색이 어른이니까.

물론 애기처럼 응애응애 울고 보채진 차마 못하고 속으로 은근히 곯는데 그러자니 하마 내종內腫이 들 지경이다.

한번은 하도 답답하다 못해 아이를 시켜 애기를 먹이는 연유통을 좀 가져오래서 코를 대보았더니 아! 세상에 이렇게도 고약한 냄새가 있을꼬!

모유가 부족해서 미음에다가 연유를 섞어 먹인다는 게 연유 한 통을 따 놓고서 10여 일씩 쓰니 썩을 거야 정한 이치지만 아무리 농통하기로니 그 고약한 냄새가 어머니의 코에 마치지[36] 않았더람?

나의 꾸중(옳아! 나는 단연 꾸중을 했다) 덕으로 그 마뜩찮은 연유 먹이기는 건 어치웠지만 그 다음에는 애기가 귓속을 앓느라고 울음은 여전하다. 이렇듯 여름 내내 나는 팔자에도 없는 다만 매삭 2원야二圓也라의 가외 수입이 죄다짐으로, 죽을 성화를 받았느니라 말이다.

헌데 다듬이의 감각은 귀뚜라미보다도 더 예민해서, 처서? 백로? 하니까 안방 뒷마루에서 그 또드락딱딱 소리다.

오늘째 벌써 이틀이다.

내 소갈찌에, 가만히 듣고 앉았을 리는 없는 것이고, 다듬이를 하지 말라는 엄달을 내렸다.

조건은, 나는 평생 양복만 입고 지내니 다듬이를 한대도 내 옷은 아닐 것, 결국 집안 여편네의 옷인데, 그러니 첫째 살림하는 여편네가 옷 곱게 다듬어서 입을 필요가 어디 있느냐? 또 어느 한 귀퉁이에 필요가 있다손

---

36) 마치다 : 몸의 어느 부분에 무엇이 부딪는 것처럼 결리다. 예) "물이 없는디, 목 마쳐서 어쩌꺼나!" 마디지게 한숨을 내쉰다.(《쑥국새》)

치더라도 여편네의 필요로 대주大主의 일과 수면과 안정을 방해할 법은 없는 것이다, 허니 썩 걷어치워라.

여기 대해서 진정이 들어오는데 내용은, 옷을 다듬이를 함은 모양을 내기 위해서가 아니라 다듬이를 해야만 때가 덜 타고, 때가 덜 타야 자주 빨래를 않고, 자주 빨래를 안해야 경제가 됩니다라는 것이다.

말이야 못하나!

그놈의 광당목廣唐木 없어져가게 된 것을 나는 속으로 춤을 추는 자다. 요새도 순면제품이 미구에 절종이 된다고, 두고 버선만 해 신게 한필 끊어 달라고 애걸하는 것을 나는 다듬이를 한다는 이유로 단연 각하를 시키곤 한다.

"돈 없단 말은 못하구!"

이런 구누름 소리에 낯이 좀 간지럽기는 하지만, 강한 자는 거짓말을 하고서도 까딱 않고 시치미를 뚜욱, 배짱을 쑤욱 내밀어야 강자다운 관록이 나타나 보임을 나는 히틀러며 뭇솔리니에게서 배웠으니까…….

여자를 방정맞은 것이네 요망스런 것이네 하는데 그야 인간 모욕이니 경청할 바 아니로되, 다만 한가지 다듬이질하는 것만은 방정맞다는 비방을 들어 싸다.

또드락똑딱, 또드락똑딱, 또드락똑딱…… 어쩌면 고렇게도 닮았는지!

게다가 한 셋쯤 한 다듬돌을 가운데 놓고 여섯 개의 방치로 한참 내리다 듬어대는 포즈와 그 소리란 이 세상 제일 보기 싫은 동작과 제일 듣기 싫은 음향을 제가끔 대표하는 자이기에 조금도 손색이 없을 것이다.

이상 다듬질을 거의 않는 신가정의 신여성에게는 대고 하는 말이 아니니까 아예 노여워하지는 마실 것, 아뿔싸! 그러고 본즉 '다듬질 않는 여인' 송덕비를 너무 많이 해 세워야 하겠으니 '식주내각食走內閣'이 있다더니만 '식비食碑 무엇'이 생길까보다.

나는 한학漢學에 능치 못해 그 시詩를 여기에 옮기지 못하고 뜻만 말하는

데, 가을 신곡新穀도 나고 바람도 선선하니까 저—기 산중 절의 중이 바랑을 걸머지고 장안長安?으로 시주를 나왔겠다…….

헌데 처억 거리에를 들어서니까 만호 장안 이집 저집 어디 할것없이 뒤집히듯 다듬이 소리가 요란해, 그 고요한 산중에서 조용하게 살던 스님은 다듬이 소리에 그만 정신이 아득, 어쩔 바를 몰라 손가락으로 귀를 꽈악 막고서 담 모퉁이에 가 가만히 숨어 섰더란다, 고.

시는 시의 맛으로 어떠한지 모르겠어도 이야기만도 그럴듯한 정상이다. 나는 가엾은 그 스님을 위해 절대의 동정을 아끼지 않는다.

허나 중은 다듬이 소리가 귀찮으면 도로 절로 달아나기나 하지, 나는 달아날 절도 없고 이 성화를 먹으니 오히려 그 스님한테 동정을 이자 쳐서 받아야 할까보다.

어려서부터도 나는 다듬이 소리라면 아주 비상(亞砒酸)이었었다. 해서 나의 다듬이 소리와의 투쟁사도 이만저만찮다.

다듬이를 한다고 어머니와 싸웠다. 조금 자라서는 형수들이 다듬질하는 것을 훼방을 놓았다. 그리고 시방은 이렇다.

아마 앞으로 늙으면 며느리와 딸하고도 다듬이로 해서 싸워야 할까보니, 진작 알아차려 며느리는 서양 며느리를 얻든지, 조선치라도 양장만 하는 놈으로 택하고 딸은 기저귀부터 양장을 시키고 해야 하겠다.

그도 저도 여의치 않으면 나는 가을에 시주 걷으러 인가에 내려오는 소임만 맡지 않는 중이 되리라. 빈말이 아니다. 인제 두고 보아라.

저소리! 저 양백스럽게 또드락딱딱거리는 다듬이 소리! 날이 선선해 모기도 없어 다듬질하기에 좋기까지 한가보지?

《조광朝光》(1938. 11)

# 여백록餘白錄

　문단만 하더라도 긴緊 한 문제가 한두 가지가 아닌 터에 교정校正 같은 것쯤 그리 대단한 것은 없고, 거저 여백거리로 여기는 게 좋겠지.

　그렇긴 해도, 피가 밭게 앉아서 밤을 도와 원고를 써, 그놈을 다시 두 번 세 번 퇴고推敲를 해, 이래 보낸 것이 정작 활자로는 딴 글자 딴 소리로 인쇄가 되어 나온 것을 볼 때며는 내남없이 그다지 유쾌한 마음은 나지 않는 법이다.

　"그의 부친(父親의 意味) 윤장의 영감……."

이라고 원고에 쓴 것이 활자로는

　"그의 붙인 윤장의 영감이……."

라고 박혀 나온 것이며, 또

　"잇대어 말하기를……."

이라고 쓴 것이 활자로는

　"있대어 말하기를……."

이라고 되어 나온 것까지는 '한글 유죄로다!' 하고 웃어버릴 수도 있겠지만

　"시세期米時勢가 올랐다는 기별이었으면 하고……."

란 대문이

"시세가 올랐다는 기별이 없으면 하고……."

로 인쇄된 데는 가뜩이나 나 같은 소갈머리에 한참 동안 숨이 씨근버근 않
질 못했다.

하나 그런 것은 문선 혹은 교정의 악의 없는 실수라고 치더라도

"구누密約를 했다……."

를 갖다가, 처억

"군호軍號를 했다"

로, 또

"팽팽한 눈살로……."

를 갖다가서

"평평한 눈살로……."

라고 고쳐서까지 넣어주는 그 지겨운 친절에는 그만 무어라고 답례를 해
야 할지 몰라했다.

그 밖에 자간字間을 뗀 곳은 붙이고 붙인 곳은 떼어놓기, '?'와 '!'를 손에
집히는 대로 둘러꽂기, ' , '이나 ' . '을 빼먹기, 점선과 블랭크를 맘대로 혼
동하기, 그래서 문의文意가 원고와는 얼토당토않게 하기, 그 되는 대로 아
무렇게나 걷어치우는 등…… 가히 참 가관이라. 상주지 않을 수 없다.


나는 언제던가 어느 친구더러, 시방 조선의 문학이 창피한 중 그 백분지
일 가량은 책임이 교정의 무책임한 데 있느리라, 고 농담 비슷이 말한 적
이 있지만 그게 노상 농담만도 아니었었다.

원문을 못 읽으니 구미의 것은 모르겠어도 일본 내지의 신문·잡지를
보면 얄미울 만큼 오자가 없다.

그야 두 사람이 앉아서 하나는 읽고 하나는 잡고 하니깐 교정이 정확할
수밖에 더 있느냐고 핑계를 하겠고 또 그것이 사실이기도 하다. 그렇지만
아무리 이 집안이 가난하기로서니 교정을 다섯 사람 둘 것을 일곱 사람이

나 여덟 사람을 두지 못한다는 것은 공연한 좀보 짓이요 따라서 그 핑계는 핑계가 되지 않는다.

하물며 사람사람이 일에 등한하고 책임관념이 박약한 것과 무지한 것 때문에(가령 '구누'를 '군호'로 고치는 것 같은 것) 생기는 오자는 입이 열 개라도 변명이 되지 않는다.


나 혼자서 당하는 액도 아니면서 쓰잘데없이 눈치 먹을 소리를 했나보다. 가뜩이나 천하 악필이요 오서誤書와 낙자落字가 없노라고 장담은 못할 내가 나서서 말이다.

그러나, 그러니까 내 말은 이것이다.

동문서답이 되어도 좋고 아무튼 망발도 좋으니 제발 원고대로만 채자採字를 해주고 원고대로만 교정을 보아 주었으면 아주 감지덕지하겠다.

그래만 주었으면 좋겠는데, 실수 외에도 가끔 가다가 그 끔찍한 호의로 고쳐까지 주는 데는 질색을 안 할 수가 없고, 해서 이런 뾰족한 붓질도 않지 못하게 되는 것이다.

《박문博文》(1938. 11)

# 어머니의 슬픈 기원祈願[37]

을축생乙丑生이니 올해 벌써 일흔다섯이 되셨소.

일흔다섯……. 그 저엉정하시던 어른이 어느 겨를에 일흔다섯토록이나 늙으셨단 말인지 꿈결 같고, 생각하면 새삼스러이 애달파 못하겠소.

지금이 마침 밤 새로 한시. 촌에서는 요때면 첫닭이 우오. 이 첫닭 우는 소리를 기다려 오늘밤도 시방쯤 마악 우물에 가서 (그 노인이—) 손수 길어 오신 정화수를 집 뒤 울안에 무은 단 앞에 괴어놓고 두 손 합장, 북두칠성을 우러러 정성스러이 치성을 드리고 계실 게요. 당신의 사랑하는 자녀들, 우리 여섯 남매를 위하여.

허리는 굽고 머리 센 호호노인이 치아도 없어 합죽한 입술을 입안엣 소리로 고요히 이슥한 밤의 별만 가득한 밤하늘을 우러러 아무 사념邪念은 없이 한갓 심중의 간곡한 소원을 기원 올리고 있는 그 경건스런 양자 선연히 눈에 밟히오.

정성도 극진스런 내 어머니! 그이의 후반생은 진실로 당신의 자녀들의 복지를 위한 기원의 반생이시오.

---

37) 《朝光》, 1940년 6월호에 〈소설가의 어머니〉라는 특집글로 실렸다.

미신迷信?

밤의 북두성을 우러러 지상의 인간의 행복을 축원함이니 물론 그야 미신일 게요. 어느 무당이 그렇게 알으켜 드렸는지도 모르오. 혹은 당신의 마음에서 우러난 소박한 신앙일는지도 모르오. 마는 아무튼 미신임에는 틀림이 없을 게요.

그러나 미신인 게 무슨 상관이겠소. 그 지극한 정성과 갸륵한 애정 앞에 조그마한 미신이 무슨 문제가 되오.

시방으로부터 75년 전 을축 7월 초닷샛날 저 전라도 산중 소읍 여산礪山이라는 땅에서 한양 조씨漢陽趙氏네 문중의 셋째 따님으로 그이는 태어나셨소.

엄친 즉 내 외조부는 성품이 얼마간 뇌락磊落한[38] 어른이었던가보나 역시 이향遞鄕의 평범하고도 가난한 가정이었더라오. 따라서 그이 내 어머니도 가난한 가운데 또한 평범하게 장성을 했고 훨씬 과년하여 연기 20에야 백여 리 상거인 임피 고을 채씨네 문중의 '화자化子, 일자日字' 그 어른의 배필이 되어 출가를 해오셨던 것이오.

규수의 나이 20인데 신랑 또한 24세이었으니 당시의 혼풍婚風으로 하면 대단한 만혼晩婚이 아닐 수 없었고 그러한 만혼은 안팎사돈이 다 같이 지지리 가난함을 의미하던 것이오.

사실 우리 집은 퍽도 가난했었다 하오. 오죽하면 내 조부께서는 평생에 명주 등속의 비단옷이란 걸 한 번도 입지를 못하셨다.

내 조모님은 팔순이 가깝도록 수를 하셨고 그래서 만년엔 아드님의 호강스런 봉양을 받다가 돌아가셨지만 조부께서는 일찍 그렇듯 가난하던 채 작고를 하셨더라오. 그리고 그 일이 못내 한이 되어 내 가친은 후일 가세가 조금 넉넉하던 시절에도 극히 검소하게 일상을 지내셨을 뿐 아니라 특

---

[38] 마음이 너그럽고 작은 일에 얽매이지 않다.

히 명주 등속의 비단옷이라곤 일체 몸에 두르지를 않으려 드셨소.

우리 따위의 후예로는 감히 따르지 못할 상당히 의지가 굳은 어른이었고 그 의지의 굳음은 소년시절부터도 그러하여 그다지도 가난한 가정에서 길리우는 처지이었건만 글공부를 매우 독실히 하셨더라오.

끼니는 굶었어도 서당에 가기는 결하지를 않고 월량(月糧 : 月謝金)을 내지 못해 설운 구박과 눈치도 많이 자셨고 그러느라니 줄곧 이 서당에서 쫓겨나서는 저 서당으로 달아다니고[39] 이렇게 어렵사리 공부를 계속하셨더라오.

어려서 우리가 공부를 게을리한다치면 노상 나는 궁하다 궁하다 못해 이 서당 저 서당 돌아다니면서 피눈물 섞어 동냥글을 배우기도 했는데 너희들은 독서당獨書堂을 앉혀두고 아무 부족할 게 없이 해주건만 어찌하여 공부에 정성을 들이지 않는단 말이냐고 걱정을 하시곤 하셨소.

옳아, 그리고 또 종이가 없어서 서당 뜰앞의 감나무잎을 따다간 글씨를 쓰셨더라구.

이 의지 굳고 근엄한 내 가친을 밖으로 받들고 내 어머니는 착실한 내조자가 되어 이윽고 우리 집안은 바스락바스락 성세가 일기 시작했더라오.

부지런하고 샘 많고 일손 얌전하고 겸하여 살림 규모 있고 이러한 내 어머니의 공이 절반이었을 것이고 그럭저럭 한 20년 후엔 가령 오늘 부자는 아니라도 남께 아쉰 소리는 않고 지낼 만큼 가산을 장만했더라오.

수리조합이 나면 공짜로 뺏긴다는 낭설이 떠돌자 부랴부랴 헐가 방매를 해버리곤 그 뒤 지가가 일약 이삼십 배로 폭등하는 통에 그만 울화가 북받쳐 내 가친은 토혈을 다 하셨다는 금굴제金堀堤 방죽 밑에치 옥답沃畓 기십幾十 두락斗落[40]은 나의 기억에 없는 것이지만 내가 아는 것만으로도 '과녁터'니 '범의재'니 용정리龍汀里니 화등리禾登里니 계남리鷄南里니 이렇게 각처

---

39) 달아다니다 : 바쁘게 돌아다니다.
40) 마지기

에 가 꽤 많이 전답이 있었소.

아무튼지 가산은 그렇게 늘고 일변 내 어머니는 아홉 남매의 아들과 딸을 나셨었소.

자녀는 번창하고 가산은 늘어가고 동네서는 새로 부자가 생긴다고들 부러워 했더라오.

수고로이 나은 아홉 남매에서 그러나 삼남매는 어릴 적에 잃고 완전히 길러낸 것이 여섯 남매.

그 여섯 남매 가운데 아들로는 내가 다섯째로 막내둥이고 내 아래로 누이동생 하나가 있어서 그야말로 양념딸[41]을 재미있게 두신 셈이오.

아홉 남매를 나아 여섯 남매를 장성토록 다 길러 마지막 양념딸을 출가시킬 무렵엔 내 가친도 그러하셨거니와 어머니는 머리가 많이 세었었소. 젊던 그날로부터 시작하여 머리가 세기까지 그이는 살림과 자녀들을 성육시키기에만 생활을 바치셨던 것이오.

아버지와 더불어 그렇듯 고맙고 착실한 어머니를 받든 우리 형제 여섯 남매는 그러나 모조리 죄다가 불초했소. 인간적으로 불초했을 뿐만 아니라 어버이의 신고로이 장만한 가산을 가산마저 지키지 못했소.

그리고는 시방은 모두들 산지사방散之四方하여 제각기 제 노릇에만 골몰하느라고 두 노인은 마지막 한 떼기 조그맣게 남은 유일의 전장이랄 백계치白鷄峙의 선산하에서 외로운 여생을 지우고 계시게 하고 있소.

내 어머니는 당신 스스로 '실패한 어머니'라고 생각하고 계시오.

젊어 이후로 온갖 고생을 겪어가면서 크지 못하나마 성세를 이루어 그러면서 여섯 자녀들을 제각기 성인토록 길러냈어 했건만서도 그 여섯 자녀들은 지금에 하나도 행복한 생활을 하고 있는 자가 없고 그것이 즉 어머니로서의 실패라는 것이오.

---

41) '고명딸'(아들 많은 집의 외딸)의 방언(전남, 평안).

'실패한' 내 어머니는 항상 가슴이 아프고 자나깨나 우리들 여섯 남매가 걱정이오.

만약 그 어른이 시방도 젊고 기력이 계시다면 옛날에 하시던 그 부지런을 다시 내어 우리들을 위해서 무어나 노력을 하실 게요.

그러나 연치 이미 팔십순, 기력도 용기도 인제는 다 없으시오. 그리고 그러하기 때문에 그이는 현실적인 또는 생산적인 활동을 못하시는 대신 집 뒤 울안에 치성단致誠壇을 무어놓고 밤마다 밤마다 1년 365일을 비가 오건 눈이 날리건 하루도 결함이 없이 첫닭이 우는 시각에 북두칠성을 우러러 우리들 여섯 남매의 복을 비는 것이오.

참으로 슬픈 정성이오.

천지신명이 만일 무심치가 않다면 우리들 명식明植·면식勉植·준식俊植·춘식春植·만식萬植 그리고 현식賢植 이 여섯 남매는 내 어머니의 그렇듯 극진스런 정성으로라도 작히 큰 복을 받아야 할 것이오.

그러나 아직도 때가 이르지 않은 탓인지 우리 여섯 남매는 여지껏 하나도 어머니의 원축대로 복을 누리지를 못한 채 한결같이 불우하오.

결단코 그 어른의 정성이 부족함이 아닐 테고 그야말로 천지신명이 차라리 무심치가 않아 불초하고 불로不老한 우리가 괘씸하대서 그래서 복을 점지하기를 완강히 거부하는 때문인지도 모르지요.

인제 불원 팔십 말조차 죄스러우나 백세하실 날을 받아놓다시피 하신 노치老齒이오.

그래도 그이는 백세하시는 그날까지 여전히 그 '슬픈 기원'을 드리기를 그치지 않으시겠지. 밤마다 밤마다 첫닭이 울기를 기다려 어둔 눈에 지벽지벽 우물을 찾아가서 정한 한 주발의 냉수를 길어다간 20년의 그 치성단 앞에 고여놓고 두 손 합장 북두칠성을 우러러 무수히 절을 하시면서 우리들 여섯 남매로 하여금 수하고 부하고 영달하여 큰 복록을 누리게 해줍시사, 고.

　그러다간 하루아침 잿불 스러지듯이 소리없이 돌아가시겠지. 그러나 차마 눈이 감기지 않아 어떻게 돌아가시려는지!

　생애를 바쳐 기르고 가르치고 복을 빌어주고 하셨건만서도 그러나 그 기원이 이루어지지를 않아 끝끝내 불우하고 고생스런 우리 여섯 남매가 차마 못 잊어워 어떻게 눈을 감으시려는지.

　이루어지지 못할 '슬픈 기원'의 내 어머니 그이를 하늘만큼 기쁘게 해드릴 무엇이 없을까.

《조광朝光》(1940. 6)

# 방황彷徨 20년

받은 제가 '작가수첩'이라는 것이었으나, 마차이 무슨 말을 하여야 거기에 적당한 내용일는지, 별반 요량이 없이 우선 지필紙筆을 대한다.

해도 이럭저럭 거진 저물고, 나이는 1년을 더 얹는다.
다시금 1년을 더 얹고, 불원不遠 그리하여 40. 바야흐로 마흔 살.
마흔 살, 정녕 40이요 착오 없는 산술이건만, 내 나이 마흔 살이라니 어쩐지 이상스럽고, 정말 같지가 않은 것 같다. 언제 어디서 이런 나이를 다 먹고 싶으면서 섬뻑은 실감적으로 사실이 캐치되어지질 않는다.
실없은 말이지만 그래서, 어린 놈을 데리고 앉아
"몇 살인고?"
"?……."
"또 잊었어? 네 살이요, 해봐?"
"네 살이요!"
"오옳지! 몇 살인고?"
"네 살이요!"
이렇게 가르쳐 주듯이, 이 40을 다 먹은 노동老童은 제 스스로
"마흔 살"

“불원 사십”

“며칠 아니면 마흔 살”

하면서 몇 번이고 이런 염량을 해서야 비로소 곧이가 들리곤 하니, 주정한 노릇이다.

나이는 40이라도 40이란 나이엔 인생 초년병이어서 그런가 보다 한다.

40의 연치감年齒感이란 흡사히 붇는 물이 차차로 차차로 한 치 두 치 차 올라, 어언 가슴께까지 찬 그런 절박스럼을 준다. 20적에도 30적에도 느낄 수 없던, 여후餘後 막막한 절박스럼이다. 종차 50이면 한결이나 그것이 더함이 있을 것이다.

종로 노상에서 일전에 최규동崔奎東 선생을 문득 뵈었었다. 숙아宿痾[42]도 숙아지만 연래로 완구히 더 노쇠하셨음을 첫눈에 알겠었다.

마침 영주泳柱와 동행이었었는데

“저 선생님도 인제는 아주 늙으셨어!” 이런 말을 하다가, 그 끝에

“우리도 한 10년 후면, 누가 보고서 허어! 저 사람도 인제는 아주 늙었어! 하렷다?”

그러고는 서로 서글퍼 웃은 일도 있었다.

40을 먹는대서, 늙는대서, 구태여 놓친 청춘이 안타깝다든가 늙음이 원통하다든가, 황차 죽음이 섧든가 등 인생을 투정하고 싶은 생각은 아니다. 그러나 역시, 많은 평범한 여러 사람들과 마찬가지로, 무엇으로 이 나이를 먹은고 하는 회오悔悟와 더불어 두루 섭섭한 생각이 듦은 어찌할 길이 없다.

인간에 참예한 지 40년, 성인成人한 지 20년, 명색이 문학에 뜻한 지 십유十有 칠팔년. 이만하면 뉘 앞에다가 내놓아도 먹을 만치 먹은 나이요 살 만치 살았고, 문단적으로도(따라서 몇몇의 동배에 비하여서도) 결코 옅은 연조는

---

아니다. 그러하건만, 그만치나 오랜 동안을(근 20년을) 소위 문학을 합노라고 해온 바 성과랄 것이 무엇이었던가?

너무도 아무것도 아니요, 아무것도 없음에 한갓 망연할 따름이다.

타고난 천재가 아니니, 감히 이름을 천하에 떨치고 영세까지 남길 대작을 바라는 참람스런[43] 생각이야 먹지 않더라도 시속時俗에 10년을 독공篤工하면 입신入神을 한다고 이르지 않는가. 10년은 새려, 20년이 아닌가. 적이나, 이 시대 이 지역에서나마 과히 부끄럽지 않을 조그마한 소득은 있었어야 할 것이 아닌가.

그러나 그도 오히려 둘째다.

처음부터 이내까지 나는 꾸준히 한 가지를 파고들지를 못하고서, 끊이지 않고 방황을 해왔었다. 방황하는 20년이었었다.

물론, 거기에는 이른바 객관적 정세의 부절한 변화를 영향 받은 탓도 있고, 보다 나은 방향을 찾으려는 정성도 없었던 것은 아니나, 결과는 나는, 나이 40에 문령文齡이 20이로되 여지껏 나아갈 방향을 정치 못한 방황자이고 만 것이다.

회남懷南은 나를 가리켜, 어떤 작품을 가지고, 이 사람의 대표작이라 하여 추려 잡을 만한 작품이 막상 없다고 했었다. 매우 지당한 간파요 아픈 지적이었는데, 그렇듯이 소위 대표작이랄 작품을 특별히 가지지 못한 연유도 주로 내가 어떤 한 길을 파고 나가지 못한 때문이 아닐는가 싶다.

40에 불혹不惑이라고 한다. 그리고 인생은 40부터라고 한다.

매우 귀가 기울여지는 말이기는 하다. 그러나 나는 우선 나의 정력을 잘 짐작하거니와, 남처럼 40을 고패로 왕성한 활동을 시작하기엔 너무도 지치고, 쇠약이 심하다.

40에 불혹이라지만, 그는 큰 인물에게 말이지, 나 같은 평범한 무리는

---

43) 참람僭濫스럽다 : 분수에 넘치게 몹쓸 행동을 하는 듯하다.

차라리 남의 충언에조차 자이藉耳를 않으려 드는 그리하여 고집불통이 될 위험한 시기일 것이다.

앞으로 10여 년을 더 문학을 붙들고 있을는지, 내일이라도 이 붓을 꺾고 말는지, 좀처럼 보장키 어려운 형편이다. 그러나 가사假使 그렇게 50토록 계속을 한다고 하더라도, 역시 나는 끝끝내 방황하는 문학의 룸펜, 인생의 룸펜이고 말 것이다. (12월 29일, 記)

《신시대新時代》(1941. 2)

# 몸뻬 시시비비是是非非

　　바로 최근, 몸뻬가 평상복으로서, 드문드문 거리에까지 나오기 시작하던 무렵의 어느 날이었다. 화신和信의 서관西館 옆에서, 약속한 우인을 기다리고 섰노란즉, 마침 맞은편 정류장에서, 역시 몸뻬를 입은 배젊은 여인 하나가, 여러 승객 틈에 섞여 안국정행安國町行 전차를 기다리고 있었다. 나이는 23, 4세나 되었을까, 숙발淑髮을 하고, 화장이 난亂치 않고 품品 있이 다스렸고 새하얀 블라우스에다 미색 스웨터를 받쳐 입고, 그리고 몸뻬를 (실상은 몸뻬가 아니라 몸뻬 대용의 유사 몸뻬를) 입고 하였는데, 이상의 제반조건과, 또 일요일이 아닌 평일이요 시간도 오후 두시라는 걸로 미루어, 여인이 매양 직업여성이나 전문학교의 재학생은 아닌 듯싶고 정녕 어떤 중류 윗길의 젊은 가정부인이든지, 혹 그 영양令孃일시가 분명하였다.

　　나는 기실, 여인의 몸뻬에 주의가 처음 끌렸었다. 몸뻬로되 정통의 몸뻬는 아니나, 정통의 몸뻬가 가지지 못한 아름다운 체재體裁를 가진, 여인의 그 유사 몸뻬는 나로 하여금 자못 호의와 흥미를 느끼도록 하기에 족한 자이었다. 그러하였기 때문에 나는,

　　'어떻게 생긴 여인이길래?'

하는 호기심으로, 무심중 그처럼 남의 집 젊은 여인을 체모 없이 이것저것 두루 살펴보았던 것이었었다. 몸뻬로부터 이윽고 윗도리를, 얼굴을, 머리

를, 그리고 나서 도로 내려와 다시금 그 몸뻬를 이렇게…….

그러나, 도로 몸뻬로 내려와 잠시 멎었던 눈이, 마지막, 여인의 신발로 옮는 순간, 나는 그만 고소苦笑를 흘리지 아니치 못하였다. 여인은 뜻밖에도 뒷굽 높은 구두—하이힐을 신고 있는 것이었었다.

몸뻬에다, 하이힐! 심히 민망스런 부조화가 아닐 수 없었다.

내가 만일, 한 나이나 더 젊고, 장난꾼이었다면, 곧 서슴지 않고, 공손히 여인의 앞으로 나아가,

"몸뻬에 하이힐이 어디 당한 것인가요?"

하고 물었을 것이다. 혹 좀 더 신랄하게

"하이힐에 몸뻬가 어디 당한 것인가요?"

하고 비꼬았을는지도 모른다.

누구나 다 아는 바와 같이, 몸뻬는 적의 공습이라는 비상 긴급한 경우를 위한 복장인 것이다. 적기는 결코, 아무 날 아무 시에 가겠소 하고, 미리미리 전갈을 하고 오지는 않는다. 그러므로 우리는 집안에 있다가라도 일터에서 일을 하다가라도 거리에 나왔다가라도, 아무 때 어디서라도 졸지에 공습을 만날 수가 있는 것이요, 만나면 폭탄이 떨어질 경우엔 대피를 하여야 하고, 소이탄燒夷彈이 떨어질 경우엔 즉시 달려들어 방화防火 활동을 하여야 하는 것이니 이 경우에 활동을 민활케 하기 위하여, 여자의 실용적이요, 간편한 몸차림으로서의 몸뻬인 것이다.

그러나 몸뻬는 그러한 실용적이요, 거뜬한 몸차림의 일부분이었지 노상 전부인 것은 아니다. 윗도리에 입은 옷도, 속발束髮도, 그리고 신발도 죄다가 아랫도리의 몸뻬와 같이 실용적이요 거뜬한 차림차리어야 한다. 그런 중에도 특별히 중요한 것이 신발이다. 만일 발에 신은 신발이 비실용적이요 민활한 활동에 적당치 못한 것일 때에는, 제 아무리 몸뻬는 말고 더한 것을 입었더라도 소위 일불—不이 살육통殺六通으로 그닥 소용이 닿지 않는 것이다. 사람이 급한 경우를 당하여 몸을 민첩히 놀릴 때에, 신발처럼 다

른 어느 부분의 몸차림보다 실용적이요 거뜬하기를 요구하는 것은 없기 때문이다. 따라서 극단으로 말을 한다면, 몸뻬는 입지 아니하였더라도 다른 복장은 평상시의 차림차리로 하였더라도 최소 우선 신발 한가지만은 몸을 민활히 놀리기에 편리하되 절대 그의 구속을 받지 아니할 것으로 신는 것이 차라리 실속 있는 방공태세에 알맞은 몸차림이라고까지도 할 수가 있을 것이다.

이렇게 볼 때에, 예의, 몸뻬를 비롯하여, 윗도리랄지, 또는 속발까지도 나의 사견으로 하면 과히 탈잡힐 구석이 없을 만큼 상당히 방공적으로 차렸으면서도 정작 요긴한 신발은 도리어, 가장 비실용적이요 비활동적인 것이어서, 약차하면 물통을 번쩍번쩍 들어 나르고, 날쌔게 달리고, 사닥다리도 오르고 하며 방공활동을 해치우기는커녕, 바람만 세게 불어도 단박 고꾸라질 그 뒷굽 높은 구두 하이힐을 어엿이 신고 나선 여인은 그의 완전에 가까운 다른 부분의 방공복장이 하나도 생색이 없고, 반대로 완전히 낙제라 하여야 할 것이었다. 마치 축구선수가 남산골 샌님이 신던 나막신을 신고 경기에 출장出場을 한 것처럼…….

생각건대 여인은, 벼랑 몸뻬를 입기 위하여 입은 몸뻬가 아니라 즉 방공적인 실용으로서 몸뻬를 입은 것이 아니라, 한갓 유행을 따라 호사거리로 몸뻬를 입었음일시 틀림없었다. 발에 신은 문제의 신발이 썩 호사스런 유행품의 하이힐인 것은 물론이거니와 몸뻬를 만든 감이 상품上品의 양복지요, 그 체재가 매우 본치가 있는 사실 등을 미루어 가히 짐작키에 어렵지 아니하였다.

그러나 당자는 자못 유행의 선봉인 양, 끔찍 호사를 한 양, 비싼 감 끊어다 본치 있이 몸뻬(몸뻬처럼) 새로 만들어 입고, 날씬한 하이힐 신고 회똑거리면서 거리를 나온 모양 같으나, 사실은 조금치도 여인을 아름답거나 돋보이게 하는 것이 아니요, 차라리 일종의 추醜가 거기에서 발산이 될 따름이었다. 유행을 따르는 천박한 취미인 것에서, 또는 낡은 것과 새로운 것이 혼거混居하는 부조화에서…….

일찍이 우리는, 우리의 체질과 생활과 전통 등에 어울리지도 않고, 건전치도 못하며 실용도 아니 되는 것을 서양의 문물로부터 이것저것 많이 직수입을 했었다. 뒷굽 높다란 구두 하이힐도 그중의 하나였다.

무릇 하이힐이란, 중국 여자의 전족纏足과 마찬가지로, 한 쌍스런 풍속에 드는 것이었다. 그것은 신발의 형식을 빌어, 불건강한 섬세미纖細美를 강작强作하기 위하여, 여자의 발을, 나아가서는 전신全身의 건강과 그 활동을 저해하는 형구形具에 지나지 못하는 것이었다. 기집 사내가 맞부둥켜 안고 댄스 추기에 편하도록 만들어진, 고약스런 유희의 수단이었다. 그러나 건전한 신발, 당연한 신발은 본래 그런 것이 아니었다.

사람은 여자일지라도, 그 생활과 온갖 활동이 대지를 힘차게 딛고 대지를 힘차게 걷고 하는 데서 출발하며 지속되는 것이다. 이, 대지를 힘차게 딛고, 함차게 걷는 소임을 맡은 것이 발이요, 그러므로 신발은 그의 수단인지라, 그는 절대로 발로 하여금 힘차게 대지를 딛고 힘차게 걷고 하도록 만들어져야 하는 것이며, 그리함으로써만 신발은 존재의 의의를 지탱할 수가 있는 것이다. 반대로 신발이란 명색이 만일 발로 하여금 대지를 힘차게 딛고 힘차게 걷고 하는 데 방해가 된다고 하면, 그는 벌써 신발의 이름을 허하기 어려운 것이다. 그런 신발 아닌 신발을, 허턱 우리는 모방하여다 신었으며, 아직도 많은 여인들이 그것을 당연한 것처럼, 가장 호사거리인 것처럼 신기를 마지 아니하며, 깊은 애착을 두어 끊지 못하는 형편에 있는 것이다.

평시에 있어서도, 하이힐이란 이와 같이 비실용적이요 불건전한 신발이거든 황차 모든 것이 절대 실용적이며, 건전하기를 요구하는 이 전시戰時리요.

시방 나라는 국운을 통째로 내어걸고 큰 전쟁을 하는 때다. 충성스런 장병들이 전선에서 신명을 바치고 용맹히 싸움을 하고 있는 일면, 총후銃後

의 만백성들은 총후에서 또한 생산으로 방防空으로 기타 용맹히 싸움을 하여야 하는 것이며, 여자들도 거기에 참예를 아니치 못하는 것이 이른바 총력전의 특색인 것이다.

여자들도 한몫 총후의 전사로 나선 이상, 응당 거기에 무장武裝이라는 것이 따르지 아니치 못하니, 안한安閑하던 평상시의 의상 대신, 근로나 방공 활동에 적당한 실용적의 간편한 복장이 곧 그것이다. 그리고 이, 총후 여성의 근로와 방공적인 무장은 필연적으로 여자의 복장에 관한 새로운 형의 미를 탄생케 하고야 마는 것이다. 즉, 뒷굽, 볼 좁고 모양이 가냘픈 하이힐보다는 뒷굽 낮고, 볼이 넓어, 신고 걷기에 회똑거리지 않고 안정된 신발이—다시 말하면 본이 자연스럽고 실용적이어서, 근로하기에, 민첩히 활동하기에 발과 몸을 구속치 않는 구두가 아름다운 신발로서 등장을 하는 것이다. 땅바닥을 휩쓰는 긴 치마보다, 짤막한 스커트나 혹은 몸뻬를 입은 경편輕便한 맵시가 아름다와 보이며, 치마저고리 갖추어 입고 가정에서 바느질 같은 잔일이나 보살피는 깨끗한 여인보다, 작업복 입고 공장에서 해머 휘두르는 여인의 건강하고 기름때 쥐어바른 얼굴이 아름다워 보이며, 화장품 가게에 가만히 앉아 오는 손님 응대나 하는 여점원보다, 전차나 기차의 그 동적인 여차장들이 아름다와 보이며, 결국 그들이 새로운 미인이라 하는 것이다.


"모든 것이 실용적이요 생산적으로 간편하기만 하면, 본치야 숭업거나 어떻거나 덮어놓고 아름다우냐?"

이렇게 독자는 응당 반박할지나, 그런 것이 아니다.

예를 바로 몸뻬에서 찾기로 하자.

이즈음 조선 여인들이 소위 몸뻬라 하여 떨쳐입고 나서는 몸뻬 내지 몸뻬 유사품이나 대용몸뻬란 차마 정시正視하기 어려울 만큼 창피한 것이 많다. 주로 입던 치마를 뜯어서 몸뻬처럼 만든 것들인데, 새로이 감을 끊지 않고, 있는 것을 이용하였다는 의미에서, 거기까지는 책할 머리가 없으되, 문제는 그 체재 즉 만든 바느질 솜씨다. 누구는 남자의 골프 바지 본이 되었는가 하면 누구는 밑이 무르팍 아래까지 처져 가지고 요란히 철럭거리고, 또 누구는 통이 팽팽 켕기어 한번 몸을 굽히기만 하여도 부욱 찢어지게 생기고, 기타 별별 기상천외의 것들이, 이루 헤일 수 없이 많다.

거듭 말하거니와 결코 감을 나무라는 것이 아니다. 같은 감을 가지고, 이왕이면 본치 있고 보기 숭업지 아니하게 만들어 입을 수가 있는 데도 불구하고, 단지 몸뻬를 입는 시늉만 하기 위하여 그처럼 아무렇게나 손질을 해서 입는, 그 아름다운 것에 대한 무관심을 섭섭타 하는 것이다.

복장에의 무관심은 곧 무성의와 통하는 것이다. 무성의하여 복장을—같은 감이요 같은 목적이면서, 부질없이 꼴사나운 것을 만들어 입는 것은 자기 자신의 외양을 보기 싫게 하는 것도 하는 것이려니와, 크게는 국민의 위엄을 상傷하는 결과를 낳는 것이다. 같은 감으로, 같은 목적의 복장이면서 그 체재에 있어 미美가 고려되지 아니했다면, 국민은 남의 앞에 국민적인 체면이 깎임을 면치 못하기 때문이다.

아름다와서 나쁠 이유는 없다. 몸뻬를 본치를 찾기 위하여, 입고 활동하기에 불편하게 만들었다면 모르거니와, 즉 본치만을 보기 위하여 몸뻬 본래의 목적을 무시했다면 모르거니와, 그렇지 아니한 이상, 몸뻬의 본의本意를 범犯치 아니하는 범위 안에서는, 얼마든지 체재에 유의하여 본치 있고 아름답게 만들어 입을 것이다. 우리는 대국민大國民이요, 문화한 민족이며, 대동아大東亞의 어른이다. 비록 전시일지라도 생활의 미의 질적 저하를 경계하여야 한다. 아름다운 것 곧 사치는 아니다. 사치는 물론 금물이다. 그러나 생활의 모든 부면에 있어, 일면 전쟁을 하고 있으면서도, 아름다운 생활의 유지와 창조에 부단의 주의를 기울이지 않고는 우리의 대국민 된 자랑은 지탱이 되지 못한다.

건전한 미는 바로 건전한 문화다. 우리는 높고 건전한 문화로써도 대동아의 후진 여러 민족을 지도할 긍지와 더불어 임무가 있는 것이다. 문화 없이 무력으로만 한족漢族을 정복하였다가 마침내 문화 높은 한족에게 도리어 동화가 되어버린 청족淸族의 역사를 보라.

모두冒頭에서 나는, 예의 여인의 몸뻬가 매우 아름다운 체재를 갖춘 데 대하여, 자못 호의와 흥미를 느꼈음을 말하였거니와 미상불 그의 몸뻬만은 크게 본받기를 권하고 싶은 자이다. 몸뻬라느니보다도, 스키복의 아랫도리 비슷하게 만든 것으로, 정통의 몸뻬보다 어느 점 더 편리하여 보이되 정통의 몸뻬나 혹은 그 유사품 내지 대용물들에 비하여 월등히 본치가 있고 보기에 유쾌한 것이었다. 그러나 그것은 결코 감이나 여인의 체격에서 오는 것이 아니요, 오로지 만든 솜씨로부터 오는 것이었다.

나는 재삼 제언한다. 같은 몸뻬거든 부디 너절하게, 보기 흉하게 만들어 입지 말고, 머리와 정성을 써서 아름답고 보기 좋도록 만들어 입자고. 그리하여 써 우리는 전쟁에 휘달려, 국민의 복장부터 너절하여 간다는 창피한 소리를 듣지 말자고. 그리고 대동아의 여러 후진민족 앞에서 복장으로도 어른 된 위신을 잃는 일이 없도록 하자고.


말이 이렇게 돌아가면, 근일 일부의 여인들이 멋부리기와 호사거리로서 몸뻬 입기를 '벨벳 조세트' 입듯 하는 현상을 은연중 긍정 내지는 조장하는 것같이 들릴 혐의가 없지 않으나 만일 그렇게 해석을 한다면 대단히 본의 아닌 노릇이다. 듣자한즉, 값진 양복천으로 여러 벌씩 몸뻬감을 끊어들여, 남이 입은 것이 눈에 들면 연방 그 본을 떠 새로 만들어 입기를 아주 일삼는 여인도 있다고 한다. 또 거리에는

'맵시 있는 몸뻬 인수引受'

라는 글발을 써붙인 양복점이나 양장점이 있는가 하면, 이 가게 저 가게 돌아다니면서 몸뻬의 스타일을 물색하기에 열중한 여인도 있다. 그러나 이는 모두가 총후를 좀먹는 반反전시국민적 행동으로, 단연 배격을 하여야

할 일이다. 모름지기 있는 감을 이용할 것이다. 되도록이면 헌 치마를 뜯어서 만들 것이다. 하되 거기에 머리를 써서, 이왕이면 보기 좋게 만들어 입어 국민적으로 '몸뻬미美'를 하나 세우자는 것이다. 건전하고 실용적이면서, 아름답고 맵시 있는 '몸뻬미'를……. 건전하고도 실용적이로되, 보기 흉하니보다는 보기 좋은 것을 반대할 사람은 없을 것이다.

그리고 시방은 긴박한 전시로, 여인들도 남자 못지않게 생산으로, 방공으로 기타 씩씩한 총후활동을 하고 있는 참이어서, 한 여인이 얼굴이 혹은 이목구비가 어떠어떠하다는 것이 그 여인의 아름다움을 좌우하는 결정적 조건이 되는 것이 아니요, 그가 한 근로여성으로 건전하고도 경편한 몸차림을 하였으며, 일변 '擊ちてし止まむ'[44]의 불타는 정신을 품고 씩씩하게 총후활동을 하는 여인이라면 가사 그의 타고난 얼굴이, 또는 이목구비 중 어느 하나나 몇이, 약간 좀 섭섭한 구석이 있더라도, 그것은 그의 긴장된 정신미에 의하여 잘 씻어질 수가 있는 것이다. 따라서 이 당절當節에 앉아, 여인을 눈이 어떻게 생겨야 미인이요, 코나 입은 이러이러하게 생겨야 아름답고를 운위하는 것은 오히려 한담이요, 무의미한 노릇이 아닌가 싶다.

《半島の光》(1943. 7)

---

44) '돌격을 멈추지 않는다'는 뜻.

# 8 · 15 전후前後

　　연합군의 군산群山 비행장에로의 상륙작전이 내일이냐 모레냐 하는 기대와 낭설이 한창이던 7월 그믐. 면에서는 드디어 부락 담당 직원이 나와 남자 12세 이상 60세까지라는 소위 국민의용대라는 것의 명부를 꾸며갔다. 나도 물론 그중에 들지 아니치 못했다.

　　"인제는 꼼짝없이 죽창 들고 상륙군의 기관총 앞에 나서서 일병日兵의 육방패肉防牌가 되는구나."

　　이런 소리를 혼자 중얼거렸다. 도리어 안전하였을 서울서 일로, 소개疏開 평계를 하고 피해온 것이 짜장[45] 호혈虎穴을 찾아든 형국이었다.

　　두 가마니나 드는 궤짝으로 가득찬 낡은 작품과 원고와 서신들을 골라서 없앨 것 없애고 하려고 몇 번 궤짝을 열곤 하였으나 좀처럼 일이 손에 잡히지 아니하였다. 그보다는 역시 채전菜田의 벌레잡기가 마음을 갈앉히고 만사를 잊고서 잠심케 하였다.

　　8월로 들어서더니 마침내 국민의용대원만 남고 노약老弱은 전부 소개 지정지인 금산錦山 남면南面으로 피해 가라는 영이 내렸다. 그러면서 군산으로부터 쏟아져 나오는 피난민의 대가 군강群江 도로를 덮기 시작하였다.

---

45) 과연 정말로.

바리바리 우마차에 세간짐을 싣고 사람들은 노약을 붙들면서 끝없이 풀려 나왔다. 암담한 광경이었다.

동네 사람들은 저마다 얼굴에 수심과 불안을 띠고 둘만 모이면 수군거 리느니 피난 못할 걱정이었다.

"어린것들과 늙은이들만 피난을 보내기로서니 쌀 한 말에 3, 4백 원 하는 판에 가서 무얼 먹고 살아?"

"여기서 같이 있다 같이 죽고 말지."

그들은 모두 다 농민들이었다.

나는 여전히 이른 새벽부터 날 저물기까지 하루 종일씩을 채전에 나가 서 지우곤 하였다. 그러는 동안에 다시 4, 5일이 지나고 소련의 대일참전 對日參戰의 소식이 왔다. 나는 나의 예측이 틀어지지 아니하였음을 희한히 여겨 마지아니하였다. 가슴이 쑤욱 내려가는 것 같았다.

군산으로부터 몰려나오는 피난민은 조금도 끊이지 않았다. 도리어 더 하였다.

그 피난민의 대를 멀리 바라보면서 나는 둘째 중형을 이렇게 안심시 켰다.

"며칠 더 형세를 두고 봅시다. 이 지구에 대한 소개계획이란 건 소련이 참전하기 전에 세운 것이니깐 엊그제 새로이 소련이 참전을 한 이상 기어 이 무슨 큰 변동이 있고야 말리다. 잘하면 저 피난민들도 이내 그대로 돌 아서서 군산으로 가게 되리다."

중승도沖繩島의 패전 이전부터 나는 나 같은 사람이 보기에도 일본은 전 체로 패색敗色이 농후하였었다. 히틀러의 백림방어전伯林防禦戰 이상으로 무 모한 속전續戰인 것이 번연하였다.

팔씨름에다 비하면 거진 다 넘어갔으면서도 그리고 힘을 더 써보았자 나중에 팔이나 더 아팠지 승패에는 아무런 효험도 없는 것을 그래도 버팅 기고 있는 것과 다름이 없었다.

정녕 소련에다 일루의 여유를 두는 모양 같았다. 소련이 전후의 구라파에 대한 발언권 문제를 가지고 미·영과 갈등이 생기고 나아가서 맞붙어 싸우기라도 하면……이것을 침을 꼴깍꼴깍 삼키면서 기다리고 있던 것이 아닌가 싶었다.

이것이 사실이었다면 소련의 참전은 일본에게 정히 죽음의 선언이었을 것이었다.

과연 8월 14일에 무조건 항복을 하고 말았는데, 나는 16일에야 소식을 비로소 들었다.

석양인데 이 날도 채전에서 벌레를 잡고 있느라니까 읍에 들어갔던 중형이 가쁜 걸음으로 달려오면서 "소화昭和가 항복했다더라!" 하는 것이었었다.

"소화가 항복이라뇨?" 나는 그렇게 반문하였다. 일본의 제위帝位란 유명무실이 아니었던가. 칼 찬 군벌이 친천자이영국민親天子以令國民하고 있지 않았던가. 항복을 하면 그냥 항복이지 뒷방 영감을 내세울 멋이 있었을까.

그러나 나중 알고 보니 그 입술 두텁고 오랜 혈족결혼으로 인하여 치상痴相이 완구한 그 샌님이 직접 마이크 앞에 서서 항복을 선언하였더라고.

"일본이 졌으니깐 우리 조선은 독립될 테지?"

중형이 묻는 말이었었다.

"글쎄요……."

아직 카이로회담이나 포츠담선언을 나는 알 길이 없었기 때문에 자신 있는 대답은 할 수가 없었다. 그러나 연합국이 일본으로 하여금 영구히 전쟁이라는 것을 생의치 못하게 하기 위하여서는 대륙에로의 발전을 끊어버려야 할 것이고, 그러기 위하여서는 대륙에로 놓여진 다리를 끊어버리지 않아서는 아니 될 것이었었다.

"어쨌든 일본의 식민지는 면하게 될 테죠."

그 뒤 다시 사흘이 지나서야 나는 조선이 해방되었을 뿐만 아니라 또한 독립까지 약속이 된 소식을 들었다. 여승[46] 꿈에서 깨난 것 같았다. 그러고 그날 밤에야 우리는 동네 사람이 모여 막걸리를 마시며 해방을 축하하는 조촐한 잔치를 배설하였다.

《建設》(1945. 12)

---

46) 아주 흡사히. 사실과 꼭 같게.

# IV 콩트·동화



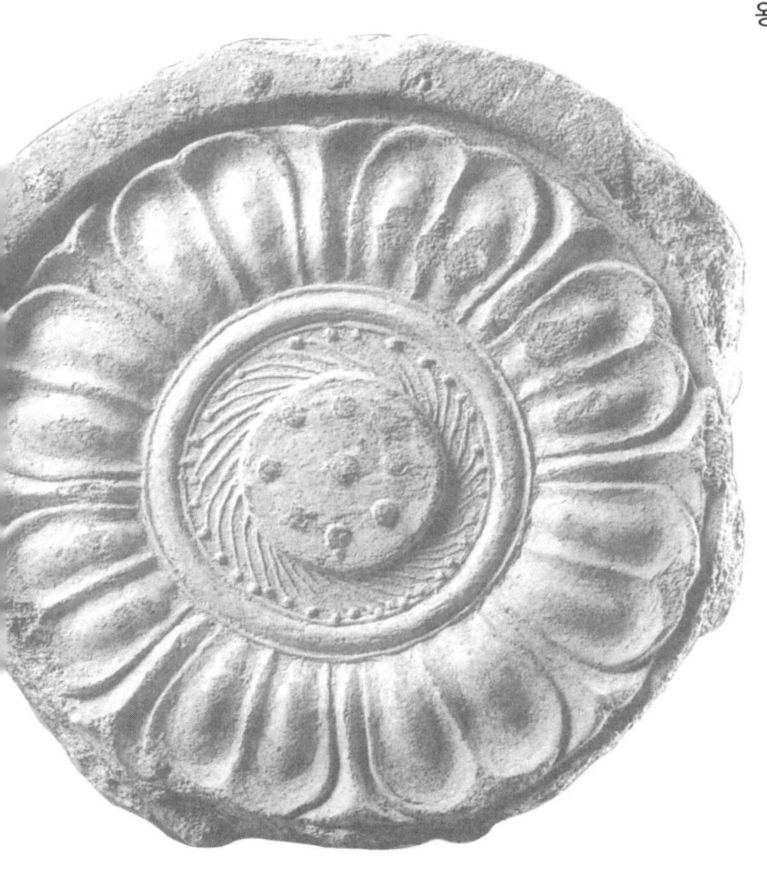

# 허허 망신했군

때아닌 비가 와서 길바닥이 몹시 진 바로 며칠 전 석양이다.

나는 평소에 하는 대로 인쇄 잉크와 기름이 새까맣게 묻은 작업복을 입은 채 벤또 꾸러미를 옆에 끼고 교동 어귀로 들어섰다.

길바닥은 극도의 신경쇠약에 걸린 사람이 보면 한바탕 데굴데굴 굴러보고 싶게 동지 팥죽 이상으로 흐뭇하게 이겨놓았다.

오고가는 사람들은 조금이라도 비켜서 마치 걸음을 처음 배우는 어린애처럼 뜸적뜸적 거북스럽게 걸어가고 있었다.

나도 동편쪽 상점 앞으로 다가서서 마른 곳을 밟아 가느라니까 바로 앞에서 17%쯤 되는 모던걸 하나가 역시 댄서 흉내를 내는 것처럼 걸음마를 하고 온다.

단발은 않고 레이티스트 스타일의 낙타색 오버를 쿨럭쿨럭하게 입고 역시 오버빛과 같은 실크 양말과 굽 높은 구두를 신고 (덧구두가 없는 것이 유감이다) 화장은 50%, 귀는 60%를 가리고 손에는 변호사 가방의 새만한 가방을 들고…….

이만할 모던걸이니 인쇄 잉크와 기름에 새까매진 고 시벵腰絆을 찬 한 마리의 인쇄 직공의 존재 같은 것은 주의할 여유도 없을 터이다.

그러나 인연은 묘한 것이라 우리 두 사람은 담배 가게 앞에서 딱 마주

쳤다.

　나는 거진 무의식적으로 길을 비켜 주느라고 진 길바닥으로 비켜섰다.

　그와 나는 대각형對角形으로 서게 되었다.

　그 순간이다.

　그 모던걸씨는 마침 길바닥에 놓인 진흙 묻은 미끄러운 널빤지를 밟고 지나가려다가 그만 뾰족한 구두꿈치가 삐뚝 미끄러지며 상체의 중심이 사뭇 내게로 향하고 쏠렸다.

　그는 기울어지는 중심점을 회복하려고 손을 내저으며 몸을 비꼬았으나 물리학상 원리는 그것을 허락치 아니하였다.

　그대로 두면 모던걸이 진흙바닥에 굴렀다는 일대 참사가 돌발될 터이다.

　나는 한 걸음 그의 앞으로 다가서 주었다. 그는 구세주를 만난 참 예수꾼처럼 체면 염치는 잠깐 전당포로 보내고 그대로 내 가슴에 덜컥 안겨버렸다.

　이리 된 바에야 나도 덜컥 받아 안았다.

　그때 마침 등 뒤에서 누구인지

　“이 친구 어젯밤에 꿈 잘 꾸었구려.”

하는 농담 소리가 들렸다. 짓궂은 녀석이다.

　그 서슬에 우리는 서로 해방을 하였다.

　안기운 것을 내어놓고 그 모던걸씨의 얼굴을 한번 치어다보느라니까 이게 웬일인가. 그는 얼굴이 새파랗게 질려가지고 나를 노려보면서

　“이게 웬 게 이렇게 추근추근하게 이래?”

하고는 싹 지나가 버린다.

　허허! 물에 빠진 놈을 건져놓으니까

　‘내 보따리를 내라’고 하는 격이다.

　꿈을 잘 꾼 것이 아니라 잘못 꾼 셈이다. 나는 하도 어이가 없어서 멍하고 섰다가

“허허허허 망신했군.”

하고 한바탕 크게 웃었다.

　사방에서 “허허허허”

하는 웃음의 홍소가 터졌다.

　기왕에 억울한 욕을 먹을 바이면 껴안고 있을 때에 키스나 한번 톡톡히 할 걸…….

　생각하니 섭섭하다.


《신소설新小說》(1930. 1)

     향연饗宴

                    1


  신천충 영감은 오늘도 어저께처럼 그리고 그저께처럼 그그저께처럼, 또
그리고 달포 전부터 시작하여 그새 매일 일과삼아 해오던 대로 오늘도 천
천히 걸어서 문 안으로 들어왔다.
  별로 급하게 온 바도 아니지만 후유후유 황토마루 네거리에 당도하니
등에 처근히 땀이 젖는다. 삼개麻浦서 쫀쫀한 십리길, 젊은 사람들과 달라
파근히 지친 품이 길바닥에라도 그대로 드러누웠으면 편안할 것같이 대견
하다.
  내일 모레가 단오端午니 가령 모시것이야 생심도 못 하리라 하겠지만 적
이나 하면 인조라도 항라 두루마기 하나쯤 입었어야 할 것을 이 특특한 당
목 두루마기가 철도 아니려니와 제일에 무겁고 더워 못 하겠다.
  집들이 배고 땅이 옹색한데다 차가마와 사람의 왕래로 바쁜 거리에서라
조금씩 길 한 귀퉁이로 귀물답게 위해논 잔디하며 게(體操)나 하듯이 흩지
게 나란히를 하고 섰는 나무(街路樹)하며가 풀과 숲이 흔해서 보아도 못 보
고 사는 문밖보다 새삼스럽게 눈에 든다.
  잔디는 먼지를 썼어도 푸르고 나뭇잎은 알아보게 넓어 길바닥으로 제법

소담스런 그늘을 아롱거리고 있다.

적실히 풀잎과 나뭇잎에서 여름 소식을 알겠다. 여름인가 하면 겨울같이 겁이 난다.

하기야 여름이 오거나 봄이 가거나 뉘우칠 게 없는 다 늙은 세월이지만 옷은 무거운데 날로 더위가 더하니 그게 걱정이다.

오늘 같은 날은 삼복중이라고 해도 곧이가 들리겠다.

이런 생각을 하는 줄 모르고 하면서 신천총 영감은 고단한 몸을, 그래도 인제는 오기는 다 왔느니라 마음 놓이는 마음에 잠깐 그늘 밑으로 들어서서 쉬기보다 어서 바삐 그리로 가보고 싶다.

부민관의 큰 시계는 조그마서 노안老眼에 보이지 않고 순포막 앞을 지나다가 들여다보니 꼭 두점이다. 때는 마침 알맞다.

지름길이라 ××일보사의 뒷문께를 여살펴본다. 아무것도 아무것도 없다.

부민관 뒷문 옆에는 먹자죽이 흥건하게

    ○○○군

        결혼식장

    ○○○양

이렇게 쓴 '광고'가 붙어 있다.

여인네 섞어 사람이 꼬리를 물고 들어간다. 신천총 영감도 들어간다.

혼인 복장禮服을 한 젊은이가 허리를 굽히면서 어서 오십시오 공손히 인사를 한다. 또 한 사람은 노랑꽃을 가슴에 달아준다.

"신랑 신부는 아직 아니 왔소?"

"네에, 아직…… 아마 오라잖어서 오겠습니다."

"날이 좋아서 참 다행이군!"

"네에 날이 좋아서……."

이런 문답을 지날말삼아 인사삼아 하고 나서 신천총 영감은 삼층의 식장으로 올라간다. 벌써 안팎 손님이 빡빡하게 모였다. 예식 시작을 기다리기도 지리했거니와 예식도 퍽 지리했다. 신부의 걸음은 어찌 그리 늘어지며 주례의 이야기는 어찌 그리 길며 축사는 어찌 그리 여럿이 자꾸자꾸 하며 축전축문은 어찌 그리 많으며…….

겨우겨우 예식이 끝나고 다른 손님들과 신천총 영감도 문 밖으로 나왔을 때에는 배가 허리에 착 붙고 허기가 졌다.

시계를 올려다보니 아마 석점반이 지난 것 같다.

자동차가 연락부절로 오고 가고 한다. 젊은이 하나가 노인 어서 타시라면서 허리를 굽혀 모신다. 시장한데 ×××관이라는 요리집까지 걸어갈 일이 꿈만하더니 십상 좋았다.

예식 때보다 더 마음 지리하게 기다려서야 겨우 식당으로 옮아앉았다. 그러나 잔치에서는 음식을 먹으면서 축사를 해서 해롭잖다.


2


신천총 영감은 위선 앞에 놓인 접시에다가 이것저것 음식을 걷는다. 전유어, 편육, 생전복, 적, 민어회, 닭조림, 제육조림, 생선찜, 떡 그 밖에도 많다.

족편이 있나 하고 둘러보았으나 없다. 음식을 걷어다 놓고는 비로소 먹기 시작하는데, 그러나 걷어온 놈이 아니고 원접시어치다.

달게 먹는다. 맛있는 음식인데 시장했겠다, 한데 노인이니 달지 않을 수가 없다.

전유어는 연해서 좋고 제육조림은 진건해서 좋고 닭조림은 뼈는 성가시어도 훗입맛이 감칠맛이 있어 좋다. 민어회가 산뜻한데 멀어서 고개를 늘리고 끼웃거리니까 그 앞의 젊은이가 얼핏 접시째 집어주면서, 노인 이것 좀 잡수십시오 한다.

자시지 다 주느냐고 사양하면서 받으니까, 좋습니다고 초고추장까지 집어준다. 바닥 원접시의 음식이 엔간히 동난 뒤에야 신천총 영감은 비로소 국수를 먹는다.

국수 다음에는 꿀을 찍어서 떡, 떡 다음에는 과실인데 사과를 한 알 집어다가 먹진 않고 앞에 놓아둔다. 둘러보니 접시들이 거진 깨끗이 비었다. 손님도 하나둘 물러나가서 자리도 이빨이 빠진다.

신천총 영감은 적당한 시기로 생각하고 손수건—이라기보다 보자기 뻘되는 헝겊—을 펴놓고서 맨 처음에 걷어 모아논 음식을 싼다. 사과도 잊지 않고. 맛있는 음식을 시장한 끝에 배불리 먹고 나니 몸이 나른하다. 그래도 인제는 그만하고 일어서야지 갈 길이 바쁘다.

일어서려고 하다가 보니 옆에서 젊은 친구 하나가 권연을 피워 물고 푹 내뿜는데 어떻게도 향긋한지 앉은 자리가 떨어지질 않는다. 그게 아니라도 아까부터 속이 싱거언 입안이 텁텁해서 한 대 생각이 간절하던 참이다.

"거 성냥 있거던 좀 빌리시요."

신천총 영감은 조끼 호주머니에서 마코곽을 꺼내 들고 젊은 친구를 들여다본다.

"네 여기 있습니다." 조그만 성냥곽을 선뜻 꺼내준다. 신천총 영감은 담배곽을 만지고 들여다보고 하다가 허허 웃는다.

"담배가 없군! 원 담배두 없으면서 성냥을 빌렸담? 허허허…… 옜소 이 성냥 도루 너시요. 원 그런 줄 알았으면 사가지구 왔지! 내남없이 나이 늙으면 이래 못쓰는 법이야! 허허."

젊은 친구는 싱그레 웃고 있다가 제 담뱃곽—피종을 내놓는다.

"이걸 피우시지요?"

"에, 거 미안해서……."

"피우십시요, 괜찮습니다."

"그래두 원…… 그럼 어디 한 대만 ……."

"네에, 피우세요. 노인께 젊은 놈이 피우던 곽을 디려서 되려 죄송합니다."

"원 천만엣! 안 헐 겸사를 다 허우그려!"

향긋한 권연까지 피워 물고 자리를 물러와 아래층으로 내려오니 여럿이 늘어서서 배웅을 한다.

"왜 발써 가십니까?……좀더……."

"예, 내 좀 가볼 디가 있어서…… 거 날이 좋아서 더 경사스럽소!"

"네, 날이 참 좋아서……."

"난 그럼 먼점 가우."

"네, 안녕히……."

신천총 영감은 시커멓게 늘어논 구두들 틈에 섞인 낡은 고무신을 찾아 신고 문 앞으로 나섰다.

대단히 만족이다. 손에 꾸려 든 음식도, 딸이 부탁하던 족편이 없어서 섭섭했지만 그 대신 생전복은 있으니 괜찮다.

십리길을 도로 허덕허덕 걸어나갈 일이 따분했으나 그 역시 시방은 배가 든든해서 아까 들어올 때보다는 한결이다.

문앞을 다 나와서 돌려다보니

　　　○○○군

　　　　　결혼피로연회장

　　　○○○양

이런 '광고'가 서서 있다.

신천총 영감은 ○○○군이 누구며 ○○○양이 누군지는 모르겠어도 아마 돈냥이나 있나 보다고, 그러기에 혼인잔치도 그만큼이나 잘 차렸지야고 생각하면서 트림을 걸게 끄르륵, 천천히 걸어간다. (舊稿에서)

《동아일보》(1938. 5. 14, 17)

# 쥐들은 고양이 목에 방울을 달러 나섰다[47]

 

사깃골 쥐 박서방은 동리로 마을을 가려고 저녁을 먹고 싸리문 밖으로 나섰다.

서편으로 약간 남았던 저녁노을도 인제는 아주 없어지고 사방이 어둠침침하여 온다.

"조심해서 일즉 다녀오시우."

싸리문까지 따라나온 마누라쥐가 당부를 한다.

"응…… 그런데 참 애들은 웬일이야!"

남편쥐 박서방은 문득 저물도록 아니 돌아오는 아들쥐 삼동이와 사동이가 또 걱정이 된 것이다.

"글세 웬일인지 모르겠수!"

"어델 나갔다가두 날이 저물기 전에 돌아와야지!"

"인제 들어오기야 오겠지만…… 제 동무 집에 가서 놀기에 골몰헌 게지요."

"허! 그놈들 그렇게 일러두 아니 듣는단 말이야…… 밤에 저물게 다니지 말라구 내가 번번히 나무라건만……."

---

47) 이 작품은 '서동산徐東山'이라는 필명으로 발표되었다.

“오늘두 나가길레 저물기 전에 돌아오라구 신신당부를 했는데…….”

내외 양주는 이렇게 그저 심상히 걱정은 하나 피차에 마음 한구석에는 생각하기조차 끔찍한 불길스런 예감이 자꾸만 머리에 떠오르는 것이다.

그러면서도 설마 그럴 리야…… 하는 안심하고 싶은 생각에 서로 그런 말은 입 밖에 내지도 아니하였다.

“곧 들어올 테지요…… 어서 당신 다녀오실 데나 다녀오시우.”

“응…….”

박서방은 입맛을 쫍쫍 다시면서 아니 내키는 발길을 옮겨놓고 마누라는 그대로 싸리문에 기대어 서서 있는데 그때 갑자기 사동이가 급한 소리로 어머니를 불러 외치며 달려들었다.

박서방과 마누라는 가슴이 더럭 내려앉았다. 그저 순순히 돌아왔으면 걱정하며 기다리던 끝이라 되레 반가왔으련만 두 아이가 나가서 저물도록 아니 돌아오다가 그중 하나만이 황급히 외치며 돌아오는 것이 필경은 무슨 일을 저질렀구나 하고 생각한 것이다.

박서방 양주는 그처럼 놀라 미처 대답도 하기 전에 급히 뛰어오도 못하여 대굴대굴 굴러오던 사동이는 허둥거리는 어머니와 아버지의 앞에 퍽 쓰러지고 만다.

그리고는 말도 변변히 하지 못하고 헐떡헐떡 씨근거리기만 한다.

“이게 웬일이냐? 삼동이는 아니 오느냐?”

“아가 사동아 웨 그러니?”

마누라는 사동이를 끌어안았다.

“어머니”

사동이는 겨우 숨을 돌려가지고 비죽비죽 울면서 어머니의 가슴에 고개를 파묻는다.

“오냐 나 여기 있다.”

“네 형은 어데 갔느냐?”

박서방이 그런 중에도 위엄을 갖추어 묻는다. 그러나 사동이는 대답이 없다. 양주의 가슴 속에는 그 불길한 예감이 더욱 뚜렷이 눈앞에 보여 가볍게 몸을 떨었다.

"네 형은 어데 갔어?"

박서방은 재차 묻는다. 그래도 대답은 없고 흑흑 우는 소리가 들린다.

"이놈아 병신스럽게 울지만 말구 대답을 해!"

박서방은 역증이 났다.

"그렇게 나무라면 더 주눅이 든다우."

마누라는 영감을 무마하여 놓고 다시 사동이를 달랜다.

"아가 사동아, 울지 말구 이야기를 해라 응? 삼동이하구 싸웠니?"

사동이는 고개를 좌우로 흔든다.

"그럼?"

"저……저…….."

사동이는 한동안 주저하다가 겨우 다시 말을 한다.

"저…… 물려갔다우."

"엉?"

"엉?"

두 양주는 훌쩍 뛰며 놀란다.

당초에 그러리라는 예감이 들지 아니한 것은 아니나 정작 그 소식이 귀에 들리니 하늘이 무너지는 것같이 놀라운 것이다.

그들은 한동안 넋이 나간 듯이 우두커니 넋을 잃고 있다.

한참이나 지나서 마누라가 다시 묻기 시작한다.

"어데서 그랬단 말이냐?"

"점쇠네 집 앞에서."

"점쇠네 집 앞에서 어쩌다가 그랬어?"

"놀다가 나오는데."

“누렝이(고양이)가 쫓아와서.”

“그래서?……그래서 삼동이는 물려가구?”

“아니.”

“우리 둘이 점쇠네 집으로 도망했다우.”

“그런데 웨 삼동이는 물려갔어?”

“또 나오다가.”

“또 나오다가?”

“응…… 날은 자꾸만 어둡구 그래서 삼동이가 앞서구 내가 뒤서 나오는데 그놈에 자식이 싸리문 뒤에 가 숨었다가 뛰어나와서…….”

“에끼 망헐 자식들!”

사동이의 말이 채 끝나기도 전에 박서방이 야단야단을 한다.

“그러기에 내가 일상 무어라드냐. 함부루 놀러나가지 말구…… 또 놀러나가더라도 멀리 가지말구…… 그러구 그놈한테 쫓겨들어가거든 그 속에서 굶어죽드래두 여남은 시간은 나오지 말라구…… 후.”

박서방은 마지막에는 땅이 꺼지게 한숨을 쉰다.

마누라는 그만 울음이 복받쳐서 사동이를 끌어안은 채 새살을 하여가며 울음을 운다.

“엣 내가 전생에 무슨 죄를 그리 많이 지고 나서…… 자식 넷 둔 걸 셋이나 고양이밥을 만들고! 엥 이놈의 세상!”

박서방은 이렇게 탄식을 하다가 마지막에는 결이 나서 뛰어가려는 것을 마누라가 다리를 안고 늘어졌다.

“어델 가우!”

“놓아.”

“글쎄 어델 가요.”

“내 가서 그놈허구 생사를 결단할 테야.”

“웨 이러우? 웨 이래요…… 참으시오.”

“참을 게 다 있지.”

“글쎄 참어요.”

“놓아.”

“못 놓아요…… 정 가시려거든 우리 모자를 마저 죽여버리구 가우……
자식 셋을 그놈의 아구리에 밀어넣구 인제 당신마저 그놈한테 죽는 꼴을
나 혼자 보란 말이유?…… 그래 당신이 가서 그놈을 당해낼 상싶으우?”

“그러니까 생사를 결단한다는 게 아니야?”

“못 가요 참어요…… 다 운수팔자로 알구 참어요.”

박서방은 더 뿌리치지 못한다. 그도 가는 날이면 고양이의 밥이 될 줄
번연히 알고 있는 것이다.

오지도 가지도 못하고 한동안 우두커니 서서 차츰 어둠이 짙어오는 먼
산을 바라보다가 마누라가 잡고 만류할 틈도 없이 쏜살같이 달려나왔다.

마누라는 망지소조하여 사동이를 안고 발을 동동 구르며 울고 부르짖으
나 아무 반응도 없다.


“아 이 사람들! 이거 어쩌면 존가?”

박서방은 마을집 사랑방문을 열면서 인사도 없이 이렇게 말을 하고 씩
씩거린다.

방안에 가득 모여 앉은 마을꾼들은 모두 무슨 영문인지 몰라 눈이 휘둥
그레진다.

“우리 삼동이놈이 또 누렝이란 놈한테 물려갔어!”

놀란 채 묵묵히 있는 좌중을 둘러보면서 박서방은 말을 한다.

“응?”

“거 웬 소리?”

“언제?”

“어쩌다가?”

“어데서?”

비로소 좌중에서 이렇게들 놀라 묻는다. 박서방은 사동이에게서 들은 이야기를 대강 하였다.

이야기를 듣고 나서 입입이 또 한마디씩 나온다.

“그 참!”

“그놈이, 누렝이가 그놈이!”

“그러니 애들은 저물게 내보내면 못써.”

“저물게뿐인가? 멀건 대낮에 어룬두 물려가는데…….”

“자, 우리가 무슨 도리를 차려야지 이러다가는 그저 멸종을 당허잖겠나?”

여럿의 말이 끝나기를 기다려 박서방이 이렇게 공론을 내어놓는다.

“그 옳은 말일세…… 자네 아들놈이 물려갔다지만 그것이 자네만의 일이 아니니까……우리 자식이—자식뿐 아니라 우리 중에 누가 내일 그놈의 밥이 될지 어떻게 안단 말인가?”

그중 늙수구름한 최서방이 박서방의 말에 동의를 한다.

“별수 없습디다…… 전에 그놈의 목에다 방울을 달자구 실컷 공론만 해놓구는 자, 가서 달어야 할 텐데 누가 가느냐? 하니까 모다들 꽁무니를 빼든걸…….”

이것은 입빠른 오돌이가 하는 말이다.

이 말에는 박서방도 최서방도 대답할 말이 없다.

한참 묵묵히 있던 최서방이 입을 열었다.

“그건 그렇잖으이…… 좋은 수가 있네.”

“있다면 좋지…… 무슨 순가?”

“그놈의 모가지에다가 방울을 달 텐데.”

“그래서.”

“우리 중에는 천하에 없는 장수라도 혼자 갔다가는 백번 가면 백번에 백명이 다 죽고 말 테란 말이야…….”

“그거야 그렇지.”

“그러니 그러지를 말구 우리가 한 오십 명이 한꺼번에 가잔 말이야.”

좌중은 이 말에 이상히 흥분이 되어 박서방을 바라본다. 박서방은 다시 말을 계속한다.

“응 알겠나? 제아무리 누렝이라두 우리 오십 명이나 육십 명을 한꺼번에 잡어먹지는 못할 테니까…… 허기야 그중에 몇은 죽기두 하구 다치기두 하겠지…… 그렇지만 우리가 오십 명이 일심동력을 해서 대어들면 그래 그까짓 놈의 목에다 방울 하나를 못 단단 말인가?”

박서방의 말이 떨어지자 와 하고 좌중이 흥분되어 입입이 소리를 친다.

“그 참 좋은 말이다.”

“참 묘한 꾀다.”

“지금 당장에 가자.”

“방울 가져오너라.”

“자, 그러면.”

하고 박서방은 좌중을 제어하고 다시 말을 계속한다.

“지금 집집마다 장정을 하나나 둘씩 뽑아서 그 수가 백 명이 되건 이 백 명이 되건 많을수록 좋으니까…… 그리구 한번 갔다가 못허면 두번 세번이라두 기어이 그놈의 목에 방울을 달어놀 때까지 응, 자.”

“자.”

“자.”

“자.”

“자.”

쥐들은 이렇게 용감하게 외치며 고양이의 목에 방울을 달러 나섰다.

《신가정新家庭》(1933. 10)

# 왕치와 소새와 개미와

왕치는 대머리가 훌러덩 벗어지고, 소새는 주둥이가 뚜우 나오고, 개미는 허리가 잘록 부러졌다. 이 왕치의 대머리와 소새의 주둥이 나온 것과 개미의 허리 부러진 것과는 이만저만찮은 내력이 있다.

옛날 옛적, 거기 어디서, 개미와 소새와 왕치가 한 집에서 함께 살고 있었다.

개미는 시방이나 그때나 다름없이 부지런하고 일을 잘 했다. 소새도 소갈찌는 좀 괴팍하고 박절스런 구석은 있으나, 본이 재치가 있고 바지런바지런해서, 제 앞 하나는 넉넉 꾸려나가고도 남았다.

딱한 건 왕치였다. 파리 한 마디 건드릴 근력도 없는 약질이었다. 편편 놀고 먹어야 했다. 놀고 먹으면서도, 양통은 커서, 먹기는 남 갑절이나 먹었다.

놀고 먹으면서 양통만 커가지고, 먹기는 남 갑절이나 먹는 것도 염치 아닌 노릇인데, 속이 없고 빙충맞았다. 희떱고 비위가 좋았다.

부모 자식이나 통태 동기간이라도 모를 텐데, 타성바지의 아무렇지도 않은 남남끼리 한집 한울 안에 모여 살면서 그 모양이니, 눈치는 독판 먹어 두어야 했다. 개미는 그래도 천성이 너그럽고 낙천가가 되어서 과히 허

물을 하지 않았지만, 성미 까스라운 소새는 영 아주 왕치를 못 볼 상으로
미워했다. 걸핏하면 꽁해가지고는 구박을 하고 눈치를 했다.

어느 가을이었다. 백곡이 풍등한 식욕의 가을이었다.

가을도 되고 했으니, 우리 잔치나 한번 차리는 게 어떠냐고, 셋이 모여
앉은 자리에서 소새가 발의를 했다.

"거 참, 조오흔 말일세!"

잔치도 잔치지만 일변 저를 끕끕수를 주자는 설도인 줄은 모르고, 먹을
속 살가운 왕치가 냉큼 받아서 찬성이었다.

잠자코 있으나, 개미도 이의는 없었다.

사흘 잔치를 하기로 했다.

사흘 동안 계속해서 잔치를 하는데, 차리기는 하나가 하루씩 독담으로
맡아서 차리기로 했다. 가령, 첫날은 소새가 잔치를 차리면 둘쨋날은 왕치
가, 그리고 마지막 날은 개미가……, 이렇게.

왕치는, 그렇게 잔치를 하루씩 독담해서 차린다는 데는 속으로 뜨윽 걱
정스러웠으나, 그렇다고 체면에, 나는 못 합네 할 수는 없는 터라, 어물어
물 코대답을 해두었다. 둘이가 먼저 차리거든, 우선 먹어놓고 볼 일이라는
떡심이었다. 반생을 이런 떡심으로 부지해 왔으니, 별로 새삼스럴 것도 없
었다.


첫날은 개미가 나섰다.

들로 나갔다.

들에서는 한참 벼를 걷기가 바빴다. 마침 보니, 촌 마누라 하나가 샛밥
을 내가느라고, 한 광주리 목이 오므라들게 해서 이고, 들 가운데로 지나
고 있었다.

좋을씨구나, 개미는 뽀르르 쫓아가서, 가랑이 속으로 기어 올라가서는,
너벅다리께를, 사정없이 꽉 물어떼었다.

"아이구머닛!"

죽는 소리를 치면서 촌 마누라는 머리의 밥광주리를 내동댕이를 치고는, 다리야 날 살리라고 도망을 쳤다.

부우연 입쌀밥에, 얼큰한 풋김치에, 구수한 된장찌개에, 짭짤한 자반갈치 토막에, 골콤한 새우젓에…….

죄다 집으로 날라다놓고는, 셋이 모여 앉아서 맛있게 잘 먹었다. 보기드문 건 잔치였다.

다음날은 소새가 나섰다.

물가로 갔다.

바닥이 들여다보이게 맑은 물에서 붕어도 뛰고 가물치고 놀고 했다. 여느 때와 달라, 소새는 붕어나 가물치나 단치 따위는 눈도 거듭떠보지 않고, 말뚝에 가 오도카니 앉아서는 기다렸다.

이윽고, 싯누런 잉어가 한 놈, 꿈틀거리면서 물 위로 머리를 솟구쳤다.

잔뜩 겨냥을 대고 노리던 소새는, 휘익 날면서 주둥이로 잉어의 눈을 꿰어들었다.

집으로 돌아오니, 개미와 왕치는 손뼉을 치며 맞이했다.

싱싱한 잉어를 놓고 둘러앉아서 먹는 맛은 또한 자별했다.

소새 차례의 둘쨋날의 잔치도, 그래서 걸게 지났다.

마지막, 세쨋날은 드디어 왔다.

왕치는 무어라고든 핑계를 대고서 뱃심으로 뭉갤 생각이었으나, 보니 소새의 패앵팽한 눈살이, 안 될 말이었다.

잘 먹은 죄가 이렇게 큰 거라고 생각하면서, 아무 가량도 없은 채 집을 나섰다.

우선 들로 나가 보았다.

편한 들에는 벼만 가득히 익고, 농군들이 벼를 거두기에 바빴지, 보아야 만만히 건들임직한 거라곤 없었다. 설마한들 벼이삭이나 한 목쟁이 주워

가지고 갈 수는 없고.

막막히 헤매고 다니다가, 한 곳을 당도한즉 애꾸눈이 엿장수가 엿목판을 뚜드리면서

"엿들 사려! 호도엿 사려."

하고, 멋들어지게 외우고 지나갔다.

덮어놓고, 후룩후룩 날아가서, 엿목판에 가 앉았다. 한 목판 그득 담긴 엿이 또한 먹음직스러웠다.

이걸 송두리째 집으로 가져만 갔으면 걸기도 하고 한바탕 뽐낼 판인데, 그러나 무슨 재주로!

어떻게 했으면 좋을꼬 하고, 요리조리 엿목판을 끼웃거리며 궁리를 한다는 게, 무심결에 엿장수의 어깨에 가 앉았던 모양이었다.

"작것, 재수 없네!"

엿장수가 손바닥으로 탁 치는 바람에, 하마터면 엿장수의 어깨에서 참혹한 죽음을 할 뻔하고는, 혼비백산, 질겁을 하여 도망을 쳤다.

들을 지나서 산 밑으로 가 보았다.

꿩도 날고, 토끼도 기었다. 바위 틈사구니엔 벌집도 있고, 그 단꿀냄새에 회가 동했다. 그러나 모두가 화중지병이었다.

잔디밭에서 송아지 데린 암소가 놀고 있었다.

어미는 너무 크고, 송아지 등에 가 앉아보았다. 간지럽다고 강중강중 뛰었다.

요놈을 어떻게 사알살 꼬여서, 집으로 끌고 갔으면 좋겠는데, 그게 도무지 도리가 없었다.

이마빡으로 옮아앉아서 터럭을 물고 진득이 잡아당겼다. 부룩송아지라니, 대가리를 사뭇 내젓는 통에, 저만치 가서 떨어졌다.

이 녀석 어디 보자고, 엉덩짝에 가 앉아서는

"이러! 이러!"

하고 간질러 보았다.

하는 것을, 송아지는, 파린 줄 알고 꼬리를 획 쳐서 옆구리가 끄먹하도록 얻어맞았다.

하릴없이 물가로 와 보았다.

붕어가 뛰고 메기가 놀고, 역시 그럼직한 것이 없는 게 아니나, 잡는 재주는 없었다.

그럭저럭 해는 점심 새때도 지나, 오래지 않아 날이 저물게 되었다.

그대로 빈손으로 돌아가자니 차마 체모가 아니었다. 그렇다고서 언제까지고 이렇게 헤매기만 할 수도 없었다.

답답했다.

엉엉 앉아서 울었다.

막 그럴 즈음, 어저께 소새가 잡아가지고 온 그런 잉어가 한 놈, 싯누런 몸뚱이를 굼싯거리면서 물 위로 떠올랐다.

왕치는, 분연히, 울기를 그치고 팔을 부르걷었다.

"그래, 사내대장부가 세상에 나서, 온 이래야 옳담매?"

그러면서 단연 그 잉어를 잡을 결심으로, 후루룩 날아, 마침 솟구치는 잉어의 콧등에 가 오똑 앉았다.

잉어야, 그러잖아도 속이 출출한 판인데, 이게 웬 떡이냐고, 날름 혀로 차서는 씹고 무엇하고 할 것도 없이 그대로 꼴깍 삼켜 버렸다.


아침에 일찍 나간 채 한낮이 겨워도 왕치는 돌아오지 않아서, 집에서는 소새와 개미는 걱정을 하며, 이제나저제나 까맣게 기다렸다.

그러면서 개미는 소새를 자꾸만 탓을 했다. 부질없이 그런 설도를 해서 그 못난이를 갖다가 못할 노릇을 시켰느리라고. 괜히 참, 어디 가서 함부로 넘싯거리다가 몸을 다치든지, 아닐 말로 죽든지 하면 저 일을 장차 어떡한단 말이냐고.

소새는 민망하여, 아 작자가 하도 염장을 못 차리고 보기 싫게 굴길래, 좀 그래 보았지야고. 그래도, 난 못하겠노라고 아랫목에 앉아서 뭉개든지, 무어라고 핑계를 대고 꾀로 바워내려니 했지, 누가 그렇게 성큼 나설 줄이야 알았더냐고. 아무려나 어서 무사히 돌아오기나 했으면 좋겠다고. 누누이 발명 겸 후회하기를 마지않았다.

한낮이 겨우고 다시 새때가 되어오자, 참다못해 둘이는 왕치를 찾으러 나섰다.

개미는 들로 나갔다. 그러나 암만 찾고 다녀도 왕치의 종적은 알 길이 없었다.

소새는 물가로 나갔다. 역시, 암만 찾고 다녀도 (벌써 잉어의 뱃속으로 들어간 뒤라) 왕치는 눈에 뜨이지 않았다.

어느덧 날은 저물어, 땅거미가 져서 더 찾을래야 찾을 수도 없고, 소새는 마음만 한껏 초조하면서, 거듭 뉘우쳐싸면서, 하릴없이 집으로 돌아가기로 했다. 혹시 그동안 왕치가 제풀에 돌아와서 있으면 작히 좋으련 하는 일루의 희망을 가지고.

그리하여 마침, 수면을 날아 건너는데 잉어가 한 놈 굼싯거리며 물 위로 떠오르는 게 보였다. 이왕이니 사냥이나 해가지고 갈 생각으로, 홱 몸을 떨어뜨리면서, 주둥이로 잉어의 눈을 꿰어 찼다.

집에서는 개미가 먼저 돌아와서 까맣게 혼자 기다리고 있었다.

둘이는 필경 일은 저지른 일이라고, 걱정에 땅이 꺼졌으나, 다시 더 찾아 보잔들 날은 이미 저물었고, 밝는 다음날로 미루는 수밖에 없었다.

하나가 빠졌는데 집안이 텅 빈 것같이 섭섭한 집안에서, 둘이는 방금 소새가 잡아가지고 온 잉어를 먹기 시작했다. 좋은 음식을 대하니, 한결이나 없는 동무가 생각이 나서, 목에 걸렸다.

중간쯤 먹었을 때였다.

별안간 후루룩하더니, 둘이가 먹고 있는 잉어 배때기 속에서, 왕치가 풀쩍 뛰어나오는 것이었었다. 아까, 왕치를 산 채로 차 먹은 그 잉어를 공교로이 소새가 잡아온 것이었다.

소새와 개미는 (반가운 것도 반가운 것이지만, 깜짝 놀라) 뒤로 나가 자빠지는데, 풀쩍 그렇게 잉어 배때기 속에서 뛰어나오면서, 왕치의 하는 거동이 과연 절창이었다.

"휘! 더워! 어서들 먹게! 아, 이놈의 걸 내가 잡느라고, 어떻게 그만 앨 썼던지! 에이 덥다! 어서들 먹게!"

이렇게 너스레를 떨면서, 땀 밴 이마를 쓱쓱 손바닥으로 씻으면서.

소새는, 반가운 것도 놀란 것도 인제는 어디로 가고 슬그머니 배알이 상했다. 잡기를 번연히 소새 제가 잡아, 그 덕에, 생선 배때기 속에서 귀신도 모르게 죽을 것을 살려냈어. 한 것을, 넉살 좋게, 제가 잡느라고 앨 쓴 건 무어며, 숫제 어서들 먹으라고 연성 생색을 내니, 세상 그런 비윗장도 있더냐 말이었다.

소새는 그래서, 주둥이가 한 자나 되게 뚜우하니 나와 가지고는, 샐룩한 눈을 깔아트리고 앉아, 말이 없었다.

개미가 비로소 정신을 차려, 둘이를 다시금 보니, 참 우스워 기절을 하겠었다.

속을 못 차리고, 공것을 너무 바치고 하면 이마가 벗어진다더니, 정말 왕치는 이마의 땀을 쓱쓱 씻는데, 보기 좋게 빈대머리가 훌러덩 단박에 벗어지고 만 것이었다.

소새는 또, 주둥이가 한 발이나 쑤욱 나와버렸고.

개미는 하도하도 우습다 못해, 대굴대굴 굴다가 그만 허리가 부러지고 말았다.

이래서, 그때부터 왕치는 대머리가 벗어진 것이고, 소새는 주둥이가 길어진 것이고, 개미는 허리가 부러진 것이고, 했다는 것이다.

《文章》(1941. 4)

# V 희곡·시나리오

제향祭饗 날
인텔리와 빈대떡
무장삼동無藏三冬

# 제향祭饗 날[48]


1. 前景(昭和 12년[49], 병자)

　　할머니(崔氏)……70세

　　외손자(永五)……12세

　　손자(相仁)……22세


2. 제1막(갑오, 前景에서 43년 전)

　　최씨崔氏……27세

　　김성배金成培……최씨의 남편, 동학당 접주, 30세

---

48) 이 작품은 1937년, 《조광》 3권 11호에 발표되었고, 해방 후 1946년 박문출판사에서 단행본으로 출간되었다. 두 판본 사이에는 표기나 단어 상의 차이가 다소 있다. 발표 원문과 단행본이 동시에 존재할 경우, 원칙적으로 작가가 편집과정에 개입한 단행본을 정본으로 삼는 것이 일반적이다. 그러나 단행본이 시간을 두고 해방 이후에 간행된 경우, 어느 것을 정본으로 선택할지는 쉬운 문제가 아니다. 하나의 텍스트를 공동체와 역사의 흔적들로 간주할 경우 식민지배기의 정치적 압력이 행간에 작용하고 있는 발표 원문을 선택해야 할 것이나, 텍스트를 개별 작가의 창작물로서 작가의 의도를 우선적으로 존중할 경우 해방 이후의 단행본을 정본으로 확정해야 할 것이다. 이에 대한 가장 대표적인 사례가 염상섭의 〈만세전〉 같은 작품일 것이다. 〈만세전〉은 발표 원문과 해방 이후 간행된 단행본 사이에 많은 차이가 있어 별개의 작품으로 보아도 무방할 정도이다. 여기에서는 정본을 확정하기보다는 문제제기의 차원에서, 이미 전집류에서 택하고 있는 단행본 대신 발표 원문을 소개하고자 한다. 정본은 아마도 두 판본의 사이 어디쯤에 존재하게 될 것이다.

49) 1937년.

영수英洙……아들, 2세

모친……60세

병정 3인

기타 읍 수령邑守令, 각방 이속各房吏屬, 참령參領이 거느린 병정 1지대, 동학당원 2명, 동네 남녀노소 약간.


3. 제2막

    (경신, 前景에서 18년 전, 제1막에서 25년 후)

    최씨……52세

    영수……아들, 27세

    서씨徐氏……며느리, 25세

    상인相仁……손자, 4세

    영수의 친구 4, 5인

    동네 순사


4. 제3막 (희랍신화시대)

    원시인 5, 6인

    프로메테우스


〔장소〕

남방 금강錦江 유역의 어느 한읍寒邑


전경前景

〔무대〕

최씨네 집. 정면에 횡으로 안채. 상수로 안채와 약간 간격을 두고 종으로 사랑채. 안채에는 하수로부터 건넌방, 마루, 안방, 부엌. 사랑채는 전면으로부터 사랑방, 대문간, 광(단 안채를 되도록 전면으로 다가 나오게 하기 위해서 사랑방은 안으로 통한 뒷문께만 보이고 광도 적은 일부분만 보여도 좋다) 집은 초가로 낡아서 지붕이 패이고 추녀와 벽이 퇴락되고 하수로 위태하게 쏠렸으나 뼈대가 굵어 드높고 칸살이 넓고 툇마루의 난간이나 문짝 하나에도 가공을 한 흔적이 보인다. 그것으로 이 집이 과거에 부유했다는 면영이 나타난다. 하수 건넌방 옆에서 시작하여 전면까지는 형해만 남은 울타리. 울타리 앞으로는 전면 바로 우물. 우물 옆에는 늙은 향나무. 우물은 빈지가 낡아 바스러지고 우물두던이 보숭보숭한 것으로 폐정廢井임을 보인다. 마당에는 시든 잡초가 우거졌고 구석구석에 박혀 있는 낡은 살림살이 나부랭이가 모두 오래오래 사람의 손이 치이지 않아 보인다. 그래서 집 전체의 기분이 폐가와 같이 황량하고 거기에 인물을 배치해도 혜성혜성하니 어울리지 아니하고 집과 사람이 안길성 없이 각돌아 보인다. 10월 초순(음력으로 9월 9일) 오정이 좀 지나서 막이 열리면 휑뎅그렁하니 덩치 큰 빈집에 머리털이 하얗게 센 노인 최씨가 마루 앞 툇마루에서 짝소리 없이 밤을 겉껍질을 까서는 물 담은 그릇에다가 담방담방 담느라고 자지러져 앉아 있는 것이 인상적으로 보인다. 마루에는 제상, 남방에서 제사 때에 쓰는 목기, 향로, 촉대 같은 것이 위선 꺼내만 놓은 대로 들여다보이고 최씨의 주위로는 물기 있는 자배기며 말린 고비, 호박고지 같은 것이 여기저기 놓여 있다.


**최씨**　(이윽고 손을 멈추고 허리를 펴면서 독백) 아이구, 허리야! (마당에 비친 그늘을 내려다보고) 발써 오때(正午)가 겨웠구나. (먼 하늘을 우두커니 바라보다가 한숨. 다시 밤 껍질을 깐다. 間) 벌써 이 제사가 마흔두 해째로구나! 마흔두 해. 엊그제 같드니 어느 결에 마흔두 해라니! (間) 마흔두 해가 되고 내 나이 일흔이고, 일흔 살! 많이도 살었다. 스물일곱 살 때에 내가 그 지긋지긋한 일을 당하고는 새파란 청상과부로 자식 남매를 길러가면서 울면불면 사느라고 이 나이까지 살었으니, 오래도 살구말구. (間) 작년에는 이 제사를 내 손으로 다시 지내랴? 했더니 그래도 죽지 않고 한번 더 지내기는 지낸다. (뒤 울안. 무대 뒤에서 까치가 깍깍 짖는다) 까치는 짖는다마는 아무도 반가운 사람 올 사람은 없다. 벌써 열여덟 해나 두고 일년 삼백예순날을 밤이나 낮이나 기달려도 올 사람은 아니 온걸. (間) 애비 없이 길른 자식을 살어 생이별하고. 그런 지가 벌써 열여덟 해. (間) 어데 가서 죽었느냐 살어나있느냐, 죽었다면 죽은 혼백이라도 배나 아니 고프게 제사나 지내주련만 죽었다는 기별도 없고 살어 있다는 소식도 없고. (한숨) 내가 죽기 전에 제 얼굴이라도 한번 보았으면 죽을 때에 눈이 감기련만. (間) 전생에 무슨 업원이 그다지도 지중해서 남편이 총부리에서 죽는 것을 이 눈으로 보고 자식을 생이별하고 집안은 치패해서 늙발에 고생을 하고 하는고!

(무대 뒤에서 탁발승이 꽹과리에 맞추어 염불하는 소리 들린다)

**최씨**  (듣고 있다가) 벌써 가을이라고 절에서 중이 동냥을 하려 내려왔구나. (間) 우리 집에도 오면 무얼 주나? 쌀은 찌러 가서 아직 아니 왔고 돈이 웬 게 있을라구? (주머니를 뒤지다가 동전 한 푼을 찾아낸다) 있구나! 동전 한 푼이. 이거나 주자. 내야 무얼 바라고 시주를 허며 적선을 허꼬마는 자식 손자들이나 좋으라고.

(염불 소리 끝나고 최씨는 대문간께를 바라본다)

**최씨**  두어 닢 주었으면 좋겠구만서도 (귀를 기울인다) 그냥 지나가바리는구먼? (섭섭해한다) 그럴 테지, 집구석이라고 모양새가 이렇게 빈집 같으니 동냥 다니는 중인들.

**영오**  (책보를 둘러메고 씨근버근 대문간으로 등장) 할머니! (마루 앞으로 뛰어간다)

**최씨**  (반겨) 오냐 (대문간께를 내어다보면서) 네가 올려고 까치가 짖었구나? 어멈도 오느냐? (머리를 쓸어준다)

**영오**  엄마 아니 왔수? (둘러본다) 나는 학교서 바루 온걸? 아침에 엄마가 오늘이 외할아버지 제향이라고 엄마도 갈 테니깐 날더러도 학교 파하거든 집으로 오지 말고 외갓집으로 가라구 그린걸?

최씨  응 그랬으면 에미도 인제 오래잖어서 오겠구나. 점심 먹었니?

영오  응 학교서 '벤또' 먹었어, 언니는 어데 있수?

최씨  너이 외할아버지 산소에 성묘 갔단다. 네 외숙모허구 나허구 벌써 부터 한번 다녀오라고 졸랐더니 오늘은 제향날이구 허대서 다녀온다고 갔 단다.

영오  성묘를 추석에 가지 지금 가나 뭐.

최씨  아무 때 가면 어떠니?

영오  그래두. ㈑ 그러구 아즈머니는?

최씨  네 외숙모? 꼬마둥이 데리고 물방앗간으로 쌀 찌러 가고. (밤 한 톨을 본두기를 벗겨서 준다) 밤 먹어라 그리구 칼 가졌지? 가졌거든 끄내서 벗겨 먹 어라.

영오  (칼을 꺼내면서) 이게 외할아버지 제향에 쓸 거유?

최씨  오냐.

영오  그럼 엄마가 와서 보구 욕허게?

최씨  (웃으면서) 왜?

영오  제향에 쓸 걸 제가 미리서 먹는다구. (그러면서도 밤은 집어 벗긴다)

(여기서부터 최씨는 영오와의 대화에 있어서 처음 몇 마디씩은 그런 대로 나이 어린 영오한테 알맞은 말로 심상히 하지만 그러다가는 어느결에 이야기를 듣는 상대가 연소한 소년이라는 것 을, 심하면 그의 존재까지를, 잊어버리고 곧잘 혼잣말로 넋두리를 하듯 하곤 한다)

최씨  (머리를 쓸어주며) 괜찮다. 먹어라. 너이가 제일이지 제사에 잘 차려놓 는다고 소용이 있으며 또 돌아가신 이가 무얼 안다드냐! ㈑ 그러나저러나 너이 외할아버지가 살아 계시다면 너이를 오죽 귀여하시겠느냐! 외손자는 외레 더 귀엽다는데 ㈑ 신통하다. 볼수록 신통하다. 내가 네 에미를 포태 해 가지고 일곱 달 되든 달에 그 끔찍스런 흉변을 당했는데 그 일이 바루 엊그제 같은데 그것이 아버니 모르는 세상에 나와서 바스락바스락 자라더 니 인제는 그것 속에서 또 이런 것이 생겨났구나!

영오  할머니 할머니.

최씨  오냐.

영오  언니는 왜 안 가고 그러구 있수? 동경 말이야. 인제는 방학도 다 지내고 벌써 개학을 했을 텐데.

최씨  노수旅費가 없어서 못가고 있단다. (間) 노수뿐이겠느냐? 웬만하면 그것이 어떻게 소중한 손자 자식이라고 수만리 밖에 가서 고학을 한다고 그 모진 고생을 다하게 두고 보겠느냐마는 (間) 생각하면 앞이 어둡다. 저는 정성이 있어서 공부를 하려 드는데 나는 뒤를 대지 못하고 고생을 시키니! (間) 차라리 박토나마 한 섬지기쯤 남은 게 있으니 그걸 팔어서 편안히 공부를 하라고 해도 그건 머리를 내저으면서 싫다는구나, 할머니허구 어머니허구는 무얼 먹고 사느냐면서.

영오  (건성으로 듣다가) 할머니 할머니.

최씨  오냐.

영오  나 저번에처럼 이야기 좀 해주.

최씨  저번에 무슨 이야기를 해주었나?

영오  호랑이 이야기 해주었지? 포수가, 호랑이가 포수를 잡어먹었는데 포수 아들이 나처럼 조고만 한 포수가 말이유, 호랑이를 잡었다는 이야기 아니해 주었수?

최씨  오 참 그래, 그 이야기를 또 해달라구?

영오  아니 그 이야기는 말구 그 이야기처럼 무섭고 재미나는 이야기.

최씨  그런 무섭고 재미나는 이야기가 인제는 있어야지? (間) 가만있자, 그래라 그럼 내 꼬옥 하나 해주마.

영오  응 아주 재미나는 이야기.

최씨  (이윽고) 너이 외할아버지가 갑오년에, 네 에미를 낳든 해니까 꼬옥 마흔세 해가 되었다. 그해 갑오년에 너이 외할아버지가 동학東學을 하셨드란다.

영오  동학? 동학이 무어유?

최씨  너이는 다 모르는 거다. 세로 천지개벽을 한다고 모다 모여서 수군수군하고 시천주조화정, 영세불망만사지, 이런 주문이나 웅얼거리고.

영오  하하 그게 무슨 소리유? 뭐? 시천?

최씨  그게 중 같으면 나무아미타불하는 염불이란다. 그래 너이 외할아버지도 그런 동학을 하고, 동학만 한 게 아니라 접주接主를 했더란다. 접주라는 건 이를테면 몇 사람 몇 사람 한패 동학꾼 속에서 어른인가 부더라. 돈도 숱해 갖다가 버렸지, 너이 외징조할아버지 그러니까 너이 외할아버지네 아버지 말이다. 그 어른이 돈을 많이 모으셨드란다. 벼를 천 석이나 추수받았으니 부자 아니냐? 그랬든 걸 수령守令들이 토색질해 가고 화적들이 노략질해 가고 그러고도 한 오백 석거리나는 넉넉했는데 이번에는 알뜰한 자제님 너이 외할아버지가 동학을 하느라고 그걸 또 반이나 넘겨 없앴구나! 그까짓 재물이야 없애나마나 하지만.

영오  그렇게 돈을 디려서 무얼 하는 거유? 저, 미두하는 거 그런거요?

최씨  아니지, 괜히 허왕한 소리들을 하느라고 그랬지만, 뭐 천지개벽을 한 뒤에는 자기네 뜻대로 좋은 세상이 되어서 평양감사로 나가네 절라감사로 나가네 그런다는 거지. (間) 그래 그러더니 그해 갑오년에 동학난리가 덜컥 나는구나!

영오  난리? 접전하는 거? 총을 가지고 전쟁하는 거 말이지? 하 멋있다! 그럼 외할아버지도 전쟁하러 나갔겠구려?

최씨  그럼 가구말구, 글쎄 골골마다 동학꾼들이 들고 일어서서 창이야 칼이야 총을 텅텅 놓고 고을 수령이며 아전들을 잡어 죽이고 군기고를 바수고 병장기를 빼앗어 가고, 그러니 백성들은 피란을 가느라고 야단이 나고. (間) 그러다가 며칠이 지내니까 사방에서 관병들허구 동학꾼들허구 접전이 일어나는구나, 그렇지만 얼마 아니 되는 관병들이 어데 그 숱해 많은 동학꾼들을 당해내니?

**영오** 동학꾼이 이겼어? 그럼 외할아버지 편이 이겼게?

**최씨** 그렇지 처음에는. 그래 처음에 그렇게 이기니까 아주 뭐 기세가 등등해가지굴랑 자, 인제는 서울로 쳐올라가자 하고 글쎄 서울로 쳐올라간다고 각처의 동학꾼들이 수만 명이 한군데로 모이잖었겠니. 그러자 서울서 수천 명 내려보내는 관병허구 맞닥들렸구나. 거기가 저 충청도땅 한산韓山인데 한산 접전에 이번에는 동학꾼이 아주 합박 함몰을 당해잖었겠니!

**영오** 동학꾼이 졌어? 외할아버지 편이?

**최씨** 그렇지. 그래서 동학꾼들이 수천 명이 죽었드란다. (間) 에, 그건 무슨 짓들이라고 그렇게 살생들을 하고!

**영오** 그럼 외할아버지는? 최씨  한산 접전에 겨우 돌아가시지는 않구 살어 오셨더라. 집안에서는 모다 죽은 사람이 살어온 것만이나 반가워하고 좋아했지. 그랬더니 웬걸! 조금 있으니까 쫓겨난 수령이 다시 내려오고 하더니 관가官家에서 동학꾼 잔당을 잡어 죽이려고 야단이 나는구나. 뭐 감영에서 병정들까지 풀려나와서는 개미새끼 퍼지듯 퍼져가지굴랑 조금만 얼쩍지근해도 잡어가느라고 집집마다 호구 적간을 하면서 이잡듯 하는구나. 그래서 너이 외할아버지는 집에 있지를 못하고 피신을 하시잖었겠니? 아 그랬더니 아들을 못잡은 대신 너이 외조할아버지를 육십이 넘은 노인을 그 볼모로 잡어다가 옥에 가두고는 동학접주한 아들을 내노라고 매일같이 주리를 틀고 문초를 하는구나! 그 어른도 아드님 잘못 두신 죄로 말래에 죽을 봉욕을 하시고 필경 돌아가셨지만, 그런 참인데 하루는 그게 그러니까 바루 구월 초사흗날이다. 저녁때 땅거미가 어슬어슬 질려고 할땐데 글쎄 뜻밖에 너이 외할아버지가 어엿하게 집에를 돌아오시잖겠니! 원 그 판이 어느 판이라고 그렇게 어엿이 들어오시는구나!

(무대는 조금 전부터 서서히 암전하다가 마지막 말이 끝날 때에 완전히 암전을 마친다. 다시 급히 밝아오면서 제1막 제1장)

# 제1막(전경에서 43년 전)

## 제1장

〔무대〕

대문간과 사랑방 뒷문 앞으로 안마당을 가리는 채면 하나가 더 있는 외에는 전부 전경과 같으나 집이 황폐하지 아니했고 살림살이 제구도 풍부하거니와 윤기가 흐르고 우물도 폐정이 아니다. 무대가 다시 밝아지면 안방 마루에 모친이 영수를 업고 섰고 김성배는 그 앞에 가 앉아 있고 최씨는 임신 중의 부른 배를 안고 넌지시 물러서서 있다. 모친과 최씨는 겁이 나서 초조한 기색으로 대문간께를 자주 돌아보고 말하는 목소리는 소곤소곤 죽여서 내인다.

모친  글쎄 이 애야, 잠깐이고 무엇이고 방으로라도 좀 들어앉어라. 이렇게 마루에 앉었다가 누가 불쑥 마당으로 들어서기나 하면 어떡헌단 말이냐! 어여 방으로 들어가자. 내가 사뭇 떨려서 기색을 할 것 같다.(성배의 팔을 잡어다린다) 글쎄 어째자고 이 사지死地를 어엿하게 들어온단 말이냐!

성배  괜찮어요. 괜찮어니 걱정 마시고 제 말씀 들으세요. 지금 어머니한테도 아버지 말씀을 들었지만 저도 소식은 다 알고 있었어요. 그래서 뭐 아주 작정을 하고 온 것이니까 지금 이 길로 동헌에 들어가서 자현(自顯 : 自首)을 할랴는 참이어요.

(모친과 최씨 동시에 소스라치게 놀란다)

모친  그건 무슨 소리냐! 자현이라께? ⑽ 아서라. 애여 그런 소리는 내지도 말고 너이 아버지며 집안일이며 다 잊어버리고 지금 바루 멀리멀리 피해 가거라.

성배  그럴 수 없어요. 자, 어머니.

모친  글쎄 어쩌자구 이렇게 고집을 쓰느냐! (間) 들어가자, 방으로 들어가서 이야기를 하더래도 하자.

성배  뭐 더할 말씀도 없어요. 그러고 지금 오면서 고을 사람들을 여러 사람 만났으니까 벌써 소문이 좍 퍼졌을 거예요. 저도 많이 생각해보고 나서 이러는 노릇이니 말리지 마세요.

모친  아니다 못한다. 그런 말은 다시는 입 밖에 내지도 말고 어여 도루 피해 가거라.

성배  그럴 수 없어요. 자식 때문에 육십 노친이 그런 액경을 당하시고 필경 비명에 돌아가신대서야 될 말인가요? 제가 저즐른 일이 아니라도 늙으신 아버지를 위해서는 자식 된 제가 일을 당해야 할 텐데 항차 저 때문에.

모친  (푹푹해서) 그러니 글쎄 너이 아버지나 내나 그렇게도 경 읽듯이 그만두어라 그만두어라 하고 말릴 때 그만두었으면 오늘날 와서 이런 일은 당하지를 않았지!

성배  허허 어머니도 모르시는 말씀을! 글쎄 일이 이렇게 낭패가 되었기 망정이지 여의하게 성사되었다면야 두루두루 좋지 않았겠어요? 그렇게 좋자고 한 일이 세상 운수가 비색해서 이 지경이 되었으니까 도시에 면목은 없읍니다마는 저는 지금도 잘못했다거나 죄를 졌다고 생각은 아니해요 이건 참 불효 말씀 같지만 만약에 일이 이 앞으로 다시 거사를 해서 소망을 이룰 싹수가 있다면 저는 아버지 일을 모른 체하고 다시 한바탕 들부섰을지도 모릅니다.

모친  그러니 어여 가서 소원대로 동학이나 하란밖에! 왜 일껀 하든 짓을 그만 내버리고 사지로 들어와서 자현을 하네 어쩌네 하느냔 말이다. 응?

성배  인제는 소용이 없어요. 일이 이렇게 낭패된 마당에는 쓰잘데없는 목숨인 걸 제가 살자고 아버지는 그런 봉욕을 하시게 할 수는 없어요. 자, 그러니 어머니도 저를 (일어나서 절을 한다) 마지막 보세요.

모친  (주저앉아 운다)

성배 (최씨를 돌아보고) 일루 가까이 오우.

최씨 (조금 가까이 와서 앉는다)

성배 이번 길은 마지막 길이니까 그리 알고 내가 없은 뒤라도 어머니 아버지 잘 모셔주시오. 그러고 (모친의 등에 업힌 영수를 넘겨다보고 최씨의 부른 배를 보면서) 무엇이 생겨날는지는 모르겠소마는 그것들 둘이나 잘 길러서 말래에 몸이나 의탁하오. 슳고 고생되지만 할 수 있소. 다 팔자를 잘못 타고 났거니 하면 그만이지.

최씨 (치맛지락으로 얼굴을 가린다)

모친 (성배를 부여잡고) 못 한다 못 한다. 가면은 단박에 총으로 쏘아죽일 걸. 그새도 저기 과녁자리에서 몇십 명이 총부리에 스러졌단다. 못 한다 못 간다.

(갑자기 대문간이 환하게 밝고 인기척이 들린다. 세 사람 놀라 대문간께로 고개를 돌리는데 횃불 잡은 병정이 앞을 서고 다른 병정 두 사람이 채면 안으로 들어서면서 이어 토방 밑까지 달려든다. 모친과 최씨는 망지소지해서 와들와들 떨고 있고 성배는 흔연히 일어선다. 횃불 잡은 병정은 횃불을, 다른 두 병정은 총부리를 각기 성배한테 들이댄다)

병정 갑 (횃불잡이) 네가 김성배지?

성배 그렇소.

병정 갑 응 이놈 꿈쩍 말고 나서거라. 여차하면 그냥 대고 불銃질이다. 바깥에도 겹겹이 둘러싸고 있으니 그리 알고 냉큼 나서라.

성배 염려 마우. 그러잖어도 지금 자현을 하러 동헌으로 들어갈랴든 길이요.

병정 갑 이놈아 말은 잘한다. (다른 병정을 보고) 저놈 잡어내럇.

병정 을<br>병정 병 ┤ (달려든다)

성배 (순순히 마루에서 내려서면서 신발을 신으려고 한다)

병정 을 이놈아 아니꼽게 신발은! (성배의 상투를 갓 위로 얼러 잡고 마당으로 내리

박지른다)

**모친** ⎫
**최씨** ⎭ (동시에) **아이구머니!**

**병정 병** (꾸짖어) 이년들.

**성배** (병정 병을 흘겨본다)

**병정 병** (총 개머리로 성배의 옆구리를 찧으면서) 이놈아 누구를 뇌꼴스런 눈깔로 거듭떠보니? 주리때를 앵길 놈 같으니라고.

**병정 갑** 앞에 세웟.

**병정 을** (성배의 덜미를 짚어 앞으로 내세운다)

**성배** (모친과 최씨를 한번씩 돌려다보고는 꼿꼿이 걸어나간다)

**최씨** (마루에 엎드러진다)

**모친** (부르짖으면서 토방으로 뛰어내려 뒤를 따른다)

(성배와 병정 일행 채면 밖으로 사라지고, 모친은 따라가다가 기진해서 채면 앞에 쓰러진다. 무대 급히 암전. 다시 밝아지면 도로 전경)

**최씨** (한숨)

**영오** 그놈들이 어떻게 알고 잡으려 왔으까? 할머니.

**최씨** 오시면서 여러 사람들을 만났더라니까 그중 어느 놈이 관가에 가서 먹어댔겠지 머. 그러나마나 자현을 하려 갈려든 길이니 일반은 일반이지만.

**영오** 그래서 그렇게 잽혀가서?

**최씨** 잡어다가는 황새족새를 해서 옥에다가 가두어두고 그때부터는 문초지. 주리를 틀어가면서. 그러다가 필경 총으로 쏘아죽인다고. (한숨)

**영오** 총으로 쏘아? 징역 안 살고?

**최씨** 그때 세상에는 웬 게 그런 법이나 있다드냐! 죄지은 사람이면 그저 잡아다가 매를 때리기 아니면 귀향을 보내기, 그렇잖으면 작두로 목을 썰어 죽이든지 총으로 쏘아 죽이든지 그렇지. (間) 그래서 느이 외할아버지도

그날 그러니까 그게 바루 구월 구일날 오늘이다. 오늘 오때(正午)나 되어서
촌에서 잽혀온 다른 동학꾼 둘하고 같이 셋을 한꺼번에 총으로 쏘아 죽인
다고 사정射亭으로 끌고 나와서는.

(무대 급히 암전. 다시 서서히 밝아지면 제2장)


### 제 2 장


〔무대〕

정면으로 '정기정正己亭'이라는 현판이 붙은 사정. 좌우는 들을 건너 단풍
든 원산. 무대가 밝아지면 사정 마루에 앞으로다가 수령이 좌정하고 뒤와
좌우로는 각방 이속이 나열. 대뜰에는 엎드린 급창級唱. 대뜰 밑으로 바로
김성배 외에 두 사람의 동학당원이 결박을 진 채 꿇어 앉았고 그 뒤로 넌
지시 참령參領이 거느린 병정 일지대가 정렬해 서 있다. 사정 좌우로는 겁
먹은 남녀노소들이 묵묵히 서서 있고 김성배의 모친도 남의 부축을 받아
그중에 섞여 있다.


수령　너이들을 죄상에 의지해서 지금 처형을 하거니와 마주막으로 하고
싶은 말이 있거든 말을 해라.

급창이　(청을 내어) 너이들을 죄상에 의지해서 지금 처형을 하거니와 마주
막으로 하고 싶은 말이 있거든 아뢰랍신다—.

사령　(죄수들을 들여다보고) 아뢰라.

죄수들　(꼼짝 아니한다)

사령　(김성배의 풀상투를 잡아 젖히면서) 아뢰라.

성배　(눈을 감고 입술을 깨문다)

모친　(옆엣 사람에게 부축을 받고 서서 치맛자락으로 눈물을 씻는다)

사령　(상투를 놓아주고 동학당원 갑의 풀상투를 잡아 젖히면서) 아뢰라.

**동학당원 갑** (우는 소리로) 살려주시오.

**사령** (상투를 놓아준다)

**급창이** 살려달라고 아뢰오—.

**사령** (동학당원 을의 풀상투를 잡아 젖히면서) 아뢰라.

**동학당원 을** (우는 소리로) 살려주시오.

**사령** (상투를 놓아준다)

**급창이** 살려달라고 아뢰오—.

**수령** 처형해라.

**급창이** 처형하랍신다—.

**참령** (병정들더러) 형장刑場으롯.

(병정들 달려들어 죄수 하나에 3, 4인씩 붙어서 좌우로 끼고 뒤에서 밀고 나머지 병정들과 참령은 그 뒤를 따라 상수로 퇴장. 상수에 모여선 구경꾼들은 와 헤어지고 그중 김성배의 모친은 김성배에게로, 영감 하나는 동학당원 갑에게로, 여인 하나는 동학당원 을에게로 제각기 달려들다가 병정들에게 밀어박질려 물러서기도 하고 쓰러지기도 한다. 무대 급히 암전. 다시 밝아지면 도로 전경)

**영오** 그럼 할머니는 그때 어데 있었우?

**최씨** 나는 집에 있었지, 못 나가고. 애기 밴 여편네가 관가官家 행차나 병정들 행군하는 데 나서면 단박 총으로 쏘아죽인다고 너이 외징조할머니가 어데 나가게 하시드냐, 그래서 나가지는 못하고 울타리 구멍으로 내어다보기만 했지.

**영오** 그런데 참 할머니.

**최씨** 오냐

**영오** 외할아버지를 그렇게 잡어갔으니까 그럼 외외 (더듬다가) 외징조할아버지는 내놓아 주어예지?

**최씨** 글쎄 경우는 그래야 할 것이지만 어데 바루 내놓아주드냐! 그런 뒤에도 훨씬 한 달이나 있다가 뇌물을 흡씬 먹고 그러고도 자식을 잘못 가르켰다는 죄로 곤장을 사십 도나 때려서 내놓더라. 야숙한 일도 다 있지! 글쎄 그러니 그 노인이 몸이 성하셨겠니? 옥에서 나오시자 보름 만엔지 돌아가신걸. 그래서 느이 외징조할아버지 제향은 바루 시월 열사흗날이란다.

**영오**  그러고 그날 외할아버지는? 그렇게 병정들이 끌고 가서?

**최씨**  그래 그렇게 사정 마당에서 앞뒤로 옹위해 가지고 사정 바루 건너편 과녁 있는 데로 끌고 가더니 (한숨, 間) 도망가지 못하게 하느라고 제가끔 다리까지 친친 동여서 과녁 앞에다가 일자로 세워놓고는 병정들은 열댓 걸음이나 이쪽으로 물러서더니마는, 아마 한 이십 명이나 되지? 그런 병정들이 죽 늘어서서는 총을 고누더구나, 그래 방금 총소리가 나는 줄 알고 나는 울타리 구멍으로 내어다보다가 눈을 감았더니 이제나저제나 기달려도 총소리가 나지를 않겠지! 그래 웬일가 하고 눈을 다시 떠보니까

(무대 급히 암전. 다시 급히 밝아지면 제3장)


제 3 장


〔무대〕

정면은 들을 건너 단풍 든 원산. 상수로는 나직한 언덕이 있고, 언덕 앞으로 과녁. 하수는 흑막黑幕.

무대가 급히 밝아지면 과녁에서 넌지시 떨어져 김성배와 두 동학당원이 결박을 지고 다리를 묶여 하수를 향해서 서서 있고 그 옆에는 둘둘 말아놓은 한 무더기의 섬거적. 병정 한 사람 손에 흰 무명 가드락을 들고 하수로 급히 등장.


**병정**  흥! 이놈들 평양감사를 나갑네 순천부사를 나갑네 하더니 겨우 섬거적 한 닢씩을 지고 염라국으로 가니? (가지고 온 무명 가드락으로 죄수들을 하나씩하나씩 눈을 동여준다) 이놈들아 염라국에 가설랑은 제발 그놈의 "식은 차떡

조차떡 영떼먹고 망하지"* 소리 좀 하지 말어라.

그러고 괜히 개지랄들 하지 말고 진득히 자빠져 있어. 나도 이런다고 백년 살겠니? 오래잖어 염라국에 가면 만날 테니 그때는 막걸리나 한 사발씩 나누고 화해를 하자꾸나. (힐끔힐끔 돌려다보면서 하수로 퇴장)

(동학당원 두 사람은 쓰러질 듯 비틀거리고 이윽고 하수에서 호령소리로 "겨냥", 조금 사이를 두어 "쏘앗" 소리가 나면서 여러 방의 총소리 요란하고 동시에 죄수들은 앞으로 쓰러져 뒹군다. 하수로 엷은 연기가 밀려나오고 무대 급히 암전. 다시 밝아지면 도로 전경)

〔*주 : 동학의 주문 "시천주조화정 영세불망만사지"에서 전화한 말〕

**최씨** (한숨)

**영오** ……

**최씨** 그래서 느이 외할아버지는 그렇게 모진 죽음을 지시고 연겁해 열흘 남짓해서 느이 외징조할아버지마저 돌아가시고. 그러고 나니 집안이 아주 야지없이 망해바리는구나. 머 폭 망했지 폭 망했어. (間) 그래서 그때부터 심화로 눈이 먼 느이 외징조할머니허구 나허구 늙은 과부 젊은 과부 쌍과부가 쌍으로 앉힌 상청에서 밤이나 낮이나 눈물로 세월을 보냈드란다. 그러자 그해 동짓달에는 내 뱃속에 들었든 네 에미가, 그게 어떻게 된 세상인지도 모르고 부둥부둥 머리를 두르고 나오는구나! 허기야 신통하지. 그것이 에미 뱃속에서 그 무서운 파란을 다 겪고도 목숨이 붙어 있다가 나온 것을 보면 (間) 참 영오야 네 에미는 무얼 하느라고 입때 아니 오는지 모르겠구나? 온다구 하기는 했지?

**영오** 응 온다구 그랬어, 나 그럼 이얘기 마저 듣고 가서 데리고 오까?

**최씨** 그래라마는 인제 올 테지. (間) 올 테거든 어여 와서 그릇들도 좀 씻어주고 이것저것 거들어주지를 않고.

**영오** 그러고 그 댐 이얘기, 응? 할머니.

**최씨** 그래서 그때 겨우 제 돌이 지내간 네 외삼춘허구 갓난이 네 에미허구 그렇게 둘을 데리고 또 앞 못 보시는 느이 외징조할머니를 모시고 내가 새파란 청상과부를 살어가자니 그게 오죽했겠느냐? 그래도 그때는 다행히 땅이 한 백석 추수거리나 남어서 그걸 도조로 내준다치면 만만하다고 도조를 잘러먹기가 일쑤고. 그 밖에 내가 경난하든 일을 어떻게 이루 다 이애기를 하니! 그러느라고 내가 이 머리가 오십도 못되어서 이렇게 시었드란다. ㈜ 그러자 또 삼년 만에 병신년엔지 느이 외징조할머니마저 돌아가시고 그 뒤에는 나 혼자서 네 에미 남매를 데리고 울면불면 살어가지를 않었겠니, 그것들이 어려서 풍상을 겪은 깐으로는 별로 탈이 없이 물컷도 없이 잘 자라주어서 그래 그것 하나가 맘을 붙이게 해주었드니라.

　영오　그럼 할머니는 엄마처럼 이렇게 저, 저, 외갓집도 없었우?

　최씨　외간가? 친정이지. 없었드란다. 있었으면야 어데 그렇게 고단하게 지냈겠니? ㈜ 그래서 아무려나 네 외숙은 학교도 다니고 여기 학교를 마치고는 저기 전주 감영으로 가서 농업학교라드냐 그걸 다녀서 졸업을 하고. 그러기 전에 열여덟 살 때 장가를 들였더니 즈이 내외간에 금슬도 좋고 그러고 네 에미도 그 이듬해 봄에 시방 느이 집으로 시집을 보내고 네 외삼춘은 공부를 하고 와서 한 일 년이나 일본 내지 사람네 농장에서 일을 보아주더니 돈을 모으겠다고 장사를 시작하고 내외간에 금실이 좋아서 병신년에는 아들을 낳고, 그게 시방 네 언니 상인相仁이다, 내가 첫손주를 본 셈이지. 그러구 네 어미도 시집을 가서 별로 말썽없이 잘 살고, 그래서 에라 나도 인제는 초년고생을 한 보람이 있어 말년에나 자식손자 영광 보아가면서 마음 편하고 몸 편하게 여생을 보내나부다고 좋아했지! 그랬더니 웬걸! (한숨) 기가 맥혀서. 나는 전생에 무슨 업원이 그대지도 컸든지! ㈜ 글쎄 경오 기미, 기미년에 또 벼락이 떨어지는구나!

　영오　벼락? 저 하눌서?

　최씨　그렇지! 하눌서 떨어지는 벼락보다도 더 무서운 벼락이지 내한테는. ㈜ 그런 게 아니라 ××들을 불렀드란다. ××, 그건 글쎄 또 무슨 짓들이라고. ㈜ 그해에 네 외삼춘이 그러니까 그게 아마 기미년 이월 초생인가부다. 네 외삼춘이 한 열흘째나 가개 보든 것을 철갈을 해바리고는 밤 낮으로 부리나케 나돌아다니는구나. 그렇게 나돌아다니다가는 또 어느 때 는 친구들을 몇씩 데리고 들어와서 네 외숙모는 안방으로 쫓아보내고 건 넌방에 모여 앉어서 수군수군하고 밤을 새우고.

(무대 암전. 다시 밝아지면 제2막 제1장[50])


# 제 2 막(제1막에서 25년 후)


## 제 1 장


〔무대〕

제1막 제1장과 같으나 연대가 묵은 그만큼 집이 낡고 살림살이 제구도 전경같이 적막하지는 아니하나 저으기 쓸쓸하다. 석양.

무대가 밝아지면 영수가 그의 친구 4, 5인과 채면 앞에 서서 작별을 한 다. 그의 친구들은 제가끔 무슨 뭉텅이를 꾸린 보자기 하나씩을 들었다.


영수  그러면 나도 저녁을 먹든 멀로 나가겠지만 가서들 저녁 자시고 그 렇게 소임대로 잘 좀 하지. 그러고 우리 집에서 다시 만날까?

친구 갑  그래도 좋지.

친구 을  시간은?

영수  글쎄? 몇시까지면 대강들 끝이 날꼬?

친구 병  늦일걸?

친구 갑  더딘 사람도 있고 빠른 사람도 있겠지, 아무튼 오늘 저녁은 일

---

50) 원문에는 '第一幕第二場'으로 되어 있으나 오기인 듯하다.

이야 있든지 없든지 한군데 모여 있는 게 좋으니까.

친구 정  모이는 거야 좋지만 하필 일루 모일 거야 있나?

영수  그도 그렇지. 인제는 모이더래도 할일은 없으니까, 그럼 어데 중앙지로 모이게 하지?

친구 을  그것도 좋지, 그럼 우리 집으로 모이는 게 어때?

일동  좋지.

영수 그럼 그렇게 하기로 하고, 자, 다들 수고하게. (일일이 악수를 한다) 내일 날씨가 어떨는지? (하늘을 올려다본다)

일동  (하늘을 올려다본다)

친구 정  날이 다뿍 흐린 게 아무래도 위태한걸! 더구나 날이 이렇게 훗훗한 게 비가 올 날씨야!

친구 병  비가 오면 장定期市場이 깨지라고?

친구 정  그거야 하늘이 막는 일이니까 할 수 없지, 한 장 동안 더 미루는 수밖에.

친구 갑  그렇게 미룸미룸 미루다가는 하대명년이게?

친구 을  아니 여기서 그런 소리를 한다고 내일 올 비가 아니 오지는 않을 테니까 좌우간 오늘 일은 해놓고 볼 일인데 무엇을 그러나? 자, 가세.

(일동 다시 영수와 악수를 하고 채면 밖으로 퇴장. 영수 돌아서서 토방으로 올라온다)

영수  (부엌으로 대고) 여보.

서씨  (소리만) 네? (부엌에서 행주치마에 손을 씻으면서 나온다)

영수  저녁 다 되었소?

서씨  거진 다 되어가요 시장허시유?

영수  아니 얼핏 먹고 나가야하겠어, 어머니는 어데 가셨소?

서씨  상인相仁이 업고 이웃에 마을 가셨나 바요.

영수  (마루로 올라가려고 한다)

서씨  날 좀 보아요.

**영수** (돌아선다) 보라고? 밤낮 보는 얼굴을 보아서는 무얼 하게? (웃는다)

**서씨** (웃으려다가 말고) 누가 장난하자나?

**영수** 그럼 왜 그래?

**서씨** 어머니가 여간만 걱정을 아니 하세요! 가개는 철갈을 해바리고 대체 무슨 일로 밤낮없이 몰려다니면서 그러는지 모르시겠다고.

**영수** 어머니가 걱정하시는 것이 걱정된다느니보다 이녁이 걱정이 된단 말이지 (웃는다) 응? 내가 바루 알아맞혔지?

**서씨** 밉상이네! 뉘 걱정이 되었든지 대체 어쩔랴고 그래요? 논을 쉬흔 말지기나 잽혀서 수천 원 들여 가지고 장사를 벌려놓더니 그 밑천을 언제 뽑을랴고 그래요?

**영수** 그렇다고 이녁 밥 굶길까 바서 걱정이요? 염려 말어요 인제 밥보다도 더 좋은 게 있으니.

**서씨** 무척! 나는 몰라요. 이번 장사에 거들나면 어머니는 당신 허리띠에 목을 매서 자결허실 테니.

**영수** 어머니 걱정일랑은 하지 말어요. 우리 어머니는 만고풍상을 다 겪은 어른이요 또 다 도량이 넓어서 그렇게 아등아등하시잖는 어른이니까.

**서씨** 그래서 그걸 믿고 그러시우?

**영수** 그만해 두어요. 집안 여편네란 있는 양식으로 밥이나 해먹고 자식이나 길르고 하란 법이지 그렇게 사랑에서 하는 일을 이러니저러니 깃을 달고 나서면 마정스러워서 못쓰는 법이야 응?

(최씨 상인을 업고 채면 안으로 들어선다. 이때에 벌써 머리는 반백이 넘었다. 서씨는 시어머니가 들어오는 것을 보고 부엌으로 들어간다)

**최씨** 휘유! 아따 그놈이 등에서 어떻게도 날뛰는지. (토방으로 올라선다)

**영수** (상인을 보고) 저놈이 할머니 허리 아푸신데 커다란 놈이 업혀대니면서. (웃는다)

**최씨** 손님들은 다 갔느냐?

영수  네 방금 갔어요.

최씨  (망설인다)

영수  (주춤주춤한다)

최씨  너는 언제부터나 가개문을 다시 열게 되느냐?

영수  글쎄요. 아직 모르겠어요. ㈜ 그렇지만 어머니 그걸로 너무 걱정하시지 마세요.

최씨  글쎄 네가 다 오죽 알어서 하는 일이랴 싶어 맘은 뇐다마는.

영수  네, 아무 염려 마세요.

(영수 건넌방으로 들어가고 최씨는 영수의 등 뒤를 이윽고 바라보다가 한숨을 짓고 돌아선다. 무대 급히 암전. 다시 밝아지면 도로 전경)

최씨  (한숨) 그러더니 바루 그 이튿날 그게 장날이었지. 오때가 될락말락해서 갑자기…… 어떻게 놀랬는지 내가 그냥 가슴이 더럭 내려앉아서 정신을 못 채리다가 그래도 미심쩍어서 저 앞으로 나서 보았더니 아니나다를까!  네 외삼춘이 맨 앞장을 섰구나! 제 친구 몇 사람허구 같이…… 보고 섰느라니까 꼭 미친 놈 날뛰듯 하는구만! 별 말할 것 없이 미친놈 날뛰듯 해.

영오  순사가 잡어가잖어?

최씨  순사는 적고 그 군들은 많으니까 마치 떼꿩에 매鷹 놓은 것처럼 어쩔 줄을 모르더라. 그런 뒤에 며칠이 지나서 네 외삼춘은 잽히게 되니까는 도망을 해버렸지! 그저 하릴없이 갑오년에 느이 외할아버지가 겪든 그 꼴이야! ㈜ 그러자니 가개 보든 것은 아주 거들이 나바리고 논문서를 잽힌 것도 그해 오월까지가 기한인데 할 수 없이 떠내려 가버리고.

영오  외삼춘은? 붙잽히지는 않었지?

최씨  그렇지. 그저 촌으로 피해 다니면서 가끔 밤을 도아 집에 들르기도 하고. 그렇지만 영영 잽히지는 않었느니라. 그 대신 영영 나가버리기는 했어도. (한숨) 그게 그러니까 그해 추석인가부다. 봄 여름을 그렇게 피신을

해 다니는데 순사는 육장 집에 와서 소식을 묻고 그러든 차에 바로 팔월
열나흗날 땅거미가 내릴 무렵에.

(무대 급히 암전. 다시 밝아지면 제2막 제2장)


## 제 2 장

〔무대〕
제2막 제1장과 같다.
무대가 밝아지면 최씨 안방 툇마루에 앉아 청대콩을 까고 있다.
　**최씨** (독백) 오늘이나 밤에 조용히 다니려 올려는지? 온대도 붙잽힐까 무
서워서 겁이 난다마는 올려거든 오늘 와서 제가 좋아하는 송편이라도 좀
먹지를 않고.
　**서씨** (건넌방에서 나와 최씨 앞에 앉아서 콩을 깐다)
　**최씨** 어린놈은 자느냐?
　**서씨** 네.
　**최씨** 그것이 애비가 보고 싶어서 육장 아빠 아빠 부르는걸!
　**서씨** ……
　**최씨** 남들도 잽혀가야 다직해서 한 삼 년쯤 치루면 그만일 테니 그럴 셈
하고 자현을 시키라고 권면들은 하지만 그럴 수도 없는 일이고, 그렇다고
한평생 그렇게 피신만 해 다니랄 수도 없고.
　**서씨** 가서 한 삼년이고 치루고 나오는 게 낫지 그 짓을 유루 어떻게 해
요, 그러잖어도 요전에 왔을 때 그런 말눈치를 뵀더니 펄쩍 뛰면서 아직
도 할 일이 태산 같은데 웨 자현을 하겠느냐고 그럽디다마는.
　**순사** (채면 안으로 환도를 덜그럭거리며 서슴잖고 쑥 들어선다) 안녕하십니까?
　**최씨** (자지러지게 놀라고)
　**서씨** (내외를 하느라고 방으로 들어간다)

최씨  (겨우) 네 어서 오시요.

순사  (토방 앞으로 가까이 와서 휘휘 둘러보면서) 거 송편속입니다그려?

최씨  네 어린것도 있고 해서 추석이라고 (間) 당신네는 명절에도 이러고 다니시우? 명절에나 편히 좀 쉬지는 않고.

순사  우리한테 명절 여부가 있나요! 허허허허.

최씨  피차에 못할 일이요.

순사  할 수 없지요. 그래 자제한테서는 무슨 소식이나 있습니까?

최씨  소식이 있은들 에미로 앉어서 어떻게 바루 대드리겠소?

순사  허허 그러기도 하시겠지만 추석이고 하니까 혹시 편지 같은 거라도 왔을 법해서 물어본 거지요.

최씨  그러구저러구 간에 아무 소식도 없습디다. 나도 이렇게 제가 좋아하는 송편을 빚으면서 기대리기는 하오마는. 다리 아픈데 좀 올라앉이시요.

순사  네 좋습니다. 가개 보든 걸 넹기섰다지요?

최씨  네.

순사  웨요?

최씨  그건 두어두어서 무얼 하게요?

순사  그렇기도 하지만 얼마에 넹기섰습니까?

최씨  물건 남은 것하고 집까지 터전까지 껴서 육천 냥 받었어요.

순사  육천 냥이면 일천이백 원? 거 잘 받으섰군요!

최씨  그런 말씀 마시우. 그래보여도 그게 논을 오십 말지기나 잽혀서 채려놓은 가개라우.

순사  첨에 들인 밑천이 많다고 그 값이 다 나가나요. 그래 그 돈은 자제한테로 보내섰나요?

최씨  아니요. (황망히) 어데 가서 있는지 알어서 보내요?

순사  허허허허 자, 그럼 갑니다. 안녕히 계십시오.

최씨  (청대콩 가지를 손에 든 채 일어서서) 네 평안히 가시고 또 오시오. 또 와도 걱정이오마는.

　순사　허허허허. 그렇지만 오기만 하는 거야 어떻습니까? 허허 안녕히 계십시오. (돌아서서 나간다)

　최씨　안녕히 가시우.

　서씨　(방에서 나와 앉는다) 가게 팔린 소식은 어데서 듣고 와서.

　최씨　그 사람네가 그 소식 모르겠니?

　서씨　그래도 가서 일러바치는 사람이 있으니까 알지요? 좀 있으면 집집마다 살강에 숟갈이 몇 개 있는 것까지 알고 다닐걸.

　최씨　시방은 세상이 그렇게 밝단다. (間) 인제는 어두어서 안 보인다. 불을 좀 켜지?

　서씨　(건넌방으로 들어가서 석유램프에 불을 켜가지고 나와 적당한 곳에 걸어놓는다) 논 잽힌 것은 영영 물러주잖겠대요?

　최씨　그게 누구라고 물러주겠니? 그 사람이 꼭 제 것을 만들 욕심으로 애초에 잡었든 것인데 그나마 기한이 하루 이틀 지낸 것도 아니고 벌써 석 달이나 지낸걸. (間) 진작 알었드라면 내라도 나서서 다른 논을 제 값을 받고 팔어다가 그것을 물렀을 것을.

　영수　(지쳐둔 부엌문을 열고 어엿이 나온다)

　최씨　} (놀라 먼저 대문간께를 본다)
　서씨

　최씨　이 애야 방금 다녀갔다!

　영수　알었어요. 뒤울타리를 넘어 들어와서 부엌으로 들어오니까 이얘기하고 있는 게 벌써 그렇드구만요. (웃는다)

　최씨　방으로 들어가자.

　영수　괜찮어요. 방금 다녀간 걸 어데 되짚어 오나요. (시계를 꺼내 본다) 아뿔싸! 한 시간 밖에 아니 남았군. 어머니 가개는 제가 기별한 대로 그 사람한테 넹기고 돈 찾으셨지요?

최씨  오냐.

영수  저 주세요.

최씨  (안방으로 들어간다)

영수  상인이는 자우?

서씨  네. 어데 가시우?

영수  응. 이러고 있어야 수족을 묶인 것 같아서 일도 못 하고, 그래 몇몇이서 오늘 저녁에 ……로 떠나기로 되어서.

서씨  (울상을 한다)

최씨  (돈을 손에 쥐고 나온다) 어데 가느냐?

영수  네. (돈을 받아 세다가 일부분을 도로 최씨한테 주면서) 이게 이백 원이니 이놈을 두고 가용에 쓰세요. 그러고 논이 그래도 그렁저렁 일백 한 오십 말지기는 남았으니까 추수하면 집안 지내기는 넉넉할 겝니다. 저는 이번에 떠나면 아마 돌아오기는 졸연찮을 것 같애요. 그러니 그렇게 아시고.

최씨  (질색해서) 이애야 그게 무슨 소리냐? 차라리 법소에 가서 자현을 하고 몇 해 고생을 하고 말지 가기는 어데를 간단 말이냐.

영수  아니예요. 어머니는 다 모르십니다. (서씨더러) 고생스럽더래도 어머니 모시고 상인이 데리고 조심해서 지내요.

서씨  ……

최씨  글쎄 어쩌자고 이러느냐? 내야 다 늙어서 죽을 날을 날받어놓다시피 했으니 죽으면 그만이라지만 (서씨를 돌아보고) 저 젊우나 젊은 것이 어린 자식을 데리고 어찌 살어가란 말이냐?

영수  그런 일 저런 일을 다 생각하다가는 꼼짝 못하게요. (間) 혹시 형편이 여의하면 오시라고 기별할 테니 저것들 데리고 오세요.

최씨  가는 데가 어데길래?

영수  ……에요.

최씨  ……가 어데냐?

영수  청국이예요.

최씨  (펄쩍 뛴다) 머? 청국? 저, 대국 말이지?

영수  네 무얼 그러세요? 옛날과는 달러서 이틀이면 오고가고 한답니다. (시계를 꺼내 본다) 시간이 퍽 촉급하군. 자, 어머니 그럼 가서 편지로 자세한 말씀 드리지요. (서씨더러) 잘 있수.

(영수 허둥지둥 부엌으로 들어가 버리고 최씨와 서씨 뒤미쳐 눈물을 씻으면서 부엌으로 들어간다.)

(무대 급히 암전. 다시 밝아지면 도로 전경)

최씨  (한숨) 그래서 그날 밤 그렇게 뒤울타리를 뛰어넘어 나가버리더니 그런 지가 열여덟 해가 되었다! 열여덟 해!

영오  그래서 시방도 외삼촌은 ……라는 데 있수?

최씨  모르지. 처음 갔을 때는 가끔 편지도 하고 하더니 편지뿐이드냐! 육장 논을 팔어서 돈을 보내달라고 편지를 해서 한번에 열 말지기도 팔고 닷 말지기도 팔고 그렁저렁 십년지간에 논 일백오십 말지기를 다 팔어서 그 뒤를 대고 (間) 그런 전장田莊이야 다 제가 객지에서 요긴하게 쓰느라고 팔어 없앤 것이니까 원통할 것은 없지만. 글쎄 그러니까 그게 어느 해냐? 경오년이지. 경오년 이짝으로 팔 년째나는 통해 소식조차 없구나! 그러니 답답할 게 아니냐? 죽었는지 살어 있기나 한지.

영오  편지해 보지?

최씨  편지를 하면 도로 오고 도로 오고 하는걸. (間) 그렇게 논밭 있든 것을 요모로 조모로 다 팔어 없애고 논이래야 겨우 박토 한 섬지기 남은 것에다가 세 식구가 목을 매어달고 울면불면 이날 이때까지 또 살어를 왔구나 (間) 그래도 인제는 네 상인이 언니가 그만큼이나 장성을 했고 시방은 고학을 한다고 고생은 해도 인제 내년 내후년이면 졸업을 한다니까 졸업을 하고 나오는 날이면 저 고생한 보람 있이 또 제 에미가 초년의 생과부로 고생한 보람 있이 편안히 잘 살게 되겠지. 내야 그 덕을 볼 날까지 살어 있을는지 모른다마는 혹시 모진 목숨이 죽지 않고 몇 해 더 살어 있느라면 제 덕으로 두 다리를 쭉 뻗고 다만 몇 날이라도 편히 살다가 죽을 테지. 나는 시방 믿느니 그것뿐이다.

　　**상인**　(채면 안으로 등장) 영오 왔구나.

　　**영오**　언니! (뛰어가서 팔에 매어 달린다)

　　**최씨**　인제 오느냐? 어여 올라와서 점심 먹어라. 십리길이나 다녀오느라고 다리 아프겠다.

　　**상인**　(영오를 데리고 마루로 와서 걸터앉는다) 고까짓 데 다녀왔는데 다리는 무슨 다리가 아퍼요?

　　**최씨**　그래도 이애야? (일어서려고 한다) 점심 먹어야지? 에미는 물방앗간으로 꼬마둥이 데리고 쌀을 찌러 가더니 아직 아니 왔다.

　　**상인**　네. 점심은 먹었어요. 아 산지기가 반가워하면서. 그만두라고 해도 새로 밥을 한다, 닭을 잡는다, 술을 사온다, 머 여간 흠선하게 대접을 해야지!

　　**최씨**　어쩌나! 워너니 윤서방이 전부터 맘씨가 좋더니라. 시방도 명절 때면 나를 잊지 않고 무얼 해오고.

　　**상인**　산소에 벌초도 잘 했더구만요.

　　**영오**　(밤 하나를 벗겨서 상인에게 준다) 언니도 먹우.

　　**상인**　이 녀석아 너는 할아버지 제향에 쓸 걸 네가 먼첨 운감하는구나? (웃으면서 밤을 받아먹는다)

　　**영오**　할머니가 먹으라신걸.

　　**최씨**　너도 벳겨 먹어라.

　　**상인**　저는 배가 불러서. 인제 이렇게 껍질을 벳겼으니까 다시 본두기를 곱게 쳐야지요?

　　**영오**　언니 언니? 상인 왜 그래?

　　**영오**　나는 할머니한테 외할아버지 이애기랑 외삼춘, 언니네 아버지 말이야 하하, 상해로 간 외삼춘, 아주 재미있는 이애기 들었다누.

　**상인**　동학 이애기, 기미년 이애기, 그런 거 들은 게로구나?

　**최씨**　그애가 호랭이 이애기를 해달라고 졸르니 내가 웬걸 호랭이 이애기를 그렇게 알어야지!

　**영오**　언니 언니.

　**상인**　그래서?

　**영오**　언니도 이애기 하나 해주.

　**상인**　이 녀석아 대낮에 이애기는! (웃는다) 너는 소설쟁이 될려는 게로구나?

　**최씨**　그놈이 제 에미를 닮어서 그러지. 이애기 좋아하면 가난하게 산단다.

　**영오**　그래도 우린 가난하잖은걸 머. 어여 언니, 이애기 해주어.

　**상인**　그래라. 그 대신 너는 밤을 벳겨서 내 입에다가 바쳐야 한다.

　**영오**　응 그렇지만 재미나는 이애기를 해주어야지 머.

　**상인**　재미있지. 자, 시작한다, 저, 옛날옛적간날간적 더벅머리 총각놈이 접시밥을 갈러먹고 사는데에…….

　**영오**　싫여, 장난하느만.

　**상인**　하하. 아니야 그런 옛날 말이다. 아주 옛날에는 이 세상 사람들이 불, 밥도 해먹고 불도 때고 불도 켜고 하는 그런 불이 없이 살었단 말이야.

　**영오**　피, 불이 없이 사람이 어떻게 살어? 가짓말.

　**상인**　아니다. 너 저 짐생들 못보니? 짐생들이 어데 불을 쓰든? 그와 마찬가지야. 사람도 아주 아주 옛날에는 짐생들처럼 불이 없이 살든 때가 있어요. 이 녀석 이애기 삯은 안 주니? 인다구 밤.

　**영오**　(벳겨서 제가 먹으려던 것을 웃으면서 준다) 자요.

　**상인**　옳지 (받아 먹으면서) 그래 그렇게 불이 없이 사느라니까 고생을 하지 않겠니? 자, 음식도 날것으로 먹어야지, 뜨듯하게 불도 못 때지. 그래서 겨울이면 치워서 와들와들 떨리지 밤에 불을 켜지도 못하지 그래서 사람들이 무척 고생을 하는데 그때에 불은 누가 가지고 있었느냐? 하면 하누님이 그것을 하눌에만 잘 건사를 해두었드란 말이지. 그러고는 하눌 밑에 인버러지 사람 말이야, 사람들이 아무리 고생을 해도 불을 주지 않는단 말이야.

영오  왜?

상인  불은 거룩한 것이래서 버러지 같이 땅 우에 기어다는 인간들한테는 그런 거룩한 것을 주어서는 안 된다는 거야. 그런데 하누님 신하에 프로메테우스, 응 프로메테우스라는 응, 무어라고 하꼬? 음 프로메테우스라는 신령님 하나가 있는데 하루는 가만히 이 땅 위를 내려다보니까 인간들이, 사람들이 말이야 치운 겨울에 얼음판 우에서 모다 와들와들 떨고 있거든, 그걸 보니까 프로메테우스가 거 어찌 불을 하눌에다가만 두고 불쌍한 인간들은 저렇게 고생을 시킬까부냐고. 에라 이건 이럴 게 아니라고 살그머니 하누님 몰래 불을 훔쳐내잖었겠니. 들키면 경이야 하하. (間) 그래서 불을 그렇게 훔쳐가지굴랑 인간들이 있는 땅 위로 쑥 내려왔단 말이지.

　　(무대 급히 암전. 다시 밝아지면 제3막 제1장)


# 제 3 막


### 제 1 장


〔무대〕

배경은 빙원氷原과 눈쌓인 원산. 무대에는 눈 덮인 빙판.

무대가 밝아지면 중앙에 남녀의 성별이 나지 않게 짐승의 털가죽으로 몸을 가린 원시인 5, 6인이 한 무더기가 되어 떨고 있고 손에 횃물을 든 프로메테우스 상수로 서서히 등장.

　　**원시인들** (프로메테우스와 불을 보고 겁을 내어 뒤로 물씬물씬 몰려간다)

　　**프로메테우스**　무서워하지 마라, 나는 느이를 구하려 왔느니라. 이 불을 느이를 줄 테니 이것을 받어가지라.

　　**원시인 갑**　그건 무엇이오?

　　**프로메테우스**　이것은 불이라고 하는 것이다. 이것이 있으면 치웁지 아니하고 음식을 이것에다가 익혀 먹으면 보드랍고도 맛이 있고 이것을 켜놓으면 밤에도 모든 것이 보이고 또 이것으로 쇠를 녹여서는 여러 가지 연장을 만들어 사냥을 할 수 있고 느이를 침노하는 사나운 짐생들을 대적해서 이길 수가 있는 것이다. 그리해서 느이는 겨레가 크게 번성할 것이요 좋은 세상을 이룰 수가 있는 것이다.

　　**원시인 을**　대체 그게 무엇이길래 그렇게 좋드람? 어데? (가까이 와서 불을 덤쑥 만지다가 질겁하고 물러선다) 아이구 아얏? (성을 내어) 그런 독하고 무서운 것을 주면서 우리를 속일려고! (동류를 돌아보고) 손을 대니까 머 끊어지게 아픈걸 그래.

　　**프로메테우스**　아니다, 그렇게 너무 가까이 대니까 데어서 뜨거운 것이다. 자, 이것을 받어가거라. 그러나 이것은 물을 끼얹으면 죽는 법이다. 마른 나뭇가지를 모아놓고 거기다가 옮겨라. 그리고 어찌 해서 영영 꺼져바리거든 산에 가서 쇳덩이와 돌덩이를 구해서 그것을 마주 부드치면 거기서 조고만한 불이 일어나느니라. 그놈을 마른 풀잎에다가 받어서 불을 장만해라. 자, 받어가거라.

　　(원시인 한 사람이 나서서 횃불을 받는다. 프로메테우스 횃불을 주고 상수로 퇴장.)

　　(무대 급히 암전. 다시 밝아지면 도로 전경)

　　**상인**　그래서.

　　**영오**　멀 가짓뿌렁! 성냥이 있는데 왜 불이 없어.

　　**상인**　아 그 녀석이! 너 할머니한테 여쭈어보아라. 옛날에 성냥이 있었는가.

**최씨** 없구말구. 내가 젊었을 때만 해도 황黃개피허구 부싯돌뿐이었드란
다. 그러고 네 말이 근리한 말인가부다. 옛날에는 밤에 화로에 불을 담아
두었다가 그 이튿날이면 그놈으로 불을 이루더니라. 그걸 불씨라고 하지.
어느 집에서는 불씨가 삼대째 내려오느니 사대째 내려오느니 하고, 그러
고 그 화로는 그 집 맏며느리가 꼬옥 맡어두더니라. 그렇게 맡었다가 이튿
날 새벽에 불을 이루는데 혹시 불씨를 죽였으면 집안이 망할 징조라고 큰
일이 나지. 도루 쫓겨가기가 십상이었지.

**상인** 거바 이 녀석아 내가 거짓말을 했니?

**영오** 그럼 자. (밤 벳긴 것을 준다)

**상인** 옳지. (받아먹고) 그런데 말이다. 그 뒤에 하눌에서 하누님이 가만히
내려다보니까 아 인버러지들이 불을 가지고 있겠지! 아 그래서 하누님이
그만 노발대발 역정이 나서 어떤 놈이 내 거룩한 불을 훔쳐다가 저놈들 인
버러지를 주었단 말이냐고, 인제 저것들이 불을 가지고 왼갖 짓을 다해설
랑은 오래잖어 하늘까지 올라와서 내 턱을 치받으려 들 테니 이럴 수가 있
단 말이냐고.

**영오** 하하하하 하누님 턱을 치받어.

**상인** 그렇지. 너 비행기 봤지? 그 비행기가 인제 조금만 더 높이 뜨게
되면 정말 하나님 턱을 치받는다. 그런데 그 비행기라는 것도 따지고 따지
면 사람이 불을 쓰는 데서 나온 것이거든.

**영오** 그래 그러고 하나님이 그렇게 노해서 어쨌수?

**상인** 응 그래서 프로메테우스가 붙잽히고 말었지. 붙잽혀서는 어쨌느
냐? 하면.

(무대 급히 암전. 다시 밝아지면 제3막 제2장)

제 2 장


〔무대〕

배경은 멀리 연산連山의 산봉우리들. 무대에는 그들 연산 중에 제일 높은 봉을 보이는 바위 하나.

무대가 밝아지면 한쪽 눈이 상하고 한편 귀가 떨어진 프로메테우스가 굵은 쇠사슬로 팔과 다리를 바위에 비끄러매고 앉아 있다.


**프로메테우스**  (눈을 치뜨고 하늘을 올려다보면서) 의를 행한 보갚음報果! 의를 이룬 보갚음은 영겁의 고초! 죽지 아니하고 영겁토록 받는 고초! 사나운 수리가 살을 쪼아먹고 까막까치는 눈을 파먹고 귀를 떼어먹고 그러고도 끊이지 아니하는 극형!

(천둥소리 우르릉거리고 번개를 친다. 폭우가 내린다. 폭우 그치고 강풍이 분다. 강풍이 그치고 눈이 내린다)

**프로메테우스**  (눈이 내릴 때에) 응 그래도 나는 의를 이루었노라. 뉘우치치 아니하노라.

(무대 급히 암전. 다시 밝아지면 도로 전경)

**최씨**  아이! (혀를 끌끌 찬다) 불쌍하다.

**상인**  하하하하 불쌍해요?

**최씨**  그럼 불쌍하잖니! 언제까지고 그렇게 묶여 앉어 고생을 할 테니!

**상인**  그런데 얼마 전에 누가 가서 풀러놓아 주었답니다 할머니.

**최씨**  아이 잘했다. 아무렴 놓아주어야지.

**상인**  하하하하. (일어서서 마당으로 내려선다)

**영오**  언니 어데 가우?

**상인**  나 누구 좀 만나고 오마.

**영오**  나도 같이 가?

상인  너는 못 오는 데다.

최씨  일찍 들어와서 저녁 먹어라.

상인  네. (채면께로 걸어간다)

최씨  (우두커니 바라보다가) 저것이 뒤태는 여승 제 애비야!

영오  외삼춘?

최씨  그래. 돌아서서 저렇게 걸어나가는 걸 보면 그저 하릴없이 제 애빈 걸! 뒷데숙이가 볼록 나온 것이며 어깨통이 떡 벌어진 것이며 걸음걸이며. (한숨)

상인  (한번 돌려다보고 채면 밖으로 퇴장)

최씨  (방백) 어여 하루바삐 공부를 다 하고 와서 장가나 들고 자식이나 낳고 그래서 편안히 살어가게 해라. 믿느니 믿느니 그것뿐이다. (한숨)

영오  할머니 할머니.

최씨  오냐.

영오  그런데 말이유. 우리 선생님도 그러시고 또 우리 반 동무아이도 그리는데 언니가 사회주의가 무엇인지 사회주의한다고 그리겠지?

최씨  무엇? 사우주? 그건 무슨 말이라든?

영오  나도 모르겠어. 그냥 이애 영오야 느이 외가집 상인이 형은 동경 가서 사회주의한다지? 그래.

최씨  그럼 아마 돈 없이 고학한다는 말인가 부구나? 그렇다면야 어떻니? 그렇게 고학을 해서라도 공부만 착실히 잘해서 장하게 되어가지고 잘살면 그만이지. (밤 담겨 있는 그릇을 들여다보고) 인제는 다 깠다. 그새 이애기를 하느라고 까는 줄 모르게 (밤을 까서 물에 담근 그릇을 들여다보고) 많이도 깠다. (마지막 까던 밤을 물에다가 담방 담그면서) 내가 옛날 '노구할미'뿐이다. 노구할미가 상전이 벽해 되는 것을 보고는 입에 물었든 대추씨 하나를 뱉어놓고 벽해가 상전이 되는 것을 보고는 또 대추씨 하나를 뱉어놓고 연해 그런 것이 대추씨가 모여서 큰 산이 되었다더니, 나도 이애기를 하는 동안에 밤을 이

렇게 많이 까놓았구나! (바깥을 우두커니 내어다보면서) 구름도 허연 게 탐스럽게
도 헡어진다!

(조용히 막) 丁丑 五·四

《조광朝光》(1937. 11)

# 인텔리와 빈대떡

[인물]
종식宗植—무직 인텔리, 30세 가량
안해—구식부인
친구
아들—8, 9세 가량
걸인

[시대]
현대 가을 오후

[장소]
경성 북촌

[무대]

종식 부처가 들어 있는 사글세 건넌방. 우수는 판장 차면으로 안집과 사이를 가리고 좌수는 방에 따른 부엌. 부엌 옆으로 좁다란 공대空垈. 공대에는 형용만의 장독대. 공대를 둘러싼 판장 울타리가 무대 전면까지 뻗치었고 전면 가까이 판장문이 달리었다. 무대 전면은 마당. 방 앞으로는 반 간 통마루가 붙어 있고 그 밖에 적당한 곳에 협수룩한 세간 부시랑이가 놓여 있다.

막이 열리면 무대는 잠깐 빈 채로 있다.


**종식** (방문을 열고 툇마루에 나서서 기지개를 쓴다. 머리가 귀를 덮게 자랐고 광목 고의적삼에 발을 벗었다. 마루에 걸터앉아 눈을 비빈다. 사방을 둘러보다가 우두커니 마당을 바라본다. 조금 있다가 다시 기지개를 쓰고 마당으로 내려온다. 뒷짐을 지고 왔다갔다 거닌다. 독백) 흥! 왜 생겨났어? (사이) 내가 생겨나고 싶어 생겨났나! 어미 아비가 (고개를 끄덕거린다) 그래 어미 아비가 하룻밤 (혀를 끌끌 찬다) (사이) 중학교 오 년에 대학 오 년 십 년 동안 학비로 들은 것이 (생각한다) 가만 있자 응…… 오륙천 원은 되렷다. 흥 돈을 오천 원이나 육천 원을 들여가면서 제 밥벌이로 못하는 요 꼴을 만들었담? 중僧도 속俗도 못되는 얼간…… 요절마腰折馬. (혀를 찬다) 차라리 실업학교나 한 삼 년 다녀서 손끝에 기술이나 배워두지! 건방지게 중학교니 대학이니 (사이) 흥! 놈들! 신문으로 잡지로 강연으로 어수룩한 시골 사람들더러 '배워라' '가르켜라' 하고 꼬였지! 그래 전답 팔어서 배우고 가르킨 것이 요 지경이니 그래 (점점 흥분이 되어간다) 어떻단 말이야? 배우고 가르키고 해서 대학까지 마치고 나왔어도 직업은 주잖고 머? 인제는 농촌으로 돌아가라? 체! 엊그제 교복을 벗어논 놈들이 그래 농촌에 가서 무얼 하란 말이야? 무얼 먹고 농촌에서 일을 하란 말이야? (사이) 이목구비가 번뜻하고 네 팔다리가 성하고 정력이 넘쳐흐르는 젊은 놈이 이렇게 눈을 멀끔멀끔 뜨고 생으로 썩어나니! 필경은 굶어죽게 되니! 아이구—이놈의 세상! 그저 이놈의 (동작을 여실히 한다) 지구뗑이를 집어들고 태양에다! 불이 이글이글한 태양에다 '호—딴나게'(砲丸投げ)를 칵 했으면!

**안해** (빨래를 담은 세수대야를 옆에 끼고 판자문 안으로 들어오다가 남편의 몸 동작하는 것을 보고 눈이 휘둥그래진다. 독백) 저이가 왜 저래!

종식 (안해와 눈이 마주친다. 우두커니 서서 안해를 멀거니 바라본다. 독백) 남은 여편네나 에뿌더라! 복 없는 놈은 어찌 여편네조차 저렇게 박색인지!

안해 (마루 앞으로 들어오면서) 저이가 글쎄 무얼 혼자 저래? 시장허잖허우?

종식 (방긋이 웃으며) 시장하다면 어데 넙적다리 살이라도 한점 떼여 멕일텐가?

안해 두 끼 굶더니 정말 미쳤네!

종식 흥! 미치기나 했으면 속이나 편허지!

안해 (부엌으로 들어가며) 미치기가 그렇게 소원이면 한번 미쳐보지.

종식 미치고 싶어도 미쳐지지도 안 허니까 더 속이 상하네.

안해 (부엌에서 소리만) 속상할 일도 야숙이 없는 거지! 미치지 못해서 속이 상해!

종식 되지 못하게 저 따우가 무얼 남의 속을 안다고 종알거려?

안해 잘난 당신도 별수 없음되다.

종식 허허! 그 말 잘했다! 자— 그 쌈은 두었다가 하기로 하고 여보 무어 좀 찾아서 잽혀 오구려? 정말 배고파 죽겠소.

안해 당신 재주 있으면 찾어보우.

종식 아 단 몇십 전 받을 것도 없어.

안해 있으면 벌써 어제 저녁에 내놓았겠소.

친구 (판자문 밖에서) 종식이.

종식 (바라보며) 거 뉘시오.

친구 종식이 있나? (들어선다)

종식 어—난 누구라구! (마주 나가 손을 잡는다) 이거 참 오래간만일세.

친구 참 오래간만일세. 이 사람아 원 그렇게 한 번도 찾어오잖는단 말인가!

종식 자연 그렇게 되였네. 자 방으로 들어가세.

친구 (종식을 따라 마루 앞까지 온다) 방으로 들어갈 것 뭐 있나? 마루에 앉지.

종식  아무려나.

두 사람  (마루에 올라앉는다)

친구  (종식을 세삼스레 여살펴보면서) 그래 그새 어떻게 지났나? 신색이 아주 못했네그려?

종식  고생살이를 하느라니까 자연 그렇게 되었지.

친구  그새 취직 못했나?

종식  취직이 무언가!

친구  원 저런! 그래 어떻게 지냈나?

종식  그러니 형편이 말이 아니지.

친구  퍽 곤란하겠네!

종식  곤란이야 하지만 그저 그렁저렁.

친구  그렁저렁이라두 지내간다니 다행이네만.

종식  (부엌을 향하여) 여보 저 담배 한 갑 사오구려.

안해  (대답이 없다)

친구  담배? 여기 있어. (피종을 꺼내놓는다) 이놈 피우지 무얼 또 사와! (한 개 꺼내어 붙여 문다)

종식  (담배를 꺼내어 붙여 물면서) 그래 자네는 그냥 거기?

친구  응, 그저 죽지 못해서 그냥 매달려 있네. 우리 같은 놈이야 이것저것 가릴 나위가 있나? 목구멍이 포도청이라구 얻어먹구 살랴니까.

종식   이 사람은 별소리를 다하네. 그저 그게 제일이니……일정한 직업 가지구 지내는 게.

친구  글쎄 그러느라니 사람은 영 버리고 말지……무슨 이상이 있어야지

종식  이상이고 무엇이고 몸 편하고 맘 편하면 그게 제일이지.

친구  그런 소리 말게. 나두 그때 의과醫科로 가지 말고 문과나 법과를 했으면 지금 와서 좀 이렇게 월급종 노릇은 아니할 텐데. (고요히 생각한다. 사이) 참 자네 겸심 먹었나?

종식  응, (우물우물하다가) 응 먹었어.

친구  나는 겸심을 안 먹었더니 좀 시장한데……이 근처에 무엇 불러다 먹을 것 없나?

종식  있지. 무얼 먹으랴나?

친구  글쎄 (생각한다) 무엇이 좋까? 아—니 가만 있자 지금 오면서 보니까 바로 저기서 빈대떡을 부치데 그려. 그놈 사다 먹세그려. 나는 그게 퍽 좋단 말이야. (내려선다)

종식  (말리는 체하면서) 이 사람 내가 사오면세.

친구  아니야. 내가 가서 사가지고 오면세. 하찮은 게지만 나는 명색 직업이 있고 자네는 어쨌거나 룸펜인데 자네가 써서 되겠나!

종식  원 이 사람은!

친구  (판자문 밖으로 나간다)

안해  (부엌에서 내어다보며 서글퍼 웃으면서) 무슨 돈으로 담배 사오랬수?

종식  (피쓱 웃는다)[51]

안해  그이가 담배를 안 가지고 왔었으면 꼴이 볼 만했겠구먼.

종식  (웃으면서) 잔말 말어.

안해  그러구두 또 빈대떡을 사러 가겠대요?

종식  잠자코 가만 있어.

안해  (도로 들어간다)

친구  (신문지에 꾸린 것을 들고 들어와 마루에 놓는다) 뜨끈뜨끈한 게 먹음직스런데. (올라앉는다)

종식  (내려서서) 가만 있게. 무엇 좀 가져와야지. (부엌으로 들어갔다가 소반에 김치와 간장 종지와 젓가락 한 매를 놓아가지고 나와 마루에 놓는다)

친구  같이 먹세. 젓가락 좀더 가지고 오게.

---

51) 원문에는 '친구'의 대사로 되어 있다. 그러나 전후 맥락으로 보아, 이는 '친구'가 아니라 '종식'의 대사임이 분명하다. '친구'는 이미 빈대떡을 사러 밖으로 나갔기 때문이다.

종식  응. 나는 겸심을 방금 먹어서.

친구  그래도 나 혼자 먹을 멋이야 있나 이 사람.

종식  (부엌으로 다시 들어가 젓갈을 가지고 나와 마루에 올라앉는다) 어서 먹게.

친구  (먹으면서) 자네도 좀 먹어.

종식  응. (조금씩 먹는다)

친구  도야지 고기가 들었지?

종식  응.

친구  원은 이게 평안도 음식이었다?

종식  그렇지……지지미라구.

친구  우리 동리서두 이걸 부쳐 팔기는 하는데 이렇게 도야지 고기 넌 것은 없어……그냥 녹두가루에다가 우거지나 파만 섞어가지고 맷방석만씩하게 부쳐놓지.

종식  도야지고기 넣는 게 본식이지.

친구  술이 한잔 있으면 좀 뻔했군. 나는 못 먹지만 자네나 한잔.

종식  술은 해 무얼 하나.

친구  자네 아들놈 있지? 어데 갔나?

종식  응 학교에.

친구  참 학교에 다닐 나히겠구만. 금년부터 다니나?

종식  응.

친구  재주 있을걸……자네 닮아서 공부 잘할 거야.

종식  재준지 무언지 자식이 하도 별종맞어서.

친구  허허허허 이 사람. 그것도 자네 닮아서 그렇네. 자네 참 장난꾸러기 아니었대나? 공부도 잘했지만……(젓갈을 놓는다) 아이구 잘 먹었다.

종식  웨? 더 먹지? 친구  많이 먹었어.

두 사람  (상을 한편으로 물려놓고 담배를 붙여 문다)

걸인  (판자문 안으로 굽어다보며) 의지가지없는 불쌍한 인생이올시다. 돈 한

푼만 적선합쇼.

종식  없어. 저— 대문 큰 집에나 가서 동냥을 하지 이런 가난뱅이 집
에…….

걸인  아이 나리님, 그런 말씀 마시고 한푼만 적선합쇼.

종식  없대두 그래!

걸인  한푼만 적선합쇼.

친구  그냥 안 가겠는데 한푼 주어 보내지. 아—니, 가만 있자 (걸인을 보고)
이리 들어와.

걸인  (끙끙하며) 네 그저 감사합니다. (마루 앞으로 온다)

친구  (소반에 남은 빈대떡을 신문지째 집어 걸인을 주며) 이것 가지고 가서 먹어.

종식  (말은 못하나 당황해하고)

걸인  (덥석 받아들고) 아이구 참 감지덕지 합니다. 이걸 이렇게 많이 주셔
서. (굽실하면서 밖으로 나간다)

안해  (부엌에서 걸인의 뒤를 내어다본다)

친구  (내려서면서) 자 나두 가지.

종식  웨? 좀더 놀다가 저녁이나 같이 먹구 그러지? 친구  아니 그렇게
폐를 끼쳐서 쓰겠나. 인제 취직하거든 그때 한턱하게그려.

종식  한턱이야 취직을 아니하면 못 내겠나만……이렇게 작별해서 섭섭
허이.

친구  섭섭한 거야 피차 일반이지……자네도 종종 좀 들르게그려.

종식  응 가지.

두 사람  (판자문 밖에서 나가서 작별을 한다)

종식  (도로 들어온다)

안해  (부엌에서 나온다)

두 사람  (서로 치어다보다가 서글퍼 웃는다)

안해  시장허시다면서 왜 안 잡수었수?

종식  겸심을 먹었다고 해놓고 걸신 들린 놈처럼 자꾸만 먹을 수 있나!

안해  체면이 사람 죽이겠네.

종식  그 빌어먹을 거지는 왜 또 공교스럽게 왔어! 나는 그렇게 넘겼다가 같이 좀 먹을 량으로…….

안해  체면도 그만두고 내 생각도 그만두고 그때 더검더검 자셨으면 하나나 시장은 면했지.

종식  그러게 말이요!

안해  나는 몰라요. 배고프다고 했다 봐.

종식  여보 정말 눈에 거적 쓴 놈이 보이는구려! 어떻게 마련이 좀 안되우? 이애도 오래잖허 올 텐데.

안해  당신 배고픈 거야 몰르우만 이애가 반은 죽어올 텐데 어떡허우!

종식  (한숨을 후 내쉰다. 사이) 그 되지도 않는 놈의 취직운동 나 인제는 다니지도 안할 테니 내 누데기 양복 그나마 가서 잽혀 오구려.

안해  그것마저 잽혀버리구 나다니지도 안허면 어떡해요! 안될 셈 대지 말구 되두룩 해야지!

아들  (가방을 손에 내려 들고 풀기 없이 들어온다)

안해  인제 오니! 어서 오느라. 네가 배가 고파서 저렇게 기운이 없구나!

종식  어서 와서 오늘은 공부 그만두고 놀아라. 지금 곧 밥 해주마. (안해를 보고) 어서 가서 잽혀가지고 와요.

안해  네. (아들의 얼굴을 보살피다가) 너 울었구나!

아들  (고개를 숙인다)

종식  울었어? (아들을 보고) 왜 울었니?

아들  (대답이 없다)

안해  (아들을 그러당기면서) 배고파서 울었구나! (방금 울 듯하다) 응? 배가 고파서 그랬어?

아들  (고개를 흔든다)

종식  그럼? 누구허구 싸웠니?

아들  (고개를 흔든다)

종식  그럼? 선생님한테 맞었니.

아들  (고개를 흔든다)

종식  그럼 왜 울었어? 응?

아들  선생님이 월사금 안 가져온다구 학교 오지 말라구.

종식  (말이 없이 입맛을 다신다)

안해  오— 월사금……인제 곧 가져다 드린다구 그러지.

아들  그래두 밤낮 거짓뿌렁만 허구 안 가져온다구 나쁜 사람이라구.

안해  내일은 가서 인제 사흘만 있으면 가지고 오겠습니다—구 그래 응.

아들  싫여 안 가.

안해  안 가면 쓰나! 그래두 가야지.

종식  (우두커니 서서 고개를 끄덕거리기도 하고 좌우로 흔들기도 하다가 강경하게) 내일부텀 학교 가지 마라.

안해  (남편을 치어다본다) 그만두라면 어떻게 허우. 아무리 가난해두 자식이나 가르켜야지!

종식  (고요히 그러나 힘있게) 그게 안된 생각이야. 지금 생각하니까 자식을 공부를 시키려 든 것이 되려 잘못이야. 내가 지금 자식을 학교에 보내서 공부를 시킨다는 것은 결국 자식을 나를 닮게 만든다는 것인데, 대관절 우리 자식이 나를 닮어서 무얼 하겠소? 아무 생활능력이 없는 지식계급! (사이) 물론 내가 재산이 있어서 공부도 최고학부까지 마치게 하고 그러고 나서 실업 인테리축에 들지 않고도 먹고 살아갈 유산이라도 남겨줄 그런 정도라면 공부를 시키겠지만 지금 내 형편이 기껏해야 저로 중학교 하나쯤 마치게 해줄 것……그래 중학 하나를 마치고 난들 그게 무슨 소용이 있겠소? 당신이야 그런 말귀 저런 말귀 알어듣지 못하니 말한들 소용도 없소만 도시에 내가 지금 이 지경 된 것이 우리 어머니 아버지가 당신네만 닮도록 자식을 길른 때문이거든. (사이) 알겠소? 그렇지만 나는 내 자식을 나를 닮게 길르지는 아니할 테야.

　　**안해**　그럼 학교에 안 보내고 공부도 안 시키면 어쩔 테란 말이요?

　　**종식**　(무겁게) (방백) 애비를 닮지 말고 시대를 닮어라. 시대를 닮어라. 공장에 가서 직공이 되여라.

　　**안해**　뭐요? 이 어린 것을 공장에 보내요? 나는 못해요.

　　**종식**　되지 못하게 참견을 말어요. (아들을 보고 상냥하게) 학교 그만두어라. 그 대신 내가 내일부터 학교보담 더 좋은 데 데려다 주마 응. 월사금 아니 가지고 온다고 나쁜 사람이라고 하는 선생님도 없고 좋은 옷 입고 와서 자랑할 애들도 없고 아주 좋은데다 응? (아들의 머리를 쓰다듬는다) (내리기 시작했던 막이 종식의 말이 끝나면서 아주 내려진다)

《新東亞》(1934. 4)

# 무장삼동無藏三冬[52]
## ―박토薄土―


[인물]

(출장 순으로)

덕수德洙……25, 6세

노파……54, 5세(덕수의 모친)

내순萊順이……18, 9세(덕수의 처)

옥녀玉女

춘삼春三이

순갑順甲이

자전거방의 건달패 3인

촌영감

전주댁

산월山月이

---

52) 1941년경 쒸어진 유고로,《문학사상》1976년 2월호와 3월호에 분재되었다. 중편소설 〈정거장 근처〉를 시나리오화한 작품으로 알려져 있다. 게재 지면에는 다음과 같은 소개가 덧붙여져 있다. "채만식 문학의 풀리지 않는 비밀. 본지자료조사연구실에서는 그 수수께끼를 푸는 마지막 미공개유고 중 이미 공개된 단편소설 〈생명의 유희〉(제28호) 〈부전딱지〉에 이어 그의 유일한 시나리오인 〈무장삼동無藏三冬〉을 마지막 유고로 게재한다. 그러므로 본자료조사연구실에서 〈가죽버선〉(제5호) 〈과도기〉(제11~12호) 등 지금까지 도합 5편의 유고를 공개한 것이다."《문학사상》, 1976년 2월호, 219쪽.)

두부장수

두팔斗八이 외에 노름꾼 3,4인

개평꾼 3,4인

덕대

연상連上

본패 3,4인

키다리 외에 금점판의 일꾼 다수, 기타 군중, 옥녀의 부모, 주정꾼, 순사 2인, 촌사람 여럿, 술집여자, 역원驛員 2인, 술집 손님 여럿, 상인商人.


[시대와 시기]

병자년간, 초동初冬으로부터 이듬해 해동解冬 전까지 3개월간.


[지역]

남방 어느 사금광지대와 부근




1


깊을 대로 다 깊은 가을…….

가을답게 일기는 청명하면서도 거센 바람결이며 지다가 호젓이 몇 잎만 남은 누런 잎사귀며가 소조함을 지나쳐 어디라 없이 바투 겨울을 느끼게 하는 날씨다.

해는 한낮이 겨웠고, 야물친 쇠망치 소리 들리면서 원경으로, 바위 바닥에 돌아 앉아 도끼머리를 들었다 내렸다 정釘질을 하고 있는 덕수의 거동을 중심하여.

바위는 둘레가 4, 50평은 될까, 겉이 풍화가 되어 퍼실퍼실한 화강암,

완만히 흐르는 산비탈에 가서, 경사는 산의 사면과 같으며 지면보다 약간 배가 불러 두두룩하게 깔려있고, 바닥에는 띄엄띄엄 새로 파 날라다가 부은 검은 흙더미가 수북수북 쌓여 있다. 바위 바닥에서 왼편으로 위쪽은 다복한 왜송이 가득 덮인 솔숲, 바른편으로 아래쪽은 곱게 갈아 가을보리를 묻은 누리붉은 사토砂土밭—. 밭은 내려가다가 한 채의 오두막집 뒷덜미에서 언덕의 저 끝이 몽땅 끊긴다.

바위 바닥 앞은 가로로 산비탈을 타고 고개를 넘어간 소로, 소로에서 바로 골짝을 건너서는 못생긴 솔포기가 듬성듬성 섰는 붉은 사석砂石의 산언덕. 바위 바닥 아래쪽 변두리로 치껴 앉아서 왼손에 기다란 정을 쥐고 바른손의 도끼머리를 번쩍번쩍 쳐들어서는 정대가리를 내리치는 덕수.

정 끝에서 풀씬풀씬 솟는 흙가루와 한 조각 한 조각 떨어져 나오는 돌부스러기. 규칙적으로 꺼불거리는 덕수의 땀 밴 얼굴—두리넓적하니 바탕은 좋고 눈이 끔찍이 유순하나 주먹코에 두터운 입술에 몹시 우둔한 살가죽이다.

바위 바닥을 위쪽만 빼놓고 좌우와 아래쪽을 정으로 쪼아낸 자리에 돌을 들여앉혀 석축石築을 쌓고 그 안에 가지런하게 흙을 펴, 고랑을 두어 놓은 밭.

연신 쇠망치질을 하고 앉았는 덕수. 산 밑의 밋밋한 경사를 따라 여남은 평, 혹은 2, 30평짜리의 제멋대로 세모도 나고 네 귀도 진 다랑논[53]이 다랑다랑 기어올라갔다.

논바닥에는 우북하니 개왕굴이야 억새 등 잡초가 우거졌을 뿐, 어쩌다가 한 포기씩 섰는 벼포기는, 심은 모포기가 새끼도 치지 않고 키도 자라지 않고 그대로 익은 꼴이요, 벼이삭이래야 쭈그렁이 섞여 여남은 낟씩밖에 붙어 있지 않다.

---

53) 산골짜기의 비탈진 곳에 층층으로 되어 있는, 좁고 긴 논.

바람결에 쇠망치 소리 감감히 들려오고, 논에 들어서서 벼포기를 찾아 다니면서 커다란 바가지에다가 손으로 벼이삭을 훑어 담는 노파, 누더기를 휘감았고 머리털은 희끗희끗 사납게 생긴 얼굴이다.

**노파** (북두갈고리 같은 손가락이 벼이삭 하나를 훑으면서 구누름하듯) “끙! 목구멍이 원수지. 칙살스럽게 이걸 훑어다가 빈 창자를 채우겠다구, 끙! (다른 벼포기로 옮아가면서) 풍년이 들어두 입 얻어 먹기가 허천이 나는 세상에 농사라구 요 꼬락서니니! 휘유! 하나님두 야속두 허지!(둘레둘레 벼포기를 찾으면서) 이 풍신을 저이 눈구멍으루 번연히 보구서두, 뭐? 선세루 정한 거니 도지는 물어야 헌다구? 끌끌! 날부란당 여대칠 놈들!”

다랑논이 끝나고 빈 채마밭과 언덕에 연달으면서 논 귀퉁이로 장난감 같은 옹달샘. 샘 뒤 두던으로는 발가벗은 포플러나무가 한 그루. 바닥에 수북이 쌓인 낙엽과 위에서 날아 떨어지는 낙엽 하나 둘.

쇠망치 소리 좀더 가까이 들리고, 샘에서 채마밭 가운데로 난 길을 따라 들어가면 길은 집 사립문 앞에서 집을 끼고 앞뒤로 갈라진다.

사립문 앞 길바닥에는 검은 흙을 담은 삼태기가 하나. 집은 형용만 붙어 있는 사립문과 죄다 삭아서 땅바닥에 가 주저앉은 울타리 안으로 환하게 들여다보인다. 방 한간에 부엌 한간짜리 토담집. 돼지울은 비었고 마당 한 옆으로 콩깍지 동기 두 동, 토방에는 연장 나부랭이가 몇 개. 골팬 지붕에는 말라비틀어진 넝쿨에 시들어 오그라진 박통.

집 옆으로 모습이 꼭 같은 오두막집이 또 한 채. 방문은 떨어져 나가고 들여다보이는 부엌의 부뚜막에는 솥을 뽑은 시커먼 구멍. 바람에 날린 썩은 새끼와 검부러기밖에는 아무것도 없는 토방과 마당―빈집이다.

채마밭 한 이랑을 건너, 또 같은 오두막집이 나란히 세 채. 그중 한 채는 역시 빈집이고, 빈집이건 사는 집이건 모두 인기척은 없고, 다만 가운뎃집 사립문 밖에 아기 하나가 땅바닥에 주저앉아 심심가락으로 칭얼칭얼 울고 있을 뿐, 우는 아기를 목에 방울 찬 강아지란 놈이 그 앞에서 모로 뛰고 세로 뛰고 하면서 놀려먹는다.

방 뒷문이 살며시 열리면서 내순이가 긴장한 얼굴로 조심조심 바깥을 내다본다. 흙 묻은 맨발과 손, 누더기가 된 검정 치마와 땟국이 새까만 분홍 겹저고리, 짚검불같이 부우 뜬 머리, 영양 좋지 못한 혈색, 얼굴은 하관이 길고 눈도 갸름, 콧날이 서고 턱이 오긋한 게 남방에서는 드문 조각적인 바탕이다.

큼직한 바구니를 들고 집 모퉁이로 비껴 섰다가 살금살금 나서는 옥녀, 옷주제는 깨끗하나, 주근깨 묻은 얼굴에 좁은 이마, 납작코에 박복한 입술 등.

옥녀, 내순이와 얼굴이 마주쳐 혀를 날름하고 웃는다.

내순이, 조심하라고 눈으로 나무라면서, 주위를 연신 둘레둘레, 뒤로 숨겨가지고 있던 조그마한 보퉁이를 얼핏 내준다.

보퉁이를 바구니에다가 받는 옥녀.

돌아서서 시치미를 떼고 가는 옥녀.

문지방에 우두커니 섰는 내순이.

**노파** (기승스런 목소리) "아, 어디 가서 무얼 허구 있냐아?"

주춤 놀라는 내순이.

논바닥에서 노파, 집께를 잔뜩 흘겨보고 섰다.

내순이, 방 앞문을 열고 나온다.

내순이, 사립문께로 나가고.

**노파** (목소리만) "흙 삼태기는 갖다가 팽개쳐 놓구서, 방에 가 퐁당 들어앉아서 무얼 허구 있냐? 있기를……."

입술은 뚜우, 고개를 푹 숙이고 흙 삼태기를 드는 내순이.

**노파** (도로 벼이삭을 훑으면서, 눈을 흘깃흘깃) "빨랑빨랑 몇 번 더 나르구서, 이거나마 퐁퐁 찧어서 삶아 먹을 요량은 하는 것이 아니라……, 게을러빠지게……! 제가 무슨 팔때강八大宮의 일공주日公主시라구!"

쇠망치 소리 더 가깝게 들리고, 내순이 흙 삼태기를 안고 집 옆으로 비탈길을 올라간다.

비탈길을 위에서 마주 내려오는 춘삼이, 멀쑥한 얼굴, 인조 베로아 모자, 털실 목도리, 고동색 두루마기, 두루마기 밑으로 처진 삼팔바지, 털실 장갑, 검정 구두.

비탈길에서 쭈뼛 마주치는 내순이와 춘삼이.

고개를 숙이는 내순이와 그대로 짯짯이 보는 춘삼이.

내순이, 길을 비켜 올라가고, 춘삼이, 지나쳐 놓고서는 다시금 고개를 돌려다본다.

고개를 깨웃하고 무엇을 생각하다가 걸어 내려오는 춘삼이.

춘삼이를 등 뒤로 해뜩 돌아다보는 내순이.

춘삼이, 길 옆의 덕수네 집을 들여다보면서 고개를 끄덕끄덕.

**춘삼이** (아직도 비탈길을 올라가고 있는 내순이를 힐끗힐끗 돌아다보면서) "민며느리감으로 주워다가 기르더니, 그 계집애가 벌써 그렇게 자랐더람? (조금 내려오다가) 그게 저 삵괭이 할망구 손에 여태 붙어 있느라구!…… 아무튼지 이런 데다가 처박아 두기는 아깝다. 내나 줬으면 곧잘 울거먹겠다마는……."

바위를 때려내고 있는 덕수. 흙 삼태기를 안고 덕수 앞을 지나가는 내순이.

**덕수** (힐끗 올려다보고는 일손을 멈추고) "즘심 있어?"

**내순이** (돌아다보지도 않고) "아침은 먹었길래 즘심인가!"

**덕수** "제에길!"

덕수, 도로 일을 하려다가 바위 뚫어가던 자리를 물끄러미 내려다본다.

**덕수** (내뱉듯이 한숨) "땅을 파다 파다 못해 돌을 뚫구 앉았어두 끼니는 간데가 없더람?"

바위 바닥에 흙을 붓고 나서 치마를 터는 내순이.

**덕수** (그대로 앉은 채, 문득 생각이 나서) "어머니는 왜 또 화가 났는고?"

**내순이** (빈 삼태기를 들고 비탈길을 내려가면서 입을 쫑긋) "오늘 첨인가? 게다가 배까지 고파 놓으니 조옴 헐라구! (조금 더 내려가다가 두런두런) 배만 고프면 생사람을 못 잡아먹어서……. 두고 보라지? 내가 어디루 가서 목을 매어 죽어버리든지……."

**덕수** (멀거니 보고 앉았다가) "너두 그게 배고픈 화다. 제기럴 것! 끙!"

넋을 놓고 앉아 멀리 앞을 내다보는 덕수.

눈 아래로 조그마한 야산을 건너, 넓은 들판이 퍼져나갔고, 들판 이쪽 변두리로는 촌 정거장. 정거장이래야 단순해서 외줄로 뻗어 들어오던 철로가 두 갈래로 찢어졌다가 도로 오므라든 그 샅에 가서 돈독하니 판장 두른 함석지붕이 단 한 채 갸름하게 놓여 있을 뿐이다.

정거장 이편 쪽은 5, 60호나 되는 초가집이며 함석집이 옴닥옴닥 저자를 이루고 있고, 정거장 저편 쪽은 거침새 없이 퍼져나간 들판. 가운데로는 정거장께로 가까이, 군데군데 시커멓게 파올린 흙무더기, 여기저기 들어선 움집, 멀리서도 알아볼 수 있는 전기모터와 세금(洗金)하는 '물목', 그 사이를 개미가 역사하듯 바지게를 지고 오며가며 하는 일꾼들.

**덕수** (바라다보고 있던 고개를 돌리고, 내키잖게 정과 도끼를 집어들면서) "제—길! 남은 땅을 파면 금이 쏟아져나오는 세상에, 돌을 뚫어두 별수가 없으니!"

덕수, 심청이 나서 도끼 쥔 손바닥에 침을 탁 뱉어 불끈 고쳐 쥐고는 마치 화풀이라도 하는 듯이 입을 악물고 엥이! 하면서 정대가리를 땅, 엥이! 하면서 정대가리를 땅.

내리치는데, 쑥 빠져 저편으로 나가떨어지는 도끼날.

빈 도끼자루를 쥔 채, 뛰어나간 도끼날을 짜증스럽게 바라다보는 덕수.

**덕수** (빈 도끼자루와 정을 슬며시 내려뜨리면서 두런두런) "재수 없네!"

우두커니 앞을 내다본다.

멀찍이 흥타령조로 흥얼거리는 노랫소리.

"무장동(無藏冬) 고개는 높기도 높더라

삼동을 넘어야 보리가 팬다네

아이고 대고 흥, 성화가 났네 흥.”

덕수, 소리 들리는 비탈길께로 고개를 돌리고. 노랫소리 차차 더 가까워 온다.

“무장동 고개는 눈도 깊더라

흉년에 넘느니 북간도 간다네

아이고 대구 흥, 성화가 났네 흥.”

한잔 얼큰한 순갑이, 질통 받친 바지게를 느슨히 짊어지고 놀이가락으로 비탈길을 올라오면서 다뿍 흥이 겨워 부르던 노래를 계속한다.

“무장동 고개를 넘다가 못 넘어

뒷집 시악시 봇짐을 쌌다네

아이고 대고 흥, 성화가 났네 흥

아리랑 고개는 님 가신 고개

무장동 고개는 배고픈 고개

아이고 대고 흥, 성화가 났네 흥.”

**덕수** (바라보다가 앉아 웃으려다 말고) “지랄은 어떻구?”

얼굴이 마주치는 덕수와 순갑이.

작대기 짚은 손등에 턱을 고이고 가랑이를 질편히 벌리고 서서 빙긋이 웃는 순갑이.

순갑이, 덕수를 놀리느라고 얼굴을 껍죽껍죽, 다리를 우줄우줄.

“석수쟁이 거동 봐

석수쟁이 거동 봐

쇠방망치 둘러메고

눈만 헤번덕거린다 ―

<u>ㅎㅎㅎㅎㅎ</u>, 어허허허허허.” (남방속요南方俗謠)

우스운 것을 웃지 않느라고 일부러 뚜우 하고 있는 덕수의 얼굴.

덕수 (곰방대에 퍼슬퍼슬한 뽕잎 담배를 재면서) "망헐 녀석! (담뱃불을 붙이면서) 보나 안보나 금점판으루 일 나갔다가 허탕쳤나 보구먼. 뭣이 좋아서 저 지랄인구?"

순갑이 (덕수의 앞으로 가까이 와 서면서) "흥! 금점판은 허탕을 쳤어두, 이 녀석아! 재수는 괜찮았단 말이다."

덕수 "누구헌테 막걸릿잔이나 얻어 든질렀을 테지, 매양……."

순갑이 "하, 천만에!…… 여봐라, 그런 게 아니라 정거장 옆으루 지내오는데 말이다, 웬 양복장이가 큰 가방 하나를 놓구서 둘레둘레 허다가 나를 보더니 좀 져다 달라구 사아정을 허덜 않겠니?"

귀가 솔깃해 눈을 깜짝깜짝하면서 듣고 있는 덕수.

순갑이 "아, 그래설랑 못이기는 체 하구 읍내까지 져다 줬더니러니……, 하 수고했다구 밥이야 술을 거얼게 대접허굴라컨 척 일환 한 장이란 말이다! 어떠시냐?"

무엇을 곰곰이 생각하는 덕수.

순갑이 "그 바람에 이걸 봐라! (마코 곽을 꺼내어 두 개를 뽑아 덕수한테 던지면서) 옜다, 뽕잎을라컨 이따가 피우구." (꺼냈던 김에 저도 한 개 피워 문다)

여전히 곰방대만 빨고 앉아서 까막까막 생각하는 덕수.

돌아서서 비탈길을 올라가는 순갑이, 덕수를 놀려먹느라고

"떡쇠란 놈 거동 봐

떡쇠란 놈 거동 봐

부러진 도끼 앞에다 놓고

담배만 뻐억뻑 빠안다—

<u>ㅎㅎㅎㅎ</u> 어허허허허허."

덕수 (고개를 끄덕끄덕 혼잣말로) "거 어쩌면 괜찮을 것 같다만……."

순갑이 (소리만) "떡쇠야?"

덕수 "까불지 마라!"

순갑이 (소리만) "이따가 저녁 먹구 넘어 오느라……, 방퉁이 밑천 대주마."

덕수 (생각에만 잠착해서) "네나 많이 허려므나. 나는……."

순갑이 (돌아다보면서) "녀석! 개가 똥을 마대구!"

덕수 (순갑이가 던져준 담배 한 개를 곰방대 불에 붙여 물면서) "아뭏든 오늘 저녁부텀이라두……."

무거운 짐을 가지고 차에서 내려, 둘레둘레 짐꾼을 찾는 사람들.

어떤 사람 (짐을 놓고) "여보, 짐꾸운!"

덕수 (고개를 끄덕거리면서) "저녁이면 나갔다가 요행 짐을 지거들랑, 게 아무 데나 국밥집이구 봉놋방에서 자구서 새벽에 요기나 허구, 금점판으루 인해 나가 보구, 응응……. 또오 못 지면? 쯧, 도루 들어오는 거지."


2

:


그날 밤.

어슴푸레한 달빛.

머리에 수건을 쓴 내순이와 머리채를 늘인 옥녀, 제각기 보퉁이 하나씩을 끼고서 총총걸음으로 호젓한 한길을 가고 있다.

멀리서 개 짖는 소리와 다듬이 소리.

질통 받친 바지게를 짊어지고 정거장 대합실 밖에서 서성거리는 덕수.

어두운 방 아랫목에 누더기 포단을 걸치고, 혼자 꼬부리고 누워서 잠이 든 노파.

옥녀 (숨 가빠하는 소리로) "어쩌믄 글쎄, 오늘 저녁부텀 그 위인이 정거장엘 나가더람!"

내순이 (같이 가쁜 소리로) "그리게 말이지!"

옥녀 "아, 그리잖았으믄 정거장으루 나가서 찻길만 밟어 갔으믄 오죽 쉽

구 좋아! 참 내! ……. 이렇게 읍내루 해서 돌아가느라구 길 더디지? 또 읍
내루 빠져 나가느라믄 남의 눈에 띄기 쉽지? 내 원!"

　산모퉁이를 돌아가면서 뒤를 돌아다보는 내순이.

　옥녀 (같이 돌아보면서) "뭘 그렇게 자꾸만 돌아다봐?"

　내순이 "뒤에서 누가 쫓아오는 것만 같아서 ……."

　옥녀 "쫓아오기는 누가 쫓아와?" 등잔불을 켠 채, 텅 빈 방. 윗목에 놓인
옷 궤짝이 열리고 방바닥에는 옷가지가 뒤져 내던진 채로 널려져 있다.

　차에서 내려 짐을 들고 헤어져 가는 사람들을 물색하고 섰는 덕수.

　다리를 건너가는 내순이와 옥녀.

　멀리서 깜박거리는 외딴집의 불빛.

　내순이 "열흘이믄 서울까지 가기는 갈까?"

　옥녀 "넉넉히 간대두! 것두 밥만 거저 얻어먹으믄서 가기루 들믄 닷새에
가요, 오백리니깐……."

　내순이 "서울 가서 남의 집을 살어 주믄 월급이라구 다달이 돈두 준대
지?"

　옥녀 "주기만……? 줘두 오 원씩이나 준대는데."

　내순이 "어쩌나!…… 그렇지만 나는 돈두 싫구, 거저 하루 세 끼 뜨뜻헌
밥에 옷이나 얻어 입었으믄 더 바랠 건 없어."

　옥녀 "체! 누가 밥 얻어 먹구 옷 얻어 입구 허자구 그 노릇을 해 ! 이제 두
구 봐요, 다아 존 일이 수두룩헐 테니까……."

　내순이 "존 일 다아 그만 두구, 나는 그 우리 어머니 손에서 벗어나서 이
렇게 훨훨 가는 것 한 가지만 해두 금새 살 것 같다!"

　옥녀 "하, 그리구 내순이는 얼굴두 이쁘구 허니깐, 돈 많구 잘난 하이칼
라상 만나설랑, 척!" (해뜩 웃고 돌아다본다)

　내순이 "망헐 계집애네!"

　옥녀 "하하하…… 좋거던 거저 좋대지 비쌔야 맛인가? 척 비단 하부다이

루 들이감구, 채리구, 아씨 마님이 돼설랑 인력거 자동차를 잡숫구, 응?"

내순이 (한숨 끝에) "오—냐, 네나 많이 그래라, 나는…….." (곰곰이 생각하는 얼굴)

옥녀 "왜? 그래두 떡쇠가 못 잊혀? 생각이 나?" (들여다본다)

내순이 "생각나나 마나! (이윽고 생각하다가 가볍게 한숨을 지으면서) 퍽 안됐어!" (뒤를 돌아다본다)

빈 정거장에서 서성거리는 덕수.

등 너머 비탈길을, 옥녀네 부모와 같이 두 주먹을 불끈 쥐고 달음질쳐 넘어오는 노파

한길로 빠지는 소로를 달음질쳐 나오는 노파와 옥녀네 부모.

읍내의 불 밝은 상점 거리를 조그만해서 한편으로 비켜 총총히 지나는 내순이와 옥녀.

한길에 당도한 노파와 옥녀네 부모.

노파 (이편으로 달음질을 치면서) "둘일라컨 어서 정거장으루 가봐요. 우리 덕수두 게 있으니……. 나는 읍내루 가께시니."

한길을 저편으로 달려가는 옥녀네 부모

헌 자전차포 앞.

지나가는 내순이와 옥녀.

내다보는 건달패 갑.

건달패 갑 (뛰쳐나오면서 등 뒤의 제 동무더러) "저게 도망군이 아닐까?"

건달패 을 "어디?"

건달패 병 "어디?" (따라 나선다)

건달패 세 사람, 내순이와 옥녀의 뒷그림자를 바라다보면서 저희끼리 소곤소곤.

제각기 자전거 하나씩을 둘러메 타는 건달패.

일부러 방울을 요란스럽게 울리면서 쫓아가는 건달패.

놀라 마주 붙잡으면서 돌아다보는 내순이와 옥녀.

건달패 자전거를 탄 채, 내순이와 옥녀의 앞을 막고 비잉빙 돈다.

내순이는 고개를 푹 숙이고 옥녀는 눈이 샐룩해서, 요리조리 빠져나가려고 애를 쓴다.

**건달패 갑** "고거 수건 쓴 건 꽤 쓰겠다!" (자전거로 내순이를 칠 뻔한다)

내순이, 놀라 몸을 비키고

**건달패 을** "머리꼬랑지는 또 그 맛으루? 흐흐."

**건달패 병** (자전거를 내려가지고 길을 딱 막으면서 얼러메듯) "여 색시들, 어디 가? 어디?"

**내순이** (옥녀의 팔을 잡아당기면서 울듯이) "도루 가자!"

눈을 흘기는 옥녀.

건달패와 10여 명 구경꾼에게 둘러싸인 내순이와 옥녀.

고개를 푹 숙이고 어깨를 떠는 내순이와 암상이 나서 째근거리는 옥녀.

구경꾼들의 제각기 한 마디씩 지껄이는 소리.

"촌에서 고생하기 싫으니깐……."

"놔 보내 주던 않구!"

"경찰서루 데려다 줘요."

**주정꾼** (들여다보다가 빠져나와 비틀거리고 가면서) "뽀찜이 쌌구나아, 뽀찜이!" (흥을 내어 노래를 부른다.)

"무장동 고개를 넘다가 못 넘어

뒷집 시악시 뽀찜을 쌌다네

아이구 대구 흥, 성화가 났네 흥."

와그르 웃는 웃음 소리.

"저 계집애는 요전에 정거장 앞에서 도망가다가 붙잡힌 것 아니야?"

"상습이라아?"

"맛난 게 무척 먹구픈 얼굴이군 그래! 누구 데리구 가서 우동이나 한 그릇씩 사 멕이지.”

“불 *끄구우?*”

와그르 웃는 웃음 소리.

내순이의 팔을 잡아 끌면서 빠져나가려고 애쓰는 옥녀.

걸어오는 순사

두 주먹을 불끈 쥐고 읍내 거리를 헤매는 노파.

정거장으로 가는 길목을 지키고 섰는 덕수와 옥녀네 부모.

**노파** (지나가는 사람더러) “일러루 색씨 하나 허구 계집애 하나 허구 도망가는 것 못 봤수.”

순사가 데리고 가는 내순이와 옥녀.

뒤를 따라가는 구경꾼.

**노파** (상점 안을 들여다보면서) “이 앞으루 색시 하나허구 계집애 하나 허구 도망가는 것 못 봤수?” 닭이 우는 소리 사방에서 요란하고.

보따리를 끼고 풀이 죽어 들어오는 내순이. 회초리를 한 움큼 쥐고서 뒤에 따라 들어오는 노파.

토방에서 주춤거리는 내순이.

**노파** (등을 떠밀면서) “들어가, 이년!”

**내순이** (풀썩 주저앉으면서 울음 섞인 목소리로) “어머니, 다시는 안 헐께요, 어머니!”

**노파** (내순이의 머리쪽을 움켜쥐고 방으로 끌면서) “이년! 찢어 죽일 년!”

질질 끌려 들어가는 내순이.

방문 닫긴 방에서 소리만,

**내순이** “어머니, 어머니, 다시는 그리거던 죽여 주세유! 어머니!”

**노파** “이년! (회초리 소리) 옷 다아 벗어라.”

**내순이** “아이구 어머니! 어머니!”

**노파** (회초리 소리) “아, 이년이, 이년이, 이년이!”

사립문 안으로 급히 들어서는 덕수.

덕수, 마당 가운데 주춤 멈춰 서면서 성난 얼굴에 반가운 표정이 뒤섞인다.

연달아 노파의 꾸짖어가면서 휘갈기는 회초리 소리와 내순이의 까러치듯 우는 소리.

차차로 이마를 찡그리면서 제가 울 듯해지는 덕수의 얼굴.


3


한 달이 지나서.

자정 가까운 밤. 정거장 대합실 밖에서 팔짱을 끼고 서성서성 떨고 있는 덕수와 한옆으로 세워 놓은 질통 받친 바지게.

싸락눈을 몰아치는 바람. 덜미로 눈이 몰려 들어가 웅숭그리고 몸서리치는 덕수.

유리창에다 얼굴을 들이대고 대합실 안을 들여다보는 덕수.

아랫도리가 시뻘겋게 불이 단 화덕.

화덕에서 멀찍이, 얼굴이 녹식녹신 녹은 촌 영감 하나가 달랑 혼자 무료하게 담배를 피우고 앉았다. 옆에는 새끼로 꽁꽁 동여맨 큼직한 사리짝이 한 개.

암흑을 배경한 유리창 너머서 끄윽 들여다보고 있는 괴물 같은 덕수의 얼굴.

떠는 입술, 흘러내리는 콧물.

휘파람 부는 바람 소리, 유리창을 흔들면서 좌악 끼얹히는 눈.

몸서리치는 덕수의 어깨.

아무렇지도 않은 대합실 안.

하품을 하는 촌 영감.

유리창에서 물러나와 서성거리는 덕수.

대합실 문에 손을 대고 열까말까 망설이는 덕수, 몰아치는 바람소리에 움칫 놀라 도로 물러선다.

사무실께로 가만가만 걸어가는 덕수.

사무실 테이블에 엎드려 자고 있는 역수驛手와 유리창 너머로 들여다보는 덕수.

대합실 문을 살며시 열고 들어서는 덕수.

소, 닭 보듯이 건너다보는 촌 영감.

무심중 조심이 되어 화덕에서 멀찍이 조금만 마룻전에 가 걸터앉아 손을 쬐는 덕수.

지그르르, 촌 영감의 담뱃대 끓는 소리.

고개를 쳐들고 코를 벌름벌름하는 덕수, 엔간히 몸이 풀렸다.

대합실 바닥에 흘린 밟히고 으깨어지고 한 꽁초를 줍고 다니는 덕수.

주운 꽁초 몇 개를 까는 덕수의 손

물끄러미 건너다보는 촌 영감.

**촌영감** (쌈지에서 담배 한 대를 꺼내 들고) "옜소, 이놈 한대 피우."

**덕수** (히죽 웃으면서 손이 뒤통수로 올라가려다 말고) "미안해서……."

**촌영감** "괜찮소, 받우."

덕수, 꽁초를 집어넣고, 촌 영감 앞으로 가서 두 손 받쳐 담배를 받는다.

담배 한 대를 주었다는 영감 대접으로 몸을 비스듬히 돌리고 앉아 담배를 달게 빠는 덕수.

**촌영감** (혼잣말하듯) "옛날엔 제가끔 담배를 심어 두구서 제 맘대루 먹던 것을, 건 무슨 개명 속인지 통히 심어 먹지를 못허게 금을 해놔서, 네나 없이 담배들이 그립구……."

**덕수** "그러나마 값은 자꾸만 올라가지유." (돌아다보다가 말고)

촌영감 "그리게 말이지. (담뱃대를 털고 나서) 게, 어디까지 가우?"

덕수 "아무디두 안 가유."

촌영감 "그럼……? 불 쬐러 나왔구려?"

덕수 "짐벌이허러 나왔어유."

촌영감 "으응, 짐벌이……. 그래 이렇게 나와서 있을라치면 더러 벌이가 되우?"

덕수 "웬걸유!…… 츰 시작헌 지가 하마 한 달인데 그새 도통 여남 번이나 졌는지?"

자정이 되어가는 시계.

사무실에서 땡 때앵 하는 종소리.

촌영감 (커다랗게 하품을 내뱉으면서) "어험, 지리하기두 허다!"

덕수 "노인은 어디까지 나가세유?"

촌영감 "가기는 요 다음 정거장까지 가우마는 날이 이렇게 사나워서 원……."

덕수 (사리짝을 눈여겨 보면서) "저 안 동네 혼인집이 있다더니 거기 다녀가시나유?"

촌영감 "응, 그게 바루 내 사춘의 집이어서……." 촌 영감의 사리짝을 먹고 싶은 얼굴로 넘겨다보는 덕수. 꼴깍 침이 넘어간다.

사리짝 속에서 떡 벌어져 나오는 너비아니, 전유어, 산적, 돼지고기, 산자, 흰떡, 대떡, 보피떡, 약과, 누런 인절미.

덕수, 한 손으로 돼지고기를 움켜다가는 입에 밀어 넣으면서 또 한 손은 흰떡을 쥐고 올라오고, 흰떡을 입에 밀어 넣으면서 한 손은 너비아니를 쥐고 올라오고, 대떡이 입으로 들어가는데 산적을 쥐어 올리고.

불근불근 씹는 입.

넘어가느라고 꿈틀거리는 목.

화덕 뚜껑 위에서 구워져 부우 떠이는 인절미.

주욱 잡아 늘리는 대로 김이 오르면서 비어지는 허연 인절미 속.

고개를 뒤로 젖히고 따악 벌린 입에다가 인절미를 내려 미는 덕수.

**덕수** (혀를 대다가) “옛, 뜨거 뜨거!”

**촌영감** (무춤 놀라) “왜? 디었소?”

**덕수** (벌리고 있던 입 가로 흘러넘치는 침을, 싯 들이삼키고 헤벌쭉 웃으면서) “아니유.”

여전히 꽁꽁 동인 채, 놓여 있는 사리짝을 넘겨다보는 덕수.

침침한 기름 등잔 앞에서 누더기 저고리를 깁고 앉았는 내순이.

아랫목으로 이지러진 질화로를 안고 앉아 담배를 피우는 노파.

노파, 콜록콜록 한참이나 기침을 한다.

밖에서 휘파람 부는 바람 소리.

우는 문풍지.

눈을 끼얹는 와시르르 소리.

가물거리는 등잔불.

**노파** (담뱃대를 털면서 혼잣말로) “이, 애는 여태 정거장에서 떨구 있는지……! 저녁두 못 먹구서 칩긴들 오죽허리!” 침을 꼴깍 삼키는 내순이.

**노파** “또, 누가 아나? 어디 노름방 뒷전에 가 앉아서 개평이나 뜯을까 하구 밤샘을 허는지……. (새로 뽕잎 담배를 재면서) 내일 식전에 일찌거니 일어나서 시래기 삶어라.”

**내순이** (앉은 채로) “네에.”

**노파** “나두 일찍 나가서 된장이라두 한 사발 얻어다 주께시니……. 제가 싸래기 한 되라두 못 얻어 가지구 오면 시래깃국이나마 끓여서 빈속을 채워야지 어떡하느냐?”

**내순이** (앉은 채로) “네에.”

기침을 자지러지게 하는 노파.

휘파람 부는 바람 소리. 우는 문풍지.

눈 끼얹는 와시르르 소리.

가물거리는 등잔불.

노파 “날두 극성두 시럽다! (내순이를 곰곰이 건너다보다가) 그만해 두구서 자려므나. 시장두 헐 텐데…….”

내순이 (앉은 채로) “네에. 깃 달던 것 마저…….”

노파 “시장허겠다! 늙은 내가 이런데……. 한창 먹을 나이에, 하루 세 끼를 먹어두 노상 허출할 텐데, 겨우 한 끼두 반반히 못 먹으니(한숨 섞어 담배연기를 내뿜으면서 곰곰이) 가엾어 못허겠다! 다아 내 속을 상해 주구 헐 때면 욕두 허구 손찌검두 허구 허지만, 생각허면 젊으나 젊은 것이 쯧쯧! 무슨 고생이란 말이냐!” (한숨)

수그러진 내순이의 고개.

노파 “허기야 아직두 젊으니 인제 느이두 한때 볼 때가 있을 테지야. 노상 이렇게 굶주려 살란 법이 있을라더냐? 한때 볼 시절이 있지. 그런 시절 만나거던 시방 이렇게 슬픈 배 많이 곯던 말 일러가면서 잘들 살어라. 내야 오십이 넘어 죽을 날이 멀지두 않은걸, 무슨 때를 바라보겠느냐? 젊은 느이들이나……(얼굴이 차차로 처량해지면서 추렷이 내순이를 건너다보다가 이윽고 목멘 소리로) 내가 너를 겨우 여섯 살인지 먹어서 에미 애비가 행길바닥에다가 버리구 간 것을……. (끌끌 혀를 차다가) 세상에 몹쓸 에미 애비두 있지!” 눈물 어린 내순이의 눈과 슬픈 얼굴.

노파 “엄—마 엄—마 부르면서 길에 가 울구 섰는 것을 데려다가 (눈물이 지척지척) 길러서 저만 나이가 됐으니 미운 정 고운 정 다아 들구, 말이 남의 자식 남의 에미지 어디 남이냐? 그런 일을 곰곰이 앉어서 생각헐 때면 다 같이 굶기더래두 내가 난 내 자식, 내 남편보담두 네가 더 가엾구 측은해 못허는구나! (눈물을 씻는다) 제 에미 애비를 잘못 얻어 만났거들랑 남의 에미 애비나 잘 좀 얻어 만나덜 않구서!” 고개를 돌리고 흐느끼는 내순이.

출찰구에서, (철그덩 소리에 연달아) “짜뽀 사시요.”

냉큼 일어서서 문을 여는 덕수.

출찰구에서, "고랏! 이노무 자시기!"

주머니 끈을 풀면서 일어서는 촌 영감.

불어 때리는 눈바람.

바지게를 짊어지고 넌지시 물러 섰는 덕수.

나와서 섰는 역원 두 사람과 순사.

씨근거리면서 들어와 닿는 기차.

역부의 외우는 소리.

이칸 저칸에서 혼자 혹은 두엇씩 서너 패나 내리는 촌사람들. 사리짝을 들고 차에 오르는 촌 영감.

사리짝을 눈여겨보는 덕수.

맨 앞 차칸에서 바스켓을 든 여자 하나를 데리고 내려서 이편으로 걸어 오는 춘삼이.

마지막 달아나고 마는 차 꽁무니. 차에 가로막혀 기다리고 섰다가 뿔뿔 이 찻길을 건너 흩어져가는 촌사람들.

여자와 춘삼이의 앞으로 다가가는 덕수.

여자는 못 본 체하고 지나가고, 춘삼이가 무슨 말을 할 듯하다가 그만 둔다.

멍하니 바라보고 섰는 덕수. 와들와들 혼자 떨고 섰는 덕수. 몇 걸음 가 다가 돌아다보는 춘삼이. 행여 하고 슬금슬금 뒤를 따라가는 덕수. 저자 복판을 여자를 앞세우고 가는 춘삼이와 뒤를 따르는 덕수.

판장 울타리, 일각대문 위에 '지나요리, 조선요리, 제일식당' 이라고 가 로 세로 쓴 간판이 붙은 집.

장구 소리, 계집 사내 얼려 부르는 노랫소리, 하인의 긴 대답 소리와 주 방에서 철남비 두드리는 소리.

제일식당으로 들어가버리는 여자와 춘삼이.

낙담이 되어 우두커니 서서 바라다보는 덕수.

덕수의 울상한 얼굴. 떠는 입술.

술국집. 술청의 기다란 탁자 앞으로 앉았는, 아까 차에서 내린 촌사람 일행 셋. 김이 뭉게뭉게 오르는 큰 가마솥.

전주댁. 솥 앞에 서서 밥을 담은 사발에다가 국자로 국물을 퍼부어 익혀 가지고는 도로 솥에다 지르르 따른 뒤에 콩나물 섞인 우거지국을 퍼붓는다.

지게를 진 채 기웃이 들여다보는 덕수.

벌씸벌씸 냄새를 맡는 덕수의 유난히 큰 코.

물러서서 바지게를 훌렁 벗는 덕수.

국밥 한 사발씩을 앞에 놓고 막걸리를 들이켜는 촌사람들.

술청 안으로 한 걸음 들어서는 덕수.

전주댁 (힐끗 돌아다보고, 사발에 밥을 담으려면서) “술은? 막걸리유?” 덕수, 어려운 청을 하려는데 가뜩이나 볼때기가 얼어 뻣뻣해서 선뜻 대답을 못하고 어름어름 눈만 껌벅거린다.

전주댁 (돌아다보면서 혼잣말하듯) “벙어리 삼신인가베? (소리를 꽥 질러) 막걸리 잡서요오?”

고개를 쳐들고 올려다보는 촌사람들

덕수 (겨우 떠듬떠듬) “아니유, 저어……, 저어, 술일랑 그만두구, 저어…… 밥만 주는데 저어…….”

전주댁 “저어는 정치게두 많네!…… 그럼, 국밥만?”

덕수 “예, 국밥만 주는데, 저어 돈일라컨 내일 디리께시니……, 저어 오 전어치만…….”

전주댁 “재수 없네! 외상은 못해유.”

들었던 밥사발을 콩 부딪쳐 놓고 돌아서는 전주댁.

커다랗게 벌린 입으로 찌꺼기 건 밥숟갈이 올라가다가 말고 덕수를 거들떠보는 촌사람. 돌아서서 나오는 덕수의 무렴 탄 얼굴. 촤르릉 등 뒤에서 철소댕 덮는 소리. 아찔해 발을 멈추고 눈을 감는 덕수. 급히 들어오면서 덕수를 짯짯이 돌아다보는 춘삼이. 맥없이 바지게를 걸머지는 덕수. 부르르 떠는 덕수.

춘삼이 (돌아서서) "거 덕수 아닌가?"

의아한 얼굴로 주춤 멈춰 서는 덕수.

춘삼이 "덕수지?"

덕수, 돌아다보다가 알아는 보고서도 무슨 말을 할 듯 할 듯하면서 못한다.

춘삼이 "나 춘삼이네. 몰라보겠나?"

덕수 "으응! 저어, 춘…… 춘…….."

덕수, 춘삼이의 번쩍거리는 구두에, 삼팔바지에, 고동색 세루 두루마기에, 기름 발라 갈라붙인 하이칼라 머리에, 흰 얼굴에, 금반지 낀 고운 손길에, 이런 것들에 조심이 되어 차마 이름이 함부로 불러지지 않아 자꾸만 더듬는다.

덕수 (더듬다가 겨우) "저어, 고—상……?"

춘삼이 "응 고춘삼이……. 원 그렇게두 몰라본단 말인가?" (한걸음 나선다)

덕수 (어물어물하다가) "하두 오랜만이라……."

춘삼이 "허기는 그러기두 예사지. 내가 동네에서 떠난 지가 십년이 가까우니깐……. 게, 이렇게 저물게 웬일인가?"

전주댁 (내달아) "아따 고—상, 그렇게 아는 사람이거들랑 국밥이나 좀 사 대접허시우. 그이가 시방 날더러 국밥 외상……."

춘삼이 (허겁스럽게) "아, 그래? 원 그런 줄은……. 어서 일러루 들어오게…… 뭐 국밥뿐이겠수? 자아, 아무튼 우리 우선 예서 요기나 허구, (얼떨떨해하는 덕수를 잡아끌면서) 우리가 참, 등 너머 새라두 한동네 진배없구, 머 참, 어려서 여간 정답기만 했나!"

탁자 앞에 나란히 앉았는 춘삼이와 덕수.

국밥을 마는 전주댁.

춘삼이 "여기 두 그릇만 주구, 우리 집에 한 그릇 잘 좀 말어 보내시우."

전주댁 "색시 데릴러 가신다더니 데리구 오셨나유?"

춘삼이 "데리구 왔는데 글쎄, 그 사람이 들어당짝 배가 고프다구 야단이군! 집에는 마침 밥이 동이나구."

전주댁 (국밥을 가져다 놓으면서) "뭐니뭐니 해두 고—상 수 났어!"

춘삼이 "순지 막걸린지 (덕수더러) 자, 어서 들어. 술을 한잔……? 그럴까아? 예서 요기나 허구 아주 우리 집으루 가서 초곤초곤 시작을 허까? 그게 좋지. 그럼 그러기루 허구, 자아……."

불마저 끈 방에서 고부끼리 꼬부리고 누워 잠든 노파와 내순이. 국밥을 먹고 있는 덕수.

춘삼이 (국물을 마시고 나서) "아, 글쎄 그놈의 색씬지 뭔지 큰일 났어! 전주댁……."

전주댁 "왜?"

춘삼이 "오늘 하나를 데리구 왔더니, 그새 또 하나가 없어졌구료……, 겨우 낯이 익을 만허면 다른 데루 가 버리구 가 버리구, 그거 원, 참!…… 차라리 근처에서 속내 아는 걸 데려다 두어야지, 그 성화에……. 전주댁 아는 데 있거들랑 더러 지수 좀 허시우."

전주댁 "푹 썩는 게 색씹디다!…… 모두 호강 허구 싶어서 오굼이 들뜬 계집애들, 배는 고프구 시집살이는 허기 싫은 각시들……."

힐끔 전주댁을 올려다보는 덕수. 조선상에다가 청요리 접시를 놓고 앉아 술을 먹는 덕수와 춘삼이.

상머리에 앉아 시중을 드는 산월이.

이웃방에서 끊이지 않고 들려오는 술집다운 소음. 그 중에 유독 또렷이 〈무장동고개〉흥타령.

덕수 (술이 취해 눈이 풀리고 혀 꼬부라진 소리로) "원! 고—상두……, 어디를 우리 여편네가, 그까짓년, 촌년이 어디를 이런, (산월이의 손목을 덥석 잡으면서) 어디라구 이런 이쁜 색씨보담 이쁘다께? 이런 이쁜 색씨 똥이나 빨어 먹으라지, 똥이나……. <u>흐흐흐흐</u>, 그렇잖어? 고—상."

산월이, 손으로 입을 막고 웃으면서 술을 치고.

춘삼이 (말짱하면서도 취한 체) "어—, 천만에, 그건 자네가 겸사지……. 뭐 내가 장담허구 천하 뱁빈상을 만들어 놀 테야! 내게다가 맽겨만 둔다면……."

덕수 (손을 홰홰 저으면서) "아니야, 아니야……. 나는 이렇게 이쁜 색씨허구 (어영부영 산월이에게로 다가앉으면서) 응? 고—상, 이런 이쁜 색씨허구 한번 자 봤으면 죽어두 원이……."

춘삼이 (새삼스럽게) "아 참 여보게, 덕수!"

덕수 "응? …… 나는 정말이여, 고—상."

춘삼이 "자네가 시방 허던 소리를 듣구 문득 생각이 나서 허는 말이네마는……, 저 뭣이냐……?"

덕수 "응, 나는 이런 이쁜 색씨허구 한 번만 자 봤으면 시방 죽어두 원이 없겠어! <u>흐흐흐흐</u>." (몸을 비비 꼰다)

춘삼이 "아니, 그것보담두, 뭐 차차 그런 존 일두 있을 것이구……."

덕수 "있어? 정말? 응?" (버썩 대든다)

춘삼이 "아무렴, 있지. 그런데 우선 말이네. 아 사람이 한세상 생겨났다가, 제엔장맞일 그렇게 육장들이 굶구 헐벗구 살기가 그리 좋던가?"

덕수 "어떤 개아들 놈이?"

춘삼이 "그러니 말이네. 어떻게 돈이나 한 백 원 밑천을 장만해 가지구서 장사를 좀 해볼 생각 없나?"

덕수 "허허허허, 고—상두!…… 돈 백 원이 뭐 뉘네 애기 이름이던가? 허허허허. 안 그랴, 고—상?"

춘삼이 "아니, 그런데 그것이 쉽자면 도 쉽기두 허다 말이지!"

산월이 (술잔을 들어 덕수의 턱밑에다가 대주면서) “드세요오!”


4


이튿날 첫새벽, 연기 드문 촌락.

옹솥을 단 한 개 건 아궁이 앞에 앉아서 불을 지피려고 솔가지 나무에 불덩이를 싸서 입으로 불고 있는 내순이.

신발은 하나도 없고 바람에 몰린 싸락눈만 깔린 토방.

토방에서 시작해 눈 위로 사립문까지 마당을 걸어나간 한 줄기의 신발 자국.

건성으로 섰는 울타리 울섶에 날아와 앉아서 끼약끼약 짖는 까치.

내순이 (고개만 내다보다가) “까치는 밤낮 짖어두 반가운 일은 하나두 없더라!”

전주집에서 해장한 입맛을 다시면서 나란히 나오는 춘삼이와 술이 덜 깬 덕수.

춘삼이 (혼잣말같이) “거 참, 전주댁 말이 명담인걸! (고개를 끄덕끄덕) 여편네가 제일이냐아? 두구서 거천두 못허는 것……. 우선 밑천 장만해 가지구 장사해서 돈 수천 원 잡는 게 수지이! 옳은 말이야! (덕수더러 떱듯하게) 아닐 말루, 사실이지 이 사람아, 돈만 잡구 보면 여편네야 새루 장가라두 얼마든지 들지 않나? 뭐 참, 내게다 맡겨두니까 잃어버리거나 사람 버릴 이치두 없지만 말이지.”

덕수 (흠선하게) “그야 이를 말이라구!”

덕수와 춘삼이 길 모퉁이에 서서.

춘삼이 (일원짜리 석 장을 덕수를 주면서) “자아, 이걸루 우선 양식이나 사가지구 어서 가보게. 오죽이나들 기다리겠나?…… 그리구…….”

덕수 (차마 감격하여 돈을 받지 못하고) “아, 이렇게 자꾸만……! 내 참말루 미안해서…….”

춘삼이 “사람두!…… 글쎄 그러지 말래두 (돈을 덕수의 손에다가 쥐어주면서) 너무 그래 싸면 되려 범연허지!”

덕수 (눈물이 글썽글썽해서) “고—상 은혜는 참, 죽어두 못다 갚겠어!…… 자아 그럼, 내 이 길루 바로 가서 어머니허구랑 상의를 허구서, 뭐 상의야 허나마나허지만, 아무턴지 곧 데리구 오께.”

아궁이에 불을 지피고 앉았는 내순이.

두부장수 (집 뒤에서 소리만) “두부 사압수!” 언뜻 고개를 쳐드는 내순이. 먹고 싶은 얼굴. 침 넘어가는 목.

두부장수 (집 모퉁이로 돌아나오면서 혼잣말로) “외여서는 무얼 허냐마는…… (소리를 내어) 두부 사압수.”

내순이 (부지깽이를 든 채 불현듯이 쫓아나오면서) “두부장수우!”

두부장수 “예에. (혼자 중얼중얼) 제엔장 맞일! 두부장수 삼 년에 이 집에서 두부 사기두 츰인가 보다, 끙!”

내순이 “두부 한 모 얼마 허나유?” (명랑한 얼굴)

두부장수 “두부 한 모? (힐끗 돌아다본다는 것이 내순이를 보고는 더 자세히 보면서) 한 돈이지요. (혼잣말로) 고거 맹랑허게 생겼다! 저런 게 있었나?”

내순이, 서서 까막까막 생각하다가 문득 가볍게 실망을 하고서 부엌으로 들어가 버린다.

두부장수 (싸리문 밖에 지게를 받쳐 놓고) “두부 몇 모나 들여가요?”

내순이 (부엌에서 소리만) “두부 안 사유.”

두부장수 (어이가 없어 혼자) “뭐?”

빈 토방과 사립문께로 걸어나온 한 줄기 발자국을 보고서 고개를 끄덕끄덕 싱그레 웃는 두부장수.

마당으로 슬금슬금 걸어 들어오는 두부장수.

된장을 수북이 담은 사발을 들고 등 너머서 고개를 내려오는 노파.

콜록콜록 기침.

**두부장수** (부엌을 기웃이 들여다보면서) “두부 몇 모나 들여와요?”

**내순이** (부엌에서 소리만) “두부 안 사유. 돈 없이유.”

고개를 푹 숙이고 불만 지피는 내순이.

**두부장수** (빈들빈들) “돈이 없다? 돈이 없어두 말만 잘허면은 두부를 사는 수도 있지요, 헴…….”

**내순이** (부엌에서 소리만) “두부 안 사유. (초조하게) 어서 가유!”

**두부장수** “헤엤다! 돈 없어두 두부 사는 재주가 있지! 헴.” (부엌으로 들어가려다가 뒤와 좌우를 한 번 둘러본다)

콜록콜록하는 노파의 기침 소리.

움칫하고 고개를 돌리는 두부장수.

주저앉은 울타리를 밟고 넘어 들어오는 노파.

어물어물하는 두부장수.

**노파** (의아해서 두부장수를 쳐다보다가 언뜻 반가워하는 얼굴로 부엌으로 대고) “이 애 왔느냐?”

**내순이** (부엌에서 소리만) “안 왔이유.”

**노파** (실망 끝에 더럭 낯빛이 변해가지고 두부장수를 다시 쳐다보다가) “그런데 두부장수는 웬일이냐?” 밭은 기침을 하면서 사립문께로 슬금슬금 나가는 두부장수.

사납게 잔뜩 내려다보고 섰는 노파.

고개를 푹 숙이고 앉아 불만 지피는 내순이.

가늘게 떨리는 내순이의 손.

**노파** “아, 이년아! (한 걸음 다가서면서) 금세 벙어리가 되었단 말이냐? 웬 두부장수 놈이내두?”

**내순이** (겨우) “두부 한 모 얼마냐구 물어봤더니 자꾸만…….”

**노파** (거조를 낼 채비로) “그래서 이년! (둘러보다가 된장 사발을 살강 앞에 가져다 놓으면서) 이년! 시집살이 마다구 보따리 싸기……, 두부장수놈 (내순이의 머리쪽을 움켜잡아 내두르면서) 불러 들여가지굴랑(태질을 친다) 이년! 좀 받자아헌다치면 (부지깽이를 집어들면서) 얄래져서…….”

쌀을 조그맣게 넣은 자루를 바지게에 놓아 짊어지고서 싸락눈이 바람에 씻겨간 한길로 분주히 걸어가는 덕수.

멀리 들판 건너 지평선으로 퍼져 오르는 아침 햇살.

햇살을 올려다보고 미소하는 덕수의 얼굴.

기운차게 걸어가는 덕수의 다리.

애벌 삶아 물에다 헹궈낸 시래기를 숭덩숭덩 썰어 솥에 넣고 나서 다시 불을 지피기 시작하는 내순이.

방에서 들려오는 노파의 기침 소리.

내순이의 흐트러진 머리, 흙 묻은 옷자락, 두 볼로 흘러내린 눈물 자국.

**내순이** (건성으로 불을 밀어넣으면서 한숨) “나는 누가 왜 낳아놨는고!”

**덕수** (사립문 안으로 급히 달려들면서) “어머니! 어머니!” (눈은 내순이를 찾느라고 부엌으로 간다.)

토방에서 지게를 내려 세우는 덕수.

**노파** (방에서 소리만) “빌어먹을 놈! 식구는 굶어 죽어두 모르구 어디 가서 무슨 지랄을 허구서 인제 겨우 철럭거리고 들어오냐?”

**덕수** (웃으면서) “헤헤, 어머니두……. 어머니 시장했지유? 가만 있수. 다아 헴.” (쌀자루를 집어 들고 부엌으로 들어간다.)

뾰로통해서 거들떠보지도 않고 불만 지피고 앉았는 내순이.

**덕수** (쌀자루를 내밀면서) “시장했지?…… 자아 쌀. 싸래기 아니야, 옹군 쌀이야! (쌀자루를 부뚜막에 내려놓으면서) 자아 어서 밥 지어……. 건 뭐구? 시래기국일 테지. 아뿔싸! 깜박 잊었지! 고기를 죄꼼 사가지구 올 것을! (아궁이 옆으로 궁상스럽게 쪼그리고 앉으면서) 그럼 두부라두 좀 사까? 두부장수 지나갔어? 응?”

내순이 (보피롭게) "드끄러워! 그놈의 두부라믄 사뭇 이가 갈리느만!"

덕수 "머? 두부가 왜 이가 갈려? 잡것이네! 나는 시방 저를 생각허구서 그러느만. (비로소 내순이의 기색이 다른 것을 알고 자세히 쳐다보다가) 두부 때메 어머니허구 또 뭐?"

내순이, 자배기에다 쌀을 씻느라고 부뚜막에 꾸부리고 있고 덕수는 아궁이에 불을 지핀다.

덕수 (내순이의 말 아닌 옷주제를 이윽고 올려다보다가) "여봐!"

내순 "여보나 저보나!"

덕수 "지랄허지 말구! 이거 봐. 저—어, 비단옷 입구 싶잖어?"

내순이 "흥!"

덕수 "금비녀, 금반지랑……."

내순이, 기뻐하는 얼굴로 입을 삐쭉하고.

덕수 (말소리만) "구림분이랑……."

내순이 (조리질을 하면서) "돈이 어디서 생겨! 보나 안 보나 노름방 뒷전에 가 앉았다가 몇 푼 생겼을 테지. 그걸 가지구 바아루 시방……. 괜시리 희떠운 소리 작작해두고 양식이나 사와요! 이러다가는 온 집안 식구가 굶어 죽구 말 테니……."

덕수 "양식뿐인가! 돈을 백 원을 가지구 척, 장사를 할 판인데, 흐흐."

내순이 (일하던 손을 멈추고 물끄러미 돌아보다가 어이가 없다고) "하두 굶주리구 고생을 하더니 인제는 미치나베?" (그대로 덕수를 내려다본다)

덕수 (상관 않고 내순이의 얼굴만 물끄러미 올려다보다가 이윽고 싱그레 웃으면서 고개를 갸우뚱, 혼잣말하듯) "어떻게 보면은 이쁜 것두 같기는 허다!…… 것두 야!" (고개를 끄덕끄덕)

내순이 (비로소 기색이 달라지면서) "정말 본정신이 아닌가베!"

새로 뜯은 봉지담배, 봉지를 앞에 놓고 담배를 피우는 노파와 마주 앉아 식후의 트림을 걸게 하는 덕수.

부엌에서 설거지를 하고 있는 내순이, 방에서 하는 이야기 소리를 알아들으려고 자주 손을 멈추고 귀를 기울인다.

노파 (흡족한 기색을 일부러 숨기느라고 곰곰이 생각하는 체하고 담배만 풀씬풀씬 피우다가) "모를 소리다! 돈 오백 냥이 어디라구, 그까짓년을 데려다 두기루 허구서 그런 큰 돈을 대주다니……."

덕수 (말을 가로 막으면서 희떱게) "하, 그게 다아 우리가 살 때를 만나느라구 춘삼이 같은 사람이 나서설랑 다아 그래 주는 거 아니우? 어머니두?"

노파 "모르겠다, 네 소견대루 해라마는 괜시리 기집 놓치는 재주나 아니냐?"

덕수 (더럭 의심이 들어 기색이 달라지고, 그러나 그를 스스로 부정하듯이 볼먹은 소리로) "뺏기기는 왜 뺏기우?"

나란히 보이는 예뻐진 내순이의 얼굴과 입을 삐쭉거리는 전주댁의 얼굴

덕수 (제가 제골에) "뺏기기는 왜 뺏겨?…… 흥!"

옷주제는 매일반이나 머리를 고쳐 빗고 조그마한 보퉁이를 옆에 낀 내순이가 뒤에 따르고 알몸에 팔짱을 웅숭그려 낀 덕수가 앞을 서서 들판을 눈날려 간 논둑길을 걸어간다.

눈이 여리게 덮인 들판.

훨씬 올라온 해.

멀리 바라다보이는 정거장과 그 앞 저자.

내순이의 거뜬거뜬한 발걸음.

얼음이 녹는 시내를 양기롭게 흘러내려가는 봄 물줄기.

내순이의 명랑한 얼굴.

다채한 인조견 의상과 도금 장신구의 혼란한 사태.

덕수 (돌아다보면서) "칩지?"

내순이 (달달 떨면서도 명랑하게 웃는 낯으로) "아—니."

덕수 "무척 좋아허네에!" (고개를 돌이키려다가 그대로 자세히, 필요 이상으로 들여다

본다)

내순이 "낯 익히는 애긴가? 왜 자꾸만 디려다부꾸우?"

덕수 (멈춰 서서, 성도 나고 웃기도 하는 얼굴로) "왜 저렇게 이뻐졌대!" 따라가는 내순이와 고개를 숙이고 말없이 걷는 덕수.

덕수 (두런거리듯 혼잣말로) "그만둘까부다!"

내순이 "무얼? 응?"

덕수 (돌아다보다가 말고) "응……, 아―니, (조금 걸어가다가) 빌어먹을!" 나란히 보이는, 입을 삐쭉하는 전주댁의 얼굴과 예뻐진 내순이의 얼굴.

커다랗게 나타나는 10원짜리 지전 여러 장.

고개를 숙이고 내순이와 나란히 걸어가는 덕수.

덕수 (한참 걸어가다가 혼잣말로) "빌어먹을!"

논두렁의 시든 풀에다가 불을 놓고 따라가면서 손이야 발이야 번갈아 쬐는 덕수와 내순이.

덕수, 잔뜩 침울했고 내순이는 그대로 명랑하다.

내순이 (생각난 듯이) "응, 참 그리구, 그리구 또 다른 건?"

덕수 (내키잖게) "것뿐이지, 뭐……."

내순이 "밤낮으루 손님 술만 부어주구 있어? 밥두 안 해먹구?" 덕수 "응."

내순이 (고개를 갸우뚱, 생각하다가) "빨래는? 바느질은?"

덕수 (성가시다고) "것두 다아 해주는 사람이 따루 있어."

내순이 (절절이) "어쩌를이나!…… 그렇지만 내가 언제 술을 부어봤어야지!"

덕수 (나무라듯) "인해 배워져요!"

내순이 (불 쬐던 손을 들여다보다가 덕수한테로 내밀면서) "손이 이렇게 튼 걸?…… 아이 이런 손으루 어떻게……."

덕수 (볼먹은 소리로) "별 걱정 다아 허네!"

정거장 앞 저자 가까이 당도한 덕수와 내순이. 두 사람의 앞을 커다란 도둑고양이가 길을 가로질러 건너간다.

덕수와 내순이의 머리 너머로 멀찍이 바라다 보이는 '제일식당'의 간판.

흥분한 내순이의 얼굴과 마음의 동요로 해서 눈이 불안스러운 덕수의
얼굴.

덕수와 내순이, 가게 앞을 지나면서,

덕수 (나란히 걸어가면서 내순이에게로 고개를 들이대고) "일년만, 응? 꼭 일년만 있
다가 와야 해애."

내순이 "일년이구 삼년이구 내 맘대루 허나? 오라구 해야 오지, 아무
때구……."

덕수 "아무렴! 내가 데릴러 가지, 가기는……. 그 돈 백원으루 장사 시작
해가지구 한밑천 잡은 뒤에 꼭 일년 만에 내가 데릴러 가께시니……, 응?
꼭 일 년이야?"

내순이 "내 원! 누가 아니라나베! (생각하다가) 그러구저러구 일년은 말구
한 달이라두, 나는 기왕 간 길이니 어머니나 돌아가신 뒤에 도루……."

덕수 "이잉! 백줴 어머니 죽기를 바래요!"

내순이 "바랜대나? 기왕이니 돌아가시거던 그 말이지."

으슥한 담 모퉁이에 돌아서서 고개를 수그리고 잠착해 무엇인지 하고
있는 덕수.

손가락에 침을 묻혀가면서 10원짜리 지전을 세고 있는 덕수.

지전째로 떨리는 손가락.

긴장과 희열에 찬 덕수의 얼굴.

힐끔힐끔 옆과 뒤를 돌아다보면서 10원짜리를 한 장씩 세어가는 덕수.

담뱃대를 옆으로 물고 오도카니 앉았는 노파의 눈앞에 얼찐거리는 지전
뭉치.

덕수, 다 센 10원짜리를 한 장만 따로 손에 접어 쥐고 나머지는 저고리
앞섶의 속주머니 속에 알뜰히 넣고는 새끼토막을 집어 저고리 위로 젖 밑
가슴을 질끈 동여맨다.

정자의 가게 앞에서 빈 가마니에다가 광목 끊은 것, 고무신, 견대에 넣은 쌀, 솜, 이런 것을 차곡차곡 집어넣고 있는 덕수.

빈 바지게를 지고 가게 앞으로 오는 순갑이.

순갑이 (지게를 받쳐 세우면서) "지구는 가께시니 수 생겼거들랑 막걸리나 한 잔 사주려무나, 속 출출해 죽겠다!"

덕수 (가마니 아궁이를 접어 새끼로 동이면서) "막걸리? 사지. 끙, 가만 있거라, 수가 생겼어두 다아 이만저만찮다." (웃으면서 고개를 쳐든다)

순갑이 "아―니 이 자식이 밤새 어디 가서 사주私籌를 했단 말인가?"

바지게에 덕수의 짐을 진 순갑이와 순갑이의 팔을 붙잡은 덕수, 서로 비틀거리면서 행길을 걸어간다.

초조해서 담배를 뻑뻑 빨고 앉았는 노파.

집 앞으로 사람 지나가는 인기척.

노파, 귀를 기울이다가 성급하게 담뱃대를 턴다.

덕수 (비틀거리면서) "게, 게 그래서 돈 배액원이 (저고리 앞섶을 두드려 뵈면서) 응? 흐흐흐흐, 여보게 순갑이! 으흐흐흐."

안주인의 지휘로 기름과 분과 크림 등을 늘어놓고 머리며 얼굴이며 터진 손들을 치장하고 있는 내순이.

혀 꼬부라진 소리로〈무장동 흥타령〉을 부르면서 행길을 쓸고 가는 덕수와 순갑이.

덕수 (문득 노래를 그치고, 순갑이를 잡아 세우면서) "너 정말 돈허구 인사 좀 헐늬? 돈허구 인사! 흐흐흐흐, 할아버지 (절을 하면서) 안녕허십니까―, 응?"

순갑이 "오―냐. 손자님 잘 있었더냐?"

덕수 "아 이자식이!" (순갑이의 귀를 잡아 내두르면서 좋아 못 견딘다.)

양지바른 길 옆 언덕 밑에 가 주저앉아 노닥거리는 덕수와 순갑이.

덕수 "게 여보게, 자 장사를 허는데― 말이지, 거 무슨 장사를 허는게 조까? 응, 무슨 장사……?"

순갑이 (담뱃불을 붙이려다가 손이 떨려 못 붙이고) "장사? 아무렴, 장사 좋—지."

덕수 "존데—, 무슨 장사가 조꾸?"

순갑이 (또 담배를 못 붙이고) "무슨 장사? 아무 장사두 좋지 뭐……. 가만 있자, 이놈의 담뱃불이……."

덕수 "황화장사?…… 어떠냐?"

순갑이 "고무신 장사?…… 어떠냐?"

덕수 "술장사?"

순갑이 "사탕장사?"

덕수 "쌀장사?"

순갑이 "아무것두 다아 좋지."

덕수 "아무것두 다아 좋지."

한낮이 겨워서 겨우 저자 본 가마니를 둘러메고 싸리문 안으로 들어서는 덕수, 술도 거진 다 깼다.

방문을 열어젖히고 내다보는 노파의 심술 난 얼굴.

노파 (잔뜩 눈을 흘기다가) "건 다 무엇이며 어디 가서 무슨 지랄을 하다가 인제야 오는 거냐? 응?"

방 한가운데로 끄르지도 않고 그대로 놓여 있는 저자 보아 온 가마니.

방 윗목에 가서 입술을 뚜우, 무릎을 안고 모로 돌아앉았는 덕수.

잔뜩 기승이 나서 똑바로 덕수를 건너다보고 앉았는 노파.

이윽고 서로 말이 없다가…….

노파 "빌어먹을 놈! 돈을 받았거들랑 그대루 고스라니 나를 갖다가 주는 게 아니라 제 맘대루 헤펑대펑……."

덕수 "나 머, 쇠천 한 푼 안 쓸디다가 쓴 일 없수……. 위선 먹어야 장사두 허구, 입어야 장사를 허지, 굶구 벗구 다니면서 장사를 해요?"

노파 "듣기 싫여! 이놈아, 그래두 제가 잘했다구!…… 남은 돈이나 한 푼 냉기지 말구 말짱 다아 이리 내놔."

춘삼이 내외와 동무들에게 둘러싸여 노랑저고리 남치마에 새하얀 버선에 곱게 빗은 머리에, 단장한 얼굴에 언뜻 몰라보게 되어가지고 수줍어하는 내순이.

방 안에서

**노파** (목소리만) "어째 못 내놓겠단 말이냐?"

**덕수** (목소리만) "괜시리, 아녈 말루 도독놈을 만나더래두 내가 지니구 있어야 허지, 다아 늙어빠진 노인네가……."

**노파** (목소리만) "아따 그놈, 핑계는!…… 이놈아, 네 솜씨에 술이나 사 처먹구, 노름이나 허구 그래서 흐지부지 다 뇌켜 버리지, 무척 장사를 허구 큰 돈을 잡구 허겠다!…… 잔말 말구 냉큼 일리루 내놔라."

춘삼이와 내순이, 모의술상을 가운데 놓고,

**춘삼이** (술병을 집어 들면서) "술을 치는데 말이야……."

**노파** (덕수의 멱살을 잡아 나꾸면서) "이놈 날 죽여라, 날 죽이든지 돈을 내놓든지 둘 중에 네 맘대루 해봐라."

**덕수** (낚는 대로 휘둘리면서) "날 죽이시우, 나두 죽어두 돈은 못 내놓겠수."

**노파** "어째서 못 내놓느냐? 이놈, 그게 누구 돈이길래 네가……."

**덕수** "내 기집 갖다가 잽히구 얻어 왔으면 내 돈이지 어떤 개 아들놈의 돈이까?"

**노파** "네 기집이면 네가 어디 가서 업어왔더냐? 내가 얻어다가 고만큼이나 길러줬지. 이놈, 이 깎어 죽일 놈." (덕수의 팔을 덥석 물고 늘어진다)

방문을 박차고 뛰쳐나오는 덕수.

앞에서 뛰어 달아나는 덕수와 악을 쓰면서 쫓아가는 노파.

차차로 더 멀어지는 덕수와 노파와의 거리.

길바닥에 주저앉아서 부르짖어 우는 노파.

둘러앉아 모야, 도야, 윷을 노는 4, 5인

윷판 뒷전에 가 드러누웠는 덕수.

순갑이 (윷판에서 덕수를 넘겨다보면서) "혼자 그렇게 속상헐라 말구서 윷이나 놀래두!…… 오전 내긴데."

덕수 (그대로 멀뚱멀뚱 누웠다가 벌떡 일어나면서) "빌어먹을! (윷판으로 들어) 오전내기 더는 안되네? 응?"

작대기를 끌고 남의 집을 기웃이 들여다보는 노파.

등잔불 밑에서 여럿과 섞여 넉동치기 윷을 놀고 있는 덕수.

덕수 (주머니를 풀면서) "올려서 이번 버틈은 십전내기 놀세, 제―길헐……."

순갑이 (넘겨다보면서) "지랄났네!"

양지바른 산속 잔디밭에 둘러앉아 노름을 하고 있는 덕수.

덕수의 등 뒤에서 넘겨다보고 있는 순갑이의 불안스런 얼굴.

잘랑거리는 동전과 백동전 소리.

인기척이 없고 방문에 맹꽁이 자물쇠를 채운 덕수의 집.

어느 집 싸리문으로 들어가고 있는 덕수와 순갑이와 노름꾼 3, 4인.

순갑이 "그만 허구 집으루 가지?"

덕수 "어머니 등쌀에!"

순갑이 "장사헐 밑천인데 괘니 축이나 많이 나든지 허면……."

노름꾼 갑 "체! 노름해서 돈 따는 것두 장사라네."

순갑이 "따먹자구 허다가 본전 멕혀두?"

노름꾼 을 "그렇기루 들면, 장사는 안 밑지나?"

노름꾼 병 "장사허는 놈들 거달만 잘 나더라. 제 운수 소간이지, 장사해서 벌던 노름해서 따든 못허나?"

노름꾼 갑 "아녈 말루 망조가 들려면 노름해서 잃을 돈 장사해두 들어 먹는 것이구."

등잔불 밑에 둘러앉아 투전목을 내대는 덕수와 등 뒤에서 넘겨다보는 순갑이.

판돈은 1원짜리 몇 장.

약간 이지러진 열이렛 달.

작대기를 끌고 울면서 고샅길을 지나는 노파.

밝은 대낮.

수건으로 머리를 질끈 동이고, 바싹 쪼그리고 앉아 투전장을 죄는 덕수.

덕수의 앞에 포개 논 10원짜리 두 장.

투전장 얼러 떨리는 손과 뽀드득 투전 죄는 소리.

어깨 너머로 긴장해서 넘겨다보는 순갑이.

반쪽 된 스무날 달.

작대기를 끌고 산 속으로 헤매는 노파.

등잔불 밑에 둘러앉은 투전꾼들.

10원짜리, 5원짜리, 1원짜리 뒤섞인 푸짐한 판돈.

**개평꾼** (넘겨다보다가) "조오타! 이번은 먹어뒀다!"

고개를 홱 돌리는 덕수.

덕수의 살기 등등한 얼굴, 벌씸거리는 코, 부라리는 충혈된 눈.

**순갑이** (개평꾼더러) "방정맞은 주둥아리!"

**덕수** (따악 복패를 시켜놓고 다시 개평꾼에게 눈을 흘기면서) "살인 나는 꼴 보구 싶으냐? 너, 내가 시방 돈 백 원 다 잃구서 환장헌 줄 몰라?"

형용만 남은 그믐달.

작대기를 끌고 쇠물방을 들여다보는 노파의 초췌한 모양.

손님 맞은 술상 앞에 앉아 술을 따르는 내순이.

휘엿이 밝아오는 첫새벽.

노름방 방문 앞 토방에 너줄하게 널려진 고무신, 짚신 등.

방에서 조용조용 수군거리는 소리, 기침하는 소리, 조심스런 인기척이 들리다가 별안간 방바닥을 땅—치면서 벌컥 "새칠팔 중별장 당나구 타구 구름 속으루 왕래헌다!"

이어서 같은 목소리가 호기 있게.

“어디를! 여덟 곳 잡어먹는 가보가 있는데!”

잠깐 조용하다가 기침 소리와 웅성거리는 소리에 섞여 좀 높게…….

“헤— 참! 끗수 무섭게 나네!”

“일곱 곳 여덟 곳을 잡구두 죽으니 누가 당해낸담?”

“두팔이 명당 섰네!”

“쉬—위, 떠들지들 말어!”

풀이 다 죽어서 방문을 열고 나오는 덕수.

아직 등잔불이 침침하게 가물거리는 방안.

지전을 한 움큼 쥐고 앉아 추리는 두팔이에게로 여기저기서 손바닥을 벌리고 들이미는 손들.

“두어 장 집어주어요!”

“노름 뒤끝은 개평을 후히 주어야 이댐에 재수가 붙느니.”

“나두 두어 장…….”

“한 오륙십 원 착실히 몰았지?”

개평꾼들의 덤비는 양을 뒷전에 앉아 골이 나서 거들떠보고 하는 순갑이.

노름꾼 방 방문 밖 토방에 가 머리를 숙이고 앉았는 덕수.

방에서 들리는 소리.

“이 사람은 어디 갔어?”

“거 안됐으니 돈 십 원이나 집어주게 그랴?”

“돈 십 원이 제길헐 뉘네 애기 이름인가……? 옜네, 순갑이……, 이놈 삼 원 자네가 맡었다가 덕수 주게. 섭섭헌데 술이나 한잔 먹으라더라구.”

처마 밖으로 토방 밑에 마침 목을 매기 십상으로 올가미를 한 새끼 한 토막이 하얀 서리가 어린 채 버려져 있다.

덕수, 숙이고 있던 고개를 쳐들고 새끼 토막을 물끄러미 건너다본다.

마디 진 한숨과 허연 콧김.

낭자한 술상을 놓아둔 채 아무렇게나 곯아떨어져 코를 골고 자는 덕수와 순갑이.

방문에 비치는 석양 햇살.

동네 고샅길에서 딱 마주치는 두팔이와 노파.

움칫 놀라는 두팔이.

노파 (손뼉 치고 달려들면서) "오—이놈, 너 잘 만났다! (두팔이의 저고리 앞자락을 움켜쥐면서) 이놈, 돈 오백 냥 당정 내놔라."

푸시시 일어나 앉는 덕수와 아직도 코를 골고 자는 순갑이.

덕수, 하품을 하고 입맛을 다시고 눈을 끔적끔적하다가 문득 저고리 앞섶 속 호주머니에 손을 넣어본다.

동네 사람 남녀며 아이들, 하나둘 모여들고.

노파 (한 손으로 두팔이의 저고리 앞자락을 움켜쥐고 한 손으로 턱 밑에다가 삿대질을 하면서) "이 멀쩡한 도둑놈아! 안 따먹어? 안 따먹어? 온 세상이 다아 네가 따먹었다는데 안 따먹어? 이놈아!"

두팔이 "허! 내 원……. 신수가 망헐려면 이런 법인가!"

동네 사람들 서로 보고 말이 없고 동네 여자들 얼굴을 맞대고 소곤거리고,

노파 "흥! 이놈. 넉살은 좋다! 이 죽일 놈, 어리숙헌 내 자식 사알살 꼬여서, (좌우를 둘러보면서 더욱 기승을 내어) 자아, 동네방네 다아 나와서 이 송사 좀 허소오, 다들 나와서 내 원정 좀 듣소. 이놈 이 박두팔이란 천하 몹쓸 놈이 내 자식 김덕수가 장사 밑천허자구 기집 갖다가 전당 잽히구 얻어온 돈 오백 냥을, 세상에 이런 일두 있소오? 이 몹쓸 놈이 노름허자구 사알살 꼬여서 그 돈 오백 냥을 쇠천 한 푼 안 주구 톨톨 털어 다아 **뺏어 먹었답네**. 세상에 돈두 돈 나름이지, 그게 어떤 돈이라구, 기집 잽히구서, (발을 구르면서 몸부림까지) 얻어 온, 그 칙살스런 돈을 (우는 소리로) 아이구—이 몹쓸 놈아! 그 칙살스런 돈 오백 냥을 달칵 **뺏어 먹다니**, 이 야속헌 놈아! 이 무도헌

놈아!”

코가 빠져서 앉아 있는 덕수와 그제서야 푸시시 일어나는 순갑이.

속적삼만 입고 마루에서 세수를 하는 내순이.

**노파** (한 손마저 두팔이의 저고리 앞자락을 움켜쥐고 잡아 낚으면서) “이놈, 돈을 내놓든지 순검청으루 가든지 허자. 죽어두 내가 너를 놓치나 보아라! 이노옴……! 가자 이놈.”

**두팔이** “허! 내 원, 하두 어이가 없어서 (주머니끈을 풀고 속을 뒤집어 10원짜리 두 장을 꺼내면서) 옛수, 어떤 제길헐 놈이 그런 소문을 냈는지 몰라두 나는 어제 저녁에 이것 두 장 외에 더 따먹었으면 우리 아버지 자식이 아니우.”

**노파** “안 될 말이다, 그놈 다섯 곱쟁이 더 내놔라.”

**두팔이** “안 되기는……. 그럼 따먹지두 안헌 생돈을 물어내요?”

**노파** “오백 냥 내놔야지 안될 말이다.”

**두팔이** (돈을 땅바닥에 내던지고 불의에 홱 뿌리치면서) “별, 제길헐…….”

노파, 두팔이를 놓치고 비틀비틀 쓰러지려고 하고, 두팔이는 들고 뛴다.

노파, 돈도 못 잊고 두팔이도 못 잊어 허둥지둥하다 겨우 돈을 집어 쥐고 이노옴, 이놈! 외치면서 두팔이를 따라 두달음질을 친다.


5


다시 한 달이 지나서.

정거장 건너 들판의 금점판.

〈무장동 흥타령〉 소리 들리고.

넓이 2백 평 가량 되게 한 길 넘겨 파들어간 광바닥.

삽으로 흙을 떠서 질통 받친 바지게에 얹어주는 사람, 한 30명.

흙을 지고 발판으로 해서 올라가는 사람, 한 20명.

흙을 뿌리고 다른 발판으로 해서 내려오는 사람 한 20명.

왔다갔다 일 참견을 하고 다니는 본패들.

물이 풍덩 고인 용코와 거기 박힌 커다란 펌프의 호스.

밖에서 광바닥을 내려다보면서 이야기를 하고 섰는 덕대와 연상.

쉬지 않고 돌아가는 전기 모터와 퀄퀄거리고 흙탕물을 토해내는 펌프.

바지게를 들이대는 걸 모르고 삽을 짚고 우두커니 섰는 덕수.

10원짜리 지전뭉치를 움켜 쥔 주먹.

주먹에서 10원짜리 지전뭉치가 마치 눈 녹듯이 스르르 녹아 없어진다.

아무것도 없는 빈 손바닥.

삽을 짚고 우두커니 섰는 덕수.

덕대 (소리만) "아—니, 저 사람은 금세 얼어붙었나?"

덕수, 움칫 놀라며 부지런히 삽질을 해댄다.

박물짐을 걸머지고 읍내 거리를 지나가는 노파.

장구를 치고 앉았는 춘삼이, 그 앞에서 어설프게〈무장동 흥타령〉을 부르는 내순이.

춘삼이 (노래가 끝나자 장구를 밀어놓으면서) "인제는 제법 우수헌디!" 허기가 져서 겨우 일을 하고 있는 광바닥의 일꾼들.

둥둥 울리는 낮북 소리.

일꾼들, 갑자기 기운이 나서 일을 내던지고 밖으로 달려나간다.

연기가 오르는 여러 곳 움과 움을 향해 이 광구 저 광구로부터 몰려가는 일꾼들.

움 안에 건, 커다란 가마솥에서 김이 무럭무럭, 뒤끓는 우거지국.

마침 국자를 들고서 대기하고 섰는 젊은 양주와 영감.

쿵쿵거리는 소리, 떠들고 지껄이는 소리 들리다가 이윽고 덕수도 섞여 있고 제각기 밥이 조그맣게 한편으로 붙었는 양재기와 숟갈을 들고 물밀듯 달려드는 일꾼들 한 30명.

피와 뉘와 겨와 돌이 뒤섞인 현미 싸래기밥.

보리와 팥을 둔 양쌀밥.

꽁꽁 굳은 노란 조밥.

커다랗게 벌린 입으로 국밥을 퍼넣는 숟갈들.

기관차의 불가마에 석탄을 푹푹 퍼넣는 삽.

'물목' 옆, 눈부신 전등 밑에서 양동이에 그득 담긴 금싸라기를 한 줌 쥐어 올려다가 불빛에 대고 보면서 만족해 웃는 어떤 얼굴.

침침한 움 가게 앞에서 전표를 내주고 섰는 덕수의 시장한 얼굴.

덕수의 손바닥에 놓여진 50전 한푼, 10전 한푼, 5전 한푼, 동전 두푼.

어디서 〈무장동 흥타령〉 소리 들리고.

강아지가 10전짜리 지전을 물고 금점판을 뛰어다닌다.

움집 속에서 생선을 들여쌓듯 처박혀 잠을 자는 일꾼들.

아궁이에 불을 지피고 앉았는 덕수와 밥이 넘느라고 들먹거리는 솥뚜껑.

박물짐을 머리맡에 놓고 남의 집 윗목에 꼬부리고 누워 잠이 든 노파.

술 취한 손님에게 술잔을 들어주면서 서투른 권주가를 끝맺는 내순이.

훨씬 두 길이나 파 들어가 벌흙은 다 걷고, 누리붉은 사석 '감'을 캐는 일꾼들.

감 속에서 자주 반짝거리는 금싸라기를 연신 눈여겨 들여다보면서 벽채로 사판에다가 '감'을 긁어 담고 있는 덕수.

**키다리** (혼잣말하듯) "제길헐 것, 한 뎅이 안 걸리나?"

**덕수** (힐끗 돌려다보면서) "그리게 말이지!"

**키다리** (피식 웃으면서) "나만 도둑놈인 줄 알았더니!"

**덕수** "걸려만 봐라!"

10원짜리 지전뭉치를 움켜쥔 주먹.

주먹에서 10원짜리 지전뭉치가 마치 눈 녹듯이 스르르 녹아 없어진다.

아무것도 없는 빈 손바닥.

빈 손바닥에 이윽고 나타나는 금덩이.

금덩이가 다시금 10원짜리 지전뭉치로 변한다.

꽉 움켜쥐고 부르르 떠는 주먹.

경중거리고 싸리문 안으로 들어서는 덕수, 호사를 잔뜩 했고,

내순이, 고운 옷에 예뻐진 얼굴로 히죽 웃으면서 부엌에서 내다본다.

덕수[54], 일하던 손을 멈추고 우두커니 한눈을.

**키다리** (소리만) "이크!"

긴장해서 돌아다보는 덕수의 얼굴.

**덕수** (고개는 바로 두고 손만 내밀고서 가만가만) "구경 좀 시켜요!"

**키다리** (꽉 쥔 왼손 주먹을 숨기지 못해 애를 쓰면서 짓누르는 소리로 지천하듯) "구경은 해서 뭘 해?"

**덕수** (돌아다보면서 성구듯) "구경두 못해?" (눈에 욕기가 넘친다)

**키다리** (기겁해서) "쉬—" (둘러본다)

장벽 가에 서서 일꾼들의 동정을 살피는 연상.

덕수의 오그린 손바닥에 놓인 엄지 손가락만한 놈 한 개와 그보다 좀 작은 놈 두 개가 가느다란 잘랙이로 해서 위태롭게 연해진 세 개의 지금地金 덩어리.

힐끔힐끔 손바닥을 내려다보는 덕수의 욕기찬 눈.

**키다리** (소리만) "그만 보구 인 줘!"

**덕수** (뱃심좋게) "얼마치나 되꾸?"

**키다리** (성화가 잔뜩 난 목소리) "건 시방 알아서 뭘 해? 얼핏 이리 줘요! 괘— 니……."

손바닥의 금덩어리를 정신 놓고 끄윽 들여다보고 있는 덕수.

**다른 일꾼 갑** (키다리더러) "커?"

---

54) 원문에는 '덕수'가 빠져 있으나, 전후 맥락을 살펴 삽입하였다.

키다리 "뭘 그래? 아무것두 아닌데……."

다른 일꾼 갑 "흥! 모르는 줄 알구?"

다른 일꾼 을 "혼자 먹질랑 말게!"

덕대 (멀리서 소리만) "저기서는 뭘 꾸무럭거리구들 있는 거야?"

키다리 (흠칫 놀라 일을 하는 체하면서) "일루 안 보낼 테야?"

금덩어리를 으스러지게 움켜쥐고 부르르 떠는 덕수의 주먹.

덕수의 소매를 잡아당기는 키다리의 손.

뿌리치면서 번쩍 쳐드는 덕수의 팔.

덕수, 무섭게 쥔 얼굴을 쳐들고 가쁘게 숨을 쉬면서 방금 방금 뒤집힐 듯 휙 벌어진 눈으로 사방을 휘휘 둘러본다.

덕대 (성난 목소리) "아—니, 저것들이 분명 깎는가 봐! (목소리 가까워 오면서) 이놈들 어느 놈이구 금만 깎아봐라! 배때기를 까놀 테니."

키다리의 주먹이 덕수의 옆구리를 쥐어지르고.

눈이 휘둥그래진 덕수, 다급해 들고 뛸 듯이 엉덩이를 들썩들썩, 쩔쩔매다가 별안간 "예—라, 이놈의 것!" 소리를 지르면서 고개를 뒤로 벌떡 젖히고 미친 듯 주먹을 입에다가 틀어넣는다.

벌컥 뒤집힌 키다리의 눈.

일꾼들의 '와—' 소리.

덕수, 고개를 뒤로 젖히고 눈창을 희번득희번득, 입을 움질움질, 끼룩거리는 모가지를 손으로 쥐어뜯으면서 비틀비틀 일어선다.

달려들어서 덕수의 모가지를 잡아 내동댕이를 치는 키다리. 덕대의 고함소리. 나가 동그라진 덕수를 타고 누르는 키다리와 본패들. 욕지거리와 노호. 덩달아 덤비는 다른 일꾼들. 쫓아오면서 꾸짖는 연상의 목소리. 웅기중기 모여드는 다른 일꾼들. 덕수의 입으로 대고 엉켜드는 수십 개의 손가락. 진흙강아지가 돼가지고 본패 두 사람에게 팔을 양편으로 붙들려 섰는 덕수.

덕대 (덕수의 따귀를 따악 붙이면서) “안 뱉어?”

덕수, 엉겁결에 피 섞인 침과 얼러 굵은 금덩어리 하나를 뱉는다.

덕대 (집어 들고 들여다보다가) “또.”

덕수 “없이유.”

키다리 (내달아) “두 개는 삼켰나 봐요.”

밤. 주막에서. 마루에서 방문을 열고 들여다보고 섰는 덕대와 연상. 무슨 액체가 담긴 보시기를 손에 들고 이마를 찡그리고 앉았는 덕수. 본패 두 사람, 덕수의 양편으로 지키고 앉았고. 방 가운데로 커다란 요강이 한 개.

덕대 (얼러메듯) “먹기 싫으냐? 저엉 싫거든 주재소루 가구……, 가서 전중이나 한 십 년 살게…….”

본패 갑 “거저 징역만 살면 좋게요? 배 따구서 금 꺼낸 뒤에 징역 살릴 건데…….”

본패 을 (좋은 말로) “어서 주욱 마시게, 머 죽는 약은 아니니…….”

입에서 보시기를 떼면서 잔뜩 찡그리는 덕수의 얼굴.

덕대 (소리만) “자식, 쌍판대기 봐줄 수 없네! (문 닫는 소리) 우리는 절러루 갑시다.”

꿈틀거리는 뱃가죽. 천둥하는 소리. 쏟아져 내리는 폭포. 펼쳐 누웠는 덕수와 지켜 앉았는 본패 갑. 촛불을 잡히고서 개천가에서 코를 두르고 함지질을 하는 본패 을. 좀 깨끗한 방에 마주앉아 수북한 지전뭉치를 놓고 셈을 하는 덕대와 연상.

본패 을 (밖에서 소리만) “헴, 계세요?”

덕대 (문께를 바라다보면서) “응, 나왔나?”

본패 을 (밖에서 소리만) “세번치나 받아다가 이뤄 봤는데, 맨 콩나물 대가리 허구 모래허구뿐이지 안 나와요!”

연상 (혼잣말하듯) “위에 가 걸리구 못 나오기가 쉴 게야.”

덕대 “한 채례 더 멕여 봐, 듭씬 좀…….”

울상을 하고 앉아 보시기를 들이마시는 덕수. 낭자한 술상을 앞에 놓고 취한 혼잣손님, 내순이의 어깨를 잡고 귀에다가 무어라고 소곤거린다. 내순이, 듣지 않으려고 고래를 빼 돌린다.

**손님** (더 껴안아 들이면서) "응? 응? 금향! 금향이!"

**내순이** (빠져나가려고 몸을 비틀면서) "나는 그런 거 몰라유!"

노파, 박물짐을 손치에, 등잔불을 앞으로 다가놓고 치마 밑으로 허리에 두른 전대를 풀려다가 문득 일어서서 앞뒤 방문 고리를 걸고 다닌다. 덕수, 눈 언덕이 폭 가라앉은 눈을 감고 반듯이 누워 홀쭉한 배를 손으로 만지면서, 신음을 한다.

**본패 갑** (덕수에게 눈을 흘기면서) "도둑질을 허지 말지?"

**본패 을** (좋은 말로) "시장두 헐 테지만 좀더 참구 있게."

**본패 갑** "우리는 괘―니 애매하게 밤잠두 못 자느만!"

춘삼이 앞에 고개를 숙이고 앉았는 내순이.

**춘삼이** (발을 재키고 몸을 좌우로 흔들면서) "뭐, 그리구는 요새는 날삯 칠십 전씩인가 받구 저 앞의 금전판으루 일을 다닌다니―, 그래……, 무슨 수루 일년 후에 돈 백 원을 내구서 자네를 도루 물러간단 말인가?"

치맛고름을 만지는 내순이의 손, 많이 고와졌다.

**춘삼이** (담배를 피워 물고) "또오, 저네 시어머니가 박물장사를 해서 일 년 동안에 돈 백 원을 벌지두 못하려니와 요행이 벌었다구 허더래두 그 삵쾡이 마님이 그 돈을 가지구 자네를 물르러 오지두 안헐 것이구……."

**내순이** (겨우 고개를 들고) "그럼 나는 어떡해유?"

**춘삼이** (웃으면서) "어떡허다니? 일년 지내서 도루 물러가지 못허면 눌러 내 집에 삼년 있어줘야지."

덕대와 연상, 술상을 사이에 놓고 앉았고.

**본패 을** (밖에서 소리만) "영 안 나오는데요!…… 인제는 맨 물뿐이라 이뤄 볼 것두 없는데……."

덕대 "어떡허까요?"

연상 "글쎄……? (까막까막 생각하다가 쯧 혀를 차면서) 헐 수 있나? 놔 보내지……. 아무래두 찾던 못헐 것, 제 소행머리야 밉지만 어떡허우? 고걸 가지구 다시 또 주재소루 보내네, 전중이를 살리네 해서 적악을 허기두 싫구……, 놔 보내요. (술잔을 집어들면서) 거 그렇지만 다른 놈들이 그 본을 보구서 또……." (술을 마신다)

덕대 "그거야 집어먹구두 뒤루 나오덜 않는 줄 아니까 되려 다른 놈들은 그 짓을 안 허지요, 허지만……."

본패 을 (밖에서 소리만) "그리구 잘 못허다가 송장 치울까 봐요!"

덕대 "걱정 말어! 설사 좀 했다구 죽는 법은 없어."

연상 "그자를 일러루 좀 데리구 오게."

본패 을 (밖에서 소리만) "네에."

덕대 (웃으면서) "하루치 비용은 손보셨습니다. (술잔을 집어 들고) 그렇지만 이번에 재수 짚으셨지요! 아마 이번치 첫바닥에서 모르면 몰라두 팔천 원 하나는 빠지리다."

연상 "다아 씻구 나서 봐야지."

전대에서 쏟아놓은 돈, 동전·백동전·은전 1원짜리 꼬기작거린 것들을 세고 앉았는 노파.

자지러진 노파의 얼굴. 흔들리는 등잔불의 뒷벽에 가서 어른거리는 괴물 같은 그림자. 고개를 숙이고 앉았는 내순이와 좌우로 몸을 흔들고 앉았는 춘삼이.

춘삼이 (고개를 들이밀고) "게, 자네 눈치를 보니 와락 가구 싶은 모양인데……. 나는 도무지 그 속을 모르겠어! 번연헌 것 아닌가?…… 굶기를 먹듯 헐 것이요, 억척스런 그 삵쾡이 마나님한테 육장 얻어 맞구 욕이나 먹구 헐 것이요, 그러나마 자네가 자네 남편이란 사람허구 무어 그리 찰떡 같은 정이 든 것두 아닐 것인데, 그런데 이런 호강 마대허구 어째 도루 가구 싶단 말인가? 응?…… 아니, 자네 듣자니 언젠가는 뭣이냐, 도망을 다 했더라면서? 그러던 사람이…….”

내순이 “그때는 고생이 싫구 야속허게 구는 것이 싫어서 그런 맘이라더니만서두……, 시방은…….”

춘삼이 “시방은……?”

내순이 “나 혼자만 호강으루 지내구……, 불행해서 그래유. 그 돈두 그렇게 해서 다아 없애버리굴랑 도루래 고생을 헐 텐데, 어머니는 늘 나가서 돌아대니신다믄서? (고개를 들다가) 일을 다니느라구 첫새벽에 나가구 저물어서 들어가구 헐 텐데 조석은 누가 끓여 주구 누데기나마 옷가지는 누가……? 사람이 하두 범연해서 떠다 주잖구 있을라치믄 밥숟갈을 놓두룩 숭늉 달랠 줄두 모르는 사람인 걸유!”

방문을 열고 내다보고 앉았는 연상. 마루로 나선 덕대.

덕수, 팔짱을 끼고 토방에 가 쭈그리고 앉았고, 본패 갑과 을 넌지시 물러섰다.

연상 “응? 그렇게 눈 멀뚱멀뚱 뜨고서 남의 것을 집어먹어? 원 그릴래서야 도둑놈이 세상에서 왕노릇 헐 게 아닌가?…… 법이 낮같이 밝은 이 세상에, 응?”

본패 을 “잘못했습니다구 여쭈어요!”

덕수 (두런거리듯 아무렇게나) “잘못했이유.”

연상 “으음, 그렇다면 특별히 용서를 허는 거니 애여 이 댐에 다른 데 가설랑은 그런 짓을 말어야 해! 짚검불 하나라두 남의 것 무서운 줄 알구…….”

웅대한 저택의 호화를 극한 실내를 배경으로 말쑥한 예장을 하고서 피스톨을 공기 받으면서 싱그레 웃고 섰는 R카포네.

연상 “사람이 맘이 검으면 장래가 좋지 못헌 법이야…… 자네두 이 사람, 보아허니 아직 젊으나 젊은 친구가……, 응? 무슨 짓을 못해 해필 손

거친 짓을 허꼬?”

들이덤비는 배고픈 호랑이. 원님을 잡아먹고 있다.

덕대 (바라다보면서) “녀석, 한 삼년 안 처먹어두 배때기는 안 고프겄다!…… 망헐 자식! (돌아서서 방으로 들어가면서) 허! 거 참!”

전대에다가 돈을 도로 집어넣고 앉았는 노파.

갑자기 밖에서 버스럭거리는 소리. 노파, 깜짝 놀라 부리나케 전대를 치마 밑으로 허리에 두른다.

노파 (귀를 기울이고 있다가 이윽고 안심, 혼자 중얼중얼) “이놈은 게 아무데서나 자나 보구먼? (담뱃대를 집으면서) 좀 오는 게 아니라 (담배를 붙여 물고) 그래두 자식이라구, 불현듯 보구 싶은 생각이 나서 바쁜 길을 우정 들렀더니마는…….”

발을 재키고 앉았는 춘삼이와 고개를 숙이고 앉았는 내순이.

춘삼이 “아무려나, 자네가 백 번 가구 싶어두 내게 맨 사람이니까 가지두 못 허는 법이구……. 그리구 또오, 자네 어째서 그렇게 청백을 부리나? 왜 손님 안 받으러 드느냔 말이야? 거 (고개를 흔들면서) 아주 재미 없어! 피차에 재미가 없단 말이야……, 없는 것이…….”

하인 (밖에서 소리만) “금향이, 손님이 불러요!”

춘삼이 “곧 나갑니다구 그래……. 웨 재미가 없는고 허니 자네가 그렇게 손님을 안 받거드면, 자네를 보구 오던 손님이 차차루 발이 끊쳐. 그러니 그만큼 내 영업에 손해요……. 또오 자네루 말을 허더래두 그렁저렁 해서 다아 응? 돈냥 모아야 허지, 가사 삼년이 지나서 자네 소원대루 다시 덕수를 만나서 산다구 허세……. 그런다구 허더래두 다아 돈냥 모아 가지구 가야만 그 지긋지긋한 고생을 다시 않구 조석이라두 굶지 않지, 무슨 수루?……. 아―니, 그래 자네가 뭣이냐, 김덕수가 이도령이구 자네가 춘향이길래 정절을 지키려 드나?…… 또오, 지켰다구 허세, 허더래두 누가 술집에 가서 삼년씩이나 있던 여편네더러 자네 시어머니허며 남편허며 동네 사람들이며, 그 소리를 곧이듣겠나? (차차로 성이 난다) 열녀문 세워 준대더나? 열녀가 되구 싶어? 응? 춘향이가 되구 싶어? 내 원!……." (눈을 흘긴다)

내순이 "춘향이가 뭔지, 열녀가 어떻게 허는 것인지 나는 몰라유. 그래두……, 그래두 저어 그렇게 허른 못써유……."

춘삼이 (버럭) "어째 못써?"

내순이 "저어, 저어, 그건 몰라두……."

춘삼이 "허! 기가 맥혀서 원……. (속을 눅혀서) 그리구 이거 봐요, 자네가 돈을 벌어가지구 가야만……."

내순이 "돈 없어두 흉년만 안 들믄 굶던 안해유."

춘삼이 "굶구 안 굶구 간에 자네가 돈을 벌어가지구 가야 자네 시어머니두 돈에 눌려서 전처럼 야속허게 굴던 않구 그래요, 괘—니……."

내순이 "승정이 나시믄 때리구 욕두 허구 허세두, 날 불쌍해 허구 퍽 저거시기……."

춘삼이 (것질러서) "듣기 싫여! 암만 그래두 손님 안 받구 배기나 보지?" 멀찍이 어두운 데 가 우두커니 서서 '제일식당'의 문간을 건너다보는 덕수. 눈 언덕이 푹 꺼지고 퀭하니 들어간 덕수의 눈과 홀쭉해진 얼굴의 곡진한 표정. 이윽고 눈에서 눈물이 주르르 흘러내린다. 언제까지고 '제일식당'을 건너다보고 섰는 덕수.


6


다시 한 달이 지나서. 쇠망치 소리 간간이 들리고, 샘 두덕에 선 포플라 가지가 끝이 봄을 고대해 보인다. 빈 집이나, 사는 집이나 여전히 인기척은 없는 황량한 오두막집들.

방문을 열고 문턱에 걸터앉아 박물짐을 걸머지는 노파.

노파 (집 옆 비탈길을 올라가다가 쇠망치 소리 나는 쪽으로 고개를 돌리면서 혼자 중얼중얼) "빌어먹을 놈! 제 복을 터느라구, 그 아까운 돈을 갖다가 (한숨) 기집을 뺏기구 (혀를 찬다) 그것은 가서 어떻게나 허구 있는지? 것두 고생일 테지……. 한 번이나 찾어가서 보구 싶어두, 무슨 염치루……."

바위 바닥에 돌아앉아 도끼 머리로 쇠망치질을 하고 있는 덕수. 바위 밖으로, 밖에는 제법 서너 치나 자란 보리. 바위 바닥에 내순이가 퍼다가 부은 흙은 그동안 눈과 비에 많이 가라앉고 골라지고 했다.

비탈길을 올라오는 노파. 덕수, 일손을 멈추고 고개를 든다.

노파 (물끄러미 보고 섰다가 걸어가면서) "이번은 한 열흘 될까부다."

덕수 "추운데 너무 돌아다니지 마시우, 병 나리다."

노파 "내 걱정을랑컨 헐라 말구."

연장을 손에 쥔 채 우두커니 앉아 멀리 정거장께를 바라다보는 덕수.

덕수 (한숨 끝에) "삼년, 삼년이라! 달음박질을 쳐설랑 얼른 휘딱 좀 가잖구……, 제—길헐."

순갑이, 오줌장군을 짊어지고 비탈길을 올라온다.

덕수는 순갑이를 못 보고, 한눈만 팔고 있고.

순갑이 (빙그레 한참이나 서서 보다가 고개를 끄덕끄덕) "빌어먹을 놈!"

덕수 (퍼뜩 돌아다보고 무심히) "난 누구라구? 보리밭에 소 매 내느만?"

순갑이 (덕수의 하는 소리는 들은 척도 않고 다시금 고개를 끄덕거리면서) "빌어먹을 녀석!"

덕수 (비로소 속을 알고 점직해 웃으려다가 말고 두런거리듯) "망헐 녀석!"

순갑이 "어떠냐? 맛이……."

덕수 "어때! 바우 뚫는 맛이지……."

순갑이 "겨우?"

덕수 "없어져라! 보기 싫다." (정을 바로잡아 대고 때리기 시작한다)

순갑이 (가다가 돌아서서) "애, 떡쇠야!"

덕수 "까불지 말구!"

순갑이 "만주로 가는 이민 또 뽑는다더라, 게나 가보렴?"

덕수 "싫다! 네나 가려므나!"

순갑이 "왜 싫여? 여서 무얼 바라구?"

덕수 "죄다 없어지거든 나 혼자 좋은 땅 차지허구서 농사 맘껏 지여 먹구 살지?"

순갑이 "금뎅이를 집어삼킨 배짱이라 다르구나?"

덕수 "아무렴."

덕수, 마치 뭉쳐진 울분을 내부딪는 듯 옮아가는 정 대가리를 따라가면서 맞창이라도 나라고 이를 악물고 번쩍 쳐들어 올리는 도끼 머리를 절망적으로 내리치고 내리치고, 극성으로 내리친다.

덕수의 정질하는 뒷모습, 원경으로 보이고 순갑이가 부르는〈무장동 흥 타령〉소리, 차차로 멀어간다.

《문학사상文學思想》(1976. 2~3월호)

# 풍자와 허무의 거리
이도연

## 1. 채만식 연구의 행방

채만식은 염상섭, 이기영과 함께 한국근대소설사의 형성에 특별한 기여를 한 작가 중의 한 명이다. 지금까지 채만식에 대한 평가는 시대적 담론이 어떻게 구성되느냐에 따라서 적지 않은 편차를 보여준다. 하지만 대체적으로 풍자소설을 중심으로 하여 작가의 의식지향성을 밝히는 리얼리즘의 시각에서의 논의가 그 대세를 이루고 있으며, 특히 그와 같은 관점은 7, 80년대에 집중되어 있다.

90년대 이후 작품의 미학적 형식을 해명하려는 시도가 추가되고 있지만, 여전히 논의의 중심은 리얼리즘의 시각에 기초한 문학사회학적인 접근이 차지하고 있다. 그리고 그 논의의 범위는 한정된 개별 텍스트에 국한되기보다는 소설, 희곡, 산문 등 채만식의 전 작품을 포괄하는 방향으로 진행되고 있다. 채만식에 대한 그간의 연구는 방법론의 차원에서, 우선 작품이 산출하는 의미에 논의를 집중시키는 주제론적 연구와 작품의 의미가 산출되는 방식에 주의를 기울이는 형식미학적 연구로 크게 대별될 수 있다.

먼저 주제론적 연구를 살펴보기로 한다. 임화, 김남천, 최재서 등 동시대 비평가들의 단평을 제외한다면, 채만식에 대한 연구가 본격화된 것은

70년대, 대학의 학위논문들을 통해서였다. 그리고 풍자소설을 중심으로 하여 작가의 현실의식을 문제 삼는, 지금까지의 채만식에 관한 논의의 큰 맥락을 형성한 것도 바로 이 시기를 통해서였다. 80년대 연구의 주류적 경향은 70년대의 연구 성과를 계승하고 리얼리즘 시각에서의 문학사회학적인 접근을 보다 부각시키는 방향으로 진행되었다.

80년대는 특히 사회적 담론의 구성방식에 따라 문학연구의 논의가 어떤 식으로 배치되는지를 잘 보여주는 예라 할 수 있을 것이다. 7, 80년대의 논의는 주로 주제론적 연구에 집중되었다고 요약할 수 있는데, 연구방법론은 문학사회학이 주종을 이루었다고 할 수 있다. 이 시기의 논의가 채만식 연구에 대한 논의의 개요를 작성하고, 채만식 작품의 주제에 대한 설득력 있는 해명을 제공해 주었다는 점에서 의미가 깊다.

그러나 문학텍스트를 자율적인 의미형성체로 보지 않고 일괄적으로 사회사의 하위 범주로 편입시켜버림으로써, 그 편향성과 한계는 분명히 문제점으로 지적될 수 있다. 문학텍스트는 다양한 사회적 힘들의 배치와 긴장관계를 형성하지만 동시에 사회구조와의 상동성相同性으로만 환원될 수 없는 상대적 자율성의 영역에 존재한다. 역설적으로 말하자면 문학텍스트는 현실을 모방하지 않음으로써만 현실을 모방할 수 있다. 채만식의 텍스트에도 같은 이야기를 할 수 있다.

예를 들어 장편《태평천하》를 리얼리즘의 관점에서 풍자적 리얼리즘으로 규정하기도 하는데, 서술자의 의식지향성을 논외로 한다면《태평천하》의 구성원리는 묘사를 중심으로 하는 엄밀한 의미로서의 리얼리즘과는 분명히 다른 형식미학에 기초해 있다. 그와 같은 작품의 미시적 현상들을 괄호로 묶고 표면적인 의미생산에만 집중하는 연구는 그 편향성을 피하기가 어렵다. 주제론적 연구의 방향에서 여성주의 혹은 여성성에 주목하려는 최근의 시도들은 채만식 문학연구에 새로운 시각을 제공해 줄 가능성이 있다.

채만식의 작품들에는 여성인물 혹은 여성화자가 등장하는 경우가 적지 않은데, 식민지배기 여성성에 대한 고찰은 소단위 관념유형[55]에 대한 연구의 사례가 될 수 있을 것이다. 이 외에 채만식 소설에 나타난 근대성의 문제, 정신분석학적 관점에서 인물의 욕망의 문제에 주목한 최근의 연구 성과들이 있다. 이는 넓은 의미에서 주제론적 연구에 속하는 것이라 할 수 있다.

다음으로 주로 90년대에 접어들면서 이루어진 형식미학적 연구를 검토하기로 한다. 90년대의 연구자들은 7, 80년대의 연구 성과를 계승하면서도 그동안 소홀히 다루어졌던 채만식 작품의 미학적 형식에 주목함으로써 연구의 질을 한 단계 높이는 데 기여했다. 이는 연구의 층위가 거시적 차원에서 미시적 차원으로 옮아갔음을 의미하는 것이며, 이에 따라 채만식 연구는 보다 풍성해지고 다채로워지게 되었다. 90년대의 연구방향은 7, 80년대의 연구가 결락했던 부분들을 보충하는 보완적 성격을 지닌다. 그것은 주로 소설의 문체론적 측면에 대한 연구라 할 수 있는데 작품의 서술 구조에 대한 연구가 대표적이다. 이와 같은 미시적 연구는 '꼼꼼히 읽기'에 기초한 작품의 내재분석이라는 점에서 해당 텍스트에 대한 기초적인 시각들을 제공해준다.

그러나 여기에도 한계는 분명히 존재한다. 문학텍스트에 대한 형식미학적 연구는 필연적으로 텍스트의 형식에 대한 구조적 유형화와 도식화가 따르게 마련이고, 텍스트가 생산해내는 의미내용과의 상관성을 간과할 가능성이 높다는 점에서 약점을 지닌다. 이는 서술이론이 가지는 일반적인 한계와도 상통한다. 비유적으로 표현하자면, 서술이론은 X—ray로 촬영

---

55) 김인환은 사회의 의식형태에 문학의 지각형상을 대응시킨다는 것은 지극히 평범한 진술에 지나지 않는다고 지적하면서, 하나의 이데올로기인 의식형태가 아니라 소단위 관념유형에 주목할 때 비로소 문학의 문학성을 존중하는 문학의 사회사가 기술될 수 있으리라고 전망한다. (김인환, 〈한국문학의 사회사 문제〉, 《기억의 계단》, 민음사, 2001, 9~33쪽.)

된 작품의 뼈대만을 보여줌으로써, 정작 그 뼈대를 구성하는 작품의 피와 살을 보여주는 데는 실패하게 된다. 뼈대는 어떤 텍스트의 표면에 드러난 구조라고 할 수 있다. 하지만 구조에는 틈새가 있게 마련이며 그 틈새로는 우리가 상상할 수 있는 것보다 더 많은 것들이 들고 나간다. 이는 대부분의 서술이론이 기대고 있는 구조주의가 지니는 문제점이라고도 할 수 있다. 구조가 통과한 작품에는 형해화된 앙상한 뼈대만 남게 된다. 또한 문학연구에 있어 작품이 산출해낸 의미내용과의 관련양상을 밝혀주지 못하는 형식미학적 연구는 부분적 진리타당성만을 주장할 수 있다. 따라서 소설의 문체와 서술구조라는 미시적인 차원의 연구는 많은 미덕에도 불구하고 그 의미가 제한될 수밖에 없다.

채만식 소설에 대한 형식미학적인 연구로 대표적인 것으로는, 우한용의 〈채만식 소설의 담론 특성에 관한 연구〉(서울대 박사논문, 1991)와 한혜경의 〈채만식 소설의 언술구조 연구—서술자의 존재양상을 중심으로〉(이화여대 박사논문, 1993)가 있다. 특히 우한용의 연구는 채만식 연구에 있어 하나의 전환점을 이루는 것으로, 채만식 소설의 담론구성방식에 주목하였다.

그는 바흐찐의 담론이론에 착안하여, 채만식 소설을 단편·중편·장편으로 분류하여 분석하면서 텍스트 내부의 담화상황에 주의하였다. 그에 따르면 채만식 소설은 단일 서술자의 일방적 담론구성이 우세하여 바흐찐이 언급하고 있는 대화적 담론구성에는 미달한다. 담론이론에 대한 지식을 바탕으로 텍스트의 서술층위에 대한 미시적 분석을 보여주고 있는 우한용의 논문은 채만식에 대한 연구를 질적으로 변화시켰다는 점에서 의미가 있다.

이상의 연구와는 방향을 달리하는 일군의 성과들이 있다. 이는 주로 서사전통과의 연계양상을 조명한 논문들인데, 채만식의 작품에서 연암의 한문단편, 판소리, 탈춤 등 전대의 문학양식의 수용과 변이 양상에 주목한다. 그 중에서도 판소리와의 관련상이 집중적으로 부각되었다. 많은 연구들에서 채만식 소설의 서술자가 판소리의 창자와 비슷한 역할을 한다는 점이 논증되었다.

이와 같은 연구의 방향성은 1970년대 이후의 사회적 담론의 구성방식과도 깊은 연관을 지닌다. 1970년대 한국학 분야에서는 내재적 발전론이 지배적 담론으로 부상하게 된다. 이는 주로 역사학계의 성과에 기대고 있는데, 자본주의 맹아론과 같은 주장들은 한국사회의 근대화과정을 자생적인 관점에서 재구성하려는 시도들이라 할 수 있다. 국문학 분야에서는 이와 같은 관점이 전통단절론, 이식문학론을 이론적으로 극복하려는 시도들로 나타났는데, 이는 전통계승의 차원에서 전대의 문학양식들을 재검토하는 것으로 구체화되었다. 채만식 문학의 서사전통과의 연계양상에 대한 고찰은 1970년대 한국학 분야의 지배적 담론의 교체현상과 관련이 있다. 이런 관점의 연구에서는 주로 채만식의 풍자소설과 판소리의 관련양상, 채만식의 고전소설 패러디 문제가 논의의 중심에 있다.

최근에는 보다 확장된 상호텍스트성의 관점에서 〈당랑의 전설〉, 〈인형의 집을 나와서〉 등의 작품들을 중심으로 하여 서양 고전작품의 패러디 양상에 주목하기도 한다. 이와 같이 서사전통과의 연계양상을 고찰하려는 시도는 크게 보아 텍스트의 형식미학적인 접근방식이라고 할 수 있으나, 일반적인 문학연구방법론의 차원에서 보면 비교문학의 관점이라고 할 수 있다. 비교문학의 관점에서는 먼저 텍스트 사이의 구조적 동형성에 주목하여 영향관계의 대조표를 작성하고자 한다. 그러나 비교문학의 관점은 대개 텍스트 사이의 유사성과 차이에 기반한 수학적 통계에만 몰두함으로써 텍스트간의 내면적 동질성을 밝혀내는 데는 실패하는 경우가 많다. 다시 말해 텍스트간의 내면적 동질성을 밝혀내고 영향관계가 텍스트의 구조에 미친 의미와 효과를 규명하는 데에까지 이르지 못한다면 비교문학의 관점은 소박한 통계자료에 머물 가능성이 크다.

## 2. 풍자와 허무의 거리

앞서 살펴본 것처럼, 채만식에 대한 연구는 지금까지 풍자소설을 중심으로 한 리얼리즘적 시각에서의 논의에 집중되어 있다. 채만식의 작품이 대체로 뚜렷한 역사의식을 바탕으로 하고 있으며, 선명한 작가의식을 드러내고 있다는 점에서 이와 같은 관점은 설득력을 지닌다. 하지만 문제가 되는 것은 그의 전 작품을 통해서, 풍자적인 성격을 지니고 있는 것은 3분의 1을 넘지 않는다는 사실이다. 그리고 풍자소설에서 보이는 강한 현실비판의식과 대비되는 패배적이고 허무주의적인 성격을 지닌 작품들도 다수 존재한다는 사실이다.

그렇다면 채만식 소설에서 보이는 '풍자와 허무 사이의 거리 혹은 낙차'를 어떻게 이해해야 하고, 이와 같은 사실을 설명할 수 있는 일관된 원리는 무엇인가. 필자의 이와 같은 문제의식이 새로운 것은 아니어서, 채만식과 동시대의 비평가인 김남천의 다음과 같은 언급에서도 확인된다. 좀 길게 인용해보기로 하겠다.

채만식 씨에게 있어서는 세태소설로부터 자기를 구출하려는 작업이 금년에 있어서도 꾸준히 계속되었다. 작년도에 제작된 〈치숙痴叔〉이나 〈소망少妄〉 〈이런 처지〉 등은 세태소설로부터의 탈출작업을 풍자정신에 의하여 행하였다는 기억을 남겨주는 작품들이다. 세태에 침잠하면서 풍자정신을 살리려고 한 노력은 금년에 들어서는 다소의 변화를 보여서 하나는 정신적으로 좀더 아름다워지려고 하는 비교적 순결한 방향과 하나는 아주 그것이 구리고 악취미적인 것으로만 깔아져버린 방향으로 이렇게 두 개로 갈라지지 않았는가 하는 느낌을 주었다.

이 두 개의 세계 분열은 벌써 씨의 최초 성공한 장편 〈탁류濁流〉에서도 배태되어 있던 것이었으나, 금년에는 그것이 확실히 갈라져버린 것 같다. 악취미에다 몸을 맡겨버린 것으로 〈남식南植〉이가 대표적이고 〈이런 남매〉가 역시 다분히 그것을 가지고 있다. 한편 강한 정신적 주제(이것이 채씨에게 있어서는 '모랄'이 되어 있다.)를 강조해보는 경향이 될수록 진지한 탐색을 꾀하려고 애쓴 것은 씨에게 있어서는 확실한 일보전진이었으나, 그것은 또한 최상의 건강한 부분에서도 니힐리즘을 숨기고 있는 것이 특색이었다. 〈방랑자의 무덤〉과 〈모색〉에서는 새로운 생명의 희망에 의하여 허무를 배제하려는 노력과(전자), 속물을 배격해버리려는 건강한 처녀의 양식의 강조(후자)가 있어서 그것이 그다지 눈에 띠지는 않으나 작품의 뒤에서 작자를 유혹하고 있는 것은 역시 아무것도 인정하지 않으려는 니힐리즘의 사상이 아닌가. 오직 믿을 것이 없으면 핏덩어리같은 아이에게 긍정을 발견하려고 애쓸 것인가! 한편 〈모색〉의 주인공도 결국 모색해본 결과 아무것도 남지는 않았다. 읍회의원을 경멸할 수 있는 것만이 플러스였다.

〈정자나무 있는 삽화〉에서는 이것이 더욱 심해지지 않았을까? 적고 희귀하게 맑은 〈반점斑點〉이나, 소박한 선량한 인간성을 창조하려는 〈구포씨仇甫氏〉에게 있어서도 이것은 피할 길이 없었다. 〈금의 정열〉은 미처 읽어보지 못했으나 어쩐지 거기에도 금의 정열이 개인 뒤엔 역시 같은 세계가 오는 것이 아닌가 막연히 상상된다. 이렇게 해서 채씨는 세태세계로부터 자신을 구해내는 정신적 작업이 니힐리즘과 부딪쳐서, 금년 1년간은 그것을 극복하려는 고투로써 보낸 감이 없지 않다. 이런 과정을 거치면서 씨의 설화체는 더욱 용장해지는 느낌을 꾸고 잇는데 한 번 기술적인 모험을 각오하고 요설을 벌려보면 어떨까? 오히려 정신적 구출 작업은 손쉽게 새 세계를 발견하게 되는지도 알 수 없다. 씨가 만약 본격적인 리얼리즘에서 자신의 문학을 추진시키려면 반드시 한 번은 이 난관을 통과하여야 될 것으로 믿는다.[56]

채만식에 대한 일종의 작가론적 성격을 띠고 있는 김남천의 이 글은, 아

---

56) 김남천, 〈산문문학의 일년간— 소화 14년도 문단의 동태와 성과〉, 《인문평론》, 1939. 12. (여기에서는 신상성 편, 《김남천연구》, 경운출판사, 1991, 139쪽에서 인용.)

주 짧은 인상비평에 불과한 것이지만, 채만식의 문학세계를 조망할 수 있는 중요한 관점들을 제공하고 있어서 주목된다. 사실 김남천은 이 짧은 글속에서도 많은 이야기를 하고 있는 셈인데, 특히 채만식 문학에 나타난 '강한 정신적 주제'와 '니힐리즘'과의 아이러니컬한 조우 혹은 공존 현상을 예민하게 지각하고 있다. 필자 역시 이와 같은 관점에서, 채만식 소설에 대한 논의를 풍자소설로 한정하거나, 리얼리즘의 현실 반영론적 입장에서 해석하는 것은 극히 소박한 진술에 그칠 가능성이 크다고 본다. 다시 말해 채만식 소설은 기본적으로 리얼리즘적 시각을 견지하면서도, 세부에 대한 묘사와 미래에 대한 역사적 전망을 축으로 하는 통상적인 의미의 리얼리즘과는 다른 다양한 형태의 소설문법을 구축했다. 그리고 그와 같은 다양한 문법의 실험은 채만식 소설의 세계 인식과 일정한 상관성을 지니고 있는 것으로 보인다.

채만식 소설의 기저를 이루고 있는 세계 인식의 태도는 낭만적 세계 인식이다. 낭만적 세계인식은 주어진 현실에 대한 부정과 함께 이상향에 대한 강한 열망과 '동경憧憬'에 의해 추동된다. 그것은 현실과 이상과의 간극과 격차를 메꾸기 위해서 부단히 노력한다. 채만식 소설은 이와 같은 낭만적 세계 인식에 기반해 있으며, 이상적 질서에 대한 강한 열망에 의해 추동된다. 이상향에 대한 동경이라는 문제를 욕망의 차원에서 살펴보면, 욕망의 성취 가능성이 비교적 선명해질 때 채만식 소설은 풍자적 시각으로 현실을 파악한다. 그러나 반대로 욕망의 성취 가능성이 희박해지고 역사적 전망이 불투명해질 때 채만식 소설의 기조적인 어조와 톤은 패배주의적이고 허무주의적인 세계 인식을 바탕으로 하게 된다. 낭만적 세계 인식을 근간으로 하여 채만식 소설은 풍자적인 시각과 허무주의적인 태도 사이에서 진동한다. 그리고 그 진동의 편차에 따라, 현실주의적 시각을 보여주기도 하고 즉물적 인식의 태도를 보여주기도 한다. 정리하자면 채만식 소설은 크게 낭만적 세계 인식을 기저로 하여 현실주의적 세계 인식, 허무주의적 세계 인식이라는 세 가지 범주로 유형화될 수 있다.

〈얼어죽은 모나리자〉, 〈두 순정〉, 〈쑥국새〉 등의 작품들은 모두 농촌사회를 배경으로 설화적 공간에서 비극적 파토스의 현현을 보여준다. 이 소설들은 이제까지 채만식 연구에서 중요하게 주목을 받았던 작품들이 아니다. 이들 작품 군에서, 인물들의 개인적 욕망의 성취는 현실에서 좌절되지만 인물들은 죽음이나 자살이라는 비극적 비전을 통해 자신의 욕망을 비가시적 지평 속에서 관철시킨다. 이와 같은 개인적 욕망의 해결방식은 대단히 강렬한 낭만적 인식에 기반하지 않으면 불가능한 것이다. 낭만적 세계 인식은 이상과 현실의 간극과 거리를 넘어서려는 태도이다. 그리고 이념형으로서의 이데아가 인식 주체에게 이미 주어져 있는 것이다. 따라서 그 초월의 주체에게 그 간극과 거리가 얼마인가 하는 것은 중요한 것이 아니다. 채만식 소설은 낭만적 세계 인식을 바탕으로 주어진 세계에 대한 초월의 의지를 강하게 내포하고 있다. 그러나 그와 같은 초월의 의지가 현실에 대한 절대적 부정의 방식으로 드러나게 될 때, 채만식 소설은 〈두 순정〉의 봉수처럼 삶의 구체성을 몰각한 채 완고한 자기세계로 함몰되는 경향을 보이게 된다. 그리고 그러한 경향성은 〈쑥국새〉, 〈얼어죽은 모나리자〉, 〈두 순정〉과 같이 설화적 공간을 배경으로 한 개인적이고 실존적인 연애담에서 두드러지게 나타난다. 위 세 편의 소설들이 모두 완고한 자기 욕망의 동일성의 구조에 기반하고 있으며, 인물들의 생물학적인 죽음이나 사회적 자아의 죽음으로 귀결되는 결말의 구조를 지니고 있는 것은 이와 같은 낭만적 세계 인식의 특성들을 드러내는 것이라고 하겠다.

이처럼 낭만적 세계 인식을 바탕으로 하는 작품들에서 인물간의 신념체계는 극렬하게 대립되고 그들이 그리는 욕망의 궤적은 어긋남을 전제로 한다. 욕망의 이와 같은 해결방식이 개인적 차원에서 사회적 차원으로 승화되거나 용해될 때, 채만식 소설은 〈태평천하〉나 〈치숙〉과 같은 풍자적 구성을 취하게 된다. 서술의 체계나 담론의 구성방식은 앞서 언급한 소설

들과는 매우 상이하지만, 풍자소설의 기본적인 태도는 낭만적 세계 인식
이다. 사회적 풍자란 한 사회의 진보와 개혁의 가능성이 비교적 선명할 때
등장하는 소설적 양식이다. 그 가능성들이 축소되거나 불가능해질 때, 풍
자의 칼날은 개인의 내면으로 돌려진다. 한국근대소설사에서 이상의 시니
시즘과 위트는 이와 같은 자기풍자와 관련이 있다. 채만식의 풍자소설에
서는 사회적 욕망의 성취 가능성과 역사의 진보에 대한 열망이 비교적 선
명하게 부각된다.

　채만식은 해방공간에서 〈맹순사〉, 〈논이야기〉, 〈미스터 방〉등 일련의
풍자소설을 다시 발표하게 되는데, 이는 일제 말기의 작가적 상황과 작품
의 경향을 고려할 때 하나의 단절점을 형성한다. 이를 우선 긍정적인 의미
에서 풍자정신의 회복으로 평가할 수 있을 것이다. 이러한 변화의 의미를
채만식 소설의 전체적인 구도 속에서 일반화시켜 본다면 다음과 같다.

　채만식 소설의 본령은 사회적이고 역사적인 가치의 구현에 있으며, 그
러한 사회적 욕망의 실현 가능성이 높아질 때 풍자소설은 전면에 대두된
다. 왜냐하면 풍자란 한 사회의 개혁의 가능성에 대한 믿음이 아직 남아
있을 때 가능한 것이기 때문이다. 따라서 채만식에게 있어 자주적 민족국
가의 수립이라는 정치적 열망으로 들끓었던 해방공간에서 풍자소설이 다
시 전면으로 부상하고 있는 것은 결코 우연이라 할 수 없다. 사회적 관심
이 소설의 '정도正道'라는 믿음을 단 한번도 버린 적이 없었던 채만식이 해
방공간이 가지고 있는 역사적 가능성에 주목하지 않았을 리는 만무하다는
것이다.

　위에 열거한 세 작품 중에서 결정적인 중요성을 갖는 것은 단연 〈논 이
야기〉라 할 수 있다. 〈맹순사〉는 인물의 성격과 형상화가 미비하고 불완
전하기 때문에 풍자소설로서의 성격이 상대적으로 약하다 할 수 있고,
〈미스터 방〉의 경우에는 상대적으로 〈맹순사〉보다 인물의 형상화가 비교
적 성공한 편이지만 인물에 대한 지적 비판보다는 희화화가 두드러지고 있

기 때문이다. 이와 같은 외면적 이유 외에 〈논 이야기〉가 상대적으로 중요하다는 것은 풍자라는 양식이 근본적으로 가지고 있는 사회적 성격 때문이다. 물론 위 두 작품도 사회적 양식으로서의 풍자소설의 성격을 지니고는 있다. 그러나 〈논 이야기〉에서 문제 삼고 있는 것이 사회라는 공동체 안에서 그 구체적인 정치적 실현태인 '국가國家'의 존립과 그 경제적 토대인 '토지土地'의 의미를 묻고 있기 때문이다. 그리고 그러한 물음은 결국 해방이라는 정치적 사건의 역사적 의미를 묻는 일과 직결되고 있다. 풍자는 기본적으로 사회적 양식이면서 그 내용에 있어서는 정치소설의 형태를 띨 수밖에 없다. 따라서 한생원이라는 민중의 시각에서 본 해방의 의미를 묻고 있는 이 작품은 나머지 두 작품보다 본질적인 것이라 하지 않을 수 없다.

해방공간에서 한생원의 국가 비판은 분명히 유의미하고 정당한 측면을 지니고 있지만, 절대적 이념형으로서의 이와 같은 극단적인 무정부주의에는 구체적인 현실의 논리를 배제할 위험성이 항존하고 있다고 보아야 할 것이다. 정작 우리에게 중요한 것은 국가에 대한 그러한 일반적이고 보편적인 차원의 추상적 비판이 아니라 구체적 현실 속에서 변화의 가능성을 포기하지 않고 한 걸음씩만 전진하겠다는 소박한 믿음과 각오이다. 여기에는 물론 많은 인내심과 용기가 필요할 것이다. 정치 현상과 체제에 대한 이와 같은 추상적이고 보편적인 접근과 이 작품에서 표현되고 있는 절대적 이념형으로서의 극단적인 무정부주의는 채만식 소설의 낭만적 세계 인식과 무관하지 않다. 즉 부정적 현실에 대한 절대적인 부정과 추상적 이념형의 지향은 결국 낭만적 세계 인식과 동궤의 것이기 때문이다. 그리고 궁극적으로 그러한 절대적인 추상적 이념형은 현실에서는 발견되지 않는 것이기 때문에, 욕망의 성취가 불가능한 것으로 판명될 경우 채만식 소설의 낭만적 열정은 허무주의로 급경사할 위험이 언제나 내재하고 있는 것이라할 수 있다. 결국 〈논 이야기〉는 민중을 역사의 장에서 배제하는 것에서 기인하는 작가의 정치적 허무주의가 국가에 대한 극단적이고 절대적인 비판으로 집중되어 표출되고 있다고 볼 수 있을 것이다.

현실주의적 세계 인식의 범주에 속하는 소설로는 장편 〈탁류〉가 대표적이다. 그리고 통상적으로 세태소설이라고 불리는 것들과 일반적인 의미의 리얼리즘 소설로 규정되는 작품들이 이 범주에 속한다. 현실주의적 세계 인식을 바탕으로 하는 소설들에서는 낭만적 세계 인식에서보다는 가치체계 간의 갈등양상이 상대적으로 완화되고 약화되어 나타난다. 또한 서술자의 어조나 톤 등 서술태도도 이념형 간의 우열을 따지기보다는 상대적으로 중립적인 시각을 유지한다. 이를 통해 인물들 간의 담론체계는 이원적 차원에서 강렬하게 대립되기보다는 이항적 체계 속에서 선명하게 대비되는 구성을 취하게 된다. 예를 들어 〈탁류〉에서 긍정적 가치를 표상하는 승재와 계봉이의 세계와 부정적 가치를 표상하고 있는 고태수와 장형보의 세계는 이항적 체계 속에서 선명하게 대비된다. 〈탁류〉의 속편 격으로 보이는 〈금의 정열〉은 이 범주에 속하는 작품이면서도, 채만식 소설에서 현실주의에서 허무주의로 이행하는 단초를 보여준다.

채만식 소설 중에는 서술태도의 유보성이 두드러지는 작품들이 일군을 형성하고 있는데, 이런 작품들에서는 주로 평균적 인간의 보편적인 욕망의 문제를 다루고 있다. 〈해후〉, 〈용동댁〉, 〈정자나무 있는 삽화〉 등의 작품이 이에 속한다 할 수 있다. 이 작품들은 질투심이나 이기심, 성욕의 차원들을 묘사하고 있는데, 여기에서 서술자는 아무런 개입이나 가치판단을 행하지 않고 욕망의 사태들에 대해 즉물적으로 인식한다. 서술자는 건조한 시선으로 그냥 있는 그대로의 인간의 욕망을 인정하고 수용하는 태도를 보인다. 인물들은 자신의 욕망의 흐름을 따라 즉자적으로 반응하고 행동하는데, 서술의 대상이 한 인물과 욕망에 집중된다는 점에서 일종의 인물소설이라고 볼 수도 있을 것이다. 이와 같은 범주의 소설에서는 특히 여성인물들과 그들의 욕망 문제가 집중적으로 부각된다. 이는 채만식 소설이 지니는 하나의 경향성이라고도 할 수 있는데, 채만식 소설은 식민지 시대 여성의 삶의 조건들에 대해 집요하게 질문하며, 사회적 성역할의 배분과 그것의 부당성에 변함없는 배려와 연민의 시선을 유지한다. 채만식 소설에서 여성화자의 등장의 문제는 하나의 예각점을 이루고 있다.

이와 같이 인간의 보편적 욕망에 대한 즉물적인 반응과 인식을 보여주는 소설들은 인물들이 보여주는 욕망의 동선을 따라 있는 그대로 소묘한다. 따라서 소설의 구성은 그 욕망의 변주만큼이나 입체적이고 다면적인 구성을 취한다. 이는 하나의 전형적인 패턴을 보이기보다는 매우 역동적인 개방성을 내포하고 있다. 이러한 일련의 작품들은 사실로서 존재하는 현실 속의 구체적인 인간들이 지니고 있는 보편적이고 평균적인 욕망을 다룬다는 점에서 현실주의적 세계 인식과 관련하여 함께 논의될 수 있다.

1938년 발표된 〈용동댁〉은 매우 흥미로운 소설이다. 동시에 매우 현대적인 작품이다. 작품의 소재나 소설의 시·공간적 배경만 달리 한다면 현재의 독서 감각으로도 충분히 읽히고 소통될 수 있는 세련된 작품이다. 용동댁은 태진이라는 아들이 딸린 이십 과부이다. 그녀는 스물세 살에 남편을 여의고 시댁과 친정을 전전하다 지금은 친정에 머물고 있다. 건조하고 무료하기만 하던 친정집에 어느 날 작은 파문이 인다. 아들 태진이가 버려진 병아리 다섯 마리를 구해온 것이다. 세 마리는 이런 저런 이유로 죽고, 두 마리만이 온전하게 장닭으로 커간다. 기묘하게도 남은 두 마리는 암탉과 수탉으로 짝이 맞춰졌다. 그러나 이 가정에 닭이 가져다 준 평화와 행복은 오래 가지 못하고, 수탉이 삵에 물려가는 사태가 발생하게 된다. 남겨진 암탉은 졸지에 주인공, 용동댁처럼 과부 신세가 된다. 이야기의 실마리는 여기서부터 풀려나간다.

용동댁이 옆 집 수탉과 난질을 다니는 암탉에 불쾌한 감정을 느끼는 것은 일종의 양가감정이라 할 수 있다. 암탉의 행동은 용동댁의 감추어진 욕망과 관련되기 때문에 선망과 미움의 대상이 동시에 된다. 즉 정상적인 욕망을 지닌 건강한 여자로서 가지는 강렬한 성적 욕구와 여기에 수반되는 윤리적인 억압이 동시에 용동댁의 무의식에 작용하는 것이다. 그와 같은 무의식적 갈등 과정 속에서 용동댁은 암탉을 자신과 동일시하고 자기애의 편협한 구조 속에 가둬두고 싶어 한다. 이처럼 평균적인 인간이 가지는 욕망과 무의식의 문제를 〈용동댁〉은 암탉을 매개로 흥미롭게 풀어가고 있다. 이 소설은 용동댁이 결국 수탉을 사다가 짝을 맞춰줘야 하겠다고 생각하며 끝을 맺고 있다. 이처럼 용동댁의 무의적인 자기분열과 어쩔 수 없는 욕망의 흐름들, 질투심과 애정 사이에 갈등하는 미묘하고 섬세한 심리적 파동과 뉘앙스들, 그것이 이 흥미로운 소설의 주제가 되고 있다.

앞서 언급한 바와 같이, 서술자는 용동댁이 가지고 있는 자연스러운 욕망과 무의식적 동기들을 비난하거나 부정하지 않는다. 그것은 비난과 부정의 대상이 아니라 존재론적 차원에서 수용과 승인의 대상이다. 이는 〈해후〉 등의 작품에서 보다 분명하고 확연하게 드러나는데, 인간의 욕망을 바라보는 그와 같은 서술자 혹은 작가의 시선은 〈태평천하〉를 비롯한 채만식의 여타 작품에서도 반복되고 있음을 쉽게 발견할 수 있다. 그것은 의미를 소거하고 세계내의 존재상을 있는 그대로 바라보려는 즉물적 인식의 소산이다. 따라서 용동댁의 암탉에 대한 질투심이나 무의식적인 자기애와 보존본능은 한편으로 비루한 것이기도 하지만 그들과 같은 인간인 독자에게 연민과 동정의 대상으로 다가오는 것이다.

허무주의적 세계 인식을 드러내고 있는 작품들로는, 채만식 스스로가 '사소설'이라 명명한 범주에 속하는 소설들과 장편 〈옥랑사〉가 대표적이다. 허무주의적 세계 인식과 관련된 작품들에서는 욕망의 성취 가능성이 좌절되며, 개인적 욕망은 사회적 차원으로 승화되지 못하고 개인의 내면 속으로 응고되고 탈승화된다. 좌절되고 패배당한 인물들의 모습은 〈냉동어〉, 〈회〉, 〈패배자의 무덤〉, 〈모색〉, 〈근일〉, 〈집〉, 〈상경반절기〉 등의 작품 속에서 구체화되고 전경화된다. 가령 〈냉동어〉란 의식의 냉동상태를 가리키는 말에 다름 아니고, 이는 '무력한 객관주의'의 한 특징이다. 세계와의 소통의 가능성이 단절된 채, 개체적 실존에 칩거하고 피난살이하는 무기력한 개인의 모습은 〈근일〉, 〈집〉 등의 자전적 성격이 짙은 소설들에서 신랄하게 묘파되고 있다. 허무주의적 세계 인식을 바탕으로 하고 있는 작품들에서는, 인물이 처한 부정적 현실과 지향하고자 하는 이상형은 아무런 상호작용을 하지 않거나 못하고 있어서, 대립되는 담론이나 가치체계는 의미 없이 기계적으로 나열된다. 이론적으로 만날 수 없는 평행선처럼, 소설의 구성은 대립적 이념형들을 무의미하게 병렬적으로 배열한다.

이와 같은 구성의 파탄이 극점에 이르고 있는 것은 장편 〈옥랑사〉이다. 〈옥랑사〉의 구성은 실로 기괴하다 할 수 있는데, 소설의 일부는 주인공 장선용과 옥랑의 연애담이 실존적인 차원으로 가두어져 있고, 다른 일부는 장선용이 한국근대사의 중요한 사건들을 모조리 경험하는 강사講史적 서술로 채워진 사회적 차원의 이야기로 분할되어 있다. 여기에서 중요한 것은 역사소설로서의 〈옥랑사〉의 소재적 풍요로움이 아니라, 기괴하달 수밖에 없는 구성상의 파탄이다. 〈옥랑사〉에서 장선용의 개인적인 연애담은 역사적인 사건담으로 단 한번도 침투하지 않는다. 두 개의 이야기는 완전히 별개의 것으로 취급되고 있어서, 독자에게 전혀 다른 두 개의 소설을 읽고 있는 착각마저 들게 한다. 이 두 가지 이야기 구조는 전혀 유기적으로 관련되어 있지 않으며, 단 한 순간에서조차 조우하지 않는다. 또한 실존적 개인으로서의 장선용은 옥랑이 죽어버림으로써 옥랑과의 사랑에도 실패하고, 역사적 존재로서의 장선용도 한국사의 중요한 사건들을 모조리 경험하지만 민중에 대한 불신과 제국주의에 대한 의구심을 떨쳐내지 못하고 한낱 테러집단의 우두머리가 됨으로써, 사회적 욕망의 성취에도 실패하게 된다. 이와 같은 플롯의 파탄은 무엇을 의미하는 것인가. 이에 답하는 것은 채만식 소설에서 매우 중요한 의미를 지닌다. 그것은 개인적 욕망의 사회적 차원으로의 승화 가능성의 봉쇄이다. 건강한 사회란 개인의 실존과 사회적 환경과의 소통 가능성이 열려 있으며 끊임없이 그 대화적 구조가 상호침투를 통해 갱신되는 사회일 것이다. 그러나 〈옥랑사〉에서 보이는 소통가능성의 봉쇄는 일본제국주의의 지배가 한 작가의 정신구조를 어느 정도까지 결딴나게 했는지를 보여주는 간접적인 증거일 것이다.

일제 말기에 접어들게 되면 채만식은 '사소설'이라 칭하는 독특한 경향의 소설들을 발표한다. 사회적 자아로서 역사적 가능성에 대한 탐색이 채만식 소설의 주된 경향이라는 사실을 고려한다면 이러한 작품들의 존재는 매우 이질적이고 예외적인 것이라 할 수 있다. 그러면 이러한 '사소설'의 존재가 의미하는 바는 무엇인가. 사소설의 존재는 채만식 소설의 전체적인 구도 속에서, 그리고 허무주의적인 경향의 소설들과의 상관성에서 파악해야 그 온전한 의미가 드러날 것이다. 채만식의 사소설로 분류할 수 있는 작품들 중에 〈근일〉을 살펴보기로 하자.

〈근일〉은 금광사업과 관련된 자신의 가족사와 그리고 보다 중요하게는 '근일'의 자신이 처한 작가적 상황과 문학관을 피력하고 있는 작품이다. 이 작품에는 정체를 알 수 없는 어둠과 불안의 그림자가 짙게 드리워져 있다. 먼저 그 어둠의 정체는 무엇보다 내일을 기약할 수 없는 궁핍한 가족들의 생활형편이다. 셋째 형과 넷째 형이 계속해서 금광사업에 몰두하지만 번번이 일은 어긋나거나 실패로 돌아가고 만다. 마지막 기대를 걸고 형들은 '광나루 저편짝에 있는 ××광산'에 일자리를 새로 마련한다. 더 이상 기댈 곳이 없는 가족들의 운명은 이제 그 금광의 성패 여하에 달려 있다. 채만식의 이른 바, '사소설'에서 두드러지는 특징 중의 하나는 가족으로의 복귀와 '가족애'에의 강조이다. 그것은 일상적 관심에의 고조와 함께 사소설의 중요한 특징으로 거론될 수 있다.

이 작품에서 부각되고 있는 따뜻한 가족애는 가치판단의 문제가 아니다. 그것은 긍정적이거나 부정적인 의미를 갖지 않는다. 이 지점에서 문제가 되는 것은 다른 작품에서는 좀처럼 볼 수 없었던 가족애의 강조가 갖는 성격과 그 의미일 것이다. 통상적으로 가족이란 인간이 마지막으로 몸을 의탁할 수 있는 최후의 보루이다. 따라서 그것은 우선적으로 작가가 지향하는 세계의 축소와 왜소화를 의미한다. 앞서 언급한 바 채만식 소설의 본령을 이루는 것은 사회적 자아로서 역사적 가능성의 탐색이다. 그러나 그의 사소설에 이르게 되면 역사나 사회에 대한 관심은 차단되고 개인의 신변잡사와 일상에 대한 관심이 이를 대체하게 된다. 이는 물론 민족사의 역사적 가능성의 전면적 봉쇄를 의미하는 일제말기의 정치적 상황과 무관하지 않다. 그와 같은 외면적 요소 외에 채만식에게 있어 사소설로의 선회는 그 내면적 동기와 논리가 또한 해명될 필요가 있다. 이 작품에 드리워져 있는 주요한 어둠의 정체는, 사소설과 관련한 자신의 문학관을 피력하고 있는 다음 예문에서 드러난다.

퍼뜩 붓을 멈추고, 나의 신경상태를 응시한다. 아무리 그렇더라도, 나 자신의 그와 같이 작고 속스런 인간을, 문학적으로 승화되지 못한 한낱 시정적인 사실이요 족히 진실과는 거리가 먼 나의 정신상 나체裸體 그대로를, 그대로 갖다가 이런 모양으로 문학 속에 담아서 어엿이 남의 면전에다 내놀 까닭이야 없는 게 아닌가? 정녕코, 이즈음 내가 문학의 내용세계에 있어서 이윽고 빠져가며 있는 슬럼프에 대한 무의식한 자포자기요, 그 악질한 악화가 아닐는가 싶다. 작품이 부질없이 신변답사로 기울고 있었다. 일찍이 돌려다본 적도 없고, 돌려다보려고도 않던, 소위 사소설에의 접근이었다. 이미 발표를 한 것으로〈회懷〉가 벌써 그러한 경향이 자못 농후했다. 쓰다가 팽개쳐 둔〈종씨宗氏〉가 그러했고〈하중荷重〉이 그러했다. 방금 승강을 먹고 있는〈집〉이 번연히 그러하다. "집이라고 하는 것이 막상 이다지도 졸연찮이 마음을, 근심을 골몰케 하도록 정을 차지하는 것인 줄은 몰랐었다. 흡사 노인자제처럼 얼뚱스러웠다. 다직 까치둥우리 됨직한 한 채의 오두막집이. 재물로 치자면야 그러니 지극히 적은 재물이건만, 그의 화폐가격만으로는 능히 환산이 되지 않는 또 하나의 가치를, 직접 마음에 통하여 정을 지배하는 힘을, 그는 가지고 있었다. 집을 지녀보기도 처음이었다. 집을 잃어보기도 처음이었다. 그리고서 처음으로 집이라는 것을 안 셈이다. 다 늦게야 인생을 조그마한 또 한 과(再―課) 배웠다고 할는지.” 이것이 〈집〉의 첫 머리 몇 줄째부터의 한 토막이다. 단순한 집타령이요, 울 안에서 나 혼자만의 진실이다. 〈하중荷重……〉은 옛 연애를 만나고 나서 지금의 안해가 짐스럽다는 것이고 〈종씨宗氏〉는 이웃의 우습게 생긴 종씨를 이야기하면서 역시 내 신변사를 늘어논 객담이다. 이렇게 나는, 와락 진리롭지도 못한, 겸해서 편협한 소견으로 남에게 인생을 감히 결론하려 드는 것이다. 마침내 그러다간 한 걸음 나가서, 지극히 비속한 시정잡사와 항다반의 인정미담인 표정을 해가지고 스스로 문학 가운데 등장을 하고 있는 것이다.

신변잡사의 사소설이 문학의 정도가 아니요 가히 삼가야 할 것이거늘, 본디 니힐한 병폐가 있는 내가 또 한가지 사도에 탐혹을 하다니, 생각하면 한심한 노릇이다. 길이 막힌 것만은 사실이었다. 그러나 정상한 길을 찾도록까지 손을 멈출지언정 아쉰 대로 덮어놓고 사도를 나가다께, 절절이 불가한 짓이다. 항차, 그러한 건전치 못한 코스를 밟으면서 이다지 상식에 벗도록까지 건강을 무리하며 생리를 학대한다는 것은, 결과가 막상 천하를 얻는 소업이라고 하더라도 족히 취할 일이 아닐 것이다. 그러나마, 그렇게 정력을 들여가며 노력하기를 내용의 미화를 위해서보다도 실상은 많이 문장의 정리와 말의 선택에 몰두하는 탓이고 보니, 완전히 무의미한 장난이다. 밤을 꼬박이 밝혀가면서, 몇날 며칠이고 그 모양으로, 말이다. 싸릿문 바깥에 나서서, 형을 배웅하고 있던 나다. 어느 겨를에 그런데 “퍼뜩 붓을 멈추고 나의 신경상태를 응시…….” 하는 내가 풀쩍 뛰어들었다. 그 두 가지의 나는, 도저히 같은 시공時空에는 용납이 되지 않는, 실로 세계가 서로 다른 나들이다. 확실히 미신이요 과학은 아니다. 그리고 그것이야말로 유독 일인칭 사소설만이 부릴 수 있는 요술인가 보다.

소설가인 나에게 사소설은 ‘족히 진실과는 거리가 먼 정신상 나체’이고, 그것은 일찍이 ‘돌려다본 적도 없고 돌려다보려고도 않던’ 양식이었다. 그래서 그러한 '사소설에의 접근'은 문학적 '슬럼프에 대한 무의식한 자포자기'라 할 수 있다. 그리고 이에 해당하는 작품으로 〈회〉, 〈종씨〉, 〈하중〉, 〈집〉 등을 그 예로 들고 있다. 또한 내가 생각하기에 그 작품의 내용들은 '울 안에서 나 혼자만의 진실'일 뿐이다. 그것은 결코 '진리롭지도 못한' 것이다. 인용문의 후반부에서는 이와 관련한 자신의 문학관을 본격적으로 풀어놓고 있다. '신변잡사의 사소설'은 '문학의 정도正道'가 아니다. 그것은 또 하나의 '사도邪道'에 해당하는 것이다. 여기에서 나는 '길이 막힌 것만은 사실'이라고 고백하고 있는데, 이 대목에서 우리는 악화 일로로 치닫고 있었던 일제 말기의 사회, 정치적 상황을 우선 떠올릴 수 있을 것이다.

그리고 그것은 사회적 자아의 역사적 가능성을 주된 테마로 하는 채만식에게 창작의 길의 봉쇄를 의미하는 것이었을 것이다. 그와 같은 사정은 '진리롭지도 못하다', '문학의 정도가 아니요'라는 표현을 통해 드러나고 있는, 사소설에 대한 나의 부정적 인식으로 미루어 알 수 있다. 그래서 '본디 니힐한 병폐가 있는' 나에게 사소설로의 길은 '또 한 가지 사도에 탐혹'하는 것이 된다.

그렇다면 여기에서 언급되고 있는 '니힐한 병폐', 즉 허무주의와 사소설과의 관계는 어떤 것인가. 이 역시 사소설이 가지고 있는 내적인 논리와 함께 밝혀져야 할 문제이다.

나에게 사소설은 문학의 정도가 아니기에 그 '내용의 미화를 위해서보다도 문장의 정리와 말의 선택'과 같은 형식의 문제에 매달리게 한다. 내용과 주제의 불만족을 형식의 완성도로 상쇄하려는 것이다. 따라서 나에게 그것은 '완전히 무의미한 장난'에 불과한 것이다. 일반적으로 일인칭 소설의 의미구조는 서술적 자아와 경험적 자아 사이의 거리와 긴장으로 결정된다고 할 수 있다. '그 두 가지의 나는 도저히 같은 시공에는 용납이 되지 않는 실로 세계가 서로 다른 나들'이다. 그러나 사소설에서는 인용문 마지막 부분의 언급처럼 경험적 자아와 서술적 자아가 구분되지 않는다. 그것은 결국 채만식에게 경험적 자아로 표상되는 사회적 공간과의 긴장을 포기하고 개체적 실존이라는 사적 영역으로의 후퇴를 의미하는 것이라 하겠다. 이 작품의 후반부는 몇 가지 일상적인 신변잡사와 불우한 환경 속에서의 가족애의 강조로 이루어져 있다. 그리고 어려운 집안 형편을 돕기 위해 현재 거주하고 있는 집을 팔기로 결정하는 것으로 소설은 끝을 맺고 있다. 앞서 언급한 바와 같이 채만식 소설의 본령을 이루는 것이 사회적 관심이라는 것은, 이 작품처럼 개인적 실존을 다루고 있는 사소설에서도 그 관심의 초점이 본질적인 의미에서의 개인의 내면성이나 실존의 문제가 아니라 이와 같은 신변잡사와 표면적인 일상성으로 기울어져 있다는 점에서도 확인되는 것이다.

그렇다면 이 소설의 본질적인 의미는 무엇인가. 그것은 결국 사소설의 내면적 논리를 밝히는 일이 된다. 사소설의 내적 논리의 핵심은 '타락한 세상'과 '순결한 자아'라는 대립적 구조에 있다. 앞서 허무주의적 경향을 보이는 소설들에서 보았지만 사회적 가능성의 전면적 봉쇄라는 상황을 주체가 견뎌낼 수 있는 방법에는 무엇이 있는지 살펴보자. 첫째 〈패배자의 무덤〉에서 보듯이 죽음이라는 극단적인 선택은 통해 현실의 질서를 송두리째 거부하는 것이다. 둘째 〈회〉에서 보듯이 달관의 포즈나 과거로의 퇴행을 통해서 현실의 장력으로부터 벗어나는 것이다. 마지막으로 가능한 것은 〈모색〉에서 보듯이 타락한 현실과 대비되는 자아의 순결성을 고수하면서 무의미한 현실을 견디는 일이다. 이러한 가능성은 〈패배자의 무덤〉이나 〈회〉에서는 차단되어 있는 것으로 볼 수 있다. 왜냐하면 〈패배자의 무덤〉에서는 죽음을 선택함으로써, 〈회〉에서는 현실과의 긴장을 놓아버리고 늙어버림으로 인해 이미 자신의 존재론적 근거를 상실하고 있기 때문이다. 나머지 두 가지 가능성은 모두 현실 원칙에는 부합하지 않는 것이기 때문에, 사회적 가능성이 봉쇄된 무의미한 현실과의 끈을 놓지 않고 견뎌내는 유일한 방법은 〈모색〉에서 옥초가 택했던 길이라 할 것이다. 즉 채만식에게 개인의 실존적인 차원에까지 엄습해오는 일제 말의 정치적 압력과 허무주의의 그림자를 걷어내기 위한 길은 자아의 순결성을 보존하는 것만이 유일한 생존의 방법이었다고 할 것이다. 이런 맥락에서 채만식의 사소설의 주인공들이 소설가인 것은 자아의 순결성이라는 문제와 직접적인 관련성을 갖는다. 즉 채만식 개인에게 자아의 순결성을 보존한다는 것은 무엇보다도 세계의 타락한 원리와 대비되는 예술가적 자부심을 고수하는 일과 직결된다는 것이다. 그래서 〈근일〉이나 〈집〉에서 보이는 것처럼, 소설가로서 자신의 정체성과 예술가적 자부심을 재확인하는 일은 그에게 무엇보다도 중요한 일이 된다. 왜냐하면 그것은 바로 순결한 자아라는 자신의 존재론적 근거의 원천을 형성하고 있기 때문이다. 이런 맥락에서 사소설에서 가족애의 강조는 작가가 지향하는 세계의 축소와 왜소화라는 외연적인 의미 외에 가족이라는 자신의 원초적인 존재론적 기원과 뿌리를 확인한다는 내면적 동기를 갖는 것이다.

이 작품에는 내가 밤샘 작업을 마치고 잠자리에 들기 전에 처리한 일상적인 일들과 만난 사람들을 열거하는 장면이 나온다. 여기에 등장하고 있는 인물들은 가난하고 무식한 민중들이다. 나는 그들과의 만남을 '너저분한 나그네들과의 너저분한 교섭'이었다고 기록하고 있다. 일제 말기에 이르러 채만식의 민중에 대한 불신과 혐오감[57]은 감정에 치우치고 있는 감이 없지 않다. 이는 〈상경반절기〉에서도 확인할 수 있다. 나에게 그들과의 만남은 짜증스럽고 귀찮은 일이기만 하다. 사소설에 이르러 작가의 세계는 신변잡사와 일상적인 것들이 사회적이고 역사적인 현장을 대체하고 있기 때문에 일상 속에서 벌어지는 사건들과 여기에 등장하고 있는 인물들이 작가가 경험하는 외부 현실을 함축하고 있는 것으로 볼 수 있다. 순결

---

57) 이와 관련하여 1948년 이후 채만식과 이웃에 살면서 채만식으로부터 총애를 받은 제자, 장영창張泳暢의 수기에 실려 있는 대담을 참고할 수 있다. (장영창, 〈채만식 선생을 회고한다〉, 《백릉 채만식 생애와 문학》, 오현 편, 신아출판사, 2000, 221쪽.)

한 자아와 대비되는 경험적 현실은 타락하고 누추한 것들뿐이다. 따라서 사소설의 내면적 동기와 논리는 자아의 순결성과 타락한 세계와의 대립에 기초해 있다는 점을 확인할 수 있다.


## 3. 결론을 대신하여

채만식 소설의 근원적인 균열은 욕망의 어긋남과 허무의 심연을 깊이 보았음에도 당위론적 가치라는 선험적 초월의 가능성을 끝내 포기하지 않았음에 기인한다. 즉 인간에게 존재론적 숙명으로 주어진 근원적 어긋남과 허무주의라는 심연과의 내면적 고투와 그 긴장을 끝까지 견뎌내지 못하였다는 것이다. 결과적으로 채만식 소설은 미리 주어진 이데올로기의 선험성이라는 유혹으로부터 자유롭지 못했다. 이처럼 채만식 소설이 욕망의 어긋남을 인정하면서도 그것을 현실을 해명하는 일반적인 원리로서 전면적으로 수용하지 않는 이유는 그것이 채만식 소설이 지향하고자 하는 윤리와 당위의 세계를 근본적으로 위협하는 요인이 되기 때문이다.

여기에서 우리는 채만식 소설의 근본적인 원형과 내면적 원리를 도출해 낼 수 있다. 그것은 '윤리'와 '욕망'의 갈등이다. 그것은 당위적 가치체계와 존재론적 사실세계와의 대립 구도와도 일맥상통하는 것이다. '윤리'와 '욕망'의 갈등이라는 테제는 채만식 소설의 전체적인 주제를 관통하는 일관된 원리이자 원형에 해당한다고 해도 과언이 아니다. 그리고 채만식 소설의 주제의식은 '욕망'의 어긋남을 견디기보다는 '윤리'적 체계로의 지향을 보여준다. '윤리'와 '욕망' 사이에서 갈등하는 인간의 고뇌에 찬 모습은 바로 채만식의 자전적 초상에 다름 아니다.

채만식 소설의 일반적인 논리는 타락한 현실 속에서의 난처한 처지를 견디는 소극적 수용력(negative capability)을 보여주기보다는 제 안의 신넘을 지키기 위해 현실의 균열과 모순을 제거하는 배제의 형식을 취하고 있다. 이는 〈태평천하〉나 〈탁류〉, 그리고 〈옥랑사〉를 일관되게 관통하고 있는 윤리의 핵심이다. 이와 같은 채만식 소설의 일반적인 구도는 비유하자면, 예토穢土에서 정토淨土의 가능성을 보지 못하고 있는 것이라 할 수 있다. 또한 그것은 일제 식민지 체제라는 시대적 상황에 의해 강제되었던 것임을 우리는 부인할 수 없다.

그래서 채만식의 문학적 한계는 우리 민족사의 한계이기도 하다. 이와 같은 것들을 종합적으로 고려할 때, 우리는 평생 불행만을 경험하고 복됨은 한번도 누리지 못한 채 자신의 한계점과 싸웠던 이 작가의 고난에 찬 삶과 문학에 대해 이에 합당한 존중과 경의를 표하지 않을 수 없다.

| | |
|---|---|
| 1902년 (1세) | 7월 21일(음력 6월 17일) 전라북도 임피군 군내면 동상리에서, 부친 채규섭과 모친 조우섭 사이의 9남매 중 5남으로 태어나다. 본관은 평강이며 본명은 만식, 호는 백릉白菱이다. 나중에 채옹采翁이라 했으나 잘 사용하지 않았고 필명을 서동산徐東山으로 사용하기도 했다. |
| 1910년 (9세) | 4년제인 임피보통학교에 입학하다. 보통학교에 다니면서도 6, 7세부터 배워오던 한학 공부를 계속하다. |
| 1914년 (13세) | 3월 임피보통학교 졸업하다. |
| 1918년 (17세) | 상경하여 4년제 중앙고등보통학교에 입학하다. |
| 1920년 (19세) | 3학년 재학중 부모의 강권에 의해 4월 21일(음력 3월 3일)에 익산시 함열읍(이전의 익산군 함라면 함열리)에 사는 1년 연상의 신주 은씨 은선흥(당시 20세)과 결혼하다. |
| 1922년 (21세) | 3월에 중앙고등보통학교를 졸업하고, 4월에 도일하여 와세다(早稲田) 대학 예과(3년제)에 입학하여 문학을 전공하다. 이 학교의 축구부에서 센터포드로 활약하다. |
| 1923년 (22세) | 봄에 일어난 관동대지진으로 학업을 중단하고 귀국하다. 귀향 후 소설집필을 시작하여 최초의 창작소설인 〈과도기過度期〉를 탈고하다. 이 시기부터 채만식 문학의 자산이 된 고소설을 비롯해서 우리나라 고전을 탐독하기 시작하다. |
| 1924년 (23세) | 와세다 대학으로부터 장기결석과 학비 미납을 이유로 2월 1일자로 제적 처분을 당하다. 경기도 강화의 사립학교 교원으로 취직하다. 1924년 12월호 《조선문단》에 단편 〈세 길로〉가 이광수의 추천으로 게재되어 문단에 데뷔하다. 장남 무열이 출생하다. |

| 1925년 (24세) | 7월 동아일보사 정치부 기자로 입사하다. 단편 〈불효자식〉이 《조선문단》 2권 10호에 다시 추천 게재되다. |
| 1926년 (25세) | 10월에 동아일보사를 사직하고 소설 창작의 소재를 찾아 방황하다. 이 시기를 전후하여 다양한 문학 장르에 대한 탐구가 시작되다. |
| 1928년 (27세) | 차남 계열이 출생하다. |
| 1930년 (29세) | 개벽사에 입사하다. |
| 1933년 (32세) | 개벽사를 그만두고 조선일보사에 입사하다. |
| 1934년 (33세) | 《신동아》에 발표한 단막희곡 〈인텔리와 빈대떡〉, 단편소설 〈레디메이드 인생〉으로 작가적 명성을 얻기 시작하다. |
| 1936년 (35세) | 1월 조선일보사를 퇴사하고, 이후 작가활동에 전념하다. 금광업을 하던 형 준식이 거주하던 개성(개성부 남산정 956번지)에 머물다가 이듬해 안양으로 이거하다. 개성에 체류하는 동안 단발과 창씨개명을 거부하고 학생 조직 모임에서 강연했다는 이유로 일본 형사에게 잡혀 10여일의 구치를 당하다. |
| 1938년 (37세) | 장편소설 〈천하태평춘天下太平春〉을 《조광》에, 단편소설 〈치숙癡叔〉을 《동아일보》에 발표하다. |
| 1939년 (38세) | 8월에 학예사에서 《채만식 단편집蔡萬植短篇集》이, 11월에 박문서관에서 장편 《탁류濁流》가 출판되다. |
| 1940년 (39세) | 장편 《태평천하太平天下》가 명성사에서 출판되다. 이 무렵부터 서울에서 숙명여고 출신인 김씨영과 동거하다. |
| 1941년 (40세) | 3월 서울 광장리로 이거하다. 5월에 《탁류濁流》재판이 간행되나 6월 27일자로 조선총독부의 3판 발행 금지처분을 받다. 장편 《金의 열정情熱》이 영창서관에서 출판되다. |
| 1942년 (41세) | 김씨영과의 사이에서 삼남 병훈이 출생하다. |
| 1944년 (43세) | 김씨영과의 사이에서 딸 영실이 출생하다. |

1945년 (44세)  1월에 부친 규섭 별세하다. 장남 무열이 병사하다. 4월에 전북
         임피로 하향하여 고향에서 8·15 해방을 맞이하다. 고향에서
         지내는 동안 백릉의 인간성을 잘 알고 그를 존경해준 세계일보
         사 사장이자 고향사람인 김형양과 교우를 맺고 지내다. 고향
         친우로는 고형곤과 사회주의 사상이 짙은 작가 이근영이 있다.
         문단에서는 이무영과 각별한 사이였고, 전주의 신석정과는 지
         리적으로 가까워 자주 만나다. 선배작가로는 김동인과 염상섭
         을 좋아했다. 해방 후 서울 서대문 충정로 1가 75로 이거하다.
1946년 (45세)  작품집 《제향날》이 박문출판사에서 출판되다. 향리인 전북 임
         피로 다시 내려가다.
1947년 (46세)  모친 조우섭 별세하고, 김씨영과의 사이에서 사남 영훈이 출생
         하다. 익산군 북일면 고현리으로 이거하다. 이때 이미 폐결핵
         을 앓았고 빈곤과 실의 속에서 우울한 날들을 보내다.
1948년 (47세)  단편집 《잘난 사람들》이 민중서관에서, 《당랑의 전설》이 을유
         문화사에서 출판되다.
1949년 (48세)  익산시 주현동으로 다시 이거하다.
1950년 (49세)  봄에 익산시 마동 269번지로 이거하다. 6월 11일 오전 11시 30
         분 폐환으로 전북 익산시 마동 269번지에서 영면하다. 유택幽
         宅은 전라북도 옥구군 임피면 취산리 선영하先塋下.
1984년  2월에 '백릉채만식선생문학비白菱蔡萬植先生文學碑'가 군산시 월명동 월명공
       원에 건립되다.
1989년  창작과 비평사에서 《채만식전집 1~10》이 출간되다.
1996년  군산시 문화동 886번지에 '백릉채만식문학관白菱蔡萬植文學館'이 건립되다.
       이 곳에서는 채만식의 육필원고와 생전의 사진 등을 전시하고 있으며
       채만식에 관한 자료들을 소장하고 있다. 《탁류》의 배경지인 미두장·조
       선은행·째보선창 등 세 곳에 군산문화원에서 채만식 소설비를 세우다.

2000년  사단법인 민족문학작가회의 주관으로 '백릉 채만식 선생 50주기 추모
심포지엄'이 열리다.

●장편소설 : 인형의 집을 나와서(조선일보, 1933.5.7~11.14), 艶魔(조선일보, 1934.5.16~11.5), 탁류(조선일보, 1937.10.12~1938.5.17), 天下太平春(조광, 1938.1~9.), 金의 情熱(매일신보, 1939.6.19~11.19), 아름다운 새벽(매일신보, 1942.2.10~7.10), 어머니(조광, 1943.3~10), 裵裨將(박문서관, 1943.11.30), 女人戰紀(매일신보, 1944.10.5~1945.5.17), 玉娘祠(희망, 1955.5~1956.5), 淸流(현대문학, 1986.11)

●중편소설 : 過度期(문학사상, 1973.8~9), 停車場 近處(여성, 1937.3~10), 冷凍魚 (인문평론, 1940.4~5), 젊은 날의 한 句節(여성, 1940.5~11), 沈봉사(신시대, 1944.11~1945.1), 許生傳(협동문고, 1946.11.15), 少年은 자란다(월간문학, 1972.9), 세 길로(조선문단, 1924.12), 불효자식(조선문단, 1925.7), 生命의 遊戱(문학사상, 1975.1)

●단편소설 : 산적(별건곤, 1929.12), 그 뒤로(별건곤, 1930.1), 병조와 영복이(별건곤, 1930.2,3,5), 앙탈(신소설, 1930), 山童이(신소설, 1930), 蒼白한 얼굴들(혜성, 1931. 10), 貨物自動車(혜성, 1931.11), 암소를 팔아서(집, 1943), 農民의 會計報告(동방평론, 1932.7), 팔려간 몸(신가정, 1933.8), 레디 메이드 人生(신동아, 1934.5~7), 보리방아(조선일보, 1936.7.4~22), 素服 입은 靈魂(신동아, 1936.8), 貧…第一章 第二課(신동아, 1936.9), 明日(조광, 1936.10~12), 젖(여성, 1937.1), 얼어죽은 모나리자(사해공론, 1937.3), 生命(백광 3·4합집, 1937.4), 어머니를 찾아서(소년, 1937.4~8), 黃金怨(현대문학, 1956.4), 童話(여성, 1938.3), 痴叔(동아일보, 1938.3.7~14), 두 純情(농업조선, 1938.6), 쑥국새(여성, 1938.7), 이런 處地(사해공론, 1938.8), 龍洞宅의 경우(농업조선, 1938.8), 少妾(조광, 1938.10), 정자나무 있는 揷畵(농업조선, 1939.1), 敗北者의 무덤(문장, 1939.4), 南植이(여성, 1939.7), 斑點(문장, 1939.7), 摸索(문장, 1939.9), 興甫氏(인문평론, 1939.10), 颱風(박문, 1939.10), 이런 男妹(조광, 1939.11), 上京半折記(신사조, 1962.11), 巡公 있는 日曜日(문장, 1940.4), 懷(조광, 1940.12), 近日(춘추, 1941.2), 四號一段(문

장, 1941.2), 집(춘추, 1941.6), 病이 낫거든(조광, 1941.7), 鐘路의 住民(1941.2.20 탈고), 邂逅
(1941.3.17 탈고), 車中에서(체신문화, 1961.3((1941년작)), 덕원이 선생(1941), 고약한 사돈(1941),
鄕愁(야담, 1942.2), 揷話(조광, 1942.7), 妻子(자유문학, 1961.7), 善良하고 싶던 날(약업신문,
1960.6.18,25), 實의 功(가정생활, 1962.10), 孟巡査(백민, 1946.3,4), 미스터 方(대조, 1946.7), 논
이야기(해방문학선집, 1946), 도야지(문장 속간호, 1948.6), 落照(잘난사람들, 1948), 民族의 罪人
(백민, 1948.10,11), 아시아의 運命(야담, 1955.10), 妻子(주간서울, 1948.34,35), 歷史(학풍, 1949.1),
늙은 極東選手(신천지, 1949.2,3), 소(1950)


●콩트 : 허허 망신했군(신소설, 1930.1), 言約(여성, 1936.9), 不傳딱지(여성, 1936.11), 어
떤 畵家의 하루(동아일보, 1937.9.18,21,22), 饗宴(동아일보, 1938.5.17), 點景(조선일보, 1938.12.28)


●동화 : 쥐들은 고양이 목에 방울을 달러 나섰다(신가정, 1933.10), 왕치와 소새와
개미와(문장 폐간호, 1941.4), 이상한 선생님(어린이나라, 1949.1), 農村스케치(별건곤, 1938.8),
沈봉사(1936)


●장막 희곡 : 祭饗날(조광, 1937.11), 螳螂의 傳說(인문평론, 1940.10), 沈봉사(전북공론,
1947.10,11)


●단막 희곡 : 가죽버선(문학사상, 1973.2), 落日(별건곤, 1930.6), 밥(별건곤, 1930.10), 그의
家庭風景(별건곤, 1931.1), 스님과 새장사(혜성 창간호, 1931.2), 두부(혜성, 1931.5), 野生少年
軍(동광, 1931.5), 코떼인 지사(혜성, 1931.8), 사라지는 그림자(동광, 1931.9), 間島行(신동아,
1931.11), 조그마한 企業家(신동아, 1931.12), 監督의 안해(동광, 1932.3), 행랑 들창에서 들
리는 소리(신동아, 1932.2), 낚시집판의 風波(혜성, 1932.3), 목침 맞은 사또(신동아, 1932.5),
富村(신동아, 1932.7), 曹操(신동아, 1933.3), 인텔리와 빈대떡(신동아, 1934.4), 英雄募集(중앙,
1934.8), 흘러간 故鄕(조광, 1937.3), 예수나 안 믿었더면(조선문학, 1937.4~5), 대낮의 주막
집(1941)

●동극 : 다섯 귀머거리(신가정, 1934.9)


●시나리오 : 無藏三冬(1941년경 집필, 문학사상, 1976. 2~3)


●방송극 : 嬰鷄(1943~45년 사이 집필 추정)


●수필·기타 : 이것도 한 失手(별건곤, 1930.2), 亂中挿話集(별건곤, 1930.3), 나폴레옹과 佛蘭西의 基業(별건곤, 1930.3), 연분홍 裸體(별건곤, 1930.3), 金起田氏(별건곤, 1930.3), 友愛結婚의 意義(별건곤, 1930.5), 宋鎭禹·李光洙氏를 붙잡고(별건곤, 1930.5), 變態心理(별건곤, 1930.5), 超特輯貧術(별건곤, 1930.6), 新綠……其他(별건곤, 1930.6), 여름의 원두막 情趣(별건곤, 1930.7), 칼세이지의 愛國英雄한니발(별건곤, 1930.7), 젊은 마음(별건곤, 1930.8), 소낙비와 쓰르라미(별건곤, 1930.8), 넌센스 人間(별건곤, 1930.9), 新淸酒有罪(별건곤, 1930.9), 秋夜斷想(학생, 1930.9), 가을의 멧조각(별건곤, 1930.10), 子正 뒤의 怪女子(별건곤, 1930.11), 印度의 뮤니티(土兵反亂─별건곤, 1930.12), 눈 내리는 黃昏(별건곤, 1930.12), 妓生집 門앞에서 맴돌이하던 이야기(별건곤, 1931.2), 東亞日報社 社長 宋鎭禹氏 面影(혜성 창간호, 1931.2), 東八號室 潛入記(별건곤, 1931.4), 碧桃花에 어린 옛 記憶(혜성, 1931.4), 봄과 外套와(혜성, 1931.4), 봄과 女子와(신여성, 1931.4), 新綠 二題(혜성, 1931.7), 西藏의 戀愛戰爭(별건곤, 1931.8), 검둥이 舞姬·黑眞珠 조세핀 빼이커(혜성, 1931.8), 가을 數題(혜성, 1931.10), 交通近斷(신동아, 1932.2), 눈 하나 작은 女人(신생, 1932.3), 新恐怖時代(제일선, 1932.5), 李壽興事件의 記憶(제일선, 1932.5), 인텔리(신동아, 1932.6), 瀑布雜筆(제일선, 1932.7), 五聖落潮(신동아, 1932.9), 가을 하늘(제일선, 1932.10), 淸凉里의 가을(동광, 1932.10), 新人의 痛言(제일선, 1932.11), 매사냥(별건곤, 1933.1), 百名이 한 개를 낳더라도 옳은 프로 作品을(조선일보, 1933.1.6), 아버지의 體溫(별건곤, 1933.2), 文壇 第一線(제일선, 1933.3), 길거리에서 만난 女子(신동아, 1933.4), 典當鋪에 온 봄(신가정, 1933.4), 봄─가벼운 녀석(신여성, 1933.4), 自轉車 드라이브(동아일보, 1933.4.24), 女子의 一生(별건곤, 1933.5), 五月 假頭風景(신여성, 1933.5), 원두막의 밤이야기(신동아, 1933.7), 별 같은 반딧불에 싸인

옛 記憶(신가정, 1933.7), 내가 만일 朝鮮의 첫째가는 音樂家가 된다면(신동아, 1933.7),
돈 끼호떼(신동아, 1933.10), 批評精神과 內容의 兩全에(조선일보, 1933.10.5), 베비 골프(조
선일보, 1933.10.8), 創作의 態度와 實際(조선일보, 1934.1.11), 今年 身數는 좋을 듯(신동아,
1934.2), 여름·도시·밤·ETC(중앙, 1934.7), 飛鷹島의 快遊(동아일보, 1934.7.11), 修學旅
行의 追憶(신동아, 1934.8), 低廻迷暗의 發源(조선일보, 1934.12.11), 生活海戰從軍記(조선일
보, 1935), 文壇意見(조선일보, 1936.1.4), 고운 誘惑에 빠졌다가(조광, 1936.6), 文學人의 觸
感(조선일보, 1936.6.4~13), 여름 風景(조선일보, 1936.7.17~22), 出帆前夜(조광, 1936.8), 人間
夏景 數題(사해공론, 1936.8), 身邊雜草(중앙, 1936.9), 志望치 마십시오(풍림, 1936.12), 내
漫畵(풍림, 1937.5), 밥이 사람을 먹다(백광, 1937.5), 裕貞과 나(조광, 1937.5), 한 개의 事
象으로 봅시다(백광, 1937.6), 白馬江의 뱃놀이(현대평론, 1937.7), 劇評에 대하여(동아일
보, 1937.8.6), 朴淵行 戲畵(동아일보, 1937.11.16~21), 不可飲酒 斷然不可(조광, 1937.12), 百
萬圓의 圓卓夢(동아일보, 1938.1.3), 痛哭하고 싶은 心情(동아일보, 1938.1.14), 退酒受難記
(동아일보, 1938.2.4), 봄의 顯微鏡的 檢査(조광, 1938.4), 六月의 아침(여성, 1938.6), 錦江滄
浪 굽이치는 群山港의 今日(조광, 1938.7), 松都襍記(조선일보, 1938.7.3~12), 朝鮮文壇
의 黃金時代(동아일보, 1938.7.19), 세 뼘 자란 흑축(여성, 1938.8), 臨津江과 그 流域(조광,
1938.8), 枸杞子 열매만 붉어 있는 故鄕(조광, 1938.9), 萬頃平野(여성, 1938.9), 女人들의
머리쪽(사해공론, 1938.10), 遺言(조광, 1938.11), 먼저 知性의 獲得을(비판, 1938.11), 다듬이
(조광, 1938.11), 餘白錄(박문 2집, 1938.11), 壯年의 白髮(동아일보, 1938.11), 설 없는 新年……
기타(고려시보, 1939.1), 濁流의 桂鳳(동아일보, 1939.1.7), 續 餘白錄(박문3집, 1939), 怪談(조
광, 1939.2), 戀愛의 道具와 生殖의 道具로(여성, 1939.3), 가혹할 줄 모르는 그리운 봄
빛(여성 1939.3), 安懷南氏에게(여성, 1939.4), 정당한 評價(조선문학, 1939.4), 토키의 悲劇
(동아일보, 1939.5.12), 街頭小見(매일신보, 1939.5.16), 茶房讚(조광, 1939.7), 葡萄酒(매일신보,
1939.7.23), 銷夏隨筆(조선일보, 1939.7.28~8.2), 疾病·醫療(매일신보, 1939.8.12), 犯罪 아닌
犯罪(조광, 1939.8), 말 몇 개(문장, 1939.8), 紙蠱(박문, 1939.8), 山菜(매일신보, 1939.9.9), 秋窓
漫筆(매일신보, 1939.10.5,6), 秋題 二三(고려시보, 1939.10.16), 晚景(매일신보, 1939.11.15), 新婦
의 버선코가(삼천리, 1939.12), 冬眠(매일신보, 1939.12.3), 鐵條網(매일신보, 1939.12.10), 南行記

(문장, 1940.2), 봄을 保障한다(조광, 1940.2), 登攀岩(매일신보, 1940.2.21), 厄年(박문, 1940.3), 難物인 音樂(매일신보, 1940.3.14), 車中의 所見(매일신보, 1940.3.14), 高麗磁器頌(매일신보, 1940.3.23,25), 病餘雜記(조광, 1940.4), 애猪찜(박문, 1940.4), 病後記(매일신보, 1940.5.10), 어머니의 슬픈 祈願(조광, 1940.6), 外來語 使用의 斷片感(한글80호, 1940), 安養 卜居記(매일신보, 1940.6.5~11), 나의 '꽃과 兵丁'(인문평론, 1940.7), 朴淵瀑布로의 招待狀(유고—문학사상, 1972.2), 大陸經綸의 壯圖, 그 世界史的 意義(매일신보, 1940.11.22,23), 自由主義를 淸掃(삼천리, 1941.1), 風俗時評(매일신보, 1941.1.25~28), 彷徨 20년(신시대, 1941.2), 住宅(매일신보, 1941.3.6~22), 歸鄕途中(매일신보, 1941.5.15~18), 農村 現地報告(半島之光, 1941.9), 嬰兒는 나다(삼천리, 1942.7), 오리식례, 술멕이(신시대, 1942.9), 偉大한 아버지 感化(매일신보, 1943.1.18), 池麟泰大尉遺族訪問記(신세대, 1943.1), 追慕되는 池麟泰 大尉의 自爆(춘추, 1943.1), 明太(신시대, 1943.1), 間島行(매일신보, 1943.2.17~24), 農産物 出荷(供出) 其他(半島之光, 1943.4), 棍杖一百度(신시대, 1943.5), 輕金屬工場의 하루(신세대, 1943.6), 몸뻬 是是非非(半島之光, 1943.7), 鴻大하옵신 聖恩(매일신보, 1943.8.3), 疎惡品 其他(조광, 1944.10), 八·一五前後(건설5호, 1945.12), 上京後(백민, 1946.1), 己未 三一날(한성일보, 1946.3.1), 逆版 그레삼法則(서울신문, 1948.11.19), 한글 校正, 誤植, 사투리(민성, 1949.3), 밤손님(협동, 1949.11)


●평론·서평·기타 : 作者의 辨(조선일보, 1930.5.31~6.5), 評論家에 대한 作者로서의 불服(동아일보, 1931.2.14~21), 文壇小語(중앙일보, 1931.11.30), 文藝評家 咸逸敦 君의 奇劇(비판, 1931.12), 玄人君과 카프에(조선중앙일보, 1932.1.30), 玄人君의 夢을 啓함(제일선, 1932.7~8), 뚜르케네프와 나—無意識的 影響(조선일보, 1933.8.26), 〈人形의 집을 나와서〉를 쓰면서(삼천리, 1933.9), 創作의 態度와 實際(조선일보, 1934.1.11), 文藝批評家論(조선일보, 1934.2.15,16), 鄕愁에 煩惱하여서(조선일보, 1934.5.10~11), 文藝時感 1(조선중앙일보, 1934.5.13~18), 因緣 맺어진 女人들(신동아, 1934.7), 한 作家로서의 抗辯(조선일보, 1934.12.11), 自作案內(청색지, 1935.5), 夏日雜草(조선일보, 1935.7.18~21), 나의 無力한 펜 한 개(조선일보, 1935.8.31), 斷章 數三題(조선일보, 1935.12.21~28), 文藝時感 2(동아일보,

1936.2.13~17), 小說 안 쓰는 辨明(조선일보, 1936.5.26~30), 文壇時感(조선중앙일보, 1936.6.21 ~30), 農村 색시와 나(신동아, 1936.7), 閑題 數片(1937년작, 동아일보, 1972.8.26,29), 文人 멘탈테스트(백광, 1937.3), 朝鮮文壇 近狀(조선일보, 1937.9.30~10.5), 출판문화의 위기(조선일보, 1937.10.24,26), 위장의 과학평론(조선일보, 1937.12.1~6), 作家 短篇 自敍傳(삼천리문학, 1938.1), 잃어버린 10년(조선일보, 1938.2.18~26), 문학과 영화(조선일보, 1938.6.16~21), 작가의 한계(조선일보, 1938.8.4~9), 연극발전책(조광, 1939.1), 《大河》를 읽고서(조선일보, 1939.1.28, 1939.2.7,8), 李孝石 氏 著《해바라기》(동아일보, 1939.2.21), 삼월 창작개관(동아일보, 1939.3.7~14), 장덕조 여사의 진경(조광, 1939.3), 문학작품의 영화화 문제(동아일보, 1939.4.6), 朴泰遠 氏 著《支那小說集》(조선일보, 1939.5.22), 廉想涉作《二心》(조선일보, 1939.6.5), 似而非 農民小說(조광, 1939.7), 金과 文學(인문평론, 1940.2), 文學을 나처럼 해서는(문장, 1940.2), 作品權의 辯(매일신보, 1940.3.26~28), 三月의 作品들(인문평론, 1940.4), 소설가는 이렇게 생각한다(조선일보, 1940.6.14,15), 소설을 잘 씁시다(조광, 1940.7), 文學과 解釋(매일신보, 1940.8.21~26), 文藝時評(매일신보, 1940.9.25~30), 時代를 背景하는 文學(매일신보, 1941.1.5~15), 文學과 全體主義(삼천리, 1941.1), 김남천 저《사랑의 수족관》평(매일신보, 1940.11.19), 《청춘잡저》를 받아 읽고(협동, 1949.1), 現代作家 創作苦心 合談會(사해공론, 1937.1), 國民文學 工作鼎談會(매일신보, 1941.11.7~11), 創作合評會(신문학, 1946.6)

강봉기, 〈채만식 연구〉, 서울대 석사논문, 1978.

강헌국, 〈채만식 소설의 서사구조〉, 고려대 석사논문, 1986.

______, 〈목적론적 서사담론〉,《한국근대문학연구》 6, 한국근대문학회, 2002.

고 헌, 〈채만식 문학의 배경에 대한 연구〉,《군산대논문집》, 1982.

곽종원, 〈풍자와 자조 —채만식론〉,《한국단편문학대계》 3권, 삼성출판사, 1975.

국어문학회 편,《채만식 문학연구》, 한국문화사, 1997.

권혁준, 〈채만식 문학 연구〉, 성균관대 박사논문, 2001.

김경수, 〈채만식 문학의 리얼리즘적 성격〉, 고려대 석사논문, 1988.

김경수, 〈식민지수탈경제와 여성의 물화과정— 채만식의 '탁류'의 재해석〉,《작가
        세계》 겨울호, 2000.

김남천, 〈세태풍속묘사 · 기타〉,《비판》, 1938. 6.

______, 〈산문문학의 일년간— 소화 14년도 문단의 동태와 성과〉,《인문평론》,
        1939. 12.

______, 〈채만식저 '탁류'의 매력〉,《조선일보》, 1940. 1. 15.

김남천 · 채만식 · 이원조 외, 〈창작합평회〉,《신문학》, 1946. 6.

김만수, 〈탁류 속의 인간 기념물— 채만식의 '탁류'를 찾아서〉,《민족문학사연구》,
        민족문학 사학회, 1998.

김상선,《채만식연구》, 약업신문사, 1989.

김성수, 〈이야기의 전통과 채만식 소설의 짜임새〉, 한국정신문화연구원 석사논
        문, 1984.

김숙현, 〈채만식 희곡 연구〉, 경남대 박사논문, 1990.

김양선, 〈여성주의 시각에서 본 친일문화 — 친일문학의 내적 논리와 여성(성)의 전유 양상—이광수와 채만식의 친일소설을 중심으로〉,《실천문학》가을호, 2002.

김연숙, 〈채만식 문학의 근대체험과 주체구성 양상 연구〉, 경희대 박사논문, 2002.

김영민, 〈채만식의 새 작품 '염마'론〉,《현대문학》, 1987. 6.

______, 〈한국소설의 문체와 근대성의 발현—채만식 문장의 소설사적 위치〉, 문학과사상연구회편,《채만식 문학의 재인식》, 소명출판, 1999.

김영아, 〈1930년대 소설에 나타난 카니발리즘의 양상 연구 : 채만식, 김유정, 이상의 소설을 중심으로〉, 공주대 박사논문, 2005.

김윤식, 〈풍자의 방법과 리얼리즘〉,《현대문학》, 1968. 10.

______, 〈민족의 죄인과 죄인의 민족—채만식의 경우〉,《수필문학》, 1976. 3.

______, 〈서사양식과 극양식—채만식의 경우〉,《한국학보》16집, 1979.

김윤식 편,《채만식》, 문학과지성사, 1984.

김인환, 〈희극적 소설의 구조원리〉, 고려대 박사논문, 1981.

______, 〈정념과 거리—나도향 · 주요섭 · 채만식의 소설〉,《다른 미래를 위하여》, 문학과지성사, 2003.

김재용,《협력과 저항》, 소명출판, 2004.

김충실, 〈채만식의 소설연구〉, 고려대 박사논문, 1994.

김치수, 〈채만식의 유고—소년은 자란다〉,《한국소설의 공간》, 열화당, 1976.

김홍기, 〈채만식 소설 연구〉, 연세대 박사논문, 1990.

김  현, 〈식민지시대의 문학—염상섭과 채만식〉,《문학과지성》가을호, 1971.

______, 〈채만식 혹은 진보에의 신념〉,《문학과지성》여름호, 1973.

나병철, 〈1930년대 후반기 도시소설 연구〉, 연세대 박사논문, 1990.

류종렬, 〈채만식의 소설 '여자의 일생' 연구〉,《국어국문학지》, 문창어문학회, 1986.

______, 〈채만식의 역사소설 '옥랑사' 연구〉, 《국어국문학지》, 문창어문학회, 1988.

문학과사상연구회 편, 《채만식 문학의 재인식》, 소명출판, 1999.

민현기, 〈채만식 연구──풍자소설을 중심으로〉, 서울대 석사논문, 1977.

박계주, 〈채만식의 신소설〉, 《여원》, 1963.

박명순, 채만식 소설의 페미니즘 연구, 공주대 박사논문, 2006.

박천화, 〈채만식 비평사 연구〉, 중앙대 석사논문, 1986.

방민호, 〈채만식 문학에 나타난 식민지적 현실대응 양상〉, 서울대 박사논문, 2000.

______, 《채만식과 조선적 근대문학의 구상》, 소명출판, 2001.

배봉기, 〈채만식소설에 나타난 판소리의 서술양식에 대한 고찰〉, 연세대 석사논문, 1985.

______, 〈채만식 문학 인물의 특성과 형상화에 대한 연구〉, 연세대 박사논문, 1992.

백 철, 〈신춘지 창작개평〉, 《조광》, 1937. 2.

______, 〈채만식의 '탁류'를 읽고〉, 《매일신보》, 1939. 12. 28.

______, 〈채만식 형의 문학적 모습〉, 《자유문학》, 1956. 8.

서종택, 〈세속화와 자기풍자〉, 《한국근대소설의 구조》, 시문학사, 1982.

송지헌, 〈여성주의 관점에서 본 채만식 소설〉, 《한국언어문학》 37집, 한국언어문학회, 1996.

송하춘, 〈채만식연구〉, 고려대 석사논문, 1974.

______, 〈1930년대 소설에 나타난 무산운동의 추이〉, 석영홍 교수 화갑기념논총, 원광대, 1990.

______, 〈소설가의 눈으로 본 채만식〉, 채만식문학제 기획위원회편, 백릉 채만식 선생 50주기 추모 심포지엄 자료집, 민족문학작가회의, 2000.

______, 《채만식》, 건국대 출판부, 1994.

송현호, 〈채만식의 탈식민적 경향에 대한 고찰〉, 《관악어문연구》 17집, 1992.

안회남, 〈채만식 논변〉, 《조선일보》, 1933. 6. 28.~6. 29.

양현진, 〈채만식 문학의 풍자성 연구〉, 이화여대 박사논문, 2004.

오  현, 《백릉 채만식 생애와 문학》, 신아출판사, 2000.

우명미, 〈채만식론〉, 서울대 석사논문, 1977.

우한용, 〈채만식 소설의 담론특성에 관한 연구〉, 서울대 박사논문, 1991.

______, 《채만식소설 담론의 시학》, 개문사, 1993.

유준기, 〈채만식 소설에 나타난 풍자 및 해학성 연구〉, 고려대 석사논문, 1972.

유화수, 〈채만식 소설 연구—서사 전통과의 연계 양상을 중심으로〉, 전북대 박사
        논문, 1996.

유화웅, 〈채만식론〉, 《국문학》 7호, 고려대국문학회 1963.

윤영옥, 〈연구 현황과 과제〉, 《채만식 문학연구》, 한국문화사, 1997.

______, 〈채만식 풍자소설의 서사기법 연구〉, 전북대 박사논문, 1999.

이갑기, 〈문단촌침〉, 《비판》, 1932. 1.

이광수, 〈小說選後言〉, 《조선문단》, 1924. 12.

이남호, 〈닫힌 현실과 풍자기법; '태평천하'론〉, 《현대소설》 8호, 1991. 9.

이도연, 〈채만식 소설의 세계 인식과 미적 구조〉, 고려대 박사논문, 2005.

이래수, 〈채만식 연구〉, 동국대 석사논문, 1973.

______, 〈채만식소설 연구〉, 동국대 박사논문, 1985.

이무영, 〈곡(哭) 채만식형〉, 《국도신문》, 1950. 6. 23.

______, 〈결백했던 채만식〉, 《경향신문》, 1956. 3. 23.

______, 〈채만식의 인간과 문학〉, 《서울신문》, 1956. 4. 6.~4. 7.

이상갑, 〈채만식연구— '소년' 모티프를 중심으로〉, 서울대 석사논문, 1987.

이수라, 〈채만식 소설 연구 : 식민성과 탈식민성을 중심으로〉, 전북대 박사논문,
        2004.

이영지, 〈채만식 소설의 인물 원형 연구〉, 경상대 박사논문, 2003.

이은숙, 〈문학작품 속에서의 도시경관―채만식의 '탁류'를 중심으로〉, 《사회과학
　　　　연구》, 상명대 사회과학연구소, 1993.
이주형, 〈채만식연구〉, 서울대 석사논문, 1973.
______, 〈채만식소설에 나타난 일제 하 인텔리의 운명과 저항― '레디메이드
　　　　인생'에서 '냉동어'까지〉, 《국어교육연구》 9집, 경북대국어교육연구회,
　　　　1977.
______, 〈1930년대 한국장편소설연구〉, 서울대 박사논문, 1984.
이현식, 〈채만식은 학문적으로 어떻게 인식되어 왔는가〉, 《채만식 문학의 재인
　　　　식》, 소명출판, 1999.
이 훈, 〈채만식소설연구〉, 서울대 석사논문, 1981.
임무출, 《채만식어휘사전》, 토담, 1997.
임명진, 〈'탁류'에 나타난 채만식의 역사의식〉, 《비평문학》 3집, 1989.
______, 〈채만식의 '근대'인식과 '친일'의 문제〉, 《국어국문학》 129권, 국어국문학
　　　　회, 2001.
임종국, 〈채만식론〉, 《친일문학론》, 평화출판사, 1966.
임 화, 〈세태소설론〉, 《동아일보》, 1938. 4. 1.~4. 6.
______, 〈中堅作家十三人論〉, 《문학의 논리》, 학예사, 1940.
장성수, 〈채만식 소설연구〉, 고려대 석사논문, 1980.
장양수, 〈채만식 풍자소설에 나타난 역사의식〉, 부산대 석사논문, 1978
______, 〈채만식의 민족주의문학 연구〉, 동아대 박사논문, 1988.
장영창, 〈채만식의 인간과 사상과 그 문학〉, 한국문학, 1974. 6.
______, 〈작가 채만식선생을 회고한다〉, 《신여원》, 1972. 6.~12.
전양수, 〈채만식 소설의 개작에 대한 연구〉, 한국정신문화연구원 석사논문,
　　　　1993.
정경수, 〈채만식 소설의 인접 장르 수용 양상 연구〉, 동아대 박사논문, 2003.
정래동, 〈지방색이 농후한 채만식 단편집〉, 《동아일보》, 1939. 11. 29.

정인택, 〈채만식 단편집〉,《문장》, 1939. 10.

정한숙, 〈붕괴와 생성의 미학〉,《민족문화연구》 6호, 1972.

______, 〈상황과 예술의 일체성〉,《문학사상》 15호, 1973. 12.

정현기, 〈'삼대', '탁류', '태평천하'의 소설세계에 나타난 인물연구〉, 연세대 박사
　　　논문, 1982.

정호웅, 〈채만식의 허무주의와 역사담당 주체의 문제―해방공간을 대상으로〉,
　　　《외국문학》 18호, 1989.

______, 〈해방공간의 자기비판소설 연구〉, 서울대 박사논문, 1993.

정홍섭, 〈채만식 문학의 풍자 양식 연구〉, 서울대 박사논문, 2003.

______,《채만식 문학과 풍자의 정신》, 역락, 2004.

조남현, 〈채만식 소설의 주요 모티프〉,《한국현대소설연구》, 민음사, 1987.

조창환, 〈채만식의 해방전후소설연구〉, 전주우석대 박사논문, 1994.

조헌용, 〈채만식의 탁류와 최치원의 전설도 사라지고〉, 월간 《말》 145호, 1998.

채계열, 〈나의 아버지 채만식〉,《문학사상》, 1973. 8.

채고영, 〈채만식 인상기〉,《동광》, 1932. 7.

채만식문학제 기획위원회 편, 〈백릉 채만식선생 50주기 추모 심포지엄 자료집〉,
민족문학작가회의, 2000.

천이두, 〈현실과 소설〉,《창작과비평》 가을호, 1966.

______, 〈프로메테우스의 언어들〉,《문학사상》 15호, 1973. 12.

최원식, 〈채만식의 고전소설 패러디에 대하여〉,《민족문학의 논리》, 창작과비평
　　　사, 1982.

______, 〈채만식의 역사소설에 대하여〉,《민족문학의 논리》, 창작과비평사,
　　　1982.

최재서, 〈빈곤과 문학〉,《문학과 지성》, 인문사, 1938. 6.

______, 〈풍자문학론〉,《최재서평론집》, 청운출판사, 1961.

최하림, 〈채만식과 그의 30년대〉,《현대문학》, 1973. 10.

표정옥, 〈놀이의 서사시학 : 1930년대 김유정, 이상, 채만식의 놀이성(Ludism)을 중심으로〉, 서강대 박사논문, 2003.

한지현, 〈리얼리즘 관점에서 본 '탁류' 연구〉, 연세대 박사논문, 1987.

______, 〈채만식의 '인형의 집을 나와서'에 나타난 여성문제 인식〉, 《민족문학사연구》 9집, 창작과비평사, 1996.

한형구, 〈채만식의 세계관과 창작방법 연구〉, 서울대 석사논문, 1987.

한혜경, 〈채만식 소설의 언술구조 연구〉, 이화여대 박사논문, 1993.

현  인, 〈방랑적 작가에게〉, 《중앙일보》, 1931. 2.

______, 〈문단촌침〉, 《비판》, 1932. 1.

홍기삼, 〈풍자와 간접화법〉, 《문학사상》 15호, 1973. 12.

홍이섭, 〈채만식의 '탁류'〉, 《창작과 비평》, 1973. 3.

황국명, 〈채만식의 '탁류' 연구〉, 부산대 석사논문, 1984.

______, 〈채만식 소설의 현실주의적 전략 연구〉, 부산대 박사논문, 1990.

______, 《채만식 소설연구》, 태학사, 1998.

책임편집 **이도연**

고려대 국어국문학과 및 동대학원 졸업.

수원대, 고려대 강사.

2005년 〈채만식 소설의 세계 인식과 미적 구조〉로 문학박사학위 취득.

2007년 문학동네신인상에 〈정직과 관대 혹은 욕망의 자기 윤리학—김애란론〉이 당선되어 등단.

저서로 《경험과 초월》 (월인, 2007)이 있다.


입력 · 교정 **김희진**

고려대 대학원 국어국문학과 박사과정 수료. 협성대 강사.

주요 논문으로 〈손창섭의 '낙서족' 연구〉(2004), 〈틈의 시학과 생명적 상상력— 김기택의 시세계를 중심으로〉(2006)가 있다.


범우비평판 한국문학 · 47—❶

# 정자나무 있는 삽화(외)

초판 1쇄 발행 2008년 12월 15일

지은이　　채만식
책임편집　이도연
펴낸이　　윤형두
펴낸데　　**종합출판 범우(주)**
기　획　　임헌영 · 오창은
편　집　　김영석
디자인　　김왕기
등　록　　2004. 1. 6. 제406—2004—000012호
주　소　　413—756 경기도 파주시 교하읍 문발리 525—2 출판문화정보산업단지
전　화　　(031) 955—6900~4
팩　스　　(031) 955—6905
홈페이지　http://www.bumwoosa.co.kr
이메일　　bumwoosa@chol.com
ISBN　　978—89—91167—37—7　04810
　　　　　978—89—954861—0—8 (세트)

*책값은 뒤표지에 있습니다.
*잘못된 책은 바꾸어 드립니다.

# 범우비평판 한국문학

잊혀진 작가의 복원과 묻혀진 작품을 발굴, 근대 이후 100년간 민족정신사적으로
재평가한 문학·예술·종교·사회사상 등 인문·사회과학 자료의 보고—임헌영(한국문학평론가협회 회장)

「범우문고」가격 인상

2,800원 → 3,900원

최근의 급격한 물가 상승으로 인해 20년간 지켜오던 가격을
부득이하게 인상하게 되었음을 죄송스런 마음으로 독자여러분께 알려드립니다.
오른 가격만큼 더욱 값지고 알찬 책으로 보답하겠습니다.

현재 서점에 출고된 책은
기존가격(2,800원)에 구매하실 수 있습니다.

▶전국 서점에서 낱권으로 판매합니다
▶계속 출간됩니다

* 범우문고가 받은 상
제1회 독서대상(1978), 한국출판문화상(1981), 국립중앙도서관 추천도서(1982), 출판협회 청소년도서(1985), 새마을문고용 선정도서(1985),
중고교생 독서권장도서(1985), 사랑의 책보내기 선정도서(1986), 문화공보부 추천도서(1989), 서울시립 남산도서관 권장도서(1990),
교보문고 선정 독서권장도서(1994), 한우리독서운동본부 권장도서(1996), 문화관광부 추천도서(1998), 문화관광부 책읽기운동 추천도서(2002)

# 범우고전선

시대를 초월해 인간성 구현의 모범으로 삼을 만한 책을 엄선



▶ 계속 펴냅니다


범우사  경기도 파주시 교하읍 문발리 525-2 출판문화정보산업단지  전화 031-955-6900~4
http://www.bumwoosa.co.kr 이메일 : bumwoosa@chol.com